中国古典文学
读本丛书典藏

明文选

赵伯陶 选注

人民文学出版社

图书在版编目（CIP）数据

明文选／赵伯陶选注．—北京：人民文学出版社，2020（2021.12重印）
（中国古典文学读本丛书典藏）
ISBN 978-7-02-015761-7

Ⅰ.①明… Ⅱ.①赵… Ⅲ.①古典散文—散文集—中国—明代 Ⅳ.①I264.8

中国版本图书馆 CIP 数据核字（2019）第 221826 号

责任编辑　葛云波
装帧设计　陶　雷
责任印制　王重艺

出版发行　人民文学出版社
社　　址　北京市朝内大街 166 号
邮政编码　100705

印　　刷　三河市博文印刷有限公司
经　　销　全国新华书店等

字　　数　443 千字
开　　本　880 毫米×1230 毫米　1/32
印　　张　20.5　插页 3
印　　数　5001—8000
版　　次　2006 年 1 月北京第 1 版
印　　次　2021 年 12 月第 2 次印刷

书　　号　978-7-02-015761-7
定　　价　62.00 元

如有印装质量问题，请与本社图书销售中心调换。电话：010-65233595

目　录

前言　1

宋　濂 八篇
　　杜环小传　1
　　记李歌　5
　　《桃花涧修禊诗》序　7
　　送东阳马生序　13
　　新雨山房记　16
　　拙庵记　20
　　秦士录　26
　　白牛生传　31

刘　基 八篇
　　良桐　37
　　蜀贾　39
　　司马季主论卜　41
　　全婴堂序　43
　　活水源记　45
　　松风阁记（前、后）　48
　　卖柑者言　52
　　樵渔子对　55

贝　琼 一篇
　　运甓斋记　61

高　启 三篇
　　游天平山记　67
　　墨翁传　71
　　书博鸡者事　73
方孝孺 四篇
　　深虑论　78
　　越巫　82
　　吴士　84
　　指喻　86
杨士奇 一篇
　　游东山记　90
薛　瑄 一篇
　　游龙门记　96
沈　周 二篇
　　记雪月之观　100
　　听蕉记　102
程敏政 一篇
　　夜渡两关记　104
马中锡 一篇
　　中山狼传　108
李东阳 二篇
　　弈说　121
　　医戒　123
罗　玘 一篇
　　西溪渔乐说　126
祝允明 一篇
　　谯楼鼓声记　129

唐寅 一篇
　　与文徵明书　132

文徵明 一篇
　　《游洞庭东山诗》序　144

王守仁 二篇
　　何陋轩记　147
　　瘗旅文　151

李梦阳 二篇
　　题史痴《江山雪图》后　156
　　诗集自序　158

王廷相 一篇
　　狮猫述　163

康海 一篇
　　答蔡承之石冈书　168

边贡 一篇
　　答周北渚书　172

何景明 一篇
　　说琴　176

杨慎 二篇
　　跋赵文敏公书《巫山词》　102
　　滇候记序　185

归有光 八篇
　　先妣事略　189
　　寒花葬志　193
　　女二二圹志　195
　　项脊轩志　197

3

沧浪亭记　201
　　《项思尧文集》序　204
　　世美堂后记　208
　　上万侍郎书　214
唐顺之 三篇
　　答茅鹿门知县二　222
　　任光禄竹溪记　229
　　书《秦风·蒹葭》三章后　232
王慎中 二篇
　　游清源山记　236
　　送程龙峰郡博致仕序　240
陆树声 一篇
　　苦竹记　245
茅　坤 一篇
　　《韩文公文抄》引　248
李攀龙 二篇
　　报刘都督　254
　　选唐诗序　258
徐　渭 三篇
　　叶子肃诗序　261
　　自为墓志铭　262
　　选古今南北剧序　270
吴国伦 一篇
　　雪山冰井记　276
宗　臣 一篇
　　报刘一丈书　279

王世贞 四篇
　　游云门山记　283
　　蔺相如　287
　　题《海天落照图》后　290
　　书谢灵运集后　294

李　贽 五篇
　　又与焦弱侯　296
　　赞刘谐　301
　　童心说　303
　　贾谊　307
　　题孔子像于芝佛院　313

焦　竑 一篇
　　史痴　316

屠　隆 五篇
　　《观灯百咏》序　319
　　在京与友人　322
　　归田与友人　323
　　与张肖甫司马　325
　　海览　329

王士性 一篇
　　游武林湖山六记　341

李维桢 二篇
　　《渔父词》引　347
　　《绿天小品》题辞　349

汤显祖 二篇
　　《合奇》序　352

《牡丹亭记》题词　355
　　点校《虞初志》序　357

虞淳熙 二篇
　　《解脱集》序　363
　　书座右　369

江盈科 三篇
　　《锦帆集》序　372
　　《笑林》引　376
　　催科　381

潘之恒 一篇
　　苏舌师　385

朱国祯 一篇
　　《涌幢小品》自叙　389

黄汝亨 二篇
　　玉版居记　395
　　覆吴用修　398

陈继儒 四篇
　　书《姚平仲小传》后　402
　　王季重《游唤》叙　404
　　《花史》题词　406
　　《文娱》序　408

袁宗道 六篇
　　士先器识而后文艺　417
　　毛颖陈玄石泓楮素传　424
　　极乐寺纪游　431
　　论文（上、下）　433

读渊明传 442

袁宏道 八篇

虎丘 447

灵岩 451

叙小修诗 457

徐汉明 463

李子髯 467

叙陈止甫《会心集》 468

满井游记 471

徐文长传 474

袁中道 三篇

游石首绣林山记 481

书游山豪爽语 484

寄苏云浦 486

宋懋澄 二篇

海忠肃公 491

广陵乘兴 495

钟　惺 三篇

浣花溪记 498

自题诗后 503

夏梅说 504

冯梦龙 一篇

《笑府》序 507

王思任 三篇

小洋 510

游敬亭山记 514

思任又上士英书　518
张　鼐 一篇
　　程原迩稿序　522
陈仁锡 一篇
　　冒宗起诗草序　525
艾南英 一篇
　　自叙　527
谭元春 四篇
　　三游乌龙潭记　543
　　《期山草》小引　546
　　谭翁诗引　548
　　自题《秋冬之际草》　550
徐弘祖 一篇
　　游黄山日记（后）　552
刘　侗 二篇
　　三圣庵　560
　　万松老人塔　562
魏学洢 一篇
　　核舟记　567
张　岱 七篇
　　《夜航船》序　572
　　湖心亭看雪　576
　　柳敬亭说书　577
　　虎丘中秋夜　580
　　西湖七月半　583
　　《陶庵梦忆》序　586

又与毅儒八弟　592

张　溥 一篇

五人墓碑记　595

祁彪佳 二篇

《寓山注》序　602

远阁　609

黄淳耀 一篇

李龙眠画罗汉记　613

张煌言 一篇

《奇零草》自序　617

夏完淳 一篇

狱中上母书　625

后记　632

前 言

  以今天的文学史观考察有明一代文学,小说、戏曲所取得的成就远远超过诗歌、散文,换句话说,明代就是所谓正统文学衰落的时代。如果套用王国维"一代有一代之文学"的观点,明代散文的成就不敌先秦、两汉乃至唐宋,也是顺理成章的。然而明代中后期又是一个社会发生急剧变革的时代,城市商品经济的发展刺激了市井文化的繁荣,这一最为活跃也最具生命力的文化形态,浸染了士林文化。王阳明心学即所谓"姚江之学",别立宗旨,与讲求"天理"的程朱理学异趋,流传百年,令强调个性解放的启蒙思潮伴随着"王纲解纽"的进程而勃兴。道家老庄的避世思想与佛教禅宗的禅悦之思,同儒家积极入世的价值观冲突调和,也令文人士大夫的心态发生了不同于历史以往的变化。晚明小品作为中国传统散文之一脉,以其清新隽永的风格与别开生面的天趣辉映后世,在中国散文发展史上写下了不朽的一章。无论是研究还是鉴赏,作为对象,明代散文自有其无以取代的地位;作为传统散文发展中不可或缺的一环,明代散文也有不容忽视的价值。

一

  "文变染乎世情,兴废系乎时序"(《文心雕龙·时序》),明代散文是随明代社会的变迁而发展变化的。
  朱元璋生于元末乱世,他以佣耕放牧的农人又当过几天和尚的经历,奋起于军旅,转战十六年,逐鹿中原,扫荡群雄,终于成就了一番轰轰烈烈的大事业,建立了大明帝国。明朝立国十馀年,朱元璋即为加强中央集权的君主专制,废除了丞相制,并大开杀戒,终令朝野文人噤若寒蝉。他的四儿子朱棣以"靖难"起家,对于不服从者更是大发淫威,穷凶极恶。这无疑限制了明初文学的发展。然而明初文坛并不寂寞,宋濂、刘基、高启以及方孝孺等人的散文,或雍容浑穆,或含蓄委婉,或平正典实,或激昂磅礴,风格不同,各领风骚。这些成就的取得实际得益于元末明初天下板荡的社会形势,所谓"国家不幸诗家幸,赋到沧桑句便工",就是这个道理。此后随着明王朝政权的巩固以及上述人物的去世或被害,代之而起的则是台阁体的盛行一时。

明史上有所谓"仁宣之治"(见《明史·宪宗本纪》)的说法,讲的就是明成祖以后十馀年的一段不长的时间(1425—1435)。此后历经明英宗"土木之变"以及"夺门复辟"的一系列对外争战、宫廷变故,又进入成化、弘治一段相对稳定的发展时期(1465—1505)。在这一段不到一个世纪的历史时期中,以"三杨"为首的台阁体大行其道,基本统治了文坛。"三杨"即杨士奇、杨荣、杨溥,这三人历事成祖、仁宗、宣宗、英宗四朝,皆为当时台阁重臣,发为诗文,即多歌功颂德、粉饰太平之作,在貌似工丽典雅的形式下,掩盖着贫乏肤浅的内容。后世即称这一"太平盛世"中所产生的文学流派为台阁体。弘治间,湖广茶陵(今属湖南)人李东阳入阁为朝廷重臣,主持诗坛,形成茶陵诗派。这一诗派不满于台阁体冗弱萎靡的诗风,力主宗法盛唐杜甫,以法度音调重振诗坛;为文则主张效法先秦古文,较之台阁体虽有所进步,却未起到振聋发聩的作用。但是无论诗文,茶陵派对于以后前后"七子"的复古主义文学主张都有不容忽视的影响。

"前七子"是以李梦阳、何景明为首的一个文学流派,其骨干则有徐祯卿、康海、王九思、王廷相、边贡,合为七人。这一文学流派形成于弘治中,他们不满于台阁体的虚饰文风,主张"文必秦汉,诗必盛唐",希图用复古的旗帜挽救当时的颓风。"前七子"出,《明史·李梦阳传》

有"操觚谈艺之士翕然宗之,明之诗文,为之一变"的论断。应当说,"前七子"在文学史上是有其进步意义的,它的兴起既是社会经济变迁的反映,也是文学内部发展规律的体现。

"后七子"是在"前七子"的直接影响下形成的,这一文学流派以李攀龙、王世贞为首,成员有谢榛、宗臣、梁有誉、吴国伦和徐中行,也是七人。他们的主张与"前七子"近似,主要活跃于嘉靖、隆庆间。前后"七子"的复古主义文学主张在明代盛行将近百年之久,影响甚大。王世贞《艺苑卮言》卷三有云:"西京之文实,东京之文弱,犹未离实也。六朝之文浮,离实矣。唐之文庸,犹未离浮也。宋之文陋,离浮矣,愈下矣。元无文。"其主张似较"前七子"更加彻底。当然,"后七子"的文学主张也不尽一致,即使是同一人,其文学见解也有前后期的分殊,这里不作详论。从散文角度而论,后世论者也有称前后"七子"为"秦汉派"者,就是从其文学宗尚命名的。一切文学形式的生命在于创新,如果仅在摹拟中讨生活,必然产生大量的"赝古"之作,也就失去了文学的真谛。前后"七子"复古主义文学主张的缺失正在于此。

在前后"七子"两次复古主义的高潮之间,"唐宋派"的崛起给文坛吹进了一股清新之风。这一派的代表人物为王慎中、唐顺之、茅坤等,有论者将归有光也划入这一文学流派,是不妥当的(详后)。唐宋派既推崇三代两汉之文又不废对唐宋文的学习,主张以文从字顺的笔触表达心中之所欲言。唐顺之《答茅鹿门知县二》大声疾呼:"即使未尝操笔呻吟学为文章,但直据胸臆,信手写来,如写家书,虽或疏卤,然绝无烟火酸馅习气,便是宇宙一样绝好文字。"清代王士禛《邵子湘青门集序》有云:"方明嘉靖中,沧溟、弇州继空同之后,以先秦、西京之文雄长海内,荆川独与遵岩、浚谷、鹿门数君子,发明唐宋六家之绪言。"说的就是当时的真实情况。唐宋派的主张与稍后"公安派"的性灵说已相当接近,具有开"性灵"先河的作用。

公安派是以公安三袁为主的文学派别,三袁即袁宗道、袁宏道、袁中道兄弟三人,其中,袁宏道为中坚人物。公安派的性灵说是在李贽的"童心说"基础上发展起来的,袁宏道《叙小修诗》赞誉其弟中道的诗作有云:"大都独抒性灵,不拘格套,非从自己胸臆流出,不肯下笔。"强调文学的真情与本色,在"走向自我"以及"个性天趣"的精神追求中,为晚明小品的繁荣做好了理论的准备,而晚明小品在中国散文发展史中的特殊地位是有目共睹的。明末清初的钱谦益对于公安派虽有"机锋侧出,矫枉过正"的批评,但大体上还是褒多于贬,《列朝诗集小传·袁宏道传》有云:"中郎之论出,王、李之云雾一扫,天下之文人始知疏瀹心灵,搜剔慧性,以荡涤摹拟涂泽之病,其功伟矣。"堪称的论。

继公安派之后,高举性灵大旗的是竟陵派。竟陵派的主将是钟惺与谭元春,他们在"走向自我"中,比公安派的路径更远,执著追求"幽情单绪"的抒发,讲求"幽深孤峭"的文风。《明史·钟惺传》有云:"自宏道矫王、李诗之弊,倡以清真,惺复矫其弊,变而为幽深孤峭。"又合评钟惺与谭元春说:"然两人学不甚富,其识解多僻,大为通人所讥。"钱谦益《列朝诗集小传·钟惺传》骂竟陵派的文学追求为"鬼趣",并说:"鬼气幽,兵气杀,著见于文章,而国运从之。"这显然反映了封建文人的某种偏见。

明代散文流派纷呈,或前后相继,或竞相驰逐,皆有各自的审美追求。但也有一些散文作家难以归属于某一派中,他们以自己的作品辉映后世,留下了不朽的声名。如明代中期一批堪称艺术天才的画家,从沈周、祝允明、唐寅、文徵明一直到徐渭,都有散文佳作传世。"明世记诵之博,著作之富"被推为第一的杨慎(《明史·杨慎传》),无论其笔记还是序跋,都秀丽雅驯,运笔自如,别具一格。归有光上承《史记》,下继韩愈、欧阳修,曾被明末清初的黄宗羲举为"明文第一"(《明文案序上》)。以"异端"自称的思想家李贽、写出"临川四梦"的戏剧家汤显祖、小说家冯梦龙、旅行家徐霞客、史学家张岱以及抗清志士祁彪佳、黄淳耀、夏完淳等人的散文,或有绮靡之思,或挟风霜之气,也都给后世留下了脍炙人口的佳作。

明亡以后,对明代散文情有独钟的遗民思想家黄宗羲陆续编辑有《明文案》《明文海》以及《明文授读》,对于明文优劣当别具只眼。他认为:"有明之文莫盛于国初,再盛丁嘉靖,三盛于崇祯。"(《明文案序上》)国初之文,自然指宋濂、刘基、高启、方孝孺诸家之作。嘉靖之文,《明文案序下》有云:"至嘉靖而昆山、毗陵、晋江者起,讲究不遗馀力……号为极盛。"其中昆山指归有光,毗陵指唐顺之,晋江指王慎中。崇祯之文,《明文案序下》又云:"崇祯时,昆山之遗泽未泯,娄子柔、唐叔达、钱牧斋、顾仲恭、张元长皆能拾其坠绪,江右艾千子、徐巨源、闽中曾弗人、李元仲,亦卓荦一方,石斋以理数润泽其间。"文中所举人物依次为娄坚、唐时升、钱谦益、顾大韶、张大复、艾南英、徐世溥、曾异撰、李世熊、黄道周等,钱谦益的确为文章大家,但因其降清,今人多将他归入清代;其他除艾南英、黄道周外,文章名声在今天似乎也不够大。这可能是黄宗羲于崇祯一朝为"当代",所以去取有失允当,也在情理之中。然而,黄宗羲对于公安三袁以及一些晚明小品作家不屑一顾,就属于传统的偏见了。

文随世变,用今人的眼光审视明代散文成就,晚明小品应当占有相当重要的地位,因为小品作家所具有的启蒙意识及其散文成就,在中国古代散文史中具有空前绝后的地位,也充分体现了明代散文的一大特色,自应受到我们的瞩目。

二

从哲学取向、文化品格来探讨明代散文有别于历代的特色,无疑会事半功倍,有利于我们搞清明代散文的发展脉络。

在中国封建社会中,儒家思想始终在士林文化中占有核心的显赫地位,反映于文章之中,就有所谓"道统"或"文统"的存在。这一统续上接三代,历经周文王、孔子、韩愈、欧阳修等人,以及宋元理学家一直到明代。宋濂、刘基等作为明初的散文家,就是这一统续的继承者。清代钱谦益称宋濂"为一代文章之祖"(《李香岩香幛阁稿序》)。已故著名学者钱仲联选"明清八大家",取刘基而不取宋濂,属于见解不同,可不论。在传统目光中,台阁体、茶陵派、前后"七子"以及唐宋派、公安派等,似乎都没有资格作为上述"道统"的传人。归有光"上承史汉"又"继韩欧阳",并且"不事雕饰,而自有风味,超然当名家矣"(王世贞《归太仆赞》),传人的重担就历史地落在了归有光的肩上。清代最有影响的散文派别桐城文派作为这一统续的一环,极力推崇归有光的散文,正说明其流传有续,一脉相承。

有论者将归有光划入唐宋派的营垒,实在是一种误会,这可能是受了古人有关批评的影响。黄宗羲在《明文案序下》中将归有光与唐顺之、王慎中相提并论,已见前引文;吴伟业《致孚社诸子书》有云:"震川、毗陵扶衰起敝,崇尚八家,而鹿门分条晰委,开示后学。"也将归有光与唐顺之、茅坤划入"同盟";朱彝尊《报李天生书》有云:"乃深有契乎韩、欧阳、曾氏之文,不自知其近于道思、应德、熙甫数子也。"王慎中、唐顺之与归有光又走到了一起;清代朱仕琇《与石君书》说得更为明确:"盖自周以降,二千年间,文章每降衰,然其间辄有振起之者。故文衰于六朝,韩愈振之;降而五代,欧阳修振之;及其又衰,姚燧振之;明文何、李、王、李之伪,王慎中、归有光振之……"其实,归有光与唐宋派只是所处时代相同,他们散文的文化品格是不同的,难以并入一个营垒。

宋明理学的盛行本是传统儒家学说哲学化的过程,包括程朱理学与陆王心学,皆属唯心主义体系,本无人为轩轾的必要。然而前者鼓吹"天理",后者强调"人心",取径不同,实际效果也就有异了。鼓吹"天理",恰与封建专制主义桎梏人心的统治目的合拍,因而极容易染上"官办"的色彩;强调"人心",则可与个性解放的时代呼声相应共振,从而为反封建专制主义思想提供理论依据。但如果纯从学术角度加以审视,两者见仁见智,殊途同归,皆无悖于孔孟之道。明代中叶以后,正是王阳明心学盛行天下之际,崇王抑朱成为许多文人士大夫的选择。王慎中任职南京礼部时,曾受阳明弟子土畿的影响,讲论阳明遗说,从而彻底改变了他以前认为"汉以下著作无取"的复古主张,取宋代欧阳修、王安石、曾巩的文章加以效法。唐顺之对于王慎中的转变,起初并不以为然,后来竟也随之转向,并且有过之而无不及(见李开先《遵岩王参政传》)。唐顺之的转向王学,也是他与王畿直接交往的结果,他有《书王龙溪〈致知议略〉》一文,评论王畿的《致知议略》,已显示出他对王氏心学"心有灵犀一点通"的悟性。此外,唐顺之《荆川集》中的文章,也有明显接受禅宗影响的痕迹。近代学者钱基博评价《荆川集》有云:"集中书牍最多,大半肤言心性,多涉禅宗,而喜为语录鄙俚之言,殊为不取。"(《明代文学史》)结论是否确切,这里不作讨论,但他一眼就看出唐顺之散文的文化品格,是值得我们注意的。茅坤为文从复古走向唐宋,则是受了唐顺之的影响,这从他《复唐荆川司谏书》等有关文章中可以明显看出来,此不赘言。

归有光散文的文化品格并不与唐、王、茅三人同趋,日本学者佐藤一郎所著《中国文章论》一书评价归有光云:"他在文章流派上属于唐宋派,在思想上可归入朱子系统。"但他又举出归有光对王阳明文章五体投地佩服的事实:"在他所编的《文章指南》全五卷中,作为明代文豪只选了方孝孺、宋濂、王祎、王守仁,而王守仁的比重最高。即与方孝孺一篇、宋濂三篇、王祎三篇相比,王守仁高达八篇。"如此选文是否就意味着归有光对其心学观点的认同呢? 显然不能这样遽下结论。归有光散文的文化品格远较王、唐、茅三人单纯,以儒家"修齐治平"为职志的正统思想始终占据着归有光的整个身心。为了保持士林文化的这种纯洁性,归有光一生维护程朱理学,对于陆王心学虽不大力反对,却也畛域森严,毫无通融馀地。如其《送王子敬之任建宁序》一文有云:"朱、陆之辩,固已起后世之纷纷矣。至孟子所谓良知、良能者,特言孩童自然之知能。如此,即孟子之性善已尽之,又何必偏揭良知以为标的耶?……夫今欲以讲学求胜朱子,而朱子平生立心行事,与其在朝居官,无不可与天地对者。讲学之徒,考其行事,果能有及于朱子万分之一否也?奈何欲以区区空言胜之!"这一番话已将王阳明的"致良知"之说公开揭出批评了。此外,归有光在《送狄承式青田教谕序》、《示徐生书》、《戴楚望集序》等文章中,都表示出自己与王阳明心学"道不同不相为谋"的态度。佐藤一郎举归有光《送王子敬之任建宁序》中"其为之倡者,固聪明绝世之姿,其中亦必独有所见;而至于为其徒者,则皆倡一而和十,剿成其言,而莫知所以然"数语,认为他已将"阳明学的创始者与赞同者严格地区别开来",这是有道理的,但这也可以作为归有光不屑于做王阳明心学信徒的证明。

散文的文化品格问题,有时只可意会,难以言传;然而若从艺术接受的角度加以审视,问题就会明朗多了。清代桐城派散文的文化品格也是以程朱理学为依归的,《望溪年谱》称方苞"学行继程朱之后,文章在韩欧之间",准确地道出了这一文学流派的趋尚。桐城派视归有光为"文以载道"的文统传承中的一环,而对唐顺之等并没有特加垂青,可见散文文化品格在文学批评中的重要性。归有光抨击前后"七子"的复古主义,多从散文发展的内部规律着眼,不同于唐宋派是从个性解放的角度去迎击文坛复古的潮流。然而两者殊途同归,就会令后人觉得他们之间仿佛有了一定的内在联系。几百年以后的"五四"新文化运动中,人们多将"桐城谬种"与"选学妖孽"等量齐观,把他们作为封建文化的代表加以讨伐;而周作人、林语堂诸人提倡小品文,大力弘扬的则是公安派倡导性灵的文学主张。散文的文化品格是不容忽视的。

除词汇的变迁而外,仅就语言形式而言,晚明小品与历代散文并没有明显的不同,黄宗羲《庚戌集自序》就认为唐以前与唐以后文不同而无关美恶,"其所变者词而已矣"。全用文言文写作并且一般不用骈偶之形式,是构成晚明小品作为散文一脉的基础。晚明小品在文学史上之所以能够独树一帜,主要在于其内质的变化。晚明小品的文化品格主要取决于明代中后期时代的变迁,正是这一时代的变迁有别于宋元以前的社会风貌,才熔铸了晚明小品的独特精神。

晚明小品精神的最终确立是在公安三袁手中完成的,而其背后的动因仍与阳明心学的广泛传播脱不开干系。泰州学派是王学的一个分支,开创者即王守仁的半路弟子王艮。因为此派的平民色彩浓厚兼之其离经叛道的价值取向,论者咸以"王学左派"称之。黄宗羲《明儒学案》卷三十二有云:"泰州之后,其人多能以赤手搏龙蛇,传至颜山农、何心隐一派,遂复非名教之所能羁络矣。"李贽晚于王艮四十馀年,为王艮之子王襞的弟子,又一度问学于王艮的再传弟子罗汝芳,故与泰州学派渊源甚深。李贽是一位颇具超前意识的思想家,在思想启蒙中,他对阳明心学与泰州学派皆有所超越。他公开宣扬人有私心私欲,已具备近代人文主义精神,而最能体现其进步文艺观的则是其"童心说"的提出。童心说的提出对于晚明小品精神的培养,功莫大焉。

性灵说的主将袁宏道与李贽多有交往,深受其思想影响;袁氏兄弟三人也全都拜见过李贽,他们与李贽半师半友,气味相投,即源于对文艺启蒙的共识。从王阳明的"致良知"到李贽的"童心说",显示了中国传统文人在封建专制主义统治下一条思想解放的途径,而晚明小品也正是沿着这一途径才开放出朵朵奇花异葩。

明代中后期是城市商品经济不断发展的历史阶段,市井文化即伴随着商品经济的发展而得到不断的丰富。这一最具生命力的文化形态培育着市民阶层走向成熟,并孕育了与之相关的文学体裁,如白话小说、散曲、民歌等。"前七子"李梦阳、何景明等人已首开向市井文化靠拢的风气,沈德符《万历野获编》卷二十五云:"元人小令,行于燕赵,后浸淫日盛。自宣、正至成、弘后,中原又行《锁南枝》、《傍妆台》、《山坡羊》之属。李空同先生初自庆阳徙居汴梁,闻之以为可继《国风》之后。何大复继至,亦酷爱之。"袁宏道《叙小修诗》则说:"故吾谓今之诗文不传矣。其万一传者,或今闾阎妇人孺子所唱《擘破玉》、《打草竿》之类,犹是无闻无识真人所作,故多真声,不效颦于汉、魏,不学步于盛唐,任性而发,尚能通于人之喜怒哀乐嗜好情欲,是可喜也。"这种超越于士林文化之上的追求,与时代的脉搏相应共振,绝非个别孤立的现象。

文字须有民间的滋养,才能不断发展,推陈出新。诗歌如是,散文亦如是。明代中叶以后,文人士大夫的思想已染有浓厚的市民阶层意识,标举性灵,强调个性解放,向某种传统意识挑战以及大胆承认私欲、尊情等等,无不折射出市井文化的辉光。一般而论,士林文化强调对传统的继承,趋向于保守;市井文化则重视现实的享乐,具有移风易俗的力量。两种文化在冲撞交融的整合中,必然使其体现者产生某种躁动,而躁动的心态只有通过精神的运作才有望平复。从某种意义上讲,散文小品(不是全部)恰恰可以充当创作主体的心理平衡器,而这也是晚明小品有别于传统散文的本质之处。

三

在传统意识中,晚明小品及其背后的心学基础往往遭到世人的鄙夷,在明亡以后犹甚。明清之际崇尚程朱理学的王夫之,对于阳明心学及性灵说的倡导者就颇有微词。其《读通鉴论》卷末《叙论三》就将有明之亡完全归罪于心学:"若近世李贽、钟惺之流,导天下淫邪,以酿中夏衣冠之祸,岂非逾于洪水,烈于猛兽者乎?"清人张尔岐在其《蒿庵闲话》卷一中也持有类似的观点:"明初学者崇尚程朱,文章质实,名儒硕辅,往往辈出,国治民风,号为近古。自良知之说起,人于程朱始敢为异论,或以异教之言诠解六经,于是议论日新,文章日丽,浸淫至天启、崇祯之间,乡塾有读《集注》者传以为笑,《大全》、《性理》诸书,束之高阁,或至不蓄其本。庚辰以后,文章猥杂最甚,能缀砌古字经语,犹为上驷。俚辞谚语颂圣祝寿,喧嚣满纸,圣贤微言几扫地尽,而甲申之变至矣。"就是学宗陆王的思想家黄宗羲,对于晚明小品也无好感,可见正统文学思想具有几乎牢不可破的基础。清代中叶性灵文学的集大成人物袁枚也对陆王心学嗤之以鼻,其《答兰垞第二书》有云:"程朱讲学,陆王亦讲学,其于圣道互有是非,然天下士多遵程朱,少遵陆王,故何也?程朱流弊不过迂拘,陆王之弊一再传而奸猾窜焉,其弊大,故其教不昌。"可见散文的文化品格是一个相当复杂的问题,并非如"逃墨入杨"般的简单,讨论晚明小品自然应当注意这一问题。

笼统而论,晚明小品作为明代散文中较有代表性的文体,王阳明心学的哲学理论、性灵派的文学主张蕴涵了其精神,士林文化、市井文化与老庄、禅悦思想的相互交融,构成了晚明小品的文化品格。晚明小品的价值真正被发现是在二十世纪二十年代中,"五四"新文化运动的启蒙思想与将近三百年前的个性解放思潮相映生辉,令人们更加深刻地认识到晚明小品作为散文一脉的特殊价值。

黄宗羲《李杲堂文钞序》针对明代八股文(即所谓时文)作为科举功令文字盛行天下慨乎言之:"为说者谓百年以来,人士精神尽注于时文而古文亡;余以为古文与时文分途而后亡也。"八股时文虽不是真正的文学作品,但它对于士人逻辑思维的训练以及语言文字的锤炼还是大有助益的。古文与时文的关系问题是明清人争论不休的一个问题,但古文并没有因为时文的有力存在而消亡,也是事实。明代散文家的文学水平不尽一致有目共睹,但其文字功力大致相当则无可怀疑;无论其流派若何,如果从某一家的众多作品中选择一两篇比较优秀的散文,并不需要花费多大的力气。这无疑为《明文选》的选注工作打开了更为宽广的视野。

为了令广大读者对明代散文有一个比较全面的了解,《明文选》在选择文章上尽量照顾到不同流派,有些作家尽管只是一脔之尝,略知其味,但管中窥豹,一斑足矣。宋濂、刘基、归有光、袁宏道与张岱五位作家,他们的作品具有一定的代表性,在今天尤其脍炙人口,不妨多选,以七至八篇为率;高启、方孝孺、唐顺之、徐渭、王世贞、李贽、屠隆、汤显祖、江盈科、陈继儒、袁宗道、袁中道、钟惺、王思任、谭元春等,也属于明代比较重要的散文作家,文章入选各以三至五篇为率;此外,一些散文选本多喜入选的著名篇章,如马中锡的《中山狼传》、宗臣的《报刘一丈书》、张溥的《五人墓碑记》、张煌言的《〈奇零草〉自序》、夏完淳的《狱中上母书》等,也皆已入选,以免遗珠之憾。至于一些小品之作,如李维桢的《〈绿天小品〉题词》、虞淳熙的《书座右》、刘侗的《三圣庵》等,也尽量选入,以求全面。本书共入选六十四位散文作家的一百五十一篇散文,因篇幅所限,一些当入选而未入选的散文一定还有不少,这次只能割爱了。

本书的注释工作,尽量详细。第一个注码相当于"解题",有俾读者对文章的全面把握。有关人物或典故也尽力注出,以免读者再行查阅有关工具书。

本书无论选文还是注释,错误或不当之处在所难免,尚祈读者批评指正。

赵 伯 陶
2004年4月29日于京华一统楼

宋　濂

宋濂(1310—1381)，字景濂，号潜溪，因祖籍金华潜溪，遂以为号，至宋濂迁居浦江(今属浙江)。幼英敏强记，曾师从吴莱、柳贯、黄溍。元末至正间召为翰林院编修，以亲老为辞，隐居龙门山著书十馀年。朱元璋兵取婺州(今浙江金华)，命为五经师；称帝后又授以江南等处儒学提举，召修《元史》，为总裁官。官至学士承旨知制诰，兼赞善大夫。致仕后因受胡惟庸案牵连，全家谪茂州(今四川茂汶)，病故于中途夔州(今四川奉节)。正统间追谥文宪。《明史》有传，称其"于学无所不通，为文醇深演迤，与古作者并"，"屡推为开国文臣之首"。其文名远播高丽、日本、安南。有《宋文宪公全集》五十三卷，另有今人整理本《宋濂全集》，浙江古籍出版社1999年出版。

杜环小传[1]

杜环，字叔循，其先庐陵人[2]。侍父一元游宦江东[3]，遂家金陵[4]。一元固善士[5]，所与交皆四方名士。环尤好学，工书，谨饬[6]，重然诺[7]，好周人急[8]。

父友兵部主事常允恭[9]，死于九江[10]，家破。其母张氏年六十馀，哭九江城下，无所归。有识允恭者，怜其老，告之曰："今安庆守谭敬先[11]，非允恭友乎？盍往依之[12]？

彼见母,念允恭故,必不遗弃母。"母如其言,附舟诣谭[13],谭谢不纳[14]。母大困,念允恭尝仕金陵,亲戚交友或有存者,庶万一可冀[15]。复哀泣从人至金陵,问一二人,无存者。因访一元家所在,问:"一元今无恙否?"道上人对以:"一元死已久,惟子环存。其家直鹭洲坊中[16],门内有双橘,可辩识。"

母服破衣,雨行至环家。环方对客坐,见母大惊,颇若尝见其面者。因问曰:"母非常夫人乎?何为而至于此?"母泣告以故,环亦泣。扶就坐,拜之,复呼妻子出拜。妻马氏解衣更母湿衣,奉糜食母[17],抱衾寝母[18]。母问其平生所亲厚故人,及幼子伯章。环知故人无在者,不足付,又不知伯章存亡,姑慰之曰:"天方雨,雨止为母访之。苟无人事母,环虽贫,独不能奉母乎?且环父与允恭交好如兄弟,今母贫困,不归他人而归环家,此二父导之也,愿母无他思。"时兵后岁饥,民骨肉不相保。母见环家贫,雨止坚欲出,问他故人。环令媵女从其行[19],至暮,果无所遇而返,坐乃定。

环购布帛,令妻为制衣衾。自环以下,皆以母事之。母性褊急[20],少不惬意,辄诟怒。环私戒家人,顺其所为,勿以困故轻慢与较。母有痰疾,环亲为烹药,进匕箸[21]。以母故,不敢大声语。

越十年,环为太常赞礼郎[22],奉诏祀会稽[23]。还,道嘉兴[24],逢其子伯章,泣谓之曰:"太夫人在环家,日夜念少子成疾,不可不早往见!"伯章若无所闻,第曰[25]:"吾亦知之,但道远不能至耳。"环归半岁,伯章来。是日,环初度[26],母见少子,相持大哭。环家人以为不祥,止之。环曰:"此人情也,何不祥之有?"既而,伯章见母老,恐不能行,竟绐以他事辞去[27],不复顾。环奉母弥谨[28],然母愈念伯章,疾顿加,后三年遂卒。将死,举手向环曰:"吾累杜君!吾累杜君!愿杜君生子孙咸如杜君。"言终而气绝。环具棺椁殓殡之礼[29],买地城南钟家山葬之,岁时常祭其墓云[30]。环后为晋王府录事[31],有名,与余交。

史官曰[32]:交友之道难矣!翟公之言曰:"一死一生,乃知交情。"[33]彼非过论也[34],实有见于人情而云也。人当意气相得时,以身相许,若无难事;至事变势穷,不能蹈其所言,而背去者多矣!况既死而能养其亲乎?吾观杜环事,虽古所称义烈之士,何以过!而世俗恒谓今人不逮古人,不亦诬天下士也哉!

《宋文宪公全集》卷三

[1] 在儒家传统伦理道德中,朋友为"五伦"(指君臣、父子、兄弟、夫妻、朋友五种人际关系)之一。这篇散文即以杜环侍奉赡养父辈友人之母张氏一事为中心,通过两次对比手法的运用,突出表现了传主杜环扶危济困、好周人急的优秀品质。文章从小处落墨,娓娓道来,层次井然;文末略加议论,有画龙点睛之妙。

[2] 庐陵:今江西吉安。

[3] 游宦:古人指离开故乡到外地求官或做官。江东:或称江左,指长江下游一带南岸地区。

〔4〕金陵:今江苏南京。

〔5〕善士:有德之人。语本《孟子·万章下》:"一国之善士,斯友一国之善士。"

〔6〕谨饬(chì 赤):谨慎,自我约束。

〔7〕重然诺:应允他人的事就一定办到。

〔8〕周:周济,救济。急:急难之事。

〔9〕兵部主事:明代六部之一兵部的属官,正六品,见《明史·职官志一》。

〔10〕九江:今属江西。

〔11〕安庆:今属安徽。守:守令,这里指安庆地方长官。

〔12〕盍(hé 河):何不。

〔13〕附舟:搭船。诣(yì 义):去,往见。

〔14〕谢:推辞。纳:收留。

〔15〕庶:也许。可冀:有希望。

〔16〕直:同"值",位于。

〔17〕糜:粥。食(sì 寺)母:使常母吃。

〔18〕寝母:安排常母睡觉。

〔19〕媵(yìng 硬)女:原指侄娣从嫁者,这里指婢女。

〔20〕褊(biǎn 匾)急:气量狭小,性情急躁。

〔21〕匕筯(zhù 住):饭勺与筷子。

〔22〕太常赞礼郎:明代掌祭祀礼乐的太常寺属官,正九品。见《明史·职官志三》。

〔23〕诏(zhào 照):古代指皇帝下达的命令。祀(sì 寺):祭祀。会(guì 贵)稽:山名,在今浙江绍兴东南。

〔24〕道:路过。嘉兴:今属浙江。

〔25〕第:只。

〔26〕初度:生日。

〔27〕绐(dài待):欺哄。

〔28〕弥谨:更加小心。

〔29〕棺椁(guǒ裹):丧葬用品。椁,原指外棺。殓殡(liàn bìn 炼鬓):入殓到下葬的丧礼。

〔30〕岁时:逢年过节。

〔31〕晋王:这里指明太祖朱元璋第三子朱㭎,洪武三年(1370)封晋恭王。《明史》有传,称其"学文于宋濂,学书于杜环"。录事:明代王府掌管文书的事务官,从八品或正九品。

〔32〕"史官曰":仿效《左传》中"君子曰"、"君子谓"以及《史记》中"太史公曰"以来的史书论赞体,引发作者自己的议论。史官,作者自指。

〔33〕"翟公"三句:翟公,汉代下邳人。《史记·汲郑列传》:"始翟公为廷尉,宾客阗门;及废,门外可设雀罗。翟公复为廷尉,宾客欲往,翟公乃大署其门曰:'一死一生,乃知交情。一贫一富,乃知交态。一贵一贱,交情乃见。'"

〔34〕过论:过头话。

记李歌〔1〕

李歌者,霸州人〔2〕。其母一枝梅,倡也〔3〕。年十四,母教之歌舞。李艴然曰〔4〕:"人皆有配偶,我可独为倡耶?"母告以衣食所仰,不得已,与母约曰:"媪能宽我,不脂泽〔5〕,不荤肉,则可尔;否则有死而已!"母惧,阳从之〔6〕。自是缟衣素裳,唯拂掠翠鬟[7],然姿容如玉雪,望之宛若仙人,愈致其妍。

人有招之者,李必询筵中无恶少年,乃行。未行,复遣人觇之[8]。人亦熟李行,不敢以亵语加焉[9]。李至,歌道家游仙辞数阕[10],俨容默坐。或有狎之者,辄拂袖径出,弗少留;他日或再招,必拒不往。

益津县令年颇少[11],以白金遗其母[12],欲私之。李持刀入户,以巨木撑拄[13],骂曰:"吾闻县令为风化首,汝纵不能,而忍坏之耶?今冠裳其形而狗彘其行,乃真贼尔!岂官人耶?汝即来!汝即来!吾先杀汝而后自杀尔。"令惊走。

时监州闻其贤[14],有子方读书,举秀才,聘为之妇,李尚处子也。居数年,天下大乱,夫妇逃难,俱为贼所执。贼悦李有殊色,欲杀其夫而妻之。李抱其夫,诟曰:"汝欲杀吾夫即先杀我,我宁死,决不从汝作贼也!"贼怒,并杀之。吁!倡犹能有是哉!可慨也。

《宋文宪公全集》卷三

[1] 出身娼门的李歌不甘堕落,出污泥而不染,已属难能可贵;斥责县令,为人妇后又以死抗暴,更令人肃然起敬。这篇散文文笔简练,凸显人物性格鲜明生动,呼之欲出。

[2] 霸州:今属河北。

[3] 倡:同"娼",妓女。

[4] 艴(fú 福,又读 bó 勃)然:生气的样子。

[5] 脂泽:脂粉、香膏等化妆品。此处用如动词。

〔6〕阳:表面上。
〔7〕拂掠:这里指梳理。翠鬟:古代妇女环形的发式。
〔8〕觇(chān搀):偷偷察看。
〔9〕亵语:轻慢、不庄重的言辞。
〔10〕游仙辞:指晋人郭璞等人所作脱离尘俗、游心仙境一类的游仙诗。
〔11〕益津县:即霸州。《明史·地理志一》:"霸州,洪武初,以州治益津县省入。"
〔12〕白金:银子。遗(wèi喂):赠送。
〔13〕撑拄:顶上门。
〔14〕监州:即通判,明代知府的佐贰官,正六品。

《桃花涧修禊诗》序[1]

浦江县北行二十六里[2],有峰耸然而葱蒨者[3],玄麓山也[4]。山之西,桃花涧水出焉。乃至正丙申三月上巳[5],郑君彦真将修禊事于涧滨[6],且穷泉石之胜。

前一夕,宿诸贤士大夫[7]。厥明日[8],既出,相帅向北行[9],以壶觞随[10]。约二里所,始得涧流,遂沿涧而入。水蚀道几尽,肩不得比[11],先后累累如鱼贯。又三里所,夹岸皆桃花,山寒,花开迟,乃是始繁。傍多髯松[12],入天如青云。忽见鲜葩点湿翠间[13],焰焰欲然[14],可玩。又三十步,诡石人立[15],高可十尺馀,面正平,可坐而箫,曰凤箫台。下有小泓[16],泓上石坛广寻丈[17],可钓。闻大雪卜时,四围皆璘树瑶林[18],益清绝,曰钓雪矶[19]。西垂苍壁,俯瞰台矶间,女萝与陵苕缪轕之[20],赤纷绿骇[21],曰翠霞屏。又六七步,奇石怒出,下临小洼,泉洌甚[22],宜饮鹤[23],曰饮鹤川。自川导水,为蛇行势,前出石坛下,锵锵作环佩鸣。客有善琴者,不乐泉声之独清,鼓琴与之争,琴声与泉声相和,绝可听。又五六步,水左右屈盘,始南逝,曰五折泉。又四十步,从山趾斗折入涧底[24],水汇为潭。潭左列石为坐,如半月。其上危岩墙峙[25],飞泉中泻,遇石角激之,泉怒,跃起一二尺,细沫散潭中,点点成晕,真若飞雨之骤至。仰见青天镜净,始悟为泉,曰飞雨洞。洞傍皆山,峭石冠其巅,辽夐幽邃[26],宜仙人居,曰蕊珠岩。遥望见之,病登陟之劳[27],无往者。

还至石潭上,各敷茵席[28],夹水而坐。呼童拾断樵,取壶中酒温之,实觯觞中[29]。觞有舟[30],随波沉浮,雁行下[31]。稍前,有中断者,有属联者[32],方次第取饮。其时轻飙东来[33],觞盘旋不进,甚至逆流而上,若相献酬状[34]。酒三行,年最高者命列觚翰[35],人皆赋诗二首,即有不成,罚酒三巨觚[36]。众欣然如约。或闭目潜思;或挂颊上视霄汉[37];或与连席者耳语不休;或运笔如风雨,且书且歌;或按纸伏崖石下,欲写复止;或句有未当,搔首蹙额向人;或口吻作秋虫吟;或群聚兰坡[38],夺觚争先;或持卷授邻坐者观,曲肱看云而卧:皆一一可画。已而,诗尽成,杯行无算。迨罢归[39],日已在青松下。

又明日,郑君以兹游良欢,集所赋诗而属濂以序[40]。濂按《韩诗内传》[41]:三月上巳,桃花水下之时[42],郑之旧俗[43],于溱、洧两水之上[44],招魂续魄[45],执兰草以祓除不祥[46]。今去之二千载,虽时异地殊,而桃花流水则今犹昔也,其远裔能合贤士大夫以修禊事,岂或遗风尚有未泯者哉?虽然,无以是为也[47]。为吾党者[48],当追浴沂之风徽,法舞雩之咏叹[49],庶几情与境适,乐与道俱[50],而无愧于孔氏之徒[51];无愧于孔氏之徒,然后无愧于七尺之躯矣,可不勖哉[52]!

濂既为序其游历之胜,而复申以规箴如此[53]。他若晋人兰亭之集[54],多尚清虚[55],亦无取焉。郑君名铉,彦真,字也。

《宋文宪公全集》卷八

〔1〕桃花涧为作者家乡的一处景观,元至正十六年(1356)春日,作者与友人相约至此修禊,赋诗为乐,并写序为记。修禊为古代民俗,农历每年的三月上旬的巳日,古人齐集水边,嬉戏游乐,以祓除不祥,即称修禊。魏晋以后,禊日不再以"上巳"为期,而固定于每年农历的三月初三日。序作为一种文体,叙事感慨是其功能之一,如晋代王羲之的《兰亭集序》,即记述当时一次修禊而为历代传诵不衰。这篇散文有效法《兰亭集序》的痕迹,记事抒情,状人写物,形神兼备,语言明快,层次井然,皆堪称妙笔。

〔2〕浦江县:在今浙江省中部。

〔3〕葱蒨(qiàn 倩):草木青翠茂盛的样子。

〔4〕玄麓山:为浦江景区之一,有桃花涧等八景。

〔5〕至正丙申:即元顺帝至正十六年(1356)。三月上巳:该年农历三月上旬之巳日为三月初一辛巳这一天,此处当指三月初三癸未日。

〔6〕郑君彦真:郑铉,字彦真,浦江人。据《明史·孝义一》记述,郑氏一家累世同居,历代孝义。郑铉曾主家政,在元末动乱中,保护了阖族与乡里的安全。至正中卒。

〔7〕宿:招待……住宿。士大夫:古代指官吏或较有声望、地位的读书人。

〔8〕厥:其。

〔9〕帅:通"率"。相率,一个接着一个。

〔10〕壶觞(shāng 商):指酒与酒具等。觞,酒杯。

〔11〕肩不得比:不能并肩而行。

〔12〕髯(rán 然)松:松树虬枝盘曲,又称髯龙。

〔13〕鲜葩(pā 啪):颜色鲜艳的花朵。湿翠:形容草木翠色欲滴的样子。

〔14〕然:通"燃"。

〔15〕诡石:怪石。人立:像人一般立住。

〔16〕泓(hóng 红):水潭。

〔17〕寻丈:一丈左右。寻,八尺曰寻。

〔18〕璚(qióng 琼)树瑶林:形容林木洁白如玉。璚,同"琼",与瑶皆为美玉。

〔19〕矶(jī 机):突出水边的岩石。

〔20〕女萝:即松萝,一种附生于松树成丝状下垂的植物。陵苕(tiáo 条):凌霄花的别名,一种花冠呈喇叭状、羽状复叶的落叶藤本植物。缪楁(jiāo gé 胶格):纠缠。

〔21〕赤纷绿骇:形容女萝、陵苕等花草红绿交错纷杂、鲜艳夺目的

样子。

〔22〕冽(liè列):寒。

〔23〕饮(yìn印)鹤:使鹤饮水。

〔24〕斗折:如北斗星般曲折。

〔25〕墙峙(zhì志):如同墙一样直立。

〔26〕辽夐(xiòng诇)幽邃(suì遂):辽远幽深。

〔27〕病:以……为病,即畏惧。陟(zhì志):登,上升。

〔28〕敷:铺设。茵席:坐垫。

〔29〕实:盛注。髹(xiū休)觞:漆制的酒杯。

〔30〕舟:酒杯的托盘,可浮于水上。这里即取晋王羲之《兰亭集序》中"流觞曲水"的饮酒方式。聚会者列坐水滨,浮于水上的酒杯漂流停于谁前,谁即取杯饮酒。

〔31〕雁行:如雁列队在空中飞翔,依次而行。

〔32〕属(zhǔ拄):接连。

〔33〕轻飙(biāo标):小风。

〔34〕献酬:敬酒。

〔35〕觚(gū估)翰:纸笔。觚,木简。翰,毛笔。

〔36〕觥(gōng宫):古代盛酒或饮酒器,盛行于商代与西周前期。这里即代指酒杯。

〔37〕拄颊:以手支脸颊。

〔38〕兰坡:长满花草的山坡。

〔39〕迨(dài代):及,到。罢:指修禊事毕。

〔40〕属(zhǔ拄):通"嘱"。

〔41〕《韩诗内传》:西汉韩婴引用前代故事以解《诗经》,曾作《内传》四卷,《外传》六卷,前者南宋后失传,今存辑本。《外传》今有十卷本。刘昭注《后汉书·礼仪上》引《韩诗》:"郑国之俗,三月上巳,之溱洧

两水之上,招魂续魄,秉兰草,祓除不祥。"又唐杨炯《幽兰赋》:"至若桃花水上,佩兰若而续魂。"

〔42〕桃花水:又称桃花汛、春汛。每年仲春桃花开时,因冰融雨降,河水上涨,故称之为桃花水。

〔43〕郑:春秋时郑国,地辖今河南中部一带,国都在今河南新郑。

〔44〕溱洧(zhēn wěi 真伪):郑国的两条水名。《诗·郑风·溱洧》即有当时士女春时游乐的场景描写。

〔45〕招魂续魄:古人为悼念死者以招死者之魂的一种仪式。

〔46〕祓(fú 浮)除:古人除灾去邪之祭,如上巳修禊即在水边举行。

〔47〕无以是为:不再以祓除不祥为上巳日的活动内容了。

〔48〕为吾党者:作为我们这样的读书人。

〔49〕"当追"二句:语本《论语·先进》:"莫(暮)春者,春服既成,冠者五六人,童子六七人,浴乎沂,风乎舞雩,咏而归。"这是孔子弟子曾点所言志向之语,孔子对他加以肯定。浴沂,即到沂河(在今山东曲阜市城南)洗澡。风徽,风范。法,效法。舞雩(yú 鱼),即舞雩台,周代鲁国祭祀祈雨的坛,遗址今在曲阜市东南。

〔50〕乐与道俱:欢乐与修身之道共存而不相互排斥。《史记·屈贾列传》:"至人遗物兮,独与道俱。"

〔51〕孔子之徒:儒家传统的继承人。孔子(前551—前479),字仲尼,春秋鲁国陬邑(今山东曲阜东南)人。我国儒家思想的开创者。

〔52〕勖(xù 序):勉励。

〔53〕规箴(zhēn 真):劝勉告诫。

〔54〕晋人兰亭之集:晋穆帝永和九年(353),王羲之与友人聚会兰亭修禊,写有著名的《兰亭集序》。

〔55〕清虚:晋人喜玄学,崇尚虚无。这里似指《兰亭集序》中"固知一死生为虚诞,齐彭殇为妄作"的思想,其实王羲之此作并非"尚清

虚"者。

送东阳马生序[1]

余幼时即嗜学,家贫,无从致书以观,每假借于藏书之家[2],手自笔录,计日以还。天大寒,砚冰坚,手指不可屈伸,弗之怠。录毕,走送之[3],不敢稍逾约。以是人多以书假余。余因得遍观群书。既加冠[4],益慕圣贤之道,又患无硕师[5]、名人与游,尝趋百里外,从乡之先达执经叩问[6]。先达德隆望尊[7],门人弟子填其室,未尝稍降辞色[8]。余立侍左右,援疑质理[9],俯身倾耳以请;或遇其叱咄[10],色愈恭,礼愈至,不敢出一言以复;俟其忻悦,则又请焉。故余虽愚,卒获有所闻[11]。

当余之从师也,负箧曳屣[12],行深山巨谷中。穷冬烈风[13],大雪深数尺,足肤皲裂而不知[14]。至舍,四肢僵劲不能动,媵人持汤沃灌[15],以衾拥覆[16],久而乃和。寓逆旅[17],主人日再食[18],无鲜肥滋味之享。同舍生皆被绮绣[19],戴朱缨宝饰之帽[20],腰白玉之环,左佩刀,右备容臭[21],烨然若神人[22]。余则缊袍敝衣处其间[23],略无慕艳意[24],以中有足乐者,不知口体之奉不若人也[25]。盖余之勤且艰若此。今虽耄老[26],未有所成,犹幸预君子之列[27],而承天子之宠光[28],缀公卿之后[29],日侍坐备顾问[30],四海亦谬称其氏名[31],况才之过于余者乎?

今诸生学于太学[32],县官日有廪稍之供[33],父母岁有裘葛之遗[34],无冻馁之患矣[35];坐大厦之下而诵诗书,无奔走之劳矣;有司业、博士为之师[36],未有问而不告、求而不得者也。凡所宜有之书,皆集于此,不必若余之手录,假诸人而后见也。其业有不精、德有不成者,非天质之卑,则心不若余之专耳,岂他人之过哉!

东阳马生君则,在太学已二年,流辈甚称其贤[37]。余朝京师[38],生以乡人子谒余,撰长书以为贽[39],辞甚畅达;与之论辨,言和而色夷[40]。自谓少时用心于学甚劳,是可谓善学者矣。其将归见其亲也,余故道为学之难以告之。谓余勉乡人以学者,余之志也;诋我夸际遇之盛而骄乡人者[41],岂知余者哉!

《宋文宪公全集》卷三十二

[1] 明太祖洪武十一年(1378),已致仕一年的宋濂至南京朝见朱元璋,作者邻乡晚辈、太学生马君则向他问学,作者即写下这一篇赠序加以勉励,情见乎辞,语重心长。现身说法的坦诚,对比手法的运用,以及朴素简练的文笔,都增加了文章的说服力;其勤学精神,至今仍有借鉴之功。东阳位于今浙江省中部,与浦江相邻。

[2] 假借:即借。

[3] 走送之:赶紧送还。走,跑。

[4] 加冠:古代男子二十岁举行加冠之礼,以示成人。此处即指二十岁。

[5] 患:忧虑。硕师:博学有名望的老师。

〔6〕先达:治学有成就的前辈。

〔7〕德隆望尊:道德高尚,名声显赫。

〔8〕未尝稍降辞色:一向言辞与态度极严肃。降,谦抑。辞色,言辞与脸色。

〔9〕援疑质理:提出疑问,究诘道理。

〔10〕叱咄(duō 多):大声斥责。

〔11〕卒:终于。

〔12〕负箧(qiè 妾)曳屣(xǐ 洗):背负书箱,拖着鞋子。

〔13〕穷冬:深冬。穷,极。

〔14〕皲(jūn 军)裂:皮肤因冻伤而开裂。

〔15〕媵(yìng 硬)人:这里指婢女。汤:热水。沃灌:洗濯。

〔16〕衾(qīn 亲):被子。拥覆:围盖。

〔17〕逆旅:客舍。

〔18〕日再食(sì 寺):每天给我吃两餐。

〔19〕同舍(shè 设)生:同学。被绮(qǐ 起)绣:穿着绣有彩色花纹的丝织品衣服。

〔20〕朱缨:红帽穗。宝饰:以宝石为饰物。

〔21〕容臭(xiù 秀):香囊。

〔22〕烨(yè 叶)然:光彩夺目的样子。

〔23〕缊(yùn 韵)袍:以乱麻为絮的袍子,为贫者所服。敝:破旧。

〔24〕慕艳:极度羡慕。

〔25〕口体之奉:指对衣食的享用。

〔26〕耄(mào 冒)老:《礼记·曲礼上》:"八十九十曰耄。"后泛指老年。宋濂时年六十九岁。

〔27〕预:加入。君子:这里指有一定声望且有官阶的人。

〔28〕宠光:恩宠光耀。

〔29〕缀:尾随。这里有自谦意。缀公卿之后,同"预君子之列",意即做了官。

〔30〕侍坐:指朝中陪侍皇帝。备顾问:准备接受皇帝的咨询并提出意见。

〔31〕四海:天下。谬称:不适当地称呼,这里是谦辞。

〔32〕太学:古代中央最高学府,明代称国子学,后改称国子监(jiàn建)。

〔33〕县官:这里指朝廷。廪稍(lǐn shāo 凛烧):公家按时供给的膳食津贴。

〔34〕裘葛:皮衣与布衣。遗(wèi 喂):赠送。明初国子监生待遇优厚,见《明史·选举一》。

〔35〕馁(něi 内上声):饥饿。

〔36〕司业:明代国子监祭酒(正官)的佐官,一人,正六品。与祭酒共掌诸生训导之政令。博士:国子监属官,有《五经》博士五人,从八品。见《明史·职官二》。

〔37〕流辈:同辈。

〔38〕朝:朝见皇帝。京师:这里指南京,明永乐十八年(1420)以前为明朝首都。

〔39〕譔:通"撰"。长书:长信。贽(zhì 志):古代初次拜见尊长所送礼物。

〔40〕夷:平易。

〔41〕诋:毁谤。际遇:这里指君臣遇合。

新雨山房记[1]

诸暨为绍兴属邑[2],与婺邻[3]。国初得婺时伐伪吴张氏[4],相持未决,兵守诸暨界上。张氏恃诸暨为藩篱[5],乘间出兵侵掠[6],两军屠戮无虚时[7]。故诸暨被兵特甚,崇甍巨室[8],焚为瓦砾灰烬;竹树花石,伐断为楼橹、戈砲、樵薪之用[9]。民惩其害[10],多避深山大谷间,弃故址而不居。过者伤之。

今国家平定已十馀年,生民各安其业,吾意其中必有修饬室庐以复盛时之观者[11],未之见。今年,邑士方伯修为余枏[12],其友张君仁杰,居诸暨北门之外,故宅昔已毁。及兵靖事息[13],始辟址夷秽[14],创屋十馀楹。旁植修竹数百,四时之花,环艺左右[15],琴床、酒炉、诗画之具,咸列于室。仁杰未乱时稍有禄食[16],至今郡县屡辟之[17],辄辞不赴,以文墨自娱,甚适,号其室曰"新雨山房",愿得余文记之。

一室之废兴,为事甚微,然可以占世之治乱、人之劳逸[18],非徒然也。方兵戈之殷[19],人有子女金帛[20],惧不能保,虽有居室,宁暇完葺而知其安乎[21]?糗粮刍茭之需[22],叫号征逮者填于门[23],虽有花木之美、诗酒之娱,孰能乐之乎?今仁杰获俯仰一室[24],以察时物之变,穷性情之安,果谁使然也?非上之人拨乱致治之功耶[25]?自古极治之时[26],贤且能者运于上[27],陇亩之民相安于下而不知其所由[28]。然饫饱歌呼[29],秩然成文[30],成周盛时之诗是也[31]。安知今不若古之时耶?仁杰其试为之。余他日南归,驾小车过北门,求有竹之家而问焉[32]。仁杰尚歌以发我[33],余当鼓缶而和焉[34]。

《宋文宪公全集》卷三十二

[1]"由一室之废兴"而"占世之治乱",为这篇散文的立意所在,除对封建统治者有歌功颂德之意外,也饱含历经乱世的读书人对安居乐业生活的真挚向往之情,这无疑是本篇所具有的一定积极意义。散文大约写于明朝立国十馀年后,作者时年七十岁左右,饱经沧桑的文人之笔,见微知著,酣畅淋漓,自非寻常。

[2]诸暨:在今浙江省中部偏北,明代属绍兴府管辖。

[3]婺:婺州,明改宁越府,后改金华府,治所在今浙江金华。其方位在诸暨西南。

[4]伪吴张氏:即张士诚(1321—1367),元末泰州人,以贩盐起家,后于至正十三年(1353)起兵抗元,自称诚王,国号周。至正十七年降元,二十三年复自立为吴王,二十七年为朱元璋所败,擒至金陵,自缢死。《明史》有传。

[5]藩篱:屏障。

[6]乘间:寻机会。

[7]屠戮(lù 路):屠杀。

[8]崇甍(méng 蒙):屋脊高耸,指高楼。

[9]楼橹:古代军中用以瞭望、攻守的无顶盖高台,多建于地面、车船之上。戈砲(pào 炮):泛指兵器。

[10]慴:恐惧。

[11]修饬(chì 赤):修理整顿。

[12]邑士:本县士人,即诸暨有声望地位的读书人。

[13]兵靖:战事平定。

[14]夷秽:平整荒芜。

〔15〕艺:种植。

〔16〕禄食:指供职官府,享有俸禄。

〔17〕辟(bì必):征召,荐举。

〔18〕占(zhān沾):验证。

〔19〕殷:激烈,频繁。

〔20〕子女金帛:《旧唐书·长孙无忌传》:"朕若以无忌居后兄之爱,当多遗子女金帛,何须委以重官。"这里指家人与财产。

〔21〕宁暇:岂有时间。完葺(qì气):修整房屋。

〔22〕糗(qiǔ求上声)粮:干粮。刍茭:干草,牛马的饲料。以上皆指军需品。

〔23〕征逮:征调追讨。

〔24〕俯仰:这里是沉思默想的意思。

〔25〕上之人:喻指最高统治者朱元璋。拨乱致治:拨乱反正以达到天下大治。

〔26〕极治之时:政治修明、社会升平的时代。

〔27〕运:运用。语本《文子·下德》:"所谓得天下者,非谓其履势位,称尊号,言其运天下心,得天下力也。"

〔28〕陇亩之民:草野之民,泛指天下百姓。不知其所由:不知天下所以大治的原因。以上是作者"民可使由之,不可使知之"(《论语·泰伯》)的儒家思想的反映。

〔29〕饫(yù玉)饱:吃得很饱。

〔30〕秩然:秩序井然。

〔31〕成周:古地名,古人多借指周公辅佐周成王的兴盛时代。盛时之诗:即"饫歌",古代举行饫礼时所唱之歌。据《国语·周语下》:"周诗有之曰:'天之所支,不可坏也。其所坏,亦不可支也。'昔武王克殷,而作此诗也,以为饫歌,名之曰《支》,以遗后之人,使永监焉。"这里作者将

19

古代饫礼(古代天子诸侯为讲军旅、议大事、昭明大节而立着举行的宴礼)所唱的饫歌,视为吃饱饭后的歌呼,有附会牵强之处。

〔32〕问:探访。

〔33〕尚:倘若。歌以发我:以"饫饱歌呼"一类的歌唱引发我。

〔34〕缶(fǒu否):古代瓦制的打击乐器。

拙庵记[1]

京口徐君德敬[2],为中书管勾[3],居京师[4],处一室,不垩不华[5],仅御风雨,环庋图书[6],置榻其中。每退食[7],即徒步归,宴坐诵古人言[8],宾客不交,请托不通,自号曰"拙庵"。

袭封衍圣公鲁国孔侯希学[9],书"拙庵"字以遗之,德敬复征文于余。

余,天下之拙者也。德敬岂若余之拙乎?世人之舌长且圆,捷若转丸[10],恣谈极吐[11],如河出昆仑而东注[12];适宜中理[13],如斧断木、炭就火,猱援木以升[14],兔走圹而攫之以鹘也[15]。其巧于言也如此。余则不能。人问以机[16],谢以不知;人示以秘,瞪目顾视,莫达其旨;人之所嘉,余纵欲语,舌大如枰[17],不可以举;闻人之言,汗流颡泚[18];人之所讳,余不能止,开口一发,正触禁忌,人皆骇笑[19],余不知耻。余言之拙,海内无二。他人有识,洞察纤微,揭首知尾[20],问白意缁[21]。未入其庭,已觇其形[22];

始睊其貌[23],已尽其肺肝而究其缊奥[24];福来荧荧[25],出身以承;祸方默默[26],预防而避匿。其巧于识也如此。余梦梦不知[27],愦愦无所思[28]。人之笑吾,吾以为喜;人之怒吾,吾径情而直趋[29]。网罗当前,吾以为织丝;虎豹在后,吾以为犬狸。吾识之拙,当为举世师。此二者,乃吾所大拙。其馀痴经戆纬[30],错综纷披,良、平不能荣其数[31],游、夏不能述以辞[32]。德敬岂有之乎？

然吾亦有不拙者。圣人既没千载[33],至今道存于经[34],岳海崇深,茫乎无涯,眇乎无涂[35]。众人游其外而不得内,舐其肤而不味其腴[36]。吾则搜摩刮剔[37],视其轨而足其迹,入孔孟之庭而承其颜色[38]。斯不谓不巧也。生民之叙[39],有政有纪[40],离为六府[41],合为三事[42]。周公既亡[43],本摧末弊[44]。秦刻汉驳[45],而世以不治。吾握其要而举之,爬疡择靥[46],取巨捐细[47],德修政举,礼成乐备。广厦细旃[48],每资之以献替[49]。吾于斯艺[50],虽管仲复生[51],犹将扼其吭而鞭其背[52]。是不谓之巧不可也。而德敬岂有是乎？

盖人有所拙者必有所巧,有所巧者必有所拙。拙于今必巧于古,拙于诈必巧于智,拙于人必巧于天;苏、张巧于言而拙于道[53],孟子拙于遇合而巧于为圣人之徒[54],晁错号称智囊而拙于谋身[55],万石君拙于言而为汉名臣[56]。余诚乐吾之拙,盖将全吾之天而不暇恤于人也[57]。

今德敬居位处势,诵古人之言而以拙自晦[58],其殆巧于天者欤？巧于智者欤？巧于古者欤？然则德敬之巧也大矣,过于人也远矣,爵禄之来[59],有不可辞矣。乌可以不记？

《宋文宪公全集》卷三十二

〔1〕道家的祖师老子曾有"大直若屈,大巧若拙,大辩若讷"之语,而对于大多数中国传统读书人外儒内道的心理祈向而言,"巧"与"拙"的关系也左右着他们的言行。这一篇议论文字借题发挥,反映了作者的人生观,绝非一般应酬文章。

〔2〕京口:今江苏镇江。

〔3〕中书管勾:明初设中书省,中书管勾为中书省属官,从七品,掌出纳文移,庋藏籍帐。洪武十三年(1380)罢中书省,官属尽革。见《明史·职官一》。

〔4〕京师:指南京。

〔5〕不垩(è饿)不华:指对房屋不粉刷、装饰。

〔6〕庋(guǐ鬼):放置,保存。

〔7〕退食:退朝就食于家或公馀休息。

〔8〕宴坐:闲坐。

〔9〕衍圣公:孔子后代的封号,自宋仁宗至和二年(1055)始,1935年废止不用。鲁国:指孔氏故乡,即今山东曲阜。孔侯希学:字士行(1335—1381),为孔子五十六代孙,明洪武元年(1368)袭封衍圣公。《明史》有传,称其"好读书,善隶法,文词尔雅。"侯,古代对士大夫的尊称。

〔10〕转丸:转动的圆球。这里比喻语言快捷顺畅。刘勰《文心雕龙·论说篇》:"转丸骋其巧辞。"

〔11〕恣谈极吐:出言放纵,滔滔不绝。

〔12〕河:指黄河。昆仑:山名,在今西藏与新疆间,东延入今青海境内,其南支巴颜喀拉山为黄河发源地。

〔13〕适宜中(zhòng 众)理:说话相宜,切合事理。

〔14〕猱(náo 挠):猿类,善于攀援。这里比喻语言轻快。

〔15〕圹(kuàng 旷):原野。攫(jué 掘):抓取。鹘(hú 胡):一种隼,善捕兔。这里比喻语言能抓住要害。

〔16〕机:事物的关键。

〔17〕枰(píng 平):棋盘。

〔18〕颡泚(sǎng cǐ 嗓此):额头冒汗。比喻心中惶恐。

〔19〕骇笑:吃惊而笑。

〔20〕揭:高举。

〔21〕缁(zī 资):黑色。

〔22〕觇(chān 搀):观测。

〔23〕睍(jiàn 建):窥视。

〔24〕缊奥:奥义。

〔25〕荧荧:光艳的样子。

〔26〕默默:闭口不说话。

〔27〕梦(méng 蒙)梦:昏乱,不明。知(zhì 治):同"智"。

〔28〕愦(kuì 溃)愦:纷乱。

〔29〕径情:任性。

〔30〕痴经戆(zhuàng 壮)纬:愚笨与刚直交织在一起。

〔31〕良:张良(?—前189),字子房,秦末辅佐刘邦建立汉朝。《史记·留侯世家》引刘邦语赞其"运筹策帷帐之中,决胜千里外",是一位智者。平:陈平(?—前178),秦末辅刘邦建立汉朝,刘邦死后又与周勃尽诛诸吕,卒安汉室。《史记·陈丞相世家》谓其"定宗庙,以荣名终,称

贤相",也是一位智谋过人者。荣其数:使他的命运荣显。

〔32〕游:子游(前506—?),即言偃,字子游,孔子弟子,长于文学。夏:子夏(前507—前400),即卜商,字子夏,孔子弟子,长于文学。《论语·先进》:"文学:子游、子夏。"二人《史记》皆有传。

〔33〕圣人:孔子。

〔34〕经:指《四书》《五经》等儒家经典。

〔35〕窅(yǎo咬):深远。

〔36〕腴:肥美。

〔37〕搜摩刮剔:指对儒家精神的搜寻、揣摩与吸取精华。

〔38〕颜色:光彩。

〔39〕生民:养民。叙:次序,引申为安排。

〔40〕政:政令。纪:法度。

〔41〕六府:古人以水、火、金、木、土、谷为六府。六种物质为人民必需,府即收藏财物之处。

〔42〕三事:古人认为正德、利用、厚生为治理人民的三件大事。《尚书·虞夏书·大禹谟》:"地平天成,六府三事允治,万世永赖,时乃功。"

〔43〕周公:即周公旦,姓姬名旦,周文王子,曾辅周武王灭商,武王死,又辅佐年幼成王,是古代杰出政治家的典型,相传周代的礼乐制度全为周公制订。

〔44〕本摧末弊:树木根部坏死,枝叶也就枯萎了。比喻政令、法度毁坏,一切就无从谈起了。

〔45〕秦刻汉驳:秦朝刑法苛刻,汉代政令杂乱。

〔46〕爬疡择颣(lèi累):整顿各种不良法令。爬,爬梳,整治。疡,痈疮。择,挑拣。颣,毛病,缺点。

〔47〕取巨捐细:从大处着手,忽略细小的地方。捐,舍弃。

〔48〕广厦细旃(zhān毡):或作"广夏细旃"。即指高大的房屋,精致的毡毯,语本《汉书·王吉传》。这里指朝廷之上。旃,同"毡"。

〔49〕献替:即献可替否,进献可行者,废去不可行者。这里指对君主进谏,劝善规过。

〔50〕艺:这里指从政之术。

〔51〕管仲:名夷吾(?—前645),字仲,相齐桓公,九合诸侯,一匡天下,助齐桓公成就霸业。《史记》有传。

〔52〕扼其吭而鞭其背:即"扼吭拊背",掐其喉而击其背,本比喻控制要害,前后夹击,这里是才能超过管仲的意思。

〔53〕苏:苏秦(?—前317),战国时游说燕、赵、韩、魏、齐、楚六国,合纵抗秦,佩六国相印,为古代著名说客。张:张仪(?—前309),战国时相秦惠王,以连衡之策游说六国,破合纵之术,也是古代著名说客。二人,《史记》皆有传。

〔54〕孟子:即孟轲(前372—前289),字子舆,继承孔子学说,被后人尊为"亚圣"。《史记》有传。遇合:相遇而彼此投合,古人多指读书人出仕并发挥才能。圣人:指孔子。

〔55〕晁错:汉代人(前200—前154),汉文帝时,为太子家令,被称为"智囊"。汉景帝时迁御史大夫,上"削藩"之策,激起七国之乱,被杀。《史记》《汉书》有传。

〔56〕万石君:西汉石奋及其四子皆官至二千石,汉景帝称石奋为万石君。《史记·万石张叔列传》引孔子"君子欲讷于言而敏于行"之语赞誉石奋等人。

〔57〕全吾之天:保全自己的天性与生命。恤(xù续):忧虑。

〔58〕自晦:自我掩蔽。

〔59〕爵禄:官爵与俸禄。

秦士录[1]

邓弼,字伯翊[2],秦人也。身长七尺,双目有紫棱[3],开合闪闪如电,能以力雄人[4]。邻牛方斗,不可擘[5],拳其脊,折仆地[6]。市门石鼓[7],十人舁[8],弗能举,两手持之行。然好使酒[9],怒视人,人见辄避,曰:"狂生不可近,近则必得奇辱。"

一日独饮娼楼,萧、冯两书生过其下,急牵入共饮。两生素贱其人,力拒之。弼怒曰:"君终不我从[10],必杀君,亡命走山泽耳,不能忍君苦也[11]。"两生不得已,从之。弼自据中筵[12],指左右,揖两生坐,呼酒歌啸以为乐。酒酣,解衣箕踞[13],拔刀置案上,铿然鸣。两生雅闻其酒狂[14],欲起走。弼止之曰:"勿走也,弼亦粗知书,君何至相视如涕唾?今日非速君饮[15],欲少吐胸中不平气耳。四库书从君问[16],即不能答,当血是刃。"两生曰:"有是哉?"遽摘七经数十义叩之[17],弼历举传疏[18],不遗一言。复询历代史,上下三千年,缠缠如贯珠[19]。弼笑曰:"君等伏乎未也[20]?"两生相顾惨沮[21],不敢再有问。弼索酒,被发跳叫曰[22]:"吾今日压倒老生矣[23]!古者学在养气,今人一服儒衣,反奄奄欲绝[24],徒欲驰骋文墨,儿抚一世豪杰。此何可哉!此何可哉!君等休矣!"两生素负多才艺,闻弼言大愧,下楼足不得成步。归询其所与游,亦未尝见其挟册呻吟也。

泰定末[25],德王执法西御史台[26],弼造书数千言袖谒之[27]。阍卒不为通[28],弼曰:"若不知关中有邓伯翊耶?"连击踣数人[29]。声闻于王,王令隶人捽入[30],欲鞭之。弼盛气曰:"公奈何不礼壮士?今天下虽号无事,东海岛夷[31],尚未臣顺,间者驾海舰互市于鄞[32];即不满所欲,出火刀斫柱[33],杀伤我中国民。诸将军控弦引矢,追至大洋,且战且却,其亏国体为已甚!西南诸蛮[34],虽曰称臣奉贡,乘黄屋、左纛[35],称制与中国等[36],尤志士所同愤。诚得如弼者一、二辈,驱十万横磨剑伐之[37],则东西至日所出入,莫非王土矣[38]!公奈何不礼壮士?"庭中人闻之,皆缩颈吐舌,舌久不能收。王曰:"尔自号壮士,解持矛鼓噪[39],前登坚城乎?"曰:"能。""百万军中,可刺大将乎?"曰:"能。""突围溃阵,得保首领乎?"曰:"能。"王顾左右曰:"姑试之。"问所须,曰:"铁铠、良马各一,雌雄剑二。"王即命给与。阴戒善槊者五十人[40],驰马出东门外,然后遣弼往。王自临观,空一府随之。暨弼至[41],众槊并进,弼虎吼而奔,人马辟易五十步[42],面目无色。已而烟尘涨天,但见双剑飞舞云雾中,连斫马首堕地,血淋淋滴[43]。王抚髀欢曰[44]:"诚壮士!诚壮士!"命勺酒劳弼[45],弼立饮不拜。由是狂名振一时,至比之王铁枪云[46]。

王上章荐诸天子。会丞相与王有隙[47],格其事不下[48]。弼环视四体,叹曰:"天生一具铜筋铁肋,不使立勋万里外,乃槁死三尺蒿下,命也,亦时也!尚何言!"遂入王屋山为道士[49],后十年终。

史官曰[50]:弼死未二十年,天下大乱,中原数千里,人影殆绝。玄鸟来降失家[51],竞栖林木间。使弼在,必当有以自见。惜哉!弼鬼不灵则已,若有灵,吾知其怒发上冲也。

《宋文宪公全集》卷三十八

[1] 秦指今陕西一带。其间一位文武双全、性格怪异又怀才不遇的邓弼,引来作者的瞩目,他以司马迁般的笔法为之立传,写得有声有色,虎虎有生气。千古以来,读书人千里马难遇伯乐的情结,在这篇传记中又得到淋漓尽致的宣泄。

[2] 伯翊(yì 易):邓弼字。

[3] 紫棱:形容目光锋利,炯炯有神。语本《晋书·桓温传》:"温眼如紫石棱。"

[4] 雄人:称雄于人。

[5] 擘(bāi 掰):分开。

[6] 折仆地:牛脊折断,跌仆于地。

[7] 市门:市场的门,开闭有时。

[8] 舁(yú 鱼):抬。

[9] 使酒:借醉酒发脾气。

[10] 不我从:即"不从我"。宾语前置。

[11] 苦:因受气而心生苦闷。

[12] 中筵:正中的座位。

[13] 箕踞:像簸箕一般伸开两腿而坐,这是一种不恭敬的姿势。

[14] 雅:平日,向来。

〔15〕速:邀请。

〔16〕四库书:指古代经、史、子、集四部图书分类的书籍。从君问:任凭你们发问。

〔17〕遽(jù剧):立即。七经:儒家的七部经典,说法不一,东汉时指《易》、《诗》、《书》、《仪礼》、《春秋》、《公羊》、《论语》七部经典。

〔18〕传疏(zhuàn shù 撰树):旧时对阐述经义的文字称"传",对传文或旧注加以解释的文字称"疏"。讲究"疏不破注"。这里泛指古人对经典的解释。

〔19〕缅(sǎ洒)缅:有次序。形容言谈连绵不尽。贯珠:成串的珠子。

〔20〕伏:屈服。

〔21〕惨沮(jǔ举):忧伤沮丧。

〔22〕被:同"披"。

〔23〕老生:指老书生。

〔24〕奄奄欲绝:气息微弱,快要死去。形容文人弱不禁风的衰态。

〔25〕泰定:元泰定帝也孙铁木耳的年号(1324—1328)。

〔26〕德王:即安德干不答失里,元仁宗皇庆二年(1313)封。见《元史·仁宗本纪一》、《元史·诸王表》。西御史台:即陕西诸道行御史台,分监陕西、四川、云南、甘肃四行省,以御史大夫为长,从一品。详《元史·百官二》。

〔27〕造书:写信。袖谒(yè叶)之:藏信于袖中拜见安德王。

〔28〕阍(hūn昏)卒:守门的士兵。

〔29〕踣(bó搏):跌倒。

〔30〕捽(zuó昨):揪。

〔31〕岛夷:这里指日本倭寇。

〔32〕间者:有时。鄞(yín银):今浙江宁波,唐宋以来一直是我国

对外贸易港口之一。

〔33〕火刀:一种兵器。斫(zhuó灼):砍削。

〔34〕西南诸蛮:这里指当时西南少数民族部落。

〔35〕黄屋:古代帝王专用的黄缯车盖,这里代指帝王专用的车子。左纛(dào到):古代帝王车子上的饰物,以牦牛尾或雉尾制成,设于车衡左边或左骖上。

〔36〕称制:秦始皇统一中国以后以命为"制",令为"诏",后以皇帝即位为"称制"。

〔37〕十万横磨剑:喻精锐的军队。语本《旧五代史·晋书·景延广传》:"晋朝有十万口横磨剑,翁若要战则早来。"

〔38〕莫非王土:语本《诗·小雅·北山》:"溥天之下,莫非王土。"

〔39〕鼓噪:古代指出战时擂鼓呐喊。

〔40〕阴戒:暗中嘱咐。槊(shuò朔):长矛。

〔41〕暨(jì记):等到。

〔42〕辟易:退避。

〔43〕涔(cén岑)涔:流血不止的样子。

〔44〕抚髀(bì臂):拍大腿。

〔45〕勺酒:以勺舀酒。

〔46〕王铁枪:即五代梁勇将王彦章,字子明,骁勇善战,能使铁枪,奋疾如飞,军中号王铁枪。新、旧《五代史》皆有传。

〔47〕会丞相与王有隙:宋濂《元史·泰定帝本纪二》:泰定四年秋七月"御史台臣言,内郡、江南旱,蝗荐至,非国细故。丞相塔失帖木儿、倒剌沙,……并乞解职",帝未允。又,本文称安德王于泰定末"执法西御史台",或为丞相所嫉恨。有隙,不和。

〔48〕格:阻止。

〔49〕王屋山:中条山分支,在今山西垣曲与河南济源间。

〔50〕史官：作者自指。

〔51〕玄鸟：这里指燕子。失家：燕子多筑巢民家，战乱使民宅焚毁，所以燕子也失去了家园。

白牛生传[1]

白牛生者，金华潜溪人[2]。宋姓濂名，尝骑白牛往来溪上，故人以白牛生目之[3]。

生躯干短小，细目而疏髯[4]，性多勤，他无所嗜，惟攻学不怠[5]，存诸心，著诸书六经[6]，与人言亦六经。或厌其繁，生曰："吾舍此不学也。六经，其曜灵乎[7]！一日无之，则冥冥夜行矣[8]。"生学在治心，道在五伦[9]，自以为至易至简[10]。或笑其迂，生曰："我岂迂哉？我若迂，孟子则迂之首矣[11]。"生好著文，或以文称之，则又艴然怒曰[12]："吾文人乎哉？天地之理欲穷之而未尽也，圣贤之道欲凝之而未成也，吾文人乎哉[13]？"或求学文，生曰："其孝弟乎[14]？文则吾不知也。"生不肯干禄[15]，或欲挽之使出，生曰："禄可干耶？仕当为道谋[16]，干之，私也。"生安于义命[17]，未尝妄有所为。或疑其拙，生曰："我契以天[18]，不合以人，是乃拙之大者，拙乎哉？"生慕孔、颜之乐[19]，如聆钧天之乐[20]，如获衰蹄之金[21]。言及之，手足舞蹈不已。或以为狂，生曰："吾能知之，恨未能允蹈之[22]，奚为狂？"生幼多疢[23]，常行服气法[24],或诮其欲又生,生曰:"盗跖甚夭[25],颜子甚寿[26],子知之乎?"或人不答,生曰:"窃阴阳之和[27],以私一己,服气矣;运量元化[28],节宣四时[29],服气乎?"生虽贫,喜色常溢眉宇间。或诘之,生曰:"吾内足乐也。内既足乐,无人非,无鬼责,得亦乐,失亦乐,我何忧哉?"生御恶衣,粗馔安之。或虑其诈,生曰:"锦衣与卉服虽异[30],暖则一;糟核与淳熬固殊[31],饱则均,何诈为?"生不贵贵人[32],不贫贫人。或尤其无别[33],生曰:"贵自贵耳,于我何加焉?贱自贱耳,于我何损焉[34]?"生与物以诚,三尺之童,莫之敢欺[35]。或讥其同,生曰:"我道盖如是,同不同弗知也。"生不享外神[36],唯事其先甚谨[37]。或谓其报本耶[38],生曰:"非唯报本也,以气感气,吾先以之[39],外人何预哉?"生多读台衡贤守慈恩诸家书[40]。或谤其偏,生曰:"我虽口之未尝,心之也[41],何其偏?"生当情意调适[42],辄悬特磬于虡[43],亲击以铁籈[44],瞑目侧耳而听,自以为达制乐之源。或笑之,生曰:"此蒉桴土鼓之遗声也[45],五音繁会则末矣[46]。"生好着屐登山[47],遇胜境处,注目视弗释。或恶其癖,生曰:"吾于峦容川色,见三代之精华[48],不忍舍也。"

生年四十有六,发无白者,日坐一室中,澄思终日[49]。或执笔立言,动以贤圣自期[50]。其功之所存者,人固莫能识也。适有画史貌生之骑白牛者[51],生大笑,以为得其真,故自疏其事如左,曰《白牛生传》。

赞曰:生妄人也哉?言其文弗能成章,言其道则又邈乎未之见也,犹自语诸心曰:"我学古人,我学古人。"不亦悖且戾乎[52]!

《宋文宪公全集》卷四十

〔1〕作为一篇夫子自道式的自传,这篇散文的旨趣与前选《拙庵记》略同,自明心志而外,亦颇自信与自负。所谓文如其人,可见一斑。据文中可知,作者四十六岁时,有画家为其写真,留下了一帧骑白牛而行的画像,作者认为"得其真",于是就写下了这篇《白牛生传》。

〔2〕金华潜溪:在今浙江中部偏西,为宋濂祖籍。《明史·宋濂传》:"其先金华之潜溪人,至濂乃迁浦江。"

〔3〕目之:称呼他的意思。

〔4〕"生躯干"二句:《明史·宋濂传》:"濂状貌丰伟,美须髯。"与此记述不同。

〔5〕攻学:这里指研读儒家经典。

〔6〕六经:六部儒家经典,旧指《诗》、《书》、《礼》、《乐》、《易》、《春秋》六经,其中《乐》早亡,这里是泛指。

〔7〕曜灵:太阳。

〔8〕"一日无之"二句:语本宋黎靖德《朱子语类》卷九十二:"'天不生仲尼,万古如长夜',唐子西尝于一邮亭梁间见此语。"冥冥,昏暗的样子。

〔9〕五伦:儒家指君臣、父子、兄弟、夫妻、朋友五种人际关系,也称五常。

〔10〕全易至简:语本《宋史·王安石传》:"尧、舜之道,至简而不烦,至要而不迂,至易而不难。但末世学者不能通知,以为高不可及耳。"

〔11〕"孟子"句:作为"四书"之一的《孟子》,其中多次讲究伦常,如《滕文公上》有云:"人之有道也,饱食、暖衣、逸居而无教,则近于禽

兽。圣人有忧之,使契为司徒,教以人伦:父子有亲,君臣有义,夫妇有别,长幼有叙,朋友有信。"这是作者为自己"道在五伦"说法的论证。

〔12〕艴(fú 福,又读 bó 勃)然:发怒的样子。

〔13〕"吾文人乎哉"四句:古代将知书能文者视为文人,是较为低层次的价值取向。《新唐书·裴行俭传》:"行俭曰:士之致远,先器识,后文艺。"《宋史·刘挚传》:"其教子弟,先行实,后文艺。每曰:'士当以器识为先,一为文人,无足观矣。'"作者不愿以"文人"自居,昭示出儒家传统的重德轻文观。

〔14〕孝弟:也作"孝悌"。孝顺父母,敬爱兄长。《论语·学而》:"其为人也孝弟,而好犯上者鲜矣。"

〔15〕干(gān 甘)禄:指谋求官职,求取俸禄。

〔16〕仕当为道谋:做官应当是为实现某种政治理想。

〔17〕义命:这里指本分。

〔18〕契:感通。

〔19〕孔颜之乐:孔子及其弟子颜回不计较艰苦生活而一心向学的乐趣。语本《论语·雍也》:"子曰:贤哉,回也!一箪食,一瓢饮,在陋巷,人不堪其忧,回也不改其乐。贤哉,回也。"

〔20〕钧天之乐:即钧天广乐,意指天上的音乐,仙乐。语本《史记·赵世家》:"我之帝所甚乐,与百神游于钧天,广乐九奏万舞,不类三代之乐,其声动人心。"

〔21〕褭(niǎo 鸟)蹄之金:铸金成马蹄形,这里泛指金银财宝。

〔22〕允蹈:恪守;遵循。

〔23〕疢(chèn 趁):疾病。

〔24〕服气法:道家为养生延年所行吐纳之法,类似今日之"气功"。

〔25〕盗跖(zhí 直):相传为春秋末期的大盗,名跖,柳下屯(今山东西部)人。《庄子》、《孟子》、《荀子》等书对其活动有记述,或属寓言。

夭:短命。

〔26〕颜子:即颜回(前521—前490),字子渊,春秋鲁人,孔子的著名弟子之一,以德行著称,被后世儒家尊为复圣。寿:长寿。颜回短命,《论语·雍也》:"有颜回者好学,不迁怒,不贰过,不幸短命死矣。"以上言盗跖夭、颜回寿,是就其精神而言。

〔27〕阴阳:这里指天地间化生万物的二气。

〔28〕运量(liáng凉):承载容纳。元化:造化;大地。

〔29〕节宣:或裁制、或布散以调适之,使气不散漫,不壅闭。四时:指朝、昼、夕、夜四个时段,语本《左传·昭公元年》:"君子有四时,朝以听政,昼以访问,夕以修令,夜以安身。于是乎节宣其气,勿使有所壅闭湫底,以露其体。"

〔30〕卉服:用绨葛(草)做的衣服。

〔31〕糟核:粗劣的食物。淳(zhūn谆)熬:古代食品中八珍之一,《礼记·内则》:"淳熬,煎醢加于陆稻上,沃之以膏,曰淳熬。"

〔32〕不贵贵人:不以贵人为贵,前一"贵"为意动用法。下"不贫贫人"同。

〔33〕尤:怪罪。

〔34〕"贵自贵耳"四句:化用《庄子·山木》:"其美者自美,吾不知其美也;其恶者自恶,吾不知其恶也。"

〔35〕莫之敢欺:即"莫敢欺之",宾语前置。

〔36〕享:供祭品奉祀祖先。外神:古代指郊、社、封禅等所祭之神。

〔37〕事其先:供奉他的祖先。

〔38〕报本:即报本反始。指受恩思报,不忘本源。

〔39〕吾先以之:我的祖先有所感应。

〔40〕台衡:比喻宰辅大臣。台,三台星;衡,玉衡,北斗杓三星。因台、衡皆位于紫微宫帝座前,故称。贤守:贤良的大臣。慈恩:上对下的

恩惠,这里即指宰辅大臣们对家中子侄辈的书信。

〔41〕心之也:心中向往。

〔42〕调适:协调。

〔43〕特磬(qìng庆):特悬磬,古代一种玉或石制成的打击乐器,有半圆形或曲折形两种。虡(jù具):古代悬钟鼓木架的两侧立柱。这里即指悬特磬的木架。

〔44〕铁籈(zhēn真):这里指敲击特磬所用的铁棒。

〔45〕蒉桴(kuài fū快伕):用草与土抟成的鼓槌。晋袁宏《后汉纪·和帝纪上》:"古者民人淳朴,制礼至简,污尊抔饮,可以尽欢于君亲;蒉桴土鼓,可以致敬于鬼神。"

〔46〕五音:我国古代五声音阶中的宫、商、角、徵、羽五个音级。繁会:指繁多的音调互相参错。

〔47〕屐(jī鸡):木制的鞋,大多有二齿,上山则去前齿,下山则去后齿。

〔48〕三代:指夏、商、周三个朝代,古人常将之理想化,如《论语·卫灵公》:"斯民也,三代之所以直道而行也。"

〔49〕澄思:深思;静思。

〔50〕自期:自许。

〔51〕画史:画师。貌:图画。用如动词。

〔52〕悖(bèi倍):昏乱。戾(lì立):乖张。

刘　基

刘基(1311—1375),字伯温,青田(今属浙江)人。元至顺二年(1331)进士,历官江西高安县丞、江浙儒学副提举、浙东行省郎中,后弃官隐居青田山中,著《郁离子》。元至正二十年(1360),受朱元璋聘,辅佐朱元璋建立明朝,历官御史中丞兼太史令,授弘义馆学士,封诚意伯。因受左丞相胡惟庸排挤,又为朱元璋猜忌,归乡后忧愤而死。一说为胡惟庸所毒死。正德八年(1513)谥文成。刘基为元末明初著名的政治家、军事家与文学家,《明史》有传,谓其"所为文章,气昌而奇,与宋濂并为一代之宗"。其散文体裁多样,内容丰富,以寓言体散文最有特色,见于其著《郁离子》十八章。有《诚意伯刘文成公文集》二十卷。

良　桐[1]

工之侨得良桐焉[2],斫而为琴[3],弦而鼓之[4],金声而玉应[5],自以为天下之美也。献之太常[6]。使国工视之[7],曰:"弗古。"还之。

工之侨以归,谋诸漆工,作断纹焉[8];又谋诸篆工[9],作古窾焉[10];匣而埋诸土[11]。期年出之[12],抱以适市。贵人过而见之,易之以百金,献诸朝。乐官传视,皆曰:"希世之珍也[13]！"

工之侨闻之，叹曰："悲哉，世也！岂独一琴哉？莫不然矣！而不早图之，其与亡矣[14]。"遂去，入于宕冥之山[15]，不知其所终。

《郁离子》卷上

〔1〕元至正十八年(1358)，刘基辞官里居，著《郁离子》上、下卷，用寓言的形式以明志趣。"郁离"何义？徐一夔《郁离子序》解云："离为火，文明之象，用之其文郁郁然，为盛世文明之治。"可以说，《郁离子》反映了作者对元末社会黑暗的抨击与对理想政治的憧憬。《良桐》，有的选本题作《工之侨为琴》。重形式不重内容，信假不信真，乃至金钟毁弃，瓦釜雷鸣，似乎成了封建末世的一条定律。从战国时代屈原到元末的刘基，对于人才问题的诸多感慨，可称"千年一叹"了。

〔2〕工之侨：作者虚拟的制琴工匠。良桐：好桐木。桐木是制琴的佳材。

〔3〕斫(zhuó浊)：砍削。

〔4〕弦：上弦，用如动词。鼓：弹奏。

〔5〕金声而玉应：比喻发音响亮、和谐。语本《孟子·万章下》："集大成也者，金声而玉振之也。"指以钟发声，以磬收韵，奏乐从始至终。

〔6〕太常：指掌管礼乐、祭祀、封赠的官署。元代初设太常寺，后改为太常礼仪院，正官为院使，正二品。见《元史·百官志四》。

〔7〕国工：一国中技艺特别高超的人。语本《周礼·考工记·轮人》："故可规、可矩、可水、可县、可量、可权也，谓之国工。"

〔8〕断纹：古琴因长年弹奏而使其面漆断裂成纹。宋赵希鹄《洞天清禄集·古琴辨》："古琴以断纹为证，盖琴不历五百岁不断。"

〔9〕篆工:能写刻篆书的人。篆书,汉字书体之一,有大篆、小篆之分。

〔10〕古欵(kuǎn 款):这里指用篆书刻写的仿古款识。欵,通"款"。

〔11〕匣:装入匣中。匣,用如动词。

〔12〕期(jī 机)年:一周年。

〔13〕希世之珍:世上稀见的珍贵物品。希,通"稀"。

〔14〕其与亡矣:与这种世道一起消亡。

〔15〕宕冥(dàng míng 荡明):天极高处之气,借指高空。这里为假托的山名。

蜀贾[1]

蜀贾三人,皆卖药于市。其一人专取良,计入以为出[2],不虚价亦不过取赢[3]。一人良不良皆取焉,其价之贱贵,惟买者之欲,而随以其良不良应之[4]。一人不取良,惟其多卖,则贱其价,请益则益之,不较[5],于是争趋之,其门之限月一易[6],岁馀而大富。其兼取者趋稍缓,再期亦富[7]。其专取良者,肆日中如宵[8],日食而昏不足。

郁离子见而叹曰:"今之为士者亦若是夫[9]!昔楚鄙三县之尹三[10],其一廉而不获于上官,其去也无以僦舟[11],人皆笑以为痴。其一择可而取之,人不尤其取而称其能贤[12]。其一无所不取以交于上官,子吏卒而宾富民[13],则不待三年,举而任诸纲纪之司[14],虽百姓亦称其善,不亦怪哉!"

《郁离子》卷上

〔1〕贪污腐败是封建专制极权统治下的痼疾,其所以如此,就在于黑白不分、是非颠倒的社会风气。刘基身后三百馀年,作《聊斋志异》的蒲松龄也曾一针见血地指出:"黜陟之权,在上台不在百姓。上台喜,便是好官;爱百姓,何术能令上台喜也?"(《聊斋志异·梦狼》)这一封建社会普遍的"仕途关窍",正可以解释郁离子"不亦怪哉"的慨叹;明于此,再看三位四川卖药人的不同遭遇,也就不足为奇了。

〔2〕计入以为出,根据(药材)进价来确定卖价。

〔3〕赢:通"赢",馀利。

〔4〕"惟买者"二句:根据买药者出钱的多少,卖给他们好药或差药。

〔5〕较:计较。

〔6〕限:门槛。

〔7〕再期(jī机):两周年。

〔8〕肆:店铺。日中如宵:白天如同夜晚一样,形容没有生意可做。

〔9〕士:通"仕",指做官的人。

〔10〕楚鄙三县之尹三:楚国边境三县的三位官吏。鄙,边境。尹,春秋时楚国官吏多称尹。

〔11〕僦(jiù就):租赁。

〔12〕尤:怪罪,用如动词。

〔13〕子吏卒:将下属当作儿子一样对待。宾富民:把富裕之民当作宾客一样对待。

〔14〕举:推举。纲纪之司:古代公府与州郡主簿一类的官,其位高于县尹。

司马季主论卜[1]

东陵侯既废[2],过司马季主而卜焉[3]。季主曰:"君侯何卜也?"东陵侯曰:"久卧者思起,久蛰者思启[4],久懑者思嚏[5]。吾闻之蓄极则泄,闷极则达[6],热极则风,壅极则通。一冬一春,靡屈不伸[7],一起一伏,无往不复[8]。仆窃有疑,愿受教焉。"季主曰:"若是则君侯已喻之矣,又何卜为?"东陵侯曰:"仆未究其奥也,愿先生卒教之[9]。"季主乃言曰:"呜呼!天道何亲[10]?惟德之亲[11];鬼神何灵?因人而灵。夫蓍[12],枯草也;龟[13],枯骨也,物也。人,灵于物者也,何不自听而听于物乎?且君侯何不思昔者也[14]?有昔者必有今日,是故碎瓦颓垣,昔日之歌楼舞馆也;荒榛断梗[15],昔日之琼蕤玉树也[16];露蛩风蝉[17],昔日之凤笙龙笛也[18];鬼燐萤火[19],昔日之金釭华烛也[20];秋荼春荠[21],昔日之象白驼峰也[22];丹枫白荻[23],昔日之蜀锦齐纨也[24]。昔日之所无,今日有之不为过;昔日之所有,今日无之不为不足。是故一昼一夜,华开者谢[25];一秋一春,物故者新。激湍之下[26],必有深潭;高丘之下,必有浚谷[27]。君侯亦知之矣,何以卜为?"

《郁离子》卷下

[1] 本题从一般选本,今本《郁离子》或题作《东陵侯》。司马季主,

楚人,汉初曾卖卜于长安东市。见《史记·日者列传》。古人用火灼龟甲,根据裂纹以预测吉凶,称卜。后世即泛指用各种形式以预测吉凶者。《诗·小雅·十月之交》:"高岸为谷,深谷为陵。"世事沧桑也如自然界的巨变,这篇寓言尽管有些许无奈的情感,但指出矛盾的对立与转化,对于今人也有其积极意义。

〔2〕东陵侯:即召(shào 邵)平,秦时广陵人,封东陵侯。秦亡,为布衣,种瓜长安城东,瓜美,俗称东陵瓜。事见《史记·萧相国世家》。废:指秦亡后失去爵位。

〔3〕过:造访。

〔4〕蛰(zhé 哲):动物冬眠。

〔5〕懑(mèn 闷):烦闷。

〔6〕闭(bì 必):阻隔,断绝。

〔7〕"一冬一春"二句:语本《易·系辞下传》:"寒往则暑来,暑往则寒来,寒暑相推而成岁焉。往者屈也,来者信(伸)也,屈信相感而利生焉。"靡屈不伸,屈曲者没有不伸展的。

〔8〕"一起一伏"二句:语本《易·泰》:"九三,无平不陂,无往不复。"无往不复,指事物对立转化的道理。

〔9〕卒:最终。

〔10〕天道:天理,天意,意即自然法则。

〔11〕惟德之亲:只对有道德的人亲近。语本《尚书·周书·蔡仲之命》:"皇天无亲,惟德是辅。"又《老子》七十九章:"天道无亲,常与善人。"

〔12〕蓍(shī 师):多年生草木植物,一本多茎,我国古代用其茎占卜。

〔13〕龟:我国古代用作占卜之具,灼龟甲以卜凶吉。

〔14〕昔者:指有爵位的时候。

〔15〕荒榛:杂乱丛生的草木。断梗:折断的草木。

〔16〕琼蕤(ruí 蕊阳平):玉花。这里即指奇花。玉树:美丽的树。

〔17〕蛩(qióng 穷):同"蛩",蟋蟀。

〔18〕凤笙:笙的美称,以其形制像凤之身。龙笛:笛的美称,以其音似水中龙鸣。

〔19〕鬼燐:又作"鬼磷",即磷火。人或动物尸体腐烂分解出磷化氢,能自燃,迷信者以为是幽灵之火,故称鬼火。

〔20〕金釭(gāng 缸):金制的灯盏。华烛:华美的烛火。

〔21〕荼(tú 图):苦菜。荠(jì 记):叶可食用的野菜。《诗·邶风·谷风》:"谁谓荼苦?其甘如荠。"

〔22〕象白:象的脂肪。驼峰:骆驼背上的肉峰。古人认为二者是珍贵的食品。

〔23〕丹枫:经霜泛红的枫叶。白荻:白色的荻花。

〔24〕蜀锦:四川所产彩锦。齐纨:山东所产白细绢。

〔25〕华:同"花"。

〔26〕激湍(tuān 团阴平):急流的水。

〔27〕滚谷:深谷。

全婴堂序[1]

术有可以寓道者[2],其医乎?夫济人利物,无位者不能焉[3],惟医以救死扶生为功,苟志于斯[4],使恻隐之心恒存而不死[5],岂非为仁之机栝耶[6]?故术之近道者莫如医,医之为功,昭晰不昧[7],故于术为难。至于婴儿之医,则难乎又难矣。是故古人语治天下曰"如保赤子"〔8〕。夫赤子无知,疾病、痛痒、饥饱、寒暖,一听于人而不能告,死生存亡无所归咎〔9〕,天下之难保者,孰有甚于赤子哉? 故又曰:"心诚求之,虽不中,不远矣。"〔10〕言不可以卤莽虚伪为也〔11〕。呜呼!治天下者,果能存是心乎? 吾不得而知也。得见善医者,亦可以自慰矣。

武林忻生〔12〕,儒者也〔13〕,而工为医,以"全婴"名其堂,先难也〔14〕。夫以儒为医〔15〕,固当与常医殊,他日达而用于时〔16〕,则又举其为医之心而措之〔17〕,"岂曰小补"云乎哉〔18〕!

《诚意伯刘文成公文集》卷五

〔1〕杭州忻生将自家厅事命名为"全婴",意即保全婴儿,用来彰显其擅长小儿科的儒医本色。作者为之写此篇赠序,以小寓大,由"全婴"联系到"如保赤子"的政治理想,可谓是借题发挥,道出了自己"治国平天下"的价值取向。

〔2〕术:某种技能或技艺。寓道:寄托于道。

〔3〕无位者:指无官位的人。

〔4〕苟:假若。斯:这。

〔5〕恻隐:对受苦难者表示同情。

〔6〕机栝(kuò扩):弩上发矢的机件,比喻事物的关键所在。

〔7〕昭晰不昧:明显而不昏暗。

〔8〕赤子:婴儿,古人常以喻百姓、人民。"如保赤子"语本《尚书·周书·康诰》:"若保赤子,惟民其康乂。"孔颖达疏:"子生赤色,故言赤子。"又《礼记·大学》引《康诰》作"如保赤子"。

〔9〕归咎(jiù 救):归罪。

〔10〕"心诚"三句:语本《礼记·大学》,意即用诚心去推求保护婴儿的含义,即使不完全对,也不会差得太多。

〔11〕"言不可"句:(《大学》上的话)是说不能用轻率与虚假的手段去治理天下啊。

〔12〕武林:指杭州。忻生:不详,待考。

〔13〕儒者:旧指崇奉孔孟之道的读书人。

〔14〕先难:即"先难后获"的略语,语本《论语·雍也》:"仁者先难而后获,可谓仁矣。"意即仁德的人先付出一定力量,然后收获果实,可以说是仁德了。

〔15〕以儒为医:即旧时所称之"儒医",以读书人而行医者。

〔16〕达:指为官入仕。

〔17〕措:施行,运用。

〔18〕岂曰小补:语本《孟子·尽心上》:"夫君子所过者化,所存者神,上下与天地同流,岂曰小补之哉?"意即有道德的人经过之处,人们受到感化,停留之所,其作用更神秘莫测,上与天,下与地同时运转,难道只是小小的补益吗?

活水源记[1]

灵峰之山[2],其上曰金鸡之峰。其草多竹;其木多枫、楮[3],多松。其鸟多竹鸡[4],其状如鸡而小,有文采,善鸣。寺居山中,山四面环之。其前山曰陶山[5],华阳外史弘景之所隐居[6]。其东南山曰日铸之峰[7],欧冶子之所铸剑也[8]。寺之后,薄崖石有阁[9],曰松风阁[10],奎上人居之[11]。

有泉焉,其始出石罅[12],涓涓然冬温而夏寒,浸为小渠[13],冬夏不枯。乃溢而西南流,乃伏行沙土中,旁出为四小池,东至山麓,[14]潴为大池[15],又东注于若耶之溪[16],又东北入于湖[17]。其初为渠时,深不逾尺,而澄澈可鉴,俯视,则崖上松竹花木皆在水底。故秘书卿白野公恒来游[18],终日坐水旁,名之曰活水源。其中有石蟹,大如钱;有小鲫鱼[19],色正黑,居石穴中,有水鼠常来食之[20]。其草多水松、菖蒲[21]。有鸟大如鸜鹆[22],黑色而赤嘴,恒鸣其上,其音如竹鸡而滑[23]。有二脊令[24],恒从竹中下,立石上,浴饮毕,鸣而去。予早春来,时方甚寒,诸水族皆隐不出。至是,悉出。又有虫四、五枚,皆大如小指,状如半莲子,终日旋转行水面,日照其背,色若紫水晶,不知其何虫也。

予既爱兹水之清,又爱其出之不穷,而能使群动咸来依[25],有君子之德焉。上人又曰:"属岁旱时[26],水所出,能溉田数十亩。"则其泽又能及物,宜乎白野公之深爱之也[27]。

《诚意伯刘文成公文集》卷六

〔1〕元顺帝至正十五年(1355)夏,尚被羁管于绍兴的刘基,曾与友人一同游览会稽山水,写下一组游记散文,此为第二篇,展示了作者崇尚自由的天性,活泼泼地,清新自然。作者笔下的草树虫鱼,皆生趣盎然,正是作者会心于自然的表证,并令活水源的"活"字有了着落,的是

作手。

〔2〕灵峰之山:在绍兴东南会稽山上。山中有灵峰寺,下文"寺居山中"即是。

〔3〕楮(zhū诸):常绿乔木,叶子长椭圆形,花黄绿色,果实球形。

〔4〕竹鸡:一种形似鹧鸪而小的鸟,多呈橄榄褐色,生活于竹林中。

〔5〕陶山:一名陶晏岭,在绍兴东南四十馀里,以南北朝时齐陶弘景曾隐居于此,故名陶山。

〔6〕华阳外史弘景:即南北朝的陶弘景(456—536),字通明,丹阳秣陵人。为齐诸王侍读,后隐居于句容句曲山,自号华阳隐居,以佐萧衍夺齐帝位,建立梁朝,被时人称为山中宰相。主张儒、释、道三教合一。《梁书》《南史》皆有传。外史,古人常用为别号。

〔7〕日铸之峰:即日铸岭,在陶山以北,相传为春秋时工匠欧冶子铸剑之所。

〔8〕欧冶子:春秋时著名工匠,曾应越王聘,为铸湛庐、巨阙、胜邪、鱼肠、纯钩五剑,后又与干将为楚王铸龙渊、泰阿、工布三剑。

〔9〕薄:迫近,靠近。

〔10〕松风阁:详本书所选《松风阁记》。

〔11〕奎上人:当时的一位僧人。上人,对僧人的尊称。

〔12〕石罅(xià下):石缝。

〔13〕浸:渐渐地。

〔14〕山麓:山脚。

〔15〕潴(zhū诸):汇聚。

〔16〕若耶之溪:即若耶溪,在绍兴东南若耶山下,相传春秋时美女西施曾浣纱于此,故又名浣纱溪。

〔17〕湖:指鉴湖,在绍兴南,又名镜湖。

〔18〕秘书卿:元代秘书监长官,正三品。秘书监,掌历代图籍并阴

阳禁书。见《元史·百官志六》。白野公：即泰不华(1304—1352)，字兼善，伯牙吾台氏，世居白野山，故称白野公。元英宗至治间进士，历官集贤修撰、秘书监、礼部侍郎、翰林院侍读学士、知制诰同修国史。后与方国珍水战，阵亡。《元史》有传。

〔19〕鲫(jì 计)鱼：即鲫鱼。

〔20〕水鼠：生活于水边的一种鼠。

〔21〕水松：藻类植物，可入药。菖蒲：多年生草本植物，长于水边。

〔22〕鸜鹆(qú yù 渠遇)：鸟名，俗称八哥。

〔23〕滑：流利。

〔24〕脊令：鸟名，即鹡鸰。

〔25〕群动：各类动物。咸：皆。

〔26〕属岁旱时：当逢农旱之时。属(zhǔ 嘱)，适逢。

〔27〕"宜乎"句：《元史》本传称泰不华"尚气节，不随俗浮沉"。

松风阁记(前、后)[1]

前　篇

雨、风、露、雷，皆出乎天。雨、露有形，物待以滋。雷无形而有声，惟风亦然。

风不能自为声，附于物而有声，非若雷之怒号訇磕于虚无之中也[2]。惟其附物而为声，故其声一随于物，大小清浊，可喜可愕，悉随其物之形而生焉。土石贞刚[3]，虽附之不能为声;谷虚而大,其声雄以厉[4];水荡而柔,其声汹以㳌[5]。皆不得其中和,使人骇胆而惊心。故独于草木为宜。而草木之中,叶之大者,其声窒[6];叶之槁者,其声悲;叶之柔者,其声懦而不扬。是故宜于风者莫如松。

盖松之为物,干挺而枝樛[7],叶细而条长,离奇而巃嵷[8],潇洒而扶疏[9],鬖髿而玲珑[10]。故风之过之,不壅不激[11],疏通畅达,有自然之音;故听之可以解烦黩[12],涤昏秽[13],旷神怡情,恬淡寂寥,逍遥太空,与造化游[14]。宜乎适意山林之士乐之而不能违也。

金鸡之峰[15],有三松焉,不知其几百年矣。微风拂之,声如暗泉飒飒走石濑[16];稍大,则如奏雅乐[17];其大风至,则如扬波涛,又如振鼓[18],隐隐有节奏。方舟上人为阁其下[19],而名之曰松风之阁。予尝过而止之,洋洋乎若将留而忘归焉[20]。盖虽在山林而去人不远,夏不苦暑,冬不酷寒,观于松可以适吾目,听于松可以适吾耳,偃蹇而优游[21],逍遥而相羊[22],无外物以汩其心[23],可以喜乐,可以永日[24],又何必濯颍水而以为高[25],登首阳而以为清也哉[26]?

予,四方之寓人也[27],行止无所定,而于是阁不能忘情,故将与上人别,而书此以为之记。时至正十五年七月九日也[28]。

后　篇

松风阁在金鸡峰下,活水源上[29]。予今春始至,留再宿[30]，皆值雨，但闻波涛声彻昼夜，未尽阅其妙也。至是，往来止阁上凡十馀日，因得备悉其变态[31]。

盖阁后之峰，独高于群峰，而松又在峰顶。仰视如幢葆临头上[32]。当日正中时，有风拂其枝，如龙凤翔舞，离褷蜿蜒[33]，缪辘徘徊[34]；影落檐瓦间，金碧相组绣[35]。观之者目为之明。有声如吹埙箎[36]，如过雨，又如水激崖石，或如铁马驰骤[37]，剑槊相磨戛[38]；忽又作草虫鸣切切[39]，乍大乍小，若远若近，莫可名状。听之者，耳为之聪[40]。

予以问上人。上人曰："不知也。我佛以清净六尘为明心之本[41]。凡耳目之入，皆虚妄耳。"予曰："然则上人以是而名其阁，何也？"上人笑曰："偶然耳。"

留阁上又三日，乃归。至正十五年七月二十三日记。

《诚意伯刘文成公文集》卷六

〔1〕本文与前选《活水源记》为同一组散文，分为前、后二篇。题曰《松风阁记》，而落笔处则在风与松的声音与形貌及其二者相互的关系，极尽形容、比喻之能事，铸意措词，皆有深情寓乎其中；而后篇以方舟上人"偶然耳"三字作问答之结语，耐人寻味，更见作者独运的匠心所在。

〔2〕訇磕(hōng kē 轰柯)：形容大声。虚无：天空。

〔3〕赑屃(xì bì 戏必)：坚固壮实。

〔4〕雄以厉：雄壮而猛烈。

〔5〕汹以豗(huī 挥)：声大而喧闹。

〔6〕窒(zhì 至)：阻塞。

〔7〕樛(jiū 纠)：向下弯曲。

〔8〕尨茸(lóng zōng 隆宗):错杂不齐的样子。

〔9〕扶疏:枝叶繁茂纷披的样子。

〔10〕鬖髿(sān suō 三梭):枝叶下垂的样子。

〔11〕壅:堵塞。激:猛烈。

〔12〕烦黩(dú 独):繁杂污浊。

〔13〕昏秽:神情昏乱,形貌污秽。

〔14〕造化:指自然。

〔15〕金鸡之峰:金鸡峰,在绍兴东南会稽山上。

〔16〕石濑(lài 赖):沙石上的急流。

〔17〕雅乐:古代帝王祭祀天地、祖先及朝贺、宴享时用的舞乐。儒家认为其音乐中正和平。

〔18〕振:击。

〔19〕方舟上人:《活水源记》(见前选):"松风阁,奎上人居之。"不知与"方舟上人"是否为一人。上人,古僧人的敬称。

〔20〕洋洋乎:快意的样子。

〔21〕偃蹇(yǎn jiǎn 衍剪):安卧。优游:悠闲自得。

〔22〕相羊:徘徊,盘桓。语本《楚辞·离骚》:"聊逍遥以相羊。"

〔23〕汩(yǔ 古):扰乱。

〔24〕永日:指可以消磨时日。语本《诗·唐风·山有枢》:"且以喜乐,且以永日。"

〔25〕濯(zhuó 卓):洗。颍水:河名,源出今河南登封西,东南流经安徽入淮河。相传尧欲传天下让与许由,许由遁耕于颍水之阳;尧又召为九州长,许由不欲闻,就洗耳于颍水之滨。事见《史记·伯夷列传》。

〔26〕首阳:山名,在今山西永济南。相传伯夷、叔齐为商孤竹君之二子,周武王灭商,二人耻食周粟,逃到首阳山采薇而食,饿死。事见《史记·伯夷列传》。清:清高。语本《孟子·万章下》:"伯夷,圣之清

51

者也。"

〔27〕寓人:羁旅之人。

〔28〕至正:元顺帝年号(1341—1368)。至正十五年即公元1355年。

〔29〕活水源:详前选《活水源记》。

〔30〕留再宿:住了两天。

〔31〕备悉:尽知详情。变态:变化的状态。

〔32〕幢(chuáng床)葆:幢幡羽葆,形如华盖。

〔33〕离褷(shī施):通"褵褷",毛羽初生的样子,形容松针。蜿蜒:形容松枝干曲折如蛇之爬行状。

〔34〕镠轕(jiāo gé 交格):纵横交错的样子。

〔35〕组绣:编织成彩锦。

〔36〕埙(xūn勋):古代吹奏乐器,用土烧制而成。篪(chí池):古代吹奏乐器,竹制,似笛。

〔37〕铁马:披甲的骑兵。

〔38〕槊(shuò朔):长矛。磨戛(jiá颊):撞击。

〔39〕切切:音细微而急促。

〔40〕聪:听觉灵敏。

〔41〕六尘:佛教将色、声、香、味、触、法称为六尘,能污染人的六根(耳、目、鼻、舌、身、意)。明心之本:使心地达到明净的根本途径。

卖柑者言[1]

杭有卖果者[2],善藏柑,涉寒暑不溃[3]。出之烨然[4],玉质而金色。置于市,贾十倍[5],人争鬻之[6]。予贸得其一。剖之,如有烟扑口鼻。视其中,则干若败絮。予怪而问之曰:"若所市于人者[7],将以实笾豆[8],奉祭祀,供宾客乎?将衒外以惑愚瞽也[9]?甚矣哉,为欺也!"

卖者笑曰:"吾业是有年矣[10]。吾赖是以食吾躯[11]。吾售之,人取之,未尝有言,而独不足子所乎?世之为欺者不寡矣,而独我也乎?吾子未之思也[12]。今夫佩虎符、坐皋比者[13],洸洸乎干城之具也[14],果能授孙吴之略耶[15]?峨大冠、拖长绅者[16],昂昂乎庙堂之器也[17],果能建伊皋之业耶[18]?盗起而不知御,民困而不知救,吏奸而不知禁,法教而不知理[19],坐糜廪粟而不知耻[20]。观其坐高堂,骑大马,醉醇醲而饫肥鲜者[21],孰不巍巍乎可畏[22],赫赫乎可象也[23]?又何往而不金玉其外、败絮其中也哉!今子是之不察,而以察吾柑!"

予默然无以应。退而思其言,类东方生滑稽之流[24]。岂其愤世疾邪者耶?而托于柑以讽耶?

《诚意伯刘文成公文集》卷七

[1] 元代末年,社会腐败日益加重,文恬武嬉,窃踞高位者多是欺世盗名的无耻之徒。本文以巧妙构思,借卖柑者之言,用辛辣的口吻讽刺了那些"金玉其外,败絮其中"的文臣武将,文字简练,却很有说服力。

[2] 杭:今浙江杭州。

[3] 涉:经历。溃:烂。

[4] 烨(yè 叶)然:光彩耀目的样子。

[5] 贾(jià 价):同"价"。

〔6〕鬻(yù 遇):这里是买的意思。

〔7〕若:你。

〔8〕实:充实。笾(biān 边)豆:古代祭祀或宴会时盛食品的两种容器,笾为竹制,豆为木或陶制。

〔9〕衒(xuàn 绚):同"炫",即炫耀。愚瞽:傻子或盲人。

〔10〕业是:从事这一职业。

〔11〕食(sì 寺):供养。

〔12〕未之思:即"未思之",宾语前置。

〔13〕虎符:虎形并分成两半的兵符,是古代调兵用的凭证。"佩虎符"者即武将。皋比(gāo pí 高皮):虎皮。这里指武将的座席。

〔14〕洸(guāng 光)洸:威武的样子。语本《诗·大雅·江汉》:"江汉汤汤,武夫洸洸。"干(gàn 赣)城:捍卫。语本《诗·周南·兔罝》:"赳赳武夫,公侯干城。"具:才能。这里指有才能的人。

〔15〕孙吴:我国古代著名军事家孙武与吴起。孙武,春秋时齐人,著有《孙子兵法》;吴起(?—前378),战国时卫人,先后仕魏文侯与楚悼王,战功卓著。略:谋略。

〔16〕峨:高耸。绅:古代士大夫束于腰间,一头下垂的大带。《礼记·玉藻》:"绅长,制,士三尺,有司二尺有五寸。"

〔17〕昂昂:骄傲自负的样子。庙堂之器:朝廷中的栋梁之臣。庙堂,宗庙朝堂,即指朝廷。

〔18〕伊皋:我国古代著名政治家伊尹与皋陶(yáo 尧)。伊尹,商汤时大臣,曾佐汤攻灭夏桀。皋陶,虞舜时的掌刑法的大臣。业:事业。

〔19〕斁(dù 渡):败坏。理:整顿。

〔20〕坐:空,徒然。糜(mí 迷):浪费。廪(lǐn 凛)粟:官府供应官吏的禄米。廪,粮仓。

〔21〕醇酞(chún nóng 淳浓):味道浓厚的酒。饫(yù 遇):饱食。

〔22〕巍巍:高大的样子。

〔23〕赫赫:气势显赫盛大的样子。象:效法。

〔24〕东方生:即西汉的东方朔(前154—前93),字曼倩,汉武帝时官至太中大夫,以诙谐滑稽名传后世,有关异闻甚多。《史记》、《汉书》皆有传。滑(gǔ古)稽:指能言善辩、言辞流利。

樵渔子对[1]

樵渔之为业,贱而且劳,有嗜之若将终身者,察其私,非赖是以生,盖隐者也。人有问之曰:"夫嵩、岱之木不朽心而液节者[2],固将应栋梁之需也;幽冀之马不曳蹄而蹶膝者[3],固将驾瑶象之车也[4]。天地之间,莫大乎人,观子之容,坦坦施施[5],神气盈宇[6],又伟且奇,方今圣明在上[7],旁搜俊贤,纤芥之善毕举,寸尺之长不捐[8],是故怀德抱材之士,莫不龙跃九渊,凤骞高云[9],傅岩无版筑之老[10],磻溪起垂钓之民[11],藏器待用者维其时矣[12]。方当豹变风云[13],接武龙夔[14],施泽于民,以措时宜[15]。不此之图,顾守污卑[16],翳荟山泽[17],没齿何为[18]?赪肩汗体[19],跋履崖谷[20],铦觚覃刺[21],钻肤如镞[22],蹈蛇触虎,动贻荼毒[23]。清泠之川,太鱼不处,鳅鳝琐琐[24],杂以虾蛹[25],穷日之力,所获几许?朱门晨启,歌钟聒天[26],先生之灶,冷而无烟;银鞍骏马,照映狐貂[27],先生之袍,长不蔽足;徒怀垒而佩苴[28],长芜没于丘壑[29],甚无谓也。"

隐者笑曰："子不见夫炎洲之翡翠乎[30]？巢居绝岛之中，栖息乎陵苕之上[31]，饮石底之流泉，食葭下之纤鳞[32]，蔚罗不能加[33]，弓弩不能及也。一旦乘风远逝，泛滥乎江湖之间[34]，饱鱼虾而饫稻粱[35]，洋洋焉不知其所归[36]，虞人罔而撤其毛羽焉[37]，向使守分而居，孰得而致之哉！故曰：贵贱，命也；穷通，时也。是以鹦雀不思霄汉之翔[38]，麋鹿不羡攀缘之能，故能全其身。今子之云，是欲剡蒿以射犀札[39]，植菰蒋于千仞之崖[40]，而冀其实也[41]。且今之遇于世者何如耶？附势趋权，病于深谷之颓肩；忧谗畏讥[42]，过于蛇虺之螫毒[43]。学古入官[44]，试用有司[45]，责任何弘，俸禄何微。苟虚名之日著，亦奚救于寒饥？若夫高屋大厦，百鬼所阚[46]，妖服贾祸[47]，先哲时鉴[48]，是岂野人之所愿欲哉[49]？采山林以食力，钓清泠以自适[50]，日高而起，日入而卧，目不接市肆之尘，耳不受长官之骂，俯石泉以莹心[51]，搴芳兰以为藉[52]，荣与辱其两忘，世与身而相谢[53]，若是者，吾庸多矣[54]，吾又何所求哉！"

问者退而言于予，予惟其言近乎道，故志之[55]。隐者居桐江[56]，不知其名，人谓之"樵渔子"云。

《诚意伯刘文成公文集》卷七

[1]《论语·泰伯》："天下有道则见，无道则隐。"中国古代的读书人在理想与现实的矛盾中常以所谓归隐作为洁身自好的手段，当然这也要有一定的经济基础做保证。从晋陶渊明的"不为五斗米折腰"到宋林和靖的"梅妻鹤子"的飘逸，都在倾诉着儒家信奉者的心声。这篇文章

以问答形式宣泄了作者对元末政治腐败的憎恶与无奈,"樵渔子"者,就是作者的代言人。

〔2〕嵩岱:指中岳嵩山(在今河南登封北)与东岳泰山(在今山东中部)。岱为泰山的别称。液节:与"液樠"相对,液樠是树木脂液流出的意思,《庄子·人间世》认为难做栋梁之材的散木"以为门户则液樠"。液节就是木材可以保持其脂液而不渗出,因而不朽可作栋梁。

〔3〕幽冀:幽州与冀州,今河北与中原一带。古人认为这一带产良马,《左传·昭公四年》:"冀之北土,马之所生。"曳蹄:拖着蹄子小步前行。蹶膝:马膝跌倒,即失足。

〔4〕瑶象之车:用美玉和象牙装饰的车子。

〔5〕坦坦施施:泰然自若、喜悦自得的样子。

〔6〕宇:胸襟。

〔7〕圣明:即圣明天子。

〔8〕捐:舍弃。

〔9〕翥(zhù 住):向上飞。

〔10〕"傅岩"句:谓像傅说这样的贤士都得到朝廷重用。傅岩,古地名。相传商代贤士傅说为奴隶时曾版筑于此,后为武丁访得,举以为相,殷商因而中兴。事见《尚书·说命上》《史记·殷本纪》。版筑,古代筑墙以两版相夹,填泥其中,以杵捣实成墙。

〔11〕磻(pán 盘)溪:水名,在今陕西宝鸡市东南,传说周吕尚未遇周文王时曾垂钓于此,后辅佐周武王灭殷,建立周朝。事见《史记·齐太公世家》。

〔12〕藏器待用:比喻怀才以等待为朝廷所用。语本《易·系辞下》:"君子藏器于身,待时而动。"

〔13〕豹变:如豹子皮毛的花纹那样,从幼小至成年发生显著的变化。语本《易·革》:"君子豹变,其文蔚也。"风云:即风云际会,喻君臣

遇合。

〔14〕接武龙夔(kuí奎):继承舜时贤臣龙与夔的功业。接武,步履相接。龙,相传为舜的谏官;夔,相传为舜的乐官。

〔15〕以措时宜:按当时的需要或风尚加以治理。

〔16〕顾:反而。

〔17〕翳(yì易)荟山泽:以草木茂盛的山泽为障蔽,意即退隐山林。翳荟,草木茂盛,可为障蔽。

〔18〕没(mò默)齿:终身。

〔19〕赪(chēng撑)肩:肩头因担负重物而发红。

〔20〕跋履:辛劳奔波。

〔21〕铦觚(xiān gū仙姑):农具的棱角。铦,农具名。觚(yǎn演)刺:锐利的刺。

〔22〕镞(zú族):箭头。

〔23〕贻:遗留。荼毒:比喻毒害。荼,苦菜。毒,毒虫毒蛇之类。

〔24〕鳅(qiū秋)鳝:泥鳅和鳝鱼。泛指小鱼鲜。琐琐:细小,不重要。

〔25〕蜅(fǔ甫):小蟹。

〔26〕聒(guō锅)天:声音震天。

〔27〕狐貉(hé合):指狐、貉的毛皮制成的皮衣,属贵重衣物。

〔28〕怀荃:怀念君主。荃,香草名,即菖蒲,多喻君主,屈原《离骚》:"荃不察余之中情兮,反信谗而齌怒。"佩茝(zhǐ止):佩带香草,比喻品行高洁。茝,香草名,即白芷。

〔29〕芜没:湮灭。丘壑:这里指幽僻之地。

〔30〕炎洲:神话传说中的南海炎热岛屿,见《海内十洲记·炎洲》。翡翠:鸟名,雄曰翡,雌曰翠。嘴长而直,生活于水边,以鱼虾为食,羽毛有蓝、绿、赤、棕等色。

〔31〕陵苕(tiáo 条):花名,凌霄花的别名。

〔32〕葭(jiā 加):初生的芦苇。纤鳞:指鱼。

〔33〕蔚罗:即"罻(wèi 畏)罗",捕鸟的网。

〔34〕泛滥:这里指随意、漫不经心地飞。

〔35〕饫(yù 遇):饱食。

〔36〕洋洋:自得的样子。

〔37〕虞人:古代掌管山泽苑囿、田猎的官员。罔:通"网",用如动词,即张网捕捉。

〔38〕鹦(yàn 谚)雀:一种小鸟,鹑的一种。

〔39〕剡(yǎn 演)蒿:削尖蒿草。犀札:即犀甲,古人用牛皮制的铠甲。

〔40〕菰(gū 姑)蒋:即茭白,生长于池沼的多年生草木植物。

〔41〕冀:希望。实:指菰的实,一名雕胡米,古人以为六谷之一。

〔42〕讟(dú 渎):诽谤。

〔43〕虺(huǐ 毁):古称蝮蛇一类的毒蛇。螫(shì 试)毒:毒害。

〔44〕学古入官:语本《尚书·周官》:"学古入官。"孔传:"言当先学古训,然后入官治政。"

〔45〕试用:任用。有司:官吏。古代设官分职,各有专司,故称。

〔46〕百鬼:各种鬼怪。阚(kàn 看):通"瞰",远看。

〔47〕妖服:妖冶的服装。贾(gǔ 古)祸:招来祸患。语本《易·系辞上》:"冶容诲淫。"

〔48〕先哲:先世的贤人。

〔49〕野人:这里指隐逸者。

〔50〕清泠:指河湖。

〔51〕莹心:使心光明纯洁。莹,用如动词。

〔52〕搴(qiān 牵):采取。藉(jiè 借):草垫。

59

〔53〕相谢:相避。

〔54〕庸:功。语本《左传·昭公四年》:"君庸多矣。"

〔55〕志:记载。

〔56〕桐江:在今浙江中部,即钱塘江自建德至桐庐段的别称。

贝　琼

　　贝琼(1314—1378),字廷琚,一名阙,字廷臣。崇德(今浙江桐乡)人。年四十八始领乡荐,遭乱,避居殳山,张士诚屡辟不就。明洪武三年(1370)聘修《元史》,六年除国子助教,改中都国子监,教勋臣子弟。洪武十一年(1378)致仕,卒。《明史》有传,称其"性坦率,笃志好学","学行素优,将校武臣皆如礼重"。著有《清江贝先生集》四十一卷(文集三十一卷、诗集十卷)。

运甓斋记[1]

　　昔长沙公陶侃刺广州[2],朝运百甓于斋外,暮运于斋内。人问其故,对曰:"吾方致力中原,故习劳耳。"呜呼!晋自渡江而南[3],上下俱偷[4],弃中原而不恤[5],侃独有志于此,固非一时坐谈老庄者所及也[6]。及都督荆湘等州,检摄军府众事[7],未尝少闲。又尝语人曰:"大禹圣人[8],乃惜寸阴[9],至于众人,当惜分阴[10],岂可逸游荒醉,生无益于时,死无闻于后[11]。"其聪敏恭勤,于此见之,非特运甓一事而已。

　　吾意其拥强兵,据重地,畜威养锐之久,当率诸郡请命北伐,拔黔首于膻腥[12],以雪宗庙之耻[13]。而即安一方,凡四十馀年,所谓平日习劳欲致力中原者,直虚语耳!

且诸胡迭兴[14],未易剪也。苏峻之变[15],国破君辱,正臣子灰身之日[16]。大兵云集,乃欲违众西还,纵虎自害,亦独何心哉[17]?周太叔带之难[18],齐小白有洮之会[19],晋重耳有温之师[20]。侃以桓、文自任[21],而所以勤王者如此[22],又岂果能践其言如运甓时邪?他日且欲正卞敦之罪[23],敦固可诛矣。侃之夷大难[24],立大功,亦由温峤辈激以天下之大义[25],不相异同,故侥幸石头之捷[26]。如其中为进退,事几败于垂成,则何异于敦乎?梅陶称其"机神明鉴似魏武[27],忠顺勤劳似孔明"[28],亦过论也。

虽然,晋之危而复安,亡而复存,实资其力,此为诸臣之冠,而著之于史焉,予故反覆论之。其行事虽有未至,而所言则可为万世法。何者?人情好逸而恶劳[29],天下之事,恒成于勤而败于逸。运甓之喻,岂不善邪!

剡山单阳原以名其斋[30],盖能志乎勤已。初,阳原读书山中,既老不仕。洪武四年[31],诏征诸儒,郡侯强起之[32]。既至京师[33],又辞,吏部乃授汉阳湖泊使[34]。然官无崇卑,能志于勤,则所施必有过人,而不虚生虚死矣。因其驰书三千里外,求文为记,故书以覆之。若侃之为政,汉阳父老固能道之。而破陈敏于武昌[35],平杜弢于湘州[36],求其遗迹,可想见其风流于千载之下乎!

《清江贝先生集》卷十五

〔1〕有一位叫单阳原的读书人,明初被征为汉阳湖泊使的小官,他有斋名"运甓",运甓(pì 僻)即运砖块,用的是晋人陶侃的掌故。据《晋书》本传载,陶侃以功封柴桑侯、食邑四千户后,仍不忘致力中原,为免于优逸生活,常"朝运百甓于斋外,暮运于斋内",以为锻炼。单阳原求贝琼为其斋作记,贝琼即以陶侃一生行实为文,肯定其有功于晋室的功绩,批评其致力中原终成虚语的无作为,鞭辟入里,堪称一篇史论。但以"人情好逸而恶劳,天下之事,恒成于勤而败于逸"为全篇之文眼,以勉励单阳原之为官做人,至今仍有教育意义。

〔2〕陶侃:字士行(259—334),晋寻阳人。早孤贫,为县吏,迁至荆州刺史,为王敦所忌,转广州刺史,后平息苏峻叛乱,封长沙郡公,都督八州军事,有功晋室。卒谥桓,《晋书》有传。陶侃任广州刺史时,尚未封长沙郡公。

〔3〕晋自渡江而南:指东晋(317—420)。西晋为前赵所灭,司马睿渡江而南在建康(今江苏南京)即位,重建政权,为晋元帝,保有江南,历十一帝,史称东晋。后为南朝宋刘裕取代。

〔4〕偷:怠惰,苟且。

〔5〕恤:忧虑。

〔6〕坐谈老庄:指魏晋时期所流行的以老庄思想为上的一种哲学思潮,尚清谈而无益于世事。《晋书·陶侃传》曾记其语有云:"老庄浮华,非先王之法言,不可行也。"

〔7〕检摄:约束监督。军府:将帅的府署。陶侃时为征西大将军、荆州刺史。

〔8〕大禹:即夏禹,夏后氏部落领袖,史传他继承父亲鲧的治水事业,用疏导之法,历十三年平息水患。后继舜为部落联盟领袖。

〔9〕乃惜寸阴:语本《淮南子·原道训》:"故圣人不贵尺之璧,而重寸之阴,时难得而易失也。禹之趋时也,履遗而弗取,冠挂而弗顾,非争

其先也,而争其得时也。"寸阴,短暂的时光。

〔10〕分阴:相对"寸阴"而言,一寸为十分。

〔11〕死无闻于后:以上七句见《晋书》本传。

〔12〕黔首:古代称平民或百姓。膻(shān山)腥:指当时统治中国北方的前赵、后赵、前凉、成汉等几个少数民族(其中前凉为汉族)政权,这些民族的人民饮食习惯不同于当时中原的汉族人民,喜食牛羊,以"膻腥"称之,有轻蔑之意。

〔13〕宗庙之耻:指西晋于建兴四年(316)为前赵刘曜所灭事。

〔14〕诸胡:指当时匈奴、羯、巴氐等少数民族。

〔15〕苏峻:字子高(?—328),晋长广掖县人,东晋初任鹰扬将军,迁历阳内史,拥兵自重,咸和二年(327)举兵反,攻入建康,后为陶侃、温峤等击败而死。《晋书》有传。

〔16〕灰身:即粉身碎骨的意思。

〔17〕"大兵云集"四句:据《晋书》本传,苏峻作乱,京都不守,陶侃因晋明帝死时,自己不在顾命之列,心怀怨恨而不愿发兵,后在温峤等人的极力劝说下才发兵抗击苏峻。

〔18〕周太叔带之难:鲁僖公七年(前653)的闰十二月,周惠王死,太子郑惧异母弟太叔带有宠于先王,不敢继位,向齐国告难。第二年春天,齐桓公与诸侯会盟于洮(今山东鄄城西),安定了太子郑周襄王的王位。太叔带不甘心失败,勾结戎、翟谋伐襄王,一度迫襄王奔郑,自立为王。鲁僖公二十五年(前635),晋文公的军队在温地(今河南温县南)捉住太叔带,杀之于隰城(今河南武陟西南),周太叔带之难平定。事见《左传·僖公七——二十五年》、《史记·周本纪》。

〔19〕齐小白:即齐桓公,名小白,春秋时齐侯,五霸之一。在位期间以管仲为相,尊周室,攘夷狄,九合诸侯,一匡天下,是中国历史上的著名君主。事见《史记·齐世家》。

〔20〕晋重耳:即晋文公(?—前623),名重耳,春秋时晋君,五霸之一。在位期间,尊周室,救宋破楚,有名后世。事见《史记·晋世家》。

〔21〕桓文:即齐桓公、晋文公。

〔22〕勤王:原意尽力于王事,后多指君主的统治受到威胁而动摇时,臣子起兵救援王朝。

〔23〕卞敦:字仲仁,弱冠即仕州郡,官至都督安南将军,湘州刺史。苏峻谋反,卞敦拥兵不进,又不给军粮;乱平后,陶侃劾奏卞敦无大臣之节,请槛车收付廷尉。丞相王导保护了卞敦,寻以忧卒。事见《晋书·卞敦传》。

〔24〕夷:平定。

〔25〕温峤:字太真(288—329),晋太原祁县人。晋明帝时拜侍中转中书令,与庾亮等讨平王敦,后又调停于庾亮、陶侃之间,平定苏峻之难。卒谥忠武,《晋书》有传。

〔26〕石头之捷:即指平定苏峻之乱。石头,即石头城,建康(今南京)的别名。

〔27〕梅陶:字叔真,居乡里立月旦评,认为是褒善贬恶的佳法。曾为王敦咨议参军,救护过陶侃。下引其赞陶侃语,见于《晋书·陶侃传》,乃梅陶官尚书时与亲人曹识书信中语。魏武:即曹操(155—220),字孟德,汉沛国谯人,镇压黄巾起家,位至丞相、大将军,封魏王。其子曹丕代汉称帝,追尊曹操为太祖武帝。曹操善用兵,并长于文学,见《三国志·魏武帝纪》。

〔28〕孔明:即诸葛亮(181—234),字孔明,阳都人。辅佐刘备建蜀汉,为丞相,封武乡侯。善于用兵,忠心于刘氏政权,后为民间所神化。《三国志》有传。

〔29〕"人情"句:语本《列子》卷七《杨朱篇》张湛注:"而好逸恶劳,物之常性。"又宋杨万里《诚斋易传》卷十五:"好逸恶劳,好生恶死,人之

情也。"

〔30〕剡(shàn 善)山:在今浙江嵊县。

〔31〕洪武四年:即公元 1371 年。洪武,明太祖朱元璋的年号(1368—1398)。

〔32〕郡侯:一郡之长,即知府。

〔33〕京师:即今南京,明初首都。

〔34〕汉阳:今湖北武汉。湖泊使:似当为河泊使。明沿元制,设河泊所,掌收鱼税,其长官为未入流的小官。见《明史·职官志四》。

〔35〕破陈敏于武昌:陈敏,字令通,庐江人,乘八王之乱据有江东,遣其弟陈恢攻武昌,时陶侃为江夏太守,打败了陈恢。陈敏败死在晋怀帝永嘉元年(307),并非陶侃之功。事见《晋书·陈敏传》、《晋书·陶侃传》。

〔36〕平杜弢于湘州:杜弢,字景文,蜀郡成都人。流入湘中,被乡人拥立为湘州刺史,攻破郡县,陶侃时任荆州刺史,奉晋元帝命讨伐杜弢,杜降而复叛。晋建兴三年(315),陶侃定湘州,杜弢败亡。事见《晋书·杜弢传》、《晋书·陶侃传》。

高 启

高启(1336—1374),字季迪,号青丘子,长洲(今江苏苏州)人。元末隐居吴淞青丘,明洪武初应召入朝,授翰林院编修,教授诸王,修《元史》。擢户部右侍郎,辞不就,赐金归里,授徒为业。苏州知府魏观因在张士诚旧宫址改修府治获罪,高启曾为魏观撰写《上梁文》,也受株连腰斩。《明史》有传。高启早有诗名,与杨基、张羽、徐贲有"吴中四杰"之誉。其散文也有清新之气,叙事错落有致。今有校点本《高青丘集》,上海古籍出版社 1985 年出版。

游天平山记[1]

至正二十二年九月九日[2],积霖既霁[3],灏气澄肃[4]。予与同志之友以登高之盟不可寒也[5],乃治馔载醪[6],相与诣天平山而游焉。

山距城西南水行三十里[7]。至则舍舟就舆,经平林浅坞间[8],道傍竹石蒙翳[9],有泉伏不见,作泠泠琴筑声[10]。予欣然停舆听,久之而去。至白云寺[11],谒魏公祠,憩远公庵[12],然后由其麓狙杙以上[13]。山多怪石,若卧若立,若搏若噬[14],蟠拏撑拄[15],不可名状。复有泉出乱石间,曰白云泉[16],线脉萦络[17],下坠于沼,举瓢酌尝,味极甘冷。

泉上有亭,名与泉同。草木秀润,可荫可息。过此,则峰回磴盘[18],十步一折,委曲而上,至于龙门[19]。两崖并峙,若合而通,窄险深黑,过者侧足。又其上有石屋二:大可坐十人,小可坐六、七人,皆石穴,空洞,广石覆之如屋。既入,则懔然若将压者[20],遂相引以去,至此,盖始及山之半矣。

乃复离朋散伍,竞逐幽胜。登者,止者,哦者[21],啸者,惫而喘者,恐而呧者[22],怡然若有乐者,怅然俯仰感慨若有悲者:虽所遇不同,然莫不皆有得也。予居前,益上,觉石益怪,径益狭,山之景益奇,而人之力亦益以惫矣。顾后者不予继[23],乃独褰裳奋武[24],穷山之高而止焉。其上始平旷,坦石为地,拂石以坐,则见山之云浮浮[25],天之风飂飂[26],太湖之水渺乎其悠悠[27]。予超乎若举[28],泊乎若休[29],然后知山之不负于兹游也。既而欲下,失其故路,树隐石蔽,愈索愈迷,遂困于荒茅丛篠之间[30]。时日欲暮,大风忽来,洞谷谽呀[31],鸟兽鸣吼。予心恐,俯下疾呼,在樵者闻之,遂相导以出。至白云亭[32],复与同游者会。众莫不尤予好奇之过[33],而予亦笑其恇怯颓败[34],不能得兹山之绝胜也。

于是采菊泛酒[35],乐饮将半,予起,言于众曰:"今天下板荡[36],十年之间,诸侯不能保其国,大夫士之不能保其家,奔走离散于四方者多矣。而我与诸君蒙在上者之力,得安于田里,抚佳节之来临[37],登名山以眺望,举觞一醉,岂易得哉!然恐盛衰之不常,离合之难保也,请书之于石,明年将复来,使得有所考焉。"众曰:"诺!"遂书以为记。

《高青丘集·凫藻集》卷一

〔1〕从文章首句可知,本文写于元顺帝至正二十二年(1362)九月间,作者时年二十七岁。天平山在今江苏吴县灵岩山北,以山顶正平,故称天平山,山中枫、泉、石有三绝之称,自古以来就是游览胜地。本文叙事有序,写景生动,寄慨于欢会中稍寓悲凉之感,增加了文章感人的魅力。

〔2〕九月九日:农历九月九日为重阳节,古人有登高的习俗。

〔3〕积霖:久雨。霁:雨止。

〔4〕灏(hào 浩)气:弥漫于天地间之气。澄肃:肃清。

〔5〕寒:冷却下来,特指中止盟约。

〔6〕治馔:备办饭食。醪(láo 牢):酒。

〔7〕城:这里指苏州。

〔8〕平林:平原上的林木。坞:四面高中间低的地方。

〔9〕蒙翳(yì 易):遮蔽,覆盖。

〔10〕泠(líng 零)泠:形容声音清越、悠扬。筑:古代一种形似筝的弦乐器,以竹尺击弦发声。

〔11〕白云寺:在天平山南麓,清乾隆以后改为高义园。

〔12〕魏公祠、远公庵:均不详,待考。

〔13〕狙杙(jū yì 居易):系猴的木桩。这里指人攀缘木桩而上。

〔14〕噬(shì 是):咬啃。

〔15〕蟠拏(pán ná 盘拿):比喻山石曲附牵连。撑拄(chēng zhǔ 称主):形容山石相互支撑的样子。

〔16〕白云泉:在天平山山腰,又名一线泉、钵盂泉,有"吴中第一泉"之美誉。

69

〔17〕线脉萦络:形容泉流上涌如线回旋缠绕的状态。

〔18〕峰回磴(dèng 凳)盘:形容山路曲折。磴,石台阶。

〔19〕龙门:即"一线天",其径仅容一人侧身而过。

〔20〕懔(lǐn 凛)然:危惧的样子。

〔21〕哦者:吟哦的人。

〔22〕咷者:大哭。

〔23〕不予继:即"不继予",跟不上自己。

〔24〕褰(qiān 千)裳:撩起下裳。武:步。

〔25〕浮浮:流动的样子。

〔26〕飂(liáo 聊)飂:形容风声。

〔27〕太湖:在今江苏苏州、无锡、吴县、宜兴境内,湖中有岛屿数十个。悠悠:辽阔无际。

〔28〕超乎若举:超脱尘世如同飞升一样。

〔29〕泊乎若休:恬淡无欲仿佛一切都静止了。

〔30〕筱(xiǎo 小):小竹。

〔31〕谽(hān 酣)呀:通"谽谺(xiā 虾)",山谷空旷的样子。

〔32〕白云亭:即上文所云"泉上有亭,名与泉同"者。

〔33〕尤:责怪。

〔34〕恇(kuāng 匡)怯:懦弱,胆怯。

〔35〕采菊泛酒:将菊花浸泡于酒中。古人于重阳节有喝菊花酒的习俗。

〔36〕板荡:指政局混乱,社会动荡。语本《诗·大雅》中《板》、《荡》两首讥刺周厉王无道而导致国家动乱的诗篇。

〔37〕佳节:即指重阳节。

墨翁传[1]

墨翁者,吴槐市里中人也[2]。尝游荆楚间[3],遇人授古造墨法,因曰:"吾鬻此,足以资读书,奚汲汲四方乎[4]?"乃归,署门曰"造古法墨"。躬操杵臼[5],虽龟手黧面[6],而形貌奇古。服危冠大襦[7],人望见,咸异之。时磨墨沈数斗[8],醉为人作径尺字,殊伟。所制墨,有定直[9]。酬弗当,辄弗与。故他肆之屦恒满[10],而其门落然[11]。

客有诮之曰:"子之墨虽工,如弗售何!"翁曰:"嘻!吾之墨聚材孔良[12],用力甚勤,以其成之难,故不欲售之易也。今之逐利者,苟作以眩俗[13],卑贾以饵众[14],视之虽如玄圭[15],试之则若土炭,吾窃耻焉。使吾欲售而效彼之为,则是以古墨号于外,而以今墨售于内,所谓衒璞而市鼠腊[16],其可乎?吾既不能为此,则无怪其即彼之多也。且吾墨虽不售,然视箧中,则黝然者固在[17],何遽戚戚为[18]!"乃谢客闭户而歌曰:"守吾玄以终年[19],视彼沽者泚然[20]。"客闻之曰:"隐者也。吾侪诵圣人之言[21],以学古为则,不能以实德彂其中[22],徒饰外以从俗徼誉者[23],岂不愧是翁哉?"叹息而去。

齐人高启闻其言足以自警也[24],遂书以为传。翁姓沈,名继孙。然世罕知之,唯呼为墨翁云。

《高青丘集·凫藻集》卷四

〔1〕"穷则独善其身",在执著的儒家教条信奉者那里,具有非同寻常的意义。作者笔下的墨翁正是这样一位清高孤傲、我行我素,又有些不谙世故、迂执得可敬的人物形象。乱世、衰世是诚信最为缺乏的时代,以假乱真、挂羊头卖狗肉者比比而是。作者为墨翁立此小传,并"闻其言足以自警",可见作者的愤世之情。如果与前选刘基《蜀贾》一文相参看,更可见乱世之中正直读书人的价值取向,难能可贵。

〔2〕吴:泛指今江苏一带地区。槐市里:疑为作者虚构的地名。槐市是汉代长安读书人聚会、贸易之所,以其地多槐而得名。后世也借指学宫、学舍。作者以槐市为墨翁之出生地,似有暗示他为儒生的意思。

〔3〕荆楚:指今湖北、湖南一带地区。

〔4〕汲汲四方:指心情急切地奔走四方以谋衣食。

〔5〕杵臼(chǔ jiù 楚旧):杵与臼,制墨的工具。

〔6〕龟(jūn 君)手:冻裂手上的皮肤。龟,通"皲"。黧(lí 离)面:污黑的脸。

〔7〕危冠:古时的高冠。大襦(rú 如):长大的短袄。

〔8〕墨沈:墨汁。沈,通"渖"。

〔9〕定直:固定的价格。直,同"值"。

〔10〕屦(jù 惧):鞋。这里代指买墨的人。

〔11〕落然:冷落。

〔12〕孔良:很优良。

〔13〕苟:随便。眩(xuàn 绚)俗:欺惑世人。

〔14〕卑贾(jià 价):压低价格。贾,通"价"。饵众:诱惑买主。

〔15〕玄圭:一种黑色的玉器。

〔16〕衒(xuàn 绚)璞而市鼠腊(xī 西):比喻有名而无实。语本《战国策·秦策三》:"郑人谓玉未理者璞,周人谓鼠未腊者朴。周人怀朴过郑贾曰:'欲买朴乎?'郑贾曰:'欲之。'出其朴,视之,乃鼠也。因谢不

取。"璞,未雕琢的玉。腊,晒干,制成干肉。

〔17〕黝(yǒu有)然者:指墨。黝然:深黑色。

〔18〕遽:匆忙。戚(cù促)戚:急促的样子。

〔19〕玄:黑色。代指墨。

〔20〕沽者:指其他卖墨的人。泚(cǐ此)然:汗出的样子。

〔21〕吾侪(chái柴):我辈。这里指读书人。圣人:指孔子。

〔22〕玥(péng朋):充满。

〔23〕徼(yāo腰)誉:求取荣誉。徼,通"邀"。

〔24〕齐人:即"齐民"。指平民。《史记·平准书》:"将相或乘牛车,齐民无藏盖。"

书博鸡者事[1]

博鸡者,袁人[2],素无赖[3],不事产业,日抱鸡呼少年博市中。任气好斗,诸为里侠者皆下之[4]。

元至正间[5],袁有守[6],多惠政,民甚爱之。部使者臧[7],新贵[8],将按郡至袁[9]。守自负年德[10],易之[11],闻其至,笑曰:"臧氏之子也[12]。"或以告臧[13],臧怒,欲中守法[14]。会袁有豪民尝受守杖,知使者意嗛守[15],即诬守纳己赇[16]。使者遂逮守,胁服[17],夺其官。袁人大愤,然未有以报也。

一日,博鸡者遨于市[18]。众知有为[19],因让之曰[20]:"若素名勇,徒能藉贫屡者耳[21]!彼豪民恃其赀[22],诬去贤使君[23],袁人失父母[24]。若诚丈夫,不能为使君一奋臂邪?"博鸡者曰:"诺。"即入闾左[25],呼子弟素健者,得数十人,遮豪民于道[26]。豪民方华衣乘马,从群奴而驰[27],博鸡者直前捽下[28],提殴之[29]。奴惊,各亡去。乃褫豪民衣自衣[30],复自策其马,麾众拥豪民马前[31],反接跽诸市[32]。使自呼曰:"为民诬太守者视此!"一步一呼,不呼则杖,其背尽创。豪民子闻难,鸠宗族僮奴百许人[33],欲要篡以归[34]。博鸡者逆谓曰[35]:"若欲死而父,即前斗;否则阖门善俟,吾行市毕[36],即归若父,无恙也。"豪民子惧,遂杖杀其父,不敢动,稍敛众以去。袁人相聚从观,欢动一城。郡录事骇之[37],驰白府。[38]府佐快其所为[39],阴纵之不问。日暮,至豪民第门,捽使跪,数之曰:"若为民不自谨,冒使君[40],杖汝,法也;敢用是为怨望?又投间蔑污使君[41],使罢,汝罪宜死。今姑贷汝[42],后不善自改,且复妄言,我当焚汝庐、戕汝家矣!"豪民气尽,以额叩地,谢不敢,乃释之。

博鸡者因告众曰:"是足以报使君者未邪?"众曰:"若所为诚快,然使君冤未白,犹无益也。"博鸡者曰:"然。"即连楮为巨幅[43],广二丈,大书一"屈"字,以两竿夹揭之,走诉行御史台[44]。台臣弗为理,乃与其徒日张"屈"字游金陵市中。台臣惭,追受其牒[45],为复守官而黜臧使者。方是时,博鸡者以义闻东南。

高子曰[46]:余在史馆[47],闻翰林天台陶先生言博鸡者之事[48]。观袁守虽得民,然自喜轻上,其祸非外至也。臧使者枉用三尺[49],以仇一言之憾[50],固贼鬓之士哉[51]!第为上者不能察[52],使匹夫攘袂[53],群起以伸其愤,识者固知元政紊弛[54],而变兴自下之渐矣[55]。

《高青丘集·凫藻集》卷五

〔1〕博鸡者,即通过斗鸡赌赛输赢以谋生的人,然而这样一位市井草民却能仗义执言、打抱不平,汉代司马迁《史记·游侠列传》所谓"要以功见言信,侠客之义又曷可少哉"一语,道出了缺少法治的专制社会下层人民的心声。作者正是用《史记》笔法将博鸡者的斗争策略与过程栩栩如生地描绘了下来,但是作者本意并非为博鸡者立传,而是于"书其事"后,感叹元代的政治腐败所导致的社会动乱,体现了封建社会一位正直读书人的忧患意识。

〔2〕袁人:袁州人。元代袁州路治所在今江西宜春。

〔3〕无赖:游手好闲,撒泼放刁。

〔4〕里侠:当地有侠义行为者。下:退让。

〔5〕至正:元顺帝年号(1341—1368)。

〔6〕守:指袁州路的总管。

〔7〕部使者:这里指元代江西湖东道肃政廉访司的官员,其正职为廉访使,正三品。各路府州县凡贪赃枉法、刑名违错、户口流亡以及官豪人等侵夺民产等,皆在廉访司纠弹之列。详《元史·百官志二》。臧:姓臧的官员。

〔8〕新贵:新近显贵。

〔9〕按郡:指视察各路。元代的路与历代的郡相当。

〔10〕年德:年高有德。

〔11〕易之:轻视姓臧者。

〔12〕臧氏之子也:语本《孟子·梁惠王下》,鲁平公欲拜访孟子,被其宠臣臧仓所阻止,孟子知道后认为自己不能与鲁平公会面是天命,"臧氏之子焉能使予不遇哉"。袁州总管巧用《孟子》中语调侃那位臧姓官员,有轻蔑的意思。

〔13〕或:有一人。

〔14〕欲中(zhòng 众)守法:想将总管置于犯法的境地。

〔15〕嗛(xián 衔):怀恨。

〔16〕赇(qiú 球):贿赂。

〔17〕胁服:通过威逼使其认罪。

〔18〕遨:游荡。

〔19〕有为:有办法与能力。

〔20〕让:责备。

〔21〕藉(jí 急):践踏,凌辱。孱(chán 蝉):软弱。

〔22〕赀(zī 资):通"资",即财产。

〔23〕使君:汉代称刺史为使君,这里指代"袁守"。

〔24〕父母:封建时代称州县官为"父母官"。

〔25〕闾左:秦代贫贱者多居住于闾巷左侧,后即借指平民。

〔26〕遮:阻挡。

〔27〕从:使跟随,即带领。

〔28〕捽(zuó 昨):揪住。

〔29〕提(dǐ 抵)殴:掷击。

〔30〕褫(chǐ 耻):剥去。

〔31〕麾:指挥。

〔32〕反接:反绑双手。徇:宣示于众。

〔33〕鸠:聚集。

〔34〕要(yāo 邀)篡:拦路夺取。

〔35〕逆:迎上去。

〔36〕行市:在市场上游行。

〔37〕郡录事:元代诸路衙门设录事司,管理城市民政,录事为正八品。

〔38〕白:报告。府:指元代的总管府。

〔39〕府佐:元代总管府的佐官,有同知、治中、判官等。

〔40〕冒:冒犯。

〔41〕投间(jiàn渐):趁机会。

〔42〕贷:宽恕。

〔43〕楮(chǔ楚):楮树皮可造纸,故常借代纸。

〔44〕行御史台:这里指江南行御史台,治所最后设于建康(即下文所云金陵,即今江苏南京),为江西湖东道肃政廉访司的上司。

〔45〕牒:状纸。

〔46〕高子:作者高启自称。

〔47〕史馆:官修史书机构。明代属翰林院。

〔48〕翰林天台陶先生:当指陶凯,字中立,临海(与天台同属台州府)人。洪武初征修《元史》,授翰林应奉,擢礼部尚书,改晋王府左相。因自号耐久道人,得罪朱元璋,论死。事见《明史》本传。

〔49〕三尺:"三尺法"的略语,古人以三尺长竹简书写法律,故称。

〔50〕仇:报复。

〔51〕贼螫(lì立):残忍暴虐。螫,通"戾"。

〔52〕第:但。

〔53〕攘袂(rǎng mèi 嚷妹):捋起衣袖。

〔54〕紊弛:紊乱松懈。

〔55〕变兴自下之渐:变乱从下面兴起之势已逐渐形成。

77

方孝孺

方孝孺(1357—1402),字希直,一字希古,人称正学先生,台州宁海(今浙江宁波)人。宋濂弟子,建文帝时召为翰林侍讲,迁侍讲学士,为《太祖实录》等书总裁。燕王朱棣(即后来的明成祖)"靖难兵"起,攻入南京,命方孝孺起草登极诏书,不从被害,宗族亲友坐株者数百人。方孝孺学术醇正,工为文章,风格雄健豪放,文笔畅达,《明史》有传,称其"每一篇出,海内争相传诵"。有《逊志斋集》,正德间刊本三十卷、拾遗十卷、附录一卷,为后人辑录,难免杂有他人作品。又有通行本《逊志斋集》二十四卷。另有标点本《逊志斋集》,宁波出版社1996年出版。

深虑论[1]

虑天下者,常图其所难,而忽其所易;备其所可畏,而遗其所不疑。然而祸常发于所忽之中,而乱常起于不足疑之事。岂其虑之未周欤?盖虑之所能及者,人事之宜然[2];而出于智力之所不及者,天道也[3]。

当秦之世[4],而灭诸侯[5],一天下;而其心以为周之亡[6],在乎诸侯之强耳,变封建而为郡县[7]。方以为兵革可以不复用,天子之位可以世守[8];而不知汉帝起陇亩之中[9]，而卒亡秦之社稷[10]。汉惩秦之孤立，于是大建庶孽而为诸侯[11]，以为同姓之亲，可以相继而无变；而七国萌篡弑之谋[12]。武、宣以后[13]，稍剖析之而分其势，以为无事矣；而王莽卒移汉祚[14]。光武之惩哀、平[15]，魏之惩汉[16]，晋之惩魏[17]，各惩其所由亡而为之备；而其亡也，盖出于所备之外。唐太宗闻武氏之杀其子孙[18]，求人于疑似之际而除之；而武氏日侍其左右而不悟[19]。宋太祖见五代方镇之足以制其君[20]，尽释其兵权，使力弱而易制；而不知子孙卒困于敌国[21]。

此其人皆有出人之智，盖世之才，其于治乱存亡之几[22]，思之详而备之审矣。虑切于此而祸兴于彼，终至乱亡者，何哉？盖智可以谋人，而不可以谋天。良医之子，多死于病；良巫之子[23]，多死于鬼。岂工于活人而拙于谋子也哉？乃工于谋人而拙于谋天也。

古之圣人[24]，知天下后世之变，非智虑之所能周，非法术之所能制，不敢肆其私谋诡计；而唯积至诚、用大德以结乎天心，使天眷其德，若慈母之保赤子而不忍释。故其子孙虽有至愚不肖者足以亡国，而天卒不忍遽亡之，此虑之远者也。夫苟不能自结于天，而欲以区区之智，笼络当世之务[25]，而必后世之无危亡，此理之所必无者，而岂天道哉[26]？

《逊志斋集》卷二

〔1〕方孝孺写过一组《深虑论》，反映了这位儒家思想传人深沉的

忧患意识。这是其中的一篇,因曾被康熙间的散文通俗读本《古文观止》入选,因而为世所熟知。天下治乱兴亡有无规律可寻?"人谋"与"天命"能否统一? 这些问题常常困扰着"以天下为己任"的读书人。作者在这篇文章中提出用"至诚"、"大德"两样利器"以结乎天心",也无非是孔孟仁政思想的体现,并不能彻底医治专制集权社会治乱相仍的痼疾,这当然是时代的局限。

〔2〕人事:人之所为。宜然:应该这样。

〔3〕天道:天意。

〔4〕秦之世:指秦始皇灭六国后所建立的秦朝(前221—前207),传二世,凡十五年。

〔5〕诸侯:这里指周王朝所分封的齐、楚、燕、韩、赵、魏六国诸侯。这些诸侯国在其统辖区内,世代掌握军政大权,但在礼制上服从周天子,并有出军赋等义务。春秋以后诸侯对周天子的义务即名存实亡。

〔6〕周:包括西周、东周,从公元前11世纪周武王灭商至公元前256年周赧王死,历经春秋、战国,共约八百馀年。

〔7〕变封建而为郡县:改变古代帝王分邦建国(将爵位、土地分赐与亲戚或功臣,使他们在划定区域内建立邦国,即诸侯)的制度,分天下为郡与县,以郡统县,全归中央统治。秦始皇分国内为三十六郡,是为郡县制之始。

〔8〕世守:世世代代延续下去。语本《史记·秦始皇本纪》:"朕为始皇帝,后世以计数,二世三世至于万世,传之无穷。"

〔9〕汉帝:指刘邦(前256—前195),秦末沛县丰邑人,初为泗上亭长,后起兵抗秦,打败项羽,建立汉朝,在位十二年,即汉高祖。《史记》、《汉书》皆有纪。陇亩:山野,草野。

〔10〕社稷:古代帝王所祭的土神与谷神,常用来作为国家的代称。

〔11〕庶孽:帝王妃妾所生之子,如同树有孽生,故称。诸侯:即诸侯

王,汉代封皇子为王,以作天子藩卫。

〔12〕七国:这里指西汉吴楚七国之乱。汉景帝时,诸侯王割据势力加强,威胁皇权,晁错建议削减诸侯王封地,吴王刘濞勾结楚、赵、胶西、济南、菑川、胶东等六国,于汉景帝前元三年(前154)以"清君侧"为名发动叛乱,后为周亚夫所平定。事见《史记·晁错传》《汉书·景帝纪》。篡弑:旧时指臣子杀死帝王,夺取政权。

〔13〕武宣:指汉武帝与汉宣帝。汉武帝,即刘彻(前156—前87),汉景帝子,在位五十四年,是西汉最为强盛的时期。汉宣帝,即刘询(前91—前49),汉武帝曾孙,在位二十五年,励精图治,任用贤能。

〔14〕王莽:字巨君(前45—23),汉元城人,汉元帝皇后之侄。汉平帝时为大司马,平帝死,篡汉,改国号曰新,法令严酷,民不聊生,农民军攻入长安,被杀。《汉书》有传。汉祚(zuò坐):汉朝的君位。

〔15〕光武:指汉光武帝刘秀(前6—57),汉高祖九世孙。王莽地皇三年(22),从其兄刘縯起兵,在昆阳大破王莽军队,更始三年(25)即帝位,史称东汉,即汉光武帝,在位三十三年。惩:鉴戒。哀平:即汉哀帝与汉平帝。汉哀帝,刘欣(前25—前1),汉成帝侄,在位六年。汉平帝,刘衎(前9—5),中山王刘箕子,在位五年,传为王莽所毒杀。哀、平之世,外戚掌权,汉光武帝有鉴于此,疏远外戚,大权渐落入宦官之手,造成东汉的衰亡。

〔16〕魏:指曹魏政权,曹操的次子曹丕(187—226)于操死后袭位为魏王,代汉称帝,即魏文帝。在魏、蜀、吴三国中,以曹魏政权最为强盛。魏有鉴于汉朝外戚、宦官之患,严加防范,却疏于对门阀司马氏的警惕,最后为司马氏所取代。

〔17〕晋:指西晋政权,司马昭之子司马炎(236—290)于昭死后袭为晋王,废魏称帝后统一全国,都洛阳,国号晋。晋朝鉴于曹魏的孤立而亡,大封宗室,使居要地,终于导致八王之乱及五胡十六国之乱。

81

〔18〕唐太宗:即李世民(599—649),唐高祖李渊次子,即帝位后,行均田制,兴修水利,历史上有贞观之治的美誉。据《新唐书·李君羡传》,贞观初年,太白星(金星)昼见,太史占卜"女主昌",又有谣言"当有女武王者"。有一次宫廷内宴,行酒令,须各言小名,左监门卫将军李君羡自言小名曰"五娘子",引起唐太宗警觉,又侦知他官邑属县皆有"武"字,于是找机会杀了李君羡。

〔19〕武氏:即武则天(624—705),姓武名曌,十四岁入选为唐太宗才人,太宗死后出为尼,高宗复召入宫,立为皇后。高宗死,武后废中宗、睿宗,自称神圣皇帝,改国号曰周,前后执政四十馀年,是我国历史上惟一的女皇。

〔20〕宋太祖:即赵匡胤(927—976),后周时为殿前都检点,发动陈桥兵变,建立宋朝。他鉴于五代十国节度使形成地方割据势力,尾大不掉,"杯酒释兵权",将军权完全控制于中央,用文官掌兵权,结果造成宋朝军力的衰弱,终于被少数民族政权所灭亡。参见《宋史·石守信传》。

〔21〕敌国:指当时对宋朝先后形成威胁力量的西夏、辽、金以及元等北方少数民族政权。

〔22〕几:事物的迹象、先兆。

〔23〕巫:古代装神弄鬼替人祈祷为职业的巫师。

〔24〕圣人:这里指有见识的帝王,如禹、汤、周文王、周武王等,为儒家所崇拜。

〔25〕笼络:控制。务:事业。

〔26〕天道:天意,天理。

越巫[1]

越巫自诡善驱鬼物[2],人病,立坛场[3],鸣角振铃[4],

跳踯叫呼,为胡旋舞[5],禳之[6]。病幸已,馈酒食[7],持其货去[8]。死则诿以它故[9],终不自信其术之妄。恒夸人曰:"我善治鬼,鬼莫敢我抗[10]。"

恶少年愠其诞[11],瞯其夜归[12],分五六人,栖道旁木上,相去各里所[13]。候巫过,下砂石击之。巫以为真鬼也,即旋其角[14],且角且走[15]。心大骇,首岑岑加重[16],行不知足所在。稍前,骇颇定[17],木间砂乱下如初。又旋而角,角不能成音,走愈急。复至前,复如初。手栗气慑不能角[18],角坠;振其铃,既而铃坠,惟大叫以行。行闻履声及叶鸣谷响,亦皆以为鬼,号求救于人,甚哀。

夜半抵家,大哭叩门,其妻问故,舌缩不能言。惟指床曰:"亟扶我寝[19],我遇鬼,今死矣!"扶至床,胆裂,死,肤色如蓝[20]。巫至死不知其非鬼。

《逊志斋集》卷六

[1] 古越国在今浙江一带,巫是古代以降神替人驱鬼治病为职业的人,是迷信的产物。作为一篇寓言,文章所揭露与嘲弄的不仅是招摇撞骗的越巫,对于社会上一切欺世盗名或装腔作势者皆有讽刺作用。文章刻画越巫受惊吓时之狼狈景象,宛然如画,增加了文章的说服力。

[2] 诡:欺骗,假冒。鬼物:即鬼怪。

[3] 坛场:这里指巫者举行驱鬼作法仪式的场所。

[4] 鸣角:使角鸣,即吹角。角,用动物角制成的一种吹奏乐器。

[5] 胡旋舞:本指古代西北民族的一种以各种旋转动作为主的舞蹈,这里指越巫故弄玄虚的旋转动作。

〔6〕禳(ráng瓤):除邪消灾的祭祀。

〔7〕馔(zhuàn撰)酒食:安排准备酒与食物(给越巫)。

〔8〕赀(zī资):财物。

〔9〕诿:推托。

〔10〕莫敢我抗:即"莫敢抗我"。文言否定句的宾语前置。

〔11〕愠(yùn韵)其诞:恨他诞妄。

〔12〕睍(jiàn渐):侦伺。

〔13〕里所:一里左右。

〔14〕旋:原意为回旋,这里是鸣咽吹响的意思。

〔15〕且角且走:边吹角边跑。角,用如动词。

〔16〕岑岑:头胀痛的样子。

〔17〕颇:略微。

〔18〕手栗气慑:手抖,呼吸恐惧。

〔19〕亟(jí急):赶快。

〔20〕蓝:蓝靛,一种青色的染料。

吴士〔1〕

吴士好夸言,自高其能,谓举世莫及。尤善谈兵,谈必推孙吴〔2〕。

遇元季乱〔3〕,张士诚称王姑苏〔4〕,与国朝争雄〔5〕。兵未决。士谒士诚曰:"吾观今天下形势,莫便于姑苏,粟帛莫富于姑苏,甲兵莫利于姑苏,然而不霸者,将劣也。今大王之将,皆任贱丈夫〔6〕,战而不知兵,此鼠斗耳。王果能将吾[7],中原可得[8],于胜小敌何有[9]!"士诚以为然,俾为将[10],听自募兵,戒司粟吏勿与较赢缩[11]。

士尝游钱塘[12],与无赖懦人交[13],遂募兵于钱塘,无赖士皆起从之,得官者数十人,月靡粟万计[14]。日相与讲击刺坐作之法[15],暇则斩牲具酒,燕饮其所募士[16],实未尝能将兵也。

李曹公破钱塘[17],士及麾下遁去不敢少格[18]。搜得,缚至辕门诛之[19]。垂死犹曰:"吾善孙吴兵法。"

《逊志斋集》卷六

〔1〕作为《越巫》的姊妹篇,这篇寓言讽刺的是一位夸夸其谈而百无一能的读书人。作者于篇后有云:"右《越巫》、《吴士》二篇,余见世人之好诞者死于诞,好夸者死于夸,而终身不自知其非者众矣,岂不惑哉!游吴越间,客谈二事,类之,书以世戒。"观此,可知作者为文须有益于天下的用心。张士诚作为元末乱世的一代枭雄,"实无远图",《明史》本传所言其"大会游谈之士",并非虚语。本文所写一个吴地(今江苏与长江下游一带)士人的遭遇,或属虚构,但也并非空穴来风,其认识价值也当超越历史。

〔2〕孙吴:我国古代著名军事家孙武与吴起。孙武,春秋时齐人,著有《孙子兵法》。吴起(?—前378),战国时卫人,先后什魏文侯与楚悼王,战功卓著。

〔3〕元季:元代末年。

〔4〕张士诚:见前宋濂《新雨山房记》注〔4〕。姑苏:即今江苏苏州,张士诚曾建都于此。

〔5〕国朝:即本朝,这里指明朝。

〔6〕贱丈夫:贪鄙的男子。

〔7〕将吾:以我为将。

〔8〕中原:原指黄河中下游地区,这里指金国。

〔9〕于胜小敌何有:对于战胜小敌(指朱元璋的军事力量)又算什么呢。

〔10〕俾:使。

〔11〕司粟吏:管粮食的官吏。嬴缩:即盈亏,这里引申为粮食的多少。嬴,通"盈"、"赢"。

〔12〕钱塘:今浙江杭州。

〔13〕无赖懦人:无职业又胆小的人。

〔14〕靡(mí迷):耗费。

〔15〕击刺坐作:泛指古代练兵之术。即击刺之术和坐与起、止与行的训练。

〔16〕燕:通"宴"。

〔17〕李曹公:即李文忠(1339—1384),字思本,盱眙(今属江苏)人,朱元璋外甥,以战功授大都督府左都督,封曹国公,以病卒,追封岐阳王,谥武靖。《明史》有传。

〔18〕格:抗拒。

〔19〕辕门:军营的大门。

指喻〔1〕

浦阳郑君仲辨〔2〕,其容阗然〔3〕,其色渥然〔4〕,其气充然〔5〕,未尝有疾也。他日,左手之拇有疹焉〔6〕,隆起而粟〔7〕。君疑之,以示人,人大笑,以为不足患。既三日,聚而如钱。忧之滋甚,又以示人,笑者如初。又三日,拇之大盈握[8],近拇之指皆为之痛,若剟刺状[9],肢体心膂[10],无不病者。惧而谋诸医,医视之,惊曰:"此疾之奇者,虽病在指,其实一身病也,不速治,且能伤生。然始发之时,终日可愈;三日,越旬可愈[11];今疾且成,已非三月不能瘳[12]。终日而愈,艾可治也[13];越旬而愈,药可治也;至于既成,甚将延乎肝膈[14],否亦将为一臂之忧。非有以御其内[15],其势不止;非有以治其外,疾未易为也[16]。"君从其言,日服汤剂,而傅以善药[17],果至二月而后瘳,三月而神色始复。

余因是思之:天下之事,常发于至微,而终为大患;始以为不足治,而终至于不可为。当其易也,惜旦夕之力,忽之而不顾;及其既成也,积岁月,疲思虑,而仅克之,如此指者多矣。盖众人之所可知者,众人之所能治也,其势虽危,而未足深畏。惟萌于不必忧之地,而寓于不可见之初,众人笑而忽之者,此则君子之所深畏也。

昔之大卜,有如君之盛壮无疾者乎[18]?爱天下者,有如君之爱身者乎?而可以为天下患者,岂特疮痏之于指乎[19]?君未尝敢忽之,特以不早谋于医,而几至于甚病。况乎视之以至疏之势,重之以疲敝之馀[20],吏之戕摩剥削以速其疾者亦甚矣[21]。幸其未发,以为无虞而不知畏[22],此真可谓智也与哉?

余贱不敢谋国,而君虑周行果[23],非久于布衣者也[24]。传不云乎"三折肱而成良医"[25]?君诚有位于时,则宜以拇病为戒。洪武辛酉九月二十六日述[26]。

《逊志斋集》卷六

〔1〕正如文章题目所示,作者以友人手指小疹为喻,见微知著,以小见大,论述了防微杜渐的重要性。文章写于朱明建国之初的十数年间,作者借题发挥并非无的放矢,其深沉的忧患意识是千百年来中国正直读书人的优良传统,所谓"先天下之忧而忧",在文章中得到很好的体现。指喻,另有指正告知之意。

〔2〕浦阳:即今浙江浦江,在今浙江中部。

〔3〕瞋(tián 填)然:饱满的样子。

〔4〕渥(wò 握)然:红润的样子。

〔5〕充然:满足的样子。

〔6〕疹(zhěn 诊):皮肤上出现的红色小点。

〔7〕隆起而粟:高起如小米粒大。

〔8〕握:一手所能执持的量,或一拳的长度。

〔9〕剟(duō 多)刺:刺戳。

〔10〕心膂(lǚ 旅):心思与精力。

〔11〕旬:十天。

〔12〕瘳(chōu 抽):病愈。

〔13〕艾:艾草,其叶可制艾绒,燃烧以供针灸之用。

〔14〕肝膈:泛指人体的内脏。

〔15〕御:抵抗。

〔16〕为:治疗。

〔17〕傅:同"敷"。

〔18〕君:指郑君仲辨。下同。

〔19〕痏(wěi 伟):疮。

〔20〕重:加重。疲敝:困苦穷乏。

〔21〕戕(qiāng 枪)摩:残害。

〔22〕无虞:无忧。

〔23〕虑周行果:思虑周密,行动果断。

〔24〕布衣:平民。

〔25〕传:指《左传》。三折肱(gōng 工)而成良医:语本《左传·定公十三年》:"三折肱,知为良医。"意即三次折断胳膊(有患病经验可掌握治疗方法),可判断他是一位好医生。犹如久病成医。

〔26〕洪武辛酉:即洪武十四年(1381)。

杨士奇

杨士奇(1365—1444),初名寓,号谷轩,后以字行,号东里,泰和(今属江西)人。建文帝时以有史才荐入翰林院,充编纂官。成祖时改编修,仁宗时历官华盖殿大学士,宣宗即位,充《仁宗实录》总裁。居官廉能,与杨荣、杨溥同辅朝政,并称"三杨",形成明永乐至成化间的一个名为台阁体的文学流派。卒谥文贞。《明史》有传。杨士奇散文雍容平正,无浮泛之病。《四库全书总目》称"其文虽乏新裁,而不失古格,前辈典型,遂主数十年之风气,非偶然也"。有《东里全集》九十七卷,别集四卷。今人有整理本《东里文集》二十五卷,中华书局1998年出版,为其《全集》的正编部分。

游东山记[1]

洪武乙亥[2],余客武昌。武昌蒋隐溪先生[3],始吾庐陵人[4],年已八十馀,好道家书。其子立恭,兼治儒术,能诗。皆意度闿略[5]。然深自晦匿[6],不妄交游,独与余相得也。

是岁三月朔[7],余三人者,携童子四五人,载酒肴出游。隐溪乘小肩舆[8],余与立恭徒步。天未明,东行,过洪山寺二里许,折北,穿小径可十里,度松林,涉涧。涧水澄彻,深处可浮小舟。傍有盘石[9],容坐十数人。松柏竹树之阴,森布蒙密[10]。时风日和畅,草木之葩烂然[11],香气拂拂袭衣[12],禽鸟之声不一类。遂扫石而坐。

坐久,闻鸡犬声。余招立恭起,东行数十步,过小冈,田畴平衍弥望[13],有茅屋十数家,遂造焉[14]。一叟可七十馀岁,素发如雪,被两肩,容色腴泽,类饮酒者。手一卷,坐庭中,盖齐丘《化书》[15]。延余两人坐。一媪捧茗碗饮客。牖下有书数帙[16],立恭探得《列子》[17],余得《白虎通》[18],皆欲取而难于言。叟识其意,曰:"老夫无用也。"各怀之而出。

还坐石上,指顾童子摘芋叶为盘[19],载肉。立恭举匏壶注酒[20],传觞数行[21]。立恭赋七言近体诗一章[22],余和之。酒半,有骑而过者,余故人武昌左护卫李千户也[23]。骇而笑[24],不下马,径驰去。须臾,具盛馔[25],及一道士偕来。道士岳州人刘氏[26],遂共酌。道士出《太乙真人图》求诗[27]。余赋五言古体一章,书之。立恭不作,但酌酒饮道士不已。道士不能胜,降跽谢过[28]。众皆大笑。李出琵琶弹数曲。立恭折竹,窍而吹之[29],作洞箫声。隐溪歌费无隐《苏武慢》[30]。道士起舞蹁跹,两童子拍手跳跃随其后。已而,道士复揖立恭曰:"奈何不与道士诗?"立恭援笔书数绝句,语益奇。遂复酌,余与立恭饮,少皆醉[31]。起,缘涧观鱼。大者三四寸,小者如指。余糁饼饵投之[32],翕然聚[33],已而往来相忘也[34]。立恭戏以小石掷之,辄尽散不复。因共慨叹海鸥之事[35],各赋七言绝诗一首。道士出茶一饼,众析而嚼之。馀半饼,遣童子遗予两人[36]。

已而夕阳距西峰仅丈许,隐溪呼余还,曰:"乐其无已乎?"遂与李及道士别。李以卒从二骑送立恭及余。时恐晚不能入城,度涧折北而西,取捷径,望草埠门以归[37]。中道,隐溪指道旁冈麓顾余曰:"是吾所营乐丘处也[38]。"又指道旁桃花语余曰:"明年看花时索我于此。"

既归,立恭曰:"是游宜有记。"属未暇也[39]。

是冬,隐溪卒,余哭之。明年寒食[40],与立恭豫约诣墓下。及期余病,不果行。未几,余归庐陵,过立恭宿别[41],始命笔追记之。未毕,立恭取读,恸哭;余亦泣下,遂罢。然念蒋氏父子交好之厚,且在武昌山水之游屡矣,而乐无加乎此,故勉而终记之。手录一通[42],遗立恭。呜呼!人生聚散靡常,异时或相望千里之外,一展读此文,存没离合之感其能已于中耶?

既游之明年,八月戊子记[43]。

《东里文集》卷一

[1] 东山在今湖北武汉市武昌大东门外,又名洪山,山中颇多名胜古迹。这篇游记述人事多于写景,虽稍嫌烦琐,但文笔简洁,叙事委宛有致。篇末因一同游者之去世而感慨系之,平淡中寓无限深情,增加了文章的魅力。

[2] 洪武乙亥:即明太祖洪武二十八年(1395)。

[3] 蒋隐溪:生平不详,待考。

〔4〕庐陵:今江西吉安。

〔5〕意度阔略:识见与气度疏放、不拘束。

〔6〕晦匿:隐蔽不露。

〔7〕三月朔:农历三月初一。

〔8〕肩舆:由二人前后肩抬的小轿。

〔9〕盘石:大石。

〔10〕森布:密布。蒙密:茂密。

〔11〕葩(pā 趴):花。

〔12〕拂拂:散布的样子。

〔13〕田畴:田地。平衍:平坦延展。弥望:满眼。

〔14〕造:造访,即访问。

〔15〕齐丘:即宋齐丘,字子嵩,南唐庐陵人,家于洪州,官至中书令,封楚国公,后放归九华山,自经死。化书:六卷,属道家类书,南唐谭峭撰。旧本或题为《齐丘子》,乃齐丘窃谭书为己有之故,见谢肇淛《文海披沙》卷四。

〔16〕牖(yǒu 有):窗户。帙(zhì 志):书函。

〔17〕列子:书名,旧题战国列御寇撰,八卷,实为魏晋人之伪托,属道家类书。

〔18〕白虎通:即《白虎通义》,四卷,汉班固撰,记录汉章帝建初四年在白虎观议五经异同的结果。

〔19〕指顾:指点顾盼。芋叶:芋芳的叶子,其叶片呈盾形,绿色,似荷。

〔20〕匏(páo 袍)壶:葫芦做的酒具。

〔21〕传觞(shāng 伤):传递酒杯劝酒。

〔22〕七言近体:指七言律诗或七言绝句。

〔23〕左护卫:明代卫所制机构,属湖广都司管辖。详《明史·兵志

二》。千户:千户所长官,上属于卫,统兵一千一百二十人。

〔24〕骇:惊诧。

〔25〕盛馔:丰盛的酒食。

〔26〕岳州:今湖南岳阳。

〔27〕太乙真人:太乙或作"太一",是天神之最尊贵者,后为道教所崇奉。真人,道家称成仙之人。

〔28〕降跽(jì记):下跪。

〔29〕窍:打孔。窍,用如动词。

〔30〕费无隐《苏武慢》:明凌云翰《柘轩集》卷五《鸣鹤遗音》录《苏武慢并序》云:"世传全真冯尊师《苏武慢》廿篇,前十篇道遗世之情,后十篇论学仙之事。道园先生谓费无隐独善歌之,则能知者亦罕矣。"费无隐,元代会稽(今浙江绍兴)人,道士,通医术,喜炼丹,与虞集有交。虞集《道园学古录》、《道园遗稿》有《赠羽士费无隐》、《费无隐丹室》诗。

〔31〕少:少顷。

〔32〕糁(sǎn散):碎粒。这里用如动词。

〔33〕翕(xī稀)然:一致的样子。

〔34〕往来相忘:形容鱼在水中畅游不相往来的自在状况。语本《庄子·大宗师》:"泉涸,鱼相与处于陆,相呴以湿,相濡以沫,不如相忘于江湖。"

〔35〕海鸥之事:用鸥鹭忘机的故事,指人若无巧诈之心,异类可以亲近。语本《列子·黄帝》:"海上之人有好沤(鸥)鸟者,每旦之海上,从沤鸟游,沤鸟之至者百住而不止。其父曰:'吾闻沤鸟皆从汝游,汝取来,吾玩之。'明日之海上,沤鸟舞而不下也。"

〔36〕遗(wèi位)予:给予。

〔37〕草埠(bù部)门:武昌城西北城门,后改称武胜门。

〔38〕乐丘:指坟墓。

〔39〕属(zhǔ嘱):撰写。未暇:没有时间。

〔40〕寒食:汉族传统节日,时在清明(公历4月5日左右)前一或二、三日。

〔41〕宿别:过夜而别。

〔42〕通:用于文章、书信等的量词。

〔43〕八月戊子:指洪武二十九年(1396)的农历八月初三日。

薛 瑄

薛瑄(1392—1464),字德温,号敬轩,河津(今属山西)人。永乐十九年(1421)进士,历官御史、礼部右侍郎兼翰林院学士,入阁预机务。后致仕归里,卒于家,谥文清。薛瑄学宗程朱理学,修己教人,以复性为主,有"薛夫子"之誉。《明史》有传。工古文,诗亦有名。著《读书录》二十卷,平易简切,自言所得;又有《敬轩薛先生文集》(又名《薛文清集》)二十四卷。

游龙门记[1]

出河津县西郭门[2],西北三十里,抵龙门下。东西皆层峦危峰,横出天汉[3]。大河自西北山峡中来,至是,山断河出,两壁俨立相望[4]。神禹疏凿之劳[5],于此为大。

由东南麓穴岩构木[6],浮虚架水为栈道[7],盘曲而上。濒河有宽平地,可二三亩,多石少土。中有禹庙,宫曰明德,制极宏丽[8]。进谒庭下,悚肃思德者久之[9]。庭多青松奇木,根负土石,突走连结,枝叶疏密交荫,皮干苍劲偃蹇[10],形状毅然[11],若壮夫离立[12],相持不相下。宫门西南,一石峰危出半流,步石磴[13],登绝顶。顶有临思阁,以风高不可木[14],甃甓为之[15]。倚阁门俯视,大河奔湍,三面触激,石峰疑若摇振。北顾巨峡,丹崖翠壁,生云走雾,开阖晦明[16],倏忽万变。西则连山宛宛而去[17];东视大山,巍然与天浮。南望洪涛漫流,石洲沙渚[18],高原缺岸,烟村雾树,风帆浪舸[19],渺茫出没,太华[20],潼关[21],雍、豫诸山[22],仿佛见之。盖天下之奇观也。

下磴,道石峰东,穿石崖,横竖施木,凭空为楼。楼心穴板[23],上置井床辘轳[24],悬繘汲河[25]。凭栏槛,凉风飘潇,若列御寇驭气在空中立也[26]。复自水楼北道,出宫后百馀步,至石谷,卜视窈然[27]。东距山,西临河,谷南北涯相去寻尺[28],上横老槎为桥[29],蹐步以渡[30]。谷北二百举武[31],小祠扁曰"后土"[32]。北山陡起,下与河际[33],遂穷祠东[34]。有石龛窿然若大屋[35],悬石参差[36],若人形,若鸟翼,若兽吻,若肝肺,若疣赘,若悬鼎,若编磬[37],若璞未凿[38],若矿未炉[39],其状莫穷。悬泉滴石上,锵然有声。龛下石纵横罗列,偃者,侧者,立者;若床,若几,若屏;可席,可凭,可倚。气阴阴,虽甚暑,不知烦燠[40],但凄神寒肌,不可久处。复自槎桥道由明德宫左,历右梯上。东南山腹有道院,地势与临思阁相高下,亦可以眺望河山之胜。遂自石梯下栈道,临流观渡,并东山而归[41]。

时宣德元年丙午[42],夏五月二十五日。同游者,杨景端也[43]。

《敬轩薛先生文集》卷十八

97

〔1〕龙门在山西河津城西北三十馀里的黄河峡谷中,又名禹门口,《水经注》有"龙门为禹所凿,广八十步,岩际镌迹尚存"之语。龙门与大禹治水的有关传说增加了这一处雄伟景观的魅力。作者于宣德元年(1426)与友人同游龙门,栩栩如生地记录了龙门气势磅礴的景观,笔力雄健,叙述有致,令读者有如临其境之感。

〔2〕河津县:在今山西省西南部,汾河下游,黄河东岸,邻接陕西省。

〔3〕天汉:银河。这里形容危峰高入云霄。

〔4〕俨立:整齐地排立。

〔5〕神禹:指夏禹。夏后氏部落领袖,史传他继承父亲鲧的治水事业,用疏导之法,历十三年平息水患。后继舜为部落联盟领袖。

〔6〕穴岩构木:在山岩上凿洞,搭上木架。

〔7〕浮虚:凌空。架水:在水面上搭建。栈道:在险绝处傍山架木而成的一种道路。

〔8〕制:指建筑的规格。

〔9〕悚(sǒng耸)肃:恭敬严肃的样子。

〔10〕偃蹇(jiǎn剪):枝干屈曲的样子。

〔11〕毅然:刚强坚韧的样子。

〔12〕离立:并立。

〔13〕磴(dèng凳):石台阶。

〔14〕不可木:不能用木料建构。

〔15〕甃甓(zhòu pì咒僻)为之:用砖砌就。

〔16〕开阖晦明:形容云雾与光线的变化关系。

〔17〕宛宛:蜿蜒曲折。

〔18〕洲:水中的陆地。渚(zhǔ主):小洲。

〔19〕浪舸(gě各上声):在波浪中行进的小船。

〔20〕太华(huà画):即华山,在今陕西省东部。这里指位于华阴以

南的主峰。

〔21〕潼关:在今陕西省东部,渭河下游。邻接山西。

〔22〕雍、豫:泛指今陕西、河南一带。

〔23〕穴板:在楼板上挖洞。

〔24〕井床:井栏。

〔25〕繘(yù 预):绳索。

〔26〕列御寇:即列子,传说为战国时郑人,能驾御风而行。《庄子·逍遥游》:"夫列子御风而行,泠然善也。"

〔27〕窈(yǎo 咬)然:深远、幽静的样子。

〔28〕寻尺:古代八尺为一寻,这里形容相距很近。

〔29〕槎(chá 茶):树的枝杈。

〔30〕蹐(jí 急)步:小步。

〔31〕二百举武:二百步。古人称六尺为步,半步为武。

〔32〕后土:指土神或地神。

〔33〕际:交接。

〔34〕穷:走遍。

〔35〕石龛(kān 刊):石室。窿(lóng 龙)然:高起、突出。

〔36〕参差(cēn cī 岑阴平疵):不齐的样子。

〔37〕编磬:古代乐器,用玉或石制成,按音高不同悬挂成行,敲击发声。

〔38〕璞(pú 葡):未雕琢的玉。

〔39〕炉:冶炼。

〔40〕烦燠(yù 预):烦闷燥热。

〔41〕并(bàng 傍):通"傍"。沿着。

〔42〕宣德元年丙午:即公元1426年。宣德是明宣宗年号。

〔43〕杨景端:作者友人,平生不甚得志。薛瑄有《雪后寄杨景端》等诗。

沈　周

沈周(1427—1509),字启南,号石田,晚号白石翁,长洲(今江苏吴县)人。年少聪慧,有名于时。及长,郡守欲以贤良荐,沈周筮《易》,得遁之九五,于是决意隐居不仕。又以母老,先后辞巡抚王恕、彭礼之召。《明史》有传,称其"文摹左氏,诗拟白居易、苏轼、陆游,字仿黄庭坚,并为世所爱重;尤工于画,评者谓为明世第一"。有《沈石田先生文钞》。

记雪月之观[1]

丁未之岁[2],冬暖无雪。戊申正月之三日始作[3],五日始霁[4]。风寒冱而不消[5],至十日犹故在也。是夜月出,月与雪争烂,坐纸窗下,觉明彻异常。遂添衣起,登溪西小楼。楼临水,下皆虚澄[6],又四围于雪[7],若涂银,若泼汞,腾光照人,骨肉相莹。月映清波间,树影溕弄[8],又若镜中见疏发,离离然可爱[9]。寒浃肌肤[10],清入肺腑,因凭栏楯上[11]。仰而茫然,俯而恍然;呀而莫禁[12],眄而莫收[13];神与物融,人观两奇,盖天将致我于太素之乡[14],殆不可以笔画追状[15],文字敷说[16],以传信于不能从者。顾所得不亦多矣!

尚思若时天下名山川[17],宜大乎此也,其雪与月当有神矣。我思挟之以飞,遨八表而返[18],其怀汗漫[19],虽未易平,然老气衰飒[20],有不胜其冷者。乃浩歌下楼[21],夜已过二鼓矣[22]。仍归窗前,兀坐若失[23]。余平生此景亦不屡过,而健忘日寻[24],改数日则又荒荒不知其所云[25],因笔之。

《沈石田先生文钞》

〔1〕从文中"戊申正月"的记述可知,文章当作于明孝宗弘治元年戊申(1488),时作者年已六十二岁。老人观赏自然,别有一番怀抱,何况作者又是一位画家,一位诗人,又遇此雪月交映的良宵!全文下笔从容,以文入画,所谓"神与物融,人观两奇",映衬出作者超然恬淡的澄静心怀。

〔2〕丁未之岁:明宪宗成化二十三年丁未(1487)。

〔3〕戊申:明孝宗弘治元年戊申(1488)。

〔4〕霁(jì 记):放晴。

〔5〕冱(hù 互):冻结(这里指雪)。

〔6〕虚澄:空明澄彻。

〔7〕囿(yòu 右):聚集。

〔8〕滉(huàng 晃)弄:晃动摇荡的样子。

〔9〕离离:清晰、分明的样子。

〔10〕浃(jiā 夹):浸透。

〔11〕栏楯(shǔn 吮):栏杆。纵者为栏,横者为楯。

〔12〕呀(xiā 虾):张口。噤:通"噤",闭口不言。

〔13〕眄(miǎn 免):这里是看、望的意思。

〔14〕太素:古人指最原始的物质世界。语本《列子·天瑞》:"太素者,质之始也。"又汉班固《白虎通·天地》:"始起先有太初,后有太始,形兆既成,名曰太素。"

〔15〕追状:迅速描绘下来。

〔16〕敷说:叙述。

〔17〕若时:此时,现在。

〔18〕遨(áo 熬):游。八表:八方之外,指极远的地方。

〔19〕汗漫:这里形容世外之游的心思。

〔20〕衰飒:衰颓。

〔21〕浩歌:放声高歌。

〔22〕二鼓:二更天,约为现代夜间十时。

〔23〕兀坐:独自端坐。

〔24〕日寻:日逐一日。

〔25〕改:再。荒(huǎng 恍)荒:迷茫模糊的样子。

听蕉记[1]

夫蕉者,叶大而虚,承雨有声,雨之疾徐疏密,响应不忒[2]。然蕉何尝有声,声假雨也。雨不集,则蕉亦默默静植;蕉不虚,雨亦不能使之为声;蕉雨固相能也[3]。蕉静也,雨动也,动静戛摩而成声[4]。声与耳又能相入也。迨若匝匝沰沰[5],剥剥滂滂,索索沥沥,床床浪浪。如僧讽堂[6],如渔鸣榔[7],如珠倾,如马骧[8]。得而象之[9],又属听者之妙矣。

长洲胡日之种蕉于庭以伺雨[10],号听蕉,于是乎有所得于动静之机者欤[11]?

《沈石田先生文钞》

〔1〕作为一代丹青妙手,沈周不仅对于形诸视觉的自然景物有万分兴趣,对于诉诸听觉的天籁之声也倍觉亲切。雨打芭蕉,自古以来就是文人刻画长夜难眠的素材,本文作者写听蕉之情趣,尽管三言两语,也颇得理趣之妙,文末"动静之机",是点题之笔。本文题下注有"己酉"二字,是知文章当写于《记雪月之观》之后,乃明孝宗弘治二年(1489)。

〔2〕不忒:没有差错。语本《易·豫》:"天地以顺动,故日月不过,而四时不忒。"

〔3〕相能:这里指蕉与雨二者相辅相成,相互依存。

〔4〕戛(jiá颊)摩:又作"戛磨",击撞摩擦。

〔5〕迨(dài待):差不多。匝匝活(zhá札)活:象声词。下三句同。

〔6〕讽堂:在佛堂上诵经。

〔7〕渔鸣榔:渔人用木敲击船舷作声,以惊鱼入网。此处以其声比喻雨打芭蕉声。

〔8〕骧(xiāng相):奔驰。此处以马蹄声比喻雨打芭蕉声。

〔9〕象:描摹,摹拟。

〔10〕长洲:今江苏吴县,治所在苏州。胡日之:生平不详,待考。

〔11〕机:事物变化之所由。

程敏政

程敏政(1445？—1499)，字克勤，号篁墩，休宁(今属安徽)人。十岁侍父游宦四川，以神童荐，诏读书翰林院。明宪宗成化二年(1466)进士，授编修，历官左谕德、少詹事兼侍讲学士，进礼部右侍郎，专典内阁诰敕。明孝宗弘治十二年(1499)与李东阳主会试，被劾卖题，下狱，寻获释，病故。在翰林中，程敏政以学问该博有名于时，《明史》有传，称其"名臣子，才高负文学，常俯视侪偶，颇为人所疾"。著有《篁墩集》九十三卷，另辑有《明文衡》、《宋遗民录》等。

夜渡两关记[1]

予谒告南归[2]，以成化戊戌冬十月十六日过大枪岭[3]，抵大柳树驿[4]，时日过午矣，不欲但已，问驿吏[5]，吏给言须晚尚可及滁州也[6]。上马行三十里，稍稍闻从者言："前有清流关[7]，颇险恶，多虎。"心识之[8]。抵关，已昏黑，退无所止，即遣人驱山下邮卒[9]，挟铜钲束燎以行[10]。山口两峰夹峙，高数百寻[11]，仰视不极[12]。石栈岖崟[13]，悉下马，累肩而上[14]。仍相约，有警，即前呼噪为应。适有大星，光煜煜自东西流[15]，寒风暴起，束燎皆灭，四山草木，萧飒有声[16]。由是人人自危，相呼噪不已，铜钲哄发，山谷响动。行六七里,及山顶,忽见月出如烂银盘[17],照耀无际,始举手相庆。然下山犹心悸不能定者久之。予默计此关,乃赵点检破南唐擒其二将处[18]。兹游虽险而奇,当为平生绝冠。夜二鼓[19],抵滁阳[20]。

十七日午,过全椒[21],趋和州[22]。自幸脱险即夷[23],无复置虑。行四十里,渡后河[24],见面山隐隐。问从者,云:"当陟此[25],乃至和州香淋院[26]。"已而日冉冉过峰后,马入山嘴,峦岫回合[27],桑田秩秩[28],凡数村,俨若武陵、仇池[29],方以为喜。既暮,入益深,山益多,草木塞道,杳不知其所穷[30],始大骇汗。过野庙,遇老叟,问此为何山,曰:"古昭关也[31],去香淋尚三十馀里。宜急行,前山有火起者,乃烈原以驱虎也[32]。"时铜钲、束燎皆不及备。傍山涉涧,怪石如林,马为之避易[33],众以为伏虎,却顾反走,颠仆枕藉[34],呼声甚微,虽强之大噪,不能也。良久乃起,循岭以行,谛视崖堑[35],深不可测。涧水潺潺,与风疾除。仰见星斗满天,自分恐不可免[36]。且念伍员昔尝厄于此关[37],岂恶地固应尔耶?尽二鼓,抵香淋,灯下恍然自失,如更生者。

噫!予以离亲之久,诸所弗计,冒险夜行,渡二关,犯虎穴,虽濒危而幸免焉,其亦可谓不审也已,谨志之,以为后戒。

《篁墩集》卷十三

[1] 成化十四年(1478),程敏政由京返乡省亲,因归心似箭,冒险夜行。清流关、昭关,行路艰辛,虽最终有惊无险,但旅途的惊心动魄,得到作者一支生花妙笔淋漓尽致的描绘。文章在纪实的基础上,无论写景

状物,还是心理刻画,都曲折回合,引人入胜,令读者回味无穷。

〔2〕谒告:请假。

〔3〕成化戊戌:即明宪宗成化十四年(1478)。大枪岭:在今安徽滁州西六十里。

〔4〕大柳树驿:在今安徽滁州西北五十里。

〔5〕驿吏:管理驿站的胥吏。驿站是古代供传递文书、官员来往及运输等中途暂息、住宿的地方。

〔6〕绐(dài 代):欺骗。须:等到,及。滁州:在今安徽省东部、滁河流域。

〔7〕清流关:在今安徽滁州西二十五里。

〔8〕识(zhì 志):记住。

〔9〕邮卒:古代为官府传送物资的劳役。

〔10〕铜钲(zhēng 征):铜锣。束燎(liáo 辽):火把。

〔11〕寻:古代以八尺为一寻。

〔12〕不极:无穷,无限。

〔13〕石栈:在山间凿石架木做成的通道。岖崟(yín 银):形容山势险峻。

〔14〕累肩而上:(因山路陡峭),前行者如同踏着随后者的肩膀而行。

〔15〕煜(yù 遇)煜:明亮的样子。自东西流:从东向西坠落。这里作者所见是一颗火流星。

〔16〕萧飒:形容风吹打草木之声。

〔17〕烂银盘:形容月亮如灿烂发光的银盘。语本唐卢仝《月蚀诗》:"烂银盘从海底出。"

〔18〕赵点检:即赵匡胤(927—976),后周世宗时为殿前都点检。破南唐:周世宗显德三年(956),后周赵匡胤袭南唐清流关,破滁州,擒

南唐节度皇甫晖、姚凤。事见《宋史·太祖本纪》。

〔19〕二鼓:二更天,现代晚十时左右。

〔20〕滁阳:即指滁州,以其地在滁水之阳(北),故称。

〔21〕全椒:在今安徽省东部,滁河上游。

〔22〕和州:今安徽和县,在安徽省东部,长江北岸。

〔23〕夷:平。这里指平安。

〔24〕后河:即滁河,长江下游支流。

〔25〕陟(zhì 志):登。

〔26〕香淋院:在和州以北三十五里,以其地有香泉,故称。

〔27〕峦岫回合:山峰四面围绕。岫,山峰。

〔28〕秩秩:整齐有序的样子。

〔29〕武陵仇池:比喻世外桃源。武陵,今湖南常德,晋陶渊明《桃花源记》中桃源的发现者即武陵人。仇(qiú 求)池,山名,在今甘肃成县西。宋苏轼《和桃花源》:"吾尝奉使过仇池,有九十九泉,万山环之,可以避世如桃源也。"

〔30〕杳(yǎo 咬):深远。穷:尽。

〔31〕昭关:在今安徽含山县城北十五里小岘山之西。关口两崖峙立,为南北交通要冲。

〔32〕烈原以驱虎:古人放火烧山以驱逐猛虎,避免伤人。

〔33〕避易:退避。

〔34〕颠仆:跌倒。枕藉:众人(因跌倒而)纵横相枕的状态。

〔35〕谛视:仔细看。堑(qiàn 倩):壕沟。

〔36〕自分(fèn 愤):自料。

〔37〕伍员:字子胥(?—前484),春秋时楚人,父兄全被楚平王杀害,他从楚国逃出,过昭关,关吏捕捉,他徒步逃行,幸遇渔人相救,才过江到了吴国,助吴破楚,报了父兄之仇。事见《史记·伍子胥列传》。

马中锡

马中锡(1446—1512),字天禄,号东田,故城(今属河北)人。明宪宗成化十一年(1475)进士,历官刑科给事中、大理右少卿、左都御史等。《明史》有传,称其"居官廉,所至革弊任怨",但不习兵事,于镇压刘六、刘七起义过程中,以"纵贼"下狱,死于狱中。马中锡古文卓然自立,能以小说笔法入文,《中山狼传》一文最为有名。有《东田集》十五卷。

中山狼传[1]

赵简子大猎于中山[2],虞人导前[3],鹰犬罗后。捷禽鸷兽[4],应弦而倒者不可胜数。有狼当道,人立而啼[5]。简子唾手登车[6],援乌号之弓[7],挟肃慎之矢[8],一发饮羽[9],狼失声而逋[10]。简子怒,驱车逐之。惊尘蔽天,足音鸣雷。十步之外,不辨人马。

时,墨者东郭先生将北适中山以干仕[11],策蹇驴[12],囊图书,夙行失道[13],望尘惊悸。狼奄至[14],引首顾曰:"先生岂有志于济物哉?昔毛宝放龟而得渡[15],随侯救蛇而获珠[16],龟蛇固弗灵于狼也。今日之事,何不使我得早处囊中[17],以苟延残喘乎?异时倘得脱颖而出,先生之恩,生死而肉骨也[18],敢不努力以效龟蛇之诚!"先生曰:"嘻!私汝狼以犯世卿、忤权贵[19],祸且不测,敢望报乎?然墨之道,兼爱为本[20],吾终当有以活汝,脱有祸[21],固所不辞也。"乃出图书,空囊橐徐徐焉实狼其中[22],前虞跋胡,后恐疐尾[23],三纳之而未克。徘徊容与[24],追者益近。狼请曰:"事急矣,先生果将揖逊救焚溺[25],而鸣鸾避寇盗耶[26],惟先生速图!"乃跼蹐四足[27],引绳而束缚之,下首至尾[28],曲脊掩胡[29],猬缩蠖屈[30],蛇盘龟息[31],以听命先生。先生如其指,内狼于囊[32],遂括囊口[33],肩举驴上,引避道左,以待赵人之过。

已而简子至,求狼弗得,盛怒,拔剑斩辕端示先生,骂曰:"敢讳狼方向者[34],有如此辕!"先生伏踬就地[35],匍匐以进,跽而言曰[36]:"鄙人不慧,将有志于世,奔走遐方,自迷正途,又安能发狼踪以指示夫子之鹰犬也?然尝闻之,大道以多歧亡羊[37]。夫羊,一童子可制之,如是其驯也,尚以多歧而亡;狼非羊比,而中山之歧可以亡羊者何限?乃区区循大道以求之[38],不几于守株缘木乎[39]?况田猎[40],虞人之所事也,君请问诸皮冠[41]。行道之人何罪哉?且鄙人虽愚,独不知夫狼乎?性贪而狠,党豺为虐[42]。君能除之,固当窥左足以效微劳[43],又肯讳之而不言哉?"简子默然,回车就道,先生亦驱驴兼程而进。

良久,羽旄之影渐没[44],车马之音不闻。狼度简子之去已远,而作声囊中曰:"先生可留意矣。出我囊,解我缚,拔矢我臂，我将逝矣。"先生举手出狼，狼咆哮谓先生曰："适为虞人逐，其来甚速，幸先生生我。我馁甚[45]，馁不得食，亦终必亡而已。与其饥死道路，为群兽食，毋宁毙于虞人，以俎豆于贵家[46]。先生既墨者，摩顶放踵，思一利天下[47]，又何吝一躯啖我而全微命乎？"遂鼓吻奋爪[48]，以向先生。

先生仓卒以手搏之，且搏且却，引蔽驴后，便旋而走[49]。狼终不得有加于先生[50]，先生亦竭力拒，彼此俱倦，隔驴喘息。先生曰："狼负我，狼负我！"狼曰："吾非固欲负汝，天生汝辈，固需吾辈食也。"相持既久，日暮渐移[51]，先生窃念："天色向晚，狼复群至，吾死矣夫！"因绐狼曰[52]："民俗，事疑必询三老[53]。第行矣[54]，求三老而问之。苟谓我可食，即食；不可，即已。"狼大喜，即与偕行。

逾时，道无人行，狼馋甚，望老木僵立路侧，谓先生曰："可问是老。"先生曰："草木无知，叩焉何益？"狼曰："第问之，彼当有言矣。"先生不得已，揖老木，具述始末，问曰："若然，狼当食我耶？"木中轰轰有声，谓先生曰："我杏也。往年老圃种我时[55]，费一核耳，逾年华[56]，再逾年实，三年拱把[57]，十年合抱，至于今二十年矣。老圃食我，老圃之妻、子食我；外至宾客，下至奴仆，皆食我。又复鬻实于市以规利[58]。我其有功于老圃甚巨。今老矣，不能敛花就实[59]，贾老圃怒[60]。伐我条枚[61]，芟我枝叶[62]，且将售我工师之肆取直焉[63]。噫！樗朽之材[64]，桑榆之景[65]，求免于斧钺之诛而不可得[66]。汝何德于狼，乃觊免乎[67]？是固当食汝。"言下,狼复鼓吻奋爪,以向先生。先生曰:"狼爽盟矣[68]。矢询三老[69],今值一杏,何遽见迫耶[70]?"复与偕行。

狼愈急,望见老牸曝日败垣中[71],谓先生曰:"可问是老。"先生曰:"向者草木无知,谬言害事。今牛,禽兽耳,更何问焉?"狼曰:"第问之。不问,将哐汝[72]。"先生不得已,揖老牸,再述始末以问。牛皱眉瞪目,舐鼻张口[73],向先生曰:"老杏之言不谬矣。老牸茧栗少年时[74],筋力颇健,老农卖一刀以易我[75],使我贰群牛[76],事南亩[77]。既壮,群牛日以老惫,凡事我都任之。彼将驰驱[78],我伏田车[79],择便途以急奔趋;彼将躬耕,我脱辐衡[80],走郊坰以辟榛荆[81]。老农视我犹左右手,衣食仰我而给[82],婚姻仰我而毕,赋税仰我而输,仓庾仰我而实[83]。我亦自谅[84],可得帷席之蔽如马狗也[85]。往年家储无担石[86],今麦秋多十斛矣[87];往年穷居无顾藉[88],今掉臂行村社矣[89];往年尘卮罂[90],涸唇吻[91],盛酒瓦盆半生未接,今酤黍稷[92],据尊罍[93],骄妻妾矣[94];往年衣短褐[95],侣木石[96],手不知揖,心不知学,今持兔园册[97],戴笠子[98],腰韦带[99],衣宽博矣[100]。一丝一粟,皆我力也。顾欺我老弱,逐我郊野。酸风射眸[101],寒日吊影[102];瘦骨如山,老泪如雨,涎垂而不可收,足挛而不可举;皮毛俱亡,疮痍未瘥[103]。老农之妻妒且悍,朝夕进说曰:'牛之一身无废物也,肉可脯[104],皮可鞟[105],骨角可切磋为器。'指大儿曰:

'汝受业庖丁之门有年矣[106],胡不砺刃于硎以待[107]?'迹是观之[108],是将不利于我,我不知死所矣。夫我有功,彼无情,乃若是行将蒙祸;汝何德于狼,觊幸免乎?"言下,狼又鼓吻奋爪以向先生,先生曰:"毋欲速。"

遥望老子扶藜而来[109],须眉皓然,衣冠闲雅,盖有道者也。先生且喜且愕,舍狼而前,拜跪啼泣,致辞曰:"乞丈人一言而生[110]。"丈人问故,先生曰:"是狼为虞人所窘,求救于我,我实生之。今反欲咥我,力求不免,我又当死之。欲少延于片时,誓定是于三老。初逢老杏,强我问之,草木无知,几杀我;次逢老牸,强我问之,禽兽无知,又几杀我;今逢丈人,岂天之未丧斯文也[111]!敢乞一言而生。"因顿首杖下,俯伏听命。丈人闻之,欷歔再三[112],以杖叩狼曰:"汝误矣。夫人有恩而背之,不祥莫大焉。儒谓受人恩而不忍背者,其为子必孝,又谓虎狼知父子。今汝背恩如是,则并父子亦无矣。"乃厉声曰:"狼速去,不然,将杖杀汝!"

狼曰:"丈人知其一,未知其二,请诉之,愿丈人垂听。初,先生救我时,束缚我足,闭我囊中,压以诗书,我鞠躬不敢息[113]。又蔓辞以说简子[114],其意盖将死我于囊,而独窃其利也。是安可不咥?"丈人顾先生曰:"果如是,是羿亦有罪焉[115]。"先生不平,具状其囊狼怜惜之意[116]。狼亦巧辩不已以求胜。丈人曰:"是皆不足以执信也[117]。试再囊之,我观其状果困苦否。"狼欣然从之,信足先生[118]。先生复缚置囊中,肩举驴上,而狼未之知也。丈人附耳谓先生曰:

"有匕首否?"先生曰:"有。"于是出匕,丈人目先生使引匕刺狼。先生曰:"不害狼乎?"丈人笑曰:"禽兽负恩如是,而犹不忍杀,子固仁者,然愚亦甚矣。从井以救人[119],解衣以活友[120],于彼计则得,其如就死地何？先生其此类乎！仁陷于愚,固君子之所不与也[121]。"言已大笑,先生亦笑。遂举手助先生操刀共殪狼[122],弃道上而去。

《东田集》卷五

〔1〕作为一篇寓言,东郭先生之迂阔与中山狼之恩将仇报,早已成为文学中的典型形象而光耀后世。其警世作用正如《伊索寓言》中的《农夫与蛇》一样,具有很强的教育意义。据说此文是为讽李梦阳而作。李梦阳因弹劾权宦刘瑾而下狱,后者必欲置之死地,康海与刘瑾同为陕人,李梦阳狱中托康海援手,康海向刘瑾说情,救出梦阳。后刘瑾事败伏诛,康海受到牵连,李梦阳却未援助,康海写《中山狼杂剧》以泄愤。清人《四库全书总目》著录《别本东田集》反驳此说云:"海以救梦阳坐累,梦阳特未营救之耳,未尝逞凶反噬,如传所云云也。疑中锡别有所指,而好事者以康、李为同时之人,又有相负一事,附会其说也。"可备一说。细味本文,行文典雅,叙述跌宕有致,文学色彩甚浓,绝非一般意义上的寓言可比,堪称名作。

〔2〕赵简子:即赵鞅,春秋末晋国的大夫,卒谥简,故称。此处仅借其名而已。中山:诸侯国名,其国都在今河北定县一带。

〔3〕虞人:古代掌山泽苑囿之官,见《周礼·夏官·大司马》。

〔4〕捷禽鸷(zhì 至)兽:飞行迅捷的鸟与凶猛的兽。

〔5〕人立而啼:像人一样直立着嚎叫。语本《左传·庄公八年》:"豕人立而啼。"

〔6〕唾手:吐口水于掌心,表示即将用力。

〔7〕乌号(háo豪)之弓:古良弓名。语本《淮南子·原道训》:"射者扞乌号之弓。"

〔8〕肃慎之矢:周武王、成王时,肃慎氏(古代居于我国东北地区的民族)来贡楛矢、石弩。语本《国语·鲁语下》:"此肃慎氏之矢也。"

〔9〕饮羽:箭深入所射中的物体。

〔10〕逋(bū晡):逃跑。

〔11〕墨者:信奉墨家学说的人。东郭先生:虚拟人名,当源于《史记·滑稽列传》:"东郭先生久待诏公车,贫困饥寒,衣敝,履不完。行雪中,履有上无下,足尽践地,道中人笑之。"干仕:谋求做官。

〔12〕蹇(jiǎn剪)驴:跛足瘦弱的驴。

〔13〕夙(sù素)行:早行。

〔14〕奄:突然。

〔15〕"昔毛宝"句:据《晋书·毛宝传》,毛宝在武昌时,有军人养白龟,后放于江中。一次兵败,养龟人被铠持刀,自投于水,白龟将他驮到对岸。后世即以"毛宝放龟"为施恩获报的典实。

〔16〕"随侯"句:据晋干宝《搜神记》卷二十记述,随侯出行,见一被伤中断的大蛇,以药救护,使能行。一年后,蛇衔明珠以报。

〔17〕早处囊中:套用《史记·平原君虞卿列传》中毛遂之语:"使遂早得处囊中,乃颖脱而出,非特其末见面已。"这里指中山狼欲藏入东郭先生的书囊之中。

〔18〕生死而肉骨:使死人复生,使骨上长出肉。生、肉,皆用如动词。语本《左传·襄公二十二年》:"所谓生死而肉骨也。"

〔19〕世卿:世代承袭为卿大夫。这里指赵简子。忤(wǔ武):触犯。

〔20〕兼爱:春秋、战国之际,墨子所倡导的伦理学说,主张爱无差别

114

等级,不分厚薄亲疏。《墨子》中有《兼爱》三篇,阐述其主张。

〔21〕脱:倘若。

〔22〕实:装。

〔23〕"前虞"二句:语本《诗·豳风·狼跋》:"狼跋其胡,载疐其尾。"意即:狼前行就踩着它的胡,后退就被尾巴绊住。这里形容东郭先生装狼入口袋小心翼翼,惟恐伤狼身体。虞,担心。跋,践踏。胡,狼颔下悬肉。疐(zhì 志),阻碍。

〔24〕容与:从容闲舒的样子。

〔25〕揖逊:揖让,彬彬有礼。焚溺:火烧与水淹。

〔26〕鸣鸾:旧时贵族出行,车衡上有铜铃响动,以示招摇。鸾,也作"銮"。

〔27〕踢踘(jújí 局级):蜷曲。

〔28〕下首至尾:指狼将头低弯于尾巴处。

〔29〕曲脊掩胡:弓着背,将颔下悬肉遮掩住。

〔30〕猬缩蠖(huò 霍)屈:如刺猬缩成一团,像尺蠖一样弯曲身体。

〔31〕龟息:本为道教语,谓呼吸调息如龟。这里指狼不敢大声出气。

〔32〕内:通"纳",放入。

〔33〕括:捆束。

〔34〕讳:隐瞒。

〔35〕伏踬(zhì 志):趴倒。

〔36〕跽(jì 记):长跪,即上身挺直,双膝着地。

〔37〕大道以多歧亡羊:语本《列子·说符》:"杨子之邻人亡羊,既率其党,又请杨氏之竖追之。杨子曰:'嘻!亡一羊,何追者之众?'邻人曰:'多歧路。'"歧,岔路。

〔38〕区区:这里是"仅仅"之意。

〔39〕守株缘木:即守株待兔与缘木求鱼,语本《韩非子·五蠹》与《孟子·梁惠王上》。这里比喻赵简子寻狼的思路与方法不对。

〔40〕田猎:打猎。

〔41〕皮冠:古代打猎时戴的帽子,加于礼冠之上,以御尘与雨雪。全句语本《左传·昭公二十年》:"皮冠以招虞人。"

〔42〕党豺为虐:与豺结党,为害人间。

〔43〕窥左足:语本《汉书·息夫躬传》:"匈奴饮马于渭水,边竟雷动,四野风起,京师虽有武蜂精兵,未有能窥左足而先应者也。"意即一举足之劳。窥(kuǐ 傀),通"跬",半步。

〔44〕羽旄:古时常用鸟羽与牦牛尾为旗饰,故用作旌旗的代称。

〔45〕馁(něi 内上声):饥饿。

〔46〕俎豆:俎与豆是古代祭祀、宴飨时盛食品用的两种礼器,这里用如动词,即用作食品之意。

〔47〕"摩顶"二句:语本《孟子·尽心上》:"墨子兼爱,摩顶放踵利天下,为之。"摩顶放(fǎng 仿)踵,从头顶到脚跟都磨伤,形容舍己为人而不辞劳苦。

〔48〕鼓吻:鼓动嘴巴。

〔49〕便(pián 骈)旋:徘徊,回旋。走:跑。

〔50〕加:加害。

〔51〕日晷(guǐ 鬼):日影。

〔52〕绐(dài 代):欺骗。

〔53〕三老:古代掌教化之官,乡、县、郡皆曾先后设置。这里即指三位老者。

〔54〕第:姑且。

〔55〕老圃(pǔ 普):有经验的菜农。

〔56〕华:开花。

〔57〕拱把:指径围大如两手合围。

〔58〕鬻(yù 玉):卖。规利:谋利。

〔59〕敛花就实:节制开花以结实。

〔60〕贾(gǔ 古):招致。

〔61〕条枚:枝干。语本《诗·周南·汝坟》:"遵彼汝坟,伐其条枚。"

〔62〕芟(shān 山):割除。

〔63〕工师之肆:工匠的店铺。直:同"值",价钱。

〔64〕樗(chū 出)朽之材:无用的木材。樗,臭椿,材质粗硬,不耐水湿。

〔65〕桑榆之景:指晚年时光。日落时光照桑榆树端,因而喻指垂老之年。

〔66〕斧钺(yuè 月):原指两种兵器,引申为刑罚、杀戮。

〔67〕觊(jì 记):希望,企图。

〔68〕爽盟:背约。

〔69〕矢(shǐ 屎):发誓。

〔70〕遽(jù 剧):急忙。见迫:相逼迫。

〔71〕牸(zì 字):母牛。

〔72〕咥(dié 叠):咬。

〔73〕舐(shì 试):舔。

〔74〕茧栗少年:指牛犊。牛角初生时,其形小如茧似栗。

〔75〕卖一刀以易我:语本《汉书·龚遂传》:"民有带持刀剑者,使卖剑买牛,卖刀买犊。"

〔76〕贰:辅助。

〔77〕南亩:农田。

〔78〕驰驱:这里借指打猎。

117

〔79〕田车:打猎用的车子。

〔80〕脱:离开。辐衡:这里代指田车。辐,车轮中连结轴心与轮圈的直条。衡,车辕的横木。

〔81〕郊坰(jiōng扃):郊野。辟榛荆:开垦荒地。榛荆,形容荒芜。

〔82〕仰:依仗。

〔83〕仓庾(yǔ雨):贮藏粮食的仓库。

〔84〕自谅:自家料想。

〔85〕帷席:帷帐与床席。这里指用以埋尸之物。蔽:遮盖。

〔86〕担石:一担一石之粮,比喻微少。

〔87〕麦秋:麦熟的季节。斛(hú胡):古代十斗为一斛,南宋末改为五斗为一斛,多用于计量粮食。

〔88〕顾藉:顾念,顾惜。

〔89〕掉臂:自在行游的样子。村社:古代农村祭祀社神的日子或盛会。全句表示养牛老农在当地有了一定的地位。

〔90〕尘卮罂(zhì yīng志英):酒杯与酒器中积满灰尘。罂,古代盛酒或水的瓦器,小口大腹。

〔91〕涸(hé合)唇吻:嘴唇干,意即没有酒喝。

〔92〕酝黍稷:用黄米与高粱酿酒。

〔93〕据尊罍(léi雷):占有各种盛酒器具。罍,一种外形或圆或方、小口广肩、圈足深腹有盖的盛酒器,富裕之家才有。

〔94〕骄妻妾:向他的妻妾摆威风。语本《孟子·离娄下》:"施施从外来,骄其妻妾。"

〔95〕裋褐(shù hè树贺):古代贫贱者所穿的粗陋布衣。

〔96〕侣木石:与树木、山石为伴,表示穷困,一无所有。语本《孟子·尽心上》:"舜之居深山之中,与木石居,与鹿豕游。"

〔97〕兔园册:古代流行于民间的村塾读本,传为唐杜嗣先所编,一

118

说为唐虞世南著。这里泛指浅近的书籍。

〔98〕戴笠子:戴斗笠。原意形容清贫,这里表示平民的装束。

〔99〕韦带:古代平民或未仕者所系的无饰的皮带。

〔100〕衣宽博:穿着宽大的衣服。语本《孟子·公孙丑上》:"不受于褐宽博,亦不受于万乘之君。"褐为粗衣,宽博也是贱者之服。联上二句,可知作者对养牛老农有嘲弄调侃之意在。

〔101〕酸风射眸:语本唐李贺《金铜仙人辞汉歌》:"东关酸风射眸子。"刺人的寒风伤痛眼睛。

〔102〕寒日吊影:在冬天对着太阳自吊其影,形容极端孤独。

〔103〕疮痍:创伤。这里当指鞭伤。瘥(chài 柴去声):病愈。

〔104〕脯:制成肉干。

〔105〕鞟(kuò 阔):制成皮革。

〔106〕庖(páo 刨)丁:厨师。语本《庄子·养生主》:"庖丁为文惠君解牛。"

〔107〕砺刃:磨刀。硎(xíng 刑):磨刀石。

〔108〕迹是观之:根据这些迹象判断。

〔109〕藜:拐杖。藜为草木植物,茎长可制手杖。

〔110〕丈人:古代对老人的尊称。

〔111〕天之未丧斯文:语本《论语·子罕》:"天之未丧斯文也,匡人其如予何?"意为天不绝人。斯文,这里指读书人。

〔112〕欷歔(xī xū 希虚):叹息声。

〔113〕鞠躬:弯腰曲体。

〔114〕蔓辞:芜杂繁冗的言辞。

〔115〕是羿(yì 义)亦有罪焉:语本《孟子·离娄下》:"孟子曰:'是亦羿有罪焉。'"据说,逢蒙是古代射手羿的学生,完全获取了羿的射箭技巧,就想天下人只有羿比自己强,便把羿杀死了。孟子就说,这里也有

羿的罪过。也就是说,羿不当教逢蒙这样的恶人。

〔116〕具状:详细地说明。

〔117〕执信:当作凭据。

〔118〕信足先生:将脚伸向先生。信,通"伸"。

〔119〕从井以救人:语本《论语·雍也》:"宰我问曰:'仁者,虽告之曰井有仁焉,其从之也?'子曰:'何为其然也!君子可逝也,不可陷也;可欺也,不可罔也。'"大意是:宰我问,有仁德的人,就是告诉他井里掉下一位仁人了,他是否会跟着下去呢?孔子婉转否决了从井救人之假设说法。

〔120〕解衣以活友:据《烈士传》(见《文选·广绝交论》注引)载,羊角哀与左伯桃为死友,二人欲仕于楚,道遇雨雪,不得俱生,于是左伯桃将衣、粮全给了羊角哀,自己入空树中冻死。

〔121〕不与:不赞成。

〔122〕殪(yì义):杀死。

李东阳

李东阳(1447—1516),字宾之,号西涯,茶陵(今属湖南)人。明英宗天顺八年(1464)进士,授编修,历官太常少卿、礼部右侍郎、礼部尚书兼文渊阁大学士。武宗朝刘瑾专权,李东阳周旋其间,且多保全善类。卒谥文正。在明代文学史中,李东阳上承台阁体,下启前七子,形成茶陵派。其散文追求典雅流丽,《明史》有传,称其"自明兴以来,宰臣以文章领袖缙绅者,杨士奇后,东阳而已"。著有《怀麓堂集》一百卷。今人有整理本《李东阳集》与《李东阳续集》,岳麓书社分别于1984年至1997年分册出版,收录作品较全。

弈说[1]

吾尝观于弈矣。弈之初,本无情也。卒然而合之[2],强分类别[3],击取攘劫[4],若有得失乎其间者。及其地交意逼,主于必胜,其势莫肯先却焉。故或役心命志[5],如蛛游蜩化而不自知[6]。其胜者施施然[7],若辟土地而朝秦楚[8];不胜则赪面戟指[9],无所不至。

今之言弈者必以适,以适而反自劳,则不若缩手而旁观者之为适也[10]。劳与适相遭,非智者不能卒辨[11]。至于覆图敛枲[12],则其所谓胜负者,始茫乎其不可揽,然后劳亡而逸见,其甚者犹或以夸之乎人。或者怅怏郁结[13],愈不可释。呜呼！此又何哉？

古之不善弈者曰苏子瞻[14],其言曰:"胜固欣然,败亦可喜[15]。"用是知不工于弈者,乃得弈之乐为深。人之达于是者,可与言弈也。世之善喻世者,必以弈[16],以弈观世,鲜有不合者也。

《李东阳集》卷十六

[1] 纯粹从娱乐角度观照围棋,本是一种消遣之举,不必处心积虑,非胜不可。然而游戏若无竞争性,也就失去了它固有的魅力。作者以弈为说,意在表达自己的一种人生态度,借题发挥,正如孟子以弈为"小数",却也用来作喻,讲明了专心致志的必要性(见《孟子·告子上》)。

[2] 卒(cù促)然:突然。卒,同"猝"。合:交锋。

[3] 强分类别:这里指棋手对棋枰边、角、腹的占取。

[4] 击取攘劫:指棋手对弈中的各种战术。劫,围棋术语,黑白双方往复提吃对方一子称劫。

[5] 役心命志:即使心立志以争胜。

[6] 蛛游蜩(tiáo条)化:蛛的游网,蝉的蜕变。比喻技艺熟练。

[7] 施(yí夷)施然:喜悦自得的样子。

[8] 辟土地:开拓疆土。朝秦楚:使秦国、楚国来朝贡。朝,使动用法。二句语本《孟子·梁惠王上》:"然则王之所大欲可知已,欲辟土地,朝秦楚,莅中国而抚四夷也。"这里用来形容胜棋者得意忘形之貌。

[9] 赪(chēng撑)面:因羞惭或恼怒而脸红。戟指:伸出食指与中指指人,其形似戟,常用来形容愤怒之状。

〔10〕缩手:袖手。

〔11〕卒辨:最后辨清。

〔12〕覆图敛奁(liǎn liǎn 脸连):遮盖棋枰,收棋子于盒匣。指对弈结束。唐郑谷《寄棋客》:"覆图闻夜雨,下子对秋灯。"

〔13〕怅怏:惆怅不乐。郁结:忧思烦恼纠结难解。

〔14〕苏子瞻:即苏轼(1036—1101),宋眉州眉山人,字子瞻。宋仁宗嘉祐二年(1057)进士,通判杭州,贬黄州,起为端明殿侍读学士,知登州、杭州,擢礼部尚书,再贬惠州、琼州,遇赦还,卒于常州。谥文忠。苏轼一生坎坷,但于诗文词与书法绘画皆有造诣。为人达观。《宋史》有传。

〔15〕"胜固欣然"二句:见苏轼《观棋》诗,末四句云:"胜固欣然,败亦可喜。优哉游哉,聊复尔耳。"诗前有引云:"予素不解棋,尝独游庐山白鹤观。观中人皆阖户昼寝,独闻棋声于古松流水之间,意欣然喜之。自尔欲学,然终不解也。儿子过乃粗能者,儋守张中日从之戏,予亦隅坐,竟日不以为厌也。"

〔16〕"世之"二句:如唐杜甫《秋兴》诗之四云:"闻道长安似弈棋,百年世事不胜悲。"宋王安石《上仁宗皇帝言事书》:"当是之时,变置社稷,盖甚于弈棋之易。"

医戒〔1〕

予年二十九〔2〕,有脾病焉〔3〕,其症能食而不能化,因节不多食,渐节渐寡,几至废食,气渐荼〔4〕,形日就惫〔5〕。医谓:"为瘵也〔6〕。"以药补之,病益甚,则补益峻〔7〕。岁且尽[8]，乃相谓曰："吾计且穷矣，若春木旺[9]，则脾土必重伤[10]。"先君子忧之[11]。

会有老医孙景祥氏来视，曰："及春乃解。"予怪问之，孙曰："病在心火[12]，故得木而解[13]。彼谓脾病者，不揣其本故也。子无乃有忧郁之心乎？"予爽然曰[14]："噫！是也。"盖是时予屡有妻及弟之丧[15]，悲怆交积，积岁而病，累月而瘥，非惟医不能识，而予亦忘之矣。于是括旧药尽焚之[16]，悉听其所为，三日而一药，药不过四五剂，及春而果差[17]。

因叹曰："医不能识病，而欲拯人之危，难矣哉！"又叹曰："世之徇名遗实[18]，以躯命托之庸人之手者，亦岂少哉！向不此医之值[19]，而徒托诸所谓名医，不当补而补，至于瘥而莫之悟也！"因录以自戒。

《李东阳集》卷十八

〔1〕以医生疗疾喻人臣济世，当是这篇现身说法文章的主旨，这也与作者的官宦身份符合。无论治病与治国，辨证施治与对症下药皆不可或缺，作者"世之徇名遗实，以躯命托之庸人之手者，亦岂少哉"的慨叹，深沉中自有言外之意。

〔2〕予年二十九：当值明宪宗成化十一年（1475）。

〔3〕脾病：中医认为胃主消化，脾有助胃消化之功，脾病当属于消化系统疾病，中医常以"脾胃不和"为解。

〔4〕苶（nié 聂阳平）：同"苶"，疲倦困乏。

〔5〕形日就惫：形貌日渐困顿。

〔6〕瘵（zhài 寨）：古人多指痨病，即今人所称结核病。

〔7〕峻:猛烈。

〔8〕岁且尽:一年将尽。

〔9〕春木旺:在中国古代五行学说中,春天属木。汉董仲舒《春秋繁露·阴阳终始》:"至春少阳,东出就木,与之俱生。"

〔10〕脾土:中医用五行学说释五脏,以脾属土,故称。又据五行相克之说,水克火,火克金,金克木,木克土,土克水。春木克脾土,所以"必重伤"。

〔11〕先君子:古人对自己亡父的敬称。

〔12〕心火:中医用五行学说释五脏,以心属火,故称。

〔13〕故得木而解:据五行相生之说,木生火,火生土,土生金,金生水,水生木。春木可生心火,故云。

〔14〕爽然:豁然清醒。

〔15〕"盖是时"句:明宪宗成化十年(1474),作者三弟李东川卒;次年,作者继室岳氏去世。

〔16〕括:搜集。

〔17〕差(chài 柴去声):同"瘥",病愈。

〔18〕徇名遗实:这里是只慕其名而不顾其实的意思。《明太祖实录》卷一四一:"(洪武十五年正月庚戌)命天下朝觐官各举所知一人。上谕之曰:'古之荐举者以实不以名,后世荐举者徇名而遗实,故往往治不如古……'"

〔19〕向:假设。值:遇到。

罗 玘

罗玘(qǐ 起)(1447—1519),字景鸣,学者称圭峰先生,南城(今属江西)人。明宪宗成化二十三年(1487)进士,授编修,官至南京吏部右侍郎,遇事严谨,僚属畏惮。卒谥文肃。《明史》有传,称其"博学,好古文,务为奇奥",又云:"每有作,或据高树,或闭坐一室,瞑目隐度,形容灰槁,自此文益奇,玘亦厚自责。"著有《罗圭峰文集》三十七卷。

西溪渔乐说[1]

渔与樵、牧、耕,均以业为食者也。其食之隆杀[2],惟视其身之勤惰,亦无以异也。然天下有佣樵[3],有佣牧,有佣耕,而独无佣渔。惟其无佣于人,则可以自有其身。作吾作也,息吾息也,饮吾饮而食吾食也,不亦乐乎?盖乐生于自有其身故也[4]。若夫佣,则身非其身矣。吾休矣,人曰作之;吾作矣,人曰休之,不敢不听命焉。虽甘食美饮,又焉足乐乎?

岂惟佣哉?食人之禄[5],犹佣也。故夫择业莫若渔,渔诚足乐也。而前世淡薄之士托而逃焉者,亦往往于渔:舜于雷泽[6],尚父于渭滨[7]。然皆为世而起,从其大也,而乐不终。至于终其身乐之不厌,且以殉者[8],古今一人而已,严陵是也[9]。

义兴吴心远先生渔于西溪[10],亦乐之老已矣,无它心也。宁庵编修请曰[11]:"仲父得无踵严之为乎[12]?"先生曰:"吾何敢望古人哉!顾吾乡邻之渔于利者乐方酣[13],吾思不能效也,聊以是相配然耳[14]。"有闻而善之,为之说其事以传者,罗玘也,南城人。

《罗圭峰文集》卷十二

[1] "西溪渔乐"本是隐居者吴纶在其家乡宜兴的一处别墅名,为吴纶六十岁以后所创建者,详本文注[10]。作者从"独无佣渔"借题发挥,既表达出吴纶自由自在的生活态度,也传达了作者洁身自好、不与世浮沉的独立精神追求。联系作者"尤尚节义"(《明史》本传)的性格特征,可谓"文如其人"。

[2] 隆杀(shài 晒):高下、厚薄。

[3] 佣樵:受雇于人的打柴人。以下"佣牧"、"佣耕"意同。

[4] 自有其身:不受人驱使的自由身。

[5] 食人之禄:这里指做官。

[6] 舜于雷泽:据《史记·五帝本纪》:"舜,冀州之人也。舜耕历山,渔雷泽……"雷泽,又名雷夏泽,故址在今山东菏泽东北。

[7] 尚父于渭滨:据《史记·齐太公世家》载,吕尚老而穷困,垂钓于渭水之北,遇周西伯(即周文王),"载与俱归,立为师"。渭水,即今黄河中游支流渭河,位于陕西省中部。尚父即吕尚,本姓姜,字子牙,周武王尊之为"师尚父",曾佐武王伐纣而建立周王朝。

[8] 殉:为某种目的或理想而舍身从事并不惜牺牲生命。

〔9〕严陵：即严光，字子陵，馀姚人。汉光武帝刘秀登极后，以严光曾为少时同学，征召到京，授谏议大夫，不受，隐于富春山，常以渔钓为乐，"后人名其钓处为严陵濑焉"（见《后汉书·逸民传》）。严光终身未仕，年八十而卒。

〔10〕义兴：即今江苏宜兴。吴心远：即吴纶（1440—1522），字大本，自号心远居士，宜兴人。明顾清《东江家藏家》卷四十一《封礼部员外郎心远吴公墓志铭》云："宜兴山水，邑东连吴会，南通苕霅，公年六十辄断弃家务，创二别墅，枕岩带流，曰南山樵隐，曰西溪渔乐。晚于溪上建心远堂，遂因以为号。每春和秋清，扁舟布帆，夷犹徜徉，驯一鹿一鹤以自随。"

〔11〕宁庵编修：即吴俨（1457—1519），字克温，号宁庵，为吴纶的侄子。成化二十三年（1487）进士，历官翰林院编修、侍讲学士、南京礼部尚书，卒谥文肃。有《吴文肃公摘稿》。《明史》有传。编修，翰林院属官，正七品。请：向长辈或尊者报告情况或提出某项建议，然后请求指示。

〔12〕仲父：古人称父亲的大弟。《释名·释亲属》："父之弟曰仲父……仲父之弟曰叔父。"吴俨的父亲吴经（1435—1509），字大常，是吴纶的兄长，故称吴纶为仲父。得无踵严之为乎：莫非要效法严光的作为吗？

〔13〕顾：但是。渔于利者：用不正当的手段谋取利益的人。

〔14〕聊：姑且。是：指代渔钓之乐。相配然：以"渔钓"与"渔利"为配，有调侃意。

祝允明

祝允明(1460—1526),字希哲,号枝山,长洲(今江苏苏州)人。明孝宗弘治五年(1492)举人,久不第,授广东兴宁知县,迁应大府通判,谢病归。《明史》有传,称其:"五岁作径尺字,九岁能诗。稍长,博览群集,文章有奇气,当筵疾书,思若涌泉。尤工书法,名动海内。"他与唐寅、文徵明、徐祯卿并称"吴中四才子"。著有《怀星堂集》(又名《祝氏集略》)三十卷。

谯楼鼓声记[1]

居卧龙街之黄土曲北[2],鼓出郡谯[3]。声自西南来,腾腾沉沉[4],如莫知其所在。呜呼!鸣霜叫月[5],浮空摩远[6],敲寒击热[7],察公儆私[8]。若哀者,若怨者,若烦冤者[9],若木然寡情者,徒能煎人肺肠,枯人毛发,催名而逐利[10]。吊寒人[11],惋孤娥[12],戚戚焉[13]。天涯之薄宦[14],岭海之放臣[15],岩窦之枯禅[16],沙塞之穷戍[17],江湖之游女,以至茕嫠背灯之泣[18],畸幽玩剑之愤[19],壮侠抚肉之叹[20],迨于悲鸦苦犬[21],愁螿困蚓[22],且鸣号不能已。呜呼!鼓声之凄感极矣。

岁庚戌五月十八日丙夜[23],闻之以为记。

《怀星堂集》卷二十一

[1] 从文末可知,文章乃作者三十一岁时所写。全文笔调稍觉低沉压抑,有一股怀才不遇的怨气。将每晚习闻的谯楼鼓声写得活灵活现,并非因耳熟能详而失去新鲜感,就是这篇散文的魅力所在。谯(qiáo桥)楼即城门上的瞭望楼,上有更鼓,敲击以报夜时。

[2] 曲:小巷。

[3] 郡谯:这里指苏州府城的谯楼。

[4] 腾腾沉沉:象声词,形容鼓声。

[5] 鸣霜叫月:想象鼓声在秋季与春季的声音。

[6] 浮空摩远:形容鼓声在空中飘荡达到很远的地方。摩,接近。

[7] 敲寒击热:想象鼓声在冬天与夏天的声音。

[8] 察公儆(jǐng 警)私:明辨公心,戒备私情。

[9] 烦冤:烦躁愤懑。

[10] 催名逐利:催使人萌生名利之心。

[11] 寒人:贫苦的人。

[12] 惋(wǎn 宛):怨恨。孤娥:父母双亡的女子。

[13] 戚(cù 促)戚:急促的样子。这里形容鼓声。戚,通"促"。《汉书·李寻传》:"治国故不可以戚戚,欲速则不达。"

[14] 薄宦:卑微的官职。

[15] 放臣:放逐之臣。

[16] 岩窦:即岩穴。枯禅:老僧。

[17] 沙塞:沙漠边塞。穷戍:常年戍边的士兵。

[18] 茕(qióng 穷)孽:孤独无依的庶子(非正妻所生者)。

[19] 畸幽:有独特志行却又不得施展的人。

〔20〕抚肉:同"抚髀",以手拍股,表示感叹。

〔21〕迨(dài 代):如,比得上。

〔22〕螀(jiāng 疆):寒蝉。蚓:即蚯蚓。古人误认为蚯蚓能鸣,如晋葛洪《抱朴子·博喻》:"蚓无口而扬声。"

〔23〕庚戌:即明孝宗弘治三年(1490)。丙夜:三更时分,相当于现代晚上十一时至次日凌晨一时。

唐 寅

唐寅(1470—1524),字伯虎,一字子畏,号六如居士,又号桃花庵主、鲁国唐生、逃禅仙吏、江南第一风流才子等,吴县(今江苏苏州)人。明孝宗弘治十一年(1498)乡试第一,翌年入京会试,牵涉科场舞弊案,罢黜为吏,耻不就,归家筑室桃花坞,与客日醉饮其中。宁王朱宸濠曾重金礼聘,唐寅察其有异志,佯狂以免。游历名山大川,以鬻文卖画为生。年五十四而卒(卒于嘉靖二年十二月二日,时为公元1524年1月7日)。《明史》有传,称"寅诗文,初尚才情,晚年颓然自放,谓后人知我不在此,论者伤之"。著有《六如居士全集》二十卷,今人有《唐伯虎全集》整理本,中国美术学院出版社2002年出版。

与文徵明书[1]

寅白徵明君卿[2]:窃尝听之,累吁可以当泣[3],痛言可以譬哀[4]。故姜氏叹于室,而坚城为之隳堞[5];荆轲议于朝,而壮士为之徵剑[6]。良以情之所感,木石动容[7];而事之所激,生有不顾也。昔每论此,废书而叹;不意今者,事集于仆。哀哉哀哉!此亦命矣!俯首自分[8],死丧无日,括囊泣血[9],群于鸟兽[10]。而吾卿犹以英雄期仆,忘其罪累,殷勤教督,罄竭怀素[11]。缺然不报,是马迁之志,不达于任侯[12]；少卿之心，不信于苏季也[13]。

计仆少年，居身屠酤[14]，鼓刀涤血[15]。获奉吾卿周旋[16]，颉颃婆娑[17]，皆欲以功名命世。不幸多故，哀乱相寻，父母妻子，蹠踵而没[18]，丧车屡驾，黄口嗷嗷[19]，加仆之跌宕无羁[20]，不问生产[21]，何有何亡，付之谈笑。鸣琴在室，坐客常满，而亦能慷慨然诺[22]，周人之急[23]。尝自谓布衣之侠[24]，私甚厚鲁连先生与朱家二人[25]，为其言足以抗世[26]，而惠足以庇人，愿赘门下一卒[27]，而悼世之不尝此士也[28]。

芜秽日积，门户衰废，柴车索带，遂及蓝缕[29]。犹幸藉朋友之资，乡曲之誉[30]，公卿吹嘘[31]，援枯就生，起骨加肉[32]，猥以微名[33]，冒东南文士之上[34]。方斯时也，荐绅交游[35]，举手相庆[36]，将谓仆滥文笔之纵横，执谈论之户辙[37]；岐舌而赞[38]，并口而称。墙高基下[39]，遂为祸的[40]。侧目在旁，而仆不知；从容晏笑[41]，已在虎口。庭无繁桑，贝锦百匹[42]；谗舌万丈[43]，飞章交加[44]。至于天子震赫[45]，召捕诏狱[46]。身贯三木[47]，卒吏如虎，举头抢地[48]，涕泗横集[49]。而后昆山焚如，玉石皆毁[50]，下流难处，众恶所归[51]。缋丝成网罗[52]，狼众乃食人，马氂切白玉[53]，三言变慈母[54]。海内遂以寅为不齿之士，握拳张胆，若赴仇敌。知与不知，毕指而唾，辱亦甚矣！整冠李下[55]，掇墨瓿中[56]，仆虽聋盲，亦知罪也。当衡者哀怜其穷[57]，点检旧章[58]，责为部邮[59]。将使积劳补过，循资干禄[60]。而蘧篨戚施[61],俯仰异态;士也可杀,不能再辱。

嗟乎吾卿!仆幸同心于执事者[62],于兹十五年矣!锦带县髦[63],迨于今日,沥胆濯肝[64],明何尝负朋友?幽何尝畏鬼神?兹所经由,惨毒万状,眉目改观,愧色满面,衣焦不可伸[65],履缺不可纳。僮奴据案,夫妻反目,旧有狞狗[66],当户而噬。反视室中,甒瓯破缺[67],衣履之外,靡有长物[68]。西风鸣枯,萧然羁客[69],嗟嗟咄咄[70],计无所出。将春掇桑椹[71],秋有橡实[72],馀者不追[73],则寄口浮屠[74],日愿一餐,盖不谋其夕也。

吁欷乎哉!如此而不自引决[75],抱石就木者[76],良自怨恨。筋骨柔脆,不能挽强执锐[77],揽荆吴之士[78],剑客大侠,独当一队,为国家出死命,使功劳可以纪录。乃徒以区区研摩刻削之材[79],而欲周济世间,又遭不幸,原田无岁[80],祸与命期[81],抱毁负谤,罪大罚小,不胜其贺矣!窃窥古人,墨翟拘囚,乃有薄丧[82];孙子失足,爰著兵法[83];马迁腐戮,《史记》百篇[84];贾生流放,文词卓落[85]。不自揆测[86],愿丽其后[87],以合孔氏不以人废言之志[88]。亦将檃括旧闻[89],总疏百氏[90],叙述十经[91],翱翔蕴奥[92],以成一家之言。传之好事[93],托之高山[94],没身而后,有甘鲍鱼之腥而忘其臭者[95],传诵其言,探察其心,必将为之抚缶命酒,击节而歌呜呜也[96]。

嗟哉吾卿!男子阖棺事始定[97],视吾舌存否也[98]?仆素佚侠[99],不能及德,欲振谋策操低昂[100],功且废矣。

若不托笔札以自见,将何成哉?辟若蜉蝣,衣裳楚楚〔101〕,身虽不久,为人所怜。仆一日得完首领,就柏下见先君子〔102〕,使后世亦知有唐生者。岁月不久,人命飞霜〔103〕,何能自戮尘中〔104〕,屈身低眉,以窃衣食,使朋友谓仆何?使后世谓唐生何?素自轻富贵犹飞毛〔105〕,今而若此,是不信于朋友也。寒暑代迁,裘葛可继〔106〕,饱则夷犹〔107〕,饥乃乞食,岂不伟哉?黄鹄举矣〔108〕,骅骝奋矣〔109〕!吾卿岂忧恋栈豆、吓腐鼠邪〔110〕?

此外无他谈,但吾弟弱不任门户〔111〕,傍无伯叔,衣食空绝,必为流莩〔112〕。仆素论交者,皆负节义。幸捐狗马馀食,使不绝唐氏之祀。则区区之怀,安矣乐矣,尚复何哉!唯吾卿察之!

《唐伯虎诗文全集》卷五

〔1〕据《明史》本传,唐寅以乡试第一成解元后:"座主梁储奇其文,还朝示学士程敏政,敏政亦奇之。未几,敏政总裁会试,江阴富人徐经贿其家僮,得试题。事露,言者劾敏政,语连寅,下诏狱,谪为吏。寅耻不就,归家益放浪。"科场事发生于明孝宗弘治十二年(1499),此信当写于此后不久。"士也可杀,不能再辱",全信饱含屈辱与悲愤,道出内心之不平,从立意到文字都有意学习效法汉代司马迁《报任少卿书》,情真意切,感人至深。文徵明,详本书小传。

〔2〕君卿:对受书人的敬称。

〔3〕累吁:连续不断的叹息。可以当泣:语本《乐府诗集·杂曲歌辞·悲歌》:"悲歌可以当泣。"

〔4〕譬哀:明白悲哀。

〔5〕"故姜氏"二句:刘向《列女传》卷四、王充《论衡·感虚篇》皆记有杞梁从军不还,其妻"向城而哭,城为之崩"一类传说,唐以后民间遂演为孟姜女哭毁长城的故事。隳(huī灰),毁坏。堞(dié碟),城上呈齿形的矮墙。

〔6〕"荆轲"二句:战国时燕国太子丹欲行刺秦王政,与处士田光先生秘密商议办法,田光以自己年老,向太子丹推荐了荆轲。为了不使太子丹怀疑泄密,田光在荆轲答应上朝拜见太子丹后,用剑自刎而死。事见《史记·刺客列传》。徵,取信。

〔7〕"情之所感"二句:语本《宋书》卷十九《乐一》:"顺帝升明二年,尚书令王僧虔上表言之,并论三调曰:'臣闻《风》、《雅》之作,由来尚矣。大者系乎兴衰,其次者著于卒舞。在于心而木石感,铿锵奏而国俗移。'"

〔8〕自分(fèn愤):自己料想。

〔9〕括囊:结扎袋口,比喻缄口不言。语本《易·坤》:"括囊,无咎无誉。"泣血:无声痛哭,泪如血涌。语本《易·屯》:"泣血涟如。"

〔10〕群于鸟兽:与鸟兽为群。这是一种悲愤的说法。

〔11〕罄竭:竭尽,用尽。怀素:内心真情。素,通"愫"。

〔12〕"是马迁之志"二句:汉天汉二年(前99),司马迁因为兵败降匈奴的李陵说情,被汉武帝处以宫刑,司马迁忍辱负重,为完成《史记》撰写,就任中书令。汉征和二年(前91),曾任益州刺史的任安因受太子一案牵连,被下狱,致书司马迁,责以推贤进士为务,司马迁写《报任少卿书》以明心志,情辞恳切。侯,古时对士大夫的尊称。任侯即指任安,字少卿。

〔13〕"少卿之心"二句:李陵,字少卿,降匈奴后,曾劝已被匈奴拘禁的汉使节苏武(字子卿)投降,苏武誓死不降。后苏武归汉,李陵置酒

诀别,有"令子卿知吾心耳"之语(见《汉书·苏武传》)。李陵事涉及司马迁,又反衬出苏武之节,后人伪作《李陵答苏武书》,以张扬此事。书中李陵悲诉自己"功大罪小,不蒙明察"的心曲,唐寅此文当用这一故事。苏季,指苏武。季,古人称兄弟姊妹排行最小的,苏武为中子,行二,不当称"季"。战国时辩士苏秦字季子,以其兄弟五人中为最小者。此处或以苏秦借代苏武。

〔14〕屠酤(gū估):屠户与卖酒者。唐寅出身于商人家庭,祝允明《唐子畏墓志并铭》:"其父德广,贾业而士行。"

〔15〕鼓刀:宰杀牲畜时敲击其刀,使之发声。语本《楚辞·离骚》:"吕望之鼓刀兮,遭周文而得举。"涤:清除。

〔16〕吾卿:对对方的敬爱之称。这里指文徵明。周旋:古代行礼时进退揖让的动作,引申为交往。

〔17〕颉颃(xié háng 协航):鸟飞上下的样子。这里指唐、文二人不相上下,可相抗衡。婆娑:原指舞貌,这里指二人消闲自得的读书生活。

〔18〕蹑踵:即接踵。前后相接。

〔19〕黄口嗷嗷:幼儿(因失去母亲)迫于饥饿而急于求食的样子。

〔20〕跌宕无羁:放逸不受拘束。

〔21〕生产:指维持生活的办法。

〔22〕然诺:喻言而有信。

〔23〕周人之急:周济他人困急。

〔24〕布衣:平民。

〔25〕鲁连:即鲁仲连,战国时齐人,高蹈不仕,喜为人排难解纷,功成不受赏。《史记》有传。朱家:秦末汉初鲁人,好结交豪士,以任侠闻名。《史记》有传。

〔26〕抗世:救世。

〔27〕赍(jī击):赍志。即怀抱着某种志愿。门下一卒:指鲁仲连、

朱家一类布衣之侠的门客。

〔28〕不尝此士:未尝遇到这类布衣之侠。

〔29〕蓝缕:衣服破旧。连上句语本《左传·宣公十二年》:"筚路(柴车)蓝缕,以启山林。"

〔30〕乡曲(qū驱):家乡,故里。汉司马迁《报任少卿书》:"仆少负不羁之才,长无乡曲之誉。"

〔31〕公卿:泛指高官。

〔32〕起骨加肉:同"起死人而肉白骨"(《国语·吴语》),比喻给人以再造之恩。

〔33〕猥:辱,承。谦词。

〔34〕冒东南文士之上:指明孝宗弘治十一年(1498),唐寅应试应天府,中乡试第一名。

〔35〕荐绅:即搢绅。指有官职或做过官的士大夫。交游:朋友。

〔36〕举手相庆:《宋史·黄龟年传》:"端人正士,举手相庆,盖以公天下之同恶耳。"

〔37〕户辙:门户与车辙。比喻谈论的话题与导向。

〔38〕岐舌而赞:众人从不同角度加以称赞。

〔39〕墙高基下:意即树大招风而又根基不牢。

〔40〕祸的:祸害的目标。

〔41〕晏笑:安宁和悦。

〔42〕"庭无繁桑"二句:自家没有繁茂的桑树,却有人(用蚕丝)罗织贝锦一样的谗言来诬陷我。贝锦,像贝的文采一样美丽的织锦。语本《诗·小雅·巷伯》:"萋兮斐兮,成是贝锦。彼谮人者,亦已大甚。"二句指科场案,详注〔1〕。

〔43〕谗舌:中伤他人的口舌。

〔44〕飞章:迅急上给皇帝奏章。

〔45〕震赫:使震惊。

〔46〕诏狱:关押皇帝所关注案犯的牢狱。

〔47〕三木:古代加于犯人颈、手、足的三件刑具。

〔48〕抢地:触地,撞地。语本司马迁《报任少卿书》:"当此之时,见狱吏则头抢地。"

〔49〕洟(tì涕)泗:鼻涕。

〔50〕"而后"二句:语本《尚书·虞夏书·胤征》:"火炎昆冈,玉石俱焚。"意即大火燃烧昆山,美玉与顽石全被焚毁。昆山,即昆仑山,古书中多记载其山中产玉。

〔51〕"下流难处"二句:语本《论语·子张》:"是以君子恶居下流,天下之恶皆归焉。"

〔52〕缋(huì绘)丝成网罗:比喻凭空捏造。缋,绘画。

〔53〕马氂(máo毛)切白玉:语本《淮南子·说山训》:"割而舍之,莫邪不断肉;执而不释,马氂截玉。"马氂,马尾。比喻谎言重复多次就使人相信了。

〔54〕三言变慈母:语本《战国策·秦策二》:"费人有与曾子同名族者而杀人。人告曾子母曰:'曾参杀人。'曾子之母曰:'吾子不杀人。'织自若。有顷焉,人又曰:'曾参杀人。'其母尚织自若也。顷之,人又告之曰:'曾参杀人。'其母惧,投杼逾墙而走。夫以曾参之贤与母之信也,而三人疑之,则慈母不能信也。"这里比喻诬枉之祸。

〔55〕整冠李下:语本三国魏曹植《君子行》:"君子防未然,不处嫌疑间。瓜田不纳履,李下不正冠。"这里是说自己没有避嫌。

〔56〕掇(duó夺)墨甑(zèng赠)中:语本《孔子家语·在厄》,孔子陈蔡绝粮,子贡得米一石,颜回炊之,"有埃墨堕饭中,颜回取而食之",子贡望见,以为颜回窃食。墨,埃墨,即烟灰。甑,陶制蒸煮器。比喻举动引人生疑。

〔57〕当衡者:掌权的人。

〔58〕旧章:昔日的规章。

〔59〕部邮:州县传送文书的小吏。

〔60〕循资干禄:按照资历求禄位。

〔61〕蘧篨(qú chú 渠除)戚施:身有残疾者,这里比喻谄谀献媚的人。语本《国语·晋语四》:"蘧篨不可使俯,戚施不可使仰。"又汉王充《论衡·累害》:"戚施弥妒,蘧篨多佞。"蘧篨为身强直,故不能俯视。戚施以蟾蜍喻驼背者,故难仰视。这里反映了作者看不起小吏的心态。

〔62〕执事者:对对方的敬称。

〔63〕锦带:锦制的带子,是古代居家不出仕者的装束。语本《礼记·玉藻》:"居士锦带。"县(xuán 悬)髦:高悬英俊杰出之士的名声。县,同"悬"。髦,英俊杰出之士。

〔64〕沥胆濯肝:剖露肝胆,坦诚相见。

〔65〕衣焦不可伸:形容举止狼狈的样子。语本《战国策·魏策四》:"魏王欲攻邯郸,季梁闻之,中道而反,衣焦不申,头尘不去,往见王。"

〔66〕狞狗:凶猛的狗。

〔67〕甂(biān 编)瓯:泛指粗陋的陶质小盆、小瓮。

〔68〕长(zhàng 胀)物:多馀的东西。

〔69〕羁客:寄居他乡者。

〔70〕嗟嗟咄咄:表示感慨无奈的叹词。

〔71〕桑椹:即桑葚,桑树的果实,味甜可食。

〔72〕橡实:即橡栗,栎树的果实,含淀粉,味苦可食。

〔73〕馀者不逮:指无桑椹或橡实一类可充饥食物的时节。不逮,不及。

〔74〕寄口浮屠:寄食于佛寺。

〔75〕引决:自杀。

〔76〕抱石就木:指抱石投水而死。就木,入棺。

〔77〕挽强执锐:拉引硬弓,手执刀剑。

〔78〕揽:结纳,延揽。荆吴之士:指居长江中下游地区的壮士。

〔79〕区区:自称的谦词。研摩刻削之材:指具备文史才能的人材。研摩,研究揣摩。刻削,删节、剪裁。这里指写文章。

〔80〕原田无岁:以田地没有收成比喻自己没有取得成就。原田,原野上的田地。

〔81〕祸与命期:灾祸与命运会合。

〔82〕"墨翟"二句:墨家学派的创始人墨子即墨翟(前468—前376?),有《墨子》传世,中有《节葬》一篇,反对厚葬之风。拘囚,传说墨子曾被拘于宋。

〔83〕"孙子"二句:孙子指孙膑,战国时齐人,其同学庞涓妒其才,断孙膑双足(刖刑),孙膑逃齐,助齐击魏,魏败,庞涓自杀。著有《孙膑兵法》。事见《史记·孙子吴起列传》。

〔84〕"马迁"二句:西汉司马迁因为李陵辩白受宫刑(腐刑),忍辱撰成《史记》一百三十篇。

〔85〕"贾生"二句:贾生指西汉文学家贾谊(前201—前169),汉文帝时为太中大夫,为人所忌,出为长沙王太傅,写有《吊屈原文》等文以自悼,成为传世名篇。卓落,高超不凡。

〔86〕揆测:量度测算。

〔87〕丽:附丽。这里是追随的意思。

〔88〕"以合"句:《论语·卫灵公》:"子曰:君子不以言举人,不以人废言。"

〔89〕檃(yǐn隐)括:就原有的文章、著作加以剪裁、改写。

〔90〕疏:疏通,解释。百氏:诸子百家。

〔91〕十经:指十部儒家经典:《周易》、《尚书》、《毛诗》、《礼记》、《周官》、《仪礼》、《春秋左氏传》、《公羊》、《穀梁》各为一经,《论语》、《孝经》为一经,共十经。见《宋书·百官志上》。

〔92〕蕴奥:精深的涵义。

〔93〕好(hào 浩)事:指喜欢某种事业的人。

〔94〕托之高山:可以传之不朽的藏书之所。以上数句语本《史记·太史公自序》:"以拾遗补艺,成一家之言,厥协《六经》异传,整齐百家杂语,藏之名山,副在京师,俟后世圣人君子。"

〔95〕鲍鱼:盐渍鱼,干鱼,其气腥臭。

〔96〕"必将"二句:语本汉杨恽《报孙会宗书》:"酒后耳热,仰天拊缶,而呼乌乌。"形容一种舒心惬意的情景。

〔97〕阖棺事始定:这里有"盖棺论定"的意思。语本《韩诗外传》卷八:"子贡曰:'君子亦有休乎?'孔子曰:'阖棺兮乃止播兮,不知其时之易迁兮。此之谓君子所休也。故学而不已,阖棺乃止。'"又宋陆游《病起抒怀》:"位卑未敢忘忧国,事定犹须待阖棺。"

〔98〕视吾舌存否:据《史记·张仪列传》载,说客张仪在楚被疑为偷璧贼,拷打几死。抬回家后,张仪问其妻:"视吾舌尚在不?"其妻笑答:"尚在也。"张仪说:"足矣。"这是唐寅自恃文才而不屈服的表现。

〔99〕佽佽:隐遁而不为世所知的有侠义心的人。

〔100〕操低昂:指左右形势一类的能力。

〔101〕"辟若"二句:语本《诗·曹风·蜉蝣》:"蜉蝣之羽,衣裳楚楚。心之忧矣,于我归处。"辟,通"譬"。蜉蝣,虫名,成虫可飞行,朝生暮死。

〔102〕柏下:坟墓中,以古代墓地多植柏,故称。先君子:古人称自己死去的父亲。

〔103〕人命飞霜:比喻生命短促。三国魏曹植《送应氏》:"天地无

终极,人命若朝霜。"

〔104〕自戮(lù路)尘中:在尘世中自取羞辱。戮,这里作羞辱讲。

〔105〕轻富贵犹飞毛:化用《论语·述而》:"不义而富且贵,于我如浮云。"

〔106〕"寒暑"二句:《艺文类聚》卷四十八录晋卢湛《尚书武强侯卢府君诔》:"日月逾迈,寒暑代迁。"宋刘学箕《贺新郎》:"往事何堪说。念人生、消磨寒暑,漫营裘葛。"又元柳贯《侍制集》卷一《谢无疑将归延平留诗为别次韵四首》:"裘葛亦何事,为人司寒暑。"裘,冬衣。葛,夏衣。

〔107〕夷犹:也作"夷由",从容自得。

〔108〕黄鹄(hú胡)举矣:比喻高才贤士必有所作为。语本战国楚屈原《卜居》:"宁与黄鹄比翼乎?将与鸡鹜争食乎?"黄鹄,大鸟。《商君书·画策》:"黄鹄之飞,一举千里。"

〔109〕骅骝奋矣:比喻高才贤士必为实现抱负而努力。骅骝,周穆王八骏之一,这里泛指骏马。

〔110〕恋栈豆:比喻贪恋禄位。语本《三国志·曹爽传》裴松之注引干宝《晋书》:"驽马恋栈豆,(曹)爽必不能用也。"吓(hè贺)腐鼠:比喻官场中以一官半职为荣并生怕他人夺去的人。语本《庄子·秋水》:"惠子相梁,庄子往见之。或谓惠子曰:'庄子来,欲代子相。'于是惠子恐,搜于国中三日三夜。庄子往见之曰:'南方有鸟,其名为鹓鶵,子知之乎?夫鹓鶵发于南海而飞于北海,非梧桐不止,非练食不食,非醴泉不饮。于是鸱得腐鼠,鹓鶵过之,仰而视之曰:吓!今子欲以子之梁国而吓我邪?'"吓,怒斥声。

〔111〕不任门户:不能胜任顶门立户的责任。

〔112〕流莩(piǎo 殍):流浪而饿死的人。

文徵明

文徵明(1470—1559),初名壁(启功《文徵明原名和他写的〈落花诗〉》:"文氏名壁〔从土〕,字徵明。兄名奎、弟名室,都用星宿名。约在四十岁后,以字行,又取字徵仲。"见《启功丛稿·题跋卷》,中华书局1999年版),字徵明,后以字行,更字徵仲,号衡山,长洲(今江苏苏州)人。幼时曾学文于吴宽,学书于李应祯,学画于沈周,名声日著。明武宗正德末(1521),以岁贡生诣吏部试,授翰林院待诏,世宗立,预修《武宗实录》,后辞官归里,以卖字画为生。《明史》有传,谓其"文笔遍天下",在吴中"主风雅数十年"。散文长于叙事,语言清新。著有《甫田集》三十五卷,今有整理本《文徵明集》,上海古籍出版社1987年出版。

《游洞庭东山诗》序[1]

洞庭两山[2],为吴中胜绝处[3]。有具区映带[4],而无城闉之接[5],足以遥瞩高寄[6]。而灵栖杰构[7],又多古仙逸民奇迹[8],信人区别境也[9]。

余友徐子昌国近登西山[10],示余《纪游》八诗,余读而和之。于是西山之胜,无俟手披足蹑,固已隐然目睫间。而东麓方切倾企[11],属以事过湖[12],遂获升而游焉。留仅五日,历有名之迹四。虽不能周览群胜,而一山之胜,固在是矣。一时触目抒怀,往往托之吟讽。归而理咏[13],得诗七首。辄亦夸示徐子,俾之继响[14]。

昔皮袭美游洞庭[15],作古诗二十篇[16],而陆鲁望和之[17]。其风流文雅至于今,千载犹使人读则兴艳[18]。然考之鹿门所题,多西山之迹;而东山之胜,固未闻天随有倡也。得微陆公犹有负乎[19]?予于陆公不能为役[20],而庶几东山之行,无负于徐子。

《文徵明集》卷一·九

[1] 此文题下原注"弘治癸亥冬十月",显然是写作时间,当为明孝宗弘治十六年癸亥(1503),作者时年三十四岁。文徵明与徐祯卿合撰有《太湖新录》一卷,就是在此期间相互唱和之作的结集。湖山秀丽,是古代文人寄托兴怀的所在。本文写于壮年,作者尚未应吏部试就官,但文中一种萧散淡远的情怀却早见诸笔端,这或许正是作者以后不惯于官场而辞官的原因吧。

[2] 洞庭两山:太湖地跨今江苏、浙江两省,湖中岛屿众多,以洞庭东山、洞庭西山最为著名。洞庭东山在太湖东南隅与苏州内地相连的半岛西端,主峰为莫厘山。文徵明曾绘有《洞庭两山图》。

[3] 吴中:指今江苏吴县,春秋时为吴国都。太湖在吴县、宜兴、无锡三县境内。

[4] 具区:太湖的别称。映带:景物相互关联衬托。

[5] 城闉(yīn 因):城内重门,泛指城郭。

[6] 高寄:志怀高远。

[7] 灵栖:佛寺。杰构:这里指建筑杰出。

145

〔8〕古仙逸民:传说中的古代仙人与遁世隐居之人。

〔9〕人区:即人间。

〔10〕徐子昌国:即徐祯卿(1479—1511),字昌谷,一字昌国,吴县(今江苏苏州)人。明弘治十八年(1505)进士,历官大理寺左寺副、国子监博士。少与唐寅、祝允明、文徵明称"吴中四才子",又与李梦阳等并称"前七子"。西山:即洞庭西山,为太湖中最大的岛与山,主峰为缥缈峰。

〔11〕倾企:仰慕、想望。

〔12〕属(zhǔ主):适逢。

〔13〕理咏:即吟咏。

〔14〕俾之继响:使他唱和。

〔15〕皮袭美:即皮日休(839?—902以后),字袭美,一字逸少,号鹿门子,襄阳(今属湖北)人。唐懿宗咸通八年(867)进士,曾官苏州刺史从事,与陆龟蒙相识,相互唱和,有"皮陆"之称。

〔16〕作古诗二十篇:咸通十一年(870),皮日休奉苏州刺史崔璞之命,往太湖祈晴,作五古《太湖诗》二十首,并寄与陆龟蒙,以相唱和。

〔17〕陆鲁望:即陆龟蒙(生卒年不详),字鲁望,自号天随子、甫里先生,苏州(今属江苏)人。举进士不第,曾为湖州、苏州从事。常泛舟往来于太湖间,性情与皮日休相近。

〔18〕兴艳:生发艳羡之心。

〔19〕得微:莫非。负:拖欠。

〔20〕为役:作门徒弟子。

王守仁

王守仁(1472—1529),字伯安,馀姚(今属浙江)人。以曾在阳明书院讲学,世称阳明先生,以平定朱宸濠叛乱,封新建伯,卒谥文成。明弘治十二年(1499)进士,历官刑部主事,改兵部,因上疏忤宦官刘瑾,受廷杖,贬贵州龙场驿丞。后起为庐陵知县,官至南京兵部尚书。王守仁是明代著名哲学家,其心学影响甚大,对明代中后期的文学发展有引导作用。其散文风格博大畅达,不依傍古人。《明史》有传。著有《王文成全书》三十八卷,今人有整理本《王阳明全集》,红旗出版社1996年出版。

何陋轩记[1]

昔孔子欲居九夷[2],人以为陋。孔子曰:"君子居之,何陋之有[3]?"守仁以罪谪龙场[4],龙场古夷蔡之外[5],于今为要绥[6],而夷类尚因其故[7]。人皆以予自上国往[8],将陋其地,弗能居也。而予处之旬月,安而乐之,求其所谓甚陋者而莫得。独其结题鸟言[9],山栖羝服[10],无轩裳宫室之观[11],文仪揖让之缛[12],然此犹淳庞质素之遗焉[13]。盖古之时,法制未备,则有然矣,不得以为陋也。夫爱憎面背,乱白黝丹[14],浚奸穷黠[15],外良而中螫[16],诸夏盖不免焉[17]。若是而彬郁其容[18]，宋甫鲁掖[19]，折旋矩矱[20]，将无为陋乎？夷之人乃不能此，其好言恶詈[21]，直情率遂[22]，则有矣。世徒以其言辞物采之眇而陋之[23]，吾不谓然也。

始予至，无室以止，居于丛棘之间，则郁也[24]。迁于东峰，就石穴而居之，又阴以湿。龙场之民，老稚日来视予，喜不予陋[25]，益予比[26]。予尝圃于丛棘之右，民谓予之乐之也，相与伐木阁之材，就其地为轩以居予。予因而翳之以桧竹[27]，莳之以卉药[28]，列堂阶，办室奥[29]，琴编图史[30]、讲诵游适之道略具[31]，学士之来游者，亦稍稍而集。于是人之及吾轩者，若观于通都焉[32]，而予亦忘予之居夷也。因名之曰"何陋"，以信孔子之言[33]。

嗟夫！诸夏之盛，其典章礼乐，历圣修而传之，夷不能有也，则谓之陋固宜。于后蔑道德而专法令，搜抉钩繁之术穷[34]，而狡匿谲诈[35]，无所不至，浑朴尽矣！夷之民，方若未琢之璞[36]，未绳之木[37]，虽粗砺顽梗[38]，而椎斧尚有施也，安可以陋之？斯孔子所为欲居也欤？虽然，典章文物，则亦胡可以无讲？今夷之俗，崇巫而事鬼，渎礼而任情[39]，不中不节[40]，卒未免于陋之名，则亦不讲于是耳。然此无损于其质也。诚有君子而居焉，其化之也盖易。而予非其人也，记之以俟来者。

《王阳明全集·悟真录四》

〔1〕明武宗正德元年(1506),南京科道戴铣、薄彦徽等因进谏忤旨,下诏狱,王守仁抗疏相救,惹怒权阉刘瑾,"亦下诏狱,已而廷杖四十,既绝复苏,寻谪贵州龙场驿驿丞"(明钱德洪等《王文成公年谱》)。另据《明史》本传载:"龙场万山丛薄,苗、僚(仡佬族)杂居。守仁因俗化导,夷人喜,相率伐木为屋,以栖守仁。"这篇散文即写作者到达龙场驿以后的景况,从容不迫,达观自处是此文的基调,可洞见其心胸。原文题下有"戊辰"二字注,当写于明武宗正德三年(1508),时作者三十七岁。

〔2〕孔子:即孔丘(前551—前479),字仲尼,春秋鲁国人,儒家学说的创始人,对后世影响巨大。《史记》有传。九夷:古代称东方的九个民族。

〔3〕何陋之有:语本《论语·子罕》:"子欲居九夷。或曰:'陋,如之何?'子曰:'君子居之,何陋之有?'"

〔4〕龙场:即今地处贵州中部的修文县。其县龙岗山东洞又称阳明洞,传说为王守仁初抵龙场驿时所居。

〔5〕夷蔡(sà 卅)之外:语本《尚书·禹贡》:"五百里要服。三百里夷,二百里蔡。"古代在天子所居王城外围,每五百里为一区划,按距离分为甸服、侯服、绥服、要服、荒服。夷即夷人(古人称少数民族)所居之处;蔡为流放罪人所居之地。夷蔡同在"要服"之内,要服即"受王者约束而服事之"(《尚书易解》)的意思。夷蔡之外意即荒服之地,替天子守边远的地方叫荒服。

〔6〕要绥:即上注所云要服、绥服。绥服即替天子做安抚的事。"要绥"与封建政权的密切程度高于"夷蔡之外"的"荒服"。

〔7〕习类:习气与法则。

〔8〕上国:这里指京师(今北京)。

〔9〕结(jì 记)题:指西南少数民族绾发髻于额前的发式。鸟言:说话如鸟鸣,比喻难以听懂的话。古人多指边远少数民族的言语,有轻

蔑意。

〔10〕羝(dī 低)服:羊皮制的衣服。

〔11〕轩裳:高位者所乘有车服的华丽车子。

〔12〕文仪:礼节仪式。缛(rù 入):繁琐。

〔13〕淳庞:淳厚。《淮南子》卷二十《泰族训》:"淳庞敦厚者,《书》之教也。"质素:不加文饰,本色朴素。汉刘向《说苑·反质》:"孔子曰:贲,非正色也,是以叹之。吾思夫质素,白当正白,黑当正黑。"

〔14〕乱白黝丹:比喻事物性质随人的主观好恶而发生转变。黝(yǒu 有),涂饰黑色。

〔15〕浚奸穷黠(xiá 狭):深藏的奸邪与极度狡猾之人。

〔16〕中螫(shì 试):内心狠毒。螫,毒虫或蛇的咬刺。

〔17〕诸夏:泛指中原地区。

〔18〕彬郁:美盛的样子。这里用如动词。

〔19〕宋甫鲁掖:语本《礼记·儒行》:"丘少居鲁,衣逢掖之衣;长居宋,冠章甫之冠。"比喻穿戴具有儒者风范的衣帽。甫,即章甫,古代宋人喜戴的一种礼帽。掖,即逢掖,宽袖儒服,古代鲁人喜穿。

〔20〕折旋矩矱:语本《韩诗外传》卷一:"立则磬折,拱则抱鼓,行步中规,折旋中矩。"折旋,古代行礼时的动作。矩矱,规矩法度。

〔21〕好言恶詈(lì 立):出于善意的言辞与怀有恶意的责骂。

〔22〕直情率遂:情感直率,出语随意。

〔23〕物采:色采。眇(miǎo 渺):缺少,稀少。

〔24〕郁:阻滞不通。

〔25〕喜不予陋:因我不以穴居为陋而喜。

〔26〕益:更加。比:亲近,和睦。

〔27〕翳(yì 义):遮蔽。桧(guì 贵):柏科,常绿乔木。

〔28〕莳(shì 是):栽种。卉药:芍药一类的花草。

〔29〕室奥:室内。

〔30〕琴编:有关古琴曲谱的书籍。

〔31〕讲诵:讲授诵读。游适:游乐。

〔32〕通都:四通八达的都市。

〔33〕信(shēn 伸):伸张。

〔34〕搜抉钩繁(zhí 执):搜求选择、约束捆绑。

〔35〕狡慝谲(tè jué 特决)诈:奸邪狡诈。慝,通"慝",邪恶。

〔36〕璞(pú 葡):未雕琢的玉。

〔37〕未绳之木:没有取直的木材。绳,木工用以测定直线的墨线。《尚书·说命上》:"惟木从绳则正。"

〔38〕顽梗:愚妄而不顺服。

〔39〕渎(dú 毒)礼:轻慢礼法。

〔40〕不中(zhòng 众)不节:不符合、不遵守法度。

瘗旅文[1]

维正德四年秋月三日[2],有吏目云自京来者[3],不知其名氏,携一子一仆,将之任,过龙场[4],投宿土苗家[5]。予从篱落间望见之[6],阴雨昏黑,欲就问讯北来事,不果。明早,遣人觇之[7],已行矣。

薄午[8],有人自蜈蚣坡来,云:"一老人死坡下,傍两人哭之哀。"予曰:"此必吏目死矣,伤哉!"薄暮[9],复有人来,云:"坡下死者二人,傍一人坐叹。"询其状,则其子又死矣。明早,复有人来,云."见坡下积尸三焉。"则其仆又死矣。呜呼伤哉!

念其暴骨无主[10],将二童子持畚、锸往瘗之[11]。二童子有难色然。予曰:"嘻!吾与尔犹彼也。"二童闵然涕下[12],请往。就其傍山麓为三坎[13],埋之。又以只鸡、饭三盂。嗟吁涕洟而告之[14],曰:

呜呼伤哉!繄何人[15],繄何人!吾龙场驿丞馀姚王守仁也[16]。吾与尔皆中土之产[17]。吾不知尔郡邑[18],尔乌为乎来为兹山之鬼乎[19]?古者重去其乡[20],游宦不逾千里[21]。吾以窜逐而来此[22],宜也。尔亦何辜乎?闻尔官吏目耳,俸不能五斗,尔率妻子躬耕可有也。乌为乎以五斗而易尔七尺之躯?又不足,而益以尔子与仆乎?呜呼伤哉!

尔诚恋兹五斗而来,则宜欣然就道,乌为乎吾昨望见尔容戚然[23],盖不任其忧者[24]。夫冲冒雾露,扳援崖壁,行万峰之顶,饥渴劳顿,筋骨疲惫,而又瘴疠侵其外[25],忧郁攻其中,其能以无死乎?吾固知尔之必死,然不谓若是其速,又不谓尔子尔仆亦遽尔奄忽也[26]。皆尔自取,谓之何哉!吾念尔三骨之无依而来瘗尔,乃使吾有无穷之怆也。呜呼伤哉!

纵不尔瘗[27],幽崖之狐成群,阴壑之虺如车轮[28],亦必能葬尔于腹,不致久暴露尔。尔既已无知,然吾何能为心乎?自吾去父母乡国而来此二年矣,历瘴毒而苟能自全[29],以吾未尝一日之戚戚也[30]。今悲伤若此,是吾为尔者重,而自为者轻也。吾不宜复为尔悲矣。

吾为尔歌,尔听之。歌曰:连峰际天兮[31],飞鸟不通。游子怀乡兮,莫知西东。莫知西东兮,维天则同[32]。异域殊方兮,环海之中。达观随寓兮[33],奚必予宫[34]。魂兮魂兮,无悲以恫[35]!

又歌以慰之曰:与尔皆乡土之离兮,蛮之人言语不相知兮。性命不可期,吾苟死于兹兮,率尔子仆,来从予兮。吾与尔遨以嬉兮[36],骖紫彪而乘文螭兮[37],登望故乡而嘘唏兮。吾苟获生归兮,尔子尔仆,尚尔随兮,无以无侣悲兮!道旁之冢累累兮,多中土之流离兮,相与呼啸而徘徊兮。餐风饮露[38],无尔饥兮。朝友麋鹿[39],暮猿与栖兮。尔安尔居兮,无为厉于兹墟兮[40]!

《王阳明全集·悟真录六》

〔1〕本文写于明武宗正德四年(1509),已是作者到达龙场驿的第二年。作者与自京万里而来的老吏且未必同病相怜,却是兔死狐悲,物伤其类。作为一篇充满真挚情感的祭文,所祭者虽非亲非故,但那背井离乡的人生况味则是相通的,作者借他人酒杯浇自己心中块垒,抒发了"同是天涯沦落人"的无限感慨。所幸者,作者时时能够达观自处,这是他与老吏且命运迥异的关键所在。瘗(yì),埋葬的意思。

〔2〕正德:明武宗朱厚照的年号(1506—1521)。秋月:这里指秋季的某月。

〔3〕吏目:官名,明代五城兵马司、盐课提举司、千户所等衙门的属官,从九品或未入流,掌出纳文移。各州亦设,若州无同知、判官,可分理

州事。

〔4〕龙场:今贵州中部的修文县。

〔5〕土苗:当地的苗族居民。

〔6〕篱落:即篱笆。

〔7〕觇(chān搀):侦视。

〔8〕薄午:将近中午。

〔9〕薄暮:天将黑的时分。

〔10〕暴(pù曝)骨无主:暴露尸骨于外,无人收葬。

〔11〕将:带领。畚(běn本):用竹篾或草绳编成的盛物器具。锸(chā插):锹,掘土具。

〔12〕闵然:哀伤的样子。闵,通"悯"。

〔13〕山麓:山脚。坎:坑。

〔14〕涕洟(tì替):眼泪与鼻涕,用如动词,哭泣的意思。涕,自目曰涕。洟,自鼻曰洟。

〔15〕繄(yī衣):发语词。

〔16〕驿丞:官名。明代各州县驿站均设,未入流,常驿站邮传、车马、仪仗迎送之事。馀姚:在今浙江东部,姚江流域。

〔17〕中土之产:生长于中原一带的人。

〔18〕郡邑:指死者的家乡。

〔19〕乌为乎:为什么。

〔20〕古者重去其乡:语本《管子》卷一《立政第四》:"劝勉百姓,使力作毋偷,怀乐家室,重去乡里,乡师之事也。"

〔21〕游宦:外出求官或做官。

〔22〕窜逐:贬谪,流放。

〔23〕蹙(cù促)然:忧愁的样子。

〔24〕不任:不能忍受。

154

〔25〕瘴疠:感受瘴气(古人认为我国西南部地区山林间有因湿热蒸发而产生的致病之气)而生的疾病。

〔26〕奄忽:指死亡。

〔27〕纵不尔瘗:即使不埋葬你们。尔瘗,宾语前置。

〔28〕虺(huǐ 毁):一种毒蛇。

〔29〕苟:暂且。

〔30〕戚戚:忧伤悲哀。

〔31〕连峰际天:《王阳明全集·悟真录四·重修月潭寺建公馆记》:"天下之山,萃于云、贵,连亘万里,际天无极。"际天,与天接近。

〔32〕维:同"惟",只有。

〔33〕随寓:即随遇,顺应际遇。宋黎靖德《朱子语类》卷七十四:"安土者,随所寓而安。"

〔34〕奚必予宫:何必非呆在自己的房屋中。

〔35〕恫(dòng 动):恐惧。

〔36〕遨(áo 熬):游。

〔37〕骖(cān 餐):驾驭。紫彪:有紫色斑纹的小虎,想象中的动物。文螭(chī 吃):有文彩的无角龙。

〔38〕餐风饮露:唐乐朋龟《西川青羊宫碑铭》:"餐风饮露,跨空摄虚,以十洲为少游之宫,以六极为暂别之馆。"文载《全唐文》卷八一四。

〔39〕朝友麋鹿:语本唐杜甫《题张氏隐居二首》:"不贪夜识金银气,远害朝看麋鹿游。"又宋苏轼《前赤壁赋》:"吾与子渔樵于江渚之上,侣鱼虾而友麋鹿。"

〔40〕厉:恶鬼。墟:山丘。

李梦阳

李梦阳(1473—1530),字献吉,又字天赐,号空同子,庆阳(今属甘肃)人,徙居河南开封。明孝宗弘治七年(1494)进士,历官户部主事,迁郎中。曾因榷关,抵制权贵,被诬入狱。获释后又于弘治十八年(1505)上书论得失,语涉孝宗后之弟寿宁侯张鹤龄,被囚,寻宥出。宦官刘瑾当政,因代户部尚书韩文代草弹章被贬,寻入狱,得康海说情,得释。刘瑾败,李梦阳起复原官,迁江西提学副使,因与同僚不和,被免官。后以曾为宁王朱宸濠撰《阳春书院记》而削籍。《明史》有传,称其"才思雄鸷,卓然以复古自命……倡言文必秦汉,诗必盛唐,非是者弗道",为"前七子"的领袖人物。著有《空同集》六十六卷。

题史痴《江山雪图》后[1]

雪之天黯霭[2],凡云色异[3],独雪同。《诗》曰"上天同云"是已[4]。雪之山,巅不骨[5],溪壑浅,蹊径迷;雪甚则樵不入。雪之水,云同天一。有舟篷白,而人蓑笠之[6],则水见矣。雪屋檐直,或明其窗柱,然不见茅与瓦。雪之驴,下视凌竞[7],若临窟蹈穴。雪之人,目旷而神敛,眩眩然光夺之也[8]。雪之木,枯则白其上皮,花叶雪则皛其心[9]。雪无风则匀,匀斯画矣。即妙笔,弗画弗匀之雪,何也?势使然也。画之势贵粗荡,近详远略,情贵雅而包,意贵减而宛,气贵豪而汹,色贵凛而润。五者,雪之良者也。李子尝论及画事[10],田生曰:"其惟史痴乎?《江山》一图近之矣。是图今落于吾家。"李子取而观之曰:"微痴!吾谁与言雪[11]?"

《空同集》卷五十九

[1] 史痴,即史忠,本姓徐,名端本,字廷直,金陵(今江苏南京)人。据说他十七岁方能言,外呆内慧,所以人们以"痴"呼之,他即以"痴翁"为号,又号痴仙、痴痴道人。他擅长山水画,潇洒不群,不拘家数。兼善人物花草,与沈周有交。事见《金陵琐事》、《画史会要》、《明画录》等。本文即为史忠所画《江山雪图》而作,深得其画趣,计白当黑,天然浑成,耐人寻味。明人选本《文致》录此文,引王永启之评云:"此读可得画法,可得论画法。"

[2] 黯靆(dàn 淡):天因云浓重而昏暗。靆,云浓重的样子。

[3] 凡云色异:指一般状态下的云浓淡层次各不相同。

[4] 上天同云:语本《诗·小雅·信南山》:"上天同云,雨雪雰雰。"同云,即阴云满天,将要下雪的样子。

[5] 巅不骨:指山顶因为雪所盖,露不出土石峻峭之貌。

[6] 蓑笠:蓑衣与笠帽,古人用作防雨雪之具。这里用如动词。

[7] 凌兢:战栗、恐惧的样子。

[8] 眩(xuàn 绚)眩然:光耀明亮的样子。

[9] 皓(hào 浩):同"皓",洁白。这里用如动词。

[10] 李子:作者自称。

[11] "微痴"二句:语本范仲淹《岳阳楼记》:"微斯人,吾谁与归?"

微,无,没有。

诗集自序[1]

李子曰[2]:"曹县盖有王叔武云[3],其言曰:'夫诗者,天地自然之音也。今途咢而巷讴[4],劳呻而康吟[5],一唱而群和者,其真也,斯之谓风也[6]。孔子曰:"礼失而求之野[7]。"今真诗乃在民间。而文人学子,顾往往为韵言,谓之诗。夫孟子谓《诗》亡然后《春秋》作者[8],雅也[9]。而风者亦遂弃而不采[10],不列之乐官[11]。悲夫!'"李子曰:"嗟!异哉!有是乎?予尝聆民间音矣[12],其曲胡,其思淫,其声哀,其调靡靡,是金、元之乐也,奚其真?"王子曰:"真者,音之发而情之原也。古者国异风[13],即其俗成声[14]。今之俗既历胡,乃其曲乌得而不胡也?故真者,音之发而情之原也,非雅俗之辩也。且子之聆之也,亦其谱而声者也,不有卒然而谣[15],勃然而讹者乎[16]!莫之所从来,而长短疾徐无弗谐焉,斯谁使之也?"李子闻之,矍然而兴曰[17]:"大哉!汉以来不复闻此矣!"

王子曰:"诗有六义[18],比、兴要焉。夫文人学子,比、兴寡而直率多,何也?出于情寡而工于词多也。夫途巷蠢蠢之夫[19],固无文也。乃其讴也,咢也,呻也,吟也,行呫而坐歌[20],食咄而寤嗟[21],此唱而彼和,无不有比焉兴焉,无非其情焉,斯足以观义矣。故曰:诗者,天地自然之音也。"李子曰："虽然，子之论者，风耳。夫雅、颂不出文人学子手乎？"王子曰："是音也，不见于世久矣，虽有作者，微矣！"

李子于是怃然失[22]，已洒然醒也[23]。于是废唐近体诸篇[24]，而为李、杜歌行[25]。王子曰："斯驰骋之技也[26]。"李子于是为六朝诗[27]。王子曰："斯绮丽之馀也。"于是诗为晋、魏[28]。曰："比辞而属义[29]，斯谓有意。"于是为赋、骚[30]。曰："异其意而袭其言，斯谓有蹊[31]。"于是为琴操古歌诗[32]。曰："似矣，然糟粕也[33]。"于是为四言[34]，入风出雅。曰："近之矣，然无所用之矣，子其休矣。"李子闻之，阍然无以难也[35]。自录其诗，藏箧笥中[36]，今二十年矣，乃有刻而布者。李子闻之惧且惭。曰：予之诗，非真也。王子所谓文人学子韵言耳，出之情寡而工之词多者也。然又弘治、正德间诗耳[37]，故自题曰《弘德集》。每自欲改之以求其真，然今老矣！曾子曰："时有所弗及[38]。"学之谓哉。

是集也，凡三十三卷：赋三卷，三十五篇；四五言古体一十二卷，四百七十篇；七言歌行五卷，二百一十篇；五言律五卷，四百六十二篇；七言律四卷，二百八十三篇；七言绝句二卷，二百二十篇；五言绝句并六言杂言一卷，一百二十篇，凡一千八百十篇。

贺复徵《文章辨体汇选》卷三〇〇

〔1〕李梦阳平生以复古自命，认为写文章如临古帖，不嫌太似。《明史》本传录讥评者之语，称梦阳："模拟剽窃，得史迁、少陵之似，而失

其真云。"然而晚年的李梦阳对自己的文学主张似有悔悟,意识到民间文学对文人创作的重要性,这篇文章即写于作者晚年,用对话的方式阐述了自己思想转变的历程。勇于否定自己的过去,适应时代的要求,是这篇文章难能可贵之处。雍正《甘肃通志》卷四十八入选此文,题为《弘德集自序》。

〔2〕李子:作者自称。

〔3〕曹县:在今山东西南部,邻接河南。王叔武:即王崇文(1468—1520),字叔武,号兼山,曹县人。明弘治六年(1493)进士,选庶吉士,授户部主事,历河南布政使、左副都御史巡抚保定,以疾罢归卒。有《兼山遗稿》。

〔4〕咢(è饿):原意为击鼓而歌,后泛指无伴奏的歌唱。《诗·大雅·生民之什·行苇》:"或歌或咢。"讴(ōu欧):齐声歌唱。

〔5〕劳呻:忧愁人的呻吟。《诗·小雅·巷伯》:"骄人好好,劳人草草。"作者为寺人孟子,因遭人谗毁而作此诗以发泄怨愤。劳,忧愁。康吟:即《康衢谣》。据《列子·仲尼》,尧治理天下五十年,不知天下治乱,于是微服游于康衢,闻儿童谣云:"立我蒸民,莫非尔极。不识不知,顺帝之则。"后世即以《康衢谣》为歌颂太平盛世之歌。

〔6〕风:指民间歌谣。《毛诗序》:"是以一国之事,系一人之本,谓之风。"《文心雕龙·乐府》:"匹夫庶妇,讴吟土风,诗官采言,乐胥被律,志歌丝篁,气变金石。"

〔7〕礼失而求之野:语本《汉书·艺文志》:"仲尼有言:礼失求诸野。"颜师古注云:"言都邑失礼,则于外野求之,亦将有获。"仲尼,即孔子。

〔8〕"夫孟子"句:语本《孟子·离娄下》:"孟子曰:王者之迹熄而《诗》亡,《诗》亡而后《春秋》作。"大意是:圣王采诗的事废止了,《诗》也就消失了;《诗》没了,孔子便创作了《春秋》。

〔9〕雅:指合乎规范的、标准的。《毛诗序》:"言天下之事,形四方之风,谓之雅。雅者,正也,言王政之所由废兴也。"

〔10〕"而风者"句:语本《汉书·艺文志》:"故古有采诗之官,王者所以观风俗,知得失,自考正也。"这里即指后世已无采诗之官。

〔11〕乐官:这里指管理音乐的官署。

〔12〕"予尝"句:沈德符《万历野获编》卷二十五《时尚小令》:"元人小令,行于燕赵,后浸淫日盛,自宣、正至成、弘后,中原又行《锁南枝》、《傍妆台》、《山坡羊》之属。李空同先生初自庆阳徙居汴梁,闻之以为可继《国风》之后。"

〔13〕国异风:《诗》有十五国风,各有特色。

〔14〕即:依据。

〔15〕卒(cù促)然:突然。谣:民间流行的歌谣。

〔16〕勃然:兴起的样子。讴:徒歌。

〔17〕矍(jué决)然:急遽的样子。兴:起身。

〔18〕诗有六义:语本《毛诗序》:"故诗有六义焉:一曰风,二曰赋,三曰比,四曰兴,五曰雅,六曰颂。"风即各国的歌谣,雅为周王畿的歌曲,颂是庙堂祭祀的乐歌,乃《诗》的三种体制。赋是赋陈其事,比是指物譬喻,兴是借物起兴,是《诗》的三种表现内容的方法。

〔19〕蠢蠢:愚昧无知的样子。

〔20〕呫(chè彻):低语。

〔21〕食咄而寤嗟:吃饭与睡醒后的叹息。

〔22〕怃(wǔ舞)然:怅然失意的样子。

〔23〕洒然:了然而悟。

〔24〕唐近体:唐代兴起的绝句、律诗。

〔25〕李杜:唐代著名诗人李白(701—762)与杜甫(712—770)。歌行:原为古代乐府诗的一体,后发展为古诗的一体,音节格律比较自由,

五言、七言、杂言并用,形式多样。

〔26〕驰骋:这里是显扬的意思。

〔27〕六朝:三国吴、东晋与南朝宋、齐、梁、陈,相继建都建康(今南京市),史称六朝。六朝诗风绮靡,讲究四声八病的永明体诗以及宫体诗都产生于这一时期。

〔28〕诗为晋魏:指"雅好慷慨"的建安诗风与"清峻遥深"的正始诗风,皆具有时代现实特色。

〔29〕比辞而属义:语本唐杜正伦《文笔要诀·句端》:"属事比辞,皆有次第。"

〔30〕赋骚:指西汉流行的大赋与楚辞体诗风。

〔31〕有蹊:指学诗找到了途径。

〔32〕琴操:诗体名。宋严羽《沧浪诗话·诗体》:"有口号,有歌行,有乐府,有楚词,有琴操。"

〔33〕糟粕:语本《庄子·天道》:"古之人与其不可传也死矣,然则君之所读者,古人之糟粕已夫!"

〔34〕四言:指《诗经》的风格。

〔35〕阇(yīn 音)然:沉默的样子。难(nàn 南去声):责难。

〔36〕篋笥:藏物的竹器。

〔37〕弘治:明孝宗年号(1488—1505)。正德:明武宗年号(1506—1521)。

〔38〕曾子:即曾参(前505—前435),字子舆,孔子弟子。时有所弗及:《韩诗外传》卷七:"曾子曰:'往而不可还者亲也,至而不可加者年也。是故孝子欲养而亲不待也,木欲直而时不待也……'"

王廷相

王廷相(1474—1544),字子衡,号浚川,仪封(今河南兰考)人。明孝宗弘治十五年(1502)进士,选庶吉士,授兵科给事中。官至右副都御史,加兵部尚书,以郭勋事革职为民。隆庆初,复官,赠少保,卒谥肃敏。王廷相为"前七子"之一,推崇李梦阳。《明史》有传,称其:"博学好议论,以经术称。于星历、舆图、乐律、河图、洛求及周、邵、程、张之书,皆有所论驳,然其说颇乖僻。"有《王氏家藏集》(一名《浚川集》)六十八卷,《内台集》七卷等。

狮猫述[1]

狮,西域兽也[2],毛披拂毸毸[3]。猫亦有然者,故曰狮猫。

余往在京时,曾畜其一,而生四子,咸躯白尾黑,姣然可爱。且性质荏顺[4],声气清窈[5],卧融轩如团雪[6],腾危槛若奔星[7],真闺阁之奇观也。女郎尤其怜之,置之几榻为闺宾焉。时屋宇新构,无鼠,初不觉其害事也。

及来南都[8],鼠多且黠[9],缘壁上下,穴屋巅,昼满承尘[10],跳掷作扑扑声,以杖触之不畏。然夜伺人寝寂,乃群下地,环室而走,相触踏惊跃,若转斗[11],若嬉戏,嘈嘈呶呏[12],彭彭剥剥[13],不辨时而散去。登几庋[14],缘筐楗[15],翻书帙[16],穿囊袱,磕撞桮瓮[17],拂响弦索[18],咀齔格格[19],左喧右聒[20],驱之仍来,寂而复作,令人中夜不得寐,虽有智力,无所从而施之。乃呼童子,问猫所在。童子曰:"室无猫,故然。"翼日[21],乃集猫闭之室。鼠始闻猫鸣,伏于穴不即出。久之,一二稍稍动作,骚屑刺促[22],如试猫然。乃猫则偃然而卧[23],若弗闻者。数日,鼠知猫果不为己害也,乃益狎习不避[24],举穴出矣! 余篝灯候之[25],见鼠之遇猫也,撒勒搪突[26],恣行无忌;猫之见鼠也,逡巡前却[27],若有逊避之状。嗟嗟怪哉异乎,猫以捕鼠为职也,乃今与鼠习[28],失职矣,色相之美,夫焉足取! 然犹不忍弃之,乃市他猫为捕鼠计,至则群居而嗃嗃[29],而斗且啮,他猫不堪其苦,咸遁去。余始知其无能而害事也。乃尽数乞诸人[30],复市他猫畜之,且捕且食,尽数月,鼠患方已。

谚云:猫有三品,辟、疾、食[31]。厥声怒赫[32],鼠闻之战栗,眼光夜炯炯直射,鼠见之,伏不能动,即威,鼠竭穴去,不待捕,故曰辟;遇鼠缩身迅奋如猎鹰,百中无脱遗者,故曰疾;盗合启藏[33],馋口饱腹,终夜贪卧,呼呼念诵,如困僧败禅[34],与鼠相忘,故曰食。此品之最下者,其狮猫之谓乎?

浚川子曰[35]:吾观于狮猫,而知国有狮臣焉。容悦谄媚,色相之可爱也;贪贿嗜势,窃食之馋也;沓沓怠缓[36],捕击无能也;嫉贤妒才,群噬非类也。有一于此,足以蠹国[37]。人主知爱而不知恶,知恶而不知屏[38],则贤路关格[39],奸宄蟠据[40],朝无君子,而国事日非矣。此林甫、卢杞之所以乱唐也[41]。其视猫之为害,巨海一沤者耶[42]。

《王氏家藏集》卷二十五

〔1〕狮猫即俗所称狮子猫,毛长尾大,人们常将它作为宠物豢养,并没有捕鼠的本事。本文虽属借题发挥,有嘲讽朝中奸佞之意,但刻画细致,饶有趣味,显示了作者记事状物的文学才能。"述"本是一种文体名,或用为史篇后的论述,形式为四字韵文;或作为论说文的一种,前散后韵;或同记人之言行的行状。这里以"述"为题,稍有调侃意味。

〔2〕西域:汉以来指玉门关、阳关以西地区,后泛指通过这一路线所能到达的亚洲中西部、印度半岛、东欧以及非洲北部等区域。狮子即产于亚洲西部与非洲。

〔3〕毣(rǎn染)毣:毛多下垂的样子。毣,同"冉"。

〔4〕荏(rěn忍)顺:柔弱温顺。

〔5〕清窈(yǎo咬):清越美妙。

〔6〕融轩:明亮的房室。

〔7〕危槛:高栏。

〔8〕南都:即今江苏南京。

〔9〕黠(xiá狭):狡猾。

〔10〕承尘:天花板。

〔11〕转斗:转战。

〔12〕嘈嘈呶(náo挠)呶:嘈杂的喧闹声。

〔13〕彭彭剥剥:鼠行打斗的象声词。

〔14〕几庋(guǐ鬼):几案与盛物架子。

〔15〕椟(dú毒):木柜。

〔16〕书帙(zhì志):泛指书籍。

〔17〕桦(pán 盘):同"盘"。

〔18〕弦索:丝弦乐器。

〔19〕咀龁(hé 合):咬嚼。格格:象声词。

〔20〕聒(guō 锅):喧闹。

〔21〕翼日:同"翌日"。第二天。

〔22〕骚屑:扰乱。刺(qì 弃)促:忙碌急迫。

〔23〕偃(yǎn 掩)然:安息的样子。

〔24〕狎(xiá 狭)习:亲近熟习。

〔25〕篝(gōu 勾)灯:置灯于笼中,即点灯。

〔26〕撇(piě 苤)勒:同"撇烈"或"撇捩",迅疾的样子。搪突:冒犯。

〔27〕逡(qūn 群)巡:退避。

〔28〕习:轻忽怠慢。

〔29〕嗃(xiào 笑)嗃:嗥叫声。

〔30〕气(qì 气):这里是"给与"的意思。

〔31〕辟(bì 必):这里是避免、防止的意思。

〔32〕厥:其。怒赫:威武而使畏惧。

〔33〕合:被覆盖之物。

〔34〕困僧败禅:困倦而毫无兴致的念经和尚。

〔35〕浚川子:作者自称。

〔36〕沓沓:言语多的样子。

〔37〕蠹国:危害国家。

〔38〕屏(bǐng 丙):放逐,摈弃。

〔39〕关格:中医学病症名,关为大小便不通,格为饮食即吐。这里指人才阻隔。

〔40〕奸宄(guǐ 鬼):作乱与盗窃的坏人。蟠据:占据。

〔41〕林甫:即李林甫(?—752),唐玄宗时宰相,任职十九年,口蜜

腹剑,排除异己,败坏政事,是历史上有名的奸臣。新、旧《唐书》有传。卢杞:字子良,唐德宗时宰相,陷害忠良,搜括民财、怨声载道,被贬死。也是历史上有名的奸臣。新、旧《唐书》有传。

〔42〕巨海一沤(ōu 欧):比喻虚空无常的世事。语本《楞严经》卷六:"空生大觉中,如海一沤发。"沤,即水中浮泡。宋洪迈《夷坚志·九华天仙》:"百岁还如急电,高名显位瞬息耳。泛水轻沤霎那间,久难立。"

康 海

康海(1475—1540),初名澍,字德涵,号对山,又号沜东渔父、浒西山人,武功(今属陕西)人。明孝宗弘治十五年(1502)进士第一,授翰林院修撰。《明史》有传,称其为救李梦阳而谒权阉刘瑾,正德五年(1510),刘瑾事败伏诛,康海坐其党而被免职。从此归里,与王九思等以山水声伎为娱,以寄忧愤。康海是明代"前七子"之一,擅长散曲,于诗文不甚讲究。有《对山集》四十六卷。

答蔡承之石冈书[1]

一别便如数十年,人生如此,何以堪也。海内故人,屈指无几,忽得手教[2],如飞坠自天,欣慰万万,殆何以言。

小儿栗所娶渼陂之女[3],丙戌秋生一子矣[4],乃子母并死,今春为继娶杨叔安之季女[5]。此后儿女事俱了,更无挂心者。

去岁自今夏,南海霍渭先既以贱名厕诸章疏[6],春首又以一书见谕,鄙人心事搜括略尽,其相知之真,虽韶龀之交[7],亦不过此。顾仕宦之志,自庚午秋根株悉拔[8],他人不知,石冈则知也。幸九重圣明[9],灼知不肖[10],未便施行[11];即若渭先之志,又有何面颜见庙堂诸君子耶[12]?随亦具一书答之矣,并其稿以上。丈夫生世,固当以拯溺救焚为心[13],而仆则切恨世之士大夫贱恬退[14],尊势利,往往反为小人所薄[15]。鄙志如此,正欲销忘宿志[16],以明士大夫之节耳。前岁,邃庵翁亦以此为言[17],仆力拒之,今殊成怨也。然亦何恤焉[18]。

新刊四种,《碧山》乃渼陂之作[19],其三皆出鄙手。荒亡如此[20],可似云霄中人耶[21]？

心事万千,不得一一展布,伏惟保爱[22],以慰知交之望,幸甚！

《对山集》卷二

[1] 蔡承之石冈即蔡天祐(1440—1534),字成之,号石冈,睢州人,明孝宗弘治十八年(1505)进士,历官吏科给事中、山东副使、兵部侍郎。卒年九十五岁,有《石冈集》。《明史》有传。蔡天祐长于康海三十五岁,中进士却晚于康海三年,这或许是二人忘年相交的基础。这封书信当写于嘉靖七年(1528),距康海罢官已有十八年,作者虽故作达观,但于前事似仍耿耿于怀,否则就不会对一位年近九十的老翁讲仕宦功名之事了。

[2] 手教:对对方来信的敬称。

[3] 小儿栗:即康栗(1508—1529),字了宽。事见王九思《康生子宽墓志铭》。渼陂:即王九思(1468—1551),字敬夫,号渼陂,鄠县(今属陕西)人。弘治九年(1496)进士,历官吏部郎中,因党刘瑾罪,贬官后令致仕。归乡后与康海纵情词曲,无意功名。曾名列"前七子"中,有《渼陂集》十九卷。

[4] 丙戌:即明嘉靖五年(1526)。

〔5〕杨叔安:即杨惟康(1475—1533),字叔安,号南陆,灵宝(今属河南)人。弘治十二年(1499)进士,历官山西布政使。季女:小女。

〔6〕霍渭先:即霍韬(1487—1540),字渭先,号渭厓,南海(今属广东)人。正德九年(1514)进士,官至礼部尚书,卒谥文敏,有《文敏集》等。《明史》有传。以贱名厕诸章疏:据《明史·霍韬传》记述,嘉靖七年四月,欲进霍韬为礼部右侍郎,"韬力辞,且举康海、王九思、李梦阳、魏校、颜木、王廷陈、何瑭自代,帝不允"。厕,列入。

〔7〕龆龀(tiáo chèn 条衬)之交:七八岁童年时代即开始交往友好。龆龀,儿童换齿。

〔8〕庚午:明武宗正德五年(1510)。根株悉拔:指作者因刘瑾事牵连被免职事。

〔9〕九重:帝王。这里指明世宗朱厚熜,即嘉靖皇帝。

〔10〕不肖(xiào 笑):自谦之称。

〔11〕施行:指再用康海为官。

〔12〕庙堂:朝廷。诸君子:指朝中官员。

〔13〕拯溺救焚:救援溺水与火烧之人,即指救援天下危难。

〔14〕士大夫:古代指官吏或较有声望、地位的读书人。恬退:淡于名利,安于退让。

〔15〕薄:鄙薄,轻视。

〔16〕宿志:素有的志愿。

〔17〕邃庵翁:即杨一清(1454—1530),字应宁,号邃庵,又号石淙,安宁(今属云南)人。明宪宗成化八年(1472)进士,官至华盖殿大学士,卒谥文襄。有《石淙类稿》等。《明史》有传。

〔18〕恤:忧虑,忧患。

〔19〕碧山:即王九思所著《碧山乐府》,二卷,散曲集。

〔20〕荒亡:沉迷于冶游酒色,纵欲无度。《管子·戒》:"夫师行而

170

粮食其民者,谓之亡;从乐而不反者,谓之荒。"又《孟子·梁惠王下》:"从兽无厌谓之荒,乐酒无厌谓之亡。"

〔21〕云霄中人:指官居高位者。这里有调侃意。

〔22〕伏惟:念及,想到。古代下对上的敬词,多用于信函或奏疏。保爱:保重自珍。

边 贡

边贡(1476—1532),字廷实,号华泉,历城(今山东济南)人。明孝宗弘治九年(1496)进士,历官太常丞、陕西、河南提学副使、南京户部尚书,以纵酒废职罢归。《明史》有传,称其"早负才名,美风姿,所交悉海内名士。久官留都,优闲无事,游览江山,挥笔浮白,夜以继日"。他是明代"前七子"之一,又与李梦阳、何景明、徐祯卿被誉为"弘正四杰",其诗歌创作较其散文有名。有《华泉集》十四卷。

答周北渚书[1]

昔人有夜寝者,觉而闻壁间有声,听之缅缅然旋也[2]。叱之,则对曰:"我者乃符也[3]。"问之曰:"胡不于户外?"曰:"外有鬼。"又有人暮行失道,过丛祠[4]。天雨且黑,狐长鸣不休,野燐荧荧[5],散乱左右,因大恐,疾趋。后有追之者曰:"幸我待[6]!幸我待!抵郭中当以符报若[7]。"其人以为鬼且厉己也[8],恐其近,愈益疾趋。追者益近。回视之,顽然羽人也[9]。问之,曰:"予天师耳[10]。"是二事者甚相类,闻之者莫不笑之也。其笑之者盖曰:"所贵于符者,以其能以辟鬼也[11];而天师者,又符之所自出者也。今不惟不能辟鬼,而反辟于鬼,是乌用符与天师者为哉?"

鄙人从大夫后十有馀年[12]，有父不能以养[13]，而使餬其口于雁门三年矣[14]，虽政不及于古之人，然未敢以病民，而外不免于监司之辱[15]，内不免五百之罚[16]。鄙人之力盖可知矣。

京师之士人有以医名者[17]，其门如市也，予往叩焉。出见之，仅能步，尪然羸也[18]。予甚笑之。盖未有己不治，而能治人者也。

大儿至，予适病疡在告[19]，朝籍之不通者一月矣[20]。不敢以出，即出亦羸医耳，天师耳，辟于鬼之符耳，于执事者何能为[21]？故大儿之归也，草草布意[22]。若执事之详悉颠末[23]，彼自能道之矣。不宣[24]。

《华泉集》卷十一

[1] 从文中"餬其口于雁门三年矣"一句可知，此文当作于正德三年（1508），详本文注[13]。夤缘请托本是封建官场人情之常，铁面无私固然可敬，但没有应酬交往也未免不合时宜，何况边贡又是一位喜交天下俊杰的文人呢。这是一封回绝一位名叫周北渚的人请托之书信，信中多方设譬，大有先秦诸子散文之风。对他人之请托无能为力，却又难以冷面相拒，只好出以委婉之辞，而这也正显示了作者的文字功力。周北渚，生平不详，边贡《华泉集》卷六有《寿周北渚》七律。

[2] 缅（sǎ 洒）缅然：有次序、连绵不绝的状态。《韩非子·难言第三》："言顺比滑泽，洋洋缅缅然，则见以为华而不实。"旋：这里指小便。

[3] 符：旧时道士用以避邪驱鬼的秘密文书，或称符箓。

[4] 丛祠：建于丛林中的神庙。

[5] 野燐：俗称鬼火，又称磷火，为尸体腐烂时由骨殖分解出的磷

化氢在空气中自燃发光所致。其光焰夜呈淡绿色,旧时迷信者以为是幽灵之光。

〔6〕幸我待:即"幸待我",请等我一等。宾语前置。

〔7〕郭中:城中。报若:报答你。

〔8〕厉:虐害。

〔9〕颀(qí 齐)然:修长的样子。羽人:道士学仙,因称道士为羽人。这里有调侃意。

〔10〕天师:古代对有道术者的尊称,这里用作道士的自称,作者有意暴露其浅薄。

〔11〕辟(bì 必):除去,消除。

〔12〕鄙人:对自己的谦称。从大夫后:做官的谦称。语本《论语·宪问》:"以吾从大夫之后,不敢不告也。"

〔13〕有父不能养:边贡的父亲边节(1450—1511),字时中,号介庵。明武宗正德元年(1506),边节以举人选试吏部,授代州知州,三年仕归,两年后卒。事见边贡《先代州府君行状》。

〔14〕雁门:即雁门关,在今山西代县北部,为长城要隘。代州即今代县的古称。这里雁门即代指代州。

〔15〕监司:监察一省官吏的上级长官。明代各省皆设提刑按察使司,长官为按察使,正三品,"掌一省刑名按劾之事,纠官邪,戢奸暴,平狱讼,雪冤抑,以振扬风纪,而澄清其吏治"(见《明史·职官四》)。

〔16〕五百之罚:指受役卒执杖行刑的责罚。五百,古代在官舆前导引的役卒,也执杖行刑,唐以后无此职名,这里是借用。

〔17〕京师:这里指北京。

〔18〕尪(wāng 汪)然羸(léi 雷)也:即"尪羸",瘦弱。

〔19〕病疡(yáng 扬):患痈疽之疾。在告:指官吏处于休假期中。告,古代官吏休假。

〔20〕朝籍之不通:指没有上朝。朝籍,在朝官吏的名册。
〔21〕执事:对对方的敬称。何能为:能有什么帮助。
〔22〕草草布意:大概讲述心意。
〔23〕颠末:前后经过情形。
〔24〕不宣:旧时书信末尾常用套语,即不一一细说。

何景明

何景明(1483—1521),字仲默,号白坡,又号大复山人,信阳(今属河南)人。明孝宗弘治十五年(1502)进士,授中书舍人,历官吏部员外郎、陕西提学副使,病归卒。他虽享年不永,却与李梦阳同为"前七子"的领袖人物,影响很大。《明史》有传,称其"志操耿介,尚节义,鄙荣利",又谓:"梦阳主摹仿,景明则主创造……然天下语诗文必并称何、李。"何景明散文力宗秦汉,于《述归赋》中自称"于古人之文,务得其宏伟之观,超旷之趣"。有《大复集》三十八卷。

说 琴[1]

何子有琴[2],三年不张[3]。从其游者戴仲鹖[4],取而绳以弦[5],进而求操焉。何子御之[6],三叩其弦,弦不服指[7],声不成文[8]。徐察其音,莫知病端。仲鹖曰:"是病于材也。予观其黪然黑[9],裒然腐也[10]。其质不任弦,故鼓之弗扬。"

何子曰:"噫!非材之罪也。吾将尤夫攻之者也[11]。凡攻琴者,首选材,审制器[12],其器有四:弦、轸、徽、越[13]。弦以被音,轸以机弦[14],徽以比度[15],越以亮节[16]。被音则清浊见,机弦则高下张,比度则细大弗逾,亮节则声应不伏[17]。故弦取其韧密也[18],轸取其栝圆也[19],徽取其数次也[20],越取其中疏也[21]。今是琴弦之韧疏,轸之括滞,徽之数失钧[22],越之中浅以隘。疏故清浊弗能具,滞故高下弗能通,失钧故细大相逾,浅以隘故声应沉伏。是以宫商不诚职[23],而律吕叛度[24]。虽使伶伦钧弦而柱指[25],伯牙按节而临操[26],亦未知其所谐也[27]。

"夫是琴之材,桐之为也。始桐之生邃谷[28],据盘石[29],风雨之所化,云烟之所蒸,蟠纡轮囷[30],璀璨萧郁[31],文炳彪凤[32],质参金玉[33],不为不良也。使攻者制之中其制[34],修之畜其用[35],斲以成之[36],饰以出之。上而君得之,可以荐清庙[37],设大廷[38],合神纳宾[39],赞实出伏[40],畅民洁物[41];下而士人得之,可以宣气养德[42],道情和志[43]。何至黯然邪然,为腐材置物耶[44]?

"吾观天下之不罪材者寡矣。如常以求固执[45],缚柱以求张弛[46],自混而欲别物[47],自褊而欲求多[48],直木轮[49],屈木辐[50],巨木节[51],细木枂[52],几何不为材之病也?是故君子慎焉,操之以劲,动之以时,明之以序[53],藏之以虚[54]。劲则能弗挠也[55],时则能应变也,序则能辨方也[56],虚则能受益也。劲者信也,时者知也,序者义也,虚者谦也。信以居之,知以行之,义以制之,谦以保之。朴其中,文其外,见则用世,不见则用身[57]。故曰虽愚必明,虽柔必强,材何罪焉?"

仲鹖怃然离席曰[58]:"信取于弦乎?知取于轸乎?义取于徽乎?谦取于越乎?一物而众理备焉。予不敏,愿改弦更张[59],敬服斯说。"

《大复集》卷三十三

〔1〕本文所说琴即古琴,或称七弦琴,属于弹拨乐器。琴多以桐木作面板,梓木为底板,琴面张有七弦,一般按五声音阶定弦。作者借说琴以小喻大,暗寓出人才的鉴别与使用是一个不容忽视的问题。作者文字稍嫌晦涩,但以对话为体,要言不烦,对于今天仍有认识价值。

〔2〕何子:作者自称。

〔3〕不张:指没有上弦。

〔4〕戴仲鹖:即戴冠,字仲鹖,号邃谷,信阳人。明武宗正德三年(1508)进士,历官山东提学副使,以清介称。曾向何景明学诗,有《邃谷集》。

〔5〕绳以弦:装上弦。

〔6〕御:弹奏。

〔7〕服:适应。

〔8〕文:曲调。

〔9〕黟(yī衣)然:黑的样子。

〔10〕衺(xié协)然:歪邪不正的样子。衺,同"邪"。

〔11〕尤:怨。攻之者:指造琴的人。

〔12〕审制器:精心思考如何造琴。

〔13〕轸(zhěn诊):古琴拴系琴弦并供调弦定音的部件。徽:古琴弦的音位标志,在琴面上共镶嵌有十三个以金、玉或贝等制成的圆形标志,是可以发出泛音的地方。越(huó活):古琴底部的出音孔。古琴底

部有二孔,上孔名龙池,下孔名凤沼。

〔14〕机弦:控制琴弦。

〔15〕比度:指琴徽的位置是根据弦长的整数比确定的,如此才能准确发音。

〔16〕亮节:加大音量。

〔17〕伏:音调低沉。

〔18〕韧密:坚韧细密。

〔19〕栝(tiǎn舔)圆:如木杖一样圆滑。栝,木杖。

〔20〕数次:按照一定规律次序排列。

〔21〕中疏:中空无阻碍。

〔22〕失钧:丧失准确的音调。钧,音调。

〔23〕宫商:我国古代音乐分宫、商、角、徵、羽五声,这里即以宫商二声代表全部音阶。诚职:忠于本职。

〔24〕律吕:我国古代音乐有阳律、阴律各六,合为十二律,阳六曰律,阴六曰吕,合称律吕。叛度:背离了标准。

〔25〕伶伦:传说中黄帝时的乐官,曾为黄帝制律。钩弦而柱指:用手指调弦。语本《列子·汤问》:"匏巴鼓琴而鸟舞鱼跃,郑师文闻之,弃家从师襄游,柱指钩弦,三年不成章。"

〔26〕伯牙:春秋时传说善鼓琴者。按节而临操:依节拍演奏。

〔27〕谐:和谐中听。

〔28〕邃谷:深谷。

〔29〕盘石:即磐石。大石。

〔30〕蟠纡:盘绕曲折。轮囷(qūn军):高大的样子。

〔31〕弗(fú拂)郁:原意为山势曲折,这里用来形容树木形态。

〔32〕文炳彪凤:桐木文理显现出虎纹与凤羽的光采。

〔33〕质参金玉:桐木可以发出金、玉般的声音。

〔34〕中(zhòng 众)其制:指所制琴符合规格。

〔35〕修:加工装饰。畜其用:指使琴具备应有的功用。畜,同"蓄"。

〔36〕斲(zhuó 斫):雕凿。

〔37〕荐:进献。清庙:古代帝王的宗庙,或称太庙。古代祭祀时演奏音乐。

〔38〕设:陈设。大廷:朝廷。

〔39〕合神纳宾:与神契合,招待宾客。语本《国语·周语下·景王问钟律于伶洲鸠》:"三曰姑洗,所以修洁百物,考神纳宾也。"三国吴韦昭注:"考,合也……是月,百物修洁,故用之宗庙,合致神人,用之乡宴,可以纳宾也。"

〔40〕赞:佐助。实:生长,成熟。出伏:使隐逸者出仕。

〔41〕畅民洁物:使百姓欢快,令万物洁净。

〔42〕宣气:宣泄滞气。

〔43〕道:同"导"。

〔44〕置物:废弃之物。

〔45〕如常以求固执:材料平常却不肯变通,因材而用。

〔46〕缚柱:将用于拴系琴弦并调弦的琴轸捆住。柱,即琴轸。张弛:琴弦的松紧,弦松音低,弦紧音高。

〔47〕自混而欲别物:自家糊涂却要分辨材料的好坏。

〔48〕自褊(biǎn 贬)而欲求多:自家心胸狭小却要多获取材料。

〔49〕直木轮:以直木为轮。

〔50〕屈木辐:以弯曲之木为车轮辐条。

〔51〕巨木节:用巨大的木料做斗拱。节,即斗拱,屋柱上端顶住横梁的木结构,用小木料拼接而成。

〔52〕细木欐(lì 立):用细小的木料做栋梁。欐,屋梁。以上四句以

对材料的使用不当暗喻对人材的不能鉴别。

〔53〕序:先后大小的次序。

〔54〕藏之以虚:语本《史记·老子韩非列传》:"良贾深藏若虚。"比喻深藏不露。

〔55〕挠:弯曲。

〔56〕辨方:辨别四方。语本《周礼·天官·序官》:"惟王建国,辨方正位。"

〔57〕"见则"二句:语本《论语·述而》:"用之则行,舍之则藏。"见,同"现",即被发现。用世,为世所用。用身,意即独善其身。

〔58〕怃(wǔ 五)然:怅然失意的样子。

〔59〕改弦更张:调换琴上的弦,并重新张紧调音。语本《汉书·董仲舒传》:"窃譬之琴瑟不调,甚者必解而更张之,乃可鼓也。"这里一语双关,以说琴暗寓戴仲鹖听从作者之言,改变了原有的看法。

杨 慎

杨慎(1488—1559),字用修,号升庵,新都(今属四川)人。明武宗正德六年(1511)以进士第一(状元)授翰林院修撰。明世宗嘉靖间,充经筵讲官,与修《武宗实录》,召为翰林学士。嘉靖三年(1524),因"议大礼"触怒世宗,被谪戍永昌卫(今云南保山)三十馀年,死于戍地。天启中,追谥文宪。《明史》有传,称其"明世记诵之博,著作之富,推慎为第一。诗文外,杂著至一百馀种,并行于世"。有《升庵集》八十一卷。

跋赵文敏公书《巫山词》[1]

巫山十二峰在楚蜀之交[2],余尝过之,行舟迅疾,不及登览。近巫山王尹于峰端摹得赵松雪石刻小词十二首[3],以乐府《巫山一段云》按之[4],可歌。

古传记称:帝之季女曰瑶姬,精魂化草,实为灵芝[5]。宋玉本此以托讽[6]。后世词人,转加缘饰[7],重葩累藻[8],不越此意。余独爱袁崧之语[9],谓:"秀峰叠崿[10],奇构异形,林木萧森[11],离离蔚蔚[12],乃在霞气之表[13]。仰瞩俯睎[14],不觉忘返。自所履历,未始有也。山水有灵,亦当惊知己于古矣!"寻此语意,使人神游八极[15],而爽然自失于晔花温莹之外[16]。

欲以袁意和赵词,以洗兹丘之黩[17],未暇也。乃临松雪墨妙一纸,邀曹太狂作图[18],藏之行笥[19],为他日游仙兴端云[20]。

《升庵集》卷十

[1] 赵文敏即元代书画家与文学家赵孟𫖯(1254—1322),字子昂,号松雪道人、水精宫道人,湖州(今浙江吴兴)人。他本是宋宗室,入元后官至翰林学士承旨,封魏国公,卒谥文敏。他曾自书其《巫山词》十二首,刻于巫山石崖上,其词今见唐圭璋《全金元词》,调名《巫山一段云》,辑自《花草粹编》卷二。嘉靖二十年(1541),杨慎回成都,得到巫山县令赠送的《巫山词》拓片,就写了这篇跋文。据《巫山县志》云,万历间,因士大夫求索拓片者众,崖上文字遂被凿去,故今不存。

[2] 巫山十二峰:在四川巫山县东巫峡两岸,峰名登龙、圣泉、朝云、望霞、松峦、集仙、飞凤、翠屏、聚鹤、净坛、起云、上升。其中望霞峰又名神女峰,最为著名。今因三峡大坝的建立,水位提高,昔日景观已有所变化。楚蜀之交:巫峡位于四川巫山与湖北巴东两县境内,故称。

[3] 王尹:王县令,即巫山县令王道,举人出身。石刻小词十二首:今仅举《朝云峰》一首为例:"绝顶朝云散,寒江暮雨频。楚王宫殿已成尘。过客转伤神。　月是巫娥伴,花为宋玉邻。一听歌调一含嚬。幽怨竹枝春。"

[4] 巫山一段云:原为唐教坊曲名,以后用为词牌。按:查验。

[5] "古传记称"四句:语本北魏郦道元《水经注·江水二》:"郭景纯曰:丹山在丹阳,属巴。丹山西即巫山者也。又帝女居焉,宋玉所谓天帝之季女,名曰瑶姬,未行而亡,封于巫山之阳,精魄为草,实为灵之。"

183

〔6〕宋玉:战国楚人,曾为楚顷襄王大夫,或谓是屈原弟子。其作品传世者有《九辩》、《招魂》、《高唐赋》、《神女赋》、《风赋》等。本此以托讽:指宋玉根据神女瑶姬的传说写了《高唐赋》与《神女赋》,前者写楚怀王与神女艳遇事,后者写楚顷襄王再遇神女事。《高唐赋》题下李善注云:"此赋盖假设其事,风谏淫惑也。"详见《文选》卷十九。

〔7〕缘饰:文饰。

〔8〕重葩累藻:重瓣的花与众多的词藻,比喻众多华丽的篇章。

〔9〕袁崧:一名袁山松(? —401),晋阳夏人,博学能文,官吴郡太守,因抗孙恩,城陷而死。著《后汉书》百篇,又有《郡国志》、《宜都记》各一卷,皆为辑本。《晋书》有传。以下引袁崧语十一句见北魏郦道元《水经注·江水二》引《宜都记》,有节略,并存异文。

〔10〕叠崿(è 饿):重叠的崖岸。

〔11〕萧森:草木茂密的样子。

〔12〕离离蔚蔚:草木茂盛郁勃的样子。

〔13〕霞气之表:云气之外。这里喻高。

〔14〕仰瞩俯睇(tī 梯):抬头低头上下纵目而观。

〔15〕神游:形体不动而心神向往。八极:八方极远之地。

〔16〕晔(yè 页)花温莹:语本宋玉《神女赋》:"须臾之间,美貌横生,晔兮如华,温乎如莹。"晔,光采灿烂。华,同"花"。温乎,温润的样子。莹,光洁的玉石。

〔17〕黩(dú 读):玷污。

〔18〕曹太狂:即曹学,字行之,号太狂,四川眉山人。能诗,工书,善画,嘉靖间客游云南,与杨慎有交。

〔19〕行笥(sì 寺):出行时所携箱笼。

〔20〕游仙:这里指作游仙诗。游仙诗即脱离尘俗,游心仙境之作。兴端:这里指触发创作灵感。

滇候记序[1]

远游子曰[2]：千里不同风，百里不共雷[3]。日月之阴[4]，径寸而移；雨旸之地[5]，隔垄而分。兹其细也。太明太蒙之野[6]，戴斗戴日之域[7]，或日中而无影，或深溟而见旭[8]，或衔烛龙以为照[9]，或煮羊脾而已曙[10]。山川之隔阂，气候之不齐，其极也。是以有测景之圭[11]，有书云之台[12]，有相风之皖[13]，有候风之津[14]，海有星占[15]，河有括象[16]，以此知其不齐矣。故曰："不出户，知天下[17]。"天下诚难以不出户知也，非躬阅之其载籍夫[18]？《九丘》之书[19]，志九州之异也[20]，失而不传。周处作《九州风土记》[21]，宗懔作《荆楚岁时记》[22]，至于《巴蜀异志》[23]，《岭表异录》[24]，皆是物也。

予流放滇，越温暑毒草之地[25]，鲜过从晤言之适[26]，幽忧而屏居[27]，流离而阅时[28]，感其异候有殊中土，辄籍而记之，岂欲妄意古人乎[29]？他日冀万一释其棘矜[30]，归于泯畎[31]，焚枯酌醴[32]，班荆坐茅[33]，与击壤之老[34]，聚沙之童[35]，晨夕话之，亦可以代博弈矣[36]。

黄宗羲《明文海》卷二一七

〔1〕滇是云南的简称，以其地有滇池而得名。明代的云南尚属边荒之地，风俗物候皆与中土异，杨慎远流至此，仍好学不倦，研究当地气

象,体现了这位文学家的渊博知识与典雅的文笔。

〔2〕远游子:作者自称。

〔3〕"千里"二句:语本东汉王充《论衡·雷虚》:"夫千里不同风,百里不共雷。《易》曰:'震惊百里。'雷电之地,云雨晦冥,百里之外无雨之处,宜见天地之东西南北也。"

〔4〕日月之阴:日月的光影。

〔5〕雨旸(yáng阳):下雨天与晴天。

〔6〕太明:即大明,指日,这里代表东方。语本《礼记·礼器》:"大明生于东,月生于西,此阴阳之分,夫妇之位也。"太蒙:即大(tài泰)蒙,古人认为是日落之处,在西方极远之地。语本《尔雅·释地》:"西至日所入为大蒙。"

〔7〕戴斗:北方。戴日:南方。语本《尔雅·释地》:"岠齐州以南,戴日为丹穴。北戴斗极为空桐。"以上二句即指普天之下或天下四方。

〔8〕深溟:这里指深夜。旭:明,光亮。

〔9〕烛龙:古代神话中的神名,传说它张目(或谓其驾日、衔珠或衔烛)可以照耀天下。《楚辞·天问》:"日安不到,烛龙何照?"王逸注:"言天之西北有幽冥无日之国,有龙衔烛而照之也。"

〔10〕羊脾:疑当作"羊胂",语本《新唐书·回鹘传下·骨利干》:"骨利干,处瀚海北……又北度海,则昼长夜短。日入烹羊脾,熟,东方已明,盖近日出处也。"

〔11〕测景之圭:古代测量日影以定时的仪器称圭表,其石座上的横尺称圭,南北两端的标杆称表,以测日影之长短。景,通"影"。

〔12〕书云之台:语本《左传·僖公五年》:"公既视朔,遂登台以望,而书,礼也。凡分、至、启、闭,必书云物,为备故也。"按照古礼,国君于立春、春分、立夏、夏至、立秋、秋分、立冬、冬至之日,必登台以望天象(或日旁云气之色),占卜吉凶而加以记录,称书云。

〔13〕相(xiàng象)风之鹮:当作"相风之鹬(huán环)"。鹬是古代测风的一种装置,又称"五两",即用鸡毛五两或八两系于高竿顶上,借以观测风向、风力。

〔14〕候风之津:当作"候风之律"。律即"律管",也称律琯,本是用竹管或金属管制成的定音器具,古人也用作测候季节变化的器具。宋沈括《梦溪笔谈·象数一》引晋司马彪《续汉书》:"候气之法,于密室中,以木为案,置十二律琯,各如其方,实以葭灰,覆以缇縠,气全则一律飞灰。"

〔15〕海有星占:指航行海上靠观测星宿以测定方位与气象。汉甘公、石申有《星经》一卷。

〔16〕河有括象:指《河图括地象》一类谶纬类图书,与气候关联不多。

〔17〕"不出户"二句:语本《老子》四十七章:"不出户,知天下;不窥牖,见天道。"

〔18〕躬阅:亲自阅览。载籍:书籍,典籍。

〔19〕九丘:传说中我国最古的书名。《尚书序》:"九州之志,谓之'九丘'。丘,聚也。言九州所有,土地所生,风气所宜,皆聚此书也。"

〔20〕九州:古代分中国为九州,《尚书·禹贡》记为冀、兖、青、徐、扬、荆、豫、梁、雍九州,后即以之泛指天下。

〔21〕周处:字子隐(?—299),晋阳羡人。官至御史中丞,战死。撰有《默语》、《风土记》,并撰集《吴书》。《晋书》有传。

〔22〕宗懔(lǐn凛):字元懔,南朝梁人,官吏部尚书,入周,拜车骑大将军。著有《荆楚岁时记》一卷,记荆楚乡土风俗。原书久佚,今存辑本。《梁书》、《周书》、《北史》皆有传。

〔23〕巴蜀异志:当是《巴蜀异物志》,清文廷式《补晋书艺文志》卷三著录。已佚。

〔24〕岭表异录:唐刘恂撰,三卷,专述岭南(泛指五岭以南地区)物

产与风土。原书久佚,今本从《永乐大典》辑出,仍为三卷。

〔25〕温暑:炎热。语本《后汉书·南蛮传序》:"南州水土温暑,加有瘴气,致死亡者十必四五。"

〔26〕鲜(xiǎn险):少。过从:相交往的朋友。

〔27〕幽忧:过度忧伤。语本《庄子·让王》:"我适有幽忧之病,方且治之,未暇治天下也。"屏(bǐng丙)居:屏客独居。

〔28〕阅时:经历时日。

〔29〕妄意:臆测。

〔30〕棘矜:原指戟柄,此指执戟戍边,即婉言流放。棘,通"戟"。

〔31〕氓甽(mēng quǎn蒙犬):草野之民。甽,同"畎",这里指田野。

〔32〕焚枯:烤煮干鱼。酾醴:即酾酒。语本《诗·小雅·吉日》:"以御宾客,且以酾醴。"

〔33〕班荆坐茅:指朋友相遇,扯茅草铺地,共坐谈心。班荆,《左传·襄公二十六年》:"伍举奔郑,将遂奔晋。声子将如晋,遇之于郑郊,班荆相与食,而言复故。"杜预注:"班,布也。布荆坐地,共议归楚,事朋友世亲。"坐茅,《六韬》卷一:"文王乃斋三日,乘田车,驾田马,田于渭阳,卒见太公坐茅以渔。"

〔34〕击壤之老:击壤本是古代的一种游戏,将一鞋状木片侧放于地,人在三四十步外用另一块木片投掷,击中者为胜。《艺文类聚》卷十一引晋皇甫谧《帝王世纪》:"(帝尧之世)天下大和,百姓无事,有五十老人击壤于道。"后即用为称颂太平盛世的典故。

〔35〕聚沙之童:语本《法华经·方便品》:"乃至童子戏,聚沙为佛塔;如是诸人等,皆已成佛道。"原意是积小善为大行,这里以游戏意取偶于"击壤之老",也是称颂太平无事的意思。

〔36〕博弈:指局戏与下围棋。语本《论语·阳货》:"饱食终日,无所用心,难矣哉。不有博弈者乎?为之,犹贤乎已。"

归有光

归有光(1507—1571),字熙甫,又字开甫,早年自号项脊生,晚年号震川,苏州府昆山(今属江苏)人。曾六赴乡试,九上春官,至嘉靖四十四年(1565)始中进士,时年已近六十岁。历长兴县令、顺德通判、南京太仆寺丞,留京掌内阁制敕房,纂修《世宗实录》,卒于任。归有光以散文著称于时,其散文每每能于似不经意中营造出一种回肠荡气的意境,耐人寻味。《明史》有传,称"有光为古文,原本经术,好《太史公书》,得其神理"。有《震川先生集》四十卷,今人有整理本《震川先生集》,上海古籍出版社1981年出版。

先妣事略[1]

先妣周孺人[2],弘治元年二月十一日生[3]。年十六来归[4]。逾年,生女淑静。淑静者,大姊也。期而生有光[5]。又期而生女、子,殇一人[6]。期而不育者一人[7]。又逾年生有尚,妊十二月[8]。逾年生淑顺。一岁,又生有功。有功之生也,孺人比乳他子加健[9],然数颦蹙顾诸婢曰[10]:"吾为多子苦。"老妪以杯水盛二螺进[11],曰:"饮此,后妊不数矣[12]。"孺人举之尽,喑不能言[13]。

正德八年五月二十三日[14],孺人卒。诸儿见家人泣,则随之泣,然犹以为母寝也。伤哉!于是家人延画工画[15],出二子,命之曰:"鼻以上画有光,鼻以下画大姊。"以二子肖母也[16]。

孺人讳桂[17]。外曾祖讳明[18]。外祖讳行,太学生[19]。母何氏[20]。世居吴家桥,去县城东南三十里[21],由千墩浦而南[22],直桥并小港以东,居人环聚,尽周氏也。外祖与其三兄皆以赀雄[23],敦尚简实[24]。与人姁姁说村中语[25],见子弟甥侄无不爱。

孺人之吴家桥,则治木绵[26],入城,则缉纑[27]。灯火荧荧[28],每至夜分[29]。外祖不二日使人问遗[30]。孺人不忧米盐,乃劳苦若不谋夕[31]。冬月炉火炭屑,使婢子为团,累累暴阶下[32]。室靡弃物[33],家无闲人。儿女大者攀衣,小者乳抱,手中纫缀不辍[34],户内洒然[35]。遇僮奴有恩,虽至棰楚[36],皆不忍有后言[37]。吴家桥岁致鱼蟹饼饵[38],率人人得食。家中人闻吴家桥人至,皆喜。

有光七岁与从兄有嘉入学[39]。每阴风细雨,从兄辄留,有光意恋恋,不得留也。孺人中夜觉寝[40],促有光暗诵《孝经》[41],即熟读[42],无一字龃龉[43],乃喜。

孺人卒,母何孺人亦卒。周氏家有羊狗之疴[44],舅母卒;四姨归顾氏,又卒;死三十人而定,惟外祖与二舅存。

孺人死十一年,大姊归王三接[45],孺人所许聘者也[46]。十二年,有光补学官弟子[47]。十六年而有妇[48],孺人所聘者也。期而抱女[49],抚爱之,益念孺人。中夜与其妇泣,追惟一二[50],仿佛如昨,馀则茫然矣。世乃有无母之人,天乎！痛哉！

《震川先生集》卷二十五

〔1〕这是作者的代表作之一,全篇情感充沛,催人泪下。这篇文章写于作者的长女出生之后,时为嘉靖八年(1529),归有光二十二岁。先妣(bǐ 比),古人对已死去的母亲的称呼,作者的母亲周氏十六岁嫁至归家,二十六岁去世,在归家的十年中养育了八个子女,辛勤劳苦,终其一生,这也是该文脍炙人口的原因之一。

〔2〕孺人:明代七品以下官员的母亲或妻子,可得到"孺人"的封号。

〔3〕弘治元年:即公元 1488 年。弘治为明孝宗朱祐樘的年号(1488—1505)。

〔4〕归:即"于归"的省称,古人称女子出嫁到夫家。

〔5〕期(jī 机):一周年。

〔6〕殇(shāng 伤):未成年而死去。

〔7〕不育:没有养活。

〔8〕妊(rèn 认):怀孕。

〔9〕"孺人"句:指周孺人的身体比哺育其他子女时健壮。

〔10〕颦蹙(cù 促):皱紧眉头,形容愁苦的样子。

〔11〕老妪(yù 遇):老妇人。

〔12〕妊不数(shuò 硕)矣:指再也不会一次又一次地怀孕了。

〔13〕喑(yīn 音):哑。

〔14〕正德八年:即公元 1513 年。正德为明武宗朱厚照的年号(1506—1521)。

〔15〕延:聘请。

〔16〕肖(xiào笑):像。

〔17〕讳:古人称已死的尊长或友人之名为讳。

〔18〕外曾祖:这里指母亲的祖父。

〔19〕太学生:这里指曾在国子监读书的监生。

〔20〕母:这里指周孺人的母亲,即归有光的外祖母。

〔21〕县城:指明苏州府昆山县(今江苏昆山)城。

〔22〕千墩浦:地名,在昆山县东南四十里。

〔23〕赀(zī资)雄:指富有。

〔24〕敦尚简实:崇尚简单朴实。

〔25〕姁姁(xǔ许):和善的样子。汉刘向《新序》卷十:"项王见人恭谨,言语姁姁,人疾病,涕泣分饮食。"村中语:方言土语。

〔26〕治木绵:纺线。木绵即木棉。

〔27〕缉纑(lú炉):将麻搓成线。

〔28〕荧荧:光亮微弱的样子。

〔29〕夜分:半夜。

〔30〕问遗(wèi喂):慰问与赠送物品。

〔31〕若不谋夕:仿佛早间不能谋划晚间的生计,常用来形容处境窘迫。

〔32〕累累:一串串。暴(pù瀑):同"曝",晾晒。

〔33〕靡(mǐ米):没有。

〔34〕纫缀不辍:缝纫不停止。

〔35〕洒然:整洁的样子。

〔36〕棰(chuí锤)楚:鞭打。

〔37〕后言:背后的埋怨之语。

〔38〕饵(ěr耳):糕饼。

〔39〕从(zòng纵)兄:堂兄。入学:指从塾师周寅之学习。

〔40〕觉寝:睡醒。

〔41〕孝经:宣扬孝道与孝治思想的儒家经典,有今文、古文两种本子。今文本为郑玄注,分十八章;古文本传为孔安国注,分二十二章。

〔42〕即:假若。

〔43〕龃龉(jǔ yǔ 举雨):牙齿上下不相合。这里比喻背诵与原文有不一致的地方。

〔44〕羊狗之疴(kē 科):一种人畜共患的细菌或病毒性传染病,中医称之为疫症。

〔45〕王三接:字汝康,嘉靖十四年(1535)进士,官至河东都转运使。

〔46〕许聘:许婚。

〔47〕补学官弟子:即进学,俗称考取秀才。嘉靖四年(1525),归有光以第一名补苏州府学生员,时年十九岁。

〔48〕有妇:指娶妻。嘉靖七年(1528),归有光娶光禄寺典簿魏庠次女为妻。

〔49〕抱女:指婚后所得长女。

〔50〕追惟一二:追思回忆起一两件事。

寒花葬志[1]

婢,魏孺人媵也[2]。嘉靖丁酉五月四日死[3],葬虚丘[4]。事我而不卒[5],命也夫!

婢初媵时,年十岁,垂双鬟[6],曳深绿布裳[7]。一日,天寒,爇火煮荸荠熟[8],婢削之盈瓯[9]。予入自外,取食

193

之,婢持去不与。魏孺人笑之。孺人每令婢倚几旁饭,即饭,目眶冉冉动[10],孺人又指予以为笑。

回思是时,奄忽便已十年[11]。吁!可悲也已!

《震川先生集》卷二十二

〔1〕这是一篇短小精悍的散文作品,虽不足二百字,却能将人物写得活灵活现,寥寥几笔,略加点染,即形象丰满,呼之欲出。本文作于嘉靖十六年(1537),作者时年三十一岁。寒花是归有光第一位妻子魏氏的陪嫁丫鬟,她十岁到归家,后为归有光侍妾,生女如兰。二十岁去世,而此前四年,魏氏先已作古。可见作者为寒花写"葬志"(即墓志,乃古人放在墓中刻有死者生平事迹的石刻),也有怀念妻子的用意在。

〔2〕魏孺人:归有光的第一位妻子,南京光禄寺典簿魏庠的次女。嘉靖七年(1528)嫁至归家,嘉靖十二年(1533)冬十月卒。孺人,明代七品以下职官的母亲或妻子可以得到"孺人"的封号。媵(yìng 硬):古代诸侯的女儿出嫁,随嫁的妹妹或侄女即称为"媵"。后代常指陪嫁的婢女。上海图书馆藏《归震川先生未刻稿》此句后有"生女如兰,如兰死,又生一女,亦死。予尝寓京师,作《如兰母》诗"二十三字。参邬国平《如兰的母亲是谁——归有光〈女如兰圹志〉、〈寒花葬志〉本事及文献》(《文艺研究》2007 年第 6 期)。

〔3〕嘉靖丁酉:即嘉靖十六年(1537)。

〔4〕虚丘:土山,这里指墓地。虚,"墟"的古字。

〔5〕卒:终了。

〔6〕双鬟(huán 环):环形发髻,多为幼年女子所梳。

〔7〕曳(yè 业):拖着。这里是穿着的意思。裳:裙子。

〔8〕爇(ruò 若):燃烧。荸荠:一种多年生草本植物的地下茎,扁圆

形,皮褐紫色,内白色,可生吃,也可煮食。

〔9〕瓯(ōu 欧):小盆。

〔10〕冉冉:眼睛忽悠悠转动的样子。

〔11〕奄(yǎn 掩)忽:疾速,倏忽。十年:寒花于嘉靖七年(1528)随嫁至归家,至写此文之时的嘉靖十六年(1537),恰好满十年。

女二二圹志〔1〕

女二二,生之年月,戊戌戊午〔2〕,其日时又戊戌戊午〔3〕,予以为奇。今年予在光福山中〔4〕,二二不见予,辄常常呼予。一日,予自山中还,见长女能抱其妹〔5〕,心甚喜。及予出门,二二尚跃入予怀中也。

既到山数日,日将晡〔6〕,予方读《尚书》〔7〕,举首忽见家奴在前,惊问曰:"有事乎?"奴不即言,第言他事〔8〕。徐却立曰〔9〕:"二二今日四鼓时已死矣〔10〕。"盖生三百日而死。时为嘉靖己亥三月丁酉〔11〕。予既归为棺敛〔12〕,以某月日,瘗于城武公之墓阴〔13〕。

呜呼,予自乙未以来〔14〕,多在外。吾女生既不知,而死又不及见,可哀也已!

《震川先生集》卷二十二

〔1〕这是一篇悼念小女二二夭折的文章,写于嘉靖十八年(1539),作者时年三十三岁。二二系归有光继配王氏所生,存世不足一年而夭,

这期间,归有光又常居光福山中读书,见小女的机会并不多。然而作者却能翻空出奇,抓住日常生活中一二细节,数笔勾勒,倍见父女情深,令读者回味不尽。圹(kuàng 旷)志,即墓志,乃古人放置墓中刻有死者生平事迹的石刻。

〔2〕戊戌戊午:即嘉靖十七年(1538)农历五月。

〔3〕戊戌戊午:即农历五月二十六日午时(相当于现代中午 11 时至 13 时)。以上四对干支即古人所谓生辰八字。

〔4〕今年:指嘉靖十八年(1539)。光福山:在今江苏苏州光福镇西南。一说即邓尉山的俗称。

〔5〕长女:系嘉靖八年(1529)归有光原配魏氏所生女,时年十一岁。

〔6〕晡(bū 逋):即申时,相当于现代下午 15 时至 17 时一段时间。

〔7〕尚书:儒家经典之一。简称《书》,为现存最早有关上古典章文献的汇编,传说为孔子所辑,传本有今、古文之不同。

〔8〕第:只,但。

〔9〕徐却立:慢慢退后站立,是古人表示恭敬的动作。

〔10〕四鼓:即四更,相当于现代凌晨 1 时至 3 时。

〔11〕嘉靖己亥三月丁酉:即嘉靖十八年(1539)农历三月二十九日,距二二生日正好三百天。

〔12〕棺敛:装棺入殓。敛,通"殓"。

〔13〕瘗(yì 义):埋葬。城武公:即归有光的曾祖父归凤,字应韶,成化十年(1474)举人,曾官城武县令,故称城武公。墓阴:坟墓的北面。

〔14〕乙未:即嘉靖十四年(1535),这一年归有光读书于马鞍山下陈仲德家塾中。

项脊轩志[1]

项脊轩,旧南阁子也[2]。室仅方丈,可容一人居。百年老屋,尘泥渗漉[3],雨泽下注[4],每移案[5],顾视无可置者。又北向,不能得日,日过午已昏。余稍为修葺,使不上漏。前辟四窗,垣墙周庭[6],以当南日。日影反照,室始洞然[7]。又杂植兰桂竹木于庭,旧时栏楯[8],亦遂增胜。借书满架,偃仰啸歌[9],冥然兀坐[10],万籁有声[11]。而庭阶寂寂,小鸟时来啄食,人至不去。三五之夜[12],明月半墙,桂影斑驳[13],风移影动,珊珊可爱[14]。

然予居于此,多可喜,亦多可悲。先是,庭中通南北为一。迨诸父异爨[15],内外多置小门墙,往往而是。东犬西吠,客逾庖而宴[16],鸡栖于厅。庭中始为篱,已为墙,凡再变矣。家有老妪[17],尝居于此。妪,先大母婢也[18]。乳二世[19],先妣抚之甚厚[20]。室西连于中闺[21],先妣尝一至。妪每谓予曰:"某所,而母立于兹[22]。"妪又曰:"汝姊在吾怀,呱呱而泣[23],娘以指扣门扉曰:'儿寒乎?欲食乎?'吾从板外相为应答。"语未毕,余泣,妪亦泣。

余自束发[24],读书轩中。一日,大母过余曰:"吾儿,久不见若影,何竟日默默在此,大类女郎也?"比去[25],以手阖门[26],自语曰:"吾家读书久不效[27],儿之成,则可待乎?"顷之,持一象笏至[28],曰:"此吾祖太常公宣德间执此以

197

朝[29],他日汝当用之。"瞻顾遗迹,如在昨日,令人长号不自禁。

轩东故尝为厨,人往,从轩前过。余扃牖而居[30],久之能以足音辨人。轩凡四遭火,得不焚,殆有神护者[31]。

项脊生曰[32]:"蜀清守丹穴[33],利甲天下,其后秦皇帝筑女怀清台[34]。刘玄德与曹操争天下[35],诸葛孔明起陇中[36]。方二人之昧昧于一隅也[37],世何足以知之?余区区处败屋中,方扬眉瞬目[38],谓有奇景,人知之者,其谓与坎井之蛙何异[39]?"

余既为此志,后五年,吾妻来归[40]。时至轩中,从余问古事,或凭几学书。吾妻归宁[41],述诸小妹语曰:"闻姊家有阁子,且何谓阁子也?"其后六年,吾妻死,室坏不修。其后二年,余久卧病无聊,乃使人复葺南阁子,其制稍异于前。然自后余多在外,不常居。

庭有枇杷树,吾妻死之年所手植也,今已亭亭如盖矣[42]。

《震川先生集》卷十七

[1] 这篇散文是归有光的代表作之一。全文多叙家庭琐事,却形散神完,一条深沉的情感线索贯穿其间,感人至深。全文可分为两个部分,作于不同的时期。前一部分从开头至"项脊生曰"一段议论止,约写于嘉靖三年(1524),作者时年十八岁。后一部分从"余既为此志"到结尾,约写于嘉靖十八年(1539),作者时已三十三岁。一篇文章写作前后相隔约十五年之久,在文学史上堪称空前绝后。项脊轩乃归有光家的一

间小室名,其远祖归道隆曾居于太仓的项脊泾,故以之为书斋名,显然有追怀先祖之意。题目《项脊轩志》,原本或作《项脊轩记》。

〔2〕阁(gé 阁)子:这里作"小屋"讲。

〔3〕渗漉(lù 路):由微孔渗漏。

〔4〕雨泽:雨水。

〔5〕案:长方形的桌子。

〔6〕垣(yuán 元)墙周庭:围着庭院筑墙。

〔7〕洞然:明澈的样子。

〔8〕栏楯(shǔn 吮):即栏杆。纵木称栏,横木为楯。

〔9〕偃仰:躺着休息、安居的意思。《诗·小雅·谷风之什·北山》:"或栖迟偃仰,或王事鞅掌。"啸歌:大声吟唱。

〔10〕冥然兀(wù 悟)坐:静默独坐。

〔11〕万籁(lài 赖):泛指各种声响。

〔12〕三五之夜:农历每月的十五日夜,为月圆之夜。

〔13〕斑驳:光影错杂的样子。

〔14〕珊珊:优美舒缓的样子。这里形容树影轻摇的景况。又可解释为桂树枝在风中摇曳,发出玉佩般的声响。战国楚宋玉《神女赋》:"动雾縠以徐步兮,拂墀声之珊珊。"李善注:"珊珊,声也。"

〔15〕迨(dài 代):等到。诸父:伯父、叔父等长辈。异爨(cuàn 篡):各自烧火做饭,即分家。

〔16〕庖(páo 袍):厨房。

〔17〕老妪(yù 遇):老年妇人。

〔18〕先大母:已去世的祖母。

〔19〕乳:喂乳。二世:指两代人。

〔20〕先妣(bǐ 比):古人对自己已死母亲的称谓。

〔21〕中闺:内室,多为妇女所居。

199

〔22〕而母:你的母亲。

〔23〕呱(gū 姑)呱:小孩子的哭声。

〔24〕束发:古代男孩成童时束发为髻。因以代指成童之年,约十五岁左右。

〔25〕比去:临走。

〔26〕阖(hé 合):关闭。

〔27〕不效:无成效。归有光的曾祖父归凤曾中举,官城武县令。归有光的祖父归绅、父归正皆以布衣终身,无功名。

〔28〕象笏(hù 户):用象牙所制的长方形板,古代官员上朝时持之,可供记事备忘之用。

〔29〕吾祖太常公:指夏昶(1388—1470),字仲昭,昆山人。永乐十三年(1415)进士,累迁至太常寺卿,直内阁。《明史》有传。他是归有光祖母的祖父。宣德:明宣宗朱瞻基的年号(1426—1435)。

〔30〕扃牖(jiōng yǒu 坰有):关闭窗户。

〔31〕殆:大概。

〔32〕项脊生:作者自称。

〔33〕蜀清守丹穴:据《史记·货殖列传》记述,巴寡妇清家传有丹砂矿,非常富有。她能守其业,用财自卫,不被侵犯。秦始皇认为她是贞妇,为她建女怀清台。

〔34〕秦皇帝:即秦始皇(前259—前210),姓嬴,名政,灭六国,统一中国,在位二十六年。女怀清台:故址在今四川长寿县南。

〔35〕刘玄德:即刘备(161—223),字玄德,东汉末起兵争夺天下,建立蜀汉政权,称帝。曹操:字孟德(155—220),东汉末以镇压黄巾军起家,挟天子以令诸侯,官至丞相,封魏王。其子曹丕代汉后追谥为魏武帝。

〔36〕诸葛孔明:即诸葛亮(181—234),字孔明,曾隐居于南阳隆中

(今湖北襄阳西),后辅助刘备建立蜀汉,官丞相,卒谥忠武侯。陇中:垄亩之中,指隐居之地。陇通"垄"。一说"陇中"当为"隆中"之讹。

〔37〕昧昧:无声无息。唐韩愈《上宰相书》:"其影响昧昧,惟恐闻于人也。"这里指没有名位,不为世所知。一隅(yú鱼):一角。这里指偏僻之地。

〔38〕扬眉瞬目:高兴自得的神态。

〔39〕埳(kǎn坎)井之蛙:浅井里的青蛙,比喻见识浅薄之人。埳井,即浅井。语本《庄子·秋水》,或作"坎井之蛙"。

〔40〕吾妻来归:指归有光的第一位妻子魏氏嫁过来。

〔41〕归宁:古代已婚女子回娘家看望父母称归宁。

〔42〕亭亭如盖:树冠如同一把撑起的伞,形容树的枝叶生长茂盛。亭亭,直立的样子。

沧浪亭记[1]

浮图文瑛居大云庵[2],环水,即苏子美沧浪亭之地也[3]。亟求余作《沧浪亭记》[4],曰:"昔子美之记[5],记亭之胜也。请子记吾所以为亭者。"

余曰:昔吴越有国时[6],广陵王镇吴中[7],治南园于子城之西南[8];其外戚孙承祐[9],亦治园于其偏。迨淮海纳土[10],此园不废。苏子美始建沧浪亭,最后禅者居之[11],此沧浪亭为大云庵也。有庵以来二百年,文瑛寻古遗事,复子美之构于荒残灭没之馀[12],此大云庵为沧浪亭也。

夫古今之变,朝市改易[13]。尝登姑苏之台[14],望五湖之渺茫[15],群山之苍翠,太伯、虞仲之所建[16],阖闾、夫差之所争[17],子胥、种、蠡之所经营[18],今皆无有矣。庵与亭何为者哉? 虽然,钱镠因乱攘窃[19],保有吴越,国富兵强,垂及四世[20]。诸子姻戚,乘时奢僭[21],官馆苑囿,极一时之盛。而子美之亭,乃为释子所钦重如此[22]。可以见士之欲垂名于千载之后,不与其澌然而俱尽者[23],则有在矣[24]。

文瑛读书喜诗,与吾徒游[25],呼之为沧浪僧云。

《震川先生集》卷十五

〔1〕这篇散文大约写于归有光四五十岁间。沧浪亭在今苏州市南三元坊附近,是江南现存最久的古园林之一。在五代末年,这里曾是吴越中吴军节度使孙承祐的别墅。至宋庆历年间,文学家苏舜钦因贬官来苏州,买下孙氏旧园的故址,临水筑亭,名之曰"沧浪",并写有一篇《沧浪亭记》。其亭名取义于《孟子·离娄上》:"有孺子歌曰:沧浪之水清兮,可以濯我缨;沧浪之水浊兮,可以濯我足。"其间暗寓儒家"出"与"处"的价值取向。此亭于南宋初一度为韩世忠辟为住宅,元代改为寺庵,至明嘉靖间,有僧人文瑛来此重建沧浪亭,并求归有光为记,于是有了这篇文章。

〔2〕浮图:或作"浮屠",本是佛或佛寺、佛塔的梵文音译。这里指僧人。

〔3〕苏子美:即苏舜钦(1008—1048),字子美,梓州铜山(今四川中江)人,生于开封。宋仁宗景祐元年(1034)进士,曾官光禄寺主簿、集贤校理等职。庆历新政失败,他遭受沉重的政治打击,居于苏州四年后病逝,年仅四十一岁。沧浪(láng 郎)亭:苏舜钦建沧浪亭后,又自号为沧

浪翁。

〔4〕亟(qì气):屡次。

〔5〕子美之记:《苏学士集》卷十三有《沧浪亭记》一文,描述其地环境之美有云:"一日,过郡学东,顾草木郁然,崇阜广水,不类乎城中。"又云:"前竹后水,水之阳又竹,无穷极。澄川翠干,光影会合于轩户之间,尤与风月为相宜。"

〔6〕吴越:五代时的十国之一,为钱镠所建,都于杭州,领土包括今浙江全省与江苏省的一部分。有国:占有国土,建立政权。

〔7〕广陵王:即钱元璙(liáo辽),钱镠之子,官苏州刺史,后封广陵郡王。吴中:今江苏吴县,春秋时为吴国都,古称吴中。这里即指苏州一带。

〔8〕治:修建。南园:钱元璙曾建金谷园以娱老,南园或即指金谷园。子城:大城所属的小城,即内城及附郭的瓮城或月城。

〔9〕外戚:帝王后妃的父兄子弟等姻亲。孙承祐:钱塘人,吴越王钱俶(chù触)纳其姊为妃。屡迁要职,曾官中吴军节度使。

〔10〕迨(dài代):等到。淮海纳土:吴越王钱俶于宋太宗太平兴国中以所辖十三州来献,投降宋朝。

〔11〕禅者:这里即指僧人。

〔12〕子美之构:指苏舜钦所建的沧浪亭。

〔13〕朝市:这里指朝廷。语本北齐颜之推《颜氏家训·勉学》:"及离乱之后,朝市迁革。"

〔14〕姑苏之台:也作姑胥台,在姑苏山上,故址在今江苏吴县西南,相传为吴王夫差所筑。

〔15〕五湖:即太湖,在今江苏省南部。

〔16〕太伯:或作"泰伯",周太王的长子。虞仲:即仲雍,周太王的次子。太伯、虞仲兄弟为让位给幼弟季历,避到荆蛮(今长江中下游一

带)地区,断发文身。太伯自号句吴,成为春秋时吴国的始祖;虞仲在太伯死后继位。

〔17〕阖闾(hé lǘ 合驴):或作"阖庐",春秋末年吴国国君,名光,初为吴国公子,派专诸刺杀吴王僚后自立为王。后与越国作战,受伤而死。夫差:阖闾之子,继位吴国国君,曾打败越王勾践,后又被勾践战败,国亡,自杀。

〔18〕子胥:即伍员,字子胥,春秋时楚国大夫伍奢的次子,为报父仇奔吴,任吴国大夫,助吴强盛,因劝谏吴王夫差不听,被迫自杀。种:即文种,字少禽,越国大夫,曾助越王勾践灭吴,后被迫自杀。蠡:即范蠡,字少伯,越国大夫,与文种一同助越灭吴,功成身退,改名陶朱公,经商致富。三人事分别见《史记·伍子胥列传》与《史记·越王勾践世家》。

〔19〕钱镠(liú 刘):字具美,五代时,乘军阀藩镇混战之机,攻占土地,建立吴越国。攘窃:抢夺、盗取。

〔20〕垂及四世:指吴越自钱镠开国,延续四代而亡。

〔21〕奢僭(jiàn 建):奢侈豪华,超越制度。

〔22〕释子:即佛教徒。这里指僧人文瑛。

〔23〕澌(sī 丝)然:消亡的样子。《礼记·曲礼下》:"庶人曰死。"汉郑玄注:"死之言澌也。"

〔24〕有在:指有某种精神存在。这里指苏舜钦的道德文章。

〔25〕吾徒:这里指与归有光同样的读书人。

《项思尧文集》序〔1〕

永嘉项思尧与余遇京师〔2〕,出所为诗文若干卷〔3〕,使余序之。思尧怀奇未试〔4〕,而志于古之文,其为书可传诵也。

盖今世之所谓文者难言矣。未始为古人之学[5],而苟得一二妄庸人为之巨子[6],争附和之以诋排前人[7]。韩文公云[8]:"李杜文章在[9],光焰万丈长。不知群儿愚[10],那用故谤伤!蚍蜉撼大树[11],可笑不自量!"文章至于宋、元诸名家[12],其力足以追数千载之上而与之颉颃[13];而世直以蚍蜉撼之[14],可悲也!无乃一二妄庸人为之巨子以倡道之欤[15]?

思尧之文,固无俟于余言,顾今之为思尧者少[16],而知思尧者尤少。余谓文章天地之元气[17],得之者,其气直与天地同流[18]。虽彼其权足以荣辱毁誉其人[19],而不能以与于吾文章之事[20];而为文章者亦不能自制其荣辱毁誉之权于己[21]:两者背戾而不一也久矣[22]。故人知之过于吾所自知者,不能自得也;己知之过于人之所知,其为自得也,方且追古人于数千载之上。太音之声[23],何期于《折杨》、《皇华》之一笑[24]!

吾与思尧言自得之道如此。思尧果以为然,其造于古也必远矣[25]。

《震川先生集》卷一

[1] 这篇文章写于嘉靖三十八年(1559),这一年归有光赴京七应礼部试下第,时年五十三岁。本文系为友人文集作序,但却是一篇阐明作者文学主张的论文。"后七子"的代表人物王世贞(1526—1590)在其《艺苑卮言》卷二认为"宋之文陋,离浮矣,愈下矣,元无文",归有光则针

锋相对,批评了这种一代不如一代的文学观,很有认识价值。项思尧(1522—1568),名文焕,字思尧,号孤屿山人,永嘉人,广东参政项乔(1494—1553)之子。屡试不第,抑郁以终。

〔2〕永嘉:即今浙江温州。项思尧卒后即葬于永嘉。京师:指明首都北京。

〔3〕所为诗文若干卷:项思尧著有《亦与堂稿》《自贵轩稿》《惊鸿集》等。

〔4〕怀奇未试:尚未获取功名的委婉说法。即虽怀抱奇才,却不能在科举考试中获得成功,从而发挥才干。

〔5〕古人之学:指古人写文章的法则与方法等,与时文八股的写作不同。

〔6〕苟得:随便、草率地得到。一二妄庸人:这里指"后七子"的复古主义领袖人物李攀龙与王世贞。李攀龙(1514—1570)主持海内文坛近二十年,论文认为父自西京以下、诗自天宝以下俱无足观,以继承"前七子"的复古主义文学主张自命,结社订盟,在当时很有影响。王世贞学识渊博,勤于著述,其文学主张早期与李攀龙大体相同,有"文必秦汉,诗必盛唐,大历以后书勿读"之论。李、王,俱详见本书小传。妄庸:狂妄而平庸。巨子:大师,首领。

〔7〕诋排:诋毁排斥。前人:这里指东汉以下的散文作者与唐以后的诗人。

〔8〕韩文公:即韩愈(768—824),字退之,唐河阳(今河南孟县)人。贞元八年(792)进士,官至吏部侍郎,卒谥"文",世称韩文公。他为文反对六朝骈俪之风,提倡散体,明人将他列为唐宋八大家之一。著有《韩昌黎集》。以下所引诗见《调张籍》。

〔9〕李杜:指唐代大诗人李白(701—762)与杜甫(712—770)。文章:指二人传世的诗歌创作。

〔10〕群儿:指唐代一些中伤贬毁李白、杜甫的人。

〔11〕蚍蜉(pí fú 皮浮):大蚂蚁。

〔12〕宋元诸名家:指欧阳修、苏轼、王安石、曾巩、虞集等文学家。

〔13〕追数千载之上:赶得上几千年以前。颉颃(xié háng 协杭):鸟飞上下的样子,引申为抗衡,不相上下。

〔14〕世:世人。直:竟然。以上议论针对王世贞《艺苑卮言》卷三所云:"西京之文实,东京之文弱,犹未离实也。六朝之文浮,离实矣。唐之文庸,犹未离浮也。宋之文陋,离浮矣,愈下矣。元无文。"

〔15〕"无乃"句:据说王世贞见此义后反驳说:"妄则有之,庸则未敢闻命。"归有光又以牙还牙说:"惟庸故妄,未有妄而不庸者也。"然而王世贞晚年对自己的文学主张已有修正,他为归有光画像作赞云:"千载有公,继韩欧阳。予岂异趋,久而始伤。"无乃,岂不是。倡道,即倡导。

〔16〕为思尧者少:意即像项思尧那样有"志于古之文"的人不多了。

〔17〕元气:精神。

〔18〕与天地同流:指文章不朽,可与天地同存。语本《孟子·尽心上》:"夫君子所过者化,所存者神,上下与天地同流,岂曰小补之哉?"

〔19〕彼其权:这里指王世贞等作为当时文坛领袖的地位。荣辱毁誉其人:赞赏使荣耀,诋毁使羞辱。《明史·王世贞传》:"其所与游者,大抵见其集中,各为标目。曰前五子者,攀龙、中行、有誉、国伦、臣也。后五子则南昌余曰德、蒲圻魏裳、歙汪道昆、铜梁张佳胤、新蔡张九一也。广五子则……续五子则……末五子则……其所去取,颇以好恶为高下。"

〔20〕不能以与于:不能用来干预。

〔21〕自制:自我掌握。

〔22〕两者:指对文章的荣辱毁誉之权与文章自身的价值。背戾(lì):对立,背离。

207

〔23〕太音之声:指美妙的音乐,雅音。

〔24〕何期:岂必期望。《折杨》、《皇华》之一笑:语本《庄子·天地》:"大声不入于里耳,《折杨》、《皇华》,则嗑然而笑。"意即高雅的声音,难以像民间俗曲那样获得俚俗人的喝彩。《折杨》、《皇华》,古代的俗曲名。一笑,这里是赞赏的意思。

〔25〕造于古:达到古人的水平。远:高远。

世美堂后记[1]

余妻之曾大父王翁致谦[2],宋丞相魏公之后[3]。自大名徙宛丘[4],后又徙馀姚[5]。元至顺间[6],有官平江者[7],因家昆山之南戴[8],故县人谓之南戴王氏。翁为人倜傥奇伟[9]。吏部左侍郎叶公盛[10],大理寺卿章公格[11],一时名德[12],皆相友善,为与连姻。成化初[13],筑室百楹于安亭江上[14],堂宇闳敞[15],极幽雅之致。题其扁曰"世美"。四明杨太史守阯为之记[16]。

嘉靖中[17],曾孙某以逋官物粥于人[18]。余适读书堂中。吾妻曰:"君在,不可使人顿有《黍离》之悲[19]。"余闻之,固已恻然。然亦自爱其居闲靓[20],可以避俗嚣也[21],乃谋质金以偿粥者[22];不足,则岁质贷[23]。五六年,始尽雠其直[24]。安亭俗皆窳而田恶[25]。先是,县人争以不利阻余。余称孙叔敖请寝之丘[26]、韩献子迁新田之语以为言[27],众莫不笑之。余于家事,未尝訾省[28]。吾妻终亦不以有无告,但督僮奴垦荒莱[29],岁苦旱而独收。每稻熟,先以为吾父母酒醴[30],乃敢尝酒。获二麦[31],以为舅姑羞酱[32],乃烹饪。祭祀、宾客、婚姻、赠遗无所失[33],姊妹之无依者悉来归,四方学者馆饩莫不得所[34]。有遘悯不自得者[35],终默默未尝有所言也。以余好书,故家有零落篇牍[36],辄令里媪访求,遂置书无虑数千卷[37]。

庚戌岁[38],余落第出都门[39],从陆道旬日至家。时芍药花盛开,吾妻具酒相问劳[40]。余谓:"得无有所恨耶?"曰:"方共采药鹿门[41],何恨也?"长沙张文隐公薨[42],余哭之恸,吾妻亦泪下,曰:"世无知君者矣[43]。然张公负君耳[44]!"辛亥五月晦日[45],吾妻卒。实张文隐公薨之明年也。

后三年,倭奴犯境[46],一日抄掠数过,而宅不毁,堂中书亦无恙。然余遂居县城,岁一再至而已。辛酉清明日[47],率子妇来省祭[48],留修圮坏[49],居久之不去。一日,家君燕坐堂中[50],惨然谓余曰:"其室在,其人亡[51],吾念汝妇耳。"余退而伤之。述其事,以为《世美堂后记》。

《震川先生集》卷十七

[1] 本文写于嘉靖四十年辛酉岁(1561),归有光时年五十五岁。世美堂原是归有光续弦王氏曾祖父的遗产,后归于作者。"世美堂"之扁额于起造之时即已题写,有将近百年的历史,当时的杨守阯太史已为此写有《世美堂记》,因而此文即以"后记"为题。归有光继配王氏于嘉靖十四年(1535)嫁至归家,年十八岁,知书识礼,与归有光同甘共苦十

209

有七年,卒于嘉庆三十年(1551)。对于王氏,归有光感情深厚,他曾写有《王氏画赞并序》一文,哀情无限地说:"余妻太原王氏,嘉靖三十年五月二十九日卒。余哀念之至,恨无善画者,因记唐人有云:'景暖风暄,霜严冰净',此为吾妻画也。"旧时代读书人科举仕途不得意,家庭的理解与慰藉就成为他们不可或缺的精神支持,此文可见一斑。

〔2〕曾大父:即曾祖父。王翁致谦:即长者王致谦。翁,本是对年长者的尊称,这里是对已故前辈人的敬称。

〔3〕魏公:即王旦,字子明,宋太平兴国间进士,宋真宗时擢知枢密院,为丞相之位。他长期为相,参与军国重事,很受倚重。卒后封魏国公,谥文正。《宋史》有传。

〔4〕大名:宋代大名府,治所在今河北大名以东。宛丘:治所在今河南淮阳。

〔5〕馀姚:今属浙江。

〔6〕至顺:元文宗年号(1330—1333)。

〔7〕平江:元代平江路,即今江苏苏州。

〔8〕昆山:在今江苏省东南部,邻接上海市。南戴:昆山东南永安乡有南戴村。

〔9〕倜傥(tì tǎng 替倘)奇伟:豪爽洒脱,奇异不凡。

〔10〕吏部左侍郎:吏部的副职官员,正三品。叶公盛:即叶盛(1420—1474),字与中,昆山人。正统十年(1445)进士,授兵科给事中,擢右参政,天顺时以右佥都御史巡抚两广,官至吏部左侍郎。卒谥文庄,有《箓竹堂集》《水东日记》等传世。《明史》有传。

〔11〕大理寺卿:明代中央主司法审判的机构大理寺的长官,正三品。章公格:即章格(1426—1505),字韶凤,号戒庵,常熟(今属江苏)人。景泰二年(1451)进士,历官南京工部主事、广东按察使、大理寺卿。

〔12〕名德:德高望重的人。

〔13〕成化:明宪宗朱见深的年号(1465—1487)。

〔14〕安亭江:安亭在今上海市嘉定区西南。归有光《畏垒亭记》:"自昆山城水行七十里,曰安亭,在吴淞江之旁。盖图志有安亭江,今不可见矣。"据此,这里"安亭江"当指安亭镇。

〔15〕闳(hóng 宏)敞:宽敞明亮。

〔16〕四明:宁波附近有四明山,故为宁波的别称。杨太史守阯(zhǐ止):即杨守阯(1436—1512),字维立,号碧川,宁波(今属浙江)人。成化十四年(1478)进士,累迁翰林侍读学士、南京吏部右侍郎,以尚书致仕。著有《碧川文选》、《浙元三会录》、《困学真闻录》等。《明史》有传。太史,明代对翰林院官员的尊称。

〔17〕嘉靖:明世宗朱厚熜的年号(1522—1566)。

〔18〕逋(bū 晡):拖欠、积欠。官物:官家物品、财产或公物。粥(yù遇):通"鬻",出售。

〔19〕顿:立时。黍离之悲:这里指祖传家产归于他人的悲伤。语本《诗·王风·黍离》:"彼黍离离,彼稷之苗。行迈靡靡,中心摇摇。知我者谓我心忧,不知我者谓我何求。"相传这是一首凭吊故国的诗歌,周室东迁后,周大夫行经西周故都镐京,见宗庙宫室均已毁坏,长了庄稼,不胜感慨,就写下此诗。后世多用"黍离"喻国家之沦亡或家园之破失。

〔20〕闲靓(jìng 静):幽静、美好。靓,通"静"。

〔21〕俗嚣:喧嚣,吵闹。

〔22〕质金:借款。质,以财物抵押。粥(yù 遇)者:卖主。

〔23〕质贷:典押借贷。

〔24〕雠(chóu 仇):偿还。直:通"值",价钱。

〔25〕俗呰窳(zǐ yǔ 子羽):民风懒惰。田恶:土地不肥沃。

〔26〕孙叔敖请寝之丘:春秋时,楚国的令尹孙叔敖在临死时嘱咐儿子说,如果楚王要给你们封地,那就请求封到寝之丘这个地方(又名沈

丘,今属河南),因为这个地方贫穷,不会有人争夺,可保长久。事见《史记·滑稽列传》。

〔27〕韩献子迁新田:春秋时的晋国决定迁都,众大夫们主张迁到郇瑕(xún xiá 寻霞)去(在今山西临猗西南),因为那里比较富庶。只有大夫韩厥(即韩献子)主张迁都到新田(在今山西曲沃西南)去,因为那里的百姓容易管理。晋君最后接受了韩厥的意见。事见《左传·成公六年》。以为言:用这些事例作为理由相告。

〔28〕訾省(zī xǐng 咨醒):计算、核查财物。

〔29〕僮奴:未成年的男仆。荒莱:即荒地。

〔30〕酒醴:酒与醴(甜酒)。语本《诗·周颂·丰年》:"丰年多黍多稌,亦有高廪,万亿及秭。为酒为醴,烝畀祖妣。"大意是:丰收之年打下粮食多,粮仓盖得大又高,藏贮数以亿万计,酿成各种酒,献与祖先品尝。

〔31〕二麦:指大麦、小麦。

〔32〕舅姑:古代称公公与婆婆。羞酱:美味的酱制品。

〔33〕赠遗(wèi 卫):这里指有礼品互赠的人际往来等。无所失:没有不周到之处。

〔34〕馆饩(xì 戏):居住之地与食物供应。

〔35〕遘(gòu 购)悯:指遇到不顺心的忧愁事。

〔36〕故家:传世久远的书香人家。零落篇牍:指零散的书籍等物。

〔37〕无虑:大约,总共。

〔38〕庚戌岁:即嘉靖二十九年(1550),这一年归有光四十五岁,上京会试,下第归。

〔39〕都门:指北京城门。

〔40〕问劳:问候,慰问。宋苏辙《龙川别志》卷下:"(张安道)至殿上,见一道人临阶而坐,往就之,相问劳已。"

〔41〕方共采药鹿门:指抛弃功名事,隐居不出仕。见《后汉书·逸

民传》所载庞公事。庞公是南郡襄阳人,与妻子相敬如宾,屡次拒绝刘表的征召,最后"遂携其妻子登鹿门山,因采药不反"。鹿门,山名,在今湖北襄阳东南。

〔42〕长沙张文隐公:即张治(1488—1550),字文邦,号龙湖,茶陵(今属湖南)人。正德十六年(1521)进士,累官南京吏部尚书,入为文渊阁大学士,进太子太保。他性格卞急而志意慷慨,喜奖进士类。卒谥文隐,后改谥文毅。有《龙湖文集》。薨(hōng 轰):古人用以称三品以上的大臣死亡。

〔43〕世无知君者矣:据归有光《卜瞿侍郎书》云,张治为应天府乡试主考,以未能取中归有光为恨,曾对客说:"吾为国得十三百人,不自喜;而以失一士为恨。"

〔44〕张公负君:据明王锡爵《明太仆寺寺丞归公墓志铭》云:"岁庚子,茶陵张文毅公考士,得其文,谓为贾、董再生,将置第一,而疑太学多他省人,更置第二,然自喜得一国士。"

〔45〕辛亥五月晦日:即嘉靖三十年(1551)农历五月三十日。晦日,农历每月的最末一天。按,归有光《王氏画赞并序》一文,记其妻王氏卒年为五月二十九日,此云晦日,干历法似不合。

〔46〕倭奴犯境:嘉靖三十三年(1554),夏四月,倭寇大举入侵昆山一带,生灵涂炭。倭奴,指当时的日本海盗,又称倭寇。

〔47〕辛酉:嘉靖四十年(1561)。清明日:农历二十四节气之一,约在公历的每年四月五日。该辛酉年的清明日在农历三月二十一日。

〔48〕省(xǐng 醒)祭:祭扫、察阅。

〔49〕圮(pǐ 痞):倒塌。

〔50〕家君:自己向人称自己的父亲。燕坐:闲坐。

〔51〕"其室在"二句:语本《诗·郑风·东门之墠》:"东门之墠,茹藘在阪,其室则迩,其人甚远。"后世常用作悼念亡者之词。

上万侍郎书[1]

居京师,荷蒙垂盼[2]。念三十馀年故知,殊不以地望逾绝而少变[3]。而大臣好贤乐善、休休有容之度[4],非今世之所宜有也[5]。有光是以亦不自嫌外,以成盛德高谊之名,令海内之人见之[6]。

有光晚得一第[7],受命出宰百里[8],才不逮志[9],动与时忤[10]。然一念为民,不敢自堕于冥冥之中[11],拊循劳来[12],使鳏寡不失其职[13]。发于诚然,鬼神所知。使在建武之世[14],宜有封侯爵赏之望[15]。今被挫诎如此[16],良可悯恻。流言朋兴[17],从而信之者十九,小民之情,何以能自达于朝廷?赖阁下桑梓连壤[18],所闻所见,独深知而信之。时人以有光徒读书无用,又老大,不能与后来英俊驰骋[19]。妄自测拟[20],不待问而自以为甄别已有定论矣[21]。夫监郡之于有司之贤不肖[22],多从意度[23],又取信于所使咨访之人。只如不睹其人之面,望其影而定其长短妍丑,亦无当矣。如又加以私情爱憎,又如所谓流言者,使伯夷、申徒狄复生于今[24],亦不免于世之尘垢[25],非饿死抱石,不能自明也。

昨者大计群吏[26],仅免下考[27]。今已见谓不能为吏,又使匍匐于州县[28],使益困迫而失其所性,辗转狼狈,不复能自振于群毁之中。夫以朝廷爱惜人才,当使之无失其所。

如有光垂老,不肯自摧挫[29],以求进于天子之科目[30],至三十年而不退却[31]。一旦得之,使之从百执事[32],齿于下列[33]。不敢望公孙丞相、桓少傅[34],仅如冯都尉白首郎署[35],亦足以少答天下之士弹冠振衣愿立于朝之志矣[36]。今之时,独贵少俊耳[37]。汉李太尉尝荐樊英等[38],以为"一日朝会[39],见诸侍中并皆年少[40],无一宿儒大人可以备顾问者[41]",怅然为时惜之。有光顾何敢自列于昔贤之所荐,而"番番良士,膂力既愆,我尚有之"[42],以为国家用老成长厚之风,此亦当今公卿大臣之所宜留意者也。

有光今已摧残至此。夫士之所负者气耳[43],于其气之方盛,自以古人之功业不足为;其稍歉,则犹欲比肩于今人[44];其又歉,则视今人已不可及矣。方其久诎于科试[45],得一第为州县吏,已为逾分;今则顾念养生之计,欲得郡文学[46],已复不可望。计已无聊,当引而去之[47]。譬行舟于水,值风水之顺快,可以一泻千里;至于逆浪排天,篙橹俱失,前进不止,未有不没溺者也。不于此时求住泊之所,当何所之乎?

兹复有渎于阁下者[48],自以禽鸟犹爱其羽,修身洁行,白首为小人所败。如此人者[49],不徒欲穷其当世之禄位[50],而又欲穷其后世之名,故自托于阁下之知。得一言明白,则万口不足以败之。假令数百人见誉,而阁下未之许,不足喜也;假令数百人见毁,而阁下许之,不足惴也[51]。故大人君子一言,天下后世以为准。有光甘自放废[52],得从荀卿、屈原之后矣[53]。

今兹遣人北上[54],为请先人敕命及上解官疏[55],并道所以。轻于冒渎[56],无任惶悚[57]。不宣[58]。

《震川先生集》卷六

　　[1] 这封自我陈情的书信,约写于隆庆二年(1568),归有光时年六十二岁。归有光九上春官,年逾花甲才考中三甲第一百四十二名进士,任湖州长兴县令。在长兴任上,归有光兢兢业业为民理事,却得罪了当地豪绅,立身不牢,改官顺德,明为升迁,实则以文士掌马政,其间屈辱之情不言而喻。这封向万侍郎申辩之书,呼吁上位者主持正义,情辞恳切,又不自降身分,的确是大手笔。万侍郎,即万士和(1516—1586),字思节,号履庵,宜兴(今属江苏)人。嘉靖二十年(1541)进士,历官山东按察使、右副都御史,隆庆初,进户部右侍郎,总督仓场,归有光称之为万侍郎,本此。万士和后以南京礼部尚书致仕,赠太子少保,卒谥文恭,有《履庵集》。《明史》有传,称其"奉职勤虑,异夫依阿保位之流"。

　　[2] 荷(hè 贺)蒙:承蒙。垂盼:看重的意思。古代书信客套语。

　　[3] 殊:副词,竟。地望逾绝:家族名望与仕宦地位相差悬殊。

　　[4] 休休有容:语本《尚书·秦誓》:"其心休休焉,其如有容。"后世即以形容君子宽容而有气量。

　　[5] 非今世之所宜有:不是今天所能随便遇到的,意即万侍郎有古贤大臣之风。

　　[6] 海内:国境之内,即全国。古人认为我国疆土四面临海,故称。

　　[7] 晚得一第:指嘉靖四十四年(1565),归有光考中三甲进士,时已年近六十岁。

　　[8] 出宰百里:指出仕长兴(今属浙江)县令一事。百里,县的代

称,语本《汉书·百官公卿表上》:"县大率方百里。"

〔9〕才不逮(dài 代)志:才干赶不上志向,即志大才疏。

〔10〕动与时忤(wǔ 五):常常与时代风气格格不入。

〔11〕冥冥之中:指懵懂无知的境地。

〔12〕拊(fǔ 府)循:安抚,抚慰。语本《荀子·富国》:"垂事养民,拊循之,唲呕之。"劳来(lào lài 涝赖):用恩德招之使来。语本《诗·小雅·鸿雁序》:"万民离散,不安其居,而能劳来还定,安集之。"

〔13〕鳏(guān 观)寡:老而无妻曰鳏,老而无夫曰寡。这里指丧失劳动力而又独居无依靠的人。职:指正常的生活及常业。《管子·明法解》:"孤寡老弱,不失其所职。"

〔14〕建武之世:指汉光武帝刘秀的时代。建武,东汉光武帝的年号(25—56)。

〔15〕封侯爵赏之望:得到封侯并赏赐爵位的希望。据《后汉书·卓茂传》载,卓茂,字子康,为人不好争。曾为密县县令,以礼义治民,几年以后,教化大行,道不拾遗。更始帝立,以卓茂为侍中祭酒,以年老乞归。建武元年:"时光武初即位,先访求茂,茂诣河阳谒见。乃下诏曰:前密令卓茂,束身自修,执节淳固,诚能为人所不能为。夫名冠天下,当受天下重赏,故武王诛纣,封比干之墓,表商容之闾。今以茂为太傅,封褒德侯,食邑二千户,赐几杖车马,衣一袭,絮五百斤。"卓茂受封赠时年已七十馀岁,这里归有光即以卓茂自喻。

〔16〕挫诎(chù 触):摧挫贬黜。

〔17〕朋兴:群起,蜂起。

〔18〕阁下:古代多用于对尊显者的敬称。桑梓(zǐ 紫)连壤:归有光的故乡昆山属苏州府,万侍郎的故乡宜兴属常州府,两府相邻,故曰"接壤"。古人于住宅旁常种植桑树与梓树,后遂以桑梓代故乡。

〔19〕后来英俊:指才智卓越的年轻官员。

217

〔20〕测拟:揣测推想。

〔21〕甄别:这里指审核官吏的行状资历而分别去留。

〔22〕监郡:秦汉御史,外督州郡,称为监郡。这里系明代监察御史的代称。有司:官吏。古代设立官职,各有所司,故称。不肖:不成材者或不贤之人。

〔23〕意度(duó夺):主观推测,想象。

〔24〕伯夷:商孤竹君之子,因不愿继承王位,与弟叔齐一起逃到周国。武王伐纣灭商后,二人又耻食周粟,逃到首阳山采薇而食,一同饿死于山中。古人将伯夷作为高尚守节的典型人物。《史记》有传。申徒狄:商朝末年人,相传因不忍见商纣王之乱国,抱石投河而死。战国楚屈原《九章·悲回风》:"望大河之洲渚兮,悲申徒之抗迹。"

〔25〕世之尘垢:指世俗的诬陷造谣,使蒙不洁。

〔26〕大计:明代考核外官的制度称大计,每三年举行一次。《明史·选举三》:"自弘治时,定外官三年一朝觐,以辰、戌、丑、未岁,察典随之,谓之外察。州县以月计上之府,府上下其考,以岁计上之布政司。至三岁,抚、按通核其属事状,造册具报,丽以八法(即贪、酷、浮躁、不及、老、病、罢、不谨)。而处分察例有四(即称职、平常、不称职、贪污阘茸),与京官同。明初行之,相沿不废,谓之大计。"

〔27〕下考:代指不称职。

〔28〕匍匐于州县:指任顺德通判掌管马政。

〔29〕自摧挫:自暴自弃。

〔30〕天子之科目:指科举考试。《明史·选举二》:"科目者,沿唐、宋之旧,而稍变其试士之法,专取四子书及《易》、《书》、《诗》、《春秋》、《礼记》五经命题试士。"

〔31〕至三十年而不退却:归有光从嘉靖十九年(1540)中举之后,八次赴京会试皆下第,直至嘉靖四十四年(1565)才考中三甲第一百四

十二名进士。这里说"三十年"是取其成数。

〔32〕百执事:即百官。《尚书·盘庚下》:"邦伯、师长、百执事之人,尚皆隐哉。"

〔33〕齿于下列:指被任命为长兴知县。明清进士以入翰林院为上选,留任京官次之,外放知县等为下等。

〔34〕公孙丞相:即公孙弘(前200—前121),字季,汉薛县(今属山东)人。少时为狱吏,四十馀岁学《春秋》杂说,六十岁征以贤良为博士,历官御史大夫,拜丞相,封平津侯。《史记》有传。桓少傅:即桓荣,字春卿,东汉沛郡龙亢(今安徽怀远)人,少家贫,通《尚书》,教授徒众数百人。汉光武帝时拜议郎,累迁太子少傅,迁太常,封关内侯。《后汉书》有传。

〔35〕冯都尉:即冯唐,汉文帝时为中郎署长,因年高,文帝曾惊问:"父老何自为郎?"升为车骑都尉。汉武帝初年,举贤良,冯唐时已九十馀岁,不能为官。《史记》、《汉书》皆有传。

〔36〕弹冠振衣:整洁衣冠。语本《楚辞·渔父》:"新沐者必弹冠,新浴者必振衣。"后多以喻将要出仕。《后汉书·李固传》:"是以岩穴幽人,智术之士,弹冠振衣,乐欲为用,四海欣然,归服圣德。"愿立丁朝:指愿在朝为官。

〔37〕少俊:少年英俊。

〔38〕李太尉:即李固(94—147),字子坚,东汉汉中南郑(今属陕西)人。历官荆州刺史、将作大匠、大司农、太尉、太傅等,直言敢谏,后为梁冀所害。《后汉书》有传。樊英:字季齐,东汉南阳鲁阳(今河南鲁山一带)人。习《京氏易》,明"五经",受业者四方而至。又善方术,屡召不起。汉顺帝时拜五官中郎将,以疾辞归。著《易章句》,世称樊氏学。年七十馀卒于家。《后汉书》有传。李固曾上疏汉顺帝,专讲人才的重要性,其中谈到顺帝初登大位即聘南阳樊英、江夏黄琼、广汉杨原、会稽贺

纯等人,待以大夫之位,予以充分肯定,并无推荐之事。此处作者或有误记。此后三句引文,亦见于李固疏中,事详《后汉书》本传。

〔39〕朝会:朝廷集会议事。

〔40〕侍中:汉代官名,为丞相属官,侍从皇帝左右,出入官廷,应对顾问。

〔41〕宿儒:修养有素的儒士。

〔42〕"番(pó婆)番"三句:语本《尚书·周书·秦誓》,大意是:白发苍苍的善良官员,体力已经衰了,我还能亲近亲近他们。番番,通"皤皤",老人发白的样子。愆(qiān牵):亏损。

〔43〕所负者气:依靠的血气。

〔44〕比肩:并列。

〔45〕诎(qū屈):受压抑。科试:这里即指科举考试。

〔46〕郡文学:即在府学或州中担任教职。据《明史·选举一》:"府设教授,州设学正,县设教谕,各一。"

〔47〕引而去之:这里指致仕,即退休。

〔48〕渎(dú毒):冒犯。

〔49〕此人:这里是作者自指。

〔50〕不徒:不独,不但。穷当世之禄位:指令归有光在现在的仕途上受到困窘。

〔51〕惴(zhuì赘):发愁而又害怕的样子。

〔52〕放废:放逐罢黜。

〔53〕荀卿:即荀子(前313？—前238),名况,战国赵人。年五十始游学于齐,三为稷下祭酒,因遭谗言而去齐适楚,春申君以为兰陵令,著书数万言,今传《荀子》三十二篇。持"性恶"说,死后即葬兰陵。《史记》有传。屈原:即屈平(前340？—前278),字原,又名正则,字灵均。楚怀王时任左徒、三闾大夫。因遭谗毁,遂于农历五月五日自投汨(mì觅)罗

江(在今湖南境内)而死。他是我国著名的爱国诗人,所作《离骚》有名于世。《史记》有传。

〔54〕今兹:今此,现在。

〔55〕请先人敕命:即归有光为其父母、妻子请求朝廷赐与荣誉性的官衔或称号。按明代制度,在职官员可以为祖父母、父母、妻子请求封号。归有光有《请敕命事略》一文,可参见。解官疏:请求辞职的奏疏。归有光有《乞致仕疏》一文,可参见。

〔56〕轻于冒渎:轻率地加以冒犯、亵渎。谦词。

〔57〕无任惶悚:不胜惶恐、恐惧。

〔58〕不宣:旧时书信结尾时的套语,即不一一细说。

唐顺之

唐顺之(1507—1560),字应德,一字义修,学者称荆川先生,武进(今江苏常州)人。嘉靖八年(1529)进士,历官翰林编修、吏部主事兼春坊右司谏,以言事削籍归,读书阳羡山中十馀年。倭寇侵扰大江南北,唐顺之以兵部职方郎中视师浙江,曾亲率兵船抗倭于海上,屡败倭寇。擢太仆少卿,加右通政,迁右佥都御史。嘉靖三十九年(1560),力疾泛海,卒于通州(今江苏南通)。崇祯中,追谥襄文。《明史》有传,称"顺之于学无所不窥,自天文、乐律、地理、兵法、弧矢、勾股、壬奇、禽乙,莫不究极原委……为古文,洸洋纡折有大家风"。后世将他视为唐宋派代表人物。著有《荆川先生文集》十七卷,辑有《文编》、《荆川稗编》等。

答茅鹿门知县二[1]

熟观鹿门之文,及鹿门与人论文之书,门庭路径[2],与鄙意殊有契合[3]。虽中间小小异同,异日当自融释[4],不待喋喋也[5]。至如鹿门所疑于我本是欲工文字之人,而不语人以求工文字者,此则有说[6]。

鹿门所见于吾者,殆故吾也,而未尝见夫槁形灰心之吾乎[7]?吾岂欺鹿门者哉!其不语人以求工文字者,非谓一切抹煞,以文字绝不足为也。盖谓学者先务[8],有源委本末之别耳[9]。文莫犹人,躬行未得[10],此一段公案姑不敢论[11]。只就文章家论之,虽其绳墨布置、奇正转折[12],自有专门师法,至于中一段精神、命脉、骨髓[13],则非洗涤心源、独立物表、具今古只眼者[14],不足以与此[15]。今有两人:其一人心地超然,所谓具千古只眼人也,即使未尝操纸笔呻吟[16],学为文章,但直据胸臆[17],信手写出,如写家书,虽或疏卤[18],然绝无烟火酸馅习气[19],便是宇宙间一样绝好文字;其一人犹然尘中人也[20],虽其专专学为文章[21],其于所谓绳墨布置,则尽是矣,然翻来复去,不过是这几句婆子舌头语[22],索其所谓真精神,与千古不可磨灭之见,绝无有也,则文虽工而不免为下格。此文章本色也。即如以诗为谕[23],陶彭泽未尝较声律[24],雕句文[25],但信手写出,便是宇宙间第一等好诗。何则?其本色高也。自有诗以来,其较声律、雕句文、用心最苦而立说最严者,无如沈约[26],苦却一生精力,使人读其诗,只见其捆缚龌龊[27],满卷累牍,竟不曾道出一两句好话。何则?其本色卑也。本色卑,文不能工也,而况非其本色者哉!且夫两汉而下,文之不如古者,岂其所谓绳墨转折之精之不尽如哉!秦、汉以前,儒家者有儒家本色[28],至如老庄家有老庄本色[29],纵横家有纵横本色[30],名家、墨家、阴阳家皆有本色[31]。虽其为术也驳[32],而莫不皆有一段千古不可磨灭之见。是以老家必不肯剿儒家之说,纵横必不肯借墨家之谈,各自其本色而鸣之为言。其所言者，其本色也，是以精光注焉[33]，而其言遂不泯于世[34]。唐、宋而下，文人莫不语性命[35]，谈治道[36]，满纸炫然[37]，一切自托于儒家。然非其涵养畜聚之素[38]，非真有一段千古不可磨灭之见，而影响剿说[39]，盖头窃尾[40]，如贫人借富人之衣，庄农作大贾之饰[41]，极力装做，丑态尽露，是以精光枵焉[42]，而其言遂不久湮废[43]。然则秦、汉而上，虽其老、墨、名、法、杂家之说而犹传[44]，今诸子之书是也；唐、宋而下，虽其一切语性命、谈治道之说而亦不传，欧阳永叔所见唐四库书目百不存一焉者是也[45]。后之文人，欲以立言为不朽计者[46]，可以知所用心矣。

然则吾之不语人以求工文字者，乃其语人以求工文字者也，鹿门其可以信我矣。虽然，吾槁形而灰心焉久矣，而又敢与知文乎？今复纵言至此，吾过矣，吾过矣。此后鹿门更见我之文，其谓我之求工于文者耶，非求工于文者耶？鹿门当自知我矣，一笑。

鹿门东归后，正欲待使节西上时得一面晤[47]，倾倒十年衷曲[48]；乃乘夜过此，不已急乎？仆三年积下二十馀篇文字债，许诺在前，不可负约，欲待秋冬间病体稍苏，一切涂抹[49]，更不敢计较工拙，只是了债。此后便得烧却毛颖[50]，碎却端溪[51]，兀然作一不识字人矣[52]。而鹿门之文，方将日进，而与古人为徒未艾也[53]。异日吾倘得而观之，老耄尚能识其用意处否耶[54]？并附一笑。

《荆川先生文集》卷七

〔1〕茅鹿门即茅坤(1512—1601),字顺甫,号鹿门。其生平详见本书作者小传。茅坤中进士后,曾先后任青阳、丹徒二县知县,此书即写于茅在丹徒任时,时为嘉靖二十三年(1544)。据《明史·茅坤传》云:"坤善古文,最心折唐顺之。"而唐顺之与知交论文,较少顾忌,故能挥洒自如,不拘形迹。作者强调"文章本色",意在反对"前七子"的复古摹拟之文风,符合文学发展规律,因而具有进步意义。作者语言通俗形象,论述层层剥笋,说服力强,其文风与其文学主张相映生辉,有相辅相成之妙。

〔2〕门庭路径:这里指文学主张与文学批评的方法。

〔3〕鄙意:谦词,称自己的意见。契合:投合。

〔4〕融释:融解消释,趋于相同。

〔5〕喋(dié 蝶)喋:多言。

〔6〕有说:有解释的必要。

〔7〕"鹿门所见于吾者"三句:语本《庄子·齐物论》:"南郭子綦隐机而坐,仰天而嘘,荅焉似丧其偶。颜成子游立侍乎前,曰:'何居乎?形固可使如槁木,而心固可使如死灰乎?今之隐机者,非昔之隐机者也。'子綦曰:'偃,不亦善乎,而问之也。今者吾丧我,汝知之乎……'"大意是:南郭子綦凭案而坐,仰头向天呼吸,如同精神已经脱离了身躯。颜成子游便问道:"你的躯体怎如同枯木,心怎如同一堆死灰呢?今天凭案的你,不像过去凭案的你啊。"子綦回答:"你问得好,今天我已经抛弃过去的旧我,你知道吗……"唐顺之用这一典故,意在表明:茅坤所了解的是早年"欲工文字"的旧我,而未尝理解求索"真精神"的新我。殆,乃。

〔8〕先务:最紧要的事。

〔9〕源委本末:先后顺序与主次。

〔10〕"文莫犹人"二句:语本《论语·述而》:"子曰:文,莫吾犹人也,躬行君子,则吾未之有得。"大意是:书本上的学问,大约我与别人差不多。亲身实践,我还没有成功(从杨伯峻《论语译注》说)。

〔11〕公案:有纠纷的事件,这里指后人对孔子上述言语的不同理解。如"莫",魏何晏注:"莫,无也。"(见《论语注疏》卷七)宋朱熹《四书章句》注"莫"云:"莫,疑辞。"对于"莫"的解释不同,就会影响对全句话的理解,所以作者说"姑不敢论"。

〔12〕绳墨:木工画直线用的工具,这里比喻写文章的规矩、法则。奇正:原为古时兵法术语,对阵交锋为正,设伏掩袭为奇。这里借喻文章的常轨与变化。

〔13〕精神命脉骨髓:比喻文章中最重要的东西。

〔14〕洗涤心源:将自家心性洗干净,意谓破除陈腐观念。物表:世俗之外。只眼:独特的见解。

〔15〕不足以与此:不能称作具有精神命脉骨髓。

〔16〕呻吟:诵读,吟咏。

〔17〕胸臆:内心,心中所想。

〔18〕疏卤(lǔ 鲁):这里是朴实真率的意思。

〔19〕烟火:指尘俗习气。酸馅习气:僧人素食,常食酸馅,故世常以"酸馅气"讥称僧人诗文所持的特有腔调或习气。宋叶梦得《石林诗话》卷中:"近世僧学诗者极多,皆无超然自得之气,往往反拾掇摹效士大夫所残弃。又自作一种僧体,格律尤凡俗,世谓之酸馅气。"

〔20〕尘中人:尘世中人。

〔21〕专专:用心专一。

〔22〕婆子舌头语:即"老婆舌头",谓人长于花言巧语,搬弄是非。

〔23〕谕:比喻。

〔24〕陶彭泽:即陶潜(365—427),一名渊明,字元亮,晋寻阳(今江西九江)人。曾为彭泽令,故称陶彭泽。有《陶渊明集》,《晋书》、《宋书》皆有传。较声律:追求声韵之美。

〔25〕雕句文:雕琢文句。陶潜的诗风自然朴素,质朴流畅,描写山

川田园之美最为擅长。

〔26〕沈约：字休文(441—513)，南朝宋武康(今浙江吴兴)人。历仕宋、齐、梁三朝，官至尚书令。他博通群籍，为诗讲究声律对仗，主四声八病之说，人称"永明体"。明人辑有《沈隐侯集》，《梁书》、《南史》皆有传。

〔27〕龌龊(wò chuò 卧辍)：器量局促、狭小。

〔28〕儒家：崇奉孔子学说的学派，西汉以后，在我国封建社会占有统治地位。主张德治、仁政，提倡礼乐、仁义。

〔29〕老庄家：指以老子和庄子为代表的道家学说，主张清静无为，崇尚自然。

〔30〕纵横家：战国时期以苏秦、张仪为代表的一批从事政治活动的谋士。苏秦主张合纵(即合崤山以东六国之力以抗秦)，张仪主张连横(即说六国以事秦)。后世因称依靠辩才进行政治活动者为纵横家。

〔31〕名家：战国时期以邓析、惠施、公孙龙等为代表的讲求正名辨义的一批文士。墨家：战国初由墨翟所创立的学派，讲求兼爱、贵俭、上贤等。阴阳家：战国时期以邹衍等为代表的提倡阴阳五行说的一个学派。

〔32〕驳：混杂不精纯。

〔33〕精光：风仪神采。

〔34〕泯(mǐn 敏)：消失。

〔35〕性命：中国古代哲学范畴，指万物的天赋与禀受。《易·乾》："乾道变化，各正性命。"这里主要指宋明理学。

〔36〕治道：治理国家的理念、措施。

〔37〕炫然：光彩耀眼的样子。

〔38〕涵养畜聚之素：指平时即对儒家思想具有一定的积累与修养。

〔39〕影响：仿效。剿(chāo 抄)说：抄袭他人的言论为己说。

〔40〕盖头窃尾:抄袭他人又要掩人耳目。

〔41〕大贾(gǔ古):大商人。

〔42〕枵(xiāo消):空虚。

〔43〕湮(yān淹)废:消失、废除。

〔44〕法:指法家,起源于春秋时的管仲、子产,发展于战国时的李悝、商鞅、申不害等人,主张以法治代替礼治,反对贵族特权。杂:指杂家,战国末至汉初折衷与糅合各家学说的学派,如《吕氏春秋》、《淮南子》即这一派的代表著作。

〔45〕欧阳永叔:即欧阳修(1007—1072),字永叔,号醉翁,又号六一居士,宋永丰(今属江西)人。官至枢密副使、参知政事。以文章著名,主张诗文革新,为唐宋八大家之一。《宋史》有传。唐四库书目百不存一:语本欧阳修《新唐书·艺文志序》:"自汉以来,史官列其名氏篇第,以为六艺九种七略,至唐始分为四类,曰经、史、子、集。而藏书之盛,莫盛于开元,其著录者五万三千九百一十五卷,而唐之学者自为之书者,又二万八千四百六十九卷。呜呼!可谓盛矣……然凋零磨灭……今著于篇,有其名而无其书者十盖五六也,可不惜哉。"这里说"百不存一",属极而言之。

〔46〕立言为不朽:语本《左传·襄公二十四年》:"太上有立德,其次有立功,其次有立言,虽久不废,此之谓不朽。"

〔47〕"鹿门"二句:是追忆前不久二人间事。使节,古代卿大夫聘于天子诸侯时所持符信。这里代指茅坤。茅坤在青阳知县任上因父丧返乡归安,上一句言"东归"者本此;服阕,茅坤将调任丹徒知县,丹徒在归安西北方向,言"西上"者本此。时唐顺之隐居阳羡山中,地处从归安至丹徒中途,可便道往访。

〔48〕倾倒:畅谈。衷曲:心事。

〔49〕一切:这里是"权且"的意思。涂抹:对自己写文章的谦词。

〔50〕毛颖：毛笔。语本唐韩愈《毛颖传》。

〔51〕端溪：砚。端溪，水名，在今广东高要东南，产砚石，制成者称端砚，为砚中之上品。

〔52〕兀然：浑然无知的样子。唐白居易《隐几》诗："兀然无所知。"

〔53〕未艾：未有止境。

〔54〕老耄（mào冒）：七八十岁的老人。这里有衰老的意思。

任光禄竹溪记[1]

余尝游于京师侯家富人之园[2]，见其所蓄，自绝徼海外奇花石无所不致[3]，而所不能致者惟竹。吾江南人斩竹而薪之。其为园，亦必购求海外奇花石，或千钱买一石、百钱买一花不自惜，然有竹据其间，或芟而去焉[4]。曰："毋以是占我花石地。"而京师人苟可致一竹，辄不惜数千钱。然才遇霜雪，又槁以死。以其难致而又多槁死，则人益贵之。而江南人甚或笑之曰："京师人乃宝吾之所薪。"呜呼！奇花石，诚为京师与江南人所贵。然穷其所生之地[5]，则绝徼海外之人视之，吾意其亦无以甚异于竹之在江以南。而绝徼海外，或素不产竹之地，然使其人一旦见竹，吾意其必又有甚于京师人之宝之者，是将不胜笑也[6]。语云[7]："人去乡则益贱，物去乡则益贵。"以此言之，世之好丑，亦何常之有乎？

余舅光禄任君治园于荆溪之上[8]，遍植以竹，不植他木。竹间作一小楼，暇则与客吟啸其中，而间谓余曰[9]："吾不能与有力者争池亭花石之胜，独此取诸土之所有，可以不劳力而蓊然满园[10]，亦足适也。因自谓竹溪主人，甥其为我记之。"

余以谓君岂真不能与有力者争，而漫然取诸其土之所有者？无乃独有所深好于竹，而不欲以告人欤？昔人论竹以为绝无声色臭味可好[11]，故其巧怪不如石，其妖艳绰约不如花[12]。孑孑然[13]，孑孑然，有似乎偃蹇孤特之士[14]，不可以谐于俗。是以自古以来知好竹者绝少。且彼京师人亦岂能知而贵之？不过欲以此斗富，与奇花石等尔。故京师人之贵竹，与江南人之不贵竹，其为不知竹一也。

君生长于纷华而能不溺乎其中[15]，裘马、僮奴、歌舞[16]，凡诸富人所酣嗜，一切斥去，尤挺挺不妄与人交[17]，凛然有偃蹇孤特之气，此其于竹必有自得焉。而举凡万物可喜可玩，固有不能间也欤[18]？然则虽使竹非其土之所有，君犹将极其力以致之，而后快乎其心。君之力虽使能尽致奇花石，而其好固有不存也。嗟呼！竹固可以不出江南而取贵也哉！吾重有所感矣[19]。

《荆川先生文集》卷十二

〔1〕任光禄，生平不详。光禄是官署名，明代设光禄寺，正职为光禄寺卿，从三品，"掌祭享、宴劳、酒醴、膳羞之事"（《明史·职官三》）。另设少卿、寺丞以及典簿、署丞等属官，皆可称"光禄"。另有散阶"光禄大夫"的称号，为文、武官从一品升授之阶。这篇散文借为任光禄的园林作记之机，议论横生，如同晋陶渊明之爱菊，宋周敦颐之爱莲，赋与竹一种

清高孤傲的人格精神,并从不同人对竹的不同态度说起,表明了一己的人生价值取向。晋人王徽之对竹有"何可一日无此君"的一往情深(见《世说新语·任诞》),宋苏轼更有"无肉使人瘦,无竹使人俗"的吟咏,这篇《任光禄竹溪记》也是古人一种精神追求的反映。

〔2〕京师:明代都城,即今北京。侯家:达官显贵之家。

〔3〕绝徼(jiào叫):极远的边塞之地。奇花石:奇花怪石。为古人园林所必有者。

〔4〕芟(shān山):割除。

〔5〕穷:彻底推求。

〔6〕不胜(shēng生)笑:笑不够。

〔7〕语云:犹"常言道"。

〔8〕荆溪:在今江苏南部,源出高淳,经溧阳,至宜兴入太湖。

〔9〕间(jiàn建):间或;得空时。

〔10〕翁(wěng滃)然:茂盛的样子。

〔11〕臭(xiù嗅)味:气味。可好(hào浩):值得喜爱。

〔12〕绰(chuò辍)约:柔婉美好的样子。

〔13〕孑(jié截)孑然:特出、独立的样子。

〔14〕偃蹇(yǎn jiǎn眼俭)孤特:高傲、独立不群。

〔15〕纷华:指繁华热闹的环境。湎:沉迷。

〔16〕裘马:轻裘肥马,比喻豪华的生活。语本《论语·雍也》:"赤之适齐也,乘肥马,衣轻裘。"僮奴:奴仆。

〔17〕挺挺:正直的样子。

〔18〕间(jiàn建):使隔离。

〔19〕重(zhòng众):甚。

书《秦风·蒹葭》三章后[1]

嘉靖戊申[2],秋七月二十五日夜,雷雨大作,万艘震荡。平明开霁[3],则河水增高四五尺矣。余与褚生泛小舠[4],如陈渡[5],临流歌啸[6],渺然有千里江湖之思[7]。因咏《秦风·蒹葭》三章,则宛如目前风景,而"所谓伊人"者,犹庶几见之[8]。

且秦时风俗,不雄心于戈矛战斗[9],则痒技于狝獀射猎[10]。至其声利所驱[11],虽豪杰亦且侧足于寺人、媚子之间[12],方以为荣而不知愧。其义士亦且沈酣豢养[13],与君为殉而不可赎[14]。盖靡然矜侠趋势之甚矣[15]。

而乃有遗世独立[16],澹乎埃壒之外若斯人者[17],岂所谓一国之人皆若狂[18],而此其独醒者欤[19]?抑亦以秦之不足与[20],而优游肥遁[21],若后来凿坏、羊裘之徒者[22],在当时固已有人欤?

余独惜其风可闻而姓名不著[23],不得与凿坏、羊裘之徒并列隐逸传[24]。然凿坏、羊裘之徒以其身而逃之,《蒹葭》"伊人"者乃并其姓名而逃之,此又其所以为至也[25]。

噫嘻!士固有不慕乎当世之荣,而亦何心于后世之名也哉?因慨然为之一笑,遂书以示褚生。

《荆川先生文集》卷十七

〔1〕《诗·秦风·蒹葭》:"蒹葭苍苍,白露为霜。所谓伊人,在水一方。溯洄从之,道阻且长。溯游从之,宛在水中央。 蒹葭萋萋,白露未晞。所谓伊人,在水之湄。溯洄从之,道阻且跻。溯游从之,宛在水中坻。 蒹葭采采,白露未已。所谓伊人,在水之涘。溯洄从之,道阻且右。溯游从之,宛在水中沚。"共三章,皆属"赋"的表现手法。有关"伊人"何所指,汉郑玄、唐孔颖达皆以为是熟悉周礼的贤士(见《毛诗正义》),宋朱熹则认为"犹言彼人也","然不知其何所指也"(见《诗集传》),今人注《诗》,多以此诗为恋歌,则"伊人"必与作者为异性。唐顺之写此读后感,意在表达对隐者的尊崇,这一心态是古代文人希图保持自我人格独立的反映,也有对社会不满的因子,宛转而言,兴寄高远,更耐人寻味。

〔2〕嘉靖戊申:即明世宗嘉靖二十七年(1548)。

〔3〕平明:黎明。开霁(jì 记):天放晴。

〔4〕褚生:唐顺之的弟子褚滔。舠(dāo 刀):小船。

〔5〕如:去往。陈渡:镇名,在武进西南。

〔6〕歌啸:歌吟长啸。

〔7〕江湖之思:退隐的想法。语本《南史·隐逸传》:"或遁迹江湖之上,或藏名岩石之下。"

〔8〕庶几:或许。

〔9〕戈矛战斗:语本《诗·秦风·无衣》:"岂曰无衣,与子同袍。王于兴师,修我戈矛,与子同仇。"全诗表现了春秋时期秦国人的尚武精神。

〔10〕痒技:同"技痒",表示身怀某种技艺而急欲一试的心理。猃(xiǎn 险)歇骄:语本《诗·秦风·驷驖》:"辀车鸾镳,载猃歇骄。"全诗描写秦君出猎。辀车,轻车;鸾镳,车铃与马嚼子;猃,长嘴巴的猎犬;歇骄:短嘴巴的猎犬。

〔11〕声利:名利。

〔12〕侧足:形容因畏惧而不敢正立。寺人:古代宫中的近侍小臣,多以阉人充任。《诗·秦风·车邻》:"未见君子,寺人之令。"媚子:君王的宠臣。《诗·秦风·驷驖》:"公之媚子,从公于狩。"

〔13〕义士:指春秋时秦国的良臣子车氏三人(《史记》作"子舆氏"),即奄息、仲行、鍼虎。据《史记·秦本纪》载,秦缪公(即秦穆公)卒,"从死者百七十七人,秦之良臣子舆氏三人名曰奄息、仲行、鍼虎,亦在从死之中。秦人哀之,为作歌《黄鸟》之诗"。沉酣豢养:指沉溺于秦王的供养。《史记·秦本纪》张守节《正义》引应劭云:"秦穆公与群臣饮酒酣,公曰:'生共此乐,死共此哀。'于是奄息、仲行、鍼虎许诺。及公薨,皆从死。《黄鸟》诗所为作也。"

〔14〕与君为殉而不可赎:语本《诗·秦风·黄鸟》:"彼苍者天,歼我良人。如可赎兮,人百其身。"殉,以人从葬。赎,用钱物或其他代价换回人身或抵押品。

〔15〕靡(mǐ 米)然:颓靡的样子。矜(jīn 斤)侠趋势:崇尚侠武,趋附权势。

〔16〕遗世独立:语本《楚辞·九章·橘颂》:"苏世独立,横而不流兮。"又宋苏轼《前赤壁赋》:"飘飘乎如遗世独立,羽化而登仙。"

〔17〕埃壒(ài 爱):尘土。《后汉书·班固传上》:"轶埃壒之混浊,鲜颢气之清英。"《文选》录班固《西都赋》作"埃堨"。

〔18〕一国之人皆若狂:语本《礼记·杂记下》:"子贡观于蜡。孔子曰:'赐也乐乎?'对曰:'一国之人皆若狂,赐未知其乐也。'"

〔19〕独醒:语本《楚辞·渔父》:"举世皆浊我独清,众人皆醉我独醒。"

〔20〕抑:还是。不足与:不值得辅佐。

〔21〕优游:悠闲自得。肥遁:同"肥遯"。即退隐。语本《易·遯》:"上九,肥遯,无不利。"

〔22〕凿坏(péi培):《汉书·扬雄传》录扬雄《解嘲》:"故士或自盛以橐,或凿坏以遁。"颜师古注引应劭曰:"凿坏,谓凿颜阖也。鲁君闻颜阖贤,欲以为相,使者往聘,因凿后垣而亡。坏,壁也。"羊裘:用东汉严光不出仕的故事。据《后汉书·严光传》,严光,字子陵,曾与刘秀同游学。刘秀即皇帝位(即汉光武帝)后,严光乃变姓名,隐居不见。后齐国有人上言:"有一男子,披羊裘钓泽中。"光武帝遣使三聘之,严光始终未出仕。

〔23〕风:风范。

〔24〕隐逸传:正史中有专为隐士作传者,如《后汉书》有《逸民传》。

〔25〕至:极,最。

王慎中

王慎中(1509—1559),字道思,号遵岩居士,晚号南江,晋江(今属福建)人。嘉靖五年(1526)进士,历官户部主事、山东提学佥事、河南参政,以曾忤大学士夏言,于嘉靖二十年(1541)落职归里。王慎中与唐顺之同为"唐宋派"之领袖人物,有"王唐"之称。《明史》有传,称"慎中为文,初主秦、汉,谓东京下无可取。已悟欧、曾作文之法,乃尽焚旧作,一意师仿,尤得力于曾巩"。他的散文语华赡而意深长,卓然成家。有《遵岩集》四十一卷。

游清源山记[1]

登高望远,揽山水之奇变,娱耳目于清旷寥廓之表[2],而窅然失一世之混浊[3],天下之乐,宜无此逾者[4]。牛山之游美矣,而景公以之涕泣沾襟,不能自止[5];羊叔子登岘山以临汉水,至与参佐相语悲咽,怃然而罢[6],何情之反也?以景公之愚,眷然览齐国之富[7],恐其一旦忽然去之而死,而不得免其意之卑,而晏子笑其不仁[8],宜矣。叔子慨然顾其一时之功,爱而难忘,虑他日之易泯[9],抚当身之欢而不足以自慰,可谓贤者。其当乐而哀,以身为累,而不得尽悦生之性[10],亦何以异于不仁者之悲?

嗟乎！富贵之君侯，功名之卿士，穷天下之欲，无所不足。志满气盛，其多取于物而备享之以为快，何所不得。宜其兼得于山水，而牛山、岘首之胜[11]，反以出涕而兴嗟。彼其念富贵之可怀，而伤其不得久有；喜功名之甚，冀于垂永而患其无闻[12]，则虽左山右江，履崇峯而俯涛澜[13]，而不能有其乐，宁独不乐而已，且为之感慨而哀。孰知夫苍厓翠壁，发舒气象而凌薄光景[14]，亦导忧增戚之物也。当其戒具往游[15]，固以酣乎奢佚之骄羡[16]，倦乎勋伐之劳勤[17]，思取乐于山水之间以适耳目之娱。卒之求须臾之乐而不可得，岂非以其所都者厚与所挟之高[18]，起于濡恋矜顾而然耶[19]？富贵功名者之于山水，其果不得以兼取也。

清源山者，泉州之名山也[20]。余尝以暇日往游于其间，好事者往往撰肴酒跻山之颠[21]，就予而饮食之，因辄相命为游。攀援险绝，探讨幽窈[22]，极意所止，有从有否，不为吝也[23]。顾视其踽踽寂寥[24]，崎岖而盘桓[25]，何足以望牛山之傧从[26]，岘首之宾僚，然吾未尝不乐，而客之从者未尝不与吾同其乐也。以吾之早废于时[27]，习于富贵之日浅，而顽拙不适用，曾无秋毫之长可以挟而待后[28]，欲为濡恋而无所可怀，欲为矜顾而无所可喜，而山水之乐卒为吾有。吾虽困于世，于物无所多取，而独得之于此。彼富贵功名者，于天下之欲穷矣，而于天下之乐犹有所憾。然则吾之困非徒不以易千驷之君[29]，而炬赫震耀[30]，声烈被于江汉[31]，魁乎为一代之元卿者[32]，犹将藐乎其小如拳石寸木之在于兹山也。吾之所取,其亦不为少欤?既以语客,复记之如此。

《遵岩集》卷八

〔1〕清源山在今福建泉州市北六里许,又名北山、齐云山、泉山。山中奇石清泉,景色宜人,为闽南古今之游览胜地。这篇散文虽属游记,却无意于写景状物,而是以议论为主,将功名富贵与山水游乐视为对立之物,显然有不得志于时的怨望之情。联系文中"吾早废于时"之语,此文当作于王慎中罢归乡里以后。

〔2〕清旷:清朗开阔。《后汉书·仲长统传》:"欲卜居清旷,以乐其志。"寥廓:空旷深远。表:外面。

〔3〕窅(yǎo咬)然:深远的样子。混浊:这里比喻社会环境的肮脏、阴暗。

〔4〕此逾:即"逾此",宾语前置。

〔5〕"牛山"三句:语本《晏子春秋·谏上十七》:"(齐)景公游于牛山,北临其国城而流涕曰:'若何滂滂去此而死乎?'艾孔、梁丘据皆从而泣。晏子独笑于旁。公刷涕而顾晏子曰:'寡人今日之游悲,孔与据皆从寡人而涕泣,子之独笑何也?'晏子对曰:'使贤者常守之,则太公、桓公将常守之矣;使勇者常守之,则灵公、庄公将常守之矣。数君者将守之,则吾君安得此位而立焉?以其迭处之、迭去之,至于君也,而独为之流涕,是不仁也。不仁之君见一,谄谀之臣见二,此臣之所以独窃笑也。'"后也即以"牛山下涕"喻因人生短暂而悲叹。牛山,在今山东淄博市。景公,春秋时齐国君主,名杵臼,在位五十八年,好治宫室,聚狗马,厚赋重刑。

〔6〕"羊叔子"三句:语本《晋书·羊祜传》:"祜乐山水,每风景,必造岘山,置酒言咏,终日不倦。尝慨然叹息,顾谓从事中郎邹湛等曰:'自有宇宙,便有此山。由来贤达胜士,登此远望,如我与卿者多矣,皆湮没

无闻,使人悲伤。如百岁后有知,魂魄犹应登此也。'"羊叔子,即羊祜(221—278),字叔子,晋泰山南城(今山东费县西南)人,都督荆州诸军事达十年,有德政。岘(xiàn限)山,在今湖北襄阳南,又名岘首山,东临汉水。汉水,即汉江,源出陕西宁强,东南流经陕西南部、湖北西北和中部,于武汉市入长江,为长江最大支流。参佐,僚属,部下。怃(wǔ 五)然,怅然失意的样子。

〔7〕眷然:顾念依恋的样子。

〔8〕晏子:即晏婴(前?—前500),字平仲,春秋齐国夷维(今山东高密)人。相齐景公,名显诸侯。《史记》有传。

〔9〕泯(mǐn敏):消失。

〔10〕悦生:以人生为乐。

〔11〕胜:美景。

〔12〕冀:希望。

〔13〕崷崪(qiú zú 求卒):同"崷崒"。形容山势高峻。这里即指高山。

〔14〕发舒气象:使人的气度高昂。凌薄光景:感到光阴紧迫。

〔15〕戒具:这里指准备出游的器具。

〔16〕奢佚:骄奢放纵。骄羡:自负丰裕。

〔17〕勋伐:功绩。

〔18〕都:居,处于。

〔19〕濡(rú如)恋:沉溺迷恋。矜顾:矜持顾盼。

〔20〕泉州:在今福建东南沿海,晋江下游北岸。

〔21〕撰:备置。肴酒:即菜肴酒肉。跻(jī击):登。

〔22〕探讨:探幽寻胜。幽窈:深而幽静的幽僻之处。

〔23〕吝:遗憾。

〔24〕踽(jǔ举)踽:独行的样子。

239

〔25〕盘桓:曲折回绕。

〔26〕傧从:侍从的人。

〔27〕早废于时:指嘉靖二十年(1541)因忤大学士夏言而落职归里,作者时年三十三岁。

〔28〕挟(xié鞋):倚仗。待后:指日后发达。

〔29〕千驷之君:指齐景公。语本《论语·季氏》:"齐景公有马千驷,死之日,民无德而称焉。"千驷,四千匹马。

〔30〕烜(xuǎn选)赫:昭著、显赫。震耀:震耳耀目。

〔31〕声烈:也作"声列"。显赫的名望。江汉:指长江与汉水之间及其附近的一些地区。

〔32〕元卿:臣子中第一人。以上三句指羊祜。

送程龙峰郡博致仕序[1]

嘉靖二十三年[2],制当黜陟天下[3]。百司庶职报罢者凡若干人[4]。而吾泉州儒学教授程君龙峰[5],名在有疾之籍[6],当致其事以去[7]。

程君在学,方修废起坠[8],搜遗网失[9],以兴学成材为任。早作晏休[10],不少惰息[11],耳聪目明,智长力给[12]。非独其精爽有馀[13],意气未衰[14],至于耳目之所营注[15],手足之所蹈持[16],该涉器数[17],而周旋仪等[18],纤烦劳惫[19],莫不究殚胜举[20]。不知司枋者奚所考而名其为疾也[21]。

黜陟之典[22],固将论贤不肖[23],以驭废置[24]。人之有疾与否,则有名焉[25],贤不肖之论,非可倚此以为断也。况于名其为疾者,乃非疾乎! 人之贤不肖,藏于心术[26],效于治行[27],其隐微难见,而形似易惑[28],故其论常至于失实。非若有疾与否,可以形决而体定也。今所谓疾者,其失若此;则于贤不肖之论,又可知矣! 此余所以深有感也。

又有异焉[29]。古者宪老而不乞言[30]。师也者,所事也,非事人也,所谓以道得民者是也[31]。责其筋力之强束[32],课其骸骨之武健[33],是所以待猥局冗司之末也[34]。古之事师者,其饮食,于饭患其噎,于戴患其哽[35],而祝之也[36];其居处,于坐则有几,于行则有杖,皆所以事师,而修其辅羸摄疴之具[37],未闻以疾而罢之也。古之道,其不可行于今乎?

程君之僚[38],与其所教诸生[39],皆恨程君之去,谓其非疾也。余故论今之失,而及古之谊,使知程君虽诚有疾,亦不可使去也。

君去矣,敛其所学[40],以教乡之子弟[41],徜徉山水之间[42],步履轻翔[43],放饭决肉[44],矍铄自喜[45]。客倘有讶而问者:"君胡无疾也?"聊应之曰:"昔者疾,而今愈矣。"不亦可乎?

《遵岩集》卷十

[1] 郡博,又称郡博士,即府学学官。《明史·选举志一》:"府设教授,州设学正,县设教谕,各一。"程龙峰是泉州府学教授,生平不详。他在三年一次的"外察"中被定为"八法"中的"病"一类,当致仕(辞去官

职)。这篇赠序即为此事而写,从文中可知,程龙峰"耳聪目明",并无疾病,却被迫辞官,个中具体情况不详,但明代官场之黑暗也可见一斑。据《明史》本传,王慎中因得罪大学士夏言,也在考察官员中被定为"不谨"而致仕,年方三十三岁。同病相怜,自生感慨无限;无奈中出以诙谐之笔,更可见嬉笑怒骂皆成文章的妙处。

〔2〕嘉靖二十三年:即明世宗嘉靖甲辰(1544)。

〔3〕制:皇帝的命令。黜陟(chù zhì 触制)天下:明代考察外官的"外察"。据《明史·选举志三》:"自弘治时,定外官三年一朝觐,以辰、戌、丑、未岁,察典随之,谓之外察。州县以月计上之府,府上下其考,以岁计上之布政司。至三岁,抚、按通核其属事状,造册具报,丽以八法(即贪、酷、浮躁、不及、老、病、罢、不谨)。"黜陟,官吏的职位升降与致仕。

〔4〕百司:百官。庶职:普通官职。报罢:宣布罢职。

〔5〕泉州:明代泉州府,治所即今福建泉州市。儒学:明代府、州、县学又称儒学。《明史·选举志一》:"天下府、州、县、卫所,皆建儒学,教官四千二百馀员,弟子无算,教养之法备矣。"府学的教官,其正职称教授。

〔6〕有疾之籍:指被列入"八法"中"病"的名册中。

〔7〕致其事:辞官。即"致仕"。

〔8〕修废起坠:修整或振兴已荒废的事业。语本《汉书·五行志下》:"存亡继绝,修废举逸,下学而上达。"

〔9〕搜遗网失:搜寻网罗已散失的有关文献。

〔10〕早作晏(yàn 咽)休:早起晚息。

〔11〕惰怠:懒惰懈怠。

〔12〕智长(zhǎng 掌)力给(jǐ 挤):智能增强,精力充沛。

〔13〕精爽:精神。

〔14〕意气:志向与气概。

242

〔15〕营注:专注。

〔16〕蹈持:实践。

〔17〕该涉器数:博览古礼中礼器、礼数的种种规定。唐顺之《重修宜兴县学记》:"学校以教士而养之以礼、乐,以柔伏其速成躁进之心,使其终日从事于俎豆筐篚象勺干籥……如是耳目之所悦,而血气之所畅也。天机与器数相触而不自知,是以能终身安焉而不慕乎外上之人。"

〔18〕周旋仪等:交往应酬的各级礼仪。周旋,原指古代行礼时进退揖让的动作。《孟子·尽心下》:"动容周旋中礼者,盛德之至也。"这里引申为交际应酬。

〔19〕纤烦:细小或烦杂之事。劳惫(bèi 备):疲劳。

〔20〕究殚胜举:彻底查考,尽行实施。

〔21〕司枋(bǐng 柄)者:掌权者。枋,同"柄",权柄。奚:为何。考:古代考核官吏的业绩曰"考",其考语也称"考"。

〔22〕典:制度。

〔23〕不肖(xiào 笑):不成材。这里与"贤"对举。

〔24〕以驭废置:用来决定去留的原则。

〔25〕名:通"明",这里是辨明的意思。《释名·释言语》:"名,明也,名实使分明也。"

〔26〕心术:内心。

〔27〕效:表现。治行:施政的措施。

〔28〕形似:表面上近似。惑:迷惑。

〔29〕异:区别。

〔30〕宪老而不乞言:语本《礼记·内则》:"凡养老,五帝宪,三王有乞言。五帝宪,养气体而不乞言。"大意是:养老之礼,五帝时是效法老人的德行,三王时还有"乞言"之礼。五帝时效法老人,是为了让老人养他们的"气"与"体",因而不向他们乞言。宪,效法。乞言,古代帝王及其

嫡长子养一些德高望重的老人,以便向他们求教,称乞言。这一句意在讲尊师之礼。

〔31〕"师也者"四句:语本《礼记·文王世子》:"师也者,教之以事,而喻诸德者也。"又《荀子·性恶》:"夫人虽有性质美而心辩知,必将求贤师而事之,择良友而友之。得贤师而事之,则所闻者尧舜禹汤之道也。"以道得民,用自己的道德修养换取民心。

〔32〕责:要求。筋力:体力。强束:健壮结实。

〔33〕课:考核。骸(hái 孩)骨:身体。武健:勇武刚健。

〔34〕猥局冗司:指多馀而芜杂的官府衙门。末:地位卑微的官吏。

〔35〕胾(zì 字):切成大块的肉。哽:食物堵塞喉咙。

〔36〕祝:同"嘱"。嘱咐。

〔37〕辅羸(léi 雷)摄疴(kē 科):滋补衰弱,保养病体。具:器物。

〔38〕僚:同事。

〔39〕诸生:这里指泉州府学的生员(俗称秀才)。

〔40〕敛(liǎn 脸):聚集。

〔41〕乡之子弟:指程龙峰家乡中的学子。

〔42〕徜徉(cháng yáng 常羊):安闲自得的样子。

〔43〕轻翔:轻快。

〔44〕放饭决肉:大口吃饭与吃肉。语本《孟子·尽心上》:"放饭流歠,而无齿决,是知谓不知务。"又《礼记·曲礼上》:"濡肉齿决,干肉不齿决。"

〔45〕矍铄(jué shuò 决烁):形容老年人目光炯炯、精神健旺。

陆树声

陆树声(1509—1605),字与吉,号平泉,松江华亭(今属上海)人。嘉靖二十年(1541)进士,历官南京国子祭酒、礼部尚书,卒赠太子太保,谥文定。《明史》有传,称:"树声端介恬雅,翛然物表,难进易退。通籍六十馀年,居官未及一纪。"陈继儒《陆文定公传》称其"文章原本理学,几邃于《易》。谈笑题咏,必关于世教,或时以二氏微澜助之"。有《陆文定公集》二十六卷。

苦竹记[1]

江南多竹,其民习于食笋。每方春时,苞甲出土[2],头角茧栗[3],率以供采食,或蒸瀹以为汤茹[4],介茶荈以充馈[5]。好事者目以为清嗜[6],不靳方长[7],故虽园林丰美,复垣重扃[8],主人居常爱护;及其甘于食之也,剪伐不顾。独其味苦而不入食品者,笋常全。每当溪谷岩陆之间,散漫于地而不收者,必弃于苦者也。而甘者至取之或尽其类。然甘者近自戕,而苦者虽弃,犹免于剪伐。夫物类尚甘,而苦者得全。世莫不贵取贱弃也,然亦知取者之不幸,而偶幸于弃者,岂庄子所谓"以无用为用者"比耶[9]?

予廨舍之西南隅[10],有竹丛生,出败甓间[11],既非处于复垣重扃,仅比于溪谷岩陆散漫无收者,而不虞于剪伐[12],以其全于苦也。而过者方以苦竹藐之。予读《庄子》,适有味其言也,感而为之记。

《陆文定公集》卷十四

〔1〕庄子是古代具有辩证法的思想家,在《庄子·逍遥游》中即有"无所可用,安所困苦"的认识;而在《庄子·人间世》中,这一认识又得到了进一步的深化。如:"是不材之木也,无所可用,故能若是之寿。""山木自寇也,膏火自煎也。桂可食,故伐之;漆可用,故割之。""人皆知有用之用,而莫知无用之用。"陆树声这篇散文即会心于《庄子》思想而撰写的,所记苦竹与《庄子》中的栎木、栎社树、支离疏因无用而得终天年,毫无二致。如果联系作者一生恬淡仕宦,且能活到将近百岁的年纪,应该说,陆树声堪称为《庄子》的真正解人。

〔2〕苞甲:竹笋初生时的芽。

〔3〕茧栗:原形容牛角初生时,其形如茧似栗。这里形容笋尖初生时的形状。

〔4〕蒸瀹(yuè月):蒸煮。汤茹:带汤汁的菜。

〔5〕介:佐助。茶荈(chuǎn喘):即茶茗。早采者为茶,晚取者为荈。馈(kuì愧):食物。

〔6〕好事者:这里指有口腹之欲的人。清嗜:超越凡俗的嗜好。

〔7〕靳:吝惜。

〔8〕复垣(yuán元)重扃(jiǒng窘):重叠的护墙与门户。

〔9〕庄子:即庄周(前369—前286),战国时宋国蒙人。曾为漆园吏,著有《庄子》十馀万言,尊老子而斥儒墨,为文汪洋恣肆。《史记》有传。有关"无用"与"有用"的辩证认识,在《庄子》中有多处体现,除注

〔1〕中提到者外,《庄子·外物》也有"然则无用之为用也亦明矣"之语。

〔10〕 廨舍(xiè shè 卸涉):官署。西南隅(yú 鱼):西南角。

〔11〕 败甓(pì 僻):碎砖。

〔12〕 不虞:不提防。

茅 坤

茅坤(1512—1601),字顺甫,号鹿门,归安(今浙江湖州市)人。嘉靖十七年(1538)进士,历知青阳、丹徒二县,迁礼部主事、广西兵备佥事、大名兵备副使,以事废归。《明史》有传,称:"坤善古文,最心折唐顺之。顺之喜唐、宋诸大家文,所著文编,唐、宋人自韩、柳、欧、三苏、曾、王八家外,无所取,故坤选《八大家文钞》。其书盛行海内,乡里小生无不知茅鹿门者。"编有《唐宋八大家文钞》一百六十四卷,著《茅鹿门先生文集》三十四卷。另有今人点校本《茅坤集》,浙江古籍出版社1993年出版。

《韩文公文钞》引[1]

魏、晋以后[2],宋、齐、梁、陈迄于隋、唐之际[3],孔子六艺之遗[4],不绝如带矣[5]。昌黎韩退之崛起德、宪之间[6],泝孟轲、荀卿、贾谊、晁错、董仲舒、司马迁、刘向、扬雄及班掾父子之旨而揣摩之[7]。于是时,誉者半,毁者半,独柳宗元、李翱、皇甫湜、孟郊二三辈相与游从[8],深知而笃好之耳[9]。何则?于举世聋聩中而欲独以黄钟大吕铿锵其间[10],甚矣其难也!

又三百年而欧阳公修、苏公轼辈相继出[11],始表章之[12],而天下之文复趋于古。嗟乎!隋、唐之文,其患在靡而弱[13],而退之之出而振之,固已难矣。乃若近代之文,其患在剿而赝[14],有志者苟欲出而振之,而其为力也,不尤戛戛乎其难矣哉[15]!要之,必本乎道而按古六艺者之遗[16],斯之谓古作者之旨云尔。

予故于汉西京而下[17],八代之衰[18],不及一人也。首揭昌黎韩文公愈[19],录其表、状九首,书、启、状四十六首,序三十三首,记、传十二首,原、论、议十首,辩、解、说、颂、杂著二十二首,碑及墓志、碣铭五十二首,哀辞、祭文、行状八首,厘为十六卷[20]。昌黎之奇,于碑、志尤为巉削[21]。予窃疑其于太史迁之旨或属一间[22],以其盛气搯抉[23],幅尺峻而韵折少也[24]。书、记、序、辩、解及他杂著,公所独倡门户,譬则达磨西来[25],独开禅宗矣[26]。

《茅鹿门先生集》卷七

〔1〕唐宋八大家之称,最早由明初人朱右提出,唐顺之后有《文编》之选,自周迄宋,于唐宋两代只取朱右所订之八家。茅坤论文心折唐顺之,所以又继之编选了《唐宋八大家文钞》一六四卷,并写有《八大家文钞总序》一文,阐明宗旨。《韩文公文钞》乃其《唐宋八大家文钞》中的第一种,共十六卷。韩文公即唐代文学家韩愈(768—824),字退之,河阳(今河南孟县)人,郡望昌黎,世称韩昌黎;又因晚年官吏部侍郎,又称韩吏部;卒谥文,后人又尊称韩文公。他与柳宗元等人提倡古文,形成唐代古文运动,影响深远。茅坤就认为孔子的六艺之旨中断于魏晋,至韩愈始出而振之,令文章统绪得以传承。这一认识与其《八大家文钞总序》

中的议论是一致的,其用心在于反对当时文坛盛行的"前七子"的"剿而赝"的拟古之风,自有其进步意义。"引"就是序。

〔2〕魏:三国曹魏政权(220—265)。晋:司马氏政权(265—419),分西晋、东晋。

〔3〕宋:南朝刘宋政权(420—479)。齐:南朝萧齐政权(479—502)。梁:南朝萧梁政权(502—557)。陈:南朝陈政权(557—589)。迄(qì 气):到。隋:北周相国杨坚受周禅而建(581—618)。唐:隋大丞相李渊迫隋恭帝禅位而建(618—907)。

〔4〕六艺之遗:这里指儒家的六经,即《礼》、《乐》、《书》、《诗》、《易》、《春秋》,其中《乐》早佚。《史记·滑稽列传》:"孔子曰:六艺于治一也。《礼》以节人,《乐》以发和,《书》以道事,《诗》以达意,《易》以神化,《春秋》以义。"

〔5〕不绝如带:形容后继者稀少,几乎断绝。语本《史记·袁盎晁错列传》:"方吕后时,诸吕用事,擅相王,刘氏不绝如带。"

〔6〕昌黎韩退之:即韩愈。德:唐德宗李适(742—805),有建中、兴元、贞元三个年号。宪:唐宪宗李纯(778—820),年号元和。

〔7〕泝(sù 塑):由下向上推求。孟轲:即孟子(前372—前289),名轲,字子舆,战国邹人。继承孔子学说,在儒家中地位仅次于孔子。有《孟子》。荀卿:即荀子(前313?—前238),名况,学者尊称荀卿,战国赵人。学尊孔子,但主张"性恶说",与孟子"性善说"相反。有《荀子》。贾谊:世称贾生或贾太傅(前200—前168),汉洛阳人。汉文帝时召为博士,迁太中大夫,出为长江王太傅、梁怀王太傅而卒。其学以儒家为主,间杂法家与黄老之说,散文有纵横家之风。有《贾长沙集》。晁错:西汉学者、散文家(前200?—前154),颍川(今河南禹州)人。历官太子家令、御史大夫,吴楚七国乱时被杀。《汉书·艺文志》将其文三十一篇列入法家类,多佚。其文以奏疏著名。董仲舒:西汉思想家、文学家(前

250

179—前104），广川（今河北景县）人。汉武帝时被举为贤良文学，后辞官以著书为事。其学以儒家思想为中心，杂取阴阳五行之说，倡"独尊儒术，罢黜百家"，为汉武帝采纳，开以后两千年以儒学为正宗的局面。有《春秋繁露》八十二篇。司马迁：字子长（前135？—前87？），西汉史学家、文学家，左冯翊夏阳（今陕西韩城）人。汉武帝时任太史令，因李陵事受宫刑，出狱后任中书令，完成《史记》，对中国史学与文学影响深远。刘向：字子政（前79—前8），西汉学者、文学家，官至中垒校尉。擅辞赋，撰有《新序》、《说苑》、《别录》等，其散文对唐宋古文家有一定影响。扬雄：字子云（前53—18），西汉学者、辞赋家，成都（今属四川）人。历官给事黄门郎。擅长辞赋，著《法言》、《太玄》等，主张宗经、征圣，对后世刘勰、韩愈颇有影响。班掾（yuàn院）父子：指班彪、班固父子。班彪（3—54），字叔皮，东汉史学家、文学家，扶风安陵（今陕西咸阳）人。仕汉光武帝为望都长，著有《史记后传》。班固（32—92），字孟坚，东汉辞赋家、史学家，班彪之子。曾随大将军窦宪征匈奴，为中护军，因受牵连入狱，死于狱中。著有《两都赋》与《汉书》。掾，为官府中佐助官吏的通称。揣摩：研究，玩味。《新唐书·韩愈传》：（愈）每言文章自汉司马相如、太史公、刘向、扬雄后，作者不世出，故愈深探本元，卓然树立，成一家言。"

〔8〕柳宗元：字子厚（773—819），唐河东（今山西永济西）人。唐德宗贞元九年（793）进士，历官礼部员外郎、永州司马、柳州刺史。他是唐代著名思想家、文学家，与韩愈共倡古文运动。今人有整理本《柳宗元集》，新、旧《唐书》有传。李翱：字习之（774—836），唐陈留（今河南开封东南）人。唐德宗贞元十四年（798）登进士第，历官中书舍人、户部侍郎。他从师韩愈，为中唐著名古文家，新、旧《唐书》有传。皇甫湜（shí实）：字持正（777？—835？），唐新安（今浙江淳安）人。唐宪宗元和元年（806）进士，官至工部郎中。师从韩愈，但文章奇僻险奥，有《皇甫持正集》六卷。孟郊：字东野（751—814），唐武康（今浙江德清）人。唐德宗

贞元十二年(796)进士,历官兴元军参谋、大理评事。其性孤直,受到韩愈称赏。新、旧《唐书》有传。游从:交往。

〔9〕笃(dǔ 睹)好:极为亲善。

〔10〕聋聩(kuì 溃):耳聋或天生的聋子。比喻愚昧无知。黄钟大吕:黄钟为我国古代音乐十二律中六种阳律的第一律,大吕为十二律中六种阴律的第四律,连用表示音乐或文辞庄严、正大、和谐、高妙。铿锽(kēng hōng 坑轰):这里形容文词铿锵有力。

〔11〕欧阳公修:即欧阳修(1007—1072),字永叔,号醉翁,又号六一居士,吉州永丰(今属江西)人。北宋政治家、文学家,宋仁宗天圣八年(1030)进士,历官滁州太守、参知政事、兵部尚书。他是唐宋八大家之一,北宋诗文革新运动领袖,继承了韩愈古文运动的精神,其散文对后世影响深远。有《欧阳文忠公集》。《宋史》有传。苏公轼:即苏轼(1037—1101),字子瞻,一字和仲,号东坡居士,眉州眉山(今属四川)人。北宋文学家、书画家。宋仁宗嘉祐二年(1057)进士,历官中书舍人、翰林学士、出知杭州、扬州、定州等地,被贬惠州、儋州,遇赦卒于常州。他是唐宋八大家之一,文学成就巨大,影响广泛。今人整理有《苏轼文集》、《苏轼诗集》。《宋史》有传。

〔12〕表章:同"表彰"。苏轼《潮州韩文公庙碑》称颂韩愈"文起八代之衰,而道济天下之溺"。

〔13〕靡而弱:指文章浮华,缺少骨力。

〔14〕剿(chāo 抄)而赝(yàn 验):因袭古人,缺乏真实情感。这里主要指明代"前七子"的复古主义文风。

〔15〕戛(jiá 颊)戛:艰难的样子。语本韩愈《答李翊书》:"惟陈言之务去,戛戛乎其难哉。"

〔16〕按:遵照。

〔17〕汉西京:即西汉。西汉建都长安,东汉改都洛阳,因称长安为

西京,洛阳为东京。

〔18〕八代:指西汉以后的东汉、魏、晋、宋、齐、梁、陈、隋八个朝代。衰:这里指文风疲弱。

〔19〕揭:举出。

〔20〕厘:整理。

〔21〕巉削:这里形容才华出众。

〔22〕或属一间(jiàn 建):有的还存在一些距离。一间,相距极近。

〔23〕搯抉(tāo jué 掏决):掏出,发露。

〔24〕幅尺:原指布帛宽度,这里指文字的尺度与分寸的把握。峻:猛烈。韵折:指文章委婉的风致。

〔25〕达磨:也作"达摩",即"菩提达摩"的省称,天竺高僧,于南朝梁普通元年(520)入中国,梁武帝迎至建康,后又渡江往北魏,住嵩山少林寺,面壁九年而化,被尊为中国禅宗的初祖。

〔26〕禅宗:佛教宗派名,其名称始于唐代,尊达摩为初祖,至五世弘忍门下,又分为北宗神秀(主渐悟说)与南宗慧能(主顿悟说)两宗。后世以南宗盛行,主张不立文字,直指人心,顿悟成佛。其影响深远,对宋明理学的发展有一定作用。

李攀龙

李攀龙(1514—1570),字于鳞,号沧溟,历城(今山东济南)人。嘉靖二十三年(1544)进士,历官刑部主事、陕西提学副使,以病归里,读书白雪楼近十年,起浙江副使,擢河南按察使。他是明代"后七子"的领袖之一,《明史》有传,称:"其持论谓文自西京,诗自天宝而下,俱无足观,于本朝独推李梦阳。诸子翕然和之,非是,则诋为宋学。"又说:"文则聱牙戟口,读者至不能终篇。好之者推为一代宗匠,亦多受世抉摘云。"著有《沧溟集》三十卷,今整理本《沧溟先生集》,上海古籍出版社1992年版,《李攀龙集》,齐鲁书社1993年版。

报刘都督[1]

始刘将军之名满天下,不佞愿见其人者[2],十年于此矣,未尝不私窃念之[3]。挟百战百胜之功者,不免自暴其才[4];而中一朝无辜之谤者[5],不免辄挫其志。贤者犹难之也。

乃不佞以摄海之役[6],执事者俨然辱而临焉[7]。获承颜色[8],倾盖如故[9],先施自致[10],不鄙下交[11],由衷之谊,披沥唯谨[12],有孔明集思广益之风[13],而慷慨以之[14]。即过意延款[15],使不佞缱绻重别[16],缅缕舟中[17],不佞不知其尽境[18],恍然自失如目前者勿论也。

不佞既东[19],陌落恬然[20],秋毫不犯。登场大阅[21],复睹纪律森严,士气距跌[22],技艺精真[23],可蹈水火。艨艟便捷[24],投枚记里[25],桨舵之利,折旋如活[26]。炮石四兴,波涛响应,削栎树檄[27],示疑设伏。所征叙、泸弁旄之步[28],闽、粤善游之徒[29],三河挽强之骑辈相扼捥[30],唯敌是求。乃日椎牛行犒[31],而帷幄自爱也[32]。可暴岂其才[33],可挫岂其志乎?天既以虎臣托执事久矣[34],然犹且有激乎宦成之后者[35],动其所必奋,坚其所必立云尔。大忠完节,愈困愈厉,而刘将军之名愈振矣。不佞何能赞一辞?即有问焉,摄海之役,不佞所以身亲其美者如此[36],庶取信狂夫[37],以备称述耳,于甚盛德则奚补焉?乃既奉违[38],恍然自失,有如目前,至今不置[39],非敢为诞也[40]。

《李攀龙集》卷二十八

〔1〕刘都督即刘显(? —1581),字草堂,南昌(今属江西)人。《明史》有传,称其"生而膂力绝伦,稍通文义"。历官副千户、副总兵、都督佥事、总兵官、都督同知。在抗击日本倭寇的斗争中,他与戚继光、俞大猷等抗倭名将一样,为保卫东南沿海,立下了赫赫战功。李攀龙于明穆宗隆庆元年(1567)起复浙江按察副使,曾阅兵海上,商讨抗倭军事,与协守浙江的副总兵刘显有过一段交往,这封书信即写于这一时期,赞扬了他的治军严整,文字虽稍嫌晦涩,却并非官样文章的套话。报,酬答。

〔2〕不佞(nìng泞):自称的谦辞,犹"不才"。

〔3〕私窃念之:私下里独自思念。

〔4〕自暴(pù曝):自我显露。

〔5〕中(zhòng众):遭受。

〔6〕乃:即"乃者",近时。摄海之役:代理海防事宜。王世贞《李于鳞先生传》:"于鳞复用荐,起浙江按察副使,尝视海道篆,按覈军实,一切治办。"

〔7〕执事者:对对方的敬称,即指刘显。

〔8〕颜色:面子,光彩。

〔9〕倾盖如故:指初次相逢并订交。倾盖,即两人乘车上的伞盖靠在一起,是亲切交谈的意思。《史记·鲁仲连邹阳列传》:"谚曰:'有白头如新,倾盖如故。'"

〔10〕先施:这里指刘显先行拜访自己。语本《礼记·中庸》:"所求乎朋友,先施之。"自致:竭尽自己的心力。语本《论语·子张》:"曾子曰:吾闻诸夫子,人未有自致者也,必也亲丧乎。"

〔11〕不鄙下交:不以接交地位不及自己的人为耻。这是一种客气的说法。

〔12〕披沥:竭尽忠诚。这里有真诚相见之意。

〔13〕有孔明集思广益之风:语本三国蜀诸葛亮《教与军师长史参军掾属》:"夫参署者,集众思,广忠益也。"孔明,即诸葛亮(181—234),字孔明,三国蜀相,封武乡侯,是历史上杰出的政治家、军事家。《三国志》有传。集思广益,即集中众人智慧,博采有益的意见。

〔14〕以:似。

〔15〕过意:过分看重。延款:接纳款待。

〔16〕缱绻(qiǎn quǎn浅犬):形容情投意合,难舍难分。

〔17〕缅缕:详细思念。

〔18〕尽境:止境。

〔19〕既东:指到浙东巡视。

〔20〕陌落:道路村落。恬然:安然不在意的样子。

〔21〕大阅:指检阅军队。

〔22〕距跃:形容欢欣之极。

〔23〕精真:精良纯真。

〔24〕艨艟(méng chōng 蒙充):战船。便捷:敏捷,灵活。

〔25〕枚:这里指战船上用于记数的物件。记里:标记里程。

〔26〕折旋(xuán 悬):指战船行进转向。

〔27〕削柿(fèi 费)树檄(xí 习):削木片,写下征召的文书。柿,同"柿",削下的木片。

〔28〕征:征召。叙:叙州府,治所即今四川宜宾市。泸:泸州,治所即今四川泸州市。弁(biàn 变)旄:头戴皮弁、手擎旄牛尾为竿饰的军旗。步:步兵。

〔29〕闽:福建。粤:广东。

〔30〕三河:汉代以河内、河东、河南三郡为三河,在今河南洛阳黄河南北一带。挽强:拉引硬弓。骑辈:指骑兵。扼挽:或作"扼腕",用一只手握住另一只手腕,这里表示振奋。

〔31〕椎牛行犒:杀牛犒劳将士。

〔32〕帷幄:这里指刘显的幕府。自爱:自重。

〔33〕可暴(pù 曝)岂其才:指刘显并非一介武夫,而是有计谋的军事指挥者。暴,参见本文注〔4〕。

〔34〕虎臣:比喻勇武之臣。语本《诗·鲁颂·泮水》:"矫矫虎臣,在泮献馘。"

〔35〕激:激励。宦成:登上显贵之位。汉刘向《说苑·敬慎》:"官怠于宦成,病加于少愈。"

〔36〕觌(dí 笛):观察。

257

〔37〕狂夫:这里指无知妄为的人。《史记·淮阴侯列传》:"狂夫之言,圣人择焉。"

〔38〕奉违:与人离别的敬辞。

〔39〕不置:不舍,放不下。

〔40〕诞:指言论虚妄夸饰。

选唐诗序[1]

唐无五言古诗[2],而有其古诗[3],陈子昂以其古诗为古诗[4],弗取也[5]。七言古诗唯杜子美不失初唐气格[6],而纵横有之[7];太白纵横[8],往往强弩之末,间杂长语,英雄欺人耳[9]。至如五七言绝句,实唐三百年一人[10],盖以不用意得之[11],即太白亦不自知。其所至而工者顾失焉[12]。五言律、排律[13],诸家概多佳句;七言律体,诸家所难,王维、李颀颇臻其妙[14]。即子美篇什虽众,愦焉自放矣[15]。作者自苦[16],亦惟天实生才不尽[17]。后之君子乃兹集以尽唐诗[18],而唐诗尽于此。

《李攀龙集》卷十五

〔1〕李攀龙所选《唐诗选》,七卷,凡入选一百二十八家诗人之诗四百六十五首,所选以初、盛唐诗为多,名家名篇亦多缺漏,这与他所倡"诗必盛唐"的论文宗旨是分不开的。此选一出,一度风行,明人胡震亨《唐音癸签》卷三十一尤为推重。至清,则批评者多,如钱谦益、吴乔、李重华等,皆有中肯之评。此文即是作者为《唐诗选》所作的序,篇幅不长,却

能将个人观点和盘托出,自有优长之处。

〔2〕五言古诗:这里指汉魏晋人的五言古诗,如《古诗十九首》、曹操、曹丕、曹植父子的五言诗以及晋阮籍、陶渊明等人的诗歌创作。

〔3〕古诗:这里专指唐人所作古体诗,其风格已明显区别于汉魏六朝。

〔4〕陈子昂:字伯玉(659—700),唐梓州射洪(今四川射洪)人。唐睿宗文明元年(684)进士,曾官右拾遗。陈子昂为诗倡"汉魏风骨",强调继承建安、正始重比兴寄托的诗风,其代表作如《感遇》三十八首,深沉慷慨,有阮籍《咏怀》的风格。以其古诗为古诗:指陈子昂学习汉魏古诗风格而作的五言古诗。

〔5〕弗取也:即不收录。

〔6〕杜子美:即杜甫(712—770),字子美,巩县(今属河南)人。曾官左拾遗、检校工部员外郎,所以有杜拾遗、杜工部之称。杜甫之于唐诗有承前启后的作用,又有"诗史"之号。其七言古诗如《丽人行》、《饮中八仙歌》、《丹青引赠曹将军霸》、《醉时歌》、《茅屋为秋风所破歌》、《洗兵马》等,或豪放,或沉郁,皆为传世名篇。初唐气格:指初唐诗人诗歌创作的韵味风格,一般认为自唐高祖武德至睿宗太极(618—712)间为初唐。这一时期诗风诗重藻饰,有梁陈遗习,但气格雄厚,古律混淆。七言古诗如卢照邻《长安古意》、张若虚《春江花月夜》等,可为代表。

〔7〕纵横:雄健奔放。

〔8〕太白:即李白(701—762),字太白,号青莲居士,曾官翰林供奉,又有"天上谪仙人"之称。诗与杜甫齐名,风格以自然为宗,气势雄伟,色彩绚烂。其乐府歌行如《蜀道难》、《将进酒》、《梦游天姥吟留别》等,多为杂言古诗。

〔9〕英雄欺人:指非凡人物逞才欺世。

〔10〕三百年一人:唐朝李氏政权(618—907)有天下约三百年。这里即指李白的五、七言绝句为唐代艺术成就最高者。其五绝如《静夜

思》、《玉阶怨》,意味深长。七绝如《望庐山瀑布》、《早发白帝城》、《赠汪伦》,更是脍炙人口。

〔11〕以不用意得之:指作品天然浑成,不假雕饰。南宋严羽《沧浪诗话·诗评》:"太白天才豪逸,语多卒然而成者。"

〔12〕"其所至"句:指作诗刻意求工的人反而失去率真,不能入于化境。

〔13〕排律:或称长律,即每首超过四韵八句的长篇律诗,至少十句,多则可达二百句以上,除首尾二联外,中间各联皆须对仗。

〔14〕王维:字摩诘(700—761),以官终尚书右丞,或称王右丞,太原祁(今山西祁县)人。唐玄宗开元九年(721)进士。王维"诗中有画,画中有诗",以五律及五、七言绝句成就最高,七律或雄浑,或秀雅,为明代人所宗。王世贞《艺苑卮言》卷四:"摩诘七言律,自《应制早朝》诸篇外,往往不拘常调。"李颀(?—751?):唐诗人,祖籍赵郡(今河北赵县),长期居于颍阳(今河南登封西)。唐玄宗开元二十三年(735)进士,曾任新乡尉。作诗擅长七律,五七言歌行,也多佳构。王世贞《艺苑卮言》卷四:"盛唐七言律,老杜外,王维、李颀、岑参耳。"臻:达到。

〔15〕愦(kuì 溃)焉自放:忧思昏乱而自骋其才气。作者对杜甫七律的这一评价并不公允。王世贞《艺苑卮言》卷四云:"王维、李颀虽极风雅之致,而调不甚响。子美固不无利钝,终是上国武库,此公地位乃尔。"

〔16〕自苦:自寻苦恼。

〔17〕天实生才不尽:老天化育人才不完全。

〔18〕乃兹集以尽唐诗:可从这部《唐诗选》看到唐诗的基本情况。胡震亨《唐音癸签》卷三十一评云:"李选刻求精美,幸无赝宝误收。王弇州以为于鳞以意轻退作者有之,舍格轻进作者无是也。良为笃论。顾欲以是尽唐,侈言此外无诗,则过矣,宜有识者之不无遗议尔。"

徐　渭

徐渭(1521—1593),字文清,改字文长,另有田水月、天池山人、青藤道士等别号,山阴(今浙江绍兴)人。屡应乡试不中,乃入胡宗宪幕府,关心时事,喜谈兵法。胡宗宪因受权相严嵩牵联入狱,徐渭深受刺激,几次自杀未遂,后又杀继室,终于因此入狱六年。以友人救援被免死出狱后,在贫困潦倒中,抑郁以终。徐渭多才多艺,《明史》有传,称"渭天才超轶,诗文绝出伦辈。善草书,工写花草竹石"。他自称"吾书第一,诗次之,文次之,画又次之"。他精通戏曲,有《四声猿》杂剧等。著有《徐文长三集》二十九卷、《徐文长逸稿》二十四卷、《徐文长佚草》以及杂剧《四声猿》等。今人有整理本《徐渭集》,中华书局1983年出版。

叶子肃诗序[1]

人有学为鸟言者,其音则鸟也,而性则人也;鸟有学为人言者,其音则人也,而性则鸟也。此可以定人与鸟之衡哉[2]? 今之为诗者,何以异于是? 不出于己之所自得,而徒窃于人之所尝言,曰某篇是某体,某篇则否;某句似某人,某句则否。此虽极工逼肖[3],而已不免于鸟之为人言矣。

若吾友子肃之诗则不然。其情坦以直[4],故语无晦[5];其情散以博[6],故语无拘;其情多喜而少忧,故语虽苦而能遣[7];其情好高而耻下,故语虽俭而实丰。盖所谓出于己之所自得,而不窃于人之所尝言者也。就其所自得,以论其所自鸣,规其微疵[8],而约于至纯[9],此则渭之所献于子肃者也。若曰某篇不似某体,某句不似其人,是乌知子肃者哉[10]!

《徐渭集·徐文长三集》卷十九

〔1〕叶子肃,名雍,字子肃,是徐渭的友人,生平不详。这篇文章与其说是为友人诗所作序,不如说是作者文学主张的宣言。在明代前后七子拟古主义的风潮中,模仿、抄袭、制造假古董,成为文坛陋习,徐渭出于艺术的自觉,提出"出于己之所自得,而不窃于人之所尝言"的主张,具有进步意义。文章语言平易,深入浅出,很有说服力。

〔2〕衡:标准。

〔3〕逼肖(xiào笑):极其相似。

〔4〕坦以直:坦白直率。

〔5〕晦:隐晦。

〔6〕散以博:洒脱广博。

〔7〕遣:宣泄。

〔8〕规:规劝匡正。微疵:小缺点。

〔9〕约:求取。至纯:最为纯正。

〔10〕乌知:哪里知道。

自为墓志铭[1]

山阴徐渭者[2],少知慕古文词,及长益力。既而有慕于道[3],往从长沙公究王氏宗[4],谓:"道类禅[5]。"又去叩于禅,久之人稍许之。然文与道,终两无得也。贱而懒且直,故惮贵交似傲[6],与众处不浼袒裼似玩[7],人多病之,然傲与玩,亦终两不得其情也。

生九岁,已能习为干禄文字[8],旷弃者十馀年。及悔学,又志迂阔,务博综,取经史诸家,虽琐至稗小[9],妄意穷极。每一思废寝食,览则图谱满席间。故今齿垂四十五矣,籍于学宫者二十有六年[10],食于二十人中者[11],十有三年。举于乡者八[12],而不一售[13],人且争笑之,而己不为动。洋洋居穷巷[14],傃数椽[15],储瓶粟者十年[16]。一旦为少保胡公罗致幕府[17],典文章[18],数赴而数辞[19],投笔出门。使折简以招[20],卧不起,人争愚而危之,而己深以为安。其后公愈折节[21],等布衣[22],留者盖两期,赠金以数百计,食鱼而居庐[23],人争荣而安之,而己深以为危。至是[24],忽自觅死。人谓渭文士,且操洁,可无死;不知古文士以入幕操洁而死者众矣,乃渭则自死,孰与人死之[25]?

渭为人,度于义无所关时[26],辄疏纵[27],不为儒缚[28];一涉义所否,干耻诟[29],介秽廉[30],虽断头不可夺。故其死也,亲莫制[31],友莫解焉。尤不善治生[32],死之日,至无以葬,独馀书数千卷,浮磬二[33],研、剑、图画数[34],其所著诗文若干篇而已。剑、画先托市于乡人某,遗命促之[35],以资葬;著稿先为友人某持去。渭尝曰:"余读旁书,自谓别有得于《首楞严》、庄周、列御寇若《黄帝素问》

诸编[36]，倪假以岁月[37]，更用绎紬[38]，当尽斥诸注者缪戾[39]，标其旨以示后人[40]；而于《素问》一书，尤自信而深奇。"将以比岁昏子妇，遂以母养付之，得尽游名山，起僵仆，逃外物[41]，而今已矣。渭有过不肯淹[42]，有不知，耻以为知，斯言盖不妄者。

初字文清，改文长。生正德辛巳二月四日[43]，夔州府同知讳鏓庶子也[44]。生百日而公卒，养于嫡母苗宜人者十有四年[45]，而夫人卒。依于伯兄讳淮者六年[46]。为嘉靖庚子始籍于学[47]，试于乡，蹶[48]。赘于潘[49]，妇翁簿也[50]，地属广阳江[51]，随之客岭外者二年[52]。归又二年，夏，伯兄死，冬，讼失其死业[53]。又一年冬，潘死。明年秋，出僦居，始立学[54]。又十年冬，客于幕，凡五年罢。又四年而死，为嘉靖乙丑某月日[55]。男子二：潘出曰枚，继出曰杜，才四岁。其祖系散见先公大人志中，不书。葬之所，为山阴木栅，其日月不知也，亦不书。铭曰：

杼全婴[56]，疾完亮[57]，可以无死，死伤谅[58]；兢系固[59]，允收邕[60]，可以无生，生何凭[61]？畏溺而投早嗤渭[62]，既髡而剌迟怜融[63]；孔微服[64]，箕佯狂[65]，三复《烝民》，愧彼"既明"[66]。

《徐渭集·徐文长三集》卷二十六

[1] 据本篇文字可知，该文写于嘉靖四十四年（1565），徐渭时年四十五岁。胡宗宪对徐渭有知遇之恩，胡因朝中斗争而下狱，徐渭因惧祸而发狂，曾用巨锥刺耳深数寸，又以椎击自己肾囊，皆不死。这篇《自为

墓志铭》即写于这段企图自杀的时期,具有遗书的意味。蔑视礼教、张扬个性构成了这篇奇文的主旨,而桀骜不驯、悲情难诉又完成了作者的自我写照。

〔2〕山阴:今浙江省绍兴市。

〔3〕道:这里指王阳明的哲学思想,或称心学。

〔4〕长沙公:即季本(1485—1563),字明德,号彭山,会稽(今浙江绍兴)人。正德十二年(1517)进士,累迁长沙知府,落职归。著述宏富,有《诗说解颐》、《乐律纂要》等。徐渭有《师长沙公行状》,内云:"及新建伯阳明先生以太仆卿守制还越,先生造门师事之,获闻致良知之说,乃悉悔其旧学,而一意于圣经。"王氏宗:即王阳明心学一派。王阳明,即王守仁(1472—1529),字伯安,自号阳明子,馀姚(今属浙江)人。弘治十二年(1499)进士,官至都察院左都御史。他是明代哲学家,发展宋代陆九渊学说,反抗程朱理学,倡"改良知"与"知行合一"之说,认为心外无理,具有反传统倾向,对明中期以后的学界影响甚大。《明史》有传。

〔5〕道类禅:指心学近似于以"明心见性"为旨的佛教禅宗一派。

〔6〕惮(dàn但):畏惧。贵交:居贵位的朋友。

〔7〕"与众"句:谓自己与众人相处,别人即使赤身露体,自己并不以为意,不怕受到玷污。不浼(měi美)祖裼(tǎn xī坦西),语本《孟子·公孙丑上》:"尔为尔,我为我,虽袒裼裸裎于我侧,尔焉能浼我哉?"浼,玷污。祖裼,去衣露体,在古代这是一种失礼行为。玩,玩世不恭。

〔8〕干禄文字:求官的文字,这里指参加科举考试必学的八股文章。

〔9〕稗小:指稗官小说。

〔10〕籍于学宫:指考进山阴县学成为附学生员,即俗所称秀才。明代附学生员之制行于正统以后,无禄米。

〔11〕食于二十人中:指成为县学中的廪膳生员。明代县学廪膳生

员二十名。《明史·选举志一》:"生员之数,府学四十人,州、县以次减十。师生月廪食米,人六斗,有司给以鱼肉。"

〔12〕举于乡者八:指八次参加乡试。

〔13〕售:这里指中式成为举人。

〔14〕洋洋:这里是无所归的样子。语本《楚辞·九章·哀郢》:"顺风波以从流兮,焉洋洋而为客。"

〔15〕僦(jiù 就):租赁。数椽(chuán 船):几间房屋。椽,原指放于檩子上架屋面板与瓦的条木,这里代指房屋的间数。

〔16〕储瓶粟:少量存粮,形容生活清贫。

〔17〕少保胡公:即胡宗宪(?—1565),字汝贞,号梅林,绩溪(今属安徽)人。嘉靖十七年(1538)进士,以抗倭有功,官至兵部尚书,加太子太保,后以党附严嵩遭劾,下狱死。《明史》有传。少保,从一品,属于加官。罗致幕府:陶望龄《徐文长传》:"胡少保宗宪总督浙江,或荐渭善古文词者,招致幕府,管书记。"

〔18〕典:掌管、主持。

〔19〕数赴而数辞:据徐渭自撰《畸谱》:"三十七岁,季冬,赴胡幕作四六启京贵人,作罢便辞归。"可见一斑。

〔20〕折简:汉代以竹简作书,简长二尺,短者半之。折半之简,是礼轻的表示。

〔21〕折节:屈己下人。

〔22〕等:这里是区别的意思。布衣:古代平民不能衣锦绣,古代指平民。

〔23〕食鱼而居庐:指自己作幕僚的生活舒适,待遇优厚。暗用《战国策·齐策·冯谖客孟尝君》事。

〔24〕至是:指嘉靖四十四年(1565),胡宗宪以严嵩党革职下狱死,徐渭惧祸及而企图自杀之际。

〔25〕孰与人死之:比被人处死怎么样?表示疑问语气,用于比照。

〔26〕度(duó夺):推测,估计。

〔27〕疏纵:放达而不受拘束。

〔28〕不为儒缚:不被儒家礼义观所束缚。

〔29〕干耻诟:涉及被人耻笑、诟骂的事情。

〔30〕介秽廉:处于污浊与廉洁之间。

〔31〕制:禁止。

〔32〕治生:经营家业。

〔33〕浮磬:水边一种能制磬的石头。

〔34〕研:同"砚"。

〔35〕遗命:遗嘱。

〔36〕首楞严:佛教经典《首楞严经》,十卷,唐天竺沙门般刺密谛主译。其名梵语,意为一切事究竟巩固。庄周:指《庄子》,传有内篇七篇,外篇十五篇,杂篇十一篇,相传内篇为庄子所撰。全书多出以寓言,主张清静无为。列御寇:指《列子》,八卷,旧题战国列御寇撰,今人认为是魏晋时人托名之作,属道家类著作。若:和,及。黄帝素问:指《黄帝内经素问》,医书,今通行唐王冰注本,二十四卷。书中以黄帝与岐伯相问答为文,故称"素问"。

〔37〕傥假以岁月:倘若给我年寿。傥,倘若,假如。

〔38〕绎紬(yì chōu 义抽):寻绎义理,理出端绪。

〔39〕缪(miù 谬)戾:错乱。

〔40〕标:标明,揭示。

〔41〕"将以"五句暗用东汉向长事。《后汉书·向长传》:"向长字子平……潜隐于家。读《易》至《损》、《益》卦,喟然叹曰:'吾已知富不如贫,贵不如贱,但未知死何如生耳。'建武中,男女娶嫁既毕,勅断家事勿相关,当如我死也。于是遂肆意,与同好北海禽庆俱游五岳名山,竟不

267

知所终。"比岁,连年。昏,同"婚",这里用如动词。起僵仆,感悟生死。起,启发。僵仆,死亡。逃外物,抛弃利欲功名一类的身外之物。

〔42〕淹:同"掩"。遮盖。

〔43〕正德辛巳:即明武宗正德十六年(1521)。

〔44〕夔州府:治所在今四川奉节一带。同知:明代知府的佐官,正五品。讳:古人称已故尊长者之名。庶子:古代称非正妻所生子女。

〔45〕嫡母:父亲的正室。宜人:明代五品官的妻子,母亲可封宜人。

〔46〕伯兄:长兄。

〔47〕嘉靖庚子:即明世宗嘉靖十九年(1540)。籍于学:指入县学为附学生员。

〔48〕蹶(jué决):失败。

〔49〕赘:入赘于妻家。

〔50〕簿:指县主簿,知县的佐贰官,正九品,掌一县粮马、巡捕之事。

〔51〕广阳江:广东阳江县,位于今广东省西南沿海。

〔52〕岭外:指五岭以南地区,今广东、广西一带。

〔53〕讼失其死业:指长兄徐淮死后,其家业在打官司中失去。徐渭《畸谱》:"二十五岁,三月八日之巳,枚儿生。是年,兄淮卒。冬,有毛氏迁屋之变,赀悉空。"

〔54〕立学:指从师季本探讨王阳明心学。徐渭《畸谱》:"二十八岁,自潘迁寓一枝堂,师季长沙公。"

〔55〕嘉靖乙丑:即明世宗嘉靖四十四年(1565)。这一年徐渭自杀未遂。

〔56〕杼全婴:指春秋时齐国大臣崔杼成全了晏婴的志节。事见《左传·襄公二十五年》,崔杼杀了齐庄公,晏婴头枕庄公尸体大腿上而哭,崔杼认为晏婴是百姓所仰望的人,放掉他可以得民心,就没杀晏婴,保全了他的志节。

〔57〕疾完亮：指南宋辛弃疾等救援陈亮得以不死事。事见《宋史·陈亮传》，陈亮是一位志复中原的文士，其家僮杀人，而被杀者曾欺辱过陈亮的父亲，疑其主使，于是下陈亮于狱。辛弃疾等人认为陈亮才高，极力救援，陈亮获释。

〔58〕谅：体谅，体察。

〔59〕兢系固：指东汉种兢捕系班固置于死地事。事见《后汉书·班彪列传》，班固是大将军窦宪的下属，他的仆从得罪了洛阳令种兢，种兢畏惧窦宪，不敢治罪。窦宪事败，种兢就捕系班固，令班固死于狱中。班固即《汉书》的撰写者。

〔60〕允收邕：指东汉王允杀蔡邕事。事见《后汉书·蔡邕列传》，蔡邕曾受董卓重用，董卓被诛后，蔡邕在司徒王允坐中为此而叹息，受到王允的斥责，并将他收付廷尉治罪。许多人为他说情，王允不听，蔡邕死于狱中。

〔61〕凭：根据。

〔62〕"畏溺"句：语本王守仁《静心录八·啾啾吟》："痴人惩噎遂废食，愚者畏溺先自投。人生达命自洒落，忧谗避毁徒啾啾。"因怕被水淹死，索性先投于水，如同怕死而自杀，徐渭有自嘲意。嗤（chī 痴），讥笑。

〔63〕"既髡（kun 昆）"句：东汉马融得罪大将军梁冀，梁支使官府奏马融贪浊，被处以髡刑（古代一种剃去罪人须发的刑罚），流放朔方。马融自刺不死，得到赦免，复拜议郎。事见《后汉书·马融列传》。

〔64〕孔微服：语本《孟子·万章上》："孔子不悦于鲁卫，遭宋桓司马将要而杀之，微服而过宋。"微服，变易常服以避人耳目。

〔65〕箕佯狂：语本《史记·宋微子世家》："纣为淫泆，箕子谏，不听。人或曰：'可以去矣。'箕子曰：'为人臣谏不听而去，是彰君之恶而自说于民，吾不忍为也。'乃被发佯狂而为奴。"箕子，或谓为商纣王的叔父，或谓为商纣王庶兄。

〔66〕"三复"二句:《诗·大雅·烝民》是周宣王大臣尹吉甫送别仲山甫往齐筑城的诗,诗中称赏了仲山甫的美德与功绩。诗中有云:"既明且哲,以保其身。"三复,再三吟读。徐渭以自己不能明哲保身为愧。

选古今南北剧序[1]

人生堕地,便为情使。聚沙作戏[2],拈叶止啼[3],情昉此已[4]。迨终身涉境触事[5],夷拂悲愉[6],发为诗文骚赋,璀璨伟丽[7],令人读之喜而颐解[8],愤而眦裂[9],哀而鼻酸,恍若与其人即席挥麈[10],嬉笑悼唁于数千百载之上者[11],无他,摹情弥真则动人弥易,传世亦弥远,而南北剧为甚[12]。

渔猎之暇[13],曾评订崔张传奇[14],予差快心[15],亦差挂好事者齿颊。已而旁及诸家,随手札录,都无标目,亦无诠次[16],间忘所自出。总之此技唯元人擅场[17],故予所取十七八[18],而近代十二三[19]。非昭阳纨扇[20],即滴博征衣[21],非愁玉怨香[22],即驿梅河柳[23],馀并桂风萝月[24],岫晃云关[25],邯郸枕畔[26],婺州角上语[27],实炎燠中一服清凉散也[28]。日久渐次成帙,酒酣耳热,辄取如意打唾壶[29],呜呜而歌[30],少抒胸中忧生失路之感。聊便抽阅,犹贤博弈[31],匪欲传之词林[32],乃余岑寂时良友云尔。

嗟嗟!回文锦、《白头吟》、断肠诗、《胡笳十八拍》[33],

未易更仆数[34]。情之所钟,宁独在我辈[35]!且孟才人歌《何满子》罢,脉者谓肠已断不可复药[36]。情之于人甚矣哉!颠毛种种[37],尚作有情痴,大方之家能无揶揄[38]?爰缀数语[39],以志予过。秦田水月谩题[40]。

《徐渭集·补编》

〔1〕《选古今南北剧》十卷,为徐渭所编选,均是元、明时期的剧曲与散曲,闺思、闺怨、赠妓、送别的内容占了绝大部分,今仅有明刊本存世。在中国戏曲史上,徐渭不仅是杂剧《四声猿》等的作者,而且是一位颇具影响力的戏曲理论家,《南词叙录》的撰写,尊情、本色说的倡导,无不体现出明中叶以后个性解放思潮的汹涌。本序以"情"为中心,随意挥洒,正是作者尊崇王阳明心学的结果,其中也不乏禅学影响的踪迹,是一篇很有认识价值的文章。

〔2〕聚沙作戏:语本《法华经·方便品》:"乃至童子戏,聚沙为佛塔;如是诸人等,皆已成佛道。"常被喻为年幼慕道,这里即代指人年幼时。

〔3〕拈叶止啼:即"黄叶为金,止小儿啼"或"黄叶止啼"。据《涅槃经》卷二十,以杨树之黄叶为金,与小儿以止其啼,譬喻佛说天上之乐果以止人间之众恶。这里也是喻人年幼时。

〔4〕昉(fǎng 纺):大方明,引申为开始。

〔5〕涉境触事:即经历世事。

〔6〕夷:这里喻人生路途平坦。拂:违背,喻人生不顺利。

〔7〕璀璨(cuǐ càn 崔上声灿):光彩绚丽。

〔8〕颐解:开颜欢笑。

〔9〕眦(zì 自)裂:目眶瞪裂,形容盛怒。

〔10〕挥麈(zhǔ主)：晋人喜清谈，常常挥动麈尾以助谈兴，后人即以挥麈表示谈论。麈尾，古人闲谈时手执掸尘的工具，在细长木条两边与上端插设兽毛制成。

〔11〕悼唁：悼念吊唁。

〔12〕南北剧：即南北曲。宋元南戏与明传奇大都以南曲为主，元明杂剧大都以北曲为主。

〔13〕渔猎：这里比喻泛览、涉猎群书。

〔14〕崔张传奇：指金董解元《西厢记》诸宫调与元王实甫《西厢记》杂剧，皆以崔莺莺与张生为主人公，故称。徐渭评订《西厢记》多种，今传五种刻本，如《重刻订元本批点画意北西厢》、《新刻徐文长公参订西厢记》等等。

〔15〕差：略微。

〔16〕诠次：选择与编排。

〔17〕擅场：技艺超群。这里指元人杂剧与元人散曲。

〔18〕十七八：即十成中占七八成。下"十二三"同。

〔19〕近代：这里指明代中前期。

〔20〕昭阳纨扇：指代反映宫怨题材的戏曲。古乐府歌辞《怨歌行》："新裂齐纨素，皎洁如霜雪。裁为合欢扇，团团似明月。出入君怀袖，动摇微风发。常恐秋节至，凉飚夺炎热。弃捐箧笥中，恩情中道绝。"此诗传为班婕妤所作，以秋扇见捐喻君恩中绝。又唐王昌龄《长信秋词五首》其三："奉帚平明金殿开，且将团扇共徘徊。玉颜不及寒鸦色，犹带昭阳日影来。"昭阳，汉宫殿名，为汉成帝后赵飞燕所居。

〔21〕滴博征衣：指思妇怀念远戍征人，并为之制做寒衣一类题材的戏曲。滴博，又作"的博"，即的博岭，在今四川理县(唐置维州)东南，唐朝时为防范吐蕃，曾设戍所。唐杜甫《奉和严郑公军城早秋》诗："已收滴博云间戍，欲夺蓬婆雪外城。"

〔22〕愁玉怨香:指男女闲愁一类题材的戏曲。

〔23〕驿梅河柳:指思亲念友一类题材的戏曲。驿梅,《太平御览》卷九七〇引南朝宋盛弘之《荆州记》:"陆凯与范晔相善,自江南寄梅花一枝,诣长安与晔,并赠花诗曰:'折花逢驿使,寄与陇头人。江南无所有,聊寄一枝春。'"《远山堂曲品》著录元明杂剧有《折梅驿使》,即以陆、范友情为本事。河柳,古人有折柳送别的习俗,如唐王之涣《送别》:"杨柳东门树,青青夹御河。近来攀折苦,应为别离多。"

〔24〕桂风萝月:语本南齐孔稚珪《北山移文》:"故其林惭无尽,涧愧不歇,秋桂遣风,春萝摆月。"这是讽刺隐居有始无终的周颙虚情假意的文字。

〔25〕岫(xiù 秀)晃云关:语本南齐孔稚珪《北山移文》:"宜扃岫幌,掩云关,敛轻雾,藏鸣湍。"这是揶揄假隐士周颙的文字。岫晃,即"岫幌",山洞居室的窗户;云关,云雾所笼罩的关隘。上二句,徐渭意在表明人情的复杂性。

〔26〕邯郸枕畔:即黄粱梦的故事,见唐沈既济传奇小说《枕中记》。少年卢生未得志,行邯郸道中,遇道士吕翁,目昏思寐,时旅舍主人方蒸黍。卢生在吕翁所授青瓷枕上入睡,梦中享尽荣华富贵,醒后,主人所蒸黍尚未熟。元杂剧有马致远等合撰之《黄粱梦》,即演此事。徐渭用此典意在表达"得丧之理,死生之情"。

〔27〕婺州角上语:出处不详,疑为禅宗公案。宋普济《五灯会元》卷八:"婺州金柱山义昭禅师,僧问:'如何是和尚家风?'师曰:'开门作活计。'曰:'忽遇贼来,又作么生?'师曰:'然。'新到参,师揭帘以手作除帽势。僧拟欲近前,师曰:'赚杀人!'因事有偈曰:'虎头生角人难措,石火电光须密布。假饶烈士也应难,憃底那能解回互。'"

〔28〕炎熇(xiāo 萧):暑热。

〔29〕如音打唾壶:语本南朝宋刘义庆《世说新语·豪爽》:"王处仲

每酒后辄咏'老骥伏枥,志在千里。烈士暮年,壮心不已'。以如意打唾壶,壶口尽缺。"如意,古代爪杖,用骨、角、竹、木、玉、铁等制成,长三尺许,前端作手指形,可搔背痒,能如人意,故名。近代如意,长一二尺,其端多作芝形、云形,只供玩赏而已。唾壶,旧时一种小口巨腹的吐痰器皿。全句形容感情激昂。

〔30〕呜呜而歌:语本汉杨恽《报孙会宗书》:"酒后耳热,仰天拊缶,而呼乌乌。"

〔31〕犹贤博弈:语本《论语·阳货》:"子曰:饱食终日,无所用心,难矣哉!不有博弈者乎?为之,犹贤乎已。"博,古代一种棋局,掷骰子而后行棋。弈,围棋。

〔32〕词林:词坛文苑。

〔33〕回文锦:指《回文旋图诗》。据《晋书·列女传·窦滔妻苏氏》:"窦滔妻苏氏,始平人也,名蕙,字若兰。善属文。滔,苻坚时为秦州刺史,被徙流沙,苏氏思之,织绵为《回文旋图诗》以赠滔。宛转循环以读之,词甚凄惋,凡八百四十字。"白头吟:乐府楚调歌曲名。据《西京杂记》卷三:"(司马)相如将聘茂陵人女为妾,卓文君作《白头吟》以自绝,相如乃止。"断肠诗:内容题材悲痛的诗歌。这里专指历代女性作家所作的内容悲痛的诗歌,如汉魏时期徐淑的《答夫秦嘉诗》。胡笳十八拍:古乐府琴曲歌辞。相传为汉末蔡琰(文姬)所作,一章为一拍,讲述战乱给她的生活带来的痛苦以及思子的悲哀,感情真挚。

〔34〕未易更仆数:即"难更仆数",形容历代女性有关情的作品繁多,数不胜数。

〔35〕"情之所钟"二句:南朝宋刘义庆《世说新语·伤逝》:"王戎丧儿万子,山简往省之,王悲不自胜。简曰:'孩抱中物,何至于此?'王曰:'圣人忘情,最下不及情;情之所钟,正在我辈。'"这里是反用此典,意谓人情所聚,不仅只集于男子。

〔36〕"且孟才人"二句：据宋沈括《梦溪笔谈·补笔谈》卷一云："按《张祐集》有《孟才人叹》一篇，其序曰：'武宗皇帝疾笃，迁便殿。孟才人以歌笙获宠者，密侍其右。上目之曰："吾当不讳，尔何为哉？"指笙囊泣曰："请以此就缢。"上悯然。复曰："妾尝艺歌，愿对上歌一曲，以泄其愤。"上以其恳，许之。乃歌一声《何满子》，气亟立殒。上令医候之，曰："脉尚温而肠已绝。"'"何满子，为唐玄宗时著名歌者，又名何满。唐白居易《何满子》诗序："开元中，沧州有歌者何满子，临刑，进此曲以赎死，上竟不免。"脉者，即指把脉的医生。

〔37〕颠毛种(zhǒng 肿)种：指衰老。语本《左传·昭公三年》："余发如此种种，余奚能为？"杜预注："种种，短也。自言衰老，不能复为害。"颠毛，即头发。这里是徐渭自指。

〔38〕大方之家：指见多识广，通晓大道的人。揶揄：嘲弄。

〔39〕爰：于是。

〔40〕秦田水月：徐渭二字的隐语。"秦"为三人加禾，是为"徐"，"田水月"则为"渭"之拆字。谩：通"漫"。

275

吴国伦

吴国伦(1524—1593),字明卿,号川楼子、南岳山人,湖广兴国(今湖北阳新)人。嘉靖二十九年(1550)进士,历官中书舍人、兵科给事中、建宁同知,累迁河南左参政,大计罢归。他是明代"后七子"之一,《明史》有传,称:"国伦才气横放,好客轻财。归田后声名籍甚,求名之士,不东走太仓(指王世贞),则西走兴国。"可见当时影响。有《甔甀洞稿》五十四卷、《续稿》二十七卷。

雪山冰井记[1]

往岁,友人以白磁缸一口见遗。体圆,而资极莹彻[2],高尺许,径一尺有半,中可贮水五十升。汉人谓玉晶盘与冰同洁[3],兹庶几焉[4]。验之,盖正德间器也[5]。未几,客有载一白石山来求售者,大不盈尺,高倍之。客不自知其名,予曰:"此玉华石也[6],出将乐洞。"虽工人稍斫,其初而天造奇形故在,巉岩礧砢[7],片片可镜。其阴则斗削壁立[8],上下两空洞,有含烟出云之形,即《小山赋》不尽其奇矣[9]。因以布十匹易之,客大溢所望而去[10]。

顷予抱病溽暑[11],喘息如焚,思欲登雪山而浴冰井,不可得,因取玉华石置左,名之曰"雪山",白磁缸置右,而实以清泉,名之曰"冰井"。乃布竹榻其间,朝夕养疴[12],偃仰坐卧焉[13]。遂觉暑气渐微,凉意渐洽,泠泠然爽致宜人[14]。间起而摩挲之,则倏然山欲雪、井欲冰也[15]。

已而自笑曰:"炎方六月[16],何自有冰雪哉?夫霄壤之间[17],凡可强而名者,借也[18]。而吾以其不可名者寄焉,亦借也。岂惟拳石勺水为然[19]?仰积气而为天,俯积块而为地[20],皆强而名之也,托之乎象其形也。天地且尔,又何一物非借乎?乃予之左雪山而右冰井也,亦象其形而借其意耳。《汉书》云:'清室则中夏含霜[21]。'夫室可霜也,安见山不可雪而井不可冰乎?"客有闻予言而叹者,曰:"信如子言,不知真之为借,借之为真矣。"客真知言乎哉[22]。

《甔甀洞稿》卷四十五

〔1〕晚明文人,尽管其文学主张或有不同,但追求闲适、崇尚天趣,则有近似的价值取向,可谓时代风会使然。此文命名其所藏玉华石为"雪山",命名其所藏白磁缸为"冰井",并能自得其乐,总结出"借"的意义,又有哲理的忖索,情趣、思致兼而有之,读来耐人寻味。

〔2〕资:材质。莹彻:莹洁透明。

〔3〕玉晶盘:即水晶盘。《三辅黄图·未央宫》云:"(董偃)以玉晶为盘,贮冰于膝前,玉晶与冰相洁。"董偃,汉武帝时人。

〔4〕庶几(jī机):差不多,近似。

〔5〕正德:明武宗年号(1506—1521)。

〔6〕玉华石:一种可溶性岩石(石灰岩或白云岩等)经受千百万年水的化学溶解而形成,产于将乐(今属福建)东南天阶山下玉华洞者,即名玉华石。玉华洞属岩溶地貌(喀斯特地貌),是武夷山脉奇峰异洞之

一,为古今游览胜地。作者曾任建宁(今属福建)同知、邵武(今属福建)知府,故对这一类可溶性岩石熟悉。

〔7〕礧砢(lěi luǒ 磊裸):众多委积的样子。

〔8〕阴:指石的背面。

〔9〕小山赋:唐太宗李世民撰,见《全唐文》卷四。《小山赋》:"风暂下而将飘,烟才高而不暝。寸中孤嶂连还断,尺里重峦欹复正。"

〔10〕大溢所望:大大地超过所期望的。

〔11〕溽(rù 入)暑:指盛夏气候潮湿闷热。

〔12〕疴(kē 科):疾病。

〔13〕偃(yǎn 掩)仰:安居。

〔14〕泠(líng 铃)泠然:清凉的样子。

〔15〕倏(shū 书)然:迅疾的样子。

〔16〕炎方:泛指南方炎热地区。作者曾在福建与广东一带为官。

〔17〕霄壤:天与地。

〔18〕借:凭借。

〔19〕拳石:小石块。勺水:一勺水,指少量的水。

〔20〕"仰积气"二句:语本《列子·天瑞》:"天,积气耳,亡处亡气。""地,积块耳,充塞四虚,亡处亡块。"块,土块。

〔21〕"清室"句:语本三国魏曹植《七启》:"温房则冬服绨纩,清室则中夏含霜。"作者谓为《汉书》所云,似是误记。清室,清凉的屋室。中夏,即仲夏。

〔22〕知言:善于辨析他人的言辞。《论语·尧曰》:"不知言无以知人也。"

宗 臣

宗臣(1525—1560),字子相,号方城山人,兴化(今属江苏)人。嘉靖二十九年(1550)进士,历官刑部主事、福州布政使司左参议,以抗倭有功,迁提学副使,卒于任。宗臣为明"后七子"之一,《明史》有传,称其守福州西门以抗倭,"纳乡人避难者万人",卒官后,"士民皆哭"。著有《宗子相集》十五卷。

报刘一丈书[1]

数千里外,得长者时赐一书[2],以慰长想[3],即亦甚幸矣,何至更辱馈遗[4]?则不才益将何以报焉[5]?

书中情意甚殷,即长者之不忘老父[6],知老父之念长者深也。至以"上下相孚,才德称位"语不才[7],则不才有深感焉。夫才德不称,固自知之矣,至于不孚之病,则尤不才为甚。

且今世之所谓孚者何哉?日夕策马[8],候权者之门,门者故不入[9],则甘言媚词作妇人状,袖金以私之[10]。即门者持刺入[11],而主者又不即出见,立厩中仆马之间[12],恶气袭衣袖,即饥寒毒热不可忍,不去也。抵暮,则前所受赠金者出,报客曰:"相公倦[13],谢客矣,客请明日来。"即明日,又不敢不来。夜披衣坐,闻鸡鸣,即起盥栉[14],走马抵门。门者怒曰:"为谁?"则曰:"昨日之客来。"则又怒曰:"何客之勤也!岂有相公此时出见客乎?"客心耻之,强忍而与言曰:"亡奈何矣,姑容我入。"门者又得所赠金,则起而入之。又立向所立厩中。幸主者出,南面召见[15],则惊走匍匐阶下。主者曰:"进。"则再拜,故迟不起,起则上所上寿金[16]。主者故不受,则固请[17]。主者故固不受,则又固请;然后命吏内之[18]。则又再拜,又故迟不起,起则五六揖始出。出揖门者曰:"官人幸顾我,他日来,幸勿阻我也。"门者答揖。大喜,奔出。马上遇所交识,即扬鞭语曰:"适自相公家来,相公厚我,厚我!"且虚言状。即所交识亦心畏相公厚之矣。相公又稍稍语人曰[19]:"某也贤,某也贤。"闻者亦心计交赞之[20]。此世所谓上下相孚也。长者谓仆能之乎[21]?

前所谓权门者,自岁时伏腊一刺之外[22],即经年不往也。间道经其门[23],则亦掩耳闭目,跃马疾走过之,若有所追逐者。斯则仆之褊哉[24]。以此常不见悦于长吏,仆则愈益不顾也。每大言曰[25]:"人生有命,吾惟守分尔矣。"长者闻此,得无厌其为迂乎?

乡园多故[26],不能不动客子之愁。至于长者之抱才而困[27],则又令我怆然有感。天之与先生者甚厚[28],亡论长者不欲轻弃之[29],即天意亦不欲长者之轻弃之也,幸宁心哉[30]!

《宗子相集》卷十四

〔1〕刘一丈,名玠,字国珍,号墀石,兴化(今属江苏)人,与宗臣是同乡,与宗臣的父亲宗周有四十年的交往,属于宗臣的父执辈。题中"一"是刘玠的排行老大,"丈"乃古人对男性长辈的尊称。刘玠终身未仕,负才有识,名传乡里。嘉靖时期,权奸严嵩、严世蕃父子当朝,政治腐败,人欲横流,贪缘行贿者奔竞于其门,社会黑暗,无以复加。宗臣有感于此,用近于小说的笔法刻画出这些官场中人的丑恶嘴脸,也表现出一位洁身自好的文人士大夫的清高心态,从而令这篇尺牍跻入古代名篇之林,四百余年脍炙人口。

〔2〕时:经常。

〔3〕长想:长久的思念。

〔4〕辱:谦词,有"承蒙"的意思。馈遗(kuì wèi 溃喂):赠送礼物。

〔5〕不才:对自己的谦称。

〔6〕老父:宗臣的父亲宗周,字维翰,号履庵,嘉靖十年(1531)举人,历官山东金乡知县、四川叙州通判、广东肇庆同知、南京刑部郎中、四川马湖知府,有惠政。

〔7〕孚:信任。

〔8〕策马:用鞭子赶马。

〔9〕门者:守门的仆人。

〔10〕袖金以私之:私下里塞钱给守门人。

〔11〕刺:拜帖,相当于今天的名片。

〔12〕厩(jiù 救):马棚。

〔13〕相公:旧时对宰相的称呼。这里即指当时的首辅、大学士严嵩。

〔14〕盥栉(guàn zhì 灌治):洗脸、梳头。

〔15〕南面:指居尊位。古代以坐北朝南为尊位。

〔16〕寿金:以颂寿名义赠人金帛,即行贿。

〔17〕固:坚持。

〔18〕内:通"纳"。

〔19〕稍稍:偶尔。

〔20〕心计:心中盘算。交赞:交相夸赞。

〔21〕仆能之乎:宗臣《岁暮》诗:"陶潜耻折腰,贡禹弹其冠。出处各有性,焉触违所安?"仆,自称的谦词。

〔22〕岁时:每年一定的季节或时间。伏腊:古代两种祭祀的名称,"伏"在夏季伏日,"腊"在农历十二月。这里泛指节日。

〔23〕间:间或。

〔24〕褊(biǎn贬):心胸狭隘。

〔25〕大言:夸大的言辞。

〔26〕乡园多故:这里指家乡兴化一带频遭倭寇侵扰与水患。

〔27〕抱才而困:指刘玠怀才不遇。宗臣《席上赠刘一丈墀石》诗有云:"怜君空抱苍生策,一卧江门四十秋。"

〔28〕天之与先生者:这里指刘玠的天赋、才德。

〔29〕亡论:且不说。

〔30〕宁心:安心,耐心。

王世贞

王世贞(1526—1590),字元美,号凤洲,又号弇州山人,太仓(今属江苏)人。嘉靖二十六年(1547)进士,历官刑部主事、山西按察使、太仆卿,官至南京刑部尚书。王世贞是"后七子"的领袖之一,李攀龙死后,主持文坛二十年。《明史》有传,称其"才最高,地望最显,声华意气笼盖海内",又说:"其持论,文必西汉,诗必盛唐,大历以后书勿读,而藻饰太甚。晚年,攻者渐起,世贞顾渐造平淡。"著述宏富,有《弇州四部稿》一百七十四卷、《续稿》二百〇七卷、《弇山堂别集》一百卷以及《读书后》八卷等。

游云门山记[1]

出青州之南门可五里而近[2],曰云门山。山下夷而再成锐[3],上将及,宛有中虚之洞以穿其背,而上望之,为镜,为射的焉[4],正与郡斋对[5]。晴则荧荧然[6],小雨则濛濛瀰瀰然[7]。以岁时更献状于几席[8],若觊余游者而未果[9]。会学宪吴峻伯东按行海上[10],道青[11],余乃以间得从峻伯往[12]。

时春而雪初霁[13],未尽消也,道泞甚,篮舆踯躅陂陀间[14]。舁卒肩相辅[15],后趾蹑前趾,而分级之半[16],猿贯上[17],久之,始抵洞。洞高丈馀,纵倍之,横杀之[18]。余与峻伯乃舍舆而步,穿洞旁,蹑百馀级至绝顶,则磐石重甗[19],可列坐数百人。东望青葱郁蒸[20],不别天地,其大海之气乎? 西南连山亘带不尽[21],若斧劈,若剑锷,若驼,若狻猊[22],若率然者[23],吞吐云雾,与旭日相媚,晶莹玲珑,掩映霏霭[24],紫翠万状。下俯郡会[25],雉堞历历[26],雪宫之鸥出没松柏[27],若翡翠之戏兰苕也[28]。

余命酒饮峻伯[29],已,各分韵为七言一章,成,互歌之。余雅吴咏为羽声[30],嘘之入霄汉,缥缈徐下,与天籁会[31]。虚谷和响,万木奏节,觉群山秀色时时来袭人衣裾。余衷峻伯而酒之迫[32],则踉跄下[33],繇故洞走西间道袭之[34],乃复得小龙洞焉。伛而入[35],深可四丈许,中裂为涧,水泓澄不干[36]。旁有石床枕可偃卧[37],余乃与峻伯卧饮甚欢也。已相谓曰:"爽鸠之乐[38],可再乎哉? 卑矣,牛山之涕也[39],有晏子之对在[40]。虽然,东方之人称牛山者[41],即不得舍齐君臣而他咏也。均之乎,不朽矣,则牛山之乐,爽鸠氏不得而有之,齐之君臣独以微言而得有之[42]。至于今也,吾二人毋亦易自废而千古。"兹日既罢酒,还。

明日,乃以诗付山僧,使刻石而为之记。

《弇州四部稿》卷七十二

[1] 云门山在今山东益都以南,风景优美,山顶有云窟和云门洞,夏秋间白云可穿洞而过,洵为奇观。这篇游记即写于王世贞任山东青州兵备副使时,时为嘉靖三十六年(1557)。全文写景抒情虽不出同类散

文的套路,但结构严谨,语言简洁,读来馀味无穷。

〔2〕青州:明代青州府,治所在今山东益都。可:约。

〔3〕夷:平坦。锐:形容山头尖。

〔4〕射的:箭靶。这里形容云门山上的云门洞,其洞远望如玉镜高悬,有"云门拱璧"之誉,是"青州八景"之一。

〔5〕郡斋:指青州府衙,作者所居处。

〔6〕荧荧然:光闪烁的样子。

〔7〕濛濛滃(wěng 蓊)滃然:迷茫而云气腾涌的样子。

〔8〕岁时:每年一定的季节或时间。更:交替。几席:几与席。古人凭依、坐卧的器具。

〔9〕觊(jì 记):希望。

〔10〕学宪吴峻伯:即吴维岳(1514—1569),字峻伯,号霁寰,孝丰(今浙江安吉)人。嘉靖十七年(1538)进士,官至贵州巡抚。曾与李攀龙等倡结诗社,为"广五子"之一,有《天目山斋藏稿》。学宪,即提道。吴维岳时任山东提学副使,故称。按行:巡视。海上:海边。

〔11〕道青:路过青州。

〔12〕间:空闲。

〔13〕霁(jì 记):天晴。

〔14〕篮舆:古代以人力抬行供人乘坐的交通工具,形制多样,类似于轿子。踯躅(zhí zhú 执逐):徘徊难进的样子。陂陀(pō tuó 坡驼):倾斜不平的样子,这里形容上山之路。

〔15〕舁(yú 鱼)卒:抬篮舆的人。肩相辅:肩靠肩。

〔16〕分级之半:两足同时踩在一级石阶上,形容行进艰难。

〔17〕猿贯上:如猿猴一样依次而进。

〔18〕杀(shài 晒):减少。

〔19〕磐(pán 盘)石:厚而大的石头。重(chóng 虫):重叠。甗(yǎn

眼):古代一种上大下小、分为两层的蒸煮炊器。这里形容磐石的形状。

〔20〕青葱:翠绿色。郁蒸:即"蒸郁",指热气郁勃上升。

〔21〕亘(gèn 艮)带:绵延。

〔22〕狻猊(suān ní 酸泥):狮子。

〔23〕率然:古代传说中的一种蛇。

〔24〕霏亹(wěi 伟):这里指积雪美丽。

〔25〕郡会:指青州城。

〔26〕雉堞(zhì dié 至蝶):城上短墙,如锯齿状。

〔27〕雪宫:战国时齐宣王的离宫(别墅),故址在今山东淄博东北。这里泛指青州一带的王府建筑物。鸱(chī 吃):即鸱吻,古代宫殿屋脊正脊两端的一种饰物,如同鸱鹰张口吞脊,故名鸱吻。

〔28〕翡翠之戏兰苕(tiáo 条):语本晋郭璞《游仙诗》:"翡翠戏兰苕,容色更相鲜。"翡翠,鸟名;兰苕,兰花。

〔29〕命酒:命人置酒。

〔30〕雅:合乎规范的。吴咏:吟唱吴歌。羽声:古代五声(宫、商、角、徵、羽)之一。这里似指吟唱羽调式的江南民歌。

〔31〕天籁:自然界的风声、鸟声、流水声等音响。

〔32〕衷:这里是"内心暗想"之意。酒之迫:劝酒。

〔33〕踉跄(liàng qiàng 晾呛):跌跌撞撞,行走歪斜的样子。

〔34〕繇(yóu 油):通"由"。间道:偏僻的小路。袭:隐藏。

〔35〕伛(yǔ 雨):弯腰。

〔36〕泓澄:水清澈。

〔37〕偃(yǎn 掩)卧:仰卧。

〔38〕爽鸠之乐:语本《左传·昭公二十年》:"古若无死,爽鸠氏之乐,非君所愿也。"齐景公饮酒高兴,就说:"从古以来若无死亡,它的欢乐会怎么样呢?"晏子回答说:"从古以来若无死亡,现在的欢乐就是古

人的欢乐了,君王能得到什么?从前爽鸠氏开始居于此地,以后季荝、逢伯陵、蒲姑氏、姜太公一代代因袭下来。从古以来若无死亡,爽鸠氏的欢乐,就不是君王所希望的。"爽鸠氏,传说为少皞氏的司寇。

〔39〕牛山之涕:语本《晏子春秋·谏上十七》:"(齐)景公游于牛山,北临其国城而流涕曰:'若何滂滂去此而死乎!'"牛山,在今山东淄博市。

〔40〕晏子之对:语本《晏子春秋·谏上十七》,齐景公游牛山而流涕,艾孔、梁丘据两人也跟着流涕,只有晏子在一旁发笑。齐景公问他为什么,晏子回答说:"使贤者常守之,则太公、桓公将常守之矣;使勇者常守之,则灵公、庄公将常守之矣。数君者将守之,则吾君安得此位而立焉?以其迭处之、迭去之,至于君也,而独为之流涕,是不仁也。不仁之君见一,谄谀之臣见二,此臣之所以独窃笑也。"这番话与上引《左传·昭公二十年》中晏子之语意义略同。晏子,即晏婴(前?—前500),字平仲,春秋齐国夷维(今山东高密)人。相齐景公,名显诸侯。《史记》有传。

〔41〕东方之人:这里指今山东一带的人。

〔42〕微言:指晏子精深微妙的言辞。

蔺相如[1]

蔺相如之完璧[2],人人皆称之,余未敢以为信也。

夫秦以十五城之空名而诈赵,而胁其璧[3]。是时言取璧者情也[4],非欲以窥赵也[5]。赵得其情则弗予,不得其情则予;得其情而畏之则予,得其情而弗畏之则弗予。此两言决耳,奈之何既畏而复挑其怒也。

且夫秦欲璧,赵弗予璧,两无所曲直也[6]。入璧而秦弗予城,曲在秦。秦城出而璧归,曲在赵。欲使曲在秦,则莫如弃璧;畏弃璧,则莫如弗予。夫秦王既按图以予城,又设九宾[7],斋而受璧[8],其势不得不予城。璧入而城弗予,相如则前请曰:"臣固知大王之弗予城也。夫璧非赵宝也,而十五城秦宝也。今使大王以璧故而亡其十五城,十五城之子弟,皆厚怨大王以弃我如草芥也。大王弗予城,而绐赵璧[9],以一璧故而失信于天下,臣请辞,就死于国,以明大王之失信。"秦王未必不予璧也。今奈何使舍人怀而逃之[10],而归直于秦!是时秦意未欲与赵绝耳。令秦王怒而僇相如于市[11],武安君十万众压邯郸[12],而责璧与信,一胜而相如族[13],再胜而璧终入秦矣。

吾故曰:蔺相如之获全于璧也,天也。若其劲渑池[14],柔信平[15],则愈出而愈妙于用。所以能存赵者,天固曲成之哉[16]!

《弇州四部稿》卷一一〇

[1] 蔺相如是战国时代赵国人,赵国不如秦国强大,秦昭襄王欲用十五城换取赵国的和氏璧,蔺相如自告奋勇,怀璧去秦。后知秦王无意偿城,蔺相如用计取回和氏璧,令秦王巧取豪夺的计划落空。这就是历史上有名的完璧归赵的故事。此后,蔺相如在渑池之会上又挫败了秦王欲侮辱赵王的伎俩,被封为上卿,位在赵国大将廉颇之上。廉颇自恃功高,屡欲当众侮辱蔺相如,蔺以国事为重,再三避让,终于感动了廉颇,廉

负荆请罪,二人成刎颈之交。事见《史记》。这篇《蔺相如》属于史论,析薪破理,意在翻案;而文辞言简意赅,富于雄辩。议论横生,虽不免书生之见,但中肯透彻,多有发人深省之处。

〔2〕完璧:即将和氏璧完好无损地归还赵国。和氏璧是楚人卞和发现的,他为此先后失去了双足。事见《韩非子·和氏》。

〔3〕胁:威逼强求。

〔4〕情:实情。

〔5〕窥:伺机图谋。

〔6〕曲直:有理无理。

〔7〕九宾:古代朝会大典设"九宾",指公、侯、伯、子、男、孤、卿、大夫、士,也即《周礼》中的"九仪"。

〔8〕斋:即"斋戒"。古人在祭祀或重大事情前须沐浴更衣、整洁身心,以示虔诚。《史记·廉颇蔺相如列传》:"今大王亦宜斋戒五日,设九宾礼于庭,臣乃敢上璧。"

〔9〕绐(dài 代):欺骗。

〔10〕舍人:战国及汉初王公贵人私门之官,即《史记·廉颇蔺相如列传》中的"从者":"乃使其从者衣褐,怀其璧,从径道亡,归璧于赵。"

〔11〕僇(lù 路):通"戮"。杀。

〔12〕武安君:即白起,战国时秦国将领,善用兵,以功封武安君。后因与应侯范雎有隙,被迫自杀。邯郸:赵国的国都,今属河北。

〔13〕族:即族诛,是古代的一种刑罚,一人犯罪,刑及亲族。

〔14〕劲渑(miǎn 免)池:公元前279年,秦昭襄王邀请赵惠文王到渑池(今属河南)会盟,蔺相如随侍赵惠文王,几次面斥秦国君臣的侮辱,保存了赵国的体面。劲,刚强。

〔15〕柔信平:蔺相如对廉颇的几次挑衅谦恭相让,终于感动了廉颇,廉颇登门负荆请罪,两人为赵国的强大团结了起来。信平,即廉颇,

以功封信平君。

〔16〕曲成:委曲成全。语本《易·系辞上》:"曲成万物而不遗。"

题《海天落照图》后[1]

《海天落照图》,相传小李将军昭道作[2],宣和秘藏[3],不知何年为常熟刘以则所收[4],转落吴城汤氏[5]。嘉靖中[6],有郡守[7],不欲言其名,以分宜子大符意迫得之[8]。汤见消息非常[9],乃延仇英实父别室[10],摹一本,将欲为米颠狡狯[11],而为怨家所发[12]。守怒甚,将致叵测[13]。汤不获已[14],因割陈缉熙等三诗于仇本后[15],而出真迹,邀所善彭孔嘉辈[16],置酒泣别,摩挲三日而后归守,守以归大符。大符家名画近千卷,皆出其下,寻坐法[17],籍入天府[18]。隆庆初[19],一中贵携出[20],不甚爱赏,其位下小珰窃之[21]。时朱忠僖领缇骑[22],密以重赀购,中贵诘责甚急,小珰惧而投诸火,此癸酉秋事也[23]。

余自燕中闻之拾遗人[24],相与慨叹妙迹永绝。今年春,归息弇园[25],汤氏偶以仇本见售,为惊喜,不论直收之[26]。按《宣和画谱》称昭道有《落照》、《海岸》二图[27],不言所谓《海天落照》者,其图之有御题、有瘦金瓢印与否[28],亦无从辨证,第睹此临迹之妙乃尔[29],因以想见隆准公之惊世也[30]。实父十指如叶玉人[31],即临本亦何必减逸少《宣示》、信本《兰亭》哉[32]!老人馋眼,今日饱矣[33],为题其后。

《弇州四部稿续稿》卷一七〇

〔1〕王世贞嫉恶如仇,并因此触怒了权奸严嵩,终于招致了严嵩假公济私的疯狂报复。据《明史·王世贞传》载,王世贞的父亲王忬以滦河失事,被严嵩构陷论死,其仇可谓不共戴天。这篇名画跋文,叙述《海天落照图》流传有序,从容不迫;而对于严嵩父子依权仗势、巧取豪夺的强盗行径也出以冷笔,没有过多地抒发义愤之情,这反而使文章具有了隽永的魅力。

〔2〕小李将军昭道:即李昭道,为唐宗室李思训之子。李思训善画山水树石,金碧辉映,笔力遒劲,因开元初官左武卫大将军,故人称大李将军。李昭道即因父官而称小李将军,也以善画山水著名。

〔3〕宣和秘藏:宋徽宗内府所藏。宣和,借称宋徽宗赵佶,宣和为其年号(1119—1125)。

〔4〕常熟:在今江苏南部,北临长江。刘以则:明代收藏家,生平不详。

〔5〕吴城:即苏州(今属江苏)。汤氏:明代古董经营商。

〔6〕嘉靖:明世宗朱厚熜年号(1522—1566)。

〔7〕郡守:即知府,知县的上级长官。

〔8〕分宜:即严嵩(1480—1567),字惟中,号介谿,江西分宜人。弘治十八年(1505)进士,历官礼部右侍郎、武英殿大学士,任首辅多年,与其子严世蕃俞贿赂,除异己,作恶朝中。后被劾罢官,病死。《明史》有传。这里以其籍贯代人名。大符:即严嵩之子严世蕃(?—1565),号东楼,依仗严嵩入仕,以筑京师外城功进工部左侍郎,掌尚宝司事,后以贪贿被劾处死。《明史》有传,称其"好古尊彝、奇器、书画,赵文华、鄢懋卿、胡宗宪之属,所到辄荜致之,或索之富人,必得然后已"。大符,未见

著录,似非其字号。《明史·职官志三》:"尚宝司,卿一人,少卿一人,司丞三人,掌宝玺、符牌、印章,而辨其所用。"又:"太祖初,设符玺郎,秩正七品。吴元年改尚宝司卿,秩正五品。"观此,则"大符"似是对严世蕃的谑称。迫得之:强逼取得。

〔9〕消息:底细。

〔10〕延:邀请。仇英实父:即仇英(? —1552?),字实父,号十洲,太仓(今属江苏)人,客居苏州(今属江苏)。明代画家,能摹仿历代名迹,落笔几可乱真。别室:正室以外的房间,比喻隐秘处。

〔11〕米颠:即米芾(fú 福,1051—1107),字元章,号鹿门居士、海岳外史等,人称米南宫,又以其举止怪异,世称"米颠"。宋丹徒(今江苏镇江)人,后徙襄阳,历官书画学博士、礼部员外郎。能诗文,擅书画,《宋史》有传,称其"尤工临移,至乱真不可辨"。此言"狡狯(kuài 快)",即指汤氏欲用摹本代真迹。

〔12〕怨家:仇人。发:举发。

〔13〕叵测:不可测,喻指大祸。

〔14〕不获已:不得已。

〔15〕陈缉熙:即陈鉴(1415—?),字缉熙,长洲(今江苏苏州)人。正统十三年(1448)进士,历官翰林学士、礼部侍郎,有《皇华集》、《介庵集》。

〔16〕彭孔嘉:即彭年(1505—1566),字孔嘉,号隆池山樵,长洲(今江苏苏州)人。少与文徵明游,以词翰名。有《隆池山樵集》。

〔17〕寻:不久。坐法:犯法获罪。嘉靖四十一年(1562),御史邹应龙劾严世蕃不法,谪戍广东雷州,未至而逃回江西分宜家中。嘉靖四十三年复被劾,于次年逮至北京处死。

〔18〕籍:这里是查抄的意思。天府:朝廷藏物之府库。

〔19〕隆庆:明穆宗朱载垕年号(1567—1572)。

〔20〕中贵:显贵的侍从太监。

〔21〕小珰(dāng 当):小太监。珰,汉代宦官充武职者,其冠用珰(耳饰)与貂尾为饰,后代即以"珰"代指太监。

〔22〕朱忠僖:即朱希孝(1518—1574),字纯卿,怀远(今属安徽)人。嘉靖十三年(1534)授锦衣勋尉,累迁左都督。卒谥忠僖。缇(tí提)骑:明代锦衣卫校尉,除掌禁卫、仪仗、卤簿外,专司侦察、缉捕官民。

〔23〕癸酉:明神宗朱翊钧万历元年(1573)。

〔24〕燕(yān 烟)中:今河北北部一带。拾遗人:这里指买卖旧货文物的商人。

〔25〕弇(yǎn 眼)园:王世贞家中的花园,在今江苏太仓。

〔26〕直:同"值",价钱。

〔27〕宣和画谱:二十卷,无撰人名氏。记宋徽宗宣和时内府所藏诸画,计收画家二百三十一人,名画六千三百九十六轴。

〔28〕御题:指宋徽宗赵佶的题识。瘦金:即瘦金书,宋徽宗赵佶楷书学唐薛稷,笔画瘦硬,自称瘦金书。瓢印:宋徽宗鉴赏书画所用印章,有一种瓢形的,称瓢印。

〔29〕第:只。

〔30〕隆准公:戏称李昭道。隆准,即高鼻梁,《史记·高祖本纪》称刘邦:"高祖为人,隆准而龙颜。"后人即以隆准公借指皇帝或皇裔。李昭道是唐朝宗室,故以此相称。

〔31〕叶玉人:语本《列子·说符》:"宋人有为其君以玉为楮叶者,三年而成。锋杀茎柯,毫芒繁泽,乱之楮叶中而不可别也。此人遂以巧食宋国。"这里即以宋人之巧比喻仇英临本之妙。

〔32〕"即临本"句:谓仇英临摹之《海天落照图》不减原作之精神。逸少,即王羲之(303—361),字逸少,晋琅玡临沂(今属山东)人,居山阴(今浙江绍兴),官至右军将军、会稽内史。大书法家,有"书圣"之称。

《晋书》有传。宣示,即《宣示表》,楷书法帖,原为三国魏钟繇所书,今传本则是王羲之的临本。信本,即欧阳询(557—641),字信本,唐潭州临湘(今属湖南)人,官至弘文馆学士,善书,初学王羲之,而险劲过之。新、旧《唐书》皆有传。兰亭,即《兰亭集序》,原为王羲之所书,唐太宗极爱之,殉葬昭陵。故《兰亭集序》仅有临摹本传世,欧阳询所临者为其中一种。

〔33〕"老人馋眼"二句:语本元王实甫《西厢记》第一本第四折:"害相思的馋眼脑,见他时须看个十分饱。"这里略有调侃意味。

书谢灵运集后[1]

余始读谢灵运诗,初甚不能入,既入而渐之以至于不能释手。其体虽或近俳[2],而其有似合掌者[3],然至秾丽之极[4],而反若平淡;琢磨之极,而更似天然,则非馀子所可及也。鲍照对颜延之之请骘[5],而谓:"谢如初发芙蓉,自然可爱,君若铺锦列绣,亦复雕缋满眼也[6]。"自有定论。而王仲淹乃谓[7]:"灵运小人哉!其文傲,君子则谦。""颜延之有君子之心焉,其文约以则[8]。"此何说也?灵运之傲不可知,若延之之病,正坐于不能约以则也。余谓仲淹非能知诗者,殆以成败论耳[9]。

《读书后》卷三

〔1〕谢灵运(385—433),小名客儿,后世或称之为谢客;又袭爵封康乐公,后世亦称之为谢康乐。晋、宋间诗人,出生于会稽始宁(今浙江

上虞)。仕晋为中书侍郎,入宋历官秘书监、临川内史,后以叛逆罪被杀。他的文学成就主要体现于山水诗,时时可见佳句,在文学史上有一定地位。有《谢灵运集》十九卷,北宋以后散佚,明人辑有《谢康乐集》二卷。这一篇读书笔记引古人成说,言简意赅地表达了自己的价值取舍,显示出作者的文字功力。

〔2〕俳(pái 排):这里指诗句对偶骈俪。王世贞《艺苑卮言》卷三:"灵运语俳而气古。"又:"上衡、康乐已于古调中出排偶。"

〔3〕合掌:指诗文中对偶词句的意义相同或相类。

〔4〕秾(nóng 农)丽:华丽、艳丽。

〔5〕鲍照:字明远(?—466),原籍东海(治所在今山东郯城以北),仕刘宋曾任中书舍人、秣陵令等小官,后在统治者的内部斗争中为乱兵所害。鲍照是南朝著名诗人,有《鲍参军集》。颜延之:字延年(384—456),祖籍临沂(今属山东),任宋官至金紫光禄大夫。其诗坛声望当时与谢灵运齐名,并称"颜谢",其实不如谢灵运远甚。有《颜光禄集》。请骘(zhì 制):请人评判优劣高低。

〔6〕"而谓"四句:语本《南史·颜延之传》,字句小有不同。芙蓉,荷花的别名。雕缋(huì 绘):同"雕绘"。这里指刻意修饰文字。

〔7〕王仲淹:即王通(584—618),字仲淹,隋绛州龙门(今山西河津)人。曾任蜀郡司户书佐,弃官归,以讲学著书为业,有《文中子中说》十卷。以下两段引文均见《文中子中说》卷三《事君》:"谢灵运小人哉!其文傲,君子则谨。"又:"颜延之、王俭、任昉,有君子之心焉,其文约以则。"

〔8〕约以则:指用词简约而埋有法则。王通认为这是君子的用心。

〔9〕成败:指谢灵运被杀事。

李　贽

　　李贽(1527—1602),原名载贽,号卓吾,又号宏甫,别号温陵居士等,泉州晋江(今属福建)人,回族。嘉靖三十一年(1552)举人,历官河南共城(今辉县)教谕、礼部司务、南京刑部主事、云南姚安太守,后弃官,移居麻城龙湖芝佛院,出家为僧,不废讲学著书。万历二十九年(1601),受致仕御史马经纶请至京师通州,次年即以"敢倡乱道,惑世诬民"之罪下狱,自刎身死。李贽是明代思想家、文论家,他接受佛教禅宗的影响,又受阳明心学及其泰州学派的熏染,提倡个性解放,大胆怀疑孔孟之道,自称"异端",对明代后期的文坛产生过巨大影响。著有《焚书》六卷、《续焚书》五卷以及《藏书》、《续藏书》等,今皆有中华书局点校本。另有《李贽文集》整理本,社会科学文献出版社2000年出版。

又与焦弱侯[1]

　　郑子玄者[2],丘长孺父子之文会友也[3]。文虽不如其父子,而质实有耻[4],不肯讲学[5],亦可喜,故喜之。盖彼全不曾亲见颜、曾、思、孟[6],又不曾亲见周、程、张、朱[7],但见今之讲周、程、张、朱者,以为周、程、张、朱实实如是尔也,故耻而不肯讲。不讲虽是过[8],然使学者耻而不讲,以为周、程、张、朱卒如是而止,则今之讲周、程、张、朱者可诛也。彼以为周、程、张、朱者皆口谈道德而心存高官,志在巨富;既已得高官巨富矣,仍讲道德,说仁义自若也;又从而哓哓然语人曰[9]:"我欲厉俗而风世[10]。"彼谓败俗伤世者,莫甚于讲周、程、张、朱者也,是以益不信。不信故不讲。然则不讲亦未为过矣。

黄生过此[11],闻其自京师往长芦抽丰[12],复跟长芦长官别赴新任。至九江[13],遇一显者,乃舍旧从新,随转而北,冲风冒寒,不顾年老生死。既到麻城[14],见我言曰:"我欲游嵩少[15],彼显者亦欲游嵩少,拉我同行,是以至此。然显者俟我于城中,势不能一宿。回日当复道此,道此则多聚三五日而别,兹卒卒诚难割舍云[16]。"其言如此,其情何如?我揣其中实为林汝宁好一口食难割舍耳[17]。然林汝宁向者三任,彼无一任不往,往必满载而归,兹尚未厌足[18],如饿狗思想隔日屎,乃敢欺我以为游嵩少。夫以游嵩少藏林汝宁之抽丰来赚我[19];又恐林汝宁之疑其为再寻己也,复以舍不得李卓老[20],当再来访李卓老,以赚林汝宁:名利两得,身行俱全。我与林汝宁几皆在其术中而不悟矣,可不谓巧乎!今之道学[21],何以异此!

由此观之,今之所谓圣人者[22],其与今之所谓山人者一也[23],特有幸不幸之异耳。幸而能诗,则自称曰山人;不幸而不能诗,则辞却山人而以圣人名。幸而能讲良知[24],则自称曰圣人;不幸而不能讲良知,则谢却圣人而以山人称。

展转反复,以欺世获利。名为山人而心同商贾,口谈道德而志在穿窬[25]。夫名山人而心商贾,既已可鄙矣,乃反掩抽丰而显嵩少,谓人可得而欺焉,尤可鄙也!今之讲道德性命者[26],皆游嵩少者也;今之患得患失,志于高官重禄,好田宅,美风水,以为子孙荫者,皆其托名于林汝宁,以为舍不得李卓老者也。然则郑子玄之不肯讲学,信乎其不足怪矣。

且商贾亦何可鄙之有?挟数万之赀[27],经风涛之险,受辱于关吏,忍诟于市易,辛勤万状,所挟者重,所得者末。然必交结于卿大夫之门,然后可以收其利而远其害,安能傲然而坐于公卿大夫之上哉!今山人者,名之为商贾,则其实不持一文;称之为山人,则非公卿之门不履,故可贱耳。虽然,我宁无有是乎?然安知我无商贾之行之心,而释迦其衣以欺世而盗名也耶[28]?有则幸为我加诛,我不护痛也。虽然,若其患得而又患失,买田宅,求风水等事,决知免矣。

《焚书》卷二

〔1〕焦弱侯即焦竑,字弱侯,详本书小传。同声相应,同气相求,李贽与焦竑交好,源于他们皆具有个性解放的思想。《焚书》中有多篇作者致焦竑的书信,涉及问题广泛。这一篇书信揭发批判假道学,可谓痛快淋漓、一针见血。明中叶以后城市经济的发展,令士林文化受到市井文化的巨大冲击,为获取名利而欺世盗名的文人已非罕见,而此文的认识价值也正在这一方面。

〔2〕郑子玄:生平不详。李贽有《送郑子玄兼寄弱侯》诗,末联:"蓟门虽落莫,应念有焦侯。"可知他后来与焦竑也有交往,或即经李贽之介

绍而然。

〔3〕丘长孺:即丘坦,字坦之,号长孺,麻城(今属湖北)人。由诸生举万历三十四年(1606)武乡试第一,官至海州参将。善诗,工书,喜游历,有《南北游稿》、《楚丘集》、《度辽集》等。与袁宏道兄弟交好。文会:文人饮酒赋诗、切磋学问或习作八股制艺的聚会。

〔4〕质实有耻:质朴诚实,有羞耻之心。

〔5〕讲学:原指公开讲述自己的学术理论,这里指空疏的高谈阔论。明陆树声《清暑笔谈》:"近来一种讲学者,高谈玄论,究其归宿,茫无据依。"可见当时风气。

〔6〕颜:即颜回(前521—前490),字子渊,或称颜渊,春秋鲁人,孔子弟子,以德行著称。后世儒家尊为复圣,《史记》有传。曾:即曾参(前505—前435),字子舆,春秋鲁南武城人,孔子弟子,以孝著称。后世儒家尊为宗圣,《史记》有传。思:即子思(前483?—前402),孔子之孙,名伋,曾受学于曾子。后世儒家尊为述圣。孟:即孟轲(前372—前289),字子舆,战国邹人,受业于子思的门徒,孔子学说的继承人。后世儒家尊为亚圣,《史记》有传。

〔7〕周:即周敦颐(1017—1073),字茂叔,号濂溪,宋道州营道(今湖南道县)人,北宋理学创始人,濂学的代表人物。程:即程颢(1032—1085)、程颐(1033—1107)兄弟。宋洛阳(今属河南)人。程颢,字伯淳,世称明道先生;程颐,字正叔,世称伊川先生。兄弟二人同学于周敦颐,有《二程集》,为洛学的代表人物。张:即张载(1020—1078),字子厚,世称横渠先生,宋凤翔郿县(今陕西眉县)人,有《张子全书》,为关学的代表人物。朱:即朱熹(1130—1200),字元晦,一字仲晦,号晦翁,别称紫阳,宋徽州婺源(今属江西)人,生于南剑州尤溪(今属福建)。他集北宋理学之大成,有《朱文公文集》,为闽学代表人物。以上五人,《宋史》皆有传,为宋代理学濂、洛、关、闽四大学派的代表。后人也有合洛、闽之学

称程朱理学者。

〔8〕过:过分,太甚。

〔9〕哓(xiāo 萧)哓然:争辩的样子。

〔10〕厉俗而风(fēng 风)世:激励世俗,劝勉世人。

〔11〕黄生:黄姓读书人,生平不详。

〔12〕京师:明朝首都,即今北京市。长芦:即今河北沧州。抽丰:也作"抽风"或"打秋风"。旧时利用各种关系或假借各种名义向人索取财物。

〔13〕九江:在今江西省北部,长江南岸。

〔14〕麻城:在今湖北省东北部,邻接河南、安徽两省。

〔15〕嵩少(shào 绍):嵩山与少室山的并称,也用为嵩山的别称。嵩山在今河南登封北,为五岳之中岳,其西山峰即为少室山。

〔16〕卒(cù 促)卒:同"猝猝",仓促。

〔17〕林汝宁:林姓汝宁知府,生平不详。汝宁府,治所在今河南汝南。

〔18〕厌足:满足。厌,通"餍"。

〔19〕嗛(xián 嫌):疑当作"赚",欺骗。下同。

〔20〕李卓老:李贽自称。

〔21〕道学:即理学。这里专指程朱理学。

〔22〕圣人:指品德最高尚,智慧最高超的人。

〔23〕山人:隐居于山中的士人。明沈德符《万历野获编》卷二十三:"山人之名本重,如李邺侯仅得此称。不意数十年来出游无籍辈,以诗卷遍贽达官,亦谓之山人,始于嘉靖之初年,盛于今上之近岁。"可见当时风气。

〔24〕良知:儒家指人类先天具有的道德意识。语本《孟子·尽心上》:"人之所不学而能者,其良能也;所不虑而知者,其良知也。"王阳明

心学则倡导"致良知"的工夫。

〔25〕穿窬(yú鱼):穿壁逾墙,指盗贼行为。语本《论语·阳货》:"其犹穿窬之盗也与!"

〔26〕性命:中国古代哲学范畴,指万物的天赋和禀受。宋明理学家专意于性命之学,这里即指理学。

〔27〕赀:同"资",财物。

〔28〕释迦其衣:穿着佛教徒的衣服。释迦,即释迦牟尼,佛教的始祖。

赞刘谐[1]

有一道学[2],高履大屐[3],长袖阔带,纲常之冠[4],人伦之衣[5],拾纸墨之一二[6],窃唇吻之三四[7],自谓真仲尼之徒焉[8]。时遇刘谐。刘谐者,聪明士,见而哂曰[9]:"是未知我仲尼兄也。"其人勃然作色而起曰:"'天不生仲尼,万古如长夜。'[10]子何人者,敢呼仲尼而兄之?"刘谐曰:"怪得羲皇以上圣人尽日燃纸烛而行也[11]!"其人默然自止。然安知其言之至哉[12]!

李生闻而善曰[13]:斯言也,简而当,约而有馀[14],可以破疑网而昭中天矣[15]。其言如此,其人可知也。盖虽出于一时调笑之语,然其至者百世不能易[16]。

《焚书》卷三

〔1〕刘谐,字凤和,号弘原,湖广麻城(今属湖北)人。隆庆五年

301

(1571)进士,选庶吉士,历官户科给事中、福建佥事、江西馀干知县,万历九年(1581)免官。这是一篇辛辣短小的讽刺文章,其意义在于打破了专制淫威下士人对孔子的偶像崇拜的神圣感,从而体现了明中叶以后个性解放思潮的汹涌澎湃。刘谐之语虽出以诙谐,却有四两拨千斤之效,的确发人深省。

〔2〕道学:原指理学家,这里形容迂腐古板的读书人。

〔3〕高屐(jī 机):高底木屐。屐,木制鞋,底有二齿,以行泥地。履:鞋。这里形容其穿着不同一般,有讽刺之意。

〔4〕纲常之冠:戴着用纲常做的帽子。纲常,即三纲五常,乃儒家所主张的道德规范,为封建统治者所提倡。父为子纲,君为臣纲,夫为妻纲,是为三纲。仁、义、礼、智、信是为五常。

〔5〕人伦之衣:穿着用人伦做的衣服。封建礼教所规定的人际五种关系,即君臣、父子、兄弟、夫妻、朋友五伦。以上二句是具有讽刺意味的比喻说法。

〔6〕纸墨:借指儒家的文字。

〔7〕唇吻:借指儒家的议论。

〔8〕仲尼:即孔子,名丘,字仲尼。

〔9〕哂(shěn 审):讥笑。

〔10〕"天不生仲尼"二句:语本宋强行父撰《唐子西文录》:"蜀道馆舍壁间题一联云:'天不生仲尼,万古如长夜。'不知何人诗也。"宋黎靖德编《朱子语类》卷九十三曾加引用。

〔11〕怪得:难怪。羲皇:古代传说中三皇之一的伏羲氏。纸烛:蘸油的纸捻。

〔12〕至:深刻。

〔13〕李生:作者自称。

〔14〕约而有馀:言辞简约而耐人寻味。

〔15〕疑网:众多疑念,致人困惑难以解脱,如遭罗网。昭中天:使天空明朗。

〔16〕易:改变。

童心说[1]

龙洞山农叙《西厢》[2],末语云:"知者勿谓我尚有童心可也。"夫童心者,真心也。若以童心为不可,是以真心为不可也。夫童心者,绝假纯真,最初一念之本心也。若失却童心,便失却真心;失却真心,便失却真人。人而非真,全不复有初矣。

童子者,人之初也;童心者,心之初也。夫心之初,曷可失也!然童心胡然而遽失也?盖方其始也,有闻见从耳目而入[3],而以为主于其内而童心失。其长也,有道理从闻见而入[4],而以为主于其内而童心失。其久也,道理闻见日以益多,则所知所觉日以益广,于是焉又知美名之可好也,而务欲以扬之而童心失;知不美之名之可丑也,而务欲以掩之而童心失。夫道理闻见,皆自多读书识义理而来也。古之圣人,曷尝不读书哉!然纵不读书,童心固自在也。纵多读书,亦以护此童心而使之勿失焉耳[5],非若学者反以多读书识义理而反障之也。夫学者既以多读书识义理障其童心矣,圣人又何用多著书立言以障学人为耶?童心既障,于是发而为言语,则言语不由衷;见而为政事[6],则政事无根柢;著而为文辞,则文辞不能达。非内含以章美也[7],非笃实生辉光也[8],欲求一句有德之言,卒不可得。所以者何?以童心既障,而以从外入者闻见道理为之心也。

　　夫既以闻见道理为心矣,则所言者皆闻见道理之言,非童心自出之言也。言虽工,于我何与?岂非以假人言假言,而事假事、文假文乎?盖其人既假,则无所不假矣。由是而以假言与假人言,则假人喜;以假事与假人道,则假人喜;以假文与假人谈,则假人喜。无所不假,则无所不喜。满场是假,矮人何辩也[9]?然则虽有天下之至文,其湮灭于假人而不尽见于后世者[10],又岂少哉!何也?天下之至文,未有不出于童心焉者也。苟童心常存,则道理不行,闻见不立,无时不文,无人不文,无一样创制体格文字而非文者。诗何必古《选》[11],文何必先秦。降而为六朝[12],变而为近体[13],又变而为传奇[14],变而为院本[15],为杂剧[16],为《西厢曲》,为《水浒传》[17],为今之举子业[18],皆古今至文,不可得而时势先后论也。故吾因是而有感于童心者之自文也,更说甚么六经[19],更说甚么《语》、《孟》乎[20]?

　　夫六经、《语》、《孟》,非其史官过为褒崇之词[21],则其臣子极为赞美之语。又不然,则其迂阔门徒、懵懂弟子[22],记忆师说,有头无尾,得后遗前,随其所见,笔之于书。后学不察,便谓出自圣人之口也,决定目之为经矣[23],孰知其大半非圣人之言乎?纵出自圣人,要亦有为而发,不过因病发药,随时处方,以救此一等懵懂弟子、迂阔门徒云耳。医药假病[24],方难定执[25],是岂可遽以为万世之至论乎？然则六经、《语》、《孟》,乃道学之口实[26],假人之渊薮也[27],断断乎其不可以语于童心之言明矣。呜呼！吾又安得真正大圣人童心未曾失者而与之一言文哉！

《焚书》卷三

〔1〕童心本指儿童般的心境,根据孟子的"性善论",当是一种纯洁善良的心地,《孟子·离娄下》所谓"大人者,不失其赤子之心者也",即是此意。童心也就是赤子之心。社会的专制性导致人们必须套上各种人格面具才能"适者生存",说假话、套话,隐藏自己的真心,更成为读书人的一般选择。明中叶以后商品经济的迅速发展,一方面名与利驱使人们走向"假人假言"的极端,一方面也促使有忧患意识的文人士大夫觉醒,在个性解放的旗帜下,呼吁真心真情的表达。就此而论,这篇《童心说》就不仅局限于文学观点,而具有了社会批判的战斗檄文的作用。

〔2〕龙洞山农:即焦竑(1541—1620)。生平详本书作者小传。龙洞山农,未见著录,有关注本认为是李贽别号,或谓乃颜钧(字山农)别号。吴毓华《中国古代戏曲序跋集》(中国戏曲出版社1990年出版)录《题北宫词记》,选自明万历刻本《新镌古今大雅北宫词记》,后署"时万历甲辰夏龙洞山农题",吴毓华认为龙洞山农即焦竑,小传中谓其"万历十年刻龙洞山农评点本《重校北西厢记》",当是。万历甲辰乃公元1604年,时颜钧、李贽已不在世。西厢:这里指元王实甫杂剧《西厢记》,五本二十一折,演书生张珙与相国之女崔莺莺的爱情故事,有反封建礼教的思想。

〔3〕闻见:指所闻所见的感性认识。

〔4〕道理:指由感性认识上升到对事物规律的理性认识。

〔5〕"纵多读书"二句:语本《孟子·告子上》:"学问之道无他,求其放心而已矣。"放心,即丧失的童心,也即良善之心。

〔6〕见(xiàn 现):显现。政事:政务,这里指国家的有关管理工作。

〔7〕内含:内心所具有的。章:显示。

〔8〕"非笃"句:语本《易·大畜》:"大畜刚健,笃实辉光,日新其德。"笃(dǔ 堵)实,纯厚朴实。

〔9〕"满场是假"二句:语本《朱子语类》卷二十七:"正如矮子看戏一般,见前面人笑,他也笑。"比喻随声附和假人、假事、假文、假言者,更无从分清是非。

〔10〕湮(yān 烟)灭:埋没。

〔11〕选:指《昭明文选》,为梁昭明太子萧统所编,三十卷(今本分六十卷),为我国现存最早的诗文总集。又称《文选》。

〔12〕六朝:三国吴、东晋与南朝的宋、齐、梁、陈相继建都建康(今南京市),史称六朝。

〔13〕近体:即近体诗,又名今体诗,与古体诗相对而言。指唐代定型并大量出现的律诗及绝句。这种诗体的句数、字数,属对、平仄与用韵皆有严格的规定。

〔14〕传奇:这里指唐宋人用文言写的短篇小说,源于六朝"志怪"。

〔15〕院本:金元时,行院(妓院)演唱用的戏曲脚本,体制与宋杂剧略同,是北方的宋杂剧向元杂剧过渡的形式。

〔16〕杂剧:这里指元杂剧,每本以四折为主,或另加楔子,每折用同宫调、同韵的北曲套数和宾白组成。

〔17〕《水浒传》:著名古典长篇白话小说,传为元末明初施耐庵编撰、罗贯中续,写北宋末年宋江等被逼上梁山造反事。

〔18〕举子业:又称举业,即为应科举考试而准备的学业。明清时专指八股文等功令文字。

〔19〕六经:指儒家的传统经典《诗》、《书》、《易》、《礼》、《乐》、《春秋》,其中《乐》早佚。

〔20〕语:即《论(lún 轮)语》,为孔子弟子及其后学关于孔子言行思想的记录,二十篇。孟:即《孟子》,为孟轲弟子万章、公孙丑等纂辑,七篇。南宋朱熹以《论语》、《孟子》与《大学》、《中庸》合为《四书》,并作集注,成为习八股举业的必读之书。

〔21〕史官:主管文书、典籍,并负责修撰前代史书和搜集记录当代史料的官员。

〔22〕懵(měng 猛)懂:糊涂,迷糊。

〔23〕经:尊称典范著作。

〔24〕假:凭借。

〔25〕定执:断定。

〔26〕道学:原指理学家,这里指迂腐古板的读书人。口实:借口。

〔27〕渊薮(sǒu 叟):这里是"根源"的意思。

贾 谊[1]

班固赞曰[2]:"刘向称'贾谊言三代与秦治乱之意[3],其论甚美,通达国体[4],虽古之伊、管[5],未能远过也。使时见用[6],功化必盛[7],为庸臣所害[8],甚可悼痛!'追观孝文玄默躬行[9],以移风俗,谊之所陈略施行矣。及欲改定制度,以汉为土德[10],色上黄,数用五[11],及欲试属国[12],施五饵三表以系单于[13],其术固以疏矣[14]。谊亦天年早终,虽不至公卿[15],未为不遇也。凡所著述五十八

307

篇[16],掇其切要于事者著于《传》云。"

李卓吾曰:班氏文儒耳[17],只宜依司马氏例以成一代之史[18],不宜自立论也。立论则不免搀杂别项经史闻见,反成秽物矣[19]。班氏文才甚美,其于孝武以前人物[20],尽依司马氏之旧,又甚有见,但不宜更添论赞于后也。何也?论赞须具旷古只眼[21],非区区有文才者所能措也。刘向亦文儒也,然筋骨胜[22],肝肠胜[23],人品不同,故见识亦不同,是儒而自文者也。虽不能超于文之外,然与固远矣。

汉之儒者咸以董仲舒为称首[24],今观仲舒不计功谋利之云[25],似矣。而以明灾异下狱论死[26],何也?夫欲明灾异,是欲计利而避害也。今既不肯计功谋利矣,而欲明灾异者何也?既欲明灾异以求免于害,而又谓仁人不计利,谓越无一仁又何也[27]?所言自相矛盾矣。且夫天下曷尝有不计功谋利之人哉!若不是真实知其有利益于我,可以成吾之大功,则乌用正义明道为耶[28]?其视贾谊之通达国体,真实切用何如耶?

班氏何知,知有旧时所闻耳,而欲以贬谊,岂不可笑!董氏章句之儒也[29],其腐固宜。虽然,董氏特腐耳,非诈也,直至今日,则为穿窬之盗矣[30]。其未得富贵也,养吾之声名以要朝廷之富贵[31],凡可以欺世盗名者,无所不至。其既得富贵也,复以朝廷之富贵养吾之声名,凡所以临难苟免者[32],无所不为。岂非真穿窬之人哉!是又仲舒之罪人,班固之罪人,而亦敢于随声雷同以议贾生[33]。故余因读

贾、晁二子经世论策[34],痛班氏之溺于闻见,敢于论议,遂为歌曰:

驷不及舌[35],慎莫作孽[36]！通达国体,刘向自别。三表五饵,非疏匪拙[37]。彼何人斯？千里之绝[38]。汉廷诸子,谊实度越[39]。利不可谋,何其迂阔[40]！何以用之？皤须鹤发[41]。从容庙廊[42],冠冕珮玦[43]。世儒拱手[44],不知何说[45]。

《焚书》卷五

〔1〕贾谊(前201—前169),汉洛阳(今属河南)人,汉文帝时召为博士,迁太中大夫,以言时弊为大臣所忌,出为长沙王太傅、梁怀王太傅而卒。后人称之为贾太傅,或贾生,《史记》、《汉书》皆有传。作为西汉的政论家与辞赋家,贾谊的《陈政事疏》(《治安策》)、《论积贮疏》、《过秦论》以及《鹏鸟赋》、《吊屈原赋》等政论文与赋作皆有名于时,至今脍炙人口。后人辑有《贾长沙集》,另有《新书》十卷。这篇史论,有感于"今日"之"穿窬之人"的横行而借题发挥,较好地体现了作者思想的敏锐、言辞的尖锐,具有振聋发聩的启蒙意义。

〔2〕班固:字孟坚(32—92),汉安陵(今陕西咸阳)人,历官兰台令史,后迁为郎,典校秘书,奉诏修成《汉书》。后因事系狱死,《后汉书》有传。赞:文体名,用于赞颂人物,多为韵语。史书或用赞,为评价所记人物之用,或用散文。以下引文见《汉书·贾谊传》。

〔3〕刘向:本名更生(前77？—前6),字子政,汉朝沛(今江苏沛县)人。历官散骑谏大夫、光禄大夫、中垒校尉,曾校阅群书,著《别录》,又有《新序》、《说苑》、《列女传》等著述。《汉书》有传。三代:指夏、商、周。贾谊有关议论见其《陈政事疏》。

〔4〕通达国体:语本《汉书·成帝纪》:"儒林之官,四海渊原,宜皆明于古今,温故知新,通达国体,故谓之博士。"国体,国家的典章制度,治国之法。

〔5〕伊:即伊尹,名挚,商汤臣,曾佐汤伐夏桀,被尊为阿衡(宰相)。管:即管仲(?—前645),名夷吾,字仲,春秋齐人,助齐桓公九合诸侯,一匡天下,成就霸业。《史记》有传。

〔6〕使时见用:假使有机会施展才能。

〔7〕功化:功业与教化。

〔8〕"为庸臣"句:《汉书·贾谊传》:"于是天子议以谊任公卿之位。绛、灌、东阳侯、冯敬之属尽害之,乃毁谊曰:'洛阳之人年少初学,专欲擅权,纷乱诸事。'于是天子后亦疏之,不用其议,以谊为长沙王太傅。"庸臣,平庸之臣。

〔9〕"追观"句:《汉书·刑法志》:"及孝文即位,躬修玄默,劝趣农桑,减省租赋。"孝文,即汉孝文帝刘恒(前202—前157),在位二十三年,与民休息,开"文景之治"。《史记》、《汉书》皆有纪。玄默躬行,清静无为,亲身实行。

〔10〕土德:古代阴阳家将金、木、水、火、土五行看成五德,认为历代王朝各代表一德,按照五行相克或相生的顺序,交相更替,周而复始。据说周为火德,水可灭火,故秦为水德;土能克水,汉继秦,故为土德。

〔11〕"色上黄"二句:土色黄,汉为土德,故以黄色为最高贵之颜色。上,通"尚",贵。又,土在五行中居第五,所以官吏印章的字数等用五计。《汉书·贾谊传》:"谊以为汉兴二十余年,天下和洽,宜当改正朔,易服色制度,定官名,兴礼乐。乃草具其仪法,色上黄,数用五,为官名悉更,奏之。"

〔12〕试属国:指就任掌管少数民族归降朝贡事务的官员。属国,指典属国或属国都尉,皆秩中二千石,地位与列卿或郡守相当。

〔13〕五饵:贾谊提出的怀柔、软化匈奴的五种措施。《汉书·贾谊传》颜师古注引《贾谊书》云:"赐之盛服车乘以坏其目;赐之盛食珍味以坏其口;赐之音乐妇人以坏其耳;赐之高堂邃宇府库奴婢以坏其腹;于来降者,上以召幸之,相娱乐,亲酌而手食之,以坏其心:此五饵也。"三表:贾谊提出的防御匈奴的策略,以立信义、爱人之状与好人之技为"三表"。《汉书·贾谊传》颜师古注引《贾谊书》云:"爱人之状,好人之技,仁道也;信为大操,常义也;爱好有实,已诺可期,十死一生,彼将必至:此三表也。"详见贾谊《新书·匈奴》。系:缚,拴。单(chán 缠)于:汉时匈奴君长的称号。

〔14〕疏:迂阔,不切实际。

〔15〕公卿:三公九卿的简称,这里指高官。

〔16〕五十八篇:即贾谊所著《新书》,十卷五十八篇。

〔17〕班氏:即指班固。文儒:指儒者中从事撰述的人。汉王充《论衡·书解》:"著作者为文儒,说经者为世儒。"

〔18〕司马氏:这里指司马迁(前145—前86?),字子长,汉夏阳(今陕西韩城)人,继父职任太史令。因替李陵降匈奴申辩,被处宫刑,后任中书令,完成我国第一部纪传体史书《史记》,开后世史书体例。

〔19〕秽物:荒杂的东西。

〔20〕孝武:即汉孝武帝刘彻(前156—前87),在位五十四年,开拓疆土,罢黜百家,迷信神仙。《汉书》有纪。

〔21〕旷古:从古至今,空前。只眼:比喻独到的见解。

〔22〕筋骨:指文章的关键所在。

〔23〕肝肠:比喻内心。

〔24〕董仲舒:汉广川(今河北枣强东)人(前179—前104),汉景帝时为博士,汉武帝时为江都相、胶西王相,告病家居。其治学以儒为主,杂以阴阳五行之说,倡"天人感应"说,开此后两千余年儒学正宗的局

311

面。著《春秋繁露》等,《史记》、《汉书》皆有传。称首:第一。

〔25〕计功谋利:计较功名,谋求私利。

〔26〕"而以"句:据《汉书·董仲舒传》记述,辽东高庙、长陵高园殿灾,董仲舒用灾异之说在家推说其意,为人所告发,下狱当死,后被赦,"仲舒遂不敢复言灾异"。

〔27〕"而又谓"二句:据《汉书·董仲舒传》记述,董仲舒做江都相,事易王,易王认为春秋越王勾践的三位大夫泄庸、种、范蠡为越出谋伐吴,并灭了吴国,是越国的"三仁"。董仲舒以柳下惠为例,认为他作为仁人,连鲁王欲伐齐的话都不愿听到,何况越国使用欺诈手段伐吴呢,所以越国"本无一仁"。这番话得到易王的赞同。

〔28〕明道:阐明治道。

〔29〕章句之儒:指不能通达大义而拘泥于辨析章句的儒生。《汉书·夏侯胜传》:"章句小儒,破碎大道。"

〔30〕穿窬(yú 鱼)之盗:穿壁逾墙的盗贼。语本《论语·阳货》:"其犹穿窬之盗也与!"

〔31〕要(yāo 邀):求。

〔32〕临难(nàn 南去声)苟免:遇到危难时苟且偷生。语本《礼记·曲礼上》:"临难毋苟免。"

〔33〕雷同:随声附和。语本《礼记·曲礼上》:"毋剿说,毋雷同。"

〔34〕贾晁:指贾谊与晁错。晁错(前200—前154),汉颍川(今河南禹州)人,治申、商刑名之学。汉景帝时官御史大夫,建议削藩,吴、楚七国借口叛乱,晁错为景帝所杀。《史记》、《汉书》皆有传。经世论策:治理国家的政论文章,如贾谊《陈政事疏》、晁错《论贵粟疏》等。

〔35〕驷不及舌:一言既出,驷马也难追回,指说话须慎重。语本《论语·颜渊》:"子贡曰:惜乎!夫子之说君子也,驷不及舌。"

〔36〕作孽:制造灾难。

〔37〕非疏匪拙：既非疏阔，也不愚拙。

〔38〕千里：即千里马，比喻英才。绝：独特。

〔39〕度越：超过。

〔40〕迂阔：不切合实际。

〔41〕皤（pó婆）须鹤发：白胡子、白发的老者。这里指朝廷中的迂腐之臣。

〔42〕庙廊：即朝廷。

〔43〕冠冕珮玦（jué决）：戴贵冠，佩玉佩。玦，环形有缺口的玉器。

〔44〕世儒：俗儒。三国魏曹植《赠丁廙》："君子通大道，无愿为世儒。"拱手：这里犹"束手"，即无能为力。

〔45〕不知何说：不知有什么道理。

题孔子像于芝佛院[1]

人皆以孔子为大圣[2]，吾亦以为大圣；皆以老、佛为异端[3]，吾亦以为异端。人人非真知大圣与异端也，以所闻于父师之教者熟也；父师非真知大圣与异端也，以所闻于儒先之教者熟也[4]；儒先亦非真知大圣与异端也，以孔子有是言也。其曰"圣则吾不能"[5]，是居谦也。其曰"攻乎异端"[6]，是必为老与佛也[7]。

儒先亿度而言之[8]，父师沿袭而诵之，小子矇聋而听之[9]。万口一词，不可破也；千年一律，不自知也。不曰"徒诵其言"，而曰"已知其人"[10]；不曰"强不知以为知"，而曰"知之为知之"[11]。至今日，虽有目[12]，无所用矣。

313

余何人也,敢谓有目? 亦"从众"耳[13]。既从众而圣之,亦从众而事之,是故"吾从众"事孔子于芝佛之院。

《续焚书》卷四

〔1〕这篇短小精悍的杂文,幽默诙谐并富于启蒙精神,而启蒙的前提就在于敢于怀疑,解放个性与独立思考。李贽反对孔子的偶像化,并非如禅宗"呵佛骂祖"般的随意,而是以"盲从"为突破口,揭露盲目尊孔的可笑。最后所谓"从众"之语,也非"未能免俗,聊复尔尔"的自嘲,而是以子之矛,攻子之盾,馀味无穷。芝佛院故址在今湖北麻城东三十里,本是佛院,李贽出家于此,并在这里著书讲学十馀年。张挂孔子像于芝佛院,其行动也具有反讽意义。

〔2〕大圣:古人称道德最完善、智能最超绝、通晓万物之道的人。《荀子·哀公》:"所谓大圣者,知通乎大道,应变而不穷,辨乎万物之情性者也。"

〔3〕老:即老子,或称老聃,春秋战国时楚苦县人,曾为周藏书室史官,著《老子》五千馀言,为道家学说的创始人,也为后世道教尊为始祖。《史记》有传。这里即借指道教。佛:即佛教,公元前六至五世纪古印度的迦毗罗卫国(今尼泊尔境内)王子释迦牟尼创立。约于东汉明帝(58—75)时传入我国。异端:古代儒家称其他学说、学派为异端。

〔4〕儒先:即先儒。

〔5〕圣则吾不能:语本《孟子·公孙丑上》:"昔者子贡问于孔子曰:'夫子圣矣乎?'孔子曰:'圣则吾不能,我学不厌而教不倦也。'"

〔6〕攻乎异端:语本《论语·为政》:"子曰:攻乎异端,斯害也已。"朱熹集注:"异端,非圣人之道,而别为一端,如杨、墨是也。"

〔7〕是必为老与佛也:孔子时代,道教尚未形成,佛教也未传入,将孔子所云异端说成是老与佛,正是儒先们无知的表现。

〔8〕亿度(duó夺):揣测。

〔9〕矇(méng朦)聋:目不见,耳不闻。比喻糊涂。

〔10〕"不曰徒诵其言"二句:语本《孟子·万章下》:"颂其诗,读其书,不知其人,可乎?"这里化用其意,讽刺儒先对儒学意义的无知。

〔11〕"不曰强不知以为知"二句:语本《论语·为政》:"子曰:由!诲女知之乎?知之为知之,不知为不知,是知也。"这里化用其意,讽刺儒先的无知盲从,不懂装懂。

〔12〕有目:有眼力,即有判断力。

〔13〕从众:语本《论语·子罕》:"子曰:麻冕,礼也;今也纯,俭,吾从众。"即同意众人的做法,这里有调侃的意味。

焦 竑

焦竑(1540—1619),字弱侯,号漪园,又号澹园,江宁(今属江苏)人。万历十七年(1589)进士第一,官翰林修撰,谪福宁州同知,大计镌秩,遂不出。《明史》有传,称:"竑博极群书,自经史至稗官、杂说,无不淹贯。善为古文,典正驯雅,卓然名家。"南明福王时,追谥文端。他曾从学于耿定向,后讲学以罗汝芳为宗,属阳明心学泰州学派一脉,故与李贽等人善。著述宏富,有《玉堂丛话》、《焦氏笔乘》、《献征录》以及《澹园集》四十九卷、《续集》三十五卷。今人有整理本《澹园集》,中华书局1999年出版。

史 痴[1]

金陵史痴翁名忠[2],字廷直,能诗,又能为新声乐府[3]。性豪侠不羁,不喜权贵,有不合,辄引去[4];或径以言折之[5],不顾[6]。遇所善,则留恋忘怀,无贵贱皆与款洽[7]。

家有楼近冶城[8],扁曰"卧痴"[9]。中列图史敦彝[10],位置雅洁。有酒肴,引客笑谈,呼卢其中[11],不醉不已。然翁饮辄醉,醉则按拍歌新词,音吐清亮,旁若无人。有姬何,名玉仙,号白云道人,聪慧解篆书,居常以文字相娱乐,甚适也。有时出游,辄附舟而行,不告家人所往。女笄当嫁[12],婿贫不能具礼[13],翁诡携观灯,同妻送至婿家,取笑而别。年逾八十,预命发引[14],已随而行,谓之生殡[15]。其达生玩世如此。

善作画,不拘家数,纵意作山水树石,清润纷错[16],天机浑成,大率以韵胜。得其片纸者,皆藏去以为宝[17]。余友盛仲交尝辑翁遗诗[18],同金元玉诗为一帙[19],题曰"江南二隐",惜未能版行耳[20]。

《焦氏笔乘》卷四

[1] 史痴即史忠,是一位潇洒不群的山水画家,本书入选李梦阳《题史痴〈江山雪图〉后》一文,可参看。本文写史痴之达生玩世,嫁女、"生殡",略加点染,便收颊上三毫之妙,反映了明中叶以后个性解放思潮在民间的激荡,有认识价值。而作为一篇小品文字,《史痴》也有其隽永的魅力。

[2] 金陵:今江苏南京市。

[3] 新声乐府:指新乐府辞或其他不能入乐的诗歌。

[4] 引去:离去。

[5] 折:责难。

[6] 不顾:不顾忌,不考虑后果。

[7] 款洽:亲密。

[8] 冶城:故址在今江苏南京市水西门内朝天宫。相传吴王夫差曾在此筑冶城,有冶铁作坊,故名。

[9] 扁:用如动词,题扁。

[10] 敦彝(duī yí 对仪):泛指青铜器一类的古玩。敦,古代食器,

多为三短足,二环耳,圆腹有盖。流行于春秋战国时期。彝,古代宗庙常用礼器的总名,如钟、鼎、尊、俎、豆等青铜祭器。

〔11〕呼卢:古代博戏,即以投掷骰子较胜负的赌博。

〔12〕笄(jī击):指女子十五岁成年。是古代女子许嫁之岁。

〔13〕具礼:这里指准备彩礼,安排婚事。

〔14〕发引:古代出丧有执绋(牵挽丧车)之礼,这里即指发丧。

〔15〕生殡(bìn鬓):活着时举行殡葬之礼。殡,死者入殓后停柩以待葬。

〔16〕清润:清丽温润。

〔17〕藏去(jǔ举):即"藏弆",收藏。

〔18〕盛仲交:即盛时泰,字仲交,号云浦,上元(今江苏南京)人。嘉靖间贡生,工书善画,喜藏书,有《牛首山志》、《城山堂集》等。焦竑《澹园集》卷三十五有《祭盛仲交》一文,可见二人交谊。

〔19〕金元玉:即金琮,字元玉,号赤松山农,上元(今江苏南京)人。工诗善书,文徵明极喜其作品,为之装潢成卷,题曰"积玉"。

〔20〕版行:刻板印书,流行于世。

屠　隆

屠隆(1543—1605),字长卿,又字纬真,号赤水,又号由拳山人、一衲道人、蓬莱仙客、鸿苞居士等,鄞县(今属浙江)人。万历五年(1577)进士,历官颍上知县、礼部主事,转郎中。万历十二年(1584),为人所陷,罢官归,纵情诗酒,卖文为生。《明史》有传,称其"诗文率不经意,一挥数纸"。著有《白榆集》二十八卷、《由拳集》二十三卷、《鸿苞集》四十八卷、《栖真馆集》三十一卷等。又精通音律,撰传奇《昙花记》、《修文记》、《彩毫记》等等,总名《凤仪阁乐府》。

《观灯百咏》序[1]

昔人谓陆士衡:"人患才少,子患才多。"[2]山川藏灵,风雅道尽[3],千百岁而后乃有王先生[4]。先生天才藻逸[5],发为诗文,落笔吐语,如决黄河之峡,抽春蚕之丝,其深无底,其出不止。无论雄文大篇,富积琼瑰[6],即《观灯》之咏,多至百首。布意绵密,奇兴婉丽,辞极雄放,旨归朗畅[7],移宫变徵[8],尽妙极玄,语语作青霞之色[9],戛哀玉之声[10]。吾以为尽,不知复自何来,胡其多而工也?

夫物有一不为少,百不为多,多而不工,不如其已。夫众草易繁,而琼芝不盈亩[11];鱼目至夥,而明珠不列肆[12]。

吾且为琼芝,吾且为明珠,第亦恨其不多耳[13]。又进之而为玄霜绀雪[14],水碧空青[15],世人苦不得见,而灵境以为常玩[16]。交梨火枣[17],麟脯凤髓[18],世人直闻其名,而至真以为常味[19]。他人自少而拙,与王先生之多而工,则天之赋材之分也。

诗到咏物,虽唐人犹难之,大家哲匠,篇章寥寥,岂非以写情境者易妙,体物理者难工也?今王先生之咏观灯,则富至百绝,而奇思迭出,妙句天来,即先生不自知其所诣,而人又乌睹其化境哉[20]?余少好吟咏,才不胜情,往往尚兴趣而乏风骨[21],飘爽之气多,而深沉之思少,及求先生诗于华实深浅之间[22],则几悟矣[23]。卓哉此道,吾师乎!吾师乎!

《白榆集·文集》卷一

[1] 王世贞是"后七子"的领袖之一,李攀龙死后,他独主文坛二十馀年,身旁聚集了一大批追随者。屠隆小于王世贞十六岁,被王世贞列入"末五子";屠隆对这位文学前辈也崇敬有加,文中称"王先生"而不名,即可见其一斑。《观灯百咏》即王世贞所写百首咏物绝句,作为后学的屠隆为之作序,自然特多好语;从少与多的角度立论,也可见作者的一片苦心。

[2]"昔人"句:语本《晋书·陆机传》:"张华尝谓之(指陆机)曰:人之为文,常恨才少,而子更患其多。"陆机(261—303),字士衡,晋吴郡(今江苏苏州)人,历官国子祭酒、著作郎、相国参军、平原内史等,为怨家所谮,被杀。他是西晋著名文学家,有《陆士衡集》。

〔3〕风雅:指诗文之事。南朝梁萧统《文选序》:"故风雅之道,粲然可观。"

〔4〕王先生:指王世贞。详本书小传。

〔5〕藻逸:辞藻华丽。

〔6〕琼瑰:次于玉的美石。这里比喻美好的诗文。

〔7〕旨归朗畅:旨趣所在明白畅达。

〔8〕移宫变徵(zhǐ 指):同"移宫换羽",原指乐曲换调,这里比喻《观灯百咏》手法多样。宫、商、角、徵、羽是古代五音中的音调名。

〔9〕青霞之色:同"青霞意",指高远的志趣。语本《文选·江淹〈恨赋〉》:"郁青霞之奇意。"李善注:"青霞奇意,志言高也。"

〔10〕戛(jiá 颊):敲击。哀玉之声:用玉声凄清的音响,比喻诗文的清妙。语本唐杜甫《奉酬薛十二丈判官见赠》:"清文动哀玉,见道发新硎。"

〔11〕琼芝:即玉芝,芝草的一种,据说服之可以长生。

〔12〕列肆:开设商铺。

〔13〕第:只。

〔14〕玄霜绀(gàn 赣)雪:意同"玄霜绛雪",神话中的仙药。《初学记》卷二引《汉武帝内传》:"仙家上药有玄霜、绛雪。"绀,深青透红之色;绛,深红色。

〔15〕水碧:玉的一种,又名碧玉,为水晶一类的矿物。《山海经·东山经》:"耿山无草木,多水碧。"空青:孔雀石的一种,随铜矿生成,球形,中空,翠绿色。

〔16〕灵境:庄严妙土,吉祥福地,形容仙境。

〔17〕交梨火枣:道教所称的仙果。南朝梁陶弘景《真诰·运象二》:"玉醴金浆,交梨火枣,此则腾飞之药,不比于金丹也。"

〔18〕麟脯:干麒麟肉,仙家所食,语本晋葛洪《神仙传·麻姑》。凤

髓:比喻珍奇美味。明谢肇淛《五杂俎·物部三》:"龙肝凤髓,豹胎麟脯,世不可得,徒寓言耳。"

〔19〕至真:道家所谓"至人"、"真人",即指超凡脱俗,达到无我境界的人。

〔20〕化境:艺术修养到自然精妙的境界。

〔21〕兴趣:情韵,情趣。风骨:这里指文学创作刚健遒劲的格调。

〔22〕华实:指文学作品的华丽与质朴。

〔23〕几悟:聪明颖悟。

在京与友人〔1〕

燕市带面衣〔2〕,骑黄马,风起飞尘满衢陌〔3〕。归来下马,两鼻孔黑如烟突〔4〕。人马屎和沙土,雨过淖泞没鞍膝〔5〕。百姓竞策蹇驴〔6〕,与官人肩相摩。大官传呼来,则疾窜避委巷不及〔7〕,狂奔尽气,汗流至踵,此中况味如此。

遥想江村夕阳,渔舟投浦〔8〕,返照入林,沙明如雪,花下晒网罟〔9〕。酒家白板青帘〔10〕,掩映垂柳,老翁挈鱼提瓮出柴门。此时偕三五良朋,散步沙上,绝胜长安骑马冲泥也〔11〕。

陆云龙等《翠娱阁评选皇明小品十六家·屠赤水小品》

〔1〕这一篇尺牍小品,通过人生况味的对比,写出在京做小官与隐居乡间的不同,体现了启蒙时代文人士大夫的人生价值取向。据《明史》本传载,屠隆任青浦令时,"时招名士饮酒赋诗,游九峰、三泖,以仙

令自许",可见他是一位崇尚天然情趣者,与稍后公安派袁宏道等人有着略同的追求。此文写于作者在京礼部任职期间。

〔2〕燕(yān烟)市:指明京师(今北京),此地春秋时为燕国都城蓟,故称。面衣:用以遮蔽脸面的古人服饰。

〔3〕衢陌:街道。

〔4〕烟突:烟囱。

〔5〕淖(nào闹)汙:泥汙。鞍膝:指垂于马腹内侧,用于遮挡尘土的障泥。

〔6〕蹇(jiǎn减)驴:跛脚的驴子。

〔7〕委巷:曲折僻陋的小巷。

〔8〕浦(pǔ谱):港汊,可泊船的水湾。

〔9〕网罟(gǔ古):鱼网。

〔10〕白板:不施油漆的木板,代指酒家的简陋门窗。青帘:旧时酒店门口挂的幌子,多用青布制成,故称。唐郑谷《旅寓洛阳村舍》:"白鸟窥鱼网,青帘认酒家。"

〔11〕长安:古都城名(在今陕西西安一带),西汉以后多个朝代建都于此,故唐以后诗文多用作都城的通称。这里指京师(今北京)。

归田与友人[1]

一出大明门[2],与长安隔山[3],夜卧绝不作华清马蹄梦[4]。家有采芝堂,堂后有楼三间,杂植小竹树,卧房、厨灶都在竹间。枕上常听啼鸟声,宅西古桂二章[5],百数十年物,秋来花发,香满庭中,隙地凿小池,栽红白莲,傍池桃树数株,三月红锦映水,如阿房迷楼[6],万美人尽临妆镜[7]。又有芙蓉蓼花[8],令秋意瑟[9],更喜贫甚道民[10],景态清泠[11],都无吴越间士大夫家华艳气[12]。

陆云龙等《翠娱阁评选皇明小品十六家·屠赤水小品》

〔1〕这一篇尺牍小品,堪称前选《在京与友人》的姊妹篇。万历十二年(1584),屠隆为人构陷,罢黜归田,虽非主动引退,却也是一种解脱,可使其个性天趣得到自由的挥洒。文章并非无可奈何中的聊以解嘲,因而情感充沛真实,有晋陶渊明"久在樊笼里,复得返自然"的那般欣喜之情。归田即辞官回乡务农,但务农并非真的"戴月荷锄归",只是一种说法罢了。

〔2〕大明门:故址在今天安门广场人民英雄纪念碑附近。明蒋一葵《长安客话》卷一:"大明门与正阳门相峙。"

〔3〕长安:借指京师(今北京市)。

〔4〕华清马蹄:指在京为官早朝奔波的辛苦。华清,唐宫殿名,故址在今陕西临潼城南骊山麓。

〔5〕章:大木材,这里引申为计量大树的量词。

〔6〕阿房(ē páng 婀庞):即阿房宫,秦宫殿名,故址在今西安市西阿房村。秦朝灭亡,其全部工程尚未完成,即为项羽所焚毁,至今尚存高大的夯土台基。迷楼:隋炀帝所建楼名,故址在今江苏扬州市西北郊。唐冯贽《南部烟花记·迷楼》:"迷楼凡役夫数万,经岁而成。楼阁高下,轩窗掩映,幽房曲室,玉栏朱楯,互相连属。帝大喜,顾左右曰:'使真仙游其中,亦当自迷也。'故云。"

〔7〕尽临妆镜:语本唐杜牧《阿房宫赋》:"明星荧荧,开妆镜也。"

〔8〕芙蓉:荷花的别名。蓼(liǎo 燎上声)花:一种水草,有水蓼、红

蓼、刺蓼之分。

〔9〕瑟:即"瑟瑟",萧索、寂寥的样子。古人常以"蓼风"喻秋风,"令秋意瑟"承上句而来。

〔10〕道民:信奉道教者。这里是作者自指。明王世贞《闲居》诗:"倚酒称欢伯,看经号道民。"

〔11〕清泠(líng 玲):形容风神隽秀。

〔12〕吴越:指今江浙一带,春秋时为吴越故地,故称。华艳:华丽。

与张肖甫司马[1]

连朝冻云垂垂[2],都城雪花如手[3],含香之署凄然怀冰矣[4]。日与二三同心[5],拥榾柮[6],煨蹲鸱而啖之[7],有少黄米酒佐名理[8],差遣寂寥。一出门,骑马冲泥,手皲肤折[9],马毛猬缩[10],仆夫冻且欲僵,朔风有权[11],浊酒无力。此时念明公正在边徼[12],人烟萧疏,积雪丈许,寒气当十倍于都城。胡马一鸣[13],铁衣不解,绣旗夜卷,笳吹乱发[14],按垒行营[15],想见凄绝。帐中取琥珀大碗[16],侍儿进羊羔酒[17],而听歌者歌《出塞》、《入塞》之曲[18],朝提猛士,夜接词人,虽凄其亦大雄豪[19],有致哉[20]!不知幕下颇有差足当明公鼓吹[21],如昔陈琳、孟嘉其人者不[22]?此时恨小子不得奉幺么六尺[23],而侍明公床头捉刀之旁[24]。国家倚明公如长城[25],驱明公如劳薪[26],亦以雄略不世出故[27],此庄生所以有栎社之嗟也[28]。虽然,春明

325

门中〔29〕,终当借明公盈尺之地,列侯东第〔30〕,计亦非遥,但不知何时西谒青城先生〔31〕?

陆云龙等《翠娱阁评选皇明小品十六家·屠赤水小品》

〔1〕张肖甫即张佳胤(1527—1588),字肖甫,号崌崃山人,铜梁(今属四川)人。嘉靖二十九年(1550)进士,历官户部主事、礼部郎中、陈州同知、右副都御史、兵部右侍郎、右都御史、戎政尚书,总督蓟、辽、保定军务,加太子太保,谥襄宪。他与王世贞等人唱酬,为"嘉靖七子"之一,有《崌崃山房集》。《明史》有传。司马是对兵部官员的别称。这篇尺牍虽属一般应酬之作,但设想冬日边徼景况,武备文事,皆涉笔成趣,体现出明人小品的特殊韵致。

〔2〕垂垂:低垂的样子。

〔3〕雪花如手:语本唐李白《嘲王历阳不肯饮酒》:"地白风色寒,雪花大如手。"

〔4〕含香之署:原指尚书省,《通典·职官四》:"尚书郎口含鸡舌香,以其奏事答对,欲使气息芬芳也。"这里指礼部官署,时屠隆在此任职。怀冰:形容寒冷。晋张华《杂诗》:"重衾无暖气,挟纩如怀冰。"

〔5〕同心:指官场中情投意合者。

〔6〕榾柮(gǔ duò 古垛):可代炭用的木柴块。

〔7〕蹲鸱(chī 吃):大芋,芋艿的块茎,富含淀粉,以状如蹲伏的鸱,故称。啖(dàn 但):吃。

〔8〕名理:辨析事物名和理的是非同异,这里有调侃意,即指闲谈。

〔9〕皲(jūn 军):皮肤受冻而裂开。折:这里指皮肤起皱。

〔10〕猬缩:像刺猬一样踡缩。

〔11〕朔风:北风。权:威势。唐罗隐《谗书·风雨对》:"风雨雪霜,天地之权也。"

〔12〕明公:古代对有名位者的尊称。边徼(jiào叫):边境。

〔13〕胡马:这里指北方蒙古鞑靼部落的军队。

〔14〕笳吹:胡笳吹奏。胡笳,我国古代北方民族的管乐器,多用于军中。

〔15〕按垒行营:巡视阵地与军营。

〔16〕琥珀:古代松柏树脂的化石,色淡黄或红褐,一般用作装饰品。这里形容酒碗的名贵,并非实指。

〔17〕羊羔酒:一种发酵酒。《事物绀珠》:"羊羔酒出汾州,色白莹,饶风味。"《本草纲目》卷二五载有宋宣和年间化成殿羊羔酒方,系以糯米肥羊肉等与面同酿,"十日熟,极甘滑"。

〔18〕出塞入塞之曲:汉代横吹曲名。汉武帝时,李延年因胡曲造新声二十八解,内有《出塞》、《入塞》曲。

〔19〕凄其:寒凉的样子。

〔20〕有致:有情趣。

〔21〕差足:勉强够得上。鼓吹:阐发意义,引申为羽翼,辅佐之人。

〔22〕陈琳:字孔璋,东汉广陵射阳(今属江苏)人。初为何进主簿,后归袁绍,曾为绍作檄文大骂曹操。袁绍败后,曹操爱其才而未怪罪,以为记室。见《三国志》附《王粲传》。孟嘉:字万年,晋江夏(今湖北安陆)人。少有才名,曾为太尉庾亮从事,后为桓温参军。性嗜酒,饮多而举止不乱,自谓能得酒中真趣。见《晋书》附《桓温传》。

〔23〕小子:古代自称的谦词。幺麽(yāo mó 妖魔)六尺:卑微的身躯,自谦之词。六尺,古代指成年男子身躯。

〔24〕"而侍"句:南朝宋刘义庆《世说新语·容止》:"魏武将见匈奴使,自以形陋,不足雄远国,使崔季珪代,帝自捉刀立床头。既毕,令间谍问曰:'魏王何如?'匈奴使答曰:'魏王雅望非常,然床头捉刀人,此乃英雄也。'魏武闻之,追杀此使。"魏武即曹操。这里以曹操比喻张佳胤,称

327

赞其为英雄,略带玩笑性质。

〔25〕长城:可资倚重的人。语本《宋书·檀道济传》:"道济见收,脱帻投地曰:'乃复坏汝万里之长城!'"

〔26〕劳薪:旧时木轮车的车脚吃力最大,使用数年后,析以为烧柴,故称劳薪。语本南朝宋刘义庆《世说新语·术解》:"荀勖尝在晋武帝坐上食笋进饭,谓在坐人曰:'此是劳薪炊也。'坐者未之信,密遣问之,实用故车脚。"这里有称颂张佳胤能者多劳之意。

〔27〕雄略:非凡的谋略。不世出:非凡,罕见,非一世所能有。

〔28〕庄生:即庄子(约前369—前286),名周,战国宋蒙人,著有《庄子》,为道家代表人物。《史记》有传。栎(lì)社之嗟:语本《庄子·人间世》,一位叫匠石的木匠在齐国见到一棵为社神的其大无比的栎树,却掉头不顾而去。其徒问其缘故,匠石回答:"那是没有任何用处的散木,正因其不材,它才能有如此长的寿命。"当天晚上,栎树托梦给匠石说:"梨、橘树因为有用而害苦了自己,中途夭折;我无用,正是我的大用,如果我有用,还能活到这么大吗?"作者用《庄子》中的这个故事,有为张佳胤因才高而备受辛劳的叹息,也有安慰的用意。

〔29〕春明门:古长安城门名,即其城东三门之中门。后人常用以借指京城。

〔30〕列侯东第:封为诸侯,并享有京城中的府第。《汉书·司马相如传下》:"故有剖符之封,析圭而爵,位为通侯,居列东第。"颜师古注:"东第,甲宅也。居帝城之东,故曰东第也。"

〔31〕青城先生:即毛起,字潜滨,夹江(今属四川)人。嘉靖二十六年(1547)进士,历官苏州知府,有文名,人称青城先生。著有《口笔刀圭录》。

海览[1]

放舟桃花津[2],顺流东下,登候涛山[3],踞鳌柱峰[4],扣潮音洞[5],乘流送目,陡觉东南天地大荒[6],寥廓开朗,奇然灏漾[7]。金鸡、虎蹲[8],两山对峙,奔腾峡口;蛟门峡东谽谺鼓怒[9],巨涛摧硙[10],六合憾顿[11]。夜宿佛阁上,通宵闻大风雷声,或如万面战鼓,匌匒而来[12],疑遂卷此山去,令我眇焉四大掷于何所[13]?其上挂扶桑蟠木[14],与阳乌亲乎[15]?其下撞蛟宫水府[16],与龙子友乎[17]?听其所之,靡弗愉快[18],心魂怳荡[19],数惊数喜,双睫不复交。

五鼓[20],起观初旭,初黑气罩幕,窅窅莽莽[21],有若混沌未辟[22],莫辨四方上下;忽风起波涌,赤光迸出,横射万道;须臾大火轮吐海底,海峰如赭[23],云霞紫翠,倏乎变幻。使人神悸精眩,散发狂叫,壮哉!咄咄天地,亦复好怪乃尔!顷之,阖户跏趺[24],半瞑冥寂[25],默朝观音大士[26],则目不复有日轮,耳不复有海涛声,出乎形观[27],入乎禅定[28],无所不空,无所不丧。

已遂乘孤航,浮渺茫[29],绝东行,鸟迅人疾,瞬息千里。螭蜃蟺鲸[30],衡波而跋浪[31];鹅鹕海凫[32],翔风而鸣雨;蛏蛤螺蚌[33],依沙而走穴;天吴川后[34],按节而扬舲[35]。舟在大波中,蓬蓬天上[36],无处可著。颎洞砰湃[37],邈隔神州[38]。远近诸岛,历历来献,大者如拳,小者如栗[39],日本、三韩、琉球咫尺矣[40]。遥睇梅岑[41]，想梅子真炼药石室[42]，葱蒨哉[43]！再眺马秦、桃花诸山[44]，问安期生脱玉舄还栖隐处[45]，飘然欲住。黑礁既过[46]，赤桥来迎。秦皇帝使神人鞭石，石为流血，事太荒唐[47]。始皇虽无道，亦一时共主[48]，故海岳诸神灵所宗，容有之矣。再望东霍山，徐巿楼船去而不返，童男女三千安在[49]？昔人所传蓬莱三山[50]，非近非远，近则几席，远则万里，夙有仙骨[51]，呼吸可至。金堂玉室[52]，灵药瑶草[53]，斑骥紫麖[54]，实有非幻，所以天风吹之而去[55]，为夫凡胎秽器耳[56]。

舟抵洛伽，又名普陀，又名小白华山[57]，观音大士道场在焉[58]。山西折有观音洞[59]，洞深黑窅窱[60]，中空擘开[61]，怒涛日夜纵击，龙啸虎吼[62]。又西有善财洞[63]，石峰峭啮足[64]，似断而悬。北折有盘陀石[65]，嵌空刻露[66]，轩豁坐其上[67]，可望岛夷诸国[68]。崇刹高栋[69]，兀立波中[70]。撞钟鼓者与海涛响答。栖真学道者面壁其间[71]，永与人世隔绝哉。

余读《庄子》"东海若"篇[72]，洸洋可骇[73]，每谓寓言耳，乃今信之。谢灵运云[74]："溟涨无端倪。"[75]韩退之云[76]："有海无天地。"[77]非身涉其处，谁知其言之有味哉！乃迹山则有三山，迹佛则有洛伽，此尤为冥栖好道者所醉心[78]。余幸而生并海[79]，为安期、大士之乡人，而又得早脱世网[80]，侧身从之，燕昭、汉武当翘首羡我[81]。

陆云龙等《翠娱阁评选皇明小品十六家·屠赤水小品》

〔1〕这是一篇描绘浙江普陀与东海奇异景色的游记,虚实结合,既有登临送目、心旷神怡的潇洒,又有海上孤航的飘飘欲仙之感。将有关神话传说与心潮澎湃的激情结合在一起,凝聚笔端,充分发挥瑰丽的想象力,显示出作者游刃有馀的文字驾驭能力。第一段观惊涛,听风雷;第二段看日出,入禅悦;第三段浮渺茫,历胜境;第四段思古人,发幽情。四个段落环环相扣,有条不紊,跌宕起伏,层次井然,物我交融,情景双绘,显示出晚明小品自由洒脱、富于个性天趣的文化品格。普陀山为中国佛教四大名山之一,位于舟山群岛中,宋属昌国县,元属昌国州,明复属昌国县,寻改昌国卫,又改定海卫,清属定海县。今属浙江舟山市普陀区,自古以来就是著名游览胜地。

〔2〕桃花津:当即桃花渡,或称东渡,为当时鄞县(明代属宁波府)入东海之水路津渡。延祐《四明志》卷七:"鄞县:东渡即桃花渡,罗城东门外,往定海昌国路。"元吴莱《渊颖集》卷四《次定海候涛山》:"悲歌忽无奈,天海何渺茫。放舟桃花渡,回首不可量。"

〔3〕候涛山:在今浙江镇海东北之甬江口,即招宝山,乃一突入海中的小山。雍正《浙江通志》卷十四:"招宝山,元吴莱《渊颖集》卷七《甬东山水古迹记》:'东偪海,或云他处见山有异气,疑卜有宝;或云东夷以海货来互市,必泊此山。'嘉靖《宁波府志》:'县东北二里,山名候涛山之东南,峙一小山,仅高寻丈,名昌国山,潮汐于此分流,舟行可达昌国。'"

〔4〕踞:坐。鳌柱峰:在甬江口候涛山。屠隆《二山游记》:"万历丙戌春,义公东渡罗刹,走会稽,由甬江出鳌柱峰下,泛海朝普陀观音大士。"

〔5〕扣:触摸。潮音洞:在今浙江舟山市普陀山东南紫竹林"不肯去观音院"前。洞为山石裂罅所成,耸起于沙滩中,因日夜吞吐海潮,声若轰雷,故名。宝庆《四明志》卷二十:"补陁洛迦山在东海中,佛书

所谓海岸孤绝处也……有善财岩、潮音洞,洞乃观音大士化现之地。"

〔6〕大荒:荒远之地。晋左思《吴都赋》:"出乎大荒之中,行乎东极之外。"刘逵注:"大荒,谓海外也。"

〔7〕嵡(wěng 蓊)然:天色清明的样子。灏漾:当作"灏瀁(yǎo 咬)",水势无边际的样子。汉司马相如《上林赋》:"然后灏瀁潢漾,安翔徐回。"郭璞注:"皆水无涯际貌也。"

〔8〕金鸡:海上山名,雍正《浙江通志》卷十四:"金鸡山,延祐《四明志》:'在招宝山外,屹立海中。'"虎蹲:海上山名,雍正《浙江通志》卷十四:"虎蹲山,嘉靖《宁波府志》:'在县东五里,屹立海口,以形得名。'"

〔9〕蛟门:海上山名,雍正《浙江通志》卷十四:"蛟门山,《名胜志》:'在县东海中约十五里,一名嘉门山,环锁海口,吐纳潮汐,有蛟龙穴处,时兴飓风怪浪,古称蛟门虎蹲,天设之险,即此。'"谽谺(hān xiā 酣虾):形容蛟门峡环锁海口中空的样子。

〔10〕摧磢(chuǎng 闯):激荡磨擦。晋木华《海赋》:"飞涝相磢,激势相沏。"

〔11〕六合:天地四方。撼顿:动摇。

〔12〕訇(hōng 轰)訇:形容声音巨大。

〔13〕眇焉四大:微小的自身。眇,《庄子·德充符》:"眇乎小哉。"四大,佛教认为一切物质皆由地、水、火、风所谓"四大"构成,因而亦作人身之代称。晋慧远《明报应论》:"夫四大之体,即地、水、火、风耳,结而成身,以为神宅。"

〔14〕扶桑:神话传说中的树名。《山海经·海外东经》:"汤谷上有扶桑,十日所浴,在黑齿北。"又《太平御览》卷九五五引旧题晋郭璞《玄中记》:"天下之高者,扶桑无枝木焉,上至天,盘蜿而下屈,通三泉。"传说日出于扶桑之下,拂其树杪而升起,因以为日出之所。蟠木:

传说中的山名,或曰即指扶桑。《大戴礼记·五帝德》:"(颛顼)乘龙而至四海,北至于幽陵,南至于交趾,西济于流沙,东至于蟠木。"孔广森补注:"《海外经》曰:东海中有山焉,名曰度索,上有大桃树,屈蟠三千里,裴骃谓蟠木即此也。"又近代章炳麟《封建考》:"昔在颛顼,地东至蟠木,南至交趾。蟠木者,一曰榑木,则扶桑也。"

〔15〕阳乌:神话传说日中有三足乌。晋左思《蜀都赋》:"羲和假道于峻歧,阳乌回翼乎高标。"李善注:"《春秋元命苞》曰:'阳成于三,故日中有三足乌,乌者,阳精。'"这里即指太阳。

〔16〕蛟宫水府:即传说中海底的龙宫。

〔17〕龙子:传说中的龙王之子。

〔18〕靡弗愉快:意即何处都感到快乐。

〔19〕怳(huǎng恍)荡:迷离恍惚,难以自主。

〔20〕五鼓:即三更,相当于现代计时凌晨四时左右。

〔21〕窅(yǎo窈)窅莽莽:幽暗无边的样子。

〔22〕混沌:古代传说中指世界开辟前元气未分、模糊一团的状态。

〔23〕海峰:形容大海波涛如同山峰起伏。赭:染成红色。

〔24〕跏趺(jiā fū加夫):即"结跏趺坐"。两足交叉置于左右股上,是佛家修禅者的坐法。据说可以集中意念,减少妄想。

〔25〕半瞑:半闭着眼,修禅者打坐的一种状态。冥寂:静默。佛家称"入定",道家称"入静",即屏除一切杂念的静坐。

〔26〕观音大士:观世音菩萨的别称,唐人以避太宗李世民讳,省称观音。阿弥陀佛的左胁侍,"西方三圣"之一。是救苦救难之神,慈悲的化身,南北朝以后,中国寺庙塑像多作女相。《添品妙法莲花经》卷七:"若有无量百千万亿众生,受诸苦恼,闻是观世音菩萨,一心称名观世音菩萨,即时观其声音,皆得解脱。"普陀山是观音菩萨显灵说法

333

的道场。

〔27〕形观:这里指包括自身在内有形的物质世界。

〔28〕禅定:佛家指通过精神集中与观想特定对象,从而获得佛教悟解或功德的一种思维修习活动。

〔29〕渺茫:辽阔的样子,这里代指大海。

〔30〕蟕(jiū 纠)蜃蟺(zhān 沾)鲸:泛指海中动物。蟕,即蟕螯,俗称梭子蟹。蜃,大蛤。蟺,一种无鳞大鱼,见明李时珍《本草纲目·鳞四·蟺鱼》。鲸,水栖哺乳纲动物,体形长大,外形似鱼,种类较多。

〔31〕衡波:横行于海波中。衡,通"横"。跋浪:破浪。唐杜甫《短歌行赠王郎司直》:"豫章翻风白日动,鲸鱼跋浪沧溟开。"

〔32〕鹈鹕(tí hú 提胡)海凫:泛指海上飞禽。鹈鹕,水鸟,多群居于热带或亚热带沿海,羽毛灰白色,体长翼大,其嘴长弯,下有一皮质囊,善游捕鱼。《庄子·外物》:"鱼不畏网,而畏鹈鹕。"海凫,一种海鸟。《晋书·张华传》:"惠帝中,人有得鸟毛长三丈,以示华。华见,惨然曰:'此谓海凫毛也,出则天下乱矣。'"

〔33〕蛏(chēng 瞠)蛤螺蚌:泛指海中软体动物。蛏,即蛏子,形狭长,有介壳两扇,穴居沿海泥沙中,肉色白,味鲜美。

〔34〕天吴川后:想象中的海中众水神。天吴,《山海经·海外东经》:"朝阳之谷,神曰天吴,是为水伯。"又《大荒东经》:"有神人,八首人面,虎身十尾,名曰天吴。"川后,传说中的河神。三国魏曹植《洛神赋》:"于是屏翳收风,川后静波。"吕向注:"川后,河伯也。"南朝宋谢灵运《游赤石进帆海》诗:"川后时安流,天吴静不发。"

〔35〕按节而扬舲:或策马停鞭徐行,或乘船扬帆远去。按节,停挥马鞭,表示徐行或停留。扬舲,扬帆。唐杜甫《别蔡十四著作》:"扬舲洪涛间,仗子济物身。"

〔36〕蓬蓬:风吹动的样子。《庄子·秋水》:"今子蓬蓬然起于北

海,蓬蓬然入于南海。"

〔37〕 澒洞(hòng tóng 讧同):水势汹涌。砰(pēng 澎)湃:象声词,形容水流相击发出的声响。

〔38〕 神州:这里指中原地区。

〔39〕 "远近"四句:屠隆《三山游记》:"一苇在大海,水浮天无岸,海上诸山,远近历历,大者如拳,小者如粟,天黑风起,波涛汹涌。"

〔40〕 "日本"句:这是作者根据前人有关文献记载的想象之语,作者当时并没有乘船远航到达或望见日本等处。元吴莱《渊颖集》卷七《甬东山水古迹记》:"昌国,古会稽海东洲也,东控三韩、日本,北抵登莱……"三韩,即指朝鲜半岛。汉代朝鲜南部有马韩、辰韩、弁辰三国,合称三韩。琉球,即琉球群岛,在日本九州岛与中国台湾省之间。咫尺,形容距离近。周制八寸为咫,十寸为尺。

〔41〕 睇(tì 梯):纵目。梅岑:普陀山的别名。明王志坚《表异录·地理二·山川》:"普陀山,一名梅岑。"

〔42〕 梅子真:即梅福,字子真,汉九江寿春人,以明《尚书》、《穀梁春秋》为郡文学,补南昌尉。后去官归寿春,屡上书汉成帝,不见纳。《汉书》有传云:"至元始中,王莽专政,福一朝弃妻子,去九江,至今传以为仙。其后,人有见福于会稽者,变名姓,为吴市门卒云。"宝庆《四明志》卷二十:"补陁洛迦山在东海中,佛书所谓海岸孤绝处也。一名梅岑山,或谓梅福炼丹于此山,因以名。"今普陀山普济寺以西,盘陀石东北之梅岑上有梅福庵,庵有洞名灵佑洞,据说梅福曾炼丹于此,兼为山民治病。后福死,山民建梅福庵以纪念之,并名此山为梅岑或梅子岭。

〔43〕 葱蒨:草木青翠茂盛的样子。

〔44〕 马秦桃花诸山:雍正《浙江通志》卷十四:"马秦山,《定海县志》:'县东南约四十里海中。'"又:"桃花山,延祐《四明志》:'在东南。

世传安期生炼丹之所,常以醉墨洒石成桃花纹,因名。'"

〔45〕安期生:先秦方士。晋葛洪《抱朴子》内篇卷十三:"安期先生者,卖药于海边,琅琊人传世见之,计已千年。秦始皇请与语,三日三夜。其言高,其旨远,博而有证,始皇异之,乃赐之金璧,可直数千万,安期受而置之于阜乡亭,以赤玉舄一量为报,留书曰,复数千载,求我于蓬莱山。"又《汉书·郊祀志》:"臣尝游海上,见安期生,安期生食臣枣,大如瓜。安期生仙者,通蓬莱中,合则见人,不合则隐。"舄(xì 戏),鞋。栖隐处,雍正《浙江通志》卷四十三:"安期生隐处,延祐《四明志》:'安期生洞在昌国马秦山。'吴莱《望马秦桃花诸山间安期生隐处诗》:'此去何可极,中心忽有思。乱山插沧海,千层壮且奇。信哉神仙宅,而养云霞姿……玉舄投已远,桑田变难期。誓追凌波步,行折拂日枝。羽丘杳如梦,元国深更疑。岂无抱朴子,去我乃若遗。空馀炼药鼎,尚有樵人知。'"

〔46〕黑嶕(jiāo 礁):与下句"赤桥"当为东海中小岛或礁石名。

〔47〕"秦皇帝"三句:《艺文类聚》卷七九引晋伏琛《三齐略记》:"始皇作石桥,欲过海观日出处。于时有神人,能驱石下海,城阳一山石,尽起立。嶷嶷东倾,状似相随而去。云石去不速,神人辄鞭之,尽流血,石莫不悉赤,至今犹尔。"作者当由"赤桥"而联想到秦始皇有关鞭石的掌故。秦皇帝,即秦始皇(前259—前210),姓嬴,名政。即位后,先后灭六国,统一中华,自为始皇帝。书同文,车同轨,筑长城,统一度量衡,分天下为三十六郡,焚书坑儒,在位二十六年。死后,秦朝不二传而亡。事见《史记·秦始皇本纪》。

〔48〕共主:共同崇奉的宗主,即指天子、帝王。

〔49〕"再望"三句:据《史记·秦始皇本纪》,秦始皇帝二十八年(前219):"齐人徐市等上书,言海中有三神山,名曰蓬莱、方丈、瀛洲,仙人居之。请得斋戒,与童男女求之。于是遣徐市发童男女数千人,入

海求仙人。"东霍山,宝庆《四明志》卷二十:"东霍山在东北,环以大海,世传徐福至此。"徐市(fú 福),《史记·淮南王安传》及《史记正义》引《括地志》又作"徐福",秦国方士,齐人。

〔50〕蓬莱三山:古代方士所传东海中仙人所居之处,即蓬莱、方丈、瀛洲三神山。又称三壶,晋王嘉《拾遗记·高辛》:"三壶,则海中三山也。一曰方壶,则方丈也;二曰蓬壶,则蓬莱也;三曰瀛壶,则瀛洲也。"

〔51〕夙:平素。仙骨:道教语,指成仙的资质。

〔52〕金堂玉室:古人谓神仙居处。《晋书·许迈传》:"自山阴南至临安,多有金堂玉室,仙人芝草。"

〔53〕灵药:传说中的仙药。瑶草:传说仙境中的香草。

〔54〕斑骥:斑纹似鱼鳞的仙马。紫麇(jūn 君):仙境中獐鹿一类的动物。

〔55〕"所以"句:《汉书·郊祀志》:"自威、宣、燕昭使人入海求蓬莱、方丈、瀛洲。此三神山者,其传在勃海中,去人不远。盖尝有至者,诸仙人及不死之药皆在焉。其物禽兽尽白,而黄金银为宫阙。未至,望之如云;及到,三神山反居水下,水临之,患且至,则风辄引船而去,终莫能至云。世上莫不甘心焉。"

〔56〕凡胎:血肉之躯。即指凡人。秽器:盛粪便的器具。这里亦代指凡人。

〔57〕"舟抵"三句:雍正《浙江通志》卷十四:"补陀洛伽山,《普陀山志》:'在昌国东海中。'今属定海县,去郡城约二百里。补陀洛伽,盖梵名也,华言小白花。《华严经》言善财第二十八参观音菩萨说法处。"洛伽,在普陀山东南,与潮音洞隔海相望,今同属普陀区。在古籍中,普陀洛伽源于梵语译音,即指普陀山。小白华,通"小白花"。

〔58〕道场:佛教供佛祭祀、诵经礼拜的场所。《止观辅行传弘决》

337

卷二:"今以供佛之处名为道场。"唐大中十二年(858),日本僧人惠萼在普陀首建供奉观音的"不肯去观音院"。南宋嘉定七年(1214),宋宁宗赐普陀宝陀寺(即今普济禅寺,为供养观音的主刹)"圆通宝殿"匾额,从此普陀山即成为专门供养观音菩萨的道场。

〔59〕观音洞:在普陀西南端。元吴莱《渊颖集》卷七《甬东山水古迹记》:"自梅岑山东行,西折为观音洞,洞瞰海,外巉中裂,大石壁紫黑,旁罅而两岐,乱石如断圭,积伏蟠结,昼夜作鱼龙啸吼声。"

〔60〕窅窱(yǎo tiǎo 咬挑):幽深的样子。

〔61〕擘(bò 檗)开:分开。

〔62〕龙啸虎吼:形容声音深沉雄壮。

〔63〕善财洞:在观音洞以西。元吴莱《渊颖集》卷七《甬东山水古迹记》:"又西则为善财洞,峭石啮足,泉流渗滴,悬缨不断。"元冯福京等撰《昌国州图志》卷七:"善财洞,潮音洞右,亦神通显见之地。岩有罅,峭峻而蹙狭,其中窈不可测。外有石壁立,泉溜如滴珠,久而不竭,人谓之菩萨泉,瞻礼之人,必以瓶罂盛而去,目病者可洗。"

〔64〕啮足:形容洞之石壁底部因经常受海水冲刷而遭侵蚀。

〔65〕盘陀石:又作"磐陀石",在观音洞以北。两石相累如盘,传说为观音说法处。上石上宽下狭,给人以摇摇欲坠之感。元冯福京等撰《昌国州图志》卷七:"盘陀石,平广可坐百馀人,下瞰大海,正扶桑日出之地。烛龙将驾,天光焕发,五色烂然,顷焉一轮陡海底涌出,其大有不可得而名者。瞻洞之馀,必于此而观焉。"

〔66〕嵌(qiàn 欠)空刻露:形容盘陀石上下石间透露而类似悬空的险势。

〔67〕轩翥(zhù 柱):飞举的样子。

〔68〕岛夷:古人指我国东部沿海一带以及海岛上的居民。《书·禹贡》:"大陆既作,岛夷皮服。"

〔69〕崇刹(chà 岔)高栋:泛指普陀各处所建宏伟的佛教寺庙建筑。

〔70〕兀立:矗立。

〔71〕栖真:道家谓存养真性,返其本元。《晋书·葛洪传》:"游德栖真,超然事外。"这里当指佛家僧徒的参禅。面壁:佛教语,指端坐静修的坐禅。《五灯会元·东土祖师·菩提达磨大师》:"当魏孝明帝孝昌三年也,寓止于嵩山少林寺,面壁而坐,终日默然。人莫之测,谓之壁观婆罗门。"

〔72〕《庄子》"东海若"篇:即指《庄子·秋水》中河伯与海若的一段对话,河伯见到大海,才明白"天下之水,莫大于海"的道理。若,海神名。按《庄子》所云为"北海若",此谓"东海若",或系作者误记。

〔73〕洸(huàng 滉)洋:水无涯际的样子。骇(hài 骇):同"骇"。

〔74〕谢灵运:小名客儿(385—433),后世或称之为谢客;又袭爵封康乐公,后世亦称之为谢康乐。晋、宋间山水诗人,出生于会稽始宁(今浙江上虞)。仕晋为中书侍郎,入宋历官秘书监、临川内史,后以叛逆罪被杀。有《谢灵运集》十九卷,北宋以后散佚。明人辑有《谢康乐集》二卷。《宋书》《南史》皆有传。

〔75〕溟涨(zhàng 杖):溟海与涨海,这里即泛指大海。谢灵运《游赤石进帆海》诗:"溟涨无端倪,虚舟有超越。"

〔76〕韩退之:即韩愈(768—824),字退之,唐河南河阳(今河南孟县)人。贞元八年进士,官至吏部侍郎,散文文笔雄健,为唐宋八大家之一。有《昌黎先生集》。新、旧《唐书》皆有传。

〔77〕有海无天地:韩愈《泷吏》诗:"州南数十里,有海无天地。"

〔78〕冥栖:隐居。唐李白《古风》之十二:"使我长叹息,冥栖岩石间。"

〔79〕并(bàng 傍)海:挨着海。并,通"傍"。

〔80〕世网:原比喻法律礼教等对人的约束,这里指原先为官时对自己的束缚。

〔81〕燕(yān烟)昭:即燕昭王(？—前279),战国时燕王哙子,名平,招贤纳士,燕国得以富强。在位期间曾使人入海求三神山之所,见《史记·封禅书》。汉武:即汉武帝刘彻(前156—前87),汉景帝子。在位五十四年,罢黜百家,迷信神仙,曾"令言海中神山者数千人求蓬莱神人",见《史记·孝武本纪》。翘首:抬头而望,比喻殷切之盼望。

王士性

王士性(1547—1598),字恒叔,号太初,又号元白道人,临海(今属浙江)人。万历五年(1577)进士,历官确山知县、礼科给事中、四川参议、太仆少卿、鸿胪卿。在朝敢言,《明史》有传,称其"深切时弊"。平生性喜游历,宦迹所至,几遍全国。著有《五岳游草》十卷、《广游志》二卷、《广志绎》六卷。

游武林湖山六记[1]

苏子瞻云[2]:"天目之山[3],苕水出焉[4],龙飞凤舞[5],萃于临安[6]。"则堪舆氏言也[7]。临安胜以西湖为最[8],白傅之函[9],苏公之堤[10],唐宋以前,夫非潴溉地耶[11]?南渡后[12],山有塔院,岸有亭台,堤有花木,水有舸舫[13],阴晴不问,士女为群,猗与白云之乡[14],遂专为歌舞之场矣[15]。

余自青衿结发[16],肄业武林[17],泊乎宦游十四方[18],几三十年,出必假道[19],过必浪游[20]。晴雨雪月,无不宜者。语云:人知其乐,而不知其所以乐也[21]。余则能言,请尝试之。

当其暖风徐来,澄波如玉,桃柳满堤,丹青眩目[22]。妖童艳姬[23],声色逓陈[24],尔我相觑,不避游人。余时把酒临风,其喜则洋洋然[25]。故曰宜晴。

及夫白云出岫[26],山雨满楼[27],红裙不来[28],绿衣佐酒[29]。推篷烟里,忽遇孤舟,有叟披簑,钓得艖头[30]。余俟酒醒,山青则归,雨细风斜则否[31]。故曰宜雨。

抑或琼岛银河[32],枯槎路迷[33],山树转处[34],半露楼台。天风吹雪,堕我酒杯,偶过孤山[35],疑为落梅。余时四顾无人,则浮大白[36],和雪咽之,问逋仙墓而吊焉[37]。故曰宜雪。

若其晴空万里,朗月照人,秋风白苎[38],露下满襟。离鸿渐起[39],疏钟清听[40],有客酹客[41],无客顾影[42]。此于湖心亭佳[43],而散步六桥[44],兴复不减。故曰宜月。

余居恒系心泉石,几欲考卜湖畔[45],良缘未偶[46],聊取昔游记之。然吾游夥矣[47],每挟宾朋,止占一丘一壑,行踪未遍,夕阳旋归。惟戊寅春[48],捧檄朗陵[49],念走风尘[50],未卜再游何日,乃与所知蔡立夫、吴本学辈[51],纵目全湖一周,遂以斯游记。

《五岳游草》卷三

[1] 武林是旧时杭州的别称,因其地之武林山而得名。武林山即杭州城西灵隐、天竺诸山的总名。万历六年(1578),已考中进士的王士性被派为确山县令,从家乡取道杭州上任,与友人畅游西湖山水,连同"昔游"所记,写下了这篇文章,作为武林游记六文之序。这是作者对彼

处湖山情有独钟的证明。将杭州湖山景致分为晴、雨、雪、月之观加以渲染,自有作者结构此文的匠心在,读者可细细体味。

〔2〕苏子瞻:即苏轼(1037—1101),字子瞻,一字和仲,号东坡居士,宋眉州眉山(今属四川)人。宋仁宗嘉祐二年(1057)进士,历官大理评事、杭州通判、礼部尚书兼端明殿、翰林侍读两学士。屡被贬斥,卒于常州。《宋史》有传。他是著名文学艺术家,今人整理本有《苏轼诗集》、《苏轼文集》等。以下所引四句见其《表忠观碑》。

〔3〕天目之山:即天目山,在今浙江西北部,东北至西南走向,分为东、西两支,是古今游览胜地。

〔4〕苕(tiáo 条)水:即苕溪,在今浙江北部,有东西两源,东苕溪(龙溪)出天目山南,西苕溪出天目山北,在湖州附近汇合注入太湖。

〔5〕龙飞凤舞:形容山势水流奔放,姿态生动。

〔6〕萃:聚集。临安:宋代府名,即今杭州,南宋绍兴八年(1138)定都于此。

〔7〕堪舆氏言:堪舆家的话。堪舆家,古代占候卜筮者的一种,以后专指相地看风水者。宋范坰、林禹《吴越备史》卷一云:"郭璞《临安地志》云:'天目山前两乳长,龙飞凤舞到钱唐。海门山起横为案,五百年生异姓王。'"苏轼之语或本此。另见明田汝成《西湖游览志馀》卷一。

〔8〕胜:形容事物优越、美好。西湖:在杭州城西,三面环山,一面濒市,又名武林水、钱塘湖、西子湖,风景名胜众多。

〔9〕白傅之函:指石函桥。明田汝成《西湖游览志》卷八:"石函桥,唐刺史李泌建,有水闸,泄湖水以入下湖。"白傅,即白居易(772—846),字乐天,晚号香山居士,唐下邽(今陕西渭南)人。唐德宗贞元十六年(800)进士,历官翰林学士、江州司马、杭州、苏州刺史,授太子少傅,故称白傅。有《白氏长庆集》,新、旧《唐书》皆有传。《新唐书》本传云:"迁为杭州刺史,始筑堤捍钱塘湖,钟泄其水,溉田千顷。复浚李泌六井,

民赖其汲。"另,白居易有《钱唐湖石记》一文,为离任杭州时所作,内有云:"钱唐湖一名上湖,周回三十里。北有石函,南有笕。凡放水溉田,每减一寸,可溉十五馀顷。"又云:"予在郡三年,仍岁逢旱;湖之利害,尽究其由。恐来者要知,故书于石。"白傅之函即颂扬白居易居官为民兴利除害之心。

〔10〕苏公之堤:即苏公堤,又称苏堤。在西湖上,南起南屏路,北接曲院风荷。为苏轼于宋哲宗元祐四年(1089)任杭州知州时所筑成,堤上六桥,古朴美观。西湖十景之首,即苏堤春晓。

〔11〕潴(zhū 朱)溉:蓄聚灌溉。

〔12〕南渡:宋高宗建炎三年(1129),金兵南下,宋高宗渡长江南逃,后建都于临安,史称南渡。

〔13〕舸舫(gě fǎng 各上声仿):大船称舸,并连起来的船只称舫。

〔14〕猗与(yī yú 依鱼):表示赞美的叹词。白云之乡:比喻仙乡。语本《庄子·天地》:"乘彼白云,游于帝乡。"

〔15〕歌舞之场:形容繁华。语本宋林昇《题临安邸》:"山外青山楼外楼,西湖歌舞几时休。暖风吹得游人醉,错把杭州当汴州。"

〔16〕青衿:青色交领的长衫,明代秀才的常服。这里即指少年学子,《诗·郑风·子衿》:"青青子衿,悠悠我心。"毛传:"青衿,青领也。学子之所服。"结发:即束发。古代男子自成童开始束发,因指初成年。

〔17〕肄业:修习课业。

〔18〕洎(jì 记)乎:待及。宦游:旧时指外出求官或做官。

〔19〕假道:借路。

〔20〕浪游:四方漫游。

〔21〕"语云"二句:似套用宋欧阳修《醉翁亭记》:"人知从太守游而乐,而不知太守之乐其乐也。"

〔22〕丹青:红色与青色。这里泛指绚丽的色彩。

〔23〕妖童:美少年。古代多指男色。艳姬:美女。

〔24〕遝(tà 踏)陈:聚集杂陈。

〔25〕"余时"二句:套用宋范仲淹《岳阳楼记》:"把酒临风,其喜洋洋者矣。"

〔26〕岫(xiù 秀):峰峦。全句语本晋陶渊明《归去来兮辞》:"云无心以出岫。"

〔27〕山雨满楼:语本唐许浑《咸阳城西楼晚眺》:"山雨欲来风满楼。"这里即指风。

〔28〕红裙:指美女。

〔29〕绿衣:代指婢妾。

〔30〕艖(chā 插)头:小船之头。

〔31〕雨细风斜:语本唐张志和《渔父》词:"青箬笠,绿蓑衣,斜风细雨不须归。"

〔32〕琼岛银河:形容大雪覆盖下的杭州湖山景色。

〔33〕枯槎:谓小舟。

〔34〕山树:山间树林。

〔35〕孤山:孤耸于西湖里湖与外湖之间,故名。又因山上多梅花,名梅屿。

〔36〕浮大白:饮一满杯酒。

〔37〕逋仙墓:即林和靖墓,在孤山放鹤亭附近。林和靖(967—1028),名逋,字君复,北宋诗人,宋仁宗赐谥"和靖先生",钱塘(今杭州)人。他隐居西湖孤山,不仕不娶,植梅养鹤,有《林和靖诗集》。吊:凭吊。

〔38〕白苎(zhù 住):同"白纻",即白衣。古代士人未得功名时所穿衣服,这是作者未获功名时的装束。

〔39〕离鸿:失群的雁。

〔40〕疏钟清听:指西湖十景之一的"南屏晚钟"。唐宋时杭州南屏山麓西湖南之净慈寺内,有一铜钟,寺僧傍晚敲钟,悠扬动听,因名南屏晚钟。明洪武十一年(1378),重铸一口大钟,传声更远。

〔41〕酹客:与客行以酒浇地的仪式。

〔42〕顾影:自顾其影,有自矜、自负之意。

〔43〕湖心亭:故址在今杭州西湖中。始建于明嘉靖三十一年(1552),初名振鹭亭,万历间重建,又称清喜阁,金碧辉煌,规模壮丽。今亭重建于1953年,为一层二檐、四面厅之建筑。

〔44〕六桥:指苏堤上映波、锁澜、望山、压堤、东浦、跨虹六桥。

〔45〕考卜:古代以龟卜决疑,称"考卜"。这里是问卜择居的意思。

〔46〕未偶:未遇。

〔47〕夥(huǒ伙):多。

〔48〕戊寅:即明神宗万历六年(1578)。

〔49〕捧檄:为母出仕。据《后汉书·刘平等传序》,东汉毛义有孝名,张奉去拜访他,正遇府檄至,令毛义出任守令。毛义很高兴,张奉因此看不起他。后毛母死,毛义就不再做官,张奉才知毛义是为母而出仕,错怪了他。这里就是做官之意。朗陵:西汉所置县名,明代为确山县(今属河南)。王士性中进士后,出任确山县令。

〔50〕风尘:比喻宦途、官场。

〔51〕蔡立夫:据汪道昆《太函集》卷七十六《南屏社记》云:"自天台至者则蔡立夫。"可知蔡立夫于万历十四年(1586)曾参与汪道昆在西湖主持之南屏社。又胡应麟《少室山房集》卷五十八有《蔡立夫素不事曲蘖,入都下忽以酒人名,每一举觞,辄酣畅累日,夜乃醒,醒则复呼酒,酒已复醉,或至经月始复常,自名连环饮。得歌者苗凤,时置屏障间相酬酢。余甚高其风格,戏赠此章》一首七律,可见其善饮酒,生活放荡。吴本学:生平不详,待考。

李维桢

李维桢(1547—1626),字本宁,京山(今属湖北)人。隆庆二年(1568)进士,历翰林编修、修撰,出为陕西右参议,迁提学副使,后以布政使家居。七十馀岁,又起为南京太仆卿,迁南京礼部右侍郎,进尚书。《明史》有传,称"其文章,弘肆有才气,海内请求者无虚日,能屈曲以副其所望",又说:"然文多率意应酬,品格不能高也。"著有《大泌山房集》一百三十四卷,另有《史通评释》等。

《渔父词》引[1]

郝公琰工诗而贫[2],操舴艋[3],游江湖间十年,与渔父狎[4],为《渔父词》示余。其于家则张融陆处无屋,舟居无水[5];其于鱼则士弘之钓亦不得,得小不卖[6];其于兴寄则张志和烟波钓徒、陆龟蒙江湖散人[7]。词之声音调格,相出入矣[8]。

余家三溢水畔[9],渔钓固其本业,为世饵所中[10],三仕三已[11]。今老病免,青篛绿蓑[12],返而初服[13],将从江上丈人游,顾不如公琰习于水也。请为先导,而余击榜鼓枻和之[14]。

陆云龙等《翠娱阁评选皇明小品十六家·李本宁小品》

〔1〕引,明徐师曾《文体明辨序说》云:"唐以后始有此体,大略如序而稍为短简,盖序之滥觞也。"这篇短文可称序跋小品,为一位落魄的友人诗集《渔父词》作序,措语用典皆须得体,方能不失身份。本文"从游"之说并非真的要去归隐,只是拉近人生距离,求得情感的相融罢了。

〔2〕郝公琰:生平不详。工诗而贫:语本宋欧阳修《梅圣俞诗集序》:"然则非诗之能穷人,殆穷者而后工也。"

〔3〕舴艋(zé měng 泽猛):小船。

〔4〕狎(xiá 霞):亲近。

〔5〕"其于家"二句:南齐张融,字思光,吴郡吴人。《南齐书·张融传》:"融假东出,世祖(齐武帝)问融住在何处,融答曰:'臣陆处无屋,舟居非水。'后日上以问融从兄绪,绪曰:'绪近东出,未有居止,权牵小船,于岸上住。'上大笑。"这里用来形容郝公琰的居处简陋。

〔6〕"其于鱼"二句:南朝宋王弘之(365—427),字方平,琅邪临沂人。《宋书·王弘之传》:"性好钓,上虞江有一处名三石头,弘之常垂纶于此。经过者不识之,或问:'渔师得鱼卖不?'弘之曰:'亦自不得,得亦不卖。'"这里用来形容郝公琰虽贫却潇洒的生活态度。

〔7〕"其于兴寄"二句:唐张志和,字子同,婺州金华人。《新唐书·张志和传》:"后坐事贬南浦尉,会赦还,以亲既丧,不复仕,居江湖,自称烟波钓徒。"又云:"善图山水,酒酣,或击鼓吹笛,舐笔辄成。尝撰《渔歌》,宪宗图真求其歌,不能致。"兴寄,指寄托于文学作品中的思想感情。唐陆龟蒙(?—881?),字鲁望,号天随子、江湖散人、甫里先生,吴郡人。《新唐书·陆龟蒙传》:"不喜与流俗交,虽造门不肯见……时谓江湖散人,或号天随子。甫里先生,自比涪翁、渔父、江上丈人。后以高士召,不至。"

〔8〕出入:有相似处,也有相异处。

〔9〕三澨(shì 是):古水名,源出京山之潼泉山。李维桢为京山人,

故称“余家三溢水畔”。

〔10〕世饵:指功名利禄等世俗诱惑。

〔11〕三仕三已:据《明史》本传,李维桢中进士后,由翰林修撰出为外僚,浮沉三十年,“以布政使家居”,是为“一仕”。后七十馀岁,召为南京太仆卿,“旋改太常,未赴”,是为“二仕”。天启四年(1624)四月,因董其昌之荐,“召为南京礼部右侍郎,甫三月进尚书”,“明年正月力乞骸骨去”,是为“三仕”。

〔12〕青箬(ruò 若)绿蓑:语本张志和《渔父》词:“青箬笠,绿蓑衣,斜风细雨不须归。”形容致仕以后的生活。箬笠,用竹篾、箬叶编制的斗笠。蓑衣,用草或棕毛编织的雨具。

〔13〕初服:未入仕时的服装。

〔14〕榜(bàng 傍):船桨。鼓枻(yì 义):划桨,即泛舟。

《绿天小品》题辞[1]

王氏故多酒人。“酒正使人自远”,光禄之言也[2];“酒正自引人着胜地”,卫军之言也[3];“三日不饮,使人形神不亲”,佛大之言也[4];“名士不须奇才,得无事,痛饮酒,熟读《离骚》,便可称名士”,孝伯之言也[5];唐无功所著《醉乡记》、《五斗先生传》及他诗歌[6],率可传[7]。

娄东王时驭自号“酒懒”[8],好酒不减五君,其诗文所谓《绿天馆小品》者,清言秀句,多人外之赏[9]。起五君九原[10],挥麈酬酢[11],定入《世说》“言语”、“文学”、“任诞”三则中[12]。其妹婿潘藻生为梓行之[13],以示余。余惟五君皆有官职[14],而时驭相国从弟[15],布衣早死[16],即无功传《唐书·隐逸》,当逊一筹[17],是又乌衣、马粪佳子弟之所罕有也[18]。

陆云龙等《翠娱阁评选皇明小品十六家·李本宁小品》

〔1〕王时驭布衣终身,名不见经传,平生好饮酒,又少不了吟诗作文的文人习气,有《绿天馆小品》遗世。这篇"题辞"类似于序文,作者抓住王时驭好饮的人生趣味,旁征博引,妙趣横生。如此组织文章,体现了作者的"博闻强记"以及"乐易阔达,宾客杂进"的性格特征,至于是否属于"率意应酬"(以上引文皆见《明史》本传)的文字,读者可自行体味。然而为文不拘一格、挥洒自如,正是晚明小品精神的反映。

〔2〕"酒正"二句:南朝宋刘义庆《世说新语·任诞》:"王光禄云:'酒正使人人自远。'"光禄,指王蕴(330—384),字叔仁,晋太原(今属山西)人,历官吴兴太守、光禄大夫、徐州刺史。素嗜酒,晚年尤甚。《晋书》有传。

〔3〕"酒正自"二句:引句见《世说新语·任诞》。卫军,指王荟,字敬文,晋琅琊临沂(今属山东)人,历官吏部郎、吴国内史、镇军将军,卒赠卫将军,故称王卫军。《晋书》有传。

〔4〕"三日"三句:《世说新语·任诞》:"王佛大叹言:'三日不饮酒,觉形神不复相亲。'"佛大,指王忱,字元达,小字佛大,历官荆州刺史、建武将军,卒赠右将军。《晋书》有传,称其:"性任达不拘,末年尤嗜酒,一饮连月不醒,或裸体而游。"

〔5〕"名士"六句:《世说新语·任诞》:"王孝伯言:'名士不必须奇才。但使常得无事,痛饮酒,熟读《离骚》,便可称名士。'"孝伯,指王恭,字孝伯,王蕴之子,历官吏部郎、建威将军、中书令,以讨王愉兵败被杀,

谥忠简。《晋书》有传。

〔6〕唐无功:唐代的王绩(?—644),字无功,号东皋子,绛州龙门(今山西河津)人。仕唐官太乐丞,后弃官去。新、旧《唐书》皆有传,《新唐书·隐逸传》称其"嗜酒不任事",又云:"著《醉乡记》以次刘伶《酒德颂》。其饮至五斗不乱,人有以酒邀者,无贵贱辄往,著《五斗先生传》。"

〔7〕率(shuài帅):都。

〔8〕娄东:太仓(今属江苏)旧称,以娄江(下江)而得名。

〔9〕人外之赏:远离世俗的韵致。

〔10〕九原:黄泉,地下。

〔11〕挥麈(zhǔ拄):晋人清谈时,常挥动麈尾(古人执以驱虫、掸尘的一种工具,即在细长的木条两边及上端插设兽毛,或直接让兽毛垂露外面,类似马尾松)以为谈助。酬酢(zuò作):这里是应酬交往的意思。

〔12〕世说:即《世说新语》,南朝宋刘义庆撰,梁刘孝标注。原名即《世说》,内容按类分为"德行"、"言语"、"文学"、"政事"、"任诞"等三十六门。主要记述东汉末年至东晋间文人名士的言行风貌及生活逸事。

〔13〕潘藻生:生平不详。梓行:刻版印行。

〔14〕惟:思考。

〔15〕相国:明代对内阁大学士的尊称。从(zòng纵)弟:同祖弟,即堂弟。

〔16〕布衣:平民。古代平民不得衣锦绣,故称。

〔17〕当逊一筹:指王绩在隋、唐皆做过官,却可以入《新唐书·隐逸传》,比起王时驭终身没当过官的真隐士,就差了一些。

〔18〕乌衣、马粪佳子弟:即指贵族出身的年轻人。乌衣、马粪皆为巷名,故址全在今南京市内,为东晋时贵族所聚居之地。

汤显祖

汤显祖(1550—1616),字义仍,号海若,又号若士、清远道人,临川(今属江西)人。万历十一年(1583)进士,历官太常寺博士、礼部主事,上《论辅臣科臣疏》抨击朝政,贬广东徐闻典史,调浙江遂昌知县,万历二十六年(1598)弃官归,家居近二十年卒。《明史》有传,称其"意气慷慨",哀其"蹭蹬终老"。汤显祖以戏曲创作名传后世,"临川四梦"乃《紫钗记》、《还魂记》(即《牡丹亭》)、《南柯记》、《邯郸记》,享誉曲坛,尤以《牡丹亭》最为著名。诗文也有特色。著有《玉茗堂集》,今人有整理本《汤显祖集》(包括诗文集与戏曲集),中华书局上海编辑所1961年出版。《汤显祖诗文集》系从《汤显祖集》中分出者,上海古籍出版社1982年出版。

《合奇》序[1]

世间惟拘儒老生不可与言文[2]。耳多未闻,目多未见,而出其鄙委牵拘之识[3],相天下文章,宁复有文章乎?

予谓文章之妙不在步趋形似之间。自然灵气[4],恍惚而来,不思而至。怪怪奇奇,莫可名状。非物寻常得以合之。苏子瞻画枯株竹石[5],绝异古今画格[6],乃愈奇妙。若以画格程之[7],几不入格。米家山水人物[8],不多用意,略施数笔,形象宛然。正使有意为之,亦复不佳。故夫笔墨小技,可以入神而证圣[9]。自非通人[10],谁与解此。

吾乡丘毛伯选海内合奇文止百馀篇[11],奇无所不合。或片纸短幅,寸人豆马[12];或长河巨浪,汹汹崩屋;或流水孤村,寒鸦古木[13];或岚烟草树[14],苍狗白衣[15];或彝鼎商周[16],丘索坟典[17]。凡天地间奇伟灵异高朗古宕之气[18],犹及见于斯编,神矣化矣。夫使笔墨不灵[19],圣贤减色,皆浮沉习气为之魔。士有志于千秋,宁为狂狷[20],毋为乡愿[21],试取毛伯是编读之。

《汤显祖诗文集》卷三十二

[1]《合奇》是小品文集,为汤显祖的同乡晚辈丘兆麟所编。晚明作为一个思想启蒙的时代,孕育了散文小品个性解放的精神,奇与癖、真与趣的追求,都具有突破传统的伟力。这篇序文在反对"步趋形似"的拟古之风外,提出"宁为狂狷,毋为乡愿"的口号,可谓晚明小品精神的写照,与此后性灵说的倡导者袁宏道等人的文学主张,可谓不谋而合。

[2] 拘儒:固执守旧、目光短浅的儒生。老生:指老书生,这里略含贬义。

[3] 鄙委:浅陋委琐。牵拘:拘泥。

[4] 自然灵气:类似于今人所讲的"灵感"。

[5] "苏子瞻"句:苏子瞻,即苏轼(1037—1101),详见前王士性《游武林湖山六记序》注[2]。他是著名文学家,也是一位能书善画的艺术家。《枯木怪石图》、《竹石图》是苏轼的代表作,今存。

[6] 画格:画的品格、格调。

[7] 程:衡量、品评。

〔8〕米家:指宋代书画家米芾(fú 福,1051—1107)与米友仁(1086—1165)父子。米芾善以水墨点染写山川岩石,虽似不求工细,但别具疏秀脱俗的风格。其子友仁在山水技法上又有所发展。后世对父子二人所画山水有"米家山"之誉。

〔9〕证圣:佛教语,指证入圣果。

〔10〕通人:学识渊博通达的人。

〔11〕丘毛伯:即丘兆麟(1572—1629),字毛伯,号太丘,临川(今属江西)人。万历三十八年(1610)进士,官至河南巡抚。著有《学馀园集》、《永暄亭集》、《玉书庭集》等。

〔12〕寸人豆马:中国古代绘画有关透视法的用语,多作"寸马豆人"。五代梁荆浩《画山水赋》云:"凡画山水,意在笔先。丈山尺树,寸马豆人,此其格也;远人无目,远树无枝,远山无皴,高与云齐,远水无波,隐隐似眉,此其或也。山腰云塞,石壁泉塞,楼台树塞,道路人塞,石看三面,路看两蹊,树观顶领,水看岸基,此其法也。"这里用来比喻大致记述简单或琐细的人或事物。

〔13〕"或流水"二句:语本宋秦观《满庭芳》(山抹微云)词:"斜阳外,寒鸦数点,流水绕孤村。"

〔14〕岚烟:山中雾气。

〔15〕苍狗白衣:即"白衣苍狗",语本唐杜甫《可叹》诗:"天上浮云如白衣,斯须改变如苍狗。"比喻世事变幻无常。这里指《合奇》中入选的这一类题材的小品文字。

〔16〕彝鼎商周:指《合奇》中入选的有关商周礼器考证鉴赏的小品文字。

〔17〕丘索坟典:语本《左传·昭公十二年》:"是良史也,子善视之,是能读《三坟》、《五典》、《八索》、《九丘》。"四部典籍皆古书名,后即泛指古代典籍。

〔18〕高朗:豁达开朗。古宕(dàng荡):高古而潇洒跌宕。

〔19〕使:假使。

〔20〕狂狷:语本《论语·子路》:"子曰:不得中行而与之,必也狂狷乎!狂者进取,狷者有所不为也。"这里指激进与狷介的性格。

〔21〕乡愿:即"乡原",指乡里中貌似谨厚,而实与流俗合污的伪善者。《论语·阳货》:"子曰:乡原,德之贼也。"

《牡丹亭记》题词[1]

天下女子有情,宁有如杜丽娘者乎?梦其人即病[2],病即弥连[3],至手画形容传于世而后死[4]。死三年矣,复能溟莫中求得其所梦者而生[5]。如丽娘者,乃可谓之有情人耳。情不知所起,一往而深。生者可以死,死可以生。生而不可与死,死而不可复生者,皆非情之至也。梦中之情,何必非真,天下岂少梦中之人耶?必因荐枕而成亲[6],待挂冠而为密者[7],皆形骸之论也[8]。

传杜太守事者[9],仿佛晋武都守李仲文、广州守冯孝将儿女事[10]。予稍为更而演之。至于杜守收考柳生[11],亦如汉睢阳王收考谈生也[12]。

嗟夫,人世之事,非人世所可尽。自非通人[13],恒以理相格耳[14]。第云理之所必无[15],安知情之所必有邪!

《汤显祖诗文集》卷二十二

〔1〕《牡丹亭记》又名《牡丹亭还魂记》,简称《牡丹亭》,共五十五出,汤显祖完成于万历二十六年(1598),即其挂冠归田的同年。此传奇甫问世即产生轰动效应,沈德符《顾曲杂言》有所谓"家传户诵,几令《西厢》减价"的美誉。杜丽娘作为传奇中的女主角,可视为作者以"情"抗"理"的化身;她与书生柳梦梅生死以之的爱情,也传达出作者追求人格自由的憧憬。作者对此传奇颇为自得,所以题词也饱蘸情感之墨,表现了晚明文人的理想境界。

〔2〕梦其人:《牡丹亭》第十出"惊梦",杜丽娘游园梦见一持柳枝的书生,即柳梦梅,于是二人情好。

〔3〕弥连:即"弥留",指久病不愈。《牡丹亭》第十八出"诊祟"旦白:"春香,我自春游一梦,卧病如今。不痒不疼,如痴如醉。"

〔4〕形容:模样,外貌。《牡丹亭》第十四出"写真"即演杜丽娘为自己画像。

〔5〕溟莫:通"溟漠"。幽晦广远,这里指阴间。

〔6〕荐枕:进献枕席,即指侍寝。语本《文选》所录宋玉《高唐赋》:"妾巫山之女也,为高唐之客,闻君游高唐,愿荐枕席。"

〔7〕挂冠:指辞官。密:亲近。

〔8〕形骸之论:肤浅的认识。形骸,这里指人的外貌。

〔9〕传杜太守事者:明嘉靖间晁瑮《宝文堂书目》已著录《杜丽娘》;万历间何大抡《燕居笔记》刊行,卷九有《杜丽娘慕色还魂》话本小说,为汤显祖创作《牡丹亭》所本。杜太守,指杜宝,杜丽娘的父亲,为南宋光宗时广东南雄府尹,在《牡丹亭》中,杜宝则为南安太守。

〔10〕晋武都守李仲文:事本托名晋陶潜撰《搜神后记》卷四。武都太守李仲文在郡丧女,葬于城北。其后任张世之的儿子张子长夜梦与女交好,发冢视之,体已生肉,却因开棺提早,难以复生,与子长梦中涕泣而别。广州守冯孝将儿女事:事亦本《搜神后记》卷四。东平冯孝将为广

州太守,其儿马子夜梦一女子来言:"我是前太守北海徐玄方女,不幸早亡,今已四年,若救活,当为君妻。"马子届期掘棺,女子体貌如故,遂为夫妇,并生二儿一女。

〔11〕杜守收考柳生:《牡丹亭》第五十三出"硬拷",杜宝将柳梦梅认作开棺劫财者拷问。考,同"拷"。

〔12〕汉睢阳王收考谈生:事本晋干宝《搜神记》卷十六。汉谈生,年四十,无妇。夜半读《诗经》,遇女子来就,遂为夫妇,并约三年不能用火照。后生一子,已二年,谈生伺妇夜寝,举火照视,见妇腰上已生肉,腰以下但存枯骨。妇觉,知不能更生,赠珠袍与谈生,抱儿裂取谈生衣裾而去。谈生诣市卖袍,睢阳王家以钱千万买之,王识为亡女之物,乃以盗墓贼拷问谈生,生以实对。发视女棺,得生衣裾,视生儿亦类王女,睢阳王于是认谈生为婿。事又见《列异传》。

〔13〕通人:学识渊博通达的人。

〔14〕格:推究。

〔15〕第云:只说。

点校《虞初志》序[1]

昔李太白不读非圣之书[2],国朝李献吉亦劝人弗读唐以后书[3]。语非不高,然未足以绳旷览之上也[4]。何者?盖神丘火穴[5],无害山川岳渎之大观[6];飞墓秀萼[7],无害豫章竹箭之美殖[8];飞鹰立鹘[9],无害祥麟威凤之游栖[10]。然则稗官小说[11],奚害于经传子史[12]?游戏墨花[13],又奚害于涵养性情耶[14]?东方曼倩以岁星入汉[15],当其极谏[16],时杂滑稽[17];马季长不拘儒者之节,鼓琴吹笛,设绛纱帐,前授生徒,后列女乐[18];石曼卿野饮狂呼[19],巫医皂隶徒之游[20]。之三子,曷尝以调笑损气节、奢乐堕儒行、任诞妨贤达哉[21]?读书可譬已[22]。太白故颓然自放,有而不取[23],此天授,无假人力[24];若献吉者,诚陋矣!《虞初》一书,罗唐人传记百十家,中略引梁沈约十数则[25],以奇僻荒诞、若灭若没、可喜可愕之事,读之使人心开神释,骨飞眉舞。虽雄高不如《史》、《汉》[26],简澹不如《世说》[27],而婉缛流丽[28],洵小说家之珍珠船也[29]。其述飞仙盗贼,则曼倩之滑稽;志佳冶窈窕[30],则季长之绛纱;一切花妖木魅、牛鬼蛇神[31],则曼卿之野饮。意有所荡激,语有所托归,律之"风流之罪人"[32],彼固歉然不辞矣。使呫呫读古而不知此味[33],即日垂衣执笏[34],陈宝列俎[35],终是三馆画手、一堂木偶耳[36],何所讨真趣哉!余暇日特为点校之,以借世之奇隽沈丽者[37]。

《汤显祖诗文集》卷五十

[1]《虞初志》是明代人所编传奇、志怪小说集,今传本七卷,收南北朝至唐代志怪、传奇小说三十一篇,一般认为是明嘉靖间人吴仲虚所编选。虞初是西汉河南洛阳人,《汉书·艺文志·诸子略》著录《虞初周说》九百四十三篇,东汉张衡《西京赋》有所谓"小说九百,本自虞初"之语,后人遂尊虞初为小说家之祖。此系《虞初志》取名所本。小说稗史,在古代一向难登大雅之堂,启蒙思想家李贽肯定了小说在文学史上的地位。汤显祖作为个性解放思潮的推动者,为传奇小说立言,也正体现了

其反传统启蒙意识的坚定。

〔2〕"昔李太白"句:语本唐李阳冰《唐李翰林草堂集序》:"不读非圣之书,耻为郑卫之作,故其言多似天仙之辞,凡所著述,言多讽兴。"李太白,即李白(701—762),字太白,以曾官翰林供奉,故有李翰林之称。他是中国文学史上的著名诗人。

〔3〕"国朝李献吉"句:明顾璘《国宝新编》有云:"李献吉朗畅玉立,傲睨当世,读书断白汉魏以上,故其诗文卓尔不群。"国朝,明代人称本朝。李献吉,即李梦阳(1473—1530),字献吉,详本书小传。

〔4〕绳:约束,限制。旷览之士:博览群书的人。

〔5〕神丘火穴:《骈字类编》卷二十一引《元中记》:"神丘有火穴,光景照千里。"神丘,灵异的山丘。汉应瑒《灵河赋》:"咨灵川之遐源兮,于昆仑之神丘。"

〔6〕岳渎:五岳与四渎的并称。五岳,一般指东岳泰山、南岳衡山、西岳华山、北岳恒山、中岳嵩山。四渎,古人对长江、黄河、淮河、济河的合称。《尔雅·释水》:"江、河、淮、济为四渎。"大观:盛大壮观的景象。

〔7〕飞墓秀蕚:疑当作"飞茎秀蕚",墓,茎之形讹。飞茎,直生枝条。晋潘岳《河阳县作》诗之一:"落英陨林趾,飞茎秀陵乔。"秀蕚,秀美的花蕚。南朝梁江淹《杂体诗·效殷仲文兴瞩》:"青松挺秀蕚,惠色出乔树。"

〔8〕豫章:也作"豫樟"。枕木与樟木的并称。《史记·司马相如列传》:"其北则有阴林巨树,楩楠豫章。"竹箭:即篠,细竹。《尔雅·释地》:"东南之美者,有会稽之竹箭焉。"殖:孳生,繁殖。

〔9〕鹘(hú 胡):鸟类的一科,飞得快,善于袭击其他鸟类,也称隼。

〔10〕祥麟:指瑞兽麒麟。威凤:瑞鸟。古人认为凤有威仪,故称。

〔11〕稗官小说:即野史小说、街谈巷议之言。稗官,小官。《汉书·艺文志》:"小说家者流,盖出于稗官。街谈巷语,道听途说者之所

造也。"

〔12〕奚:为何。经传:儒家典籍经与传的统称。阐释经文称传。子史:指诸子百家著作与史部书籍。

〔13〕游戏墨花:以游戏笔墨比喻《虞初志》一类的小说文字。

〔14〕涵养:滋润养育。

〔15〕东方曼倩:即东方朔(前154—前93),字曼倩,西汉平原厌次(今山东惠民东)人。汉武帝时待诏金马门,官至太中大夫。能以奇计诽辞亲近帝王,故有关传说异闻甚多。《史记》、《汉书》皆有传。岁星:即木星。古人观测木星约十二年运行一周天(即绕日一周),其轨道又与黄道相近,可将周天分为十二分,称十二次。木星每年行经一次,可以其所在星次来纪年,故称岁星。据旧题汉郭宪《东方朔传》,东方朔死后,大王公启奏汉武帝:"诸星具在,独不见岁星十八年,今复见耳。"于是汉武帝叹道:"东方朔生在朕傍十八年,而不知是岁星哉!"

〔16〕极谏:古人称臣子对君主的极力规劝。

〔17〕时杂滑(gǔ古)稽:《史记》入东方朔于《滑稽列传》,称东方朔"至前谈语,人主未尝不悦也"。滑稽,谓能言善辩,言辞流利。

〔18〕"马季长"五句:语本《后汉书·马融传》:"融才高博洽,为世通儒,教养诸生,常有千数……善鼓琴,好吹笛,达生任性,不拘儒者之节。居宇器服,多存侈饰。常坐高堂,施绛纱帐,前授生徒,后列女乐,弟子以次相传,鲜有入其室者。"马季长,即马融(79—166),字季长,东汉扶风茂陵(今陕西兴平东北)人。汉桓帝时官至南郡太守,为当时博学通儒,著《三传异同说》,注《孝经》、《论语》、《诗》、《易》、《三礼》、《尚书》、《老子》、《淮南子》等书。《后汉书》有传。绛纱,红纱。女乐(yuè月),歌舞伎。

〔19〕石曼卿:即石延年(994—1041),字曼卿,宋宋城(今河南商丘)人。以武臣叙迁得官,仕至太子中允、秘阁校理。著有《石曼卿诗

集》。《宋史》有传。野饮狂呼:宋欧阳修《欧阳修集》卷四十三《释秘演诗集序》:"曼卿为人,廓然有大志,时人不能用其材,曼卿亦不屈以求合。无所放其意,则往往从布衣野老,酣嬉淋漓,颠倒而不厌。"

〔20〕巫医:古代以祝祷为主或兼用药物来为人治病消灾的人。皂隶:古人指衙门里的差役。以上职业为封建文人所轻视。

〔21〕任诞:任性,放诞。贤达:贤明通达。

〔22〕譬:通晓,明白。

〔23〕有而不取:指李白自身具备某些特质,可以不必读很多书。

〔24〕"此天授"二句:语本《史记·淮阴侯列传》:"陛下所谓天授,非人力也。"

〔25〕沈约:字休文(441—513),历仕宋、齐、梁三朝,官至尚书令,卒谥隐。《梁书》、《南史》皆有传。《虞初志》卷一收南朝梁吴均《续齐谐记》,所录为南北朝志怪事,馀六卷皆收唐人传奇故事。

〔26〕雄高:宏伟高峻。史:指《史记》,汉司马迁撰,是我国第一部纪传体通史。汉:指《汉书》,东汉班固撰,为我国第一部纪传体断代史。

〔27〕简澹:简淡,即简朴淡泊。世说:指《世说新语》,原名《世说》,文字简洁而富文采。又见李维桢《〈绿天小品〉题辞》注〔12〕。

〔28〕婉缛(rù入):义辞婉转曲折而富文采。流丽:流畅华丽。

〔29〕洵:诚然,确实。珍珠船:即"真珠船"。用真珍装饰的船,比喻极珍贵的事物。宋王应麟《困学纪闻·经说》:"王微之云:'观书每得一义,如得一真珠船。'"

〔30〕佳冶窈窕(yǎo tiǎo咬挑):娇美妖冶的美女。语本秦李斯《谏逐客书》:"而随俗雅化,佳冶窈窕,赵女不立于侧也。"

〔31〕花妖木魅:花的精怪与老树变成的妖魅。牛鬼蛇神:牛首之鬼与蛇身之神。以上多成为志怪小说的题材。

〔32〕风流之罪人:因风雅事而犯过者,这里有调侃意味。语本《北

齐书·循吏传·郎基传》:"基性清慎,无所营求……唯颇令写书。潘子义曾遗之书曰:'在官写书,亦是风流罪过。'"

〔33〕咄咄:表示感慨的意思。

〔34〕垂衣执笏(hù护):指在朝为官,不苟言笑。笏:古代臣朝君时所执的狭长板子,用玉、象牙或竹木制成,也称手板。

〔35〕陈宝列俎:指古代祭祀的景况,是庄严的场合。宝,指各种礼器。俎,古代祭祀时陈放牲体或祭品的礼器。

〔36〕三馆画手:指供奉御前的画家,一般多事描摹,缺乏创造力。三馆,宋承唐制,以史馆、昭文馆、集贤院为三馆,掌修史、藏书、校书等事。

〔37〕借:这里是给予的意思。奇隽:才智特出。沈丽:即"沈博绝丽",指文章内容深沉渊博,文辞华丽。

虞淳熙

虞淳熙(1553—1621),字长孺,号德园,又号甘园净居士,钱塘(今浙江杭州)人。万历十一年(1583)进士,历官兵部主事、吏部郎中,万历二十一年(1593)内计,因党争罢职归。归田三十载,卒于家。与其弟虞淳贞俱好仙佛。钱谦益《列朝诗集小传》云:"长孺少见知于李于鳞、王元美,赋才奇谲,搜抉奇字僻句,务不经人弋获,以为绝出……尝曰:'我文似古而不似古者,皆我胸中语耳。'"《明史·艺文志》著录虞淳熙《德园全集》六十卷。

《解脱集》序[1]

大地一梨园也[2]。曰生,曰旦,曰外,曰末,曰丑,曰净[3],古今六词客也[4]。壤父而下[5],不施粉墨[6],举如末[7];陈王作净丑面[8],然与六朝、初唐人俱是贴旦[9];浣花叟要似外[10];李青莲其生乎[11]?任华、卢仝诸家[12],半净半丑;而乐天、东坡[13],教化广大[14],色色皆演[15];王维、张籍[16],韩子苍所谓"按乐"多诊气[17],率歌工也[18]。袁中郎自诡插身净丑场[19],演作天魔戏[20],每出新声,辄倨《主客图》首席[21]。人人唱《渭城》[22],听之那得不骇?至抵掌学寒山佛、长吉鬼、无功醉[23],上并谓为真。乃中郎且哂好音不好曲矣[24]。头脱乌纱[25],足脱凫舄[26],口脱《回波词》[27],身脱侲子之队[28],魔女魔民[29],惟其所扮,直不喜扮法聪[30]。若活法聪,则唱落花人是[31]。顾阎老无如予何[32],中郎畏阎老哉? 波波吒吒声[33],几许解脱,中郎定不入畏。

陆云龙等《翠娱阁评选皇明小品十六家·虞德园小品》

〔1〕《解脱集》是袁宏道所著,结集于万历二十五年(1597),包括诗二卷、游记、杂著一卷、尺牍一卷。这一年袁宏道三十岁,刚辞去吴县县令,畅游吴越,对于性情中人而言,视为"解脱",理所当然。虞淳熙也是性情中人,为之题辞作序自然不拘一格、畅所欲言,并且歌呼笑谈,非同凡响,体现了晚明小品的个性解放的自由精神。

〔2〕梨园:唐玄宗时于梨园教习艺人,后世即以梨园泛指戏班或演戏之所。这里指演戏之所,所谓"天地大戏场,戏场小天地"。

〔3〕生:戏曲行当名,出现于南戏,流传至今。多扮演中青年儒士、秀才一类男性人物,为剧中主角。旦:戏曲行当名,宋杂剧中已有"装旦",是扮演女子的角色。元杂剧中有正旦、小旦、搽旦等,其中正旦是主要角色。外:戏曲行当名,元杂剧中有外末、外旦、外净等角色,属于末、旦、净等行当的次要角色;宋元南戏与明清传奇中的"外"是生外之生,多扮演老而有气度的士大夫上层人物。末:戏曲行当名,扮演男子的角色。宋杂剧中已有末泥、副末,元杂剧中则有正末、副末、冲末、外末、小末等,其中正末为主要角色,与正旦并重。在明清传奇中,末已成为次要的男性角色。丑:戏曲行当名,宋元南戏已有这一行当。明徐渭《南词叙录》认为此行当"以墨粉涂面,其形甚丑"而得名。所扮演人物种类繁多,文丑、武丑而外,丑婆子则由丑扮演妇女。净:戏曲行当名,或称"花

脸"、"花面",系从宋杂剧、金院本的副净演变而来,可扮演喜剧性或正剧性人物形象,其中正剧性的又可分为正面人物或反面人物两大类。

〔4〕词客:擅长文词的人。这里比喻不同类型的文学家。

〔5〕壤父(fǔ甫):传说中尧时的一个田野老人。晋皇甫谧《高士传》卷上:"帝尧之世,天下太和,百姓无事。壤父年八十馀而击壤于道中。观者曰:'大哉,帝之德也!'壤父曰:'吾日出而作,日入而息,凿井而饮,耕田而食,帝何德于我哉?'"

〔6〕粉墨:指戏曲演出时演员化妆用的白粉与黑墨。

〔7〕举:皆,全。

〔8〕陈王:即三国魏曹植(192—232),字子建,沛国谯(今安徽亳州)人,曹操第三子,曾封陈王,卒谥"思",后世遂称陈王或陈思王。杰出诗人,较全面地代表建安诗歌的成就,推动了五言诗的发展。有《曹子建集》,《三国志》有传。

〔9〕六朝:三国吴、东晋与南朝的宋、齐、梁、陈,相继建都于建康(吴名建业,即今南京市),史称六朝。初唐:明初高棅《唐诗品汇》将唐诗分为初、盛、中、晚四期,以唐太宗贞观至唐玄宗开元初为初唐。此阶段诗风尚未完全摆脱陈、隋绮靡风气。贴旦:戏曲中旦行的一支,是次要的旦角,通称贴。明徐渭《南词叙录》云:"旦之外,贴一旦也。"

〔10〕浣花叟:即唐杜甫(712—770),字子美,巩县(今属河南)人。历官左拾遗、检校工部员外郎,他曾在四川成都浣花溪畔之浣花草堂(杜甫草堂)居住,后人或称之为浣花叟。杜甫诗风沉郁顿挫,反映社会深刻,有"诗史"之称。新、旧《唐书》皆有传。要:总之。

〔11〕李青莲:即唐李白(701—762),字太白,号青莲居士,陇西成纪(今甘肃秦安西北)人,其出生地则多异说。曾官翰林供奉,诗与杜甫齐名,诗风俊逸高畅、自然真挚。新、旧《唐书》皆有传。

〔12〕任华:唐诗人,生卒年不详,乐安(今山东高青)人,历官监察

御史。与李白、杜甫有交,《全唐诗》存诗三首。卢仝:自号玉川子(775？—835),范阳(今河北涿州)人。终生不仕,与韩愈、孟郊、贾岛有交,诗风奇谲怪异,有散文化倾向。有《玉川子诗集》二卷、外集一卷。

〔13〕乐天:即唐白居易(772—846),字乐天,号香山居士,下邽(今陕西渭南)人。唐德宗贞元十六年(800)进士,官至刑部尚书。擅长乐府歌行诗,创元和体。今传《白氏长庆集》,新、旧《唐书》皆有传。东坡:即宋苏轼(1036—1101)。详见前王士性《游武林湖山六记序》注〔2〕。

〔14〕教化广大:即"广大教化",指局度宽宏,事关政教风化。唐张为《诗人主客图》,将唐诗人按作品内容、风格分为六类,各以一人为主。白居易列为第一类诗人之首,尊为"广大教化主"。

〔15〕色色:样样。这里指所谓"生、旦、外、末、丑、净"。

〔16〕王维:字摩诘(700—761),太原祁(今山西祁县)人。唐玄宗开元九年(721)进士,官至尚书右丞。诗与孟浩然齐名,为盛唐山水田园诗派之杰出代表,诗中有画,多有禅趣。有《王右丞集》,新、旧《唐书》有传。张籍:字文昌(766？—830？),和州(今安徽和县)人。唐德宗贞元十五年(799)进士,历官国子博士、水部员外郎、国子司业。曾从学于韩愈,诗工乐府,平易自然。有《张司业集》八卷,新、旧《唐书》有传。

〔17〕韩子苍:即宋韩驹(？—1135),字子苍,仙井监(治所在今四川仁寿)人,宋徽宗政和初,以献颂补假将仕郎,召试,赐进士出身,迁中书舍人,寻兼权直学士院。宋高宗即位,知江州,卒于抚州。论诗主禅悟,有《陵阳先生集》。《宋史》有传,内云:"驹言国家祠事,岁一百十有八,用乐者六十有二,旧撰乐章,辞多牴牾。于是诏三馆士分撰亲祠明堂、圆坛、方泽等乐曲五十馀章,多驹所作。"按乐(yuè月):奏乐。恢气:虚夸不实的习气。三国魏刘邵《人物志·八观》:"故好声而实不充则恢。"宋魏庆之《诗人玉屑》卷二:"韩子苍如梨园按乐,排比得伦。"

〔18〕率(lù绿):类似。歌工:古代指以演奏、歌唱为业的人。

〔19〕袁中郎:即袁宏道(1568—1610),字中郎,号石公。详见本书小传。自诡:这里是自己诡称的意思。

〔20〕天魔戏:即天魔舞,元代宫廷乐舞名,用于赞佛、宴享等。这里比喻袁宏道文学创作的纵横自如,个性鲜明。

〔21〕倨(jù剧):傲慢不逊。主客图:即唐张为所撰《诗人主客图》,一卷,开宋人诗派之说先河。参见注〔14〕。这里赞扬袁宏道之文学成就超过了有"广大教化主"美誉的白居易。

〔22〕渭城:即《渭城曲》,一名《送元二使安西》,后人又称《阳关三叠》。唐王维作,诗云:"渭城朝雨浥轻尘,客舍青青柳色新。劝君更尽一杯酒,西出阳关无故人。"是为著名的送别诗。另据唐韦绚《刘宾客嘉话录》:"刑部侍郎从伯伯刍尝言:某所居安邑里巷口,有鬻饼者。早过户,未尝不闻讴歌而当垆,兴甚早。一旦召之与语,贫窭可怜,因与万钱,令多其本,日取饼以偿之,欣然持镪而去。后过其户,则寂然不闻讴歌之声,谓其逝矣,及呼乃至,谓曰:'尔何辍歌之遽乎?'曰:'本流既大,心计转粗,不暇唱《渭城》矣。'从伯曰:'吾思官徒亦然。'因成大噱。"所谓"人人唱《渭城》"者,除讽刺前后"七子"复古之风蔓延外,也有嘲笑诗坛附庸风雅者众多,而作品实无足观之意。

〔23〕抵(zhǐ纸)掌:击掌。指人在谈论中的高兴神情,也作"抵掌"。寒山:唐代诗僧,生卒年不详,存诗三百馀首,多宣扬佛教因果,讥讽世态,用语俚俗,时含机趣。长吉:即唐李贺(790—816),字长吉,福昌昌谷(今河南宜阳)人,早慧,多感时伤逝之作,务求新奇,著称于中唐诗坛,有"李长吉体"之号,后人以"鬼才"为誉。新、旧《唐书》有传。无功:即唐王绩(?—644),字无功,号东皋子,绛州龙门(今山西河津)人,仕唐官太乐丞,后弃官去。新、旧《唐书》有传。他以"嗜酒不任事"著名,诗风清新质朴、恬淡自然;其文疏朗萧散。

〔24〕"乃中郎"句:江盈科《解脱集序一》:"中郎论诗,最耻临摹,其

367

于长吉非必有心学之,第余观其突兀怪特之处,不可谓非今之长吉。自君诗出,而善悟者乃知才子肝肠各有真诗,亦如春蚕腹中各各有丝,无待假借。"哂(shěn 审),讥笑。好音不好曲,悦耳的音乐没有好的传唱,意即摹仿没有出路。

〔25〕头脱乌纱:辞去官位。乌纱,指古代官员所戴的乌纱帽。

〔26〕足脱凫舄(xì 戏):辞去县令。语本《后汉书·方术传上》:"王乔者,河东人也。显宗世,为叶令。乔有神术,每月朔望,常自县诣台朝。帝怪其来数,而不见车骑,密令太史伺望之。言其临至,辄有双凫从东南飞来。于是候凫至,举罗张之,但得一只舄焉。"凫,野鸭;舄,鞋,后人即以"凫舄"用为县令的典故。

〔27〕口脱回波词:摆脱作应制诗的困扰。回波,乐府商调曲,又舞曲。唐中宗时造,六言四句,开头例有"回波尔时"四字,故名。《新唐书·沈佺期传》:"帝诏学士等舞《回波》,佺期为弄辞悦帝,还赐牙、绯。"

〔28〕身脱侲(zhèn 振)子之队:抛弃如儿童般学语式的创作方法。侲子,童子。

〔29〕魔女魔民:语本《楞严经》卷六:"如不断淫,必落魔道,上品魔王,中品魔民,下品魔女。"佛教指魔界之民众,不入正道的鬼。这里比喻打破传统的文学追求。

〔30〕法聪:元王实甫《西厢记》中普救寺的和尚名,为一次要人物,可有可无,且只出现于第一本中,无行当。这里指无关性情、内容贫乏的文学创作。袁宏道《解脱集》卷二《天目书所见》诗:"菩萨与凡庸,不知谁正倒。牛马若率真,形貌亦自好。独有知见人,不食本分草。拾他粪扫堆,秘作无价宝。面上曲折多,腹内安稳少。坐立皆成文,闲话亦打稿。演出活法聪,难瞒俊阇老。"

〔31〕唱落花人:作者自指,有调侃意味。《四库全书总目》卷一九三著录《埙篪音》二卷:"明虞淳熙、淳贞同撰……淳贞字僧孺,淳熙弟

也。是集凡赋《溪上落花诗》一百五十首……原序称其《溪上落花诗》，伯仲皆一夜而就，大意欲夸多斗捷耳。"又，袁宏道《解脱集》卷一《赠虞德园兄弟》诗有句"持戒每尝无味水，闲情多赋《落花诗》"，即指此。

〔32〕阎老：即阎罗，通称阎王，佛教称主管地狱的神。无如予何：不能把我怎么样。

〔33〕波波吒（zhà 炸）吒：艰辛、磨折。这里指袁宏道做吴县令时的景况。

书座右[1]

"有士人贫甚，夜则露香祈天[2]，益久不懈[3]。一夕，方正襟焚香，忽闻空中神人语曰：'帝悯汝诚，使我问汝何所欲？'士答曰：'某之所欲甚微，非敢过望，但愿此生衣食粗足，逍遥山间水滨，以终其身足矣。'神人大笑曰：'此上界神仙之乐，汝何从得之，若求富贵则可矣。'予因历数古人极贵盛，而终不能遂志者，比比皆是。盖天之靳惜清乐[4]，百倍于功名爵禄也。"右《梁溪漫志》所纪[5]。此乐予近已得之，无用爇许都梁[6]，祷祠而求矣[7]。乃故求神仙不置，一何贪耶？神者地祇之申[8]，仙者山人耳[9]。上界大多官府[10]，即洞宫佐吏[11]，止尔庄谐肃仪倍人间[12]，问庄生作太极闱编郎[13]，得逍遥曳尾否[14]？今日龙山凤泉[15]，有食禾衣苎[16]，逍遥神仙，犹故不自足，帝且罚守天闉[17]，敕之没淄尘欲火中[18]，大可怖畏。书一通座右[19]，自警贪志。

陆云龙等《翠娱阁评选皇明小品十六家·虞德园小品》

〔1〕晚明小品作家多尚闲适,在有一定的物质生活保证的基础上,向往的是吟风啸月的逍遥自在,追求的是一种潇洒自如的人生趣味。这篇小品虽以"自警贪志"为宗旨,反映的却是知足者常乐的心态,这种偏于精神享受的人生诉求,正是晚明小品精神的精髓所在。作者"书座右"之用心,也是自得其乐的表现,至今读来,发人深省。

〔2〕露香:在露天焚香。祈天:向天求福。

〔3〕益久不懈:时间长了更加不懈怠。

〔4〕靳惜:吝惜。清乐(lè 勒去声):清闲安逸的快乐。

〔5〕梁溪漫志:南宋费衮撰,十卷,《四库全书总目》著录,入子部杂家类,称其"持论俱有根柢,旧典遗文往往而在"。以上所引见该书卷八。

〔6〕爇(ruò 若):烧。许:许多。都梁:即都梁香。宋王观国《学林·五木香》:"盖谓郁金香、苏合香、都梁香也……皆蛮所产,非中国物也。"

〔7〕祷祠:向神求福及得福而后报赛以祭。

〔8〕地祇(qí 旗):地神。祇通"祇",本作"示"。申:伸展,延长。汉许慎《说文解字》:"神,天神,引出万物者也。从示申。"这里仅解释"神"的构字方式,似无深意。

〔9〕山人:仙家、道士之流。山人合为"仙",这里也双关隐居山中的士人,作者认为这些人得享清乐之福。

〔10〕上界:天界,古人指仙佛所居之地。

〔11〕洞宫:仙人居住的山洞。佐吏:原指古代地方长官的僚属,这里指服侍仙人者。

〔12〕庄语:严正的议论。肃仪:庄重的礼仪。

〔13〕庄生:指庄子(前369?—前286),即庄周,战国宋人,曾为漆园吏,著《庄子》十馀万言,主张清静无为。《史记》有传。太极闱编郎:在仙界宫室中负责编书的官吏。这是作者虚拟的官名。太极,这里指天宫、仙界。闱,古代宫室、宗庙的旁侧小门。

〔14〕逍遥曳尾:语本《庄子·秋水》:"庄子钓于濮水,楚王使大夫二人往先焉,曰:'愿以境内累矣!'庄子持竿不顾,曰:'吾闻楚有神龟,死已三千岁矣,王以巾笥而藏之庙堂之上。此龟者,宁其死为留骨而贵乎,宁其生而曳尾于涂中乎?'二大夫曰:'宁生而曳尾涂中。'庄子曰:'往矣!吾将曳尾于涂中。'"此系寓言,比喻与其显身扬名于庙堂之上而毁灭身性,不如过贫贱的隐居生活而得逍遥自在之趣。

〔15〕龙山凤泉:比喻神仙所居之处。龙山,日月所入山之一,《山海经·大荒西经》:"大荒之中,有龙山,日月所入。"凤泉,对仙泉的美称。

〔16〕禾:即木禾,上古神话传说中所谓神谷之类植物。《山海经·海内西经》:"昆仑之虚,方八百里,高万仞。上有木禾,长五寻,大五围。"苎(zhù住):或作"纻"。苎麻,多年生草木植物,可制夏衣。

〔17〕帝:这里指天帝。天圊(qīng青):天上的厕所。此或用汉淮南王刘安白日升天成仙事。《太平广记》卷八引《神仙传》:"安少习尊贵,稀为卑下之礼,坐起不恭,语声高亮,或误称寡人,于是仙伯主者奏安云不敬,应斥遣去。八公为之谢过,乃见赦,谪守都厕三年。后为散仙人,不得处职,但得不死而已。"

〔18〕敕(chì赤):即敕令,帝王的诰令。淄尘:黑色灰尘,喻世俗污垢。淄,通"缁",黑色。欲火:这里指情欲的煎熬。

〔19〕通:用于文章等的量词。

371

江盈科

江盈科(1553—1605),字进之,号渌萝,湖广桃源(今属湖南)人。万历二十年(1592)进士,历官长洲令、四川提学副使,卒于蜀。为长洲令时与为吴县令之袁宏道交好,其文学主张与公安派略同。袁宏道《雪涛阁集序》云:"余与进之游吴以来,每会必以诗文相励,务矫今代蹈袭之风。进之才高识远,信腕信口,皆成律度,其言今人之所不能言,与其所不敢言者。"著有《雪涛阁集》十四卷、《皇明十六种小传》四卷等。今人有整理本《江盈科集》,岳麓书社1997年出版。

《锦帆集》序[1]

锦帆泾者[2],吴王当日所载楼船箫鼓[3],与其美人西施行乐歌舞之地也[4]。阅今数千年,霸业烟销,美人黄土,而锦帆之水,宛然如旧。姑苏吴治[5],实踞其上,此水抱邑治如环。乙未之岁,余友中郎袁君来宰吴[6],殚力图民,昕夕拮据[7],憔悴之众,赖以顿苏。逾明年,君以过劳成疾,上书乞归,凡七请乃得解政去[8]。

君性超悟,深于名理[9],才敏妙,娴于词赋。第一行作吏[10],都成废阁[11]。间或触景起兴,感事摭辞[12],有所题咏撰著,越二年,亦遂成帙。其行也,友人方子公稍稍衰次[13],付诸梓[14],问题于君,君自标曰《锦帆集》。盖不佞尝诣吴署谒君[15],君指此水骄余曰:"是锦帆泾也,吴王霸业之馀,我乃得抚而有之,不亦快哉!"而其实君鞅掌簿书[16],飡沐几废[17],劳与余等。余因叹曰:同一锦帆泾耳,当吴王之时,满船箫鼓,及吴令之身,两部鞭箠[18];吴王用之,红姝绿娥[19],左歌右弦;吴令御之,疲民瘵黎[20],朝拊暮煦[21]。昔何以乐,今何以苦?丈夫七尺相肖,胡所遭之苦乐顿异乃尔!虽然,人生有涯,苦乐有穷,惟山水为无尽。操有穷之具,游无尽之间,而能与之俱不朽者,其惟文章乎[22]?

君诗词暨杂著载在兹编者,大端机自己出[23],思从底抽,撼景眼前[24],运精象外[25]。取而读之,言言字字,无不欲飞,真令人手舞足蹈而不觉者。嗟嗟!后霸业而尽者,此水乎?与此水而俱无尽者,兹集乎?夫君齿最少[26],异日名山之业[27],未可涯涘[28]。乃锦帆独托兹集以传,倘亦吴王有知,乞灵中郎之笔,不靳西施为君捧砚[29],而令淡藻见奇有如是耶[30]?

余所莅治[31],百花洲在其前[32],而余日沾沾刑名簿书[33],不能有所题咏撰著,俾此洲托以传也[34],则百花洲之遭,不逮兹泾远矣。假使西施有灵,问江郎梦中之笔安在[35],个佞无辞置对矣。

《雪涛阁集》卷八

〔1〕《锦帆集》四卷,收录袁宏道从万历二十三年至二十五年(1595—1597)间的诗歌、游记、杂著与尺牍之作,时袁宏道为吴县令,以"锦帆"名集,系因吴县治前有锦帆泾。江盈科时任长洲县令,与吴县相邻,二人本是同气相求的友人,为友人作序,自是责无旁贷。袁宏道对于此序也很满意,他在给作者的信中说:"序文佳甚。锦帆若无西施当不名,若无中郎当不重;若无文通之笔,则中郎又安得与西施千载为配,并垂不朽哉!一笑。"(《锦帆集·江进之》)这篇序文字活泼,显示出性灵文学的情趣。

〔2〕锦帆泾(jīng 经):苏州的沟渎名。袁宏道《锦帆集·锦帆泾》:"锦帆泾在吴县治前,泾已湮塞,酒楼跨其上,仅得小渠一线耳。俗传吴王与诸宫娃,锦帆游乐于此,故名。"

〔3〕吴王:即夫差(?—前473),春秋时吴王阖闾之子。阖闾为越王勾践所伤而亡,夫差继位后打败越国,勾践求和后卧薪尝胆,乘吴晋争霸之际,灭了吴国,夫差自杀。见《史记·吴世家》。

〔4〕西施:又称西子,春秋越国苎罗人,以美著称。越王勾践兵败,即求得西施进献吴王夫差求和,西施在吴宫深受宠爱。越灭吴后,西施归范蠡,从游五湖而去。事见《吴越春秋》与《越绝书》等典籍。

〔5〕姑苏:原为山名,在今江苏吴县西南,古人称吴县治所为姑苏。今天也代指苏州市。

〔6〕"乙未"二句:万历二十三年农历二月,袁宏道与汤显祖、江盈科同时出都赴任,三月抵达吴县任所。袁宏道时年二十八岁。乙未之岁,即明万历二十三年乙未(1595)。中郎袁君,即袁宏道(1568—1610),字中郎。详见本书作者小传。

〔7〕昕(xīn 新)夕:朝暮,即谓终日。拮(jié 节)据:这里是辛勤操持的意思。语本《诗·豳风·鸱鸮》:"予手拮据。"

〔8〕"逾明年"四句:万历二十四年(1596)三月初三日,袁宏道任吴

县令方一年,即具文辞职,后又连上六牍,其间八月又患疟疾。是年底,终于获准离职。《袁宏道集笺校》卷七有《去吴七牍》。解政,指辞去吴县县令。

〔9〕名理:辨析事物名与理的是非同异。

〔10〕第:只,但。一行(xíng刑)作吏:一经为官。语本三国魏嵇康《与山巨源绝交书》:"游山泽,观鱼鸟,心甚乐之。一行作吏,此事便废。"

〔11〕废阁:搁置而难以实施。

〔12〕摅(shū抒)辞:吐辞,措辞。

〔13〕方子公:即方文僎,字子公,新安人。穷困落拓,曾从潘之恒学诗,后与袁中道结识,被介绍于袁宏道,为之料理文牍笔墨与文稿。方文僎为人质直,得金即治衣裘,市冶童,招客饮,卒于万历三十七年(1609)。详见袁中道《游居柿录》卷三。裒(póu抔)次:搜集编排。

〔14〕付诸梓:指刊印。古代雕版刻书以梓木为上,故称。

〔15〕不佞(nìng泞):自称的谦辞,犹不才。吴署:吴县县衙。

〔16〕鞅掌:指官务繁忙纷扰。语本《诗·小雅·北山》:"或栖迟偃仰,或王事鞅掌。"簿书:官署中的文书簿册。

〔17〕飡(cān餐)沐:吃饭与洗浴。飡,同"餐"。

〔18〕两部鞭笞:鞭打犯人的声音。两部,古代乐队中坐部乐与立部乐的合称,这里用作形容鞭打之声,略有调侃意。

〔19〕红姝绿娥:指习歌舞的美女。

〔20〕疲民瘵(zhài寨)黎:疲困灾苦的百姓。瘵,病,多指痨病。这里作"灾苦"讲。

〔21〕朝拊暮煦(xù续):终日安抚养育。

〔22〕"操有穷之具"四句:语本三国魏曹丕《典论·论文》:"盖文章经国之大业,不朽之盛事。年寿有时而尽,荣乐止乎其身,二者必至之常

期,未若文章之无穷。"

〔23〕大端:主要的端绪。机:即机轴,比喻诗文的构思、词采、风格。

〔24〕摭(zhí直):拾取。

〔25〕运精象外:指写诗之精要比物以意,而不指言某物,意境超乎常法之外。宋惠洪《冷斋夜话·象外句》:"唐僧多佳句,其琢句法,比物以意,而不指言某物,谓之象外句。"

〔26〕君齿最少:在江盈科的朋友中,袁宏道年纪最年轻,他比江盈科小十五岁。

〔27〕名山之业:即名山事业。指不朽的著述,可以藏之名山。

〔28〕涯涘:限量,穷尽。

〔29〕靳:吝惜。

〔30〕掞(shàn善)藻:铺张辞藻。

〔31〕莅(lì立)治:指到长洲任县令。治,长洲县所。

〔32〕百花洲:故址在今苏州市胥门与盘门之间。

〔33〕沾沾:拘执。刑名簿书:刑事判牍一类的官府文书。

〔34〕俾(bǐ比):使。

〔35〕江郎梦中之笔:南朝梁江淹,少有文名,世称江郎。南朝梁钟嵘《诗品》卷中:"初,淹罢宣城郡,遂宿冶亭,梦一美丈夫,自称郭璞,谓淹曰:'我有笔在卿处多年矣,可以见还。'淹探怀中,得五色笔以授之。尔后为诗,不复成语,故世传'江淹才尽'。"这里以"江郎"双关自己之姓氏,谦称自己才尽,有自嘲意。

《笑林》引[1]

人生大块中[2],百年耳,才谢乳哺,入家塾[3],即受蒙师约束[4];长而为民,则官法束之;为士,则学政束之[5];为官,则朝议束之[6]。终其身处乎利害毁誉之途,无由解脱。庄子所谓一月之间,开口而笑者,不能数日[7]。嘻!亦苦矣!

予乡谭子玉夫[8],生长间阎[9],耕凿自给[10],进不膻名[11],退不营利,鹑衣草食[12],泊如也[13]。性畅快,喜谈说,每耕锄之暇,即与田夫野叟,酌浊醪[14],纵谐谑;闻人作谑语,辄笔记之,渐次成帙,题曰《笑林》。余读之,大都真而雅者十三[15],赝而俚者十七[16],间或悖教拂经[17],不可以训[18],然其旨归[19],皆足为哄堂胡卢之助[20]。使经济之儒、礼法之士览之[21],当未及终篇,遂付秦焰[22]。至于迂散闲旷、幽忧抑郁之夫,取而读矣,亦自不觉其眉之伸、颐之解[23],发狂大叫而不能自已!

嗟乎!沙弥不栉[24],世不废夫梳掠[25];刖者不履[26],世不废夫鞋鞎[27]。盖有不用者,亦自有用之者,则兹编亦何得遂畀祖龙[28]?

或曰:"谭子而得志,亦有用于天下否?"余曰:"顾所遇何如耳。苏代以土偶止田文之行[29];淳于以豚蹄加齐宣之璧[30];曼倩以'鹿触'之言悟汉武之杀卒[31];优伶以荫室之说止二世之漆城[32]:此岂非谐语之收功,反出于正言格论之上者哉[33]?又安可废?"

难者又曰:"谭子,野人耳[34],不妨为此;子,孔氏之徒也[35],默成象,语成爻[36],乃亦贵此乎?"余曰:"果若子言,则牛刀割鸡,夫非出尼老之口者哉[37]?彼谭子者,特谐谑之滥觞耳[38]。若夫索河源于昆仑[39],不可谓非尼老作俑[40]。"

《雪涛阁集》卷八

〔1〕晚明是笑话大行其道的时代,这无疑反映了个性解放思潮下性灵文人的一种艺术自觉。笑他人之迂或自我解嘲,都是笑;笑发自内心是欢笑,出于无奈则是苦笑。晚明可谓是一个其笑多方的世界,然而笑法虽有不同,却多属世道荒唐下的苦笑。明代以"笑林"为书名而传世者如浮白斋主人的《笑林》九十四则、佚名《笑林》四则皆是,而此《笑林》或非彼《笑林》,不过"笑世上可笑之人"的主旨则是一致的。"引"作为序的一种,或谓"稍为短简",其实就是序,名异实同而已。

〔2〕大块:大自然,大地。

〔3〕家塾:古代指聘请教师来家教授自家子弟的私塾。

〔4〕蒙师:蒙童的教师,也即启蒙的老师。

〔5〕学政:泛指明代州学学正、府学教授、县学教谕等教官。

〔6〕朝议:朝廷的评议、决议。

〔7〕"庄子"三句:语本《庄子·盗跖》:"人上寿百岁,中寿八十,下寿六十,除病瘦死丧忧患,其中开口而笑者,一月之中不过四五日而已矣。"

〔8〕谭子玉夫:谭玉夫,生平不详。

〔9〕闾阎:这里指民间。

〔10〕耕凿:泛指耕种,务农。

〔11〕膻名:似当作"擅名",指享有名声。

〔12〕鹑(chún 纯)衣:破烂的衣服。语本《荀子·大略》:"子夏贫,

衣若悬鹑。"以鹑尾秃,故称。草食:简陋的食物。

〔13〕泊如:淡泊无欲的样子。

〔14〕浊醪(láo 牢):即浊酒。乡间用糯米、黄米等酿制的酒,较混浊,故称。

〔15〕十三:十分之三。下"十七"即十分之七。

〔16〕赝(yàn 厌):这里指编造。俚:俚俗。

〔17〕悖(bèi 倍)教拂(fú 福)经:违背儒家教义与经典。

〔18〕不可以训:不可作为人生遵循的准则。

〔19〕旨归:主旨,意图。

〔20〕胡卢:喉间的笑声。

〔21〕经济之儒:有治国安民才能的儒家读书人。礼法之士:讲求礼仪法度的才人。

〔22〕秦焰:即秦火。秦始皇曾有焚书之举,这里即指焚书之火。

〔23〕颐之解:即解颐。开颜欢笑。颐,下巴。

〔24〕沙弥:初出家的男佛教徒。不栉(zhì 制):不梳头(和尚秃头)。

〔25〕梳掠:梳理。

〔26〕刖(yuè 月)者:砍断脚的人。刖,古代酷刑之一。不履:不穿鞋。

〔27〕靸(sǎ 撒):拖鞋或无跟之鞋。这里泛指鞋。

〔28〕畀(bì 必):给予,付与。祖龙:指秦始皇。《史记·秦始皇本纪》:"使者从关东夜过华阴平舒道,有人持璧遮使者曰:'为吾遗滈池君。'因言曰:'今年祖龙死。'"裴骃集解引苏林曰:"祖,始也;龙,人君象。谓始皇也。"畀祖龙就是焚书之意。

〔29〕"苏代"句:事本《史记·孟尝君列传》:"孟尝君将入秦,宾客莫欲其行,谏,不听。苏代谓曰:'今旦代从外来,见木禺人与土禺人相与

语。木禺人曰:"天雨,子将败矣。"土禺人曰:"我生于土,败则归土。今天雨,流子而行,未知所止息也。"今秦,虎狼之国也,而君欲往,如有不得还,君得无为土禺人所笑乎?'孟尝君乃止。"苏代,战国著名说客苏秦之弟。禺,唐司马贞索隐:"音偶,又音寓。谓以土木为之偶,类于人也。"孟尝君,即田文,战国时齐国的贵族,以好客著称,门下有食客数千人。孟尝君是其死后的谥号。此事又见《战国策·齐策三》,说孟尝君者为苏秦。

〔30〕"淳于"句:事本《史记·滑稽列传》:"威王八年,楚大发兵加齐。齐王使淳于髡之赵请救兵,赍金百斤,车马十驷。淳于髡仰天大笑,冠缨索绝。王曰:'先生少之乎?'髡曰:'何敢!'王曰:'笑岂有说乎?'髡曰:'今者臣从东方来,见道傍有禳田者,操一豚蹄,酒一盂,祝曰:"瓯窭满篝,污邪满车,五谷蕃孰,穰穰满家。"臣见其所持者狭而所欲者奢,故笑之。'于是齐威王乃益赍黄金千溢,白璧十双,车马百驷。髡辞而行,至赵。赵王与之精兵十万,革车千乘。楚闻之,夜引兵而去。"淳于,即淳于髡,战国时齐国的赘婿,长不满七尺,滑稽多辩。豚(tún 屯)蹄,猪蹄子。齐宣,即齐宣王,齐威王的儿子。这里当作"齐威"。

〔31〕"曼倩"句:事本《焦氏类林》引《东方曼倩别传》:"武帝时,有杀上林鹿者,下有司收杀之。朔时在旁曰:'是固当死者三:使陛下以鹿杀人,一当死;天下闻陛下重鹿贱人,二当死;匈奴有急,以鹿触之,三当死。'帝默然,赦之。"曼倩,即东方朔,字曼倩。汉武,即汉武帝刘彻。

〔32〕"优伶"句:事本《史记·滑稽列传》:"(秦)二世立,又欲漆其城。优旃曰:'善!主上虽无言,臣固将请之。漆城虽于百姓愁费,然佳哉!漆城荡荡,寇来不能上。即欲就之,易为漆耳,顾难为荫室。'于是二世笑之,以其故止。"优伶,即指优旃,侏儒,为秦国弄臣,后归汉,数年而卒。荫(yìn 印)室:指阳光照射不到的阴暗屋舍。古代上漆须荫干。二世,即秦二世皇,为秦始皇少子,名胡亥,即位不到三年即被中丞相赵高

所杀,不久秦灭亡。

〔33〕格论:至理名言,精当的言论。

〔34〕野人:这里指庶人、平民。

〔35〕孔氏之徒:自汉武帝"罢黜百家,独尊儒术"以后,历代读书人多习孔子儒学,并以之作为入仕的阶梯。

〔36〕"默成象"二句:指儒学弟子的一言一语、一举一动,皆可被人所效法。象、爻(yáo 尧)为《周易》的专用语。象指解释卦象的意义,爻为卦的组成符号,也指爻辞。爻象即《周易》中以六爻相交成卦所表示的事物形象,据说可以占测吉凶。《易·系辞下》:"爻象动乎内,吉凶见乎外。"

〔37〕"则牛刀"二句:语本《论语·阳货》:"子之武城,闻弦歌之声,夫子莞尔而笑曰:'割鸡焉用牛刀?'"比喻做小事情不值得用大的力量。尼老,即孔子,他字仲尼,故称。这里取孔子用玩笑口吻议论正事的处世方法。

〔38〕滥觞:这里当作波及或受影响讲。

〔39〕河源:黄河之源。昆仑:山名,在今新疆与西藏之间,延入青海境内。古人认为昆仑为黄河之源。

〔40〕作俑:语本《孟子·梁惠王上》:"仲尼曰:'始作俑者,其无后乎!'为其象人而用之也。"后世常以"始作俑者"比喻坏事的开端。这里是调侃的说法,认为孔子是谐谑的开端。俑,古代用来殉葬的土偶与木偶。

催科[1]

为令之难,难于催科。催科与抚字[2],往往相妨,不能相济。阳城以拙蒙赏[3],盖犹古昔为然[4],今非其时矣!

381

国家之需赋也,如枵腹待食[5];穷民之输将也[6],如挖脑出髓。为有司者[7],前迫于督促,后慑于黜罚[8],心计曰:"与其得罪于能陟我、能黜我之君王[9],不如忍怨于无若我何之百姓。"是故号令不完,追呼继之矣;追呼不完,笞楚继之矣;笞楚不完[10],而囹圄、而桎梏[11]。民于是有称贷耳[12];称贷不得,有卖新丝、粜新谷耳[13];丝尽谷竭,有鬻产耳[14];又其甚,有鬻妻、鬻子女耳。如是而后赋可完。赋完而民之死者十七八矣[15]!

呜呼,竭泽而渔,明年无鱼[16],可不痛哉!或有尤之者[17],则应曰:"吾但使国家无逋赋[18],吾职尽矣。不能复念尔民也。"余求其比拟,类驼医然[19]。

昔有医人,自媒能治背驼[20],曰:"如弓者,如虾者,如曲环者,延吾治[21],可朝治而夕如矢。"一人信焉,而使治驼。乃索板二片,以一置地下,卧驼者其上,又以一压焉。而脚蹴焉[22]。驼者随直,亦复随死。其子欲鸣诸官,医人曰:"我业治驼,但管人直,那管人死!"

呜呼!世之为令,但管钱粮完,不管百姓死,何以异于此医也哉!夫医而至于死人,不如听其驼焉之为愈也;令而至于死百姓,不如使赋不尽完之为愈也。虽然,非仗明君躬节损之政[23],下宽恤之诏[24],即欲有司不为驼医,不杀人,可得哉?噫!居今之世,无论前代,即求如二祖时[25],比岁蠲[26],比岁免,亦杳然有今古之隔矣。

《雪涛阁集》卷十四

〔1〕 古代征办赋税称科,催科即向百姓催办缴纳赋税。作者江盈科做过长洲县令,作为"父母官",他深切了解民间疾苦,对封建专制社会的吏治黑暗有切身体会。议论国家赋税,本是一个严肃的话题,作者却偏以医驼背之寓言为喻,显示了作者纵横捭阖的文风,并有先秦诸子的议论味道。作为性灵文人的一员,作者所具有的初步民主思想,是与晚明时代的个性解放思潮相应共振的。

〔2〕 抚字:指对百姓的安抚体恤。古代常以抚字催科称地方官吏的治政。

〔3〕 阳城以拙蒙赏:阳城(736—799),字亢宗,唐定州北平(今河北满城)人。曾为道州刺史,不按规定向民征收赋税,观察使诮责,阳城自著:"抚字心劳,追科政拙,考下下。"唐顺宗立,阳城已卒,赠左散骑常侍,赐其家钱二十万,官护丧归葬。事见《新唐书》本传,《旧唐书》也有传。

〔4〕 犹:独,只。

〔5〕 枵(xiāo 萧)腹:空腹,谓饥饿。

〔6〕 输将(jiāng 姜):这里指运送缴纳赋税。

〔7〕 有司:官吏。古代设官分职,各有专司,故称"有司"。

〔8〕 慑(shè 设):畏惧。黜罚:贬斥,处罚。

〔9〕 陟(zhì 制):提拔。

〔10〕 箠(chuí 棰)楚:本指棍杖,引申为拷打。

〔11〕 囹圄(líng yǔ 零羽):监狱。桎梏(zhì gù 制固):脚镣手铐一类的刑具。

〔12〕 称贷:向人借钱粮。

〔13〕 "有卖"句:语本唐聂夷中《咏田家》:"二月卖新丝,五月粜新谷。医得眼前疮,剜却心头肉。"二月里还不曾养蚕就预先出卖新丝,五月里禾苗还在田里就预先出卖新谷,有寅吃卯粮之意。

〔14〕鬻(yù 遇)产:变卖家产。鬻,卖。

〔15〕十七八:十分之七八。

〔16〕"竭泽而渔"二句:语本《吕氏春秋·义赏》:"竭泽而渔,岂不获得,而明年无鱼。"比喻只图眼前利益,不作长远打算。

〔17〕尤:责备。

〔18〕逋(bū 晡)赋:未缴纳的赋税。

〔19〕驼医:这里指治驼背的医生。

〔20〕自媒:原指女子自择配偶,这里是自荐的意思。

〔21〕延:聘请。

〔22〕蹝(xǐ 洗):踩,踏。

〔23〕明君:贤明的君主。指封建最高统治者。躬:亲身实行。节损之政:省俭减少的政治举措。

〔24〕宽恤之诏:宽大体恤百姓的诏令。

〔25〕二祖:指明太祖朱元璋(1328—1398)与明成祖朱棣(1360—1424)。两人皆以严猛治国,但前者均平徭赋,讲节俭,有意减轻百姓负担;后者以"靖难"夺取皇位,为政严酷,但全国经济有所发展。这里推崇二祖,明显有是古非今之意。

〔26〕比岁:连年。蠲(juān 捐):减免。

潘之恒

潘之恒(1556—1622),字景升,号鸾生、亘生、庚生、鸾啸生、冰华生以及天都逸史、山民等;以其须髯如戟,或自称"髯",他人则称之"髯翁",歙县(今属安徽)人。出身盐商家庭,科举再试不遇,即弃去,耽于吟咏,倾心性灵,为公安派中人。结交文人与戏剧演员,游历大江南北,对昆山腔艺术贡献尤多。晚年贫困,后客死南京。著有《亘史》九十三卷、《鸾啸小品》十二卷(有一部分作品已见于《亘史》)等。

苏舌师[1]

苏瞽[2],北京东院人,双目无见,而舌根之慧无所不逼[3],长安贵人延请无虚日[4]。其技面呈者十一[5],而背骋者十九[6],一所能也,九所绝也。弹弦奏肉[7],曲尽其情,此面陈之一也。闭之室,倚壁而听之,忽若游茂林而百鸟弄音也;忽若阅大苑而牛马嘶风也;忽若临市廛而鸡鸣犬吠[8],儿女啼号,猾豪争哄[9],轮蹄夹击[10],杂沓奔驰,嚣起氛上[11],若震一方而惊四座。此背骋之九也。

客曰:"子技至此乎[12]!子将以舌视乎[13]?吾视子舌,知为秦之苗裔矣[14]。"

苏瞽曰:"祖秦以舌连六国[15],此徒用舌也,余则安能?吾之坐一室也,茫乎若无四隅[16],俯仰纵横,莫不以身传而象之[17]。浸假而鸣[18],群飞而翔[19],忽生万翼;浸假而嘶,群逸而奔[20],忽骤万蹄。为官长,为逻卒,为贱更[21],为昼为夜,杂而成声。吾听之若一,吾执一而合喙[22],众之听之,遂以一而为万矣。彼吹万也[23],孰万使之哉?吾所以用舌者,四体舌也,五官舌也,一毛一窍皆舌也。吾不知有吾舌,亦不知有吾身,而后能成此技也。成之以想者也[24],非舌慧也,通乎慧也。通乎慧者,舌不能为身殃,吾以舌养吾身耳。秦之舌存,适足以戕其生[25],吾不为也。且吾甚乐乎其无视也。今予有目,且得进乎技哉[26]?"

客曰:"善。"遂称为舌师。

《鸾啸小品》卷二

[1] 舌师即口技艺术表演家。本文所记姓苏的舌师是一位盲人,于口技表演已到炉火纯青的地步,然而本文之重心却不在具体描写其口技出神入化的技艺,而是借其议论表明其技进于道的理想境界,折射出庄子的思想。这一点与其后清人林嗣环的《口技》、蒲松龄的《口技》的艺术手法有所不同,但春兰秋菊,皆各极一时之妍。袁宏道《解脱集》卷二《赠潘景升》有云:"咳吐寸寸肠,挥毫字字玉。"并非虚誉。

[2] 瞽(gǔ古):目盲。

[3] 逼:酷似。

[4] 长安:指明京师(即今北京市)。

[5] 面呈:当观众之面表演。十一:十成中占一成。下"十九"即十

成中占九成。

〔6〕背骋:背着观众表演。

〔7〕弹弦奏肉:表演乐器声与人的歌唱、说话声。

〔8〕市廛(chán 缠):市中店铺。

〔9〕猾豪:奸诈豪强之徒。

〔10〕轮蹄:车轮与马蹄。代指车马。

〔11〕嚣起氛上:喧闹的尘俗气氛弥漫。

〔12〕子技至此乎:语本《庄子·养生主》:"技盖至此乎!"意即:你的技艺怎能达到这般地步!

〔13〕以舌视:用说话替代目力观察世界。

〔14〕秦:即苏秦(前?—前317),战国时东周洛阳(今属河南)人。先后以口才游说燕、赵、韩、魏、齐、楚六国合纵抗秦,佩六国相印。其后张仪以连横说秦,破六国合纵之约,苏秦至齐,与齐大夫争宠,被杀。《史记》有传。

〔15〕祖秦:古代口技家以苏秦为行业祖师,故称。

〔16〕四隅:四方。

〔17〕以身传而象之:对万物用身体(主要指听觉)加以感觉并描摹出来。

〔18〕浸假(jìn jiǎ 进甲)而鸣:语本《庄子·大宗师》:"浸假而化予之左臂以为鸡,予因以求时夜;浸假而化予之右臂以为弹,予因以求鸮炙……"浸假,假令。

〔19〕飞:指飞禽。

〔20〕逸:指走兽。

〔21〕践更:古代的一种徭役,轮到者可出钱雇人代替。受钱代人服役者称践更。

〔22〕合喙:原意为闭口,这里有合万声为一口的意思。

〔23〕吹万:语本《庄子·齐物论》:"夫吹万不同,而使其自己也。"谓风吹万窍,发出各种音响。吹,指风;万,万窍。

〔24〕想:想象。

〔25〕"秦之舌存"二句:事本《史记·苏秦列传》:"其后齐大夫多与苏秦争宠者,而使人刺苏秦,不死,殊而走。齐王使人求贼,不得。苏秦且死,乃谓齐王曰:'臣即死,车裂臣于徇于市,曰"苏秦为燕作乱于齐",如此则臣之贼必得矣。'于是如其言,而杀苏秦者果自出,齐王因而诛之。"戕(qiāng枪)其生,伤害他的生命。

〔26〕进乎技:指超越了技艺的层面,达到了"道"的更高境界。语本《庄子·养生主》:"臣之所好者,进乎技矣。"

朱国祯

朱国祯(1558—1632),其名一作"国桢",字文宁,号平极,又号虬庵居士,乌程(今浙江湖州)人。万历十七年(1589)进士,选庶吉士,授检讨,历官国子监司业、左庶子、国子监祭酒,谢病归,久不出。天启元年(1621),擢礼部右侍郎,未上;三年正月,拜礼部尚书兼东阁大学士,改文渊阁大学士,累加少保兼太子太保,升至首辅,因魏忠贤擅政,称疾引退,以太极殿大学士、吏部尚书致仕。卒赠太傅,谥文肃,《明史》有传。著有《朱文肃公集》(北京大学图书馆藏抄本九册)、《涌幢小品》三十二卷、《皇明史概》一百二十卷。

《涌幢小品》自叙[1]

闲居无事,一切都已弃掷[2],独不能废书。然家早臧书,即有存者,怃尠,不善读,又不克竟[3]。至于奇古诡卓之调[4],闳深奥衍之词[5],即之如匹马入深山,蚁子缘磨角[6],恍惚莫知其极与乡也[7]。惟浅近之说,人所忽去[8],且以为可弄可笑者[9],入目便记,记辄录出,约略一日内必存数则。而时时默坐,有所窥测[10],间亦手疏[11],以寄岑寂逍遥之况[12]。

因思茂先《博物》崛起东西京之后[13],别开一调,后之作者纷纷,皆有可观。而唯段少卿、岳总领最为古雅[14]。至洪学士容斋札为《随笔》[15],数至于五,下遍士林,上达主听。我明杨修撰、何侍郎、陆给事、王司寇[16],扩充振发[17],别自成书。此皆以绝人之资[18],投山放海之客[19],为野蔬涧草之嗜[20],虽畸杂兼收[21],若无伦序,而中间根据条理,要自秩然[22],固非探形影、袭口吻以乱视听者比。其意微[23],而其致固已远矣[24]。

余之无当明甚[25]。然千金之鼎,乌获可举[26],孺子亦奋臂也[27];太宰之味[28],王公能羞[29],田畯亦垂涎也[30]。执笔自韵[31],仰视容斋,欣然有窃附之意焉。间示一二馆师与儿子辈资谈谑,题曰《希洪》[32]。昏眊之馀[33],理耶梦耶[34]?澄耶淆耶?皆不自知。蔓花舒笑于名园[35],蛙部鼓吹于天籁[36],我用我法[37],此亦散人之一快[38];而又念洪亦未易可希,将使人有优孟之诮[39]。会所创涌幢初成[40],读书其中,潜为之说,遂以名篇。其曰"小品",犹然《杂俎》遗意[41]。要知古人范围终不可脱,非敢舍洪而希段也。虬庵居士朱国祯题。

《涌幢小品》卷首

〔1〕幢(chuáng 床)本是佛教的一种柱状标帜,饰以杂彩,立于佛前,属"庄严具"之一种,表示麾导群生、制伏魔众之意。本用丝帛绸布等制成,上可写经,即称经幢。唐代密宗创石幢,有八角,俗称八楞碑,上也书有经咒。朱国祯写有《涌幢说》,其幢乃"析木为亭",有六角,四面开窗而两面开门,以偶然象幢,因以为名。这个亭便于搬迁,"择便而张,

出没隐见,如地斯涌,俄然无迹",故称"涌幢"。作者以此别出心裁的木亭名其杂俎类的笔记,并无深意。据作者自跋:"是编起己酉之春,至辛酉冬月,积可之十馀册。"可知笔记是在万历三十七年(1609)至天启元年(1621)间完成的,其间近十年为其退隐时期。《四库全书总目》著录云:"是书杂记见闻,亦间有考证,其是非不甚失真,在明季说部中,犹为质实。"这篇自叙可见作者的写作心态。

〔2〕弃掷:万历四十年(1612),朱国祯升任国子监祭酒后不久,即将升仟礼部侍郎,因感仕路风波,故谢病归,著书以自娱。

〔3〕克竟:不能读完。

〔4〕诡卓:怪诞特异。

〔5〕闳(hóng 红)深:广博深远。奥衍:指文章内容精深博大。

〔6〕缘:沿着,绕着。磨角:磨盘边沿。

〔7〕极与乡:边际与方向。乡,通"向"。

〔8〕忽去:轻视,忘却。

〔9〕弄:赏玩。

〔10〕窥测:探究。

〔11〕疏(shù 树):分条记录。

〔12〕岑寂:孤独冷清。况:况味。

〔13〕茂先:即张华(232—300),字茂先,晋范阳方城(今河北固安)人。官至司空,封广武县侯,以不从赵王伦之谋,被杀。他博学多闻,著有《博物志》十卷,分类记载异物、奇境以及殊俗、琐闻等,属神仙方术一类题材。《晋书》有传。东西京:东京洛阳,西京长安,古人多用来代指东汉、西汉。

〔14〕段少卿:即段成式(?—863),字柯古,唐临淄(今属山东)人。官至太常少卿。他学问博洽,著《酉阳杂俎》二十卷、续集十卷,分门辑事,所记自仙佛鬼怪、人事以至动物、植物、酒食、寺庙等等,包罗广泛。

新、旧《唐书》有传。岳总领：即岳珂(1183—1234)，字肃之，号倦翁，乃岳飞之孙，南宋相州汤阴(今属河南)人。官至户部侍郎、淮东总领制置使。著有《桯史》十五卷，附录一卷，多记述宋代朝政得失和士大夫轶闻，间有评论。《宋史》有传。

〔15〕洪学士容斋：即洪迈(1123—1202)，字景卢，号容斋，又号野处，南宋鄱阳(今江西波阳)人。宋高宗绍兴十五年(1145)进士，官至端明殿学士。他熟悉经史百家与医卜星算之书及宋代掌故，著有《容斋随笔》五笔，共七十四卷，考辨经典，涉及宋代掌故与经史百家，颇多创见。《宋史》有传。

〔16〕杨修撰：即杨慎(1488—1559)，详见本书作者小传。何侍郎：即何乔新(1427—1502)，字廷秀，号椒丘，明广昌(今属江西)人。景泰五年(1454)进士，历官南京礼部主事、右副都御史、刑部右侍郎、南京刑部尚书。他博览群书，闻异书则借抄，积三万馀帙，著述宏富。有《勋贤琬琰录》、《椒丘文集》等。《明史》有传。陆给事：即陆粲(1494—1551)，字子馀，一字浚明，号贞山，明长洲(今江苏苏州)人。嘉靖五年(1526)进士，选庶吉士，授工科给事中，劲挺敢言，谪贵州都镇驿丞，迁永新知县，以念母乞归。著有《左传附注》、《春秋胡氏传辩题》、《陆子馀集》等。《明史》有传。王司寇：即王世贞(1526—1590)，字元美，号凤洲，又号弇州山人，明太仓(今属江苏)人。嘉靖二十六年(1547)进士，累官至南京刑部尚书(古称司寇)。他是"后七子"领袖，主持文坛二十年，著述宏富，著有《弇州山人四部稿》、《弇山堂别集》、《读书后》等等。《明史》有传。详见本书作者小传。

〔17〕振发：发扬。

〔18〕绝人之资：过人的才质。

〔19〕投山放海：指放逐到荒凉边远地区。杨慎、陆粲皆有遭贬谪的经历。

〔20〕野蔬涧草之嗜:指对琐闻稗史的记述。

〔21〕畸(jī机)杂:无规则,丛杂。

〔22〕要自:应自。秩然:有次序的样子。

〔23〕微:精深。

〔24〕致:事理。

〔25〕无当:不相称。

〔26〕乌获:战国时秦的力士,后世泛指大力士。

〔27〕奋臂:振臂而起。

〔28〕太宰:三代掌馔之官,即负责膳食的官员。

〔29〕䏑:通"馐",美味食品,这里用如动词,进食美味之意。

〔30〕田畯(jùn俊):农夫。

〔31〕自韵:自己附庸风雅。

〔32〕希洪:仰慕洪迈《容斋随笔》之意。这是《涌幢小品》的初名。

〔33〕昏眊(mào冒):眼睛昏花。

〔34〕棼(fén焚):纷乱。

〔35〕蔓花:蔓生的野花。名园:著名的园囿。

〔36〕蛙部鼓吹:即蛙鸣,形容刺耳噪声。语本《南齐书·孔稚珪传》:"稚珪风韵清疏……门庭之内,草莱不剪,中有蛙鸣,或问之曰:'欲为陈蕃乎?'稚珪笑曰:'我以此当两部鼓吹,何必期效仲举。'"天籁:自然界的风声、雨声、鸟声与流水声等声响,这里形容美妙悦耳的自然声响。语本《庄子·齐物论》:"女闻人籁而未闻地籁,女闻地籁而未闻天籁夫!"

〔37〕我用我法:语本南朝宋刘义庆《世说新语·方正》:"王太尉不与庾子嵩交,庾卿之不置。王曰:'君不得为尔。'庾曰:'卿自君我,我自卿卿。我自用我法,卿自用卿法。'"

〔38〕散人:不为世用、闲散自在的人。

393

〔39〕优孟之诮(qiào 俏):指在艺术上单纯模仿因而受人讥讽。优孟,春秋时楚国著名优人,善模仿,曾着楚相孙叔敖衣冠见楚王,楚王不能辨。事见《史记·滑稽列传》。

〔40〕涌幢:朱国祯自制的可灵活移动拆装的木亭。其《涌幢说》有云:"析木为亭,亭有角,角之面六,面之窗四。锐之若削,覆之若束,垫之若盘……可卷,可舒,可高,可下,择便而张。出没隐见,如地斯涌,俄然无迹。"

〔41〕杂俎:即指唐段成式《酉阳杂俎》。

黄汝亨

黄汝亨(1558—1626),字贞父,号寓庸,钱塘(今浙江杭州)人。万历二十六年(1598)进士,历进贤知具、南京工部主事,改礼部,历郎中,官至江西布政司参议。明陆云龙《黄贞父先生小品弁词》称其散文"清新之致,淡逸之思,不为大雅宗乎?披卷快读,当见西山爽气扑人眉宇,沁人心脾"。著有《天目记游》以及《寓林集》二十八卷。

玉版居记[1]

钟陵民俭[2],境以内,山川城廓半萧瑟[3],绝少胜地可眺览。独城南山寺名福胜者[4],去城里许,径窅而僻[5],都无市喧,惟是苔衣树色相映[6],寺殿亦净敞可坐。前令丁此集父老或诸生五六辈[7],说约讲艺[8]。而寺以后方丈地,有修竹几百竿,古树十数株,为松为枥[9],为樟为朴[10],为蜡为柞[11],为枫及芭蕉,细草间之。四面墙不盈尺,野林山翠,葱倩苍霭[12],可郁而望。六月坐之可忘暑,清风白月,秋声夜色,摇摇堕竹树下。间以吏事稀少,独与往还,觉山阴道不远[13],亦自忘其吏之为俗。借境汰情[14],似于其中不无小胜[15]。

因出馀镪[16]，命工筑小屋一座，围棂窗四周[17]。窗以外，长廊尺许[18]，带以朱阑干，薙草砌石[19]，可步可倚。最后隙地亦佳，覆树似屋，据而坐，亦近乎巢树凿坏之民[20]。而总之以竹居胜，即榜竹为径[21]，题之以"小淇园"[22]，颜其居曰"玉版"。里父老诸生未始不可与集；高客韵士与之俱，更益清远；间觅闲孤往，亦复自胜[23]。不佞令此地[24]，无善状，庶几此袈裟地片居[25]，为政林下者云尔已矣[26]。

　　昔苏子瞻邀刘器之参玉版和尚[27]，至则烧笋而食。器之觉笋味胜，欣然有悟，盖取诸此也。寺僧一二，每见多酒态，不知此味。子瞻亦不可多得。嗟乎！情境旷视，雅俗都捐[28]，亦乌知世无子瞻、玉版其人也？

　　列一石，刻"玉版居约"：戒杀，戒演戏，戒多滋味，戒毁墙壁篱落、砍伐摧败诸竹木。愿后来者共呵护之。有越三章者[29]，不难现宰官身而说法[30]。工竣，为壬寅秋九月[31]。

陆云龙等《翠娱阁评选皇明小品十六家·黄贞父小品》

〔1〕玉版本是古代用以刻字的玉片，宋代以后又成为笋的别名。以"玉版"名居，除凸显苏轼等一段韵事外，也将福胜寺"以竹居胜"的特点带出，饶有情趣。晚明小品家的文章大都不是正襟危坐下的产物，而是信笔所致，皆成妙趣。此文作者善于从自然景物中发现美，并有"借境汰情"之思，显示出个性解放思潮下文人回归自然的向往。

〔2〕钟陵：今江西省进贤县的古称，在今江西中部、抚河下游。俭：贫乏。

〔3〕萧瑟：冷落。

〔4〕福胜:福胜寺,旧址在进贤县城南。

〔5〕窅(yǎo咬):静寂的样子。

〔6〕苔衣:泛指苔藓。

〔7〕前令:作者自指。黄汝亨于万历二十七年(1599)到进贤为县令,至写此文时的万历三十年(1602)已离任,故称"前令"。父老:对老年人的尊称。诸生:即进学的生员(俗称秀才)。

〔8〕说约:这里是讲讲订立公约之意。讲艺:探讨八股制艺的技法。

〔9〕枥(lì立):同"栎",落叶乔木,木质坚实而木理斜曲,古人多用为炭薪。

〔10〕朴(pú葡):丛生的树木。一说即枹木,落叶乔木,又称小橡树。

〔11〕蜡:女贞的别名,常绿乔木。因可放养白蜡虫,故名。柞(zuò坐):常绿小乔木,木质坚硬,可制家具。

〔12〕葱倩(qiàn倩):草木青翠茂盛的样子。苍霭:青色的云气。

〔13〕山阴道:指景物美而多的地方。语本南朝宋刘义庆《世说新语·言语》:"王子敬云:'从山阴道上行,山川自相映发,使人应接不暇。'"山阴道,在今绍兴西南郊沿途一带。

〔14〕汰情:淘洗情怀。

〔15〕肸:美妙的境界。

〔16〕镮(huán环):钱币。

〔17〕棂(líng零)窗:有雕花格子的窗户。

〔18〕尺许:指长廊至窗的宽距一尺多。

〔19〕薙(tì剃):除草。

〔20〕巢树:指上古或边远之民于树上筑巢而居。这里指隐居。凿坯(pī批):或作"凿坏"。指隐居不仕。语本《汉书·扬雄传》:"或凿坯以遁。"颜师古注引应劭曰:"凿坯,谓颜阖也。鲁君闻颜阖贤,欲以为

397

相,使者往聘,因凿石垣而亡。坏,壁也。"

〔21〕榜:题署。径:小路。

〔22〕淇园:古代卫国园林名,产竹。在今河南省淇县西北。

〔23〕自胜:克制自己。

〔24〕不佞:自称的谦辞。

〔25〕袈裟地:袈裟是僧尼的法衣,此处形容佛家之地。片居:形容地域不广,指玉版居。

〔26〕为政林下者:指当官的归隐之地。林下,指山林田野退隐之处。

〔27〕"昔苏子瞻"句:事本宋惠洪《冷斋夜话》卷七:"(苏轼)尝要刘器之同参玉版和尚……至廉泉寺,烧笋而食,器之觉笋味胜,问此笋何名,东坡曰:'即玉版也。此老师善说法,要能令人得禅悦之味。'于是器之乃悟其戏,为大笑。"苏子瞻,即苏轼(1037—1101)。刘器之,即刘安世(1048—1125),字器之,宋大名(今属河北)人。宋神宗熙宁间进士,历官枢密都承旨,后迭遭贬谪。著《尽言集》,学者称元城先生。玉版和尚,苏轼友人。

〔28〕捐:舍弃,忘却。

〔29〕越:违犯。三章:指"玉版居约"。这里有调侃意味。

〔30〕现宰官身而说法:即以县官的身分现身说法,隐含县令以身作则之意。宰官,指县官。现身说法,原指佛、菩萨显示种种化身宣说佛法,后比喻用自己经历为例证,对人进行讲解或劝导。

〔31〕壬寅:即明万历三十年(1602)。

覆吴用修[1]

怀足下意[2],非楮墨可了[3],彼此穷愁,亦复默会。姑与足下陈说两境：

泉声咽石,月色当户,修竹千竿,芭蕉一片。或探名理[4],时对佳客。清旷则弟蓄嵇、阮[5],飞扬则奴隶原、尝[6]。萧然四壁,傲睨千古[7]。此一境也。

采薇颇艰[8],辟纻不易[9]。内窘中馈之奉[10],外虚北海之尊[11]。更复好义先人[12],守雌夫道[13]。食指如林[14],多口若棘[15]。风雅之趣既减,往来之礼务苟。此又一境也。

两境迭进,终归扰扰[16]。半是阿堵小贼坐困英雄耳[17]。吾与足下俱不免,故敢及之,此未可示俗客也[18]。

陆云龙等《翠娱阁评选皇明小品十六家·黄贞父小品》

〔1〕这篇尺牍小品于封建专制社会的文人具有相当的普遍意义,反映出读书人理想与现实的矛盾。在个性解放思潮汹涌澎湃的晚明时代,这一矛盾尤为凸显,文中"两境"之说正是这一矛盾冲突的形象化阐释。精神的超越未必需要优厚的物质条件保证,如春秋时代孔子的弟子颜回就是:"一箪食,一瓢饮,在陋巷,人不堪其忧,回也不改其乐。"(《论语·雍也》)然而晚明社会人心浮躁,拜金主义的盛行加速了文人士大夫世俗化的进程,于是众多读书人在理想与现实的反差中陷入了更深的困惑泥潭。吴用修,作者友人,生平不详。

〔2〕足下:古代卜称上或同辈相称的敬词。

〔3〕楮(chǔ 楚)墨:纸与墨。这里指书信。

〔4〕名理:辨析事物名和理的是非异同。

〔5〕清旷:清明旷达。弟蓄:像对待弟弟一样对待……,比喻超越。嵇:即嵇康(223—262),字叔夜,三国魏谯国铚县(今安徽宿州西南)人。

399

曾任中散大夫,崇尚老庄,反对虚伪礼教,后为司马昭所杀。今人辑有《嵇康集》。《晋书》有传。阮:即阮籍(210—263),字嗣宗,三国魏陈留尉氏(今河南尉氏)人。曾任步兵校尉,纵酒佯狂,寄情老庄,借以避祸。明人辑有《阮步兵集》。《晋书》有传。嵇、阮二人是"竹林七贤"中人物。

〔6〕奴隶:以……为奴隶,用如动词。原:即平原君赵胜(前?—前251),战国赵武灵王子,封于东武城,号平原君。曾三任赵相,有食客三千人,为战国四公子之一。《史记》有传。尝:即孟尝君田文,战国齐贵族,承其父田婴封爵,为薛公,门下食客有数千人,相继为齐相与魏相。返国,卒谥孟尝君。为战国四公子之一。《史记》有传。

〔7〕傲睨:傲慢斜视。

〔8〕采薇:这里指归隐生活。事本《史记·伯夷列传》,周武王灭殷后,"伯夷、叔齐耻之,义不食周粟,隐于首阳山,采薇而食之"。薇,山菜名,也称野豌豆。

〔9〕辟纑(lú 炉):绩麻与练麻,即治麻之事。这里指艰苦的劳作。事本《孟子·滕文公下》,战国时有一位叫陈仲子的廉洁者,"彼身织屦,妻辟纑",用以换取生活物资。

〔10〕中馈:指家中供膳等事。

〔11〕北海:即孔融(153—208),字文举,东汉末鲁(今山东曲阜)人。曾为北海相,官至太中大夫,后为曹操所杀。孔融善文章,嗜酒好客,有"座中客长满,樽中酒不空"之语。尊,通"樽",古代酒器。

〔12〕先人:这里指优先考虑他人利益。

〔13〕守雌:以柔弱的态度处世。语本《老子》第二十八章:"知其雄,守其雌,为天下溪。"去道:这里是趋向于老庄道家哲学的意思。

〔14〕食指:指家庭人口。

〔15〕多口若棘:形容生活因人口多而艰难。

〔16〕扰扰:烦乱的样子。

〔17〕阿堵小贼:指钱。语本南朝宋刘义庆《世说新语·规箴》:"王夷甫雅尚玄远,常嫉其妇贪浊,口未尝言钱字。妇欲试之,令婢以钱绕床不得行。夷甫晨起,见钱阁行,呼婢曰:'举却阿堵物。'"阿堵,犹言"这个"。坐困:令人陷入于困境。

〔18〕俗客:不高雅的客人。

陈继儒

陈继儒(1558—1639),字仲醇,号眉公,又号麋公,松江华亭(今上海松江)人。长为诸生,与董其昌齐名。年二十九,尽焚儒衣冠,过起无拘束的隐士生活。《明史》有传,称其"工诗善文,短翰小词,皆极风致,兼能绘事,又博文强识"。著有《晚香堂小品》二十四卷、《读书镜》十卷以及《太平清话》等。另有明刊本《陈眉公全集》六十卷。

书《姚平仲小传》后[1]

人不得道,"生老病死"四字关,谁能透过[2]?独美人名将,老病之状,尤为可怜,李夫人、马伏波是也[3]。夫红颜化为白发,虎头健儿化为鸡皮老翁[4],亦复何乐?西子入五湖[5],姚平仲入青城山[6],他年未必不死,直是不见末后一段丑境耳[7]。故曰:神龙使人见首而不见尾。

刘士鏻《文致》

[1] 宋陆游《渭南文集》卷二十三有《姚平仲小传》。姚平仲,字希晏,世为西陲大将。他十八岁时曾大战西夏,斩获甚众。只因与宣抚使童贯不和,受到压抑。宋钦宗即位后,久闻平仲名,曾召对福宁殿,厚赐金帛。于是姚平仲为报知遇之恩,夜率死士袭击金人兵营,可惜未能成

功,骑骡夜驰入蜀青城山上清宫,一日后又转入大面山,得石穴以居。朝廷数下诏,皆未找到他的踪迹。及至南宋乾道、淳熙间,距北宋覆亡已近半个世纪,姚平仲才在丈人观道院出现,时年已八十馀,"紫髯郁然长数尺,面奕奕有光,行不择崖堑荆棘,其速若奔马"。似乎已得道,但他秘不言其缘由。四百年以后,陈继儒对这位传奇人物发生兴趣,写下这篇小品,却又机锋侧出,令人回味无穷。

〔2〕透:即参透,透彻地领悟。

〔3〕李夫人:即汉武帝李夫人,为李延年女弟,妙丽善舞,得幸于汉武帝。她病危时,汉武帝求见一面,李夫人终未允。李夫人的姊妹责怪她不为亲属着想。李夫人认为自己以色事人,如果以危病中的衰颜见主,必遭嫌弃,自己的亲人也就受不到照顾了。李夫人死后,汉武帝怀念不已,果然施恩于她的亲人。事见《汉书·李夫人传》。马伏波:即马援(前14—49),字文渊,东汉扶风(今陕西兴平东北)人。他辅汉光武帝刘秀,任伏波将军。他曾对故人说:"男儿要当死于边野,以马革裹尸还葬耳,何能卧床上在儿女子手中邪!"马援六十馀岁尚带军出征,病卒于军,死后又受到猜疑。事见《后汉书·马援传》。"李夫人、马伏波是也"一句,诸多选本无,此从《文致》。

〔4〕虎头:头形似虎,古人认为是万里封侯的贵相。鸡皮:比喻老年人起皱的皮肤。

〔5〕西子:即西施,春秋越国苎罗人。越王勾践败于吴王夫差,命范蠡进献美女西施于吴王,求得和平。后越国乘机打败吴国,并灭吴,西施归范蠡,从游五湖而去。事见《吴越春秋》与《越绝书》。五湖,即今太湖。

〔6〕青城山:在今四川省灌县城南,山形如城,故称。风景秀丽,为道教第五洞天。

〔7〕"直是"句:唐吕洞宾《题广陵妓屏二首》有云:"嫫母西施共此

身,可怜老少隔千春。他年鹤发鸡皮媪,今日玉颜花貌人。"稍后于陈继儒的方文有《题载花船短歌》云:"自古美人多不寿,寿则红颜渐衰丑。不如年少化芳尘,蛾眉千载尚如新。"皆可参阅。

王季重《游唤》叙[1]

名山大川,特水、地二大中之一隅耳[2]。其旋转生灭,多赖风轮[3]。风轮何在?则文人才子之笔是也。

王季重笔悍而神清[4],胆怒而眼俊[5]。其游天台、雁荡诸山[6],时懦时壮,时嗔时喜,时笑时啼,时惊时怖,时呵时骂,时挺险而鬼[7],时蹈虚而仙[8]。其经游处,非特樵人不经,古人不历,即混沌以来[9],山灵数千年未尝遇此品题知己[10]。

大抵山川有眉目,借人而发;又无口,借人而言。若游者非文人才子,正如醉梦人,梦骨以为丘陵,梦发以为草木,梦耳鼻以为洞门,梦口以为河,梦舌以为沙,梦眼以为日月,梦气以为云雾。因极迷离,游而不得出,则呓语沸发[11],辄以一唤为幸;问其梦何状,则欠伸呿张[12],莫能名其所以[13]。俗儿见山迫欲归[14],归则愦愦如故者[15],何以异此?更有强做解人[16],漫无可否,每辄言佳,此山水中乡愿[17]。

王季重倔强犹昔,不屑也。季重此记,原以唤旧游王、谢诸人[18],岂唤此等辈哉?

《晚香堂小品》卷十三

〔1〕 王季重即王思任(1575—1646),字季重,晚明小品作家。生平详本书作者小传。《游唤》是王思任所作天台、雁荡诸山的游记的结集,其《游唤·纪游》自述游踪有云:"从娥江发,经台瓯,访括苍,历婺睦,顺流钱塘而下,历时二月。"又其《游唤序》云:"台、荡诸山,乃吾乡几案间物,今年始得看尽。"在晚明多数文人心目中,山水作为抒发性灵的载体,无限风光自有说不尽的妙趣,读陈继儒此叙,亦当作如是观。

〔2〕 水地二大:佛教以地、水、火、风为四大,分别包含坚、湿、暖、动四种性能,人身即由"四大"构成。名山大川只是"四大"中之水与地"二大",故称"一隅"。

〔3〕 "旋转生灭"二句:语本《大法炬陀罗尼经》卷六:"此三世事无量无边,难可穷尽,是故初中后际生灭旋转,喻如风轮,无有边际。"又《般若波罗蜜多心经注解》:"此十二因缘该三世因果,展转因依如轮旋转,无有休息。一切众生,迷而不知,良可悲也。"风轮,佛教认为宇宙由风轮、水轮、金轮、空轮构成,是为"四轮"。风轮为世界的最下层,依虚空而住,厚十亿由旬,坚固如金刚。见《俱舍论》卷十一。

〔4〕 笔悍:笔力雄肆。神清:内蕴清远。

〔5〕 胆怒:胆力雄发。眼俊:识力非凡。

〔6〕 天台:天台山,在今浙江省东部,多峭壁飞瀑,为佛教天台宗的发源地。雁荡:雁荡山,在今浙江省东南部,分南、北两支,多悬崖奇峰,胜迹众多。

〔7〕 挺险:即"挺而走险",这里指被迫走冒险的山路。鬼:神秘莫测的感觉。

〔8〕 蹈虚:指站在山崖,如同凌空。仙:飘飘欲仙的感觉。

〔9〕 混沌:古代传说中天地开辟前元气未分、模糊一团的状态。

〔10〕 山灵:山神。

〔11〕呓(yì义)语:梦话。沸发:喧腾。

〔12〕呿(qù去)张:张口的样子。

〔13〕名:言说。用如动词。

〔14〕山迫:指山势险要。

〔15〕愦(kuì溃)愦:糊涂、昏庸。

〔16〕强(qiǎng抢)作解人:勉强装作见识高明、通达理趣的人。

〔17〕乡愿:或作"乡原"。指乡里之中貌似谨厚,而实与流俗合污的"好好先生"。《论语·阳货》:"子曰:乡原,德之贼也。"《孟子·尽心下》:"阉然媚于世也者,是乡原也。"这里指不懂山水佳趣的庸俗之人。

〔18〕王谢诸人:王谢本是六朝望族王氏与谢氏的合称,其中于山水别有会心者如南朝宋谢灵运(385—433)、南朝梁王籍(?—536)等,皆有著名山水诗或名句传世。这里指与王思任情趣相同的文友。

《花史》题词[1]

吾家田舍,在十字水中[2]。数重花外,设土刡、竹床及三教书[3]。除见道人外[4],皆无益也。独生负花癖,每当二分前后[5],日遣平头长须移花种之[6]。犯风露,废栉沐[7]。客笑曰:"眉道人命带桃花[8]。"余笑曰:"乃花带驲马星耳[9]。"

幽居无事,欲辑《花史》,传示子孙,而不意吾友王仲遵先之[10]。其所撰《花史》二十四卷,皆古人韵事,当与农书、种树书并传[11]。读此史者,老于花中,可以长世[12];披荆畚砾[13],灌溉培植,皆有法度,可以经世[14];谢卿相灌园〔15〕,又可以避世,可以玩世也〔16〕。但飞而食肉者〔17〕,不略谙此味耳〔18〕。

《晚香堂小品》卷二十

〔1〕《花史》即《花史左编》,《四库全书总目》著录二十七卷(其中三卷为后人所补入者),云:"明王路撰。路字仲遵,嘉兴人。此书皆载花之品目故实,分类编辑,属辞隶事,多涉佻纤,不出明季小品之习。"爱花作为文人雅士的一种癖好,尤适于官场之外者,晋陶渊明爱菊,宋林逋爱梅。陈继儒也是隐士一流,于此题词中抒发避世、玩世之情,也就顺理成章了。此文而外,作者尚有《花史跋》,可见他对这一部类书的情有独钟,后一文中有"虽谓二十一史,尽在《左编》一史中可也"之语,更可见推崇。

〔2〕十字水:指二水交叉如十字者。

〔3〕土剉(cuò 错):疑当作"土锉",即如同今天砂锅一类的炊具。《宋史·隐逸传下·苏云卿》:"土锉竹几,地无纤尘。"三教书:指有关儒家与道教、佛教的书籍。

〔4〕见道人:洞彻解悟道理之人。

〔5〕二分:我国二十四节气中的春分与秋分,相当于公历每年的3月21日与9月23日左右。这两个节气为种花或移修花木的季节。

〔6〕平头长须:代指奴仆。南朝梁武帝《河中之水歌》:"珊瑚挂镜烂生光,平头奴子擎履箱。"又唐韩愈《寄卢仝》:"一奴长须不裹头,一婢赤脚老无齿。"

〔7〕栉(zhì 制)沐:梳洗。

〔8〕眉道人:陈继儒的一个别号。命带桃花:旧时指女子薄命。这里形容陈继儒有花癖,具有调侃意味。

〔9〕驲(rì 日)马星:即驿(yì 义)马星,旧时命相家认为它是主奔波

劳碌之星。这里作者将花的常被移植与自己的命运联系在一起,也是调侃的说法。

〔10〕不意:不料。

〔11〕种树书:有关种植的书籍。这里暗用秦丞相李斯建议秦始皇焚书之语,略含调侃。《史记·李斯列传》:"臣请诸有文学《诗》、《书》百家语者,蠲除去之。令到满三十日弗去,黥为城旦。所不去者,医药、卜筮、种树之书。"

〔12〕长世:历时久远,即令人长寿。

〔13〕畚砾(běn lì 本利):用畚箕搬运土石。畚,用草绳或竹篾编织的盛物器具。

〔14〕经世:治理国事。这里指种植花木之道理与治理国事是相通的。

〔15〕谢卿相灌园:事本《史记·鲁仲连邹阳列传》:"于陵子仲辞三公为人灌园。"宋裴骃《集解》引《列士传》云:"楚于陵子仲,楚王欲以为相,而不许,为人灌园。"谢,辞却。卿相,执政的大臣。灌园:浇灌园圃。

〔16〕玩世:游乐于人间。

〔17〕飞而食肉:封侯的骨相。语本《后汉书·班超传》:"(超)行诣相者……相者指曰:'生燕颔虎颈,飞而食肉,此万里封侯相也。'"

〔18〕谙(ān 安):熟悉。

《文娱》序〔1〕

往丁卯前〔2〕,珰纲告密〔3〕,余谓董思翁云〔4〕:"吾与公此时不愿为文昌〔5〕,但愿为天聋、地哑〔6〕,庶几免于今之世矣〔7〕。"郑超宗闻而笑曰:"闭门谢客,但以文自娱,庸何伤[8]？近年缘读礼之暇[9]，搜讨时贤杂作小品而题评之[10]，皆芽甲一新[11]，精彩八面[12]，而法外法，味外味，韵外韵[13]，丽典新声，络绎奔会[14]，似亦隆、万以来[15]，气候秀擢之一会也[16]。""往弇州公代兴[17]，雷轰霆鞠[18]，后生辈重跰而从者[19]，几类西昆之宗李义山[20]，江右之宗黄鲁直[21]。楚之袁氏思出而变之[22]，欲以汉帜易赵帜[23]，而人不尽服也。然新陈代变，作者或孤出，或四起，神鹰掣韝而擘九霄[24]，天马脱辔而驰万里[25]，即使弇州公见之，亦将感得气之先[26]，发'起予'之叹[27]。白乐天有云[28]：'天下无正声，悦耳即为娱[29]。'岂是之谓耶？"

超宗曰："吾侪草士[30]，岂敢洋洋浮浮[31]，批判先觉[32]？但古豪俊必有寄[33]，如皇甫淫[34]，杜预癖[35]，柱下之五千言[36]，毗耶之四十九年法[37]，即至人累世宿劫[38]，不能断文字缘[39]，而况吾辈乎？尝反复诸贤文，一读之镯愁[40]，再读之释涕，三读之不觉呻吟疾痛之去体也，其庶几人祥之援琴乎哉[41]？"

余曰："宁唯是[42]。开元中[43]，将军裴旻居丧[44]，诣吴道子请画鬼神于东都天宫壁[45]，以资冥福[46]。答曰：'将军试为我缠结舞剑一曲[47]，庶因猛厉以通幽冥[48]。'旻唯唯[49]，脱去缞服[50]，装束走马，左旋右转，挥剑入云，高数十丈，若电光下射，旻引手执鞘承之[51]，剑透室而入。观者数千人，无不惊栗。道子于是援毫图壁，飒然风起，为天下之壮观[52]。"

郑超宗磊落侠丈夫,文章高迈,名流见之辟易[53],出其精鉴,选为《文娱》,斯亦吴道子东都之画壁耳。若康乐娱于清宴[54],玄晖娱于澄江[55],未足比于《文娱》之壮观也。眉道人陈继儒书于砚庐中。

《晚香堂小品》卷二十四

[1]《文娱》即《媚幽阁文娱》,有初集、二集两编,前者是晚明小品文的选集。编者郑元勋(1604—1645),字超宗,号惠东,江都(今江苏扬州)人。天启四年(1624)举人,历官兵部主事,著有《影园集》一卷。其《文娱初集序》末云:"戊辰冬过云间,私视眉公先生,若有甚获其心者,爱而欲传,援牍为序曰:'人之娱此,当有什伯于子之自娱者。神将天乐,而子是私之,毋乃不祥乎?'余然其言,乃次第订梓。阅二岁,庚午初夏,工始竣。"戊辰即崇祯元年(1628),庚午乃崇祯三年(1630),其年代对于我们研究此篇具有晚明小品发展历程文献价值的序文大有助益。

[2]丁卯:即明熹宗天启七年(1627)。这一年八月,明熹宗朱由校死,其弟朱由检继位,以明年为崇祯元年。十一月,宣布权阉魏忠贤罪状,安置凤阳,魏途中自缢死。

[3]珰纲:指以魏忠贤为首的宦官集团。珰,汉代宦官充武职者,其冠用珰(类似于古代妇女的耳饰)和貂尾为饰,后代即以"珰"代指宦官。纲,行列。这里有"团伙"的贬斥意。告密:指天启二年(1622)以后,太监魏忠贤与熹宗乳母勾结,盗窃国柄,迫害朝野以东林党为首的正直人士,设立东厂、西厂等特务机关捕杀异己。《明史·魏忠贤传》:"当是时,东厂番役横行,所缉访无论虚实辄糜烂……民间偶语,或触忠贤,辄被擒戮,甚至剥皮、刲舌,所杀不可胜数,道路以目。"

[4]董思翁:即董其昌(1555—1637),字玄宰,号思白、香光等,"思

翁"是承其"思白"之号的尊称。松江华亭(今上海松江)人。万历十七年(1589)进士,授编修,历官太常少卿。天启初修《神宗实录》,擢礼部右侍郎,拜南京礼部尚书,以惧阉党,避祸告病归。崇祯间加太子太保致仕,卒谥文敏。擅书画,能诗文,有《容台集》。《明史》有传。

〔5〕文昌:本为星官名,包括六星,即斗魁之前六星的总称,古人认为是主人间功名利禄的吉星。其第四星旧传主文运,故俗称文曲星或文星。唐代以后,文昌与梓潼神合二为一,称文昌帝君或梓潼帝君,也称文昌君或文昌帝。《明史·礼志四》:"梓潼帝君者,记云:'神姓张名亚子,居蜀七曲山,仕晋战没,人为立庙。唐宋屡封至英显王。道家谓帝命梓潼掌文昌府事及人间禄籍。故元加号为帝君,而天下学校亦有祠祀者。'"这里以"文昌"借喻朝中重要的文职官员或文才盖世之人。

〔6〕天聋地哑:旧时文昌祠中文昌帝君两侧塑有两侍童像,即俗称"天聋"、"地哑"者。明徐道《历代神仙通鉴》卷十一:"(文昌帝君)道号六阳,每出驾白骡,随二童,曰天聋、地哑。真君为文章之司命,贵贱所系,故用聋哑于侧,使其知者不能言,言者不能知,天机弗泄也。""但愿为天聋地哑"一句表现了作者在权阉的专制淫威下无可奈何的恐惧心态。

〔7〕庶几:或许。免:指逃避灾祸。

〔8〕庸:难道。

〔9〕读礼:古人守丧在家,读有关丧祭的礼书,故称居丧为"读礼"。语本《礼记·曲礼下》:"居丧未葬,读丧礼;既葬,读祭礼。"天启七年(1627)秋,郑元勋的父亲去世。郑元勋《文娱初集序》:"丁卯秋失怙以来,形神放废。"

〔10〕时贤:当时有德才的人。

〔11〕芽甲:草木初生而未放的嫩叶。喻萌生之新事物。

〔12〕八面:即"八面玲珑",形容文章圆活、灵秀。

〔13〕"而法外法"三句:指文章结构、文辞、内容之外的意境、韵致等。语本唐司空图《与李生论诗书》中"韵外之致"、"味外之旨"的提法。

〔14〕"丽典新声"二句:语本南朝梁钟嵘《诗品》卷上:"然名章迥句,处处间起,丽典新声,络绎奔会。"丽典,美好的典故。

〔15〕隆:明穆宗朱载垕的年号隆庆(1567—1572)。万:明神宗朱翊钧的年号万历(1573—1620)。

〔16〕气候:这里指晚明散文小品的气韵、风格。秀擢:秀美挺拔。

〔17〕弇(yǎn 掩)州公:即王世贞(1526—1590),字元美,号凤洲,又号弇州山人。详本书作者小传。代兴:更迭兴起。《明史·王世贞传》:"世贞始与李攀龙狎主文盟,攀龙殁,独操柄二十年。才最高,地望最显,声华意气笼盖海内。一时士大夫及山人、词客、衲子、羽流,莫不奔走门下。片言褒赏,声价骤起。其持论,文必西汉,诗必盛唐,大历以后书勿读,而藻饰太甚。"

〔18〕雷轰霆鞠:形容声势浩大。霆,闪电。《淮南子·兵略训》:"疾雷不及塞耳,疾霆不暇掩目。"鞠,高的样子。

〔19〕重趼(chóng jiǎn 虫茧):也作"重茧",脚下的厚茧,多指跋涉辛苦。

〔20〕西昆:即西昆体,诗体之一。宋初杨亿、刘筠、钱惟演等作诗宗法温庭筠、李商隐,多用僻典丽辞相互唱和,结为《西昆酬唱集》,后人遂称之为西昆体。李义山:即李商隐(812—858),字义山,号玉谿生,又号樊南山,唐郑州(今属河南)人。唐文宗开成二年(837)进士,曾任太学博士。他是晚唐大诗人与骈文名家,与温庭筠并称"温李",其诗深情绵邈,沉博绝丽,直接影响了后世西昆体的形成。

〔21〕江右:即江西,这里指江西诗派。北宋末,吕本中作《江西诗社宗派图》,以黄庭坚为宗主,下列陈师道等二十五人为法嗣,称江西诗派。他们反对西昆体追求词藻、堆砌典故之风,追求瘦硬风格,作诗要求

字字有来历,或失之晦涩。黄鲁直:即黄庭坚(1045—1105),字鲁直,号山谷道人,又号涪翁,宋分宁(今江西修水)人。宋英宗治平四年(1067)进士,历官起居舍人。诗学杜甫,又自辟门径,被尊为江西诗派之祖。

〔22〕楚之袁氏:即明朝公安三袁:袁宗道、袁宏道、袁中道,三兄弟是公安(今属湖北,古为楚地)人,为诗文倡导性灵,称公安派。三人生平分别见本书作者小传。《明史·袁宏道传》:"先是,王、李之学盛行,袁氏兄弟独心非之。宗道在馆中,与同馆黄辉力排其说。于唐好白乐天,于宋好苏轼,名其斋曰白苏。至宏道,益矫以清新轻俊,学者多舍王、李而从之,目为公安体。然戏谑嘲笑,间杂俚语,空疏者便之。"

〔23〕以汉帜易赵帜:意即以性灵说战胜"后七子"的复古主义文风。语本《史记·淮阴侯列传》:"信所出奇兵二千骑,共候赵空壁逐利,则驰入赵壁,皆拔赵旗,立汉赤帜二千。"

〔24〕神鹰:对鹰的美称。掣韝(chè gōu 彻钩):指鹰从猎人的革制臂套上疾飞而去。唐杜甫《去矣行》:"君不见韝上鹰,一饱即飞掣。"掣,疾飞。韝,供猎鹰停栖的革制臂套。擘(bò 檗)九霄:形容鹰直飞向上,仿佛要剖裂九天一样。

〔25〕天马:骏马的美称。一说即古代大宛汗血马。脱辔(pèi 配):马挣脱缰绳。

〔26〕得气之先:顺应了时代潮流。

〔27〕起予:启发自己的意思。语本《论语·八佾》:"子曰:'起予者,商也,始可与言《诗》已矣。'"

〔28〕白乐天:即白居易(772—846),字乐天,号香山居士,唐下邽(今陕西渭南)人。唐德宗贞元十六年(800)进士,官至刑部尚书。诗风平易,创"元和体"。

〔29〕"天下"二句:见白居易《秦中吟十首·议婚》。正声,指符合音律的标准乐声。

〔30〕吾侪(chái柴):我辈。草士:身处草野的文人。

〔31〕洋洋浮浮:水势盛大的样子。语本《诗·卫风·硕人》:"河水洋洋,北流活活。"《诗·大雅·江汉》:"江汉浮浮,武夫滔滔。"这里引申为处世盛气凌人,无所顾忌。

〔32〕批判:这里是评论的意思。先觉:这里是先辈的意思。

〔33〕豪俊:才智杰出的人。寄:寄托。

〔34〕皇甫淫:西晋皇甫谧(215—282),原名静,字士安,号玄晏,安定朝那(今甘肃平凉西北)人。幼不好学,二十岁后受叔母任氏教诲,始刻苦读书,终身不仕,沉酣典籍,废寝忘食,时人谓之"书淫"。事见《晋书》本传。

〔35〕杜预癖:西晋杜预(222—284),字元凯,京兆杜陵(今陕西西安东南)人。仕晋官至司隶校尉。博学精通《左传》,著有《春秋左氏经传集解》三十卷。晋武帝曾问杜预:"卿有何癖?"他回答:"臣有《左传》癖。"事见《晋书》本传。

〔36〕柱下之五千言:春秋战国间老子,楚国苦县(今河南鹿邑东)人。曾仕周王朝为柱下史,著有《道德经》五千言(又名《老子》),是道家的创始人。事见《史记》本传。

〔37〕毗(pí皮)耶之四十九年法:毗耶是地名,在今印度比哈尔邦南部。据说维摩诘居士居住毗耶城,佛祖释迦牟尼于该地说法时,维摩诘称病未去。我国诗文中常用"毗耶"指维摩诘或精通佛法之人。另据宋普济《五灯会元》卷一,释迦牟尼年三十成佛,"说法住世四十九年"后示寂。"四十九年"为禅宗语录中所常见,这里似以"毗耶"指代佛祖释迦牟尼。

〔38〕至人:指思想或道德修养最高超的人。累世:历代。宿劫:指人世难以躲避的天灾人祸。劫为佛教名词,佛经认为世界经历若干万年即毁灭一次。

〔39〕文字缘:以文章交往而结成的因缘。

〔40〕蠲(juān捐)愁:解除忧愁。蠲,除去。

〔41〕庶几(jī机):近似。大祥:古代父母丧后两周年的祭礼,祭后孝子除去衰衣、孝棒。援琴:弹琴。《孔子家语·本命解》:"除服之日鼓素琴,示民有终也,凡此以节制者也。"时郑元勋居父丧方终,故有此喻。

〔42〕宁:指守父母之丧。《汉书·哀帝纪》:"博士弟子父母死,予宁三年。"颜师古注:"宁,谓处家持丧服。"唯是:只有如此。

〔43〕开元:唐玄宗李隆基的年号(713—741)。

〔44〕裴旻(mín民):唐左金吾大将军,善剑舞、射箭。《新唐书·李白传》:"文宗时,诏以白歌诗、裴旻剑舞、张旭草书为'三绝'。"

〔45〕吴道子:字道玄,唐代画家,开元中召入供奉,为内教博士。其笔法超妙,擅长道释人物与山水,有"画圣"之称。东都:洛阳(今属河南)。天宫壁:天宫寺的殿壁。

〔46〕以资冥福:增加死者在阴间所享之福。

〔47〕缠结:这里是整束衣装的意思。

〔48〕"庶因"句:谓吴道子欲借裴旻剑舞所表现出的勇猛精神与阴间鬼神相通,从而激发其作画的灵感。幽冥,阴间。

〔49〕唯(wěi委)唯:恭敬的应答声。

〔50〕缞(cuī催)服:丧服。用麻布条披于胸前,服三年丧。

〔51〕鞘(qiào俏):剑套。

〔52〕"为天下"句:裴旻、吴道子事,事本唐李冗《独异志》卷中。据云:"道子平生所画,得意无出于是。"

〔53〕辟易:拜服,倾倒。

〔54〕康乐:即南朝宋谢灵运(385—433),以袭封康乐公,故称谢康乐。仕宋历官秘书监,后以叛逆被杀。《南史》、《宋书》皆有传。娱于清宴:谢灵运喜游乐,《宋书》本传:"灵运以疾东归,而游娱宴集,以夜续

415

昼。"又谢灵运《拟魏太子邺中集诗八首·王粲》:"绸缪清谳娱,寂寥梁栋响。"谳,同"宴"。清宴,清雅的宴集。

〔55〕玄晖:即南朝齐谢朓(464—499),字玄晖,历官宣城太守、尚书吏部郎,以遭诬,下狱死。《南史》、《南齐书》皆有传。娱于澄江:谢朓《晚登三山还望京邑》:"馀霞散成绮,澄江静如练。"历来为人称道,是传世名句。

袁宗道

袁宗道(1560—1600),字伯修,号石浦,湖广公安(今湖北公安)人。万历十四年(1586)进士,历官翰林院编修、春坊左中允、春坊右庶子。他与弟宏道、中道并有才名,时称"三袁",开创公安派,反对复古主义,提倡性灵。钱谦益《列朝诗集小传》评袁宗道:"其才或不逮二仲,而公安 派实自伯修发之。"《明史》有传,称其"于唐好白乐天,于宋好苏轼,名其斋口白苏。"著有《白苏斋类集》二十二卷。今人有整理本《白苏斋类集》,上海古籍出版社1989年出版。

士先器识而后文艺[1]

夫士戒乎有意耀其才也,有运才之本存焉。有意耀其才,则无论其本拨而神泄于外[2],而其才亦龊龊趑趄[3],无纤毫之用于天下。夫惟杜机葆贞[4],凝定于渊默之中[5],即自豉其才[6],卒不得不显。盖其本立,其用自不可秘也。今夫花萼蕃郁[7],人睹木之华,而树木者固未尝先溉其枝叶,而先溉其根;丹雘绀碧[8],人睹室之华,而治室者固未尝先营其榱桷[9],而先营其基者。何也? 所培在本也。良玉韫于石,不待剖而山自润;明珠含于渊,不待摘而川自媚[10];莫邪藏于匣[11],不待操而精光自烁,人不可正眂者[12]。何也？有本在焉，其用自不可秘也。

而轶代文士[13]，未窥厥本[14]，呹呹焉日私其土苴而诧于人[15]。单辞偶合[16]，辄气志凌厉；片语会意，辄傲睨千古[17]。谓左、屈以外[18]，别无人品；词章以外，别无学问。是故长卿摛藻于《上林》[19]，而聆窃赀之行者汗颊矣[20]。子云苦心于《太玄》[21]，而诵《美新》之辞者靦颜矣[22]。正平弄笔于《鹦鹉》[23]，而诵江夏之厄者扪舌矣[24]。杨修斗捷于色丝[25]，而悲舐犊之语者惊魄矣[26]。康乐吐奇于春草[27]，而耳其逆叛之谋者秽谭矣[28]。下逮卢、骆、王、杨[29]，亦皆用以负俗而贾祸[30]，此岂其才之不赡哉[31]？本不立也。本不立者，何也？其器诚狭，其识诚卑也。故君子者，口不言文艺，而先植其本。凝神而敛志，回光而内鉴[32]，锷敛而藏声[33]。其器若万斛之舟[34]，无所不载也；若乔岳之屹立[35]，莫撼莫震也；若大海之吐纳百川，弗涸弗盈也[36]。其识若登泰巅而瞭远，尺寸千里也[37]；若镜明水止，纤芥眉须，无留形也[38]；若龟卜蓍筮，今古得失，凶吉修短，无遗策也[39]。故方其韬光养嘿[40]，退然不胜[41]，如田畯野夫之胸无一能[42]。而比其不得已而鸣，则矢口皆经济[43]，吐咳成谟谋[44]；振球琅之音[45]，炳龙虎之文[46]；星日比光，天壤不朽。岂比夫操觚属辞[47]，矜骈丽而夸月露[48]，拟之涂粻土羹[49]，无裨缓急之用者哉[50]！

盖昔者咎、禹、尹、虺、召、毕之徒[51]，皆备明圣显懿之德[52]，其器识深沉浑厚，莫可涯涘[53]。而乃今读其训、诰、谟、典、诗歌[54],抑何尔雅闳伟哉[55]! 千古而下,端拜颂哦,不敢以文人目之,而亦争推为万世文章之祖。则吾所谓其本立,其用自不可秘者也。譬之麟之仁,凤之德,日为陆离炳焕之文,是为天下瑞。而长卿以下,有意耀其才者,何异山鸡而凤毛,犬羊而麟趾,人反异而逐之[56],而或以贾衅[57],乌睹其文乎!信乎器识文艺,表里相须,而器识猥薄者[58],即文艺并失之矣。虽然,器识先矣,而识尤要焉。盖识不宏远者,其器必且浮浅;而包罗一世之襟度,固赖有昭晰六合之识见也[59]。大其识者宜何如?曰:豁之以致知[60],养之以无欲,其庶乎[61]!此又足以补行俭未发之意也[62]。

《白苏斋类集》卷七

[1]《新唐书·裴行俭传》:"李敬玄盛称王勃、杨炯、卢照邻、骆宾王之才,引示行俭,行俭曰:'士之致远,先器识,后文艺。如勃等,虽有才,而浮躁衒露,岂享爵禄者哉?'"袁宗道此文题目本此。所谓器识,即器量与见识,属于文人素质的范畴;文艺,这里属于文人才气的范畴。《论语·雍也》:"子曰:'质胜文则野,文胜质则史。文质彬彬,然后君子。'""质"或译为朴实,其内涵同然小于器识,故与"文"无先后次第。此文提出"器识文艺,表里相须",而以器识为先,与孔子所论近似而又有所发挥。

[2] 本拨:树根断绝,比喻丧失根本。语本《诗·大雅·荡》:"枝叶未有害,本实先拨。"

[3] 踸(chuò 辍)踸趢(lù 路)趢:拘谨而平庸的样子。

[4] 杜机:即"杜德机",语本《庄子·应帝王》,原意为闭塞生机,这里取其深藏不露之意。葆贞:通"葆真",即保持纯真的本性。

〔5〕渊默:深沉静默。

〔6〕弢(tāo 涛):隐藏。

〔7〕蕃郁:茂盛繁密。

〔8〕丹雘(huò 获):可供涂饰建筑物的红色颜料。绀(gàn 赣)碧:深青透红色。

〔9〕榱(cuī 催)栋:屋椽与栋梁。

〔10〕"良玉"四句:语本晋陆机《文赋》:"石韫玉而山辉,水怀珠而川媚。"韫(yùn 孕),蕴藏。

〔11〕莫邪(yé 爷):古代宝剑名。

〔12〕正睨(nì 腻):正眼观看。

〔13〕輓(wǎn 挽)代:近世。

〔14〕厥:代词,其。

〔15〕呶(náo 挠)呶:多言,喋喋不休。土苴(zhǎ 眨):渣滓,糟粕,比喻微贱之物。《庄子·让王》:"道之真以治身,其绪馀以为国家,其土苴以治天下。"诧:夸饰,夸耀。

〔16〕单辞:极简短的言词。

〔17〕傲睨:鄙视一切。

〔18〕左屈:即左丘明、屈原。传说《左传》为左丘明所作,屈原则是《楚辞》的代表作家,有《离骚》等著名作品。

〔19〕长卿:即司马相如(前179—前117),字长卿,西汉著名辞赋家,有《子虚》、《上林》、《大人》诸赋。摛(chī 吃)藻:铺张词藻。

〔20〕"而聆"句:事本《史记·司马相如列传》,司马相如与临邛富商卓王孙之女卓文君私奔后,卓王孙不给一钱,司马相如故意令文君当垆卖酒,使卓王孙深感羞耻,只得分钱百万与夫妇二人。唐司马贞《索隐述赞》:"相如纵诞,窃赀卓氏。其学无方,其才足倚。"窃赀之行,骗取钱财的行为。汗頩,因惭愧而汗流满颊。

420

〔21〕子云:即扬雄(前53—18),字子云,西汉辞赋家,有《长杨》、《甘泉》诸赋,著《法言》、《太玄经》等书。

〔22〕美新:即扬雄所著《剧秦美新》一文。文中抨击秦始皇焚书,美化王莽所建新朝,对王莽歌功颂德,被后世正统派文人视为扬雄一生污点。觍(tiǎn忝)颜:害羞,惭愧。

〔23〕正平:即祢衡(173—198),字正平,东汉辞赋家。其《鹦鹉赋》借鹦鹉自况,抒写才智之士生于乱世的不幸遭遇,为其代表作。

〔24〕江夏之厄:指祢衡被杀。祢衡恃才傲物,不为曹操、刘表所容,被送往江夏太守黄祖幕下为僚,终因目中无人而遇害,年仅二十六岁。扣舌:握住舌头,使不能说话。

〔25〕杨修:字德祖(175—219),博学能文,曾任丞相曹操的主簿。斗捷于色丝:事本南朝宋刘义庆《世说新语·捷悟》,一次曹操与杨修同过曹娥碑,见碑后题"黄绢幼妇,外孙齑臼"八字,杨修立即领悟其中之义。而行三十里后,曹操才悟出其义。原来:"黄绢,色丝也,于字为绝;幼妇,少女也,于字为妙;外孙,女子也,于字为好;齑臼,受辛也,于字为辞。"合成四字即成"绝妙好辞"。于是曹操叹息道:"我才不及卿,乃觉三十里。"

〔26〕舐犊之语:恋子的话语。事本《后汉书·杨彪传》,曹操怨恨杨修才高,终于借故杀了杨修。后遇其父杨彪,问其何以如此削瘦,杨彪以"犹怀老牛舐犊之爱"作答,令曹操神色大变。

〔27〕康乐:即谢灵运(385—433),袭封康乐公,后世称之谢康乐。南朝宋文学家,开创山水诗派。吐奇于春草:谢灵运《登池上楼》诗有句云:"池塘生春草,园柳变鸣禽。"被誉为千古名句。

〔28〕叛逆之谋:事本《宋书·谢灵运传》,谢灵运任临川内史,以兴兵叛宋事败被杀。秽谭:以谈论某事为污秽。谭,同"谈"。

〔29〕卢骆王杨:即唐初四杰卢照邻(634—686)、骆宾王(622—

684)、王勃(650—676)、杨炯(650—693?)。

〔30〕负俗:指与世俗不相谐。贾(gǔ古)祸:招致灾祸。卢照邻因服丹中毒,自沉颍水而死;骆宾王佐徐敬业反武则天,兵败后逃亡;王勃渡海省亲,因溺水惊悸而死;杨炯曾受牵连被贬梓州司法参军,后出为盈州令,病死。

〔31〕赡:丰富。

〔32〕内鉴:内照,即内省的意思。

〔33〕锷:刀剑的刃。

〔34〕万斛(hú胡)之舟:大船。古代以十斗为一斛,后改以五斗为一斛。

〔35〕乔岳:高山。

〔36〕"若大海"二句:语本《庄子·秋水》:"天下之水,莫大于海,万川归之,不知何时止而不盈,尾闾泄之,不知何时已而不虚;春秋不变,水旱不知。"

〔37〕"其识"二句:语本唐柳宗元《始得西山宴游记》:"其高下之势,岈然洼然,若垤若穴,尺寸千里,攒蹙累积,莫得遁隐。"泰巅,泰山顶峰。尺寸千里,视野之中尺寸的距离实则辽阔千里。比喻高瞻远瞩。

〔38〕无留形:指形影无不毕照。

〔39〕"若龟卜蓍筮(shī shì师逝)"四句:《庄子·外物》:"曰:'杀龟以卜,吉。'乃刳龟以卜,七十二钻而无遗策。"龟卜蓍筮,即用龟甲或蓍草占卜吉凶。遗策,失策,失算。

〔40〕韬光:比喻隐藏声名才华。养嘿(mò末):闭口不言。嘿,同"默"。

〔41〕退然不胜:柔弱若不胜衣,有退让谦和之意。语本《礼记·檀弓下》:"文子其中,退然如不胜衣。"

〔42〕田畯(jùn俊):古代管农事的官,这里泛指农夫。

〔43〕矢口:不用思索,随口而出。经济:指经世济民的方略。

〔44〕谟(mó 膜)谋:计策谋略。

〔45〕球琅(láng 狼)之声:美玉的声音,指说出的话美妙无比。

〔46〕炳:明亮灿烂。龙虎之文:如龙虎身上的斑纹,比喻神采焕然的文章。

〔47〕操觚(gū 姑):指写文章。觚,木简,古人用以书写或记事。

〔48〕矜骈(pián 蹁)丽:以对仗工整、词藻华丽的文字而自负。夸月露:以写花月雨露却内容空乏的文章而自夸。

〔49〕涂糈(xǔ 许)土羹:以泥为粮食,以土作羹汤,比喻恶劣的文章。

〔50〕无裨(bì 必)缓急之用:在紧急时刻不能发挥作用。

〔51〕咎(gāo 高):即咎繇,或作"皋陶",曾辅佐舜掌管刑狱。《尚书》有《皋陶谟》。禹:即大禹,曾佐舜治理洪水。《尚书》有《大禹谟》。尹:即伊尹,曾辅佐商汤为相。传说《尚书》中《汤誓》、《伊训》、《太甲》等篇为伊尹所作。虺(huǐ 毁):即仲虺,曾佐商汤为左相。《尚书》有《仲虺之诰》。召(shào 邵):即召公姬奭,曾辅佐周武王。《尚书》有《召诰》。毕:即毕公高,周文王第十五子,辅佐周康王。《尚书》有《毕命》。

〔52〕显懿(yì 义):显明美善。

〔53〕莫可涯涘(sì 寺):不能为之划定边界,即深远难测。

〔54〕训诰谟典:《尚书》中篇名的省称,泛指《尚书》各篇。诗歌:这里指《尚书》中的引诗。

〔55〕尔雅:近于雅正。闳(hóng 红)伟:即宏伟。

〔56〕异而逐之:感到新奇而追慕。

〔57〕贾(gǔ 古)衅:招致事端。

〔58〕獧(xuān 宣)薄:轻薄,轻佻。

〔59〕昭晰六合:将天地四方看得清清楚楚。

〔60〕豁之以致知:开阔器识以知善恶吉凶之所终始。

〔61〕庶:差不多,接近。

〔62〕行俭:即裴行俭(619—682),字守约,唐绛州闻喜(今属山西)人。历官礼部尚书、定襄道行军大总管,封闻喜县公。通兵法,善知人,工书法。新、旧《唐书》有传,参见注〔1〕。

毛颖陈玄石泓楮素传[1]

毛颖,本中山后也[2],善昌黎[3],昌黎传之详[4]。自唐遂由中山徙西吴[5]。而其友陈玄、石泓、楮素者,相与同起处。陈玄者,秦五大夫裔[6],世居易水[7],后散处都会间[8],惟游歙者贵盛甲天下[9]。自万石君以躬行显于汉[10],而子孙能世其业者,莫若石泓。徙清徙绛[11],徙端溪[12],俱有名。而楮素者,一名知白[13],其业成于蔡黄门[14],楮先生其昆季也[15]。

初毛颖谓泓曰:"若块处跬步不移[16],毋乃好逸乎[17]?"泓应曰:"吾不能效若龈龈劳形也[18]。"素亦谓玄曰:"若黯黯自污[19],非夫哉!"玄应曰:"若皎皎者乃易污[20]。"盖颖嗜动,而泓嗜静,楮白陈黑,故四人相调如此云[21]。

一日,毛颖目三人[22]:"孰能知动不异静,静不异动,白不异黑,黑不异白者,吾与之友。"四人相视而笑,莫逆于心,于是始定交,相与出囊[23],求一试其长。而值刘、项逐鹿之时[24],刘马上习不能用[25],项稍用亦不肯竟,去学剑[26]。而四人者,遂摈于世[27]。其后毛颖见班超,而超投之[28]。楮素谒李意其,意其裂焉[29]。石泓性重[30],陈玄嘿嘿[31],徒怀忿,俱不能为二友争。已而入坐左思藩溷[32],与左相对几十年[33]。四人非不知藩溷之亵[34],而重左之博雅,不能舍去。左赋《三都》,脍炙今古,四人与有功焉。居无何,有客以其能荐于王羲之者[35];羲之亟招此四人,相得甚欢。王每谓人曰:"吾以毛君为刀剑,以陈君为鍪甲,以石君为城池,以楮君为阵,吾其遂为天下勍乎[36]!"羲之殁[37],传诸子孙,子孙待四人敬不衰,至今称临池业[38],自乌衣一派外无两者[39],本羲之昵此四人之力也[40]。

　　自是四人名逾重,无论雅俗显隐皆争客之,而最后有艺圃主人者[41],尤极礼遇焉。凡主人有所任使,则玄与颖辄就泓谋定,然后告于楮素,使素传布人间。语云"同功一体"[42],其此四人谓哉!然此四人者,自少迨今[43],精销力竭,良苦矣;而感主人礼遇,相议所以报德者。于是泓语素曰:"吾闻上人方玄览逖搜[44],为不朽盛事[45],此岂我辈贞洁一身之时!"以问颖,颖曰:"顾尽吾心乃已。"以问玄,玄曰:"亦不敢爱摩顶[46],虚主人任用。"卒相与毕力任事,终始无间云。后各有茅土封[47],世世勿绝。

　　太史公曰[48]:"夫士遇合固各有时哉[49]!此四君者,当其遇刘、项时,龌龊弢囊中[50],以为计画无复之尔[51]。及其遭时遇主,弹冠俱兴[52],并有昂代[53],声施到今[54],

岂不伟哉！然令此四君怀伎并进[55]，各不相能[56]，功亦不就。乃能相挽相推，若左右手[57]，以有成绩。嗟乎，可谓善始令终[58]，无负师济之义者矣[59]。

《白苏斋类集》卷八

〔1〕作为一篇寓言小品,本篇仿效唐韩愈的《毛颖传》风格,采用拟人手法,运用有关历史掌故,惟妙惟肖地刻画出笔、墨、砚、纸所谓文房四宝的特征。语言风趣生动,富于情韵,寓庄于谐,构思巧妙。毛颖,即毛笔的别称,以韩愈《毛颖传》以笔拟人而得名。陈玄,即墨的别称,墨色黑,且存放年代愈陈愈佳,故称。石泓,即砚的别称,以其用料多为石,且有凹处容水,故称。楮(chǔ储)素,即纸的别称,以楮皮为制纸原料,纸多为白色,故称。以上别称语本《毛颖传》:"颖与绛人陈玄、弘农陶泓及会稽楮先生友善,相推致,其出处必偕。"

〔2〕中山后:语本《毛颖传》:"毛颖者,中山人也。"据晋王羲之《笔经》:"汉时诸郡献兔毫,出鸿都,惟有赵国毫中用。"中山,战国时国名,在今河北定县一带,与赵国相邻。一说中山在安徽宣城,明李诩《戒庵老人漫笔》卷七引孙大雅《沧螺集·赠笔生张蒙序》云:"昌黎韩子传毛颖为中山人,中山非晋,乃唐宣州中山也。宣州自唐来多擅名笔,而诸葛氏尤精。"

〔3〕昌黎:即韩愈(768—824),字退之,唐河南河阳(今河南孟县)人,郡望昌黎,世称韩昌黎。

〔4〕传之详:韩愈《毛颖传》描述了毛颖从夏禹直到秦始皇时的经历。

〔5〕西吴:唐宋时期湖州府的别称,即今浙江湖州。明周祁《名义考》以苏州为东吴,润州为中吴,湖州在西,故称西吴。湖笔至今有名

于世。

〔6〕秦五大夫:据《史记·秦始皇本纪》载,秦始皇封泰山,曾在一松树下避雨,事后即封此松为五大夫。汉以后制墨多用松烟,这里即将墨与松树联系了起来。裔:远代子孙。

〔7〕易水:河名,流经今河北易县。易县有五大夫城,《水经注·易水》:"易水出西山宽中谷,东经五大夫城南。昔北平侯王谭不同王莽之政,子兴生五子,并避时乱,隐居此山,故其旧居,世以为五大夫城,即此。"这里是以"五大夫"将易水与墨联系了起来,属戏笔。

〔8〕都会:大城市。

〔9〕歙(shè射):即今安徽歙县,自古即以产墨著称。

〔10〕万石君:西汉时石奋与其四子"驯行孝谨",皆官至二千石,受到汉景帝的表彰,称之为"万石君"。这里即以其姓石与"万石"同砚联系起来。

〔11〕清:这里当指青州,在今山东境内。绛:这里指绛州,在今山西新绛一带。宋李之彦《砚谱·端砚》:"柳公权论砚,青州石为第一,绛州者次之。"

〔12〕端溪:溪名,在今广东高要县东南,其地以产砚著称。端溪砚或称端砚,自唐至今,为砚中的上品。

〔13〕知白:即楮知白,楮可制纸,纸白色,故称。语本宋苏易简《文房四谱》卷四引文嵩《好畤侯楮知白传》:"楮知白,字守元,华阳人也。中常侍蔡伦搜访得之于耒阳,贡于天子,功业昭著,封好畤侯。"畤与"纸"音近,故名。

〔14〕蔡黄门:即蔡伦(? —121),字敬仲,东汉和帝时任中常侍,他总结前人经验,发明造纸术,人称"蔡侯纸"。黄门,宦官的别称。

〔15〕楮先生:《毛颖传》称纸为楮先生。昆季:兄弟。

〔16〕块处:孤独处世。这里有暗示砚之形状意。跬(kuǐ傀)步:

427

半步。

〔17〕毋(wú无)乃:莫非,岂非。

〔18〕齪(chuò辍)齪:谨小慎微的样子。劳形:使身体劳累、疲倦。

〔19〕黯黯:颜色发黑。

〔20〕皎皎者易污:语本《后汉书·黄琼传》中李固之语:"峣峣者易缺,皦皦者易污。"皎皎,洁白的样子。

〔21〕相调:相互调笑。

〔22〕目:注视。用如动词。

〔23〕"孰能"九句:模拟《庄子·大宗师》:"子桑户、孟子反、子琴张三人相与语曰:'孰能相与于无相与,相为于无相为?孰能登天游雾,挠挑无极;相忘以生,无所终穷?'三人相视而笑,莫逆于心,遂相与为友。"又"孰能知动不异静"五句,则化用《普遍知藏般若波罗蜜多心经》:"色性是空,空性是色。色不异空,空不异色。色即是空,空即是色。受想行识,亦复如是。识性是空,空性是识。识不异空,空不异识。识即是空,空即是识。"这里用来映衬笔的禅锋机趣。莫逆于心,情意相投,关系融洽。出囊,反用毛遂自荐的典故。《史记·平原君虞卿列传》:"夫贤士之处世也,譬若锥之处囊中,其末立见。"这里言"出囊",有调侃意。

〔24〕刘项:秦末刘邦与项羽,二人争夺天下,刘邦胜利,建立了汉朝。逐鹿:竞争天下。语本《史记·淮阴侯列传》:"秦失其鹿,天下共逐之,于是高材疾足者先得焉。"

〔25〕刘马上习不能用:事本《史记·郦生陆贾列传》,陆贾常在汉高祖刘邦面前讲说《诗》、《书》,刘邦极不耐烦,发火说:"乃公居马上而得之,安事《诗》、《书》!"马上,指武力;《诗》、《书》,指文事。

〔26〕"项稍用"二句:事本《史记·项羽本纪》:"项籍少时,学书不成,去学剑,又不成。项梁怒之,籍曰:'书足以记姓名而已。剑一人敌,不足学,学万人敌。'"

〔27〕摈(bìn 鬓):抛弃。

〔28〕"其后"二句:用东汉班超投笔从戎的故事。据《后汉书·班超传》,班超(33—103),字仲升,曾为官府抄书以养母,一日投笔叹息道:"大丈夫无它志略,犹当效傅介子、张骞立功异域,以取封侯,安能久事笔砚间乎!"后来班超终于立功西域,封定远侯。

〔29〕"楮素"二句:事本《三国志·蜀书·先主传》裴松之注引葛洪《神仙传》云:"仙人李意其,蜀人也。传世见之,云是汉文帝时人。先主欲伐吴,遣人迎意其,意其到,先主礼敬之,问以吉凶。意其不答而求纸笔,画作兵马器仗数十纸已,便一一以手裂坏之,又画作一大人,掘地埋之,便径去。先主大不喜。而自出军伐吴,大败还,忿耻发病死,众人乃知其意。"这里仅关合李意其裂纸之事。

〔30〕性重(zhòng 众):脾气大。

〔31〕嘿(mò 默)嘿:抑郁、失意的样子。

〔32〕左思:字太冲(约250—305),晋临淄(今山东淄博)人,历官秘书郎。《晋书》有传,称其为撰写《三都赋》:"遂构思十年,门庭藩溷皆著笔纸,偶得一句,即便疏之。"写出后,人们竞相传写,致使洛阳纸贵。藩溷(hùn 混):篱笆与厕所。

〔33〕几十年:差不多十年。

〔34〕亵(xiè 谢):轻慢,不庄重。

〔35〕王羲之:字逸少(303—361),历官右军将军、会稽内史,工书,后人誉之为"书圣"。

〔36〕"王每谓人曰"六句:引语见王羲之《题笔阵图后》:"夫纸者,阵也;笔者,刀梢也;墨者,鍪甲也;水砚者,城池也;心意者,将军也;本领者,副将也;结构者,谋略也。"鍪(móu 谋)甲:盔甲。勍(qíng 晴):强,有力。

〔37〕圽(mò 末):通"殁"、"歾",死。

429

〔38〕临池:指学习书法。《晋书·卫恒传》言张芝"临池学书,池水尽黑"。

〔39〕乌衣一派:东晋时王、谢两大贵族多居乌衣巷(今南京市秦淮河南),后世遂以"乌衣"喻世家望族。

〔40〕昵(nì 腻):亲近。

〔41〕艺圃主人:这里比喻从事文学或学术著述的人。

〔42〕同功一体:功绩与地位等同。语本《史记·黥布列传》:"往年杀彭越,前年杀韩信,此三人者,同功一体之人也。"

〔43〕迨(dài 代):到。

〔44〕玄览:深察。逖(tì 剔)搜:向远求索。

〔45〕不朽盛事:指撰写文章。语本三国魏曹丕《典论·论文》:"盖文章,经国之大业,不朽之盛事。"

〔46〕摩顶:磨伤头顶。这里指磨墨。

〔47〕茅土封:指王或侯的封爵。古代天子分封王或侯时,用代表方位的五色土筑坛,按封地所在方向取一色土,包以白茅而授之,作为授权的表证,即茅土封。

〔48〕太史公曰:模仿汉司马迁《史记》的笔法,唐韩愈《毛颖传》也用此笔法。这里是作者自称,带有戏谑性质。

〔49〕遇合:相遇而彼此投合。固各有时:带有机遇的意思。语本《吕氏春秋·遇合》:"凡遇合也时,时不合,必待合而后行。"

〔50〕龌龊(wò chuò 卧辍):狭小。弢(tāo 涛):隐蔽,深藏。囊:口袋。

〔51〕计画无复之:也作"计无复之",意即再无别的办法可想,不得不如此。

〔52〕弹(tán 谈)冠:比喻相友善者援引出仕。

〔53〕显代:显赫的子子孙孙。

〔54〕声施:名声流传。

〔55〕忮(zhì 制):忌恨,嫉妒。

〔56〕相能:相互亲善。

〔57〕"乃能"二句:语本《孙子兵法》卷十一《九地篇》:"夫吴人与越人相恶也,当其同舟而济遇风,其相救也如左右手。"

〔58〕令终:美好的结果。

〔59〕师济之义:即相互容让、救助的意思。语本《易经》。师,《易》卦名,《易·师》:"师,君子以容民蓄众。"济,《易·系辞上》:"知周乎万物,而道济天下。"

极乐寺纪游[1]

高梁桥水[2],从西山深涧中来[3],道此入玉河[4]。白练千匹[5],微风行水上,若罗纹纸[6]。堤在水中,两波相夹,绿杨四行,树古叶繁,一树之荫,可覆数席,垂线长丈馀[7]。岸北佛庐道院甚众[8],朱门绀殿[9],亘数十里[10]。对面远树,高下攒簇[11],间以水田。西山如螺髻[12],出于林水之间。

极乐寺去桥可三里,路径亦佳。马行绿阴中,若张盖[13]。殿前剔牙松数株[14],松身鲜翠嫩黄,斑剥若大鱼鳞[15],大可七八围许[16]。暇日曾与黄思立诸公游此[17],予弟中郎云[18]:"此地小似钱塘苏堤[19]。"思立亦以为然。予因叹西湖胜境[20],入梦已久,何日挂进贤冠[21],作六桥下客子[22],了此山水一段情障乎[23]!是日,分韵各赋一诗而别〔24〕。

《白苏斋类集》卷十四

〔1〕极乐寺故址在今北京市西直门外。清吴长元《宸垣识略》卷十四云:"极乐寺去高梁桥三里,明成化中建。门外有二柳,高拂天,长条踠地,可扫马蹄。中有松,亦佳。"在明万历四十年间,这里是文人士大夫的游览胜地。明刘侗、于奕正《帝京景物略》卷五:"神庙四十年间,士大夫多暇,数游寺,轮蹄无虚日,堂轩无虚处。"这篇游记用笔简洁,写景状物,层次井然。其中文字,多为稍后蒋一葵《长安客话》与刘侗《帝京景物略》的有关段落取用,可见影响。

〔2〕高梁桥:故址在今北京西直门外半里许,跨古高梁河上,故名。现存青白石单孔拱桥为清代重建,可见古桥券脸石以上遗迹。

〔3〕西山:北京西郊诸山总称,为太行山支脉。

〔4〕玉河:高梁河源出西山之玉泉山,其下游称玉河。明蒋一葵《长安客话》卷三《高梁桥》:"桥跨高梁河,故名。离西直门仅半里许。兹水源发西山,汇为西湖,东为小渠,由此入大内,称玉河。"

〔5〕白练:形容河水如白色的绢帛。

〔6〕罗纹纸:表面皱起如同丝织物细纹的一种宣纸。

〔7〕垂线:垂柳的枝条。

〔8〕佛庐:寺院。道院:道观。

〔9〕绀(gàn 赣)殿:指佛寺。

〔10〕亘:绵延。

〔11〕攒(cuán 窜阳平)簇:聚集。

〔12〕螺髻:螺壳状的发髻。这里形容西山诸峰峦。

〔13〕张盖:打着伞。

〔14〕剔牙松:栝子松的俗称,叶为三针。

〔15〕斑剥:色彩错杂的样子。

〔16〕围:计量周长的约略单位,一般指两手或两臂之间合拱的长度。

〔17〕黄思立:即黄大节,字思立,又作斯立,号无净,信丰(今属江西)人。万历十四年(1586)进士,历官礼部郎中。

〔18〕中郎:袁宗道的弟弟袁宏道(1568—1610),字中郎。详见本书作者小传。

〔19〕钱塘:即今浙江杭州。苏堤:在杭州西湖上,为北宋苏轼任杭州太守时所建,故称苏堤。

〔20〕西湖:在今杭州市以西,是古今著名游览胜地,古迹众多,风景优美。

〔21〕进贤冠:古代朝见皇帝的一种礼帽,原为儒者所戴,后唐代百官皆用。这里代表官位,挂进贤冠即辞官退隐。

〔22〕六桥:西湖苏堤上有映波、锁澜、望山、压堤、东浦、跨虹六桥。

〔23〕情障:情欲的魔障。这里指对山水的酷好。

〔24〕分韵:古人相约赋诗,选择若干字为韵,各人分拈,依所拈得之韵作诗,谓之分韵。

论文[1]

上

口舌,代心者也;文章,又代口舌者也。展转隔碍[2],虽写得畅显,已恐不如口舌矣,况能如心之所存乎?故孔子论文曰:"辞达而已[3]。"达不达,文不文之辨也[4]。

唐虞三代之文[5],无不达者。今人读古书,不即通晓,辄谓古文奇奥,今人下笔不宜平易。夫时有古今,语言亦有古今,今人所诧谓奇字奥句[6],安知非古之街谈巷语耶?《方言》谓楚人称"知"曰"党"[7],称"慧"曰"譺"[8],称"跳"曰"踖"[9],称"取"曰"挺"[10]。余生长楚国[11],未闻此言,今语异古,此亦一证。故《史记》五帝三王纪[12],改古语从今字者甚多,"畴"改为"谁","俾"为"使","格奸"为"至奸","厥田"、"厥赋"为"其田"、"其赋",不可胜记。

左氏去古不远[13],然《传》中字句,未尝肖《书》也[14]。司马去左亦不远[15],然《史记》句字,亦未尝肖《左》也。至于今日,逆数前汉[16],不知几千年远矣[17]。自司马不能同于左氏,而今日乃欲兼同左、马,不亦谬乎?中间历晋、唐,经宋、元,文士非乏,未有公然捋扯古文[18],奄为己有者[19]。昌黎好奇[20],偶一为之,如《毛颖》等传[21],一时戏剧[22],他文不然也。

空同不知[23],篇篇模拟,亦谓"反正"[24]。后之文人,遂视为定例,尊若令甲[25]。凡有一语不肖古者,即大怒,骂为"野路恶道"[26]。不知空同模拟,自一人创之,犹不甚可厌。迨其后以一传百[27],以讹益讹[28],愈趋愈下,不足观矣。且空同诸文,尚多己意,纪事述情,往往逼真,其尤可取者,地名官衔,俱用时制[29]。今却嫌时制不文[30],取秦汉名衔以文之,观者若不检《一统志》[31],几不识为何乡贯矣。

且文之佳恶,不在地名官衔也。司马迁之文,其佳处在叙事如画,议论超越;而近说乃云,西京以还[32],封建宫殿、官师郡邑[33],其名不驯雅[34],虽子长复出[35],不能成史。则子长佳处,彼尚未梦见也,而况能肖子长也乎?

或曰:信如子言,古不必学耶?余曰:古文贵达,学达即所谓学古也。学其意,不必泥其字句也[36]。今之圆领方袍,所以学古人之缀叶蔽皮也[37];今之五味煎熬[38],所以学古人之茹毛饮血也[39]。何也?古人之意,期于饱口腹,蔽形体;今人之意,亦期于饱口腹,蔽形体,未尝异也。彼摘古字句入己著作者,是无异缀皮叶于衣袂之中[40],投毛血于肴核之内也[41]。大抵古人之文,专期于达,而今人之文,专期于不达。以不达学达,是可谓学古者乎?

下

爇香者[42],沉则沉烟[43],檀则檀气[44]。何也?其性异也。奏乐者钟不藉鼓响,鼓不假钟音,何也?其器殊也。文章亦然,有一派学问,则酿出一种意见。有一种意见,则创出一般言语。无意见则虚浮[45],虚浮则雷同矣。故大喜者必绝倒[46],大哀者必号痛,大怒者必叫吼动地,发上指冠[47]。惟戏场中人,心中本无可喜事,而欲强笑;亦无可哀事,而欲强哭。其势不得不假借模拟耳[48]。今之文士,浮浮泛泛,原不曾的然做一项学问[49],叩其胸中,亦茫然不曾具一丝意见,徒见古人有立言不朽之说[50],又见前辈有能诗能文之名,亦欲搦管伸纸[51],入此行市;连篇累牍,图人称扬。夫以茫昧之胸,而妄意鸿巨之裁[52],自非行乞左、马之侧[53],募缘残溺[54],盗窃遗矢[55],安能写满卷帙乎[56]?试将诸公一编,抹去古语陈句,几不免于曳白矣[57]。其可愧如此,而又号于人曰,引古词,传今事,谓之属文[58]。然则二典三谟[59],非天下至文乎?而其所引,果何代之词乎?

余少时喜读沧溟、凤洲二先生集[60]。二集佳处,固不可掩,其持论大谬,迷误后学,有不容不辨者。沧溟赠王序[61],谓"视古修词,宁失诸理"。夫孔子所云"辞达"者,正达此理耳。无理则所达为何物乎?无论典、谟、《语》、《孟》[62],即诸子百氏,谁非谈理者?道家则明清净之理,法家则明赏罚之理,阴阳家则述鬼神之理,墨家则揭俭慈之理,农家则叙耕桑之理,兵家则列奇正变化之理。汉、唐、宋诸名家,如董、贾、韩、柳、欧、苏、曾、王诸公[63],及国朝阳明、荆川[64],皆理充于腹而文随之。彼何所见,乃强赖古人失理耶?凤洲《艺苑卮言》[65],不可具驳,其赠李序曰[66]:"《六经》固理薮[67],已尽,不复措语矣。"沧溟强赖古人无理,而凤洲则不许今人有理,何说乎?

此一时遁辞[68],聊以解一二识者模拟之嘲,而不知其流毒后学,使人狂醉,至于今不可解喻也。然其病源则不在模拟,而在无识。若使胸中的有所见,苞塞于中[69],将墨不暇研,笔不暇挥,兔起鹘落[70],犹恐或逸[71];况有闲力暇晷[72],引用古人词句耶?故学者诚能从学生理,从理生文,虽驱之使模,不可得矣。

《白苏斋类集》卷二十

[1]《论文》分为上、下两篇,作为公安派文学理论的宣言,在中国古代文论史中具有重要价值。上篇以孔子所倡导的"辞达"为核心,结合"时有古今"之论,批评了前、后"七子"李梦阳等人"文必秦汉"而字模句袭的复古主义主张。下篇承上篇议论,顺流而下,以文贵独创反对拾古人牙慧的文章赝古之风,并从"识"与"无识"的角度,剖析复古主义者的病源。全文出语平易,深入浅出,立论析薪破理,力量万钧,鞭辟入里地提出了文体革新的主张,很有说服力。

[2] 隔碍:隔离阻碍。

[3] 辞达而已:言辞,足以达意便罢了。语本《论语·卫灵公》:"子曰:辞达而已矣。"

[4] 文:指文采。

[5] 唐:即唐尧,古帝名,这里指唐尧时代。虞:即虞舜,古帝名,这里指虞舜时代。三代:指夏、商、周三个上古朝代。

[6] 诧谓:惊奇地以为。

[7] 方言:汉代扬雄所著语言学专著,又名《輶轩使者绝代语释别国方言》,共十二卷。楚人:生活在长江中下游一带的人,相当于今湖北与湖南一部分地区的人。称知曰党:《方言》卷一:"党,知也,楚谓之党。"

[8] 称慧曰𢠳(tuō 托):《方言》卷一:"虔、儇,慧也,楚或谓之𢠳。"

[9] 称跳曰䠶(yì 义):《方言》卷一:"蹠、䠶、跳也,楚曰䠶。"

〔10〕称取曰挻(shān 山):《方言》卷一:"挦、攓、摭、挻,取也,楚或谓之挻。"

〔11〕楚国:湖广公安,春秋时属楚国。

〔12〕史记:汉代司马迁所著纪传体通史,一百三十篇。五帝三王纪:即《史记》中的《五帝本纪》以及《夏本纪》、《殷本纪》、《周本纪》。

〔13〕左氏:即左丘明,传说他为《春秋》作传,是为《左传》。

〔14〕肖(xiào 笑):相似。书:即《尚书》。相传经孔子编选,汇集上古时的典章文献,是儒家的经典之一。

〔15〕司马:指司马迁(前145—前86?),西汉初人;左丘明为春秋时鲁国人,二人生活时代相距近三百年,这里云"不远",是相对距后世而言。

〔16〕前汉:即西汉。

〔17〕几千年:差不多有千年以上。西汉亡于公元5年,至袁宗道时已有一千五百馀年,此举成数。

〔18〕挦(xián 贤)扯:亦作挦撦,拉撕剥取。特指在写作中率意割取他人著述。

〔19〕奄(yǎn 眼):覆盖,包括。

〔20〕昌黎:即韩愈(768—824),以郡望世称韩昌黎。

〔21〕毛颖:韩愈曾写《毛颖传》,体裁模仿《史记》之文,用拟人手法为毛笔立传。

〔22〕戏剧:这里是游戏、玩笑的意思。语本《旧唐书·韩愈传》:"(《毛颖传》)讥戏不近人情,此文章之甚纰缪者。"袁宗道也写过《毛颖陈玄石泓楮素传》,仿《毛颖传》。本书已选,可参见。

〔23〕空同:即李梦阳(1473—1530),字献吉,号空同子,生平见本书作者小传。他是"前七子"领袖之一,文学主张"文必秦汉,诗必盛唐",是模拟复古之风的倡导者。

〔24〕反正:还复本位,归于正道。

〔25〕令甲:法令、规则。

〔26〕野路恶道:非正统的行径与不正之道。

〔27〕迨(dài 代):到。

〔28〕以讹益讹:错上加错。

〔29〕时制:当时的名物制度。

〔30〕不文:没有文采。

〔31〕一统志:记全国地理之书,元、明、清都有。这里指《大明一统志》,九十卷。

〔32〕近说:土世贞《艺苑卮言》卷三:"呜呼!子长不绝也,其书绝矣。千古而有子长也,亦不能成《史记》,何也?西京以还,封建宫殿、官师、郡邑,其名不雅驯,不称书矣,一也;其诏令、辞命、奏书、赋颂,鲜古文,不称书矣,二也;其人有籍、信、荆、聂、原、尝、无忌之流足模写者乎?三也;其词有《尚书》、《毛诗》、左氏、《战国策》、韩非、吕不韦之书足荟蕞者乎?四也。呜呼!岂唯子长,即尼父亦然,《六经》无可着手矣。"西京:西汉都长安,东汉改都洛阳,因称洛阳为东京。这里即以西京代指西汉。

〔33〕封建:指古代帝王把爵位、土地分赐给亲戚或功臣,使他们以各种名目在相应地区建立邦国。官帅:指百官。

〔34〕驯雅:典雅完美。

〔35〕子长:即司马迁,字子长。

〔36〕泥:拘泥,墨守。

〔37〕缀:连结,缝。

〔38〕五味:酸、苦、甘、辛、咸。这里作精美的食品义。

〔39〕茹毛饮血:连毛带血地生食鸟兽,比喻远古人的艰苦生活。

〔40〕衣袂(mèi 妹):衣袖,这里指衣服。

〔41〕肴(yáo 尧)核:酒肉蔬果等饭菜。

〔42〕爇(ruò 若)香:点燃或焚烧香。

〔43〕沉:即沉香,一种香木,入水则沉,故名。沉烟:点燃的沉香气味。

〔44〕檀:即檀香,一种香木,点燃的气味与沉香不同。

〔45〕虚浮:浮而不实。

〔46〕绝倒:大笑不能自持。

〔47〕发上指冠:因极度愤怒而毛发竖起的样子。语本《庄子·盗跖》:"盗跖闻之大怒,目如明星,发上指冠。"

〔48〕势:情势,状况。

〔49〕的然:确实。

〔50〕立言不朽:著书立说可以传之不朽。语本《左传·襄公二十四年》:"太上有立德,其次有立功,其次有立言,虽久不废,此之谓不朽。"

〔51〕搦(nuò 诺)管伸纸:从事写作。搦管,执笔的意思。

〔52〕鸿巨之裁:有巨大功绩的文字。

〔53〕左马:即左丘明与司马迁。

〔54〕募缘:向人求施舍。残溺:剩尿。比喻前人文章中价值不高的东西。

〔55〕矢:同"屎",与"残溺"之喻同义。

〔56〕卷帙(zhì 志):指文章或作品的篇幅。

〔57〕曳白:考试交白卷,这里指写不出文章。

〔58〕属(zhǔ 主)文:撰写文章。

〔59〕二典:《尚书》中有《尧典》、《舜典》,被称为二典。三谟:《尚书》中有《大禹谟》、《益稷》、《皋陶谟》,被称为三谟。它们是中国传世最早的作品。

〔60〕沧溟:即李攀龙(1514—1570),字于鳞,号沧溟。生平见本书作者小传。凤洲:即王世贞(1526—1590),字元美,号凤洲。生平见本书作者小传。二人同为"后七子"领袖人物,文学主张皆以模拟复古为主。

〔61〕赠王序:见李攀龙《送王元美序》:"以余观于文章,国朝作者无虑十数家,称于世即北地李献吉辈。其人也,视古修辞,宁失诸理。"

〔62〕语孟:指《论语》与《孟子》两部儒家经典。

〔63〕董:即董仲舒(前180—前115),西汉经学家。贾:即贾谊(前201—前169),西汉文学家。韩:即韩愈(768—824)。柳:即柳宗元(773—819)。以上二人为唐代文学家。欧:即欧阳修(1007 1072)。苏:即苏轼(1036—1101)。曾:即曾巩(1019—1083)。王:即王安石(1021—1086)。以上四人为宋代文学家。

〔64〕国朝:本朝,此指明朝。阳明:即王守仁(1472—1529),世称阳明先生。生平见本书作者小传。荆川:即唐顺之(1507—1560),学者称荆川先生。生平见本书作者小传。

〔65〕艺苑卮言:王世贞所撰诗话著作,八卷。

〔66〕赠李序:见王世贞《赠李于鳞序》:"《六经》固理之区薮也,已尽,不复措语矣。"

〔67〕六经:指《易》、《诗》、《书》、《礼》、《乐》(已佚)、《春秋》八部儒家经典。薮(sǒu叟):事物聚集之处。

〔68〕遁辞:指理屈辞穷或不愿吐露真意时用来支吾搪塞的话。

〔69〕苞塞:聚集充满。

〔70〕兔起鹘(hú狐)落:形容动作迅速快捷。语本苏轼《文与可画筼筜谷偃竹记》:"故画竹,必先得成竹于胸中,执笔熟视,乃见其所欲画者,急起从之,振笔直遂,以追其所见,如兔起鹘落,少纵则逝矣。"

〔71〕逸:指文思丢失。

〔72〕暇晷(guǐ轨):空闲时间。

读渊明传[1]

口于味[2],四肢于安逸,性也。然山泽静者[3],不厌脱粟[4];而啖肥甘者[5],必冒寒出入,冲暑拜起之劳人也[6]。何口体二性相妨如此乎？人固好逸,亦复恶饥,未有厚于四肢而薄于口者。渊明夷犹柳下[7],高卧窗前[8],身则逸矣,瓶无储粟[9],三旬九食[10],其如口何哉？今考其终始,一为州祭酒[11],再参建威军[12],三令彭泽[13],与世人奔走禄仕[14],以餍馋吻者等耳[15]。观其自荐之辞曰:"聊欲弦歌,为三径资[16]。"及得公田,亟命种秫[17],以求一醉。由此观之,渊明岂以藜藿为清[18],恶肉食而逃之哉？疏粗之骨[19],不堪拜起;慵惰之性[20],不惯簿书[21],虽欲不归而贫,贫而饿,不可得也。子瞻檃括《归去来辞》为《哨遍》[22],首句云:"为口折腰,因酒弃官,口体交相累[23]。"可谓亲切矣。譬如好色之人,不幸禀受清羸[24],一纵辄死,欲无独眠,亦不可得。盖命之急于色也。

渊明解印而归,尚可执杖耘丘[25],持钵乞食[26],不至有性命之忧。而长为县令,则韩退之所谓"抑而行之,必发狂疾"[27],未有不丧身失命者也。然则渊明者,但可谓之审缓急[28],识重轻[29],见事透彻[30],去就瞥脱者耳[31]。若萧统、魏鹤山诸公所称[32],殊为过当。渊明达者,亦不肯受此不近人情之誉也。然自古高士,超人万倍,正在见事透彻,去就瞥脱。何也？见事是识,去就瞥脱是才,其隐识隐才如此,其得时而驾[33],识与才可推也。若如萧、魏诸公所云,不过恶嚣就静[34],厌华乐澹之士耳[35]。世亦有禀性孤洁如此者,然非君子所重,何足以拟渊明哉[36]!

《白苏斋类集》卷二十

〔1〕渊明即陶潜(365—427),一名渊明,字元亮,晋寻阳柴桑(今江西九江市西南)人。先为州祭酒,又为镇军、建威参军,后做彭泽令,自云"不为五斗米折腰"而弃官归隐,以诗酒自娱。世称靖节先生,有《陶渊明集》。南朝梁沈约《宋书》、唐房玄龄等《晋书》以及唐李延寿《南史》等正史皆有其传。梁昭明太子萧统对陶渊明"尚想其德,恨不同时"(《陶渊明集序》),也写有《陶渊明传》,袁宗道所读"传"当为萧统所作者。自沈约以后,陶渊明在人们心目中的形象实在飘逸得太久了,几成不食人间烟火者。晚明个性解放思潮涌动,令文人有了重新审视历史人物的兴趣,将一切"不近人情之誉"重加评说,于是就有了这篇还陶渊明以本来面目的读史小品。

〔2〕口于味:语本《孟子·告子上》:"口之于味也,有同嗜焉。"此连下句"四肢于安逸"皆强调人的天性本同。

〔3〕山泽静者:指山野或水边的隐居者。

〔4〕脱粟:只去皮壳、不加精制的糙米。

〔5〕肥甘:指鲜肥美味的食品。

〔6〕冲暑:冒着暑热。拜起:跪拜起立,旧时官场常行的礼节。劳人:以劳苦比喻入仕者,有调侃意味。

〔7〕夷犹:同"夷由",从容自得。柳下:语本陶渊明《五柳先生传》:"宅边有五柳树,因以为号焉。"

〔8〕高卧窗前:语本陶渊明《与子俨等疏》:"常言:五六月中,北窗下卧,遇凉风暂至,自谓是羲皇上人。"

〔9〕瓶无储粟:即家中无粮。瓶,储粮的器皿。语本陶渊明《归去来兮辞》:"余家贫,耕植不足以自给。幼稚盈室,瓶无储粟。"

〔10〕三旬九食:一个月只吃九顿饭,形容贫穷已极。语本陶渊明《拟古九首》之五:"三旬九遇食,十年著一冠。"典出《说苑·立节篇》:"子思居卫,贫甚,三旬而九食。"旬,十日为一旬。

〔11〕祭酒:指别驾祭酒,州之佐吏,东晋时置。晋太元十八年(393),陶渊明二十九岁以"亲老家贫,起为州祭酒,不堪吏职,少日自解归",见萧统《陶渊明传》。

〔12〕参建威军:晋义熙元年(405),陶渊明四十一岁,为江州刺史刘敬宣建威参军。建威,杂号将军名,参军为其佐吏。

〔13〕令彭泽:晋义熙元年(405)八月,陶渊明为彭泽令,十一月弃职返里。彭泽,县名,在今江西省北部。

〔14〕奔走禄仕:为当官求取俸禄奔走。

〔15〕餍(yàn厌):吃饱。

〔16〕"聊欲"二句:语本萧统《陶渊明传》:"后为镇军、建威参军,谓亲朋曰:'聊欲弦歌,以为三径之资,可乎?'执事者闻之,以为彭泽令。"弦歌,指出任县令。典出《论语·阳货》:"子之武城,闻弦歌之声。"当时孔子的弟子子游正任武城宰,他以弦歌为教民之具。三径,指归隐者的家园。典出晋赵岐《三辅决录·逃名》:"蒋诩归乡里,荆棘塞门,舍中有三径,不出,唯求仲、羊仲从之游。"

〔17〕"及得"二句:语本萧统《陶渊明传》:"公田悉令吏种秫,曰:'吾常得醉于酒足矣。'妻子固请种秔,乃使二顷五十亩种秫,五十亩种秔。"秫(shú熟),有粘性的谷类,是酿酒的原料。

〔18〕藜藿:贫者所食的野菜。

〔19〕疏粗之骨:指体格不健壮。

〔20〕慵惰之性:散漫懒惰的性格。

〔21〕不胜簿书:难以胜任官场事务。簿书,指官署中的文书簿册。

〔22〕子瞻:即苏轼(1036—1101),字子瞻。檃(yǐn引)括:就原有的文章剪裁改写。归去来辞:一名《归去来兮辞》,陶渊明作,作品抒发了个人对归隐生活的无限向往之情。哨遍:词牌名。苏轼词《哨遍》有序云:"陶渊明赋《归去来》,有其词而无其声……乃取《归去来词》,稍加檃括,使就声律。"

〔23〕交相累:相互拖累。

〔24〕清羸(léi雷):清瘦衰弱。

〔25〕执杖耘丘:拄着拐杖到小丘上除草。语本《归去来辞》:"或植杖而耘耔。"

〔26〕持钵乞食:陶渊明有《乞食》诗。

〔27〕韩退之:即韩愈(768—824),字退之。抑而行之:语本韩愈《上张仆射书》:"古人有言曰:人各有能有不能。若此者,非愈之所能也,抑而行之,必发狂疾。"

〔28〕审缓急:语本《法苑珠林》卷二十:"但自审详仪临时缓急。"缓急,指危急之事或发生变故之时。

〔29〕识重轻:语本《南海寄归内法传》卷二:"初学之辈,亦识重轻。"重轻,指关系全局的重要因素。

〔30〕透彻:详尽而深入。语本《重刻护法论题辞》:"在僧俗中,亦必宿有灵骨,负逸群超世之量者,方能透彻。"

〔31〕瞥脱:爽快。语本《大慧普觉禅师书》卷二十九《答张侍郎子韶》:"左右以自所得瞥脱处为极则。"

〔32〕萧统:即昭明太子(501—531),南朝梁武帝长子,名统,字德施,谥昭明。他编《昭明文选》,辑录秦汉以来诗文,是我国现存的最早

的诗文总集。萧统《陶渊明集序》:"语时事则指而可想,论怀抱则旷而且真。加以贞志不休,安道苦节,不以躬耕为耻,不以无财为病,自非大贤笃志,与道污隆,孰能如此乎!"魏鹤山:即魏了翁(1178—1237),字华父,号鹤山,宋邛州蒲江(今属四川)人。宋宁宗庆元五年(1199)进士,历官礼部尚书,以资政殿大学士致仕。有《鹤山全集》。其《费元甫注陶靖节诗序》云:"有谢康乐之忠而勇退过之,有阮嗣宗之达而不至于放,有元次山之漫而不著其迹,此岂小小进退所能阅其际邪! 先儒所谓经道之馀,因闲观时,因静照物,因时起志,因物寓言,因志发咏,因言成诗,因咏成声,因诗成音者,陶公有焉。"

〔33〕得时而驾:抓住时机辞官引退。驾,乘车马启程。

〔34〕恶嚣就静:厌恶喧嚣,选择安静处躲避。

〔35〕厌华乐澹:讨厌浮华,甘于淡泊。

〔36〕拟:揣度。

袁宏道

袁宏道(1568—1610),字中郎,又字无学,号石公,湖广公安(今湖北公安)人。万历二十年(1592)进士,历官吴县知县、顺天府教授、礼部主事、吏部郎中。他与兄袁宗道、弟袁中道并有才名,时称"三袁"。《明史》有传,称其"诗文主妙悟",在公安派的确立中,袁宏道起到了关键作用。针对当时文坛弥漫的前后"七子"复古主义风气,袁宏道"独抒性灵,不拘格套"的宣言(《叙小修诗》)振聋发聩,影响深远。其散文创作富于个性天趣,清新活泼。著有《袁中郎全集》四十卷。今人有整理本《袁宏道集笺校》,上海古籍出版社1981年出版。

虎丘[1]

虎丘去城可七八里[2]。其山无高岩邃壑[3],独以近城故,箫鼓楼船[4],无日无之。凡月之夜,花之晨,雪之夕,游人往来,纷错如织,而中秋为尤胜。

每至是日,倾城阖户[5],连臂而至[6]。衣冠士女[7],下迨蔀屋[8],莫不靓妆丽服[9],重茵累席[10],置酒交衢间[11]。从千人石上至山门[12],栉比如鳞[13],檀板丘积[14],樽罍云泻[15],远而望之,如雁落平沙,霞铺江上,雷辊电霍[16]，无得而状[17]。

布席之初，唱者千百，声若聚蚊，不可辨识。分曹部署[18]，竞以歌喉相斗；雅俗既陈，妍媸自别[19]。未几而摇头顿足者，得数十人而已。已而明月浮空，石光如练[20]，一切瓦釜[21]，寂然停声，属而和者[22]，才三四辈[23]。一箫，一寸管，一人缓板而歌，竹肉相发[24]，清声亮彻，听者魂销。比至夜深，月影横斜，荇藻凌乱[25]，则箫板亦不复用。一夫登场，四座屏息，音若细发，响彻云际，每度一字[26]，几尽一刻[27]，飞鸟为之徘徊，壮士听而下泪矣。

剑泉深不可测[28]，飞岩如削。千顷云得天池诸山作案[29]，峦壑竞秀，最可觞客[30]。但过午则日光射人，不堪久坐耳。文昌阁亦佳，晚树尤可观。面北为平远堂旧址，空旷无际，仅虞山一点在望[31]。堂废已久，余与江进之谋所以复之[32]，欲祠韦苏州、白乐天诸公于其中[33]；而病寻作[34]，余既乞归，恐进之兴亦阑矣[35]。山川兴废，信有时哉！

吏吴两载，登虎丘者六。最后与江进之、方子公同登[36]，迟月生公石上[37]。歌者闻令来，皆避匿去。余因谓进之曰："甚矣，乌纱之横，皂隶之俗哉[38]！他日去官，有不听曲此石上者，如月[39]！"今余幸得解官、称"吴客"矣。虎丘之月，不知尚识余言否耶[40]？

《袁宏道集笺校》卷四

〔1〕万历二十三年(1595)三月,袁宏道抵达吴县(今江苏苏州)任县令,第二年三月即递辞呈,未准。八月间又患疟疾,请辞之心愈切,是年底终获准。这篇游记即写于万历二十四年年底前后,时年二十九岁,这时他虽已解职,却尚未离开吴县,追忆两年来六次游虎丘的经历,自然感慨万千。其中描写虎丘中秋之夜的"雅俗既陈"的歌唱情景,层次井然,文笔生动。明陆云龙《翠娱阁评选十六家小品》评此文有云:"虎丘之胜,已尽于笔端矣,观绘事不如读此之灵活。"晚于袁宏道三十来年的张岱,写有《虎丘中丘夜》一文,有关描写明显借鉴了此文,本书已选,可参看。

〔2〕虎丘:山名,在今江苏苏州阊门外,据传春秋时吴王阖闾葬此后三日,有白虎踞其上,故名。山上有一座七级八面的砖塔,可:大约。

〔3〕遂(suì 岁)壑:幽深的山谷。

〔4〕箫鼓楼船:演奏音乐的有楼的游船。

〔5〕倾城:全城。阖户:全家。

〔6〕连臂:手挽手,臂挽臂。

〔7〕衣冠士女:贵族官绅家庭的青年男女。

〔8〕迨(dài 代):到,及。蔀(bù 部)屋:草席盖顶之屋。泛指贫家幽暗简陋之屋。

〔9〕靓(liàng 亮)妆:浓妆艳抹。

〔10〕重茵累席:形容所铺设的垫毯或席子很厚。

〔11〕交衢:道路交错要冲之处。

〔12〕千人石:虎丘中有一由南向北倾斜的大盘石,可容千人列坐。又名千人坐。山门:即虎丘二山门,又名断梁殿。始建于唐,重建于元,单檐歇山,进深二间,面阔三间。

〔13〕栉(zhì 制)比如鳞:如同梳齿与鱼鳞一样密密排列。

〔14〕檀板丘积:奏响音乐的地方,游人如小山一样聚集。檀板,檀

木一类硬木制成的拍板,以控制音乐演奏的节奏。

〔15〕樽罍(léi 雷):盛酒器,这里代指酒。云泻:酒如流云般倾出,是夸张的写法。

〔16〕雷辊(gǔn 滚)电霍:形容热闹场面如同雷声滚动,又如闪电辉耀。辊,滚动。

〔17〕无得而状:难以描绘出来。

〔18〕分曹:分对。语本《楚辞·招魂》:"分曹并进,遒相迫些。"王逸注:"曹,偶。言分曹列偶,并进技巧。"

〔19〕妍媸(yán chī 严吃):美丑。这里形容歌声的好与坏。

〔20〕石光如练:比喻月光映照下的千人石如同一匹白练。练,白绢。

〔21〕瓦釜:形容粗俗的乐曲或杂乱的音响。语本《楚辞·卜居》:"黄钟毁弃,瓦釜雷鸣。"

〔22〕属(zhǔ 煮)而和(hè 贺)者:指跟着主演者唱的人。

〔23〕辈:指人的量词。

〔24〕竹肉相发:竹管乐器伴合着人声歌唱。

〔25〕荇(xìng 杏)藻凌乱:比喻月下树影交错杂乱。语本宋苏轼《记承天寺夜游》:"庭下如积水空明,水中藻荇交横,盖竹柏影也。"荇、藻,皆水草,这里以之喻树影。

〔26〕度(dù 肚):按曲谱歌唱。

〔27〕一刻:古代以漏壶计时,一昼夜为一百刻,一刻将近现代的十五分钟。唱一字宛转一刻之长,是夸张手法。

〔28〕剑泉:即剑池,在千人石北,传说春秋时吴王夫差葬其父阖闾于此,曾以三千宝剑殉葬。两侧崖高百尺,池水终年不涸。

〔29〕千顷云:虎丘寺前亭阁名,以宋苏轼《虎丘寺》"东轩有佳致,云水丽千顷"诗句取名。天池:山名,位于苏州阊门外三十里,传说山半

有池,生有千年莲花,故又名花山或华山。案:几案。

〔30〕觞客:劝客饮酒。

〔31〕虞山:在今江苏常熟市西北。相传西周虞仲葬于此山,故名。

〔32〕江进之:即江盈科(1553—1605),字进之。时任长洲县令,与吴县为邻。生平见本书作者小传。

〔33〕韦苏州:即韦应物(737—792?),唐京兆万年(今陕西西安)人,以曾任苏州刺史,故称韦苏州。诗风淡远。有《韦刺史诗集》十卷附录一卷。白乐天:即白居易(772—846),字乐天,唐下邽(今陕西渭南)人,曾任苏州刺史。著名诗人,新、旧《唐书》有传。

〔34〕病寻作:指万历二十四年(1596)八月,袁宏道患疟疾。寻,不久。

〔35〕兴阑:兴致消退。

〔36〕方子公:即方文僎,字子公,新安人。穷困落拓,曾为袁宏道料理笔墨与文稿,卒于万历三十七年(1609)。详见袁中道《游居柿录》卷三。

〔37〕迟(zhì志)月:等待月亮升起。生公石:南朝梁高僧道生(335—434)在虎丘说法的讲坛。据传他聚石为徒,宣讲佛理,石皆点头。一说生公石即千人石。

〔38〕皂隶:县衙中的差役。

〔39〕如月:即指月为证,以为誓词。

〔40〕识(zhì志):记住。

灵岩[1]

灵岩一名砚石,《越绝书》云[2]:"吴人于砚石山作馆娃宫[3]。"即其处也。山腰有吴王井二：一圆井，曰池也；一八角井，月池也。周遭石光如镜，细腻无驳蚀，有泉常清，莹晶可爱，所谓银床素绠[4]，已不知化为何物。其间挈军持瓶钵而至者[5]，仅仅一二山僧，出没于衰草寒烟之中而已矣。悲哉！有池曰砚池，旱岁不竭。或曰即玩华池也[6]。

　　登琴台[7]，见太湖诸山[8]，如百千螺髻[9]，出没银涛中，亦区内绝景[10]。山上旧有响屧廊[11]，盈谷皆松，而廊下松最盛，每冲飙至[12]，声若飞涛[13]。余笑谓僧曰："此美人环珮钗钏声[14]，若受具戒乎[15]？宜避去。"僧瞪目不知所谓。石上有西施履迹[16]，余命小奚以袖拂之[17]，奚皆徘徊色动[18]。碧缱缃钩[19]，宛然石髪中[20]，虽复铁石作肝，能不魂销心死？色之于人甚矣哉[21]！山仄有西施洞[22]，洞中石貌甚粗丑，不免唐突[23]。或云：石室吴王所以囚范蠡也[24]。僧为余言，其下洼处，为东西画船湖，吴与西施泛舟之所。采香径在山前十里[25]，望之若在山足，其直如箭，吴宫美人种香处也。山下有石可为砚，其色深紫，佳者殆不减歙溪[26]。米氏《砚史》云[27]："巏村石理粗[28]，发墨不糁[29]。"即此石也。山之得名盖以此，然在今搜伐殆尽，石亦无复佳者矣。

　　嗟乎，山河绵邈[30]，粉黛若新[31]。椒华沉彩，竟虚待月之帘[32]；夸骨埋香[33]，谁作双鸾之雾[34]？既已化为灰尘、白杨、青草矣。百世之后，幽人逸士犹伤心寂寞之香趺[35]，断肠虚无之画屦[36]，矧夫看花长洲之苑[37]，拥翠白玉之床者[38],其情景当何如哉?夫齐国有不嫁之姊妹,仲父云无害霸[39];蜀宫无倾国之美人[40],刘禅竟为俘虏[41]。亡国之罪,岂独在色?向使库有湛卢之藏[42],潮无鸱夷之恨[43],越虽进百西施何益哉!

《袁宏道集笺校》卷四

〔1〕灵岩山在今江苏吴县木渎镇附近,以山有状似灵芝之奇石,故名灵岩;又因山石深紫,可制砚,所以又有砚石山之称。山中山石松林、古寺遗宫,风景奇秀,有关春秋时吴王夫差与西施的遗迹颇多,引来文人墨客遐思无限。本文写景而外,借西施事,发挥"亡国之罪,岂独在色"的议论,闪烁出晚明文人思想解放的辉光。这与"异端"李贽的有关议论一脉相承。李贽在《初潭集》中说:"然汉武以雄才而拓地万馀里,魏武以英雄而割据有中原,又何尝不自声色中来也……吾以是观之,若使夏不妹(mò 末)喜,吴不西施,亦必立而败亡也。"两相比照,可谓如出一辙。

〔2〕《越绝书》:古书名,隋唐间谓为子贡作,《四库全书总目提要》以为汉袁康撰,吴平所定。原书二十五篇,今佚五篇,十五卷,记春秋越国事,与《吴越春秋》相近。

〔3〕馆娃宫:故址在今灵岩山灵岩山寺一带,相传乃吴王夫差为西施所建。

〔4〕银床素绠:井栏与汲水桶上的绳索。《乐府诗集·淮南王篇》:"后园凿井银作床,金瓶素绠汲寒浆。"银床,一说指井上辘轳架。

〔5〕挈(qiè 切):携带。军持:源于梵语,澡罐或净瓶。僧人游方时携带,贮水以备饮用与净手。

〔6〕玩华池:或作"玩花池",传说为吴王与西施观赏荷花之处。

〔7〕琴台:传说吴王与西施弹琴之处。

〔8〕太湖:在今江苏省南部,湖中有岛屿数十个,以洞庭西山最大。

〔9〕螺髻:比喻耸起如髻的山峦。唐皮日休《太湖诗·缥缈峰》:"似将青螺髻,撒在明月中。"

〔10〕区内:天下,宇内。

〔11〕响屟(xiè 谢)廊:春秋时吴王宫中廊名。宋范成大《吴郡志·古迹》:"响屟廊在灵岩山寺,相传吴王令西施辈步屟,廊虚而响,故名。今寺中以圆照塔前小斜廊为之。"又宋朱长文《吴郡图经续记·山》:"(砚石山)又有响屟廊,或曰鸣屟廊,以楩梓藉其地,西子行则有声,故以名云。"一说廊下埋陶瓮,上铺木板,穿木底鞋行于其上,故能发声。屟,木屐,类似于今日之木拖鞋。

〔12〕冲飙(biāo 标):急风,暴风。

〔13〕声若飞涛:即松涛,以风撼松林,声如波涛,故称。

〔14〕环珮:同"环佩",这里指女子所佩玉饰。钗钏(chuàn 串):钗簪与臂镯,指女子饰物。

〔15〕若:你。具戒:即"具足戒",佛教名词,僧尼所受戒律之称,又称"大戒",其中比丘戒二百五十条,比丘尼戒三百四十八条,戒条圆满充足,故称。出家人年满二十方可受此戒,否则只能十戒而作沙弥。

〔16〕西施:又称"西子",春秋越国苎罗人。越王勾践败于吴王夫差,命范蠡进献美女西施于吴王,求得和平。西施深受夫差宠爱,后越国乘机打败吴国,并灭吴,西施归范蠡,从游五湖而去。事见《吴越春秋》与《越绝书》。履迹:鞋留下的印迹,多为后人附会所成。

〔17〕小奚:年轻小仆。

〔18〕徘徊:留恋。色动:这里形容因兴奋而脸色改变。

〔19〕碧缢(yì 义)缃钩:古人用以饰履的绿色圆丝带与浅黄色的女子鞋袜。缢,丝绦。钩,这里指古代女子缠足的形状,以代鞋袜。春秋时

女子不缠足,这里以明人风俗想象古代。

〔20〕石髪(fà 发去声):即石发,生于水边石上的苔藻。髪,通"髮",今简作"发"。

〔21〕色:这里专指女色。

〔22〕仄:侧面。西施洞在灵岩山半山腰。

〔23〕唐突:冒犯,亵渎。语本南朝宋刘义庆《世说新语·轻诋》:"何乃刻画无盐,以唐突西子也。"

〔24〕范蠡(lí 离):春秋时楚人,仕越为大夫,吴王夫差打败越国,范蠡曾作为人质到吴国,历经两年而还。他返越后终于帮助越王勾践灭了吴国,自己功成而退。事见《史记·越王勾践世家》。

〔25〕采香径:相传吴王夫差命美人采香草于此,故名。

〔26〕歙(shè 涉)溪:指今江西省婺源县所产的石砚,即歙砚。婺源古属歙州,与今安徽歙县相邻。歙砚又称婺源砚,石质润密,发墨不伤毫,与端砚并称于世。

〔27〕砚史:书名,一卷,宋米芾(1051—1107)著。

〔28〕蠖(wò 卧)村:在灵岩山下。蠖,《康熙字典》引《广韵》:"陂名,一曰村名,在吴王旧城侧。"

〔29〕发墨:谓砚石磨墨易浓而显出光泽。糁(sǎn 散):指墨的细小碎粒。

〔30〕绵邈:辽远。

〔31〕粉黛:美女。这里指西施。

〔32〕"椒华"二句:语本晋王嘉《拾遗记》卷三:"越谋灭吴,蓄天下奇宝、美人、异味进于吴。杀三牲以祈天地,杀龙蛇以祠川岳。矫以江南亿万户民,输吴为傭保。越又有美女二人,一名夷光,二名脩明(即西施、郑旦之别名),以贡于吴。吴处以椒华之房,贯细珠为帘幌,朝下以蔽景,夕卷以待月。二人当轩并坐,理镜靓妆于珠幌之内。窃窥者莫不动心惊

魄,谓之神人。"椒华,即椒花。汉代有椒房,用椒和泥涂壁,取其温而芳,为皇后所居之处。沉彩,色彩浓重,这里形容后宫华丽。

〔33〕夸骨:柔弱身骨,指西施。《淮南子·修务训》:"曼颊皓齿,形夸骨佳,不待脂粉芳泽而性可悦者,西施、阳文也。"埋香:埋葬美女。这里谓西施已死。

〔34〕谁作双鸾之雾:意谓谁还能有与西施配对成双的朦胧梦想呢。双鸾,语本唐宋之问《故赵王属赠黄门侍郎上官公挽词二首》之二:"一厝穷泉闭,双鸾遂不飞。"

〔35〕幽人逸士:隐士与节行高逸之士。香趺(fū 敷):这里指西施的脚印,承上文"西施履迹"而来。

〔36〕画屟:即响屟廊。画,喻其装饰之美。

〔37〕矧(shěn 审):况且。长洲之苑:即长洲苑,故址在今江苏苏州西南,太湖北,为春秋时吴王的游猎之处。

〔38〕拥翠:怀抱西施。翠,翠袖,泛指女子装束,这里喻西施。白玉之床:形容王宫中床的华美。以上二句为想象吴王夫差与西施之生活,以衬托百世之后见西施履迹而生情思者。

〔39〕"夫齐国"二句:语本《管子·小匡》:"(齐桓)公曰:'寡人有污行,不幸而好色,而姑姊有不嫁者。'(管仲)对曰:'恶则恶矣,然非其急者也。'"又《公羊传·庄公二十年》何休《解诂》云:"齐侯亦淫诸姑姊妹,不嫁者七人。"《荀子·仲尼》:"齐桓,五伯之盛者也,前事则杀兄而争国;内行则姑姊妹之不嫁者七人。"上述文献皆提到春秋五霸之一的齐桓公因好色而淫姑姊妹,不令出嫁事。仲父,即管仲(?—前645),名夷吾,字仲,齐桓公尊之为"仲父"。管仲辅佐齐桓公九合诸侯,一匡天下,成就霸业。无害霸,即不妨碍成就霸业。

〔40〕蜀宫:指三国时期刘备所建蜀汉政权的宫廷。倾国:绝代美貌的女子。语本《汉书·外戚传上·李夫人》:"延年侍上起舞,歌曰:'北

方有佳人,绝世而独立,一顾倾人城,再顾倾人国。宁不知倾城与倾国,佳人难再得。'"

〔41〕刘禅(shàn善):小字阿斗(207—271),刘备之子,蜀汉后主,魏景元四年(263),魏出兵攻蜀,兵逼成都,刘禅出降,被送洛阳,封安乐公。见《三国志·蜀后主传》。

〔42〕湛(zhàn站)卢:古代宝剑名,相传为春秋时欧冶子所铸。见汉袁康《越绝书·外传记宝剑》:"欧冶乃因天之精神,悉其伎巧,造为大刑三,小刑二:一曰湛卢,二曰纯钩,三曰胜邪,四曰鱼肠,五曰巨阙。"这里就国家之武备而言。

〔43〕潮无鸱(chī吃)夷之恨:吴王夫差不听伍子胥的忠告,逼其自杀,并将其尸盛于鸱夷中,浮之江中。事见《史记·伍子胥列传》。后人传说伍子胥成为涛神,浙江潮即伍子胥的发怒所致,称"胥涛"。事见《太平广记》卷二九一《伍子胥》。鸱夷,皮革制的口袋。

叙小修诗[1]

弟小修诗,散逸者多矣,存者仅此耳。余惧其复逸也,故刻之。弟少也慧,十岁馀即著《黄山》、《雪》二赋,几五千馀言[2],虽不大佳,然刻画钉饾[3],傅以相如、太冲之法[4],视今之文士矜重以垂不朽者[5],无以异也。然弟自仄薄之,弃去。顾独喜读老子、庄周、列御寇诸家言[6],皆自作注疏[7],多言外趣[8];旁及西方之书[9],教外之语[10],备极研究。既长,胆量愈廓,识见愈朗,的然以豪杰自命[11],而欲与一世之豪杰为友。其视妻子之相聚,如鹿豕之与群而不相属也^[12];其视乡里小儿,如牛马之尾行而不可与一日居也^[13]。泛舟西陵^[14],走马塞上^[15],穷览燕赵、齐鲁、吴越之地^[16],足迹所至,几半天下,而诗文亦因之以日进。大都独抒性灵^[17],不拘格套^[18],非从自己胸臆流出^[19],不肯下笔。有时情与境会,顷刻千言,如水东注,令人夺魄。其间有佳处,亦有疵处,佳处自不必言,即疵处亦多本色独造语^[20]。然予则极喜其疵处。而所谓佳者,尚不能不以粉饰蹈袭为恨^[21],以为未能尽脱近代文人气习故也。

盖诗文至近代而卑极矣,文则必欲准于秦、汉,诗则必欲准于盛唐^[22],剿袭模拟,影响步趋^[23],见人有一语不相肖者^[24],则共指以为野狐外道^[25]。曾不知文准秦、汉矣,秦、汉人曷尝字字学六经欤^[26]?诗准盛唐矣,盛唐人曷尝字字学汉、魏欤?秦、汉而学六经,岂复有秦、汉之文?盛唐而学汉、魏,岂复有盛唐之诗?唯夫代有升降,而法不相沿,各极其变,各穷其趣,所以可贵,原不可以优劣论也。且夫天下之物,孤行则必不可无,必不可无,虽欲废焉而不能;雷同则可以不有,可以不有,则虽欲存焉而不能。故吾谓今之诗文不传矣。其万一传者,或今闾阎妇人孺子所唱《擘破玉》、《打草竿》之类^[27],犹是无闻无识真人所作^[28],故多真声,不效颦于汉、魏^[29],不学步于盛唐^[30],任性而发,尚能通于人之喜怒哀乐、嗜好情欲,是可喜也。

盖弟既不得志于时,多感慨;又性喜豪华,不安贫窘;爱念光景^[31],不受寂寞。百金到手,顷刻都尽,故尝贫;而沉涵嬉戏,不知樽节[32],故尝病;贫复不任贫[33],病复不任病,故多愁;愁极则吟,故尝以贫病无聊之苦,发之于诗,每每若哭若骂,不胜其哀生失路之感[34]。予读而悲之。大概情至之语,自能感人,是谓真诗,可传也。而或者犹以太露病之,曾不知情随境变,字逐情生,但恐不达,何露不有?且《离骚》一经[35],忿怼之极[36],党人偷乐[37],众女谣诼[38],不揆中情,信谗齌怒[39],皆明示唾骂,安在所谓怨而不伤者乎[40]?穷愁之时,痛哭流涕,颠倒反复,不暇择音,怨矣,宁有不伤者?且燥湿异地,刚柔异性[41]。若夫劲质而多怼[42],峭急而多露[43],是之谓楚风[44],又何疑焉!

《袁宏道集笺校》卷四

〔1〕 这是一篇阐述公安派性灵说的重要论文。小修即袁中道(1570—1623),字小修,为作者之弟,详见本书作者小传。小修科场蹭蹬,未免放荡不羁,发为诗文,也自有任性而发的一股俊爽之气。袁宏道借题发挥,将性灵说的宗旨揭出的同时,批评了"文必秦汉,诗必盛唐"的前、后"七子"的复古主义主张。这在中国古代文论史上具有划时代的意义,从此"不拘格套,非从自己胸臆流出,不肯下笔"就成了性灵的宣言,影响深远。

〔2〕 几:将近。

〔3〕 饤饾(dìng dòu 订豆):将食品堆叠在盘中,陈设出来,比喻诗文的堆砌、杂凑。

〔4〕 傅:附和,跟随。相如:即司马相如(前179—前118),字长卿,西汉成都(今属四川)人。汉武帝时以献赋被任命为郎,撰有《子虚》、《上林》、《大人》等赋,铺张夸饰,文辞华丽,成为汉、魏以后文人赋体的

模仿对象。《史记》、《汉书》皆有传。太冲:即左思(生卒年不详),字太冲,西晋临淄(今山东淄博)人。曾官秘书郎。博学能文,作《三都赋》十年始成,竞相传写,洛阳为之纸贵。《晋书》有传。

〔5〕矜重(zhòng 众):矜持庄重。南朝梁刘勰《文心雕龙·体性》:"士衡矜重,故情繁而辞隐。"

〔6〕老子:即老聃,春秋战国时楚国人,相传著《老子》五千言,被后世道家尊为祖师。《史记》有传。庄周:即庄子(约前369—前286),战国宋人,曾为漆园吏,著《庄子》,主张无为,尊奉老子之说。《史记》有传。列御寇:即列子,战国时郑人,《汉书·艺文志》认为他早于庄子。《列子》八卷,属道家类著作,旧题战国列御寇撰,现在一般认为是魏晋间人的托名之作。

〔7〕注疏(shù 述):原为注与疏的并称,注为对经书字句的注解,疏为对注的注解,古人讲究"疏不破注"。这里即指注释。

〔8〕外趣:指道家的世外之趣。

〔9〕西方之书:这里指佛经典籍。

〔10〕教外之语:教外别传语,这里特指禅宗语录一类的传心之语。

〔11〕的然:明显的样子。

〔12〕鹿豕(shǐ 使)之与群:语本《孔丛子·儒服》:"人生则有四方之志,岂鹿豕也哉,而常聚乎?"豕,猪。相属(zhǔ 煮):相类。

〔13〕尾行:相随的样子。不可与一日居:形容不相关。

〔14〕西陵:即西陵峡,故址在今湖北宜昌西北。今因三峡大坝的建设,已无复旧观。

〔15〕塞上:泛指北方长城内外。

〔16〕燕(yān 淹)赵:即今河北北部与山西西部一带。齐鲁:即今山东一带。吴越:即今江苏、浙江一带。

〔17〕性灵:内心世界,包括精神、思想、情感等。《晋书·乐志上》:

"夫性灵之表,不知所以发于咏歌;感动之端,不知所以关于手足。"又《南史·文学传序》:"大则宪章典诰,小则申抒性灵。"

〔18〕格套:固定的模式,程式。

〔19〕从自己胸臆流出:语本宋普济《五灯会元》卷七岩头语:"他后若欲播扬大教,一一从自己胸襟流出,将来与我盖天盖地去。"胸臆,内心,心中所藏。

〔20〕本色:本来面目,不加矫饰。

〔21〕蹈袭:因循,沿袭。

〔22〕"文则"二句:指"前七子"李梦阳等人的文学复古主义主张。《明史·李梦阳传》:"弘治时,宰相李东阳主文柄,天下翕然宗之,梦阳独讥其萎弱。倡言文必秦、汉,诗必盛唐,非是者弗道。"盛唐,诗有盛唐体,创自南宋严羽《沧浪诗话·诗体》,其自注云:"景云以后,开元、天宝诸公之诗。"今人则以唐玄宗开元至唐代宗永泰(713—765)间为盛唐。

〔23〕影响步趋:如影随形,如响应声,亦步亦趋。即形容模仿。

〔24〕不相肖(xiào笑):不相似。

〔25〕野狐外道:即"野狐禅",禅宗对一些妄称开悟而流入邪僻者的讥讽语。这里指非传统的或非主流的。据《五灯会元》卷二,从前有一人以错谈因果,五百年堕为野狐身,后遇百丈禅帅点化,终得解脱。

〔26〕六经:指儒家的《诗》、《书》、《礼》、《乐》(已佚)、《易》、《春秋》六部经典。

〔27〕闾阎:里巷内外的门。这里泛指民间。擘(bò檗)破玉、打草竿:明代万历间南方流行的民间曲调名。《袁宏道集笺校》卷十一《伯修》:"近来诗学大进,诗集大饶,诗肠大宽,诗眼大阔。世人以诗为诗,未免为诗苦,弟以《打草竿》、《擘破玉》为诗,故足乐也。"

〔28〕真人:袁宏道《识张幼于箴铭后》:"性之所安,殆不可强,率性而行,是谓真人。"

〔29〕效颦:即"东施效颦",语本《庄子·天运》。后世用以嘲讽不顾本身条件而一味模仿,以致弄巧成拙的人。

〔30〕学步:即"邯郸学步",语本《庄子·秋水》。后世用以嘲讽模仿不成,反而失去自己原有长处者。

〔31〕光景:时光。

〔32〕樽(zūn 尊)节:抑止,约束。

〔33〕不任(rèn 认):不能忍受。

〔34〕哀生失路:悲伤人生,且不得志。袁中道直到万历四十四年(1616)方中进士,时袁宏道已逝世六年。

〔35〕离骚:楚辞篇名,战国楚屈原(平)撰。屈原为楚怀王左徒,为小人所谮,遭到疏远,于是作《离骚》以见志。《史记·屈原列传》云:"离骚者犹离忧也……屈平之作《离骚》,盖自怨生也。《国风》好色而不淫,《小雅》怨诽而不乱。若《离骚》者,可谓兼之矣。"汉代刘向编《楚辞》,始尊之为"经"。

〔36〕忿怼(duì 对):怨恨。南朝梁刘勰《文心雕龙·辨骚》:"班固以为露才扬己,忿怼沉江。"

〔37〕党人偷乐:语本《离骚》:"惟夫党人之偷乐兮,路幽昧以险隘。"党人,指包围楚怀王的一群小人。偷乐,苟且偷安。

〔38〕众女谣诼(zhuó 琢):语本《离骚》:"众女嫉余之蛾眉兮,谣诼谓余以善淫。"众女,也指包围在楚怀王左右的一群小人。谣诼,造谣,说坏话。

〔39〕"不揆"二句:语本《离骚》:"荃不察余之中情兮,反信谗而齌怒。"不揆,同"不察",即不揣度。齌(jì 记)怒,暴怒。齌,通"齐"。

〔40〕怨而不伤:怨恨而不显露痛苦。语本《论语·八佾》:"子曰:'《关雎》乐而不淫,哀而不伤。'"参见本文注〔35〕。

〔41〕"且燥湿异地"二句:语本唐玄奘《大唐西域记·序》:"夫人有

刚柔异性,言音不同,斯则系风土之气,亦习俗之致也。若其山川物产之异,风俗性类之差,则人主之地,国史详焉;马主之俗,宝主之乡,史诰备载,可略言矣。至于象主之国,前古未详,或书地多暑湿,或载俗好仁慈,颇存方志,莫能详举。"

〔42〕劲质:谓艺术风格质朴有力。怼:怨恨。

〔43〕峭急:严厉急躁。

〔44〕楚风:指具有《离骚》传统的楚地艺术风格。袁氏兄弟为楚人,故称。

徐汉明[1]

读手书[2],不啻空谷之音[3],知近造卓然[4],益信小修向日许可之不谬也[5]。弟观世间学道有四种人[6]:有玩世,有出世,有谐世,有适世。玩世者,子桑伯子、原壤、庄周、列御寇、阮籍之徒是也[7]。上下几千载,数人而已,已矣,不可复得矣。出世者,达磨、马祖、临济、德山之属皆是[8]。其人一瞻一视,皆具锋刃[9],以狠毒之心,而行慈悲之事[10],行虽孤寂,志亦可取。谐世者[11],司寇以后一派措大[12],立定脚跟,讲道德仁义者是也。学问亦切近人情,但粘带处多[13],不能迥脱蹊径之外[14],所以用世有馀,超乘不足[15]。独有适世一种其人,其人甚奇,然亦甚可恨。以为禅也,戒行不足[16];以为儒,口不道尧、舜、周、孔之学[17],身不行羞恶辞让之事,于业不擅一能,于世不堪一务,最下下不紧要人。虽于世无所忤违,而贤人君子则斥之惟恐不远矣。弟最喜此一种人,以为自适之极,心窃慕之。除此之外,有种浮泛不切[18],依凭古人之式样,取润圣贤之馀沫,妄自尊大,欺己欺人,弟以为此乃孔门之优孟[19],衣冠之盗贼[20],后世有述焉,吾弗为之矣。近见如此,敢以闻之高明[21],不知高明复何居焉[22]?

《袁宏道集笺校》卷五

〔1〕徐汉明即徐大绅,字汉明,一字翰明,号崇白,建宁(今属福建)人。万历二十年(1592)进士,与中郎为同年,时任嘉兴府推官。这篇尺牍小品陈说玩世、出世、谐世与适世四种人生境界,分别代表着道家、禅宗、儒门与随遇而安者的世界观,而作者对于最后者情有独钟,这对于我们理解公安派倡导性灵的内涵大有助益,而这也是本文的价值所在。

〔2〕手书:亲笔写的书信。

〔3〕不啻(chì 赤):不异于。空谷之音:即"空谷足音",语本《庄子·徐无鬼》:"夫逃虚空者……闻人足音跫然而喜矣。"比喻音信的难得。

〔4〕近造:近来学识所达到的境界。卓然:卓越的样子。

〔5〕小修:即作者的弟弟袁中道,字小修。许可:赞许肯定。

〔6〕学道:这里指学习道艺或学仙、学佛等。

〔7〕子桑伯子:春秋时鲁人,与孔子同时。《论语·雍也》:"仲弓问子桑伯子,子曰:'可也简。'"汉刘向《说苑·修文》:"孔子曰'可也简',简者,易野也。易野者,无礼文也。孔子见子桑伯子,子桑伯子不衣冠而处。弟子曰:'夫子何为见此人乎?'曰:'其质美而无文,吾欲说而文之。'孔子去,子桑伯子门人不说,曰:'何为见孔子乎?'曰:'其质美而文

繁,吾欲说而去其文。'故曰文质修者谓之君子;有质而无文谓之易野。子桑伯子易野。欲同人道于牛马。故仲弓曰太简。"可见子桑伯子是一位质而无文、崇尚自然者,类似于道家之徒。或谓子桑即《庄子·大宗师》中之子桑户,而伯子另为一人,乃《庄子·天地》中的伯成子高,不确。原壤:孔子的朋友。《论语·宪问》:"原壤夷俟(箕踞而待)。子曰:'幼而不孙弟,长而无述焉,老而不死,是为贼。'以杖叩其胫。"《礼记·檀弓》则记述原壤母亲去世,孔子助其治丧,原壤却站在棺材上唱起歌来了,孔子装作没听见走开了。可见原壤也是一位不遵礼法、率性而为的人。庄周:即庄子(约369—前286),主张清静无为,是独尊老子的道家人物。《史记》有传。列御寇:即列子,战国时郑人,略早于庄子,属道家人物。阮籍:字嗣宗(210—263),三国魏陈留尉氏(今属河南)人,曾任步兵校尉,崇尚老庄,言谈玄远,佯狂玩世,为"竹林七贤"之一。《晋书》有传。

〔8〕达磨:即菩提达摩(?—528),或省称"达摩"、"达磨",南北朝时来华之天竺僧人,入嵩山少林寺,面壁九年,传法于慧可。为天竺禅宗第二十八祖,中国禅宗初祖。见《续高僧传》卷二十八、《景德传灯录》卷三。马祖:即马祖道一(709—788),俗姓马,名道一,唐汉州什邡(今属四川)人。曾师事怀让十年,成为著名禅僧,主张"心外无别佛,佛外无别心",有弟子百丈怀海等百三十九人。卒谥"大寂禅师"。见《宋高僧传》卷十,《景德传灯录》卷六。临济:即义玄(?—867),俗姓邢,唐曹州南华(今山东东明)人。在镇州(今河北正定)创建临济院,弘扬禅法,自成临济宗,机锋峻峭,以"临济四喝"著称后世。世称临济义玄,卒谥"慧照禅师"。见《宋高僧传》卷十二、《景德传灯录》卷十二。德山:即宣鉴(782—865),俗姓周,唐简州(今四川简阳)人。住澧阳(今湖南澧县)德山,立古德禅院,大振宗风,常以棒打为教,有"德山棒"之誉,卒谥"见性大师"。见《祖堂集》卷五、《景德传灯录》卷十五。

〔9〕锋刃:比喻目光锐利。

〔10〕"以狠毒之心"二句:比喻禅宗呵佛骂祖、明心见性以求解脱的机锋。如《临济语录》:"道流!尔欲得如法见解。但莫受人惑,向里向外,逢着便杀。逢佛杀佛,逢祖杀祖,逢罗汉杀罗汉,逢父母杀父母,逢亲眷杀亲眷,始得解脱。不与物拘,透脱自在。"

〔11〕谐世:与世相协调。

〔12〕司寇:即孔子(前551—前479),名丘,字仲尼,在鲁定公时曾任司寇,故称。措大:旧时指贫寒失意的读书人,这里泛指习孔孟之道的儒生,有调侃意味。

〔13〕粘带:"粘皮带骨"的省语,比喻执著、刻板,不能通达。

〔14〕迥脱:远远脱离。蹊径:这里指儒家的常规、教条。

〔15〕超乘(shèng剩):原意为跳跃上车,这里比喻勇猛并有所超越。

〔16〕戒行:佛教指恪守戒律的操行。

〔17〕尧舜周孔之学:指儒学。尧舜,唐尧与虞舜,是古史传说中的圣明君主。《孟子·滕文公上》:"孟子道性善,言必称尧舜。"周,即周公,姓姬名旦,辅周武王灭商,又辅周成王,使天下大治,是圣贤的典范。《论语·述而》:"子曰:'甚矣吾衰也,久矣吾不复梦见周公。'"孔,即孔子,儒家的祖师。

〔18〕浮泛:虚夸不实。

〔19〕优孟:春秋楚国著名优人,善于模仿。楚相孙叔敖死,优孟着其衣冠,模仿其生前神态动作,令楚庄王以为孙叔敖复生。事见《史记·滑稽列传》。后世即将只知模仿而无创造者称为优孟。这里指儒者中的假道学。

〔20〕衣冠:这里指代缙绅士大夫。

〔21〕高明:对人的敬词。这里称徐大绅。

〔22〕何居:问对方采取哪一种人生态度。

李子髯〔1〕

髯公近日作诗否?若不作诗,何以过活这寂寞日子也?人情必有所寄〔2〕,然后能乐。故有以弈为寄〔3〕,有以色为寄〔4〕,有以技为寄〔5〕,有以文为寄。古之达人〔6〕,高人一层,只是他情有所寄,不肯浮泛虚度光景〔7〕。每见无寄之人,终日忙忙,如有所失,无事而忧,对景不乐,即自家亦不知是何缘故,这便是一座活地狱,更说甚么铁床铜柱、刀山剑树也〔8〕。可怜,可怜!大抵世上无难为的事,只胡乱做将去,自有水到渠成日子〔9〕。如子髯之才,天下事何不可为?只怕慎重太过,不肯拼着便做。勉之哉!毋负知己相成之意可也。

《袁宏道集笺校》卷五

〔1〕李子髯即李学元,字素心,又字元善、存斋,号子髯,湖广公安(今湖北公安)人。万历二十八年(1600)举人,历官晋州知州。他是袁宏道的妻弟,与宏道自幼同学,结下友谊。这篇尺牍小品所云"人情必有所寄",代表着晚明个性解放思潮下文人士大夫的一种人生价值取向,与被人目为"异端"的李贽也有渊源。李贽《答周友山》云:"第各人各自有过活物件。以酒为乐者,以酒为生,如某是也;以色为乐者,以色为命,如某是也。至如种种,或以博弈,或以妻子,或以功业,或以文章,或以富贵,随其一件,皆可度日。"可见"人情所寄"与"过活物件"如出一辙。

467

〔2〕寄:寄托。

〔3〕弈:下围棋。

〔4〕色:女色。

〔5〕技:指各种技艺。

〔6〕达人:通达事理的人。

〔7〕浮泛:这里是随波逐流的意思。光景:时光。

〔8〕铁床铜柱:古人想象中的地狱景象。南朝齐王琰《冥祥记》:"所至诸狱,楚毒各殊……铁床铜柱,烧之洞然,驱迫此人,抱卧其上,赴即焦烂,寻复还生。"刀山剑树:古人想象中的地狱景象。南朝宋刘义庆《幽明录》述康阿得案行地狱:"凡见十狱,各有楚毒,狱名赤沙、黄沙、白沙,如此七沙,有刀山剑树,抱赤铜柱,于是便还。"

〔9〕"大抵"三句:袁宏道《寄散木》:"凡艺到极精处,皆可成名,强如世间浮泛诗文百倍。幸勿一不成两不就,把精神乱抛撒也。"可参看。

叙陈正甫《会心集》[1]

世人所难得者唯趣。趣如山上之色,水中之味,花中之光,女中之态[2],虽善说者不能下一语,唯会心者知之[3]。

今之人慕趣之名,求趣之似,于是有辨说书画、涉猎古董以为清[4];寄意玄虚、脱迹尘纷以为远[5]。又其下则有如苏州之烧香煮茶者[6],此等皆趣之皮毛,何关神情!

夫趣得之自然者深,得之学问者浅。当其为童子也,不知有趣,然无往而非趣也。面无端容,目无定睛,口喃喃而欲语,足跳跃而不定。人生之至乐,真无逾于此时者。孟子所谓"不失赤子"[7],老子所谓"能婴儿"[8],盖指此也。趣之正等正觉最上乘也[9]。山林之人,无拘无缚,得自在度日,故虽不求趣,而趣近之。愚不肖之近趣也[10],以无品也[11]。品愈卑,故所求愈下。或为酒肉,或为声伎,率心而行,无所忌惮,自以为绝望于世,故举世非笑之不顾也。此又一趣也。迨夫年渐长[12],官渐高,品渐大[13],有身如梏[14],有心如棘[15],毛孔骨节,俱为闻见知识所缚[16],入理愈深,然其去趣愈远矣。

余友陈正甫,深于趣者也。故所述《会心集》若干卷,趣居其多;不然,虽介若伯夷[17],高若严光[18]不录也。噫!孰谓有品如君,官如君,年之壮如君,而能知趣如此者哉!

《袁宏道集笺校》卷十

[1] 陈正甫即陈所学,字正甫,一字志寰,景陵(今湖北天门)人。万历十一年(1583)进士,历官刑部主事、徽州知府、山西巡抚、户部尚书。《会心集》今不传,大约是辑古人有关事迹者,偏重于"趣"的阐发。此叙即从"趣"生发议论,认为趣生于自然,而以童趣为最上乘之趣,这显然与李贽的童心说有一脉相承之处。从审美角度而言,趣是主、客观两者结合的产物。小修《刘玄度集句诗序》曾论及趣与慧的关系:"凡慧则流,流极而趣生焉。天下之趣,未有不自慧生也。"这与本文所谓"入理愈深,然其去趣愈远"之说异曲同工,都传达出性灵的真义。

[2] 女中之态:指女子的神态、风度、气质等偏于精神方面的外在表现。宋王安石《明妃曲》:"意态由来画不成,当时枉杀毛延寿。"

[3] 会心者:能于内心领悟的人。

[4] 涉猎:只作浮浅探求,不求深入研究。古董:珍贵希见的古物。

清:清雅之趣。

〔5〕玄虚:指道家玄远虚无的学说。脱迹尘纷:将自身从世俗的纷扰中摆脱出来。远:淡远之趣。

〔6〕苏州:即韦应物(737—792?),唐京兆万年(今陕西西安)人。曾任苏州刺史,后世称韦苏州。烧香煮茶:事本唐李肇《国史补》卷下:"韦应物立性高洁,鲜食寡欲,所居焚香扫地而坐。"

〔7〕不失赤子:语本《孟子·离娄下》:"大人者,不失其赤子之心者也。"赤子之心,即婴儿天真纯朴的心。

〔8〕能婴儿:语本《老子》第十章:"专气致柔,能婴儿乎?"意即结聚精气以致柔顺,能像婴儿的状态吗?

〔9〕正等正觉:佛学术语,或译为"阿耨多罗三藐三菩提",意即一切真理之无上智慧。最上乘:佛学术语,意即至极的教法。

〔10〕愚不肖(xiào 笑):愚昧不成材的人。

〔11〕品:这里指人的品性。

〔12〕迨(dài 代):及,到。

〔13〕品:这里指官阶的品位。

〔14〕梏(gù 故):古代木制的手铐。比喻约束。

〔15〕棘:牢狱。古代狱外种棘,常以"棘土"指牢狱。心如牢狱即见识短浅,心胸不开阔。

〔16〕闻见知识:以耳、目之感觉为基础所获取的知识,宋明理学家不分程朱一派或陆王一派,皆认为这种知识属于浅层的,与"德性之知"或"良知"对立。宋朱熹编《二程遗书》卷二十五《畅潜道本》云:"闻见之知,非德性之知,物交物则知之,非内也,今之所谓博物多能者是也;德性之知,不假见闻。"明王守仁《王文成全书》卷二十《咏良知四首示诸生》其一云:"个个心中有仲尼,自将闻见若遮迷。而今指与真头面,只是良知更莫疑。"又《王文成全书》卷三十六收录王畿《刻阳明先生年谱

序》有云:"良知不由知识闻见而有,而知识闻见莫非良知之用。"袁宏道受阳明心学影响很深,所以有"俱为闻见知识所缚"之语。又,明代禅僧德清(1546—1623),号憨山老人,约与袁宏道同时,其《憨山老人梦游集》卷三《示离际肇禅人》:"若论此事,本无向上向下,才涉思维,便成剩法。何况以有所得心,入离言之实际乎?禅人果能决定以生死为大事,试将从前厌俗心念,乃至出家已来,所有一切闻见知识,及发参求本分事上日用功夫,著衣吃饭,折旋俯仰,动静闲忙,凡所经历目前种种境界,微细推求,毕竟以何为向上事?再将推求的心,谛实观察,毕竟落在什么处?凡有落处,便成窠臼,即是生死窟穴,皆妄想一边事,非实际也。"(《卍续藏》第127册)

〔17〕介:耿介,有操守。伯夷:商代孤竹君之子,为逃王位,与弟叔齐逃至周。周武王灭商,二人耻食周粟,饿死于首阳山。古人认为伯夷是高尚守节的典型。《史记》有传。

〔18〕严光:字子陵,汉会稽馀姚(今属浙江)人。少与刘秀同学,刘秀作汉光武帝,召其为官,不受,退隐富春山。古人认为严光是清高人士的代表。《后汉书》有传。

满井游记[1]

燕地寒[2],花朝节后[3],馀寒犹厉。冻风时作[4],作则飞沙走砾,局促一室之内[5],欲出不得。每冒风驰行,未百步辄返。

廿二日,天稍和,偕数友出东直[6],至满井。高柳夹堤,土膏微润[7],一望空阔,若脱笼之鹄[8]。于时冰皮始解[9],

波色乍明,鳞浪层层[10],清澈见底,晶晶然如镜之新开[11],而冷光之乍出于匣也[12]。山峦为晴雪所洗,娟然如拭[13],鲜妍明媚,如倩女之靧面而髻鬟之始掠也[14]。柳条将舒未舒,柔梢披风[15],麦田浅鬣寸许[16]。游人虽未盛,泉而茗者[17],罍而歌者[18],红装而蹇者[19],亦时时有。风力虽尚劲,然徒步则汗出浃背。凡曝沙之鸟[20],呷浪之鳞[21],悠然自得,毛羽鳞鬣之间[22],皆有喜气。始知郊田之外,未始无春[23],而城居者未之知也。

夫能不以游堕事[24],而潇然于山石草木之间者,惟此官也[25]。而此地适与余近,余之游将自此始,恶能无纪[26]?己亥之二月也[27]。

《袁宏道集笺校》卷十七

[1] 满井故址在今北京市北三环东路附近,今已无存,明清时期则是京师一处景观,以满井之水常涌出地面而驰名文人之间。明蒋一葵《长安客话》卷四有云:"出安定门循古濠而东三里许,有古井一,径五尺馀。飞泉突出,冬夏不竭。好事者凿石栏以束之。水常浮起,散漫四溢,井傍苍藤丰草,掩映小亭。都人探为奇胜。"这篇游记文字无多,写景生动传神,充满诗情画意,洋溢着欣欣向荣的青春气息,而这也正是晚明个性解放思潮下文人憧憬自由的写照。

[2] 燕(yān 淹):古燕国之地。这里即指明京师(今北京)一带。

[3] 花朝节:古人为庆贺百花花神生日而设。一般以农历二月十五日为百花花神生日,但也有二月二日、二月十二日另外两种说法。明田汝成《西湖游览志馀》卷二十"熙朝乐事"云:"二月十五日为花朝节,盖花朝月夕,世俗恒言二、八两月为春秋之中,故以二月半为花朝,八月

半为月夕也。"

〔4〕冻风:寒风。

〔5〕局促:拘束。

〔6〕东直:即东直门,原北京城东面最北的一个城门,今仅存地名。

〔7〕土膏:早春富有养分的土地。语本《国语·周语上》:"阳气俱蒸,土膏其动。"

〔8〕鹄(hú 胡):天鹅。

〔9〕冰皮:水面所结之冰。解:融化。

〔10〕鳞浪:如鱼鳞般的细浪。

〔11〕晶晶然:明亮闪光的样子。

〔12〕泠(líng 零)光:清凉之光。

〔13〕娟然如拭:秀丽之姿如同被擦拭过。

〔14〕倩女:美丽的少女。靧(huì 绘)面:洗脸。古代春日取花和雪水涤面,谓可使面生华容。髻鬟:古代妇女将头发环曲束于顶的发式。掠:梳理。

〔15〕披风:在风中散开。

〔16〕鬣(liè 列):植物花、叶、穗芒形状如马鬣者。袁宏道《和王以明山居韵》:"近郊多麦陇,青鬣好秊丰。"

〔17〕泉而茗:用泉水煮茶而饮。

〔18〕罍(léi 雷)而歌:边饮酒边唱歌。罍,酒器。这里用如动词,指饮酒。

〔19〕红装而蹇(jiǎn 减):穿着艳装的妇女骑着驴。蹇,驴。这里用如动词,指骑驴。

〔20〕曝(pù 瀑)沙:在沙滩上晒太阳。

〔21〕呷(xiā 虾)浪之鳞:在水面小口吸水的鱼。

〔22〕毛羽鳞鬣:泛指鸟兽虫鱼。毛羽,兽毛与鸟羽。鳞鬣,指鱼的

473

鳞片与背鳍。

〔23〕未始:未尝。

〔24〕堕(huī灰)事:荒废公务。堕,通"隳"。

〔25〕此官:作者时任顺天府学教授,属于闲职。

〔26〕恶(wū污)能:哪能。

〔27〕己亥:即万历二十七年(1599)。

徐文长传[1]

　　余一夕坐陶太史楼[2],随意抽架上书,得《阙编》诗一帙[3],恶楮毛书[4],烟煤败黑[5],微有字形。稍就灯间读之,读未数首,不觉惊跃,急呼周望:"《阙编》何人作者,今邪古邪?"周望曰:"此余乡徐文长先生书也。"两人跃起,灯影下读复叫,叫复读,僮仆睡者皆惊起。盖不佞生三十年[6],而始知海内有文长先生,噫,是何相识之晚也!因以所闻于越人士者[7],略为次第[8],为《徐文长传》。

　　徐渭,字文长,为山阴诸生[9],声名藉甚[10]。薛公蕙校越时[11],奇其才,有国士之目[12]。然数奇[13],屡试辄蹶[14]。中丞胡公宗宪闻之[15],客诸幕[16]。文长每见,则葛衣乌巾[17],纵谈天下事,胡公大喜。是时公督数边兵[18],威振东南,介胄之士[19],膝语蛇行[20],不敢举头,而文长以部下一诸生傲之,议者方之刘真长、杜少陵云[21]。会得白鹿[22],属文长作表[23],表上,永陵喜[24]。公以是益奇之,一切疏记[25],皆出其手。文长自负才略,好奇计,谈兵多中[26],视一世士无可当意者。然竟不偶[27]。

文长既已不得志于有司[28],遂乃放浪曲蘖[29],恣情山水,走齐鲁、燕赵之地[30],穷览朔漠[31]。其所见山奔海立、沙起云行、风鸣树偃[32]、幽谷大都、人物鱼鸟,一切可惊可愕之状,一一皆达之于诗。其胸中又有勃然不可磨灭之气,英雄失路、托足无门之悲。故其为诗,如嗔如笑,如水鸣峡,如种出土,如寡妇之夜哭,羁人之寒起[33];虽其体格时有卑者,然匠心独出,有王者气[34],非彼巾帼而事人者所敢望也[35]。文有卓识,气沉而法严[36],不以摸拟损才,不以议论伤格,韩、曾之流亚也[37]。文长既雅不与时调合[38],当时所谓骚坛主盟者[39],文长皆叱而奴之[40]。故其名不出于越,悲夫!

喜作书,笔意奔放如其诗,苍劲中姿媚跃出,欧阳公所谓"妖韶女,老自有余态"者也[41]。问以其余[42],旁溢为花鸟,皆超逸有致。

卒以疑杀其继室[43],下狱论死。张太史元忭力解[44],乃得出。晚年愤益深,佯狂益甚,显者至门,或拒不纳。时携钱至酒肆,呼下隶与饮[45]。或自持斧击破其头,血流被面,头骨皆折,揉之有声。或以利锥锥其两耳[46],深入寸余,竟不得死。周望言晚岁诗文益奇,无刻本,集藏于家。余同年有官越者[47],托以钞录,今未至。余所见者,《徐文长集》、《阙编》二种而已。然文长竟以不得志于时,抱愤而卒。

石公曰[48]：先生数奇不已，遂为狂疾。狂疾不已，遂为圄圉[49]。古今文人牢骚困苦，未有若先生者也。虽然，胡公间世豪杰[50]，永陵英主，幕中礼数异等[51]，是胡公知有先生矣；表上，人主悦[52]，是人主知有先生矣，独身未贵耳。先生诗文崛起，一扫近代芜秽之习，百世而下，自有定论，胡为不遇哉？梅客生尝寄余书曰[53]："文长吾老友，病奇于人，人奇于诗。"余谓文长无之而不奇者也，无之而不奇，斯无之而不奇也[54]，悲夫！

《袁宏道集笺校》卷十九

[1] 徐文长即徐渭（1521—1593），字文长，详见本书小传。作为一位天才的艺术家，徐渭当之无愧；但人生坎坷、数奇不偶，导致他杀妻发狂乃至自残，自有其性格、精神方面的内在原因，不能完全归咎于封建专制主义对人才的摧残。也许正是其精神的不够健全，玉成了徐渭在艺术上的戛戛独造，并引来个性解放思潮下文人的惺惺相惜。袁宏道这篇传记文学大体如作者自谓"虽不甚核，然大足为文长吐气"（《答陶石篑》），正是"丹青难写是精神"，令传主形象栩栩如生，呼之欲出，具有了不朽的艺术魅力。

[2] 一夕：万历二十五年（1597）三月，已辞去吴县县令的袁宏道安置家眷于无锡，与陶望龄等游绍兴。一夕即指此时。陶太史：即陶望龄（1562—？），字周望，号石篑，会稽（今浙江绍兴）人。万历十七年（1589）进士，授翰林院编修，历官国子祭酒，卒谥文简。属泰州学派中人，文学上与公安派为同道。著有《水天阁集》、《歇庵集》、《解庄》等。《明史》有传。时陶望龄官翰林院编修，故称太史。

[3] 阙编：徐渭生前所编诗文集，十卷。帙（zhì 制）：这里指装成一

函的线装书。

〔4〕恶楮(chǔ楚)毛书:纸质低劣又装帧粗糙的书。楮,可制纸的一种树,常代称纸。

〔5〕烟煤败黑:形容印书所用墨低劣,俗称"大花脸本"。

〔6〕不佞(nìng泞):不才。旧时自称的谦词。时袁宏道三十岁。

〔7〕越:这里专指今浙江绍兴一带。

〔8〕次第:按次序编排。

〔9〕山阴:即今浙江绍兴。诸生:明代称已进学的生员,俗称秀才。

〔10〕声名藉甚:名声很大。

〔11〕薛公蕙:即薛蕙(1489—1541),字君采,号西原,亳州(今属安徽)人。正德九年(1514)进士,历官吏部郎中,以议大礼致仕归。著有《西原遗书》、《约言》、《考功集》等。《明史》有传。校(jiào叫)越:指在浙江任乡试主考官。

〔12〕国士:一国之中才能最优秀的人物。

〔13〕数奇(jī击):命运不好。

〔14〕屡试辄蹶:屡次参加乡试皆失利。徐渭曾八应乡试。蹶,跌倒,引申为失利。

〔15〕中丞胡公宗宪:即胡宗宪(?—1565),字汝贞,号梅林,绩溪(今属安徽)人。嘉靖十七年(1538)进士,历官浙江巡抚、兵部尚书加太子太保。后以党附严嵩遭劾,下狱死。《明史》有传。明代巡抚例兼右都御史,或以副都御史出任,故世人多称巡抚为中丞(中丞即御史中丞)。时胡宗宪任浙江巡抚,故称。

〔16〕客诸幕:陶望龄《徐文长传》:"胡少保宗宪总督浙江,或荐渭善古文词者,招致幕府,管书记。"

〔17〕葛衣乌巾:穿用葛布制成的衣服,戴乌角巾。乌角巾即黑头巾,古代多为隐居不仕者的帽子。

477

〔18〕督数边兵:据《明史》本传,胡宗宪在抗倭中起过很大作用:"当是时,江北、福建、广东皆中倭。宗宪虽尽督东南数十府,道远,但遥领而已,不能遍经画。"

〔19〕介胄之士:披甲戴盔者,指战将。

〔20〕膝语蛇行:跪着禀告,如蛇般爬行,形容敬畏顺从的样子。

〔21〕议者:评论的人。方:比拟。刘真长:即刘惔,字真长,晋沛国相(今安徽宿县西北)人。好老庄,善言理,曾为会稽王司马昱(即其后晋简文帝)之谈客,为名流所敬重。历官丹杨尹,《晋书》有传。杜少陵:即杜甫(712—770),字子美,以一度曾居长安城南少陵附近,自称少陵野老,故世称杜少陵。他是唐代著名诗人,安史之乱后曾被剑南节度使严武聘为署中参谋,又荐为检校工部员外郎。

〔22〕白鹿:据《明史·胡宗宪传》:"(宗宪)思自媚于上,会得白鹿于舟山献之。帝大悦,行告庙礼,厚赉银币。未几,复以白鹿献。帝益大喜,告谢玄极宝殿及太庙,百官称贺,加宗宪秩。"白鹿,白色的鹿,古代以为祥瑞。《宋书·符瑞志中》:"白鹿,王者明惠及下则至。"明沈德符《万历野获编》卷二十九《白鹿》:"嘉靖十二年,河南巡抚吴山献白鹿,为大臣谄媚之始。"

〔23〕属(zhǔ 注)文长作表:委托徐渭起草奏章。据徐渭《畸谱》:"三十八岁,孟春之三日,幕再招。时获白鹿二,先冬得牝,是夏得牡,令草两表以献。"另陶望龄《徐文长传》:"时方获白鹿海上,表以献。表成,召渭视之,渭览罢,瞠视不答。胡公曰:'生有不足耶?试为之。'退具稿进……表进,上大嘉悦。其文旬月间遍诵人口。公以是始重渭,宠礼独甚。"

〔24〕永陵:即明世宗朱厚熜(1507—1566),年号嘉靖。永陵,为其死后所葬陵墓名。

〔25〕疏(shù 述)记:分条陈述的有关奏章等。

〔26〕谈兵多中(zhòng 众):预测军事行动常常准确。

〔27〕不偶:不遇。引申为命运不好。

〔28〕有司:官吏。古代设官分职,各有专司,故称。

〔29〕曲蘖(niè 聂):酒母。代指酒。

〔30〕齐鲁:今山东一带。燕(yān 淹)赵:今河北北部及山西西部一带。

〔31〕朔漠:北方沙漠地带。这里即指北方。徐渭《畸谱》:"五十八岁,孟夏,赴宣抚吴幕招,是年为丙子。"丙子为万历四年(1576)。

〔32〕偃(yǎn 眼):倒伏。

〔33〕羁人:旅客。

〔34〕王者气:指其诗有无与伦比的气象。

〔35〕巾帼:古代妇女的头巾与发饰,指代妇女。这里比喻取媚于权贵者的文人。

〔36〕气沉而法严:气格沉雄,法度谨严。

〔37〕韩:即韩愈(768—824),唐代文学家。曾:即曾巩(1019—1083),宋代文学家。流亚:同一类的人。

〔38〕雅:平素,一向。

〔39〕骚坛主盟者:诗坛的领袖人物,指"后七子"的代表人物李攀龙、王世贞等。

〔40〕叱而奴之:呵斥并以之为奴仆,表示极其轻视。

〔41〕"欧阳公"句:宋代文学家欧阳修(1007—1072)诗《水谷夜行寄子美圣俞》有句:"譬如妖韶女,老自有馀态。"这里形容徐渭书法美妙成熟。妖韶,美艳。

〔42〕间以其馀:有时用其剩馀精力。

〔43〕杀其继室:嘉靖四十六年(1566),徐渭时年四十六岁,狂疾复发,疑继室张氏不贞,将她杀死。

〔44〕张太史元忭:即张元忭(1538—1588),字子荩,号阳和,山阴(今浙江绍兴)人。隆庆五年(1571)进士,官至翰林侍读。平生以气节自负,卒谥文恭。《明史》有传。力解:竭力解救。陶望龄《徐文长传》:"狱事之解,张宫谕元忭力为多。"

〔45〕下隶:差役走卒。

〔46〕锥其两耳:据徐渭《畸谱》:"四十五岁,病易,丁割其耳,冬稍瘳。"其事在杀继室张氏前。

〔47〕同年:科举考试中同科中举或中进士者,互称为"同年"。

〔48〕石公:袁宏道号石公。

〔49〕囹圄(líng yǔ 零羽):监狱。这里指入狱。

〔50〕间(jiàn 建)世:隔代。指年代相隔之久。

〔51〕礼数异等:所受礼遇超出一般。

〔52〕人主:皇帝,指明世宗,即嘉靖皇帝。

〔53〕梅客生:即梅国桢(1542—1605),字客生,又字克生,号衡湘,麻城(今属湖北)人。万历十一年(1583)进士,历官太仆少卿、兵部右侍郎。《明史》有传。他与袁宏道、袁中道皆有交往。

〔54〕"无之而不奇"二句:言徐渭没有一样不奇特,因而他也没有一事不坎坷。后"奇"当读 jī,参见注〔13〕"数奇"。

袁中道

袁中道(1570—1623),字小修,湖广公安(今湖北公安)人。万历四十四年(1616)进士,历官徽州府教授、国子监博士、南京礼部主事、南京吏部郎中。与兄袁宗道、袁宏道并称"三袁",为公安派代表作家之一。《明史》有传,称其:"十馀岁,作《黄山》《雪》二赋,五千馀言。长益豪迈,从两兄宦游京师,多交四方名士,足迹半天下。"著有《珂雪斋近集》十卷、《珂雪斋前集》二十四卷、《珂雪斋集选》二十四卷、《游居柿录》十三卷。今人汇合以上四种为《珂雪斋集》整理本,上海古籍出版社1989年出版。

游石首绣林山记[1]

大江自三峡来[2],所遇无非石者,势常约结不舒[3]。至西陵以下[4],北岸多沙泥,当之辄靡[5],水始得遂其剽悍之性[6],如此者凡数百里,皆不敢与之争,而至此忽与石遇。水汹涌直下,注射拳石[7],石崿崿力抵其锋[8],而水与石始若相持而战。以水战石,则汗汗田田[9],瀄瀄汹汹[10],劈之为林,蚀之为窍,锐之为剑戟,转之为虎兕[11],石若不能无少让者;而以石战水,壁立雄峙,怒狞健鸷[12],随其洗磨,簸荡之来,而浪返涛回,触而徐迈[13],如负如北[14]。千万年来，极其力之所至，止能损其一毛一甲，而终不能啮骨理而动龈龉[15]。于是石常胜，而水常不胜，此所以能为一邑砥柱[16]，而万世赖焉者也。

予与长石诸公跻其颠[17]，望江光浩渺，黄山如展旆[18]，意甚乐之。已而见山下石磊磊立[19]，遂走矶上[20]，各据一石而坐。静听水石相搏，大如旱雷[21]，小如哀玉[22]。而细睇之[23]，或形如钟鼎，色如云霞，文如篆籀[24]。石得水以助，发其妍而益之媚，不惟不相害，而且相与为用。予叹曰：士之值坎壈不平[25]，而激为文章，以垂后世者，何以异此哉！

山以玄德娶孙夫人于此[26]，石被绨锦[27]，故名。其下即刘郎浦[28]。是日同游者王中秘季清、曾太史长石、文学王伯雨、高守中、张翁伯、王天根也[29]。

《珂雪斋集》卷十四

[1] 石首在今湖北南部，与湖南津市邻近，长江流贯。绣林山临江，山脚半入县城，袁中道《石首城内山园记》："绣林之颅枕江，其趾坦迤，半在城。"可见其形势。作者于此篇游记中写水石相搏，穷形尽相，惟妙惟肖，气势宏伟，折射出其内心一股不平之气。袁宏道《叙小修诗》对其弟有"不得志于时，多感慨"之评，信非虚语。本文约写于万历三十七年（1609），其时中道尚未中进士，在视科举为性命的时代，自然会令有抱负的读书人触景生情，感慨无限。此文心与境合，笔下生风，所以摇人心旌，感人至深。

[2] 大江：即长江。三峡：在长江上游，原西起四川奉节白帝城，东

至湖北宜昌南津关,有瞿塘峡、巫峡、西陵峡三峡,故称。原三峡全长近二百公里,两岸悬崖峭壁,江流湍急。今因三峡大坝的建立,江面升高,旧貌已换新颜,无复昔日景观。

〔3〕约结不舒:束缚受控而难以舒缓。

〔4〕西陵:即西陵峡,原西起湖北巴东官渡口,东至宜昌南津关,全长一百二十公里,分为四段。过南津关,长江即进入江汉平原。

〔5〕当之辄靡:指泥沙为江流所冲垮。

〔6〕遂:如愿。剽(piāo飘)悍:轻捷勇猛。

〔7〕拳石:小石块。

〔8〕崿(è饿)崿:锐利的样子。

〔9〕汗汗田田:水势广大无际的样子。田田,当作"沺(tián田)沺",水势盛大的样子。语本晋郭璞《江赋》:"溟漭渺湎,汗汗沺沺。察之无象,寻之无边。"

〔10〕滮(biāo标)滭湱(hān酣)泄:水迅速流动的样子。语本晋左思《吴都赋》:"巁巁巍巍,滮滮湱湱。"

〔11〕虎兕(sì四):虎与犀牛。比喻石为水常年冲激所成之形象。

〔12〕怒狞健鸷:形容石如愤怒狰狞的野兽与矫健凶猛的鹰禽,不为水所屈服。

〔13〕徐迈:水势缓慢如年老般退回的样子。

〔14〕如负如北:形容水流退散如同打败逃跑的军队一样。

〔15〕骨理:比喻石头的基本结构。龈腭(yín银)腭:凹凸不平的样子。

〔16〕砥柱:比喻绣林山有担负重任的力量,难以为水所冲垮。

〔17〕长石:即曾可前(1572—?),字退如,号长石,石首(今属湖北)人。万历二十九年(1601)进士,授翰林院编修,历官左参议。有《石楠馆集》。跅(bù步):步行。

〔18〕黄山:山名,又名金峰山。在今湖南安乡以北三十公里,接湖北石首界。展斾(pèi 配):展开的旌旗。

〔19〕磊磊:石众多委积的样子。

〔20〕矶(jī 击):水边石滩。

〔21〕旱雷:晴天里的雷,其声响亮。

〔22〕哀玉:指如玉声凄清的音响。

〔23〕睼(tī 踢):视。

〔24〕篆籀(zhòu 宙):篆文与籀文。前者即小篆,后者为大篆,通称篆书。字体以重叠曲折为特征。这里形容石之纹理。

〔25〕士:这里指读书人。坎壈(lǎn 览):困顿,不得志。

〔26〕玄德娶孙夫人:赤壁之战后,刘备(字玄德)借机发展势力,为群下推为荆州牧,驻扎于公安。吴主孙权感到威胁,就将自己的妹妹(孙夫人)许配刘备以示好,时在汉建安十四年(209)。事见《三国志·蜀书·先主传二》。

〔27〕绨(tí 提)绵:彩绣的厚丝织物,这里形容石头的色彩斑斓,附会为是为刘备的婚礼挂彩,故山名"绣林"。

〔28〕刘郎浦:在今湖北石首西北,传说即刘备迎娶孙夫人的地方。

〔29〕中秘:中秘书,当是管理宫廷藏书的官员。王季清,家在石首,馀不详。太史:对翰林院官员的称呼,详注〔17〕。文学:指儒生。王伯雨等四人。皆作者友人,生平不详。

书游山豪爽语[1]

游山次[2],有友人云:"先上山时,予向草中熟眠一觉,甚快。"予曰:"公欲以一觉点缀山景尔,非真睡也,予亲见公目未合耳。"其人大笑。

予曰:"凡古来醉后弄风作颠者[3],固有至性[4]。其中亦有以为豪爽,而欲作如是态者。若阮籍之醉、王无功之饮[5],天性也。米元章之颠[6],有欲避之而不能者。故世传米老《辨颠帖》[7]。而世乃以其颠为美,欲效之,过矣。云林之癖洁[8],正为癖洁所苦,彼亦不乐有之。今以癖洁为美而效之,可呕也。"

昔有一友人,以豪爽自喜,同入西山[9]。时初春,乃裸体跣足[10],入玉泉山裂帛湖中[11]。人皆诧异之,彼亦沾沾自喜。过数载,予私问之曰:"卿往年跣足入裂帛湖,可称豪爽。"其人欣然。予再问之曰:"北方初春,冰雪棱棱[12],入时得无小苦耶?幸无欺我。"其人曰:"甚苦。至今冷气入骨,得一脚痛病,尚未痊也。当时自为豪爽为之,不知其害若此。"然则世上豪爽事,其不为裂帛湖中濯足者寡矣。

《珂雪斋集》卷二十一

〔1〕反对虚假,崇尚率真,是公安派倡导性灵的一项重要内容。虚张声势是假,效颦学步是假,附庸风雅是假,以丑为美是假,人格面具的使用成为维系人际关系的纽带,以至于无往而不假,这是人性的悲剧,也是社会的悲剧。敢于捅破这层窗户纸,揭示掩耳盗铃、自欺欺人者的真正面目,就是唤醒人类真性情的努力。袁中道这篇小品文字轻灵,措语幽默,小中见大,发人深省,耐人寻味,自有其独特的魅力。

〔2〕次:指停留之处。

〔3〕弄风作颠:外表呈现出疯狂状态。风,通"疯"。

485

〔4〕至性:指天赋的卓绝品性。唐刘湾《虹县严孝子墓》:"至性教不及,天然得所资。"

〔5〕阮籍:字嗣宗(210—263),三国魏陈留尉氏(今河南尉氏)人。他受迫于当权的司马氏集团的淫威,只得寄情老庄,纵酒佯狂,以图自保,他听说步兵厨营人善酿酒,就求为步兵校尉。《晋书》有传。王无功:即王绩(585—644),字无功,号东皋子,唐绛州龙门(今山西河津)人。入唐,以六合丞待诏门下省,后托风疾归隐故乡。他遭逢乱世,仰慕阮籍、陶渊明,寄情诗酒,曾作《醉乡记》以明志。新、旧《唐书》有传。

〔6〕米元章:即米芾(1051—1107),字元章,号鹿门居士,又称海岳外史、襄阳漫士,宋襄阳(今属湖北)人。善书画,官至礼部员外郎,知淮阳军,世称米南宫。其性好洁,行为怪诞,人称"米颠"。《宋史》有传。

〔7〕辨颠帖(tiè 铁去声):米芾曾被人以颠狂为由弹劾,他就上书自辨,世遂称之为《辨颠帖》。详见宋蔡絛《铁围山丛谈》卷四。

〔8〕云林:即倪瓒(1301—1374),字元镇,号云林,元末无锡(今属江苏)人。善画山水,《明史》有传,称其:"为人有洁癖,盥濯不离手。俗客造庐,比去,必洗涤其处。"

〔9〕西山:北京西郊群山的总称,为游览胜地。

〔10〕跣(xiǎn 显)足:光着脚。

〔11〕玉泉山:北京西山东麓支脉,流泉密布,泉水晶莹,故称玉泉山。裂帛湖在玉泉山东麓,为当地著名景观。

〔12〕棱(léng 楞)棱:寒冷的样子。

寄苏云浦[1]

伤哉,伤哉!中郎于九月初六日长逝矣[2]!八月初,微有火疾^[3]，时起时灭。投补剂则发火^[4]，投清剂则伤胃^[5]，不药则症日加。遂至大小便皆血，一夜忽痢五六次，而阳脱竟至不救^[6]。初意亦为小小火病，及至后来渐盛，虽医者竟不知其何疾也。老亲七十^[7]，闻此一哭几陨^[8]。弟走沙市收殓亡者^[9]，复走公安安慰生者^[10]。人生到此，生理尽矣！

中郎迩年以来^[11]，极其寡欲。夏三月，止坐楼下读书。常常说静坐养生之旨，精神全从收敛翕聚^[12]。不意一病，遂尔化去，岂天不欲留法眼于世耶^[13]！天假以年，出世之学愈深，用世之才愈老，次可与阳明、近溪诸老方驾^[14]，而今年竟止此矣！

弟薄命与中郎年相若，少即同学。长虽宦游^[15]，南北相依，曾无经年之别。一日不相见，则彼此怀想；才得聚首，欢喜无穷；忽尔分袂，神色黯黯^[16]。至于今年尤甚，形影不离。暂别去，即令人呼唤，不到不休。弟所以处困穷而不戚戚者^[17]，止以知己之兄在耳。今复化去，弟复有何心在山中？肠谁与吐？疑义谁与析^[18]？风月谁与共欢？山川谁与共赏？锦绣乾坤，化作凄凉世界，已矣！已矣！恐弟亦不久于世矣！

仁兄书到之日，正一七也^[19]。发函多悼叹生死之语，弟不胜惊叹。梦中所云登楼，二仲扶之^[20]，二仲雨而跣行^[21]，此岂非凶兆耶？一室孀妇，弱子幼女，何以度日？逝者已矣，生者之苦未艾也^[22]。昨见札中切切思归，甚是，甚是。富贵荣华，真是幻梦。日日波波热忙^[23]，送却了好日子。四十以后,阳盛阴衰,日夜奔驰,俱是生火之资。弟意以为决当静坐收摄[24],早晚念佛,严持十斋杀生之戒[25],以为去日资粮[26]。若得道驾归来[27],互相策励,究竟此事[28],尤可度日。但恐弟无此等福耳。

中郎囊中,仅检得三十金,其清如此,即弟亦不知其清至此也。哭泣中,草率作此,百不既一[29],统容嗣致[30]。

《珂雪斋集》卷二十三

[1] 苏云浦即苏惟霖,字云浦,号潜夫,江陵(今属湖北)人。万历二十六年(1598)进士,历官监察御史。苏惟霖与袁宏道交谊甚厚,袁宏道去世后,他将女儿嫁与宏道次子岳年,又聘宏道长女为儿媳,聘宏道次女为侄媳,可谓亲上加亲。袁中道此函悼念亡兄,字字沉痛,语语真切,手足情深,难以释怀。致函于兄长生前至友,自然可少顾忌,表露真情,这也是这封书信之所以感人至深的一个重要原因。

[2] "中郎"句:万历三十八年(1610)春,袁宏道以吏部验封司郎中予告归里,二月离开京师,至沙市(今属湖北)治楼名"砚北",定居于此。九月初六日卒。

[3] 火疾:中医指引起烦躁、发炎、红肿等症状的病因。

[4] 补剂:滋补身体的中药方剂。

[5] 清剂:清体败火的中药方剂。

[6] 阳脱:中医学名词,指阳气虚脱的病理现象,可能导致死亡。

[7] 老亲:即三袁兄弟的父亲袁士瑜,自号七泽渔人,为公安之乡绅。

[8] 陨(yǔn 允):通"殒",死亡。

[9] 沙市:在今湖北省中部偏南,长江北岸。明代时为江陵县属镇,

即沙头市。收殓(liàn链):指将尸体装裹后置入棺木。

〔10〕公安:在今湖北省南部,长江南岸。

〔11〕迩年:近年。

〔12〕翕(xī西)聚:会聚。

〔13〕法眼:原为佛教语,"五眼"之一。这里指敏锐、精深的眼力。

〔14〕阳明:即王守仁(1472—1529),字伯安,以曾在阳明书院讲学,世称阳明先生。生平详见本书小传。近溪:即罗汝芳(1515—1588),字惟德,号近溪,南城(今属江西)人。嘉靖三十二年(1553)进士,历官太湖知县、布政司参政。他是泰州学派的著名学者,著有《近溪子明道录》、《近溪子文集》等。《明史》有传。方驾:比肩,媲美。

〔15〕宦游:指袁宏道中进士后外出为官。

〔16〕黯黯:沮丧忧愁的样子。

〔17〕戚戚:忧伤的样子。

〔18〕疑义谁与析:语本晋陶潜《移居》诗之一:"奇文共欣赏,疑义相与析。"这里指兄弟二人再难以从前一起切磋学问了。

〔19〕一七:旧时称人死后的头一个第七天,也称"头七"。人死后(也有在出殡后)每隔七日,要作一次佛事,设斋祭奠死者,依次至七七四十九天而止。头七起即设灵座,供木主,每日哭拜,并早晚献食如生时一般,直到满七除灵止。南北朝时即有此俗。

〔20〕二仲:汉代的羊仲、裘仲,古代将二人作为廉洁隐退之士的典型。

〔21〕跣(xiǎn显)行:赤脚行走。

〔22〕艾:停止。

〔23〕波波:奔波。热忙:忙碌异常。

〔24〕收摄:指收聚精神。

〔25〕十斋:即"十斋日",佛教语。指每月持斋素食并禁止屠宰的

489

十天。《地藏经·如来赞叹品》:"若未来世众生,于月一日、八日、十四日、十五日、十八日、二十三、二十四、二十八、二十九日,乃至三十日……能于是十斋日,对佛菩萨诸贤圣像前读是经一遍,东西南北百由旬内,无诸灾难。"

〔26〕去日:已过去的岁月。资粮:佛教用人生必须之粮食比喻善根功德。

〔27〕道驾:尊贵者的车驾。这里指苏惟霖。

〔28〕究竟:佛教语,犹言至极。明李贽《六度解》:"此六度也,总以解脱为究竟,然必须持戒,忍辱以入禅定,而后解脱可得。"

〔29〕既:穷尽。

〔30〕统容嗣致:一切容我再致函详述。

宋懋澄

宋懋澄(1569—1620)，字幼清，号稚源，一作自源，华亭(今属上海市)人。万历四十年(1612)举人，此后二应礼部试不遇，卒。陈子龙《宋幼清先生传》称其"每遇人，必抵掌论世事，言用兵胜负状，荐绅皆以为诞不信"，又云："朱生文章俊拔，尤工尺牍及稗官家言。"有《九籥集》十卷、《九籥别集》四卷，其中有关刘东山、杜十娘的稗史记述，为当时话本小说取资，影响极大。今人有《九籥集》(包括《别集》等)整理本，中国社会科学出版社1984年出版。

海忠肃公[1]

忠肃公之批鳞也[2]，世庙震怒[3]，绕殿行竟夕，拔面上肉刺都尽，召华亭定议斩之[4]，华亭请其疏下[5]，迟数日不拟[6]，上督促至再，华亭俯伏泣曰："臣岂敢成陛下杀谏臣之名。"上怒始解，忠肃深德华亭。后开府江南为华亭处分田宅[7]，实君子爱人以德也。第奉行者稍过[8]，遂全华亭不堪，四郡士人夫[9]，咸为华亭解纷，谓忠肃曰："圣人不为已甚[10]。"忠肃拂然曰[11]："诸公焉知海瑞非圣人耶？"缙绅悉股栗而退[12]。公初为尹[13]，御史按下邑[14]，视驿传弗办者[15]，辄坐以不职[16]。至公县界，公惟具不借百双[17]，而身请负船[18]，辞曰："敝邑偏小故也。"使者不宿而去。后别官它省，有御史怒某县令，县令密使嬖儿侍御史[19]，御史狎之甚[20]，遂窃其符，逾墙走，明晨起视篆[21]，篆箧已空，心疑县尹，而不敢发，遂称疾不治事。忠肃往候御史，御史素闻忠肃有吏才，密告之以故。忠肃令御史夜半于厨中发火，火光烛天，群属悉来救援，御史持篆箧授县尹，令多官各有所护，及火灭，县尹上篆箧，符宛在中央矣。余叔父季膺君官江右驿传时[22]，当忠肃拜御史大夫[23]，道出江右，与诸藩公谦毕[24]，复具公赆[25]，中有银盃十二两[26]，忠肃独拜登[27]，群公皆诧其异于平日。三月后，附一书于江右公役，且还前负，益以子金[28]，乃知公于江右时直囊无一钱耳。及卒，诸公检其遗装，惟俸钱数十缗[29]，身尚卧藁中也[30]。

《九籥集》卷十

　　[1] 海忠肃公即海瑞（1514—1587），字汝贤，号刚峰，明广东琼山（今海南琼山）人，回族。嘉靖二十八年（1549）举人，历官淳安知县、嘉兴通判、户部主事，以谏明世宗嘉靖帝斋醮，冒死上疏，下狱几遭不测。适世宗死，穆宗立，始复故官，升右佥都御史巡抚应天十府，政绩颇多。谢病归后又召为南京右都御史，年七十四岁卒于官，谥忠介。《明史》有传。本文以"忠肃"为海瑞谥号，题下小字注云"一云谥忠介"，或别有说。海瑞作为历史上一位不怕死、敢得罪权贵、敢骂皇帝的铮铮铁汉，的确属于传奇人物，其清官事迹得到广大人民的认同，毫不奇怪。这篇逸事小品选择批鳞、夺田、拉纤、空印盒、偿负数事，形神兼备地勾画出一位

专制时代难能可贵的清官形象,并成为后世小说、戏曲的素材,反映了专制淫威下人民对清官的渴求。

〔2〕批麟:当作"批鳞",系从"批逆龙鳞"而来。传说龙喉下有逆鳞径尺,有触之者必怒而杀人。后即以批鳞喻敢于触犯君主、直言犯上者。据《明史》本传,嘉靖四十五年(1566)二月,海瑞上疏谏明世宗"专意斋醮"事,内有"吏贪官横,民不聊生,水旱无时,盗贼滋炽,陛下试思今日天下,为何如乎"等痛切陈言。

〔3〕世庙:即明世宗朱厚熜(1507—1566),正德十六年(1521)以藩王入继大统,年号嘉靖。初期尚有作为,后崇尚道教,迷信斋醮,二十馀年不见朝臣,终因服丹药而死。葬永陵,世庙为其庙号。

〔4〕华亭:即徐阶(1503—1583),字子升,号少湖、存斋,明松江华亭(今上海松江)人。嘉靖二年(1523)进士,历官国子监祭酒、礼部尚书兼东阁大学士,后继严嵩之后任首辅,于世宗死后,罢斋醮,平反议大礼获罪诸臣。隆庆朝为高拱所抑,致仕归。《明史》有传。

〔5〕疏:指海瑞所上之疏。

〔6〕不拟:指不草拟圣旨杀海瑞。

〔7〕开府江南:隆庆三年(1569)夏,海瑞以右佥都御史巡抚应天十府,锐意兴革,令贪吏、势家、织造中官畏惧收敛。开府,古代高级官员可成立府署,选置僚属,称开府。为华亭处分田宅:据《明史·海瑞传》:"素疾大户兼并,力摧豪强,抚穷弱。贫民田入于富室者,率夺还之。徐阶罢相里居,按问其家无少贷。"

〔8〕第:只是。奉行者稍过:据《明史·徐阶传》:"(高)拱再出,扼阶不遗馀力。郡邑有司希拱指,争龀龁阶,尽夺其田,戍其二子。"明何良俊《四友斋丛说》卷十三:"海刚峰爱民,只是养得刁恶之人,若善良百姓,虽使之诈人尚然不肯,况肯乘风生事乎!然此风一起,士夫之家,不肯买田,不肯放债,善良之民,坐卧侍毙,则是爱之实陷之死也。其得谓

493

之善政哉!"可见晚明社会矛盾之尖锐。

〔9〕士大夫:旧时指官吏以及较有声望地位的读书人。

〔10〕圣人不为已甚:语本《孟子·离娄下》:"仲尼不为已甚者。"即孔子不做过分的事,适可而止。

〔11〕怫然:愤怒的样子。怫,通"艴"。

〔12〕缙绅:插笏于绅带间,是古代官宦的装束。这里义同士大夫。股粟:当作"股栗",也作"股慄",大腿发抖。形容恐惧已甚。

〔13〕尹:古代官的通称。这里指县令。海瑞以南平教谕迁淳安知县。

〔14〕御史:明代监察御史的简称,都察院属官,正七品。按:巡按。

〔15〕驿传(zhuàn 撰):古代供官员往来以及递送公文用的交通机构。弗办:这里指没有做好盛大招待的准备。

〔16〕坐:判罪。不职:不称职。

〔17〕不借:草鞋。《急就篇》卷二颜师古注:"不借者,小屦也,以麻为之,其贱易得,人各自有,不须假借,因为名也。"

〔18〕负船:指为船拉纤。

〔19〕嬖(bì 必)儿:这里指身份低下而受宠爱的姬妾。

〔20〕迩(ěr 尔):亲近。

〔21〕视篆:掌印视事。官印用篆文,故称。

〔22〕余叔父季鹰君:即宋尧武(1532—1596),字季鹰,号逊庵,华亭(今属上海)人。隆庆二年(1568)进士,历信阳县令,知惠州、福州,官至云南参政,致仕归。宋懋澄《九籥集》卷七有《叔父参知季鹰公行状》。江右:指江西。

〔23〕御史大夫:据《明史·海瑞传》,万历十三年(1585)正月,"召为南京右佥都御史",正四品。

〔24〕诸藩公:指布政使(主管一省民政与财务的官员)一级的官

员。讌(yàn宴):酒宴。

〔25〕 赆(jìn尽):古代以财物送行之礼。

〔26〕 银盃:同"银杯",即银质酒杯。

〔27〕 拜登:古人接受赐赠的敬词。

〔28〕 子金:即利息。相对"母金"而言。

〔29〕 俸钱:官吏所得的薪金。缗(mín民):古代以钱一千文为一缗。

〔30〕 藁(gǎo搞):这里指草席,意即死者尚未装殓入棺。

广陵乘兴[1]

华亭钱福状元[2],已归田里,有客言江都某妓动人,状元欣然,整装造江都。既至,适盐司御史某甲[3],状元进士门生也[4],投刺视却[5],御史快甚。独意状元出不易,一朝率临,将无属吾事乎,因问:"近日志意如何,某幸为政,欲有高下[6],唯命所指。"状元应语:"某闻府中一妓姓氏,来求见面,乘便顾卿,烦为我访问。"御史刺促[7]:"某执符为天子巡视[8],义不得及声妓。"状元作色,御史阴命行下人讯市,妓已属积盐贾人[9],还报御史,御史以难告,状元谓门生:"某苦无消息耳,既知去向,安藉卿为。"辞御史出,同逆旅馆人谒大贾[10],贾人重状元才名,即时反拜,立日请饮。状元就酒,语间呼主人:"某跋涉水陆,特欲此间识某妓,近闻归卿,幸赐一见。"贾人设席西隅,出妓传花把酒[11],状元兴随境到,酒无重沥[12]。酣次,贾人令妓出白绫手巾,请留新句。时衣裳缟素,往来烛前,皎若秋月,状元持杯披袖,引满再三,妓宛转更多,箫管之间,不觉醉飞玉笛,乃是一绝句云:"淡罗衫子淡罗裙,淡扫娥眉淡点唇。可惜一身多是淡,如何嫁了卖盐人。"仰面大笑而出。明晨竟归,迄御史踪迹[13],已不知远近矣。

《九籥别集》卷二

〔1〕广陵即今江苏扬州,为秦时所设立,汉时改称江都,自古商业发达,为淮盐总汇。晚明社会腐败,士夫才人花天酒地,以选舞征歌、流连风月为尚。青楼妓女也以结交文人名士为荣,特别是大都会中的名妓,从服饰到色艺都趋向于特定化的服务对象——文人士大夫。明末余怀《板桥杂记》卷上记述当时南京娼寮状况有云:"南曲衣裳妆束,四方取以为式,大约以淡雅、朴素为主,不以鲜华、绮丽为工也。"而这一青楼风习,其实早在百多年以前的明代中叶就已见端倪,可谓其来有渐。这则逸事小品的认识价值也正在于此,世风之坏绝非一朝一夕形成的。

〔2〕华亭钱福:字与谦(1461—1504),号鹤滩,松江华亭(今属上海)人。弘治三年(1490)进士第一,授翰林院修撰。其诗文藻丽敏妙,名声显赫一时,有《鹤滩集》。状元:明代科举考试殿试一甲第一名进士称状元。

〔3〕盐司御史:这里指都察院属官河南道监察御史,秩正七品,有监察两淮盐运司之责。见《明史·职官志二》。

〔4〕进士门生:会试中式者对主考官的自称。意即钱福曾是某甲考中进士那一科的主考官,有所谓"师生"之分。

〔5〕投刺:投递名帖。

〔6〕高下:指对某人或事的如何处理等问题。

〔7〕刺(qì气)促:惶恐不安。

〔8〕符:即符节,朝廷委派的专使。

〔9〕积盐贾(gǔ古)人:即盐商。

〔10〕逆旅馆人:客舍主人。

〔11〕传花:宴会中一种传递花朵的游戏。

〔12〕沥:沥酒,洒酒于地,表示祝愿或起誓。

〔13〕迄(qì气):至。踪迹:打探行踪,用如动词。

钟　惺

钟惺(1574—1625),字伯敬,号退谷,湖广竟陵(今湖北天门)人。万历三十八年(1610)进士,历官工部主事、福建提学佥事,以父忧归,逃于禅以卒。《明史》有传,内云:"自宏道矫王、李诗之弊,倡以清真,惺复矫其弊,变而为幽深孤峭。与同里谭元春评选唐人之诗为《唐诗归》,又评选隋以前诗为《古诗归》。钟、谭之名满天下,谓之竟陵体。"在抒写性灵方面,竟陵派的文学主张与公安派近似,但文字趋于艰涩隐晦,颇受后人讥评,而求新求奇,于散文小品的发展也不无贡献。他与谭元春合编《诗归》与《明诗归》,著《史怀》二十卷与《隐秀轩集》,后者有今人整理本,分为四十二卷,上海古籍出版社1992年出版。

浣花溪记[1]

出成都南门,左为万里桥[2]。西折,纤秀长曲,所见如连环,如玦[3],如带,如规[4],如钩,色如鉴[5],如琅玕[6],如绿沉瓜[7],窈然深碧[8],潆回城下者[9],皆浣花溪委也[10]。然必至草堂[11],而后浣花有专名,则以少陵浣花居在焉耳[12]。

行三四里,为青羊宫[13]。溪时远时近,竹柏苍然,隔岸阴森者尽溪，平望如荠[14]，水木清华[15]，神肤洞达[16]。自宫以西，流汇而桥者三，相距各不半里。舁夫云通灌县[17]，或所云"江从灌口来"是也[18]。人家住溪左，则溪蔽不时见，稍断则复见溪，如是者数处，缚柴编竹，颇有次第[19]。

桥尽，一亭树道左[20]，署曰"缘江路"[21]。过此则武侯祠[22]。祠前跨溪为板桥一，覆以水槛[23]，乃睹"浣花溪"题榜[24]。过桥，一小洲横斜插水间如梭，溪周之，非桥不通。置亭其上，题曰"百花潭水"。由此亭还，度桥，过梵安寺[25]，始为杜工部祠[26]。像颇清古，不必求肖，想当尔尔[27]。石刻像一，附以本传[28]，何仁仲别驾署华阳时所为也[29]。碑皆不堪读。

钟子曰[30]：杜老二居，浣花清远，东屯险奥[31]，各不相袭[32]。严公不死[33]，浣溪可老[34]，患难之于朋友大矣哉！然天遣此翁增夔门一段奇耳[35]，穷愁奔走，犹能择胜[36]，胸中暇整[37]，可以应世[38]，如孔子微服主司城贞子时也[39]。

时万历辛亥十月十七日[40]。出城欲雨，顷之霁[41]。使客游者[42]，多由监司郡邑招饮[43]，冠盖稠浊[44]，磬折喧溢[45]，迫暮趣归[46]。是日清晨，偶然独往。楚人钟惺记[47]。

《隐秀轩集》卷二十

499

〔1〕万历三十九年(1611),中进士后授官行人司行人(正八品,职专捧节、奉使之事)的钟惺奉命使蜀,十月到达成都,这篇游记即写于此时。浣花溪在今四川成都西郊,属锦江支流,唐乾元二年(759),杜甫为避安史之乱,入蜀于浣花溪畔建茅屋居住,度过了将近四年的岁月。从此浣花溪更加有名于世,成为著名的游览胜地。本文状写浣花溪深幽之景致,笔带情感,又惜墨如金,从而做到了形式与内容的高度统一,体现了竟陵派文风积极的一面,是一篇几百年间脍炙人口的小品佳作。

〔2〕万里桥:在成都市城南,横跨锦江,古名笃泉桥。公元226年,蜀诸葛亮送费祎出使东吴,以联合抗魏。费祎深感肩负重任,有"万里之行,始于此桥"之叹,桥因而得名。

〔3〕玦(jué 决):古时似环而有缺口的玉佩。

〔4〕规:画圆形的工具。这里即指圆形。

〔5〕鉴:镜。

〔6〕琅玕(láng gān 郎柑):原为形容竹之青翠语,这里形容水色。

〔7〕绿沉瓜:浓绿色的瓜,这里形容水色。《南史·任昉传》:"(任昉)卒于官……武帝闻问,方食西苑绿沉瓜,投之于盘,悲不自胜。"绿沉瓜当是一种瓜名。

〔8〕窈(yǎo 咬)然:幽深的样子。

〔9〕潆回:水流回旋的样子。

〔10〕委:水流所聚之处。

〔11〕草堂:即杜甫草堂,又称浣花草堂,故址在浣花溪畔,为唐代杜甫流寓成都时所建茅舍,今存者为历代所重建。

〔12〕少陵:即杜甫。杜甫曾居于长安城南少陵一带,自称少陵野老。

〔13〕青羊宫:在成都市西通惠门外,又称青羊观。相传老子曾牵羊过此,故称。

〔14〕荠(jì记):荠菜。这里以其形与色形容溪水平缓青碧。

〔15〕水木清华:景色清朗秀丽。语本晋谢混《游西池》诗:"景昃鸣禽集,水木湛清华。"

〔16〕神肤洞达:令人从内心到肌肤都感到通畅爽快。

〔17〕舁(yú鱼)夫:轿夫。灌县:在四川成都平原西北缘,县治灌口镇。

〔18〕江从灌口来:唐杜甫《野望因过常少仙》诗:"竹覆青城合,江从灌口来。"

〔19〕次第:整齐有序。

〔20〕树:立。道左:道路以东。

〔21〕署:题字。

〔22〕武侯祠:纪念三国蜀汉丞相武乡侯诸葛亮的祠堂,在成都南门大桥外西侧。始建于公元六世纪,明末毁于战火。今存者为清康熙间重建。

〔23〕水槛:临水的栏杆。

〔24〕题榜:所题写的匾额。

〔25〕梵安寺:俗称草堂寺,在杜甫草堂东侧,现存者为清末所重修。

〔26〕杜工部祠:今杜甫草堂最后一幢建筑,以杜甫曾为节度参谋检校工部员外郎而得名。

〔27〕想当尔尔:想当然如此。

〔28〕本传:指《旧唐书》或《新唐书》中的《杜甫传》。

〔29〕何仁仲别驾:即何宇度,字仁仲,德安(今属江西)人。万历中官夔州通判,著有《益都谈资》。别驾:通判的别称,正六品,州府属官。署:代理。华阳:县名,与成都县分治府城成都。

〔30〕钟子:钟惺自称。

〔31〕东屯:即夔州(今四川奉节)东瀼溪,东汉公孙述在此屯田,故

称。唐大历元年(766),杜甫迁居夔州,生活将近两年,创作丰富。险奥:深险之区。

〔32〕袭:沿袭。

〔33〕严公:即严武(726—765),字季鹰,唐华州(今陕西华县)人。历任谏议大夫、东川剑南节度使。镇剑南时,与杜甫有交,曾加以照顾。永泰元年(765)四月,严武突然死去,杜甫失去依靠,于五月率领家人离开草堂,经云安到达夔州。严武镇蜀多年,卒赠尚书仆射。新、旧《唐书》皆有传。

〔34〕可老:指终老于成都杜甫草堂。

〔35〕天遣:有天意驱使。夔门:即瞿塘峡,起自夔州,这里指夔州。一段奇:指杜甫居于夔州的一段生活经历,许多著名诗歌写于此地。

〔36〕择胜:选择名胜之地。

〔37〕暇整:即"好整以暇",形容既严整有序而又从容不迫。

〔38〕应(yìng硬)世:应付世事。

〔39〕"如孔子"句:据《史记·孔子世家》,孔子周游列国,由鲁至卫国,又至曹、宋、郑,备尝艰辛,却从容不迫,到陈国住在司城贞子家,达三年之久。微服,为隐藏身份,避人注意而改换常服。《孟子·万章上》:"孔子不悦于鲁、卫,遭宋桓司马将要而杀之,微服而过宋。"主,寓居。

〔40〕万历辛亥:即万历三十九年(1611)。

〔41〕霁(jì记):天晴。

〔42〕使客:朝廷使臣。

〔43〕监司:即按察使及其属官。郡邑:指府县一级的官员。

〔44〕冠盖:这里指大小官员。稠浊:混乱。

〔45〕磬折:弯腰。这里形容官员间相互行礼致意。喧溢:喧哗杂乱。

〔46〕迫暮:傍晚。趣(cù促)归:从速返回。

〔47〕 楚人：竟陵古属楚地，故钟惺自称楚人。

自题诗后〔1〕

李长叔曰〔2〕："汝曹胜流〔3〕，惜胸中书太多，诗文太好。若能不读书，不作诗文，便是全副名士。"余怃然曰〔4〕："快哉！快哉！非子不能为此语，非我不能领子此语！惜忌者不解。使忌者解此语，其欲杀子当甚于杀我。然余能善子语，决不能用子语。子持子语归，为子用。吾异日且用子语。"

数日后，举此示友夏〔5〕。友夏报我曰："长叔语快，子称长叔语尤快。仆称长叔与子语快者，语亦复快！"

夫以两人书淫诗癖〔6〕，而能叹赏不读书不作诗文之语，则彼能为不读书不作诗文语者，决不以读书作诗文为非也。袁石公有言〔7〕："我辈非诗文不能度日〔8〕。"此语与余颇同。昔人有问长生诀者，曰："只是断欲。"其人摇头曰："如此，虽寿千岁何益？"余辈今日不作诗文，有何生趣？然则余虽善长叔言而不能用，长叔决不以我为非。正使以我为非〔9〕，余且听之矣。

《隐秀轩集》卷三十五

〔1〕 何谓名士？汉桓宽《盐铁论·褒贤》有云："万乘之主，莫不屈体卑辞，重币请求，此所谓天下名士也。"是真名士自风流，其言行风韵自然非同寻常，或不拘小节，恃才傲物；或诗文旷达，有名于时。晋人王恭

学问无多,却有两句名言传世:"名士不必须奇才,但使常得无事,痛饮酒,熟读《离骚》,便可称名士。"(《世说新语·任诞》)晚明是一个个性解放的时代,山人、名士满天飞,鱼龙混杂,无奇不有。这篇小品引他人之语,以"不读书,不作诗文"为名士,具有反讽意味。实则读书写作乃与文人性命攸关之事,作者之所以从正、反两方面反复陈说,正是文人自恋心理的流露。

〔2〕李长叔:即李纯元,字长叔,湖广景陵(今湖北天门)人。万历三十八年(1610)进士,历官工部主事、陕西布政司左参议。他与钟惺是同乡,又是同年。

〔3〕汝曹:你们。胜流:名流。

〔4〕怃(wǔ 舞)然:怅然失意的样子。

〔5〕友夏:即谭元春(1586—1637),字友夏,与钟惺同为"竟陵派"之开创者。详见本书作者小传。

〔6〕书淫:古人称嗜书成癖,好学不倦的人。《北堂书钞》卷九七引晋皇甫谧《玄晏春秋》:"余学或兼夜不寐,或临食忘餐,或不觉日夕,方之好色,号余曰书淫。"诗癖:喜好诗歌成癖。《梁书·简文帝纪》:"雅好题诗,其序云:'余七岁有诗癖,长而不倦。'"

〔7〕袁石公:即袁宏道(1568—1610),号石公。详见本书作者小传。

〔8〕"我辈"句:可参见袁宏道《李子髯》尺牍,本书已选。

〔9〕正使:即使。

夏梅说[1]

梅之冷,易知也,然亦有极热之候[2]。冬春冰雪,繁花粲粲[3],雅俗争赴,此其极热时也。三四五月,累累其实,和风甘雨之所加,而梅始冷矣。花实俱往[4],时维朱夏[5],叶干相守[6],与烈日争,而梅之冷极矣。故夫看梅与咏梅者,未有于无花之时者也。张谓《官舍早梅》诗所咏者[7],花之终,实之始也[8]。咏梅而及于实,斯已难矣,况叶乎!梅至于叶,而过时久矣。

廷尉董崇相[9],官南都[10],在告[11],有《夏梅》诗,始及于叶。何者?舍叶无所为夏梅也。予为梅感此谊,属同志者和焉[12],而为图卷以赠之。

夫世固有处极冷之时之地,而名实之权在焉[13]。巧者乘间赴之,有名实之得,而又无赴热之讥。此趋梅于冬春冰雪者之人也,乃真附热者也。苟真为热之所在[14],虽与地之极冷[15],而有所必辩焉[16]。此咏夏梅意也。

《隐秀轩集》卷三十六

[1] 钟惺的友人董应举(见注[9])写有一首《夏梅》诗,咏物别出心裁;钟惺感慨良多,唱和《夏梅》一首云:"花叶不相见,代为终岁荣。谁能将素质,还以敌朱明。坐卧已无暑,色香如尚清。始知幽艳物,不独雪霜情。"写罢似乎意犹未尽,就又写了这篇《夏梅说》。梅花傲霜斗雪,天气极冷时正是此花热闹之际。冷与热的辩证关系不仅见于梅花,也见于人世,这篇《夏梅说》的深刻寓意也正在此。所谓巧者"有名实之得,而又无赴热之讥",洞见隐微,笔力千钧,回味无穷。

[2] 候:时节。

[3] 粲粲:鲜明的样子。

〔4〕花实俱往:花与果皆凋谢。

〔5〕维:语助词,多用于时间之前。朱夏:夏季。《尔雅·释天》:"夏为朱明。"

〔6〕叶干:叶与枝干。

〔7〕张谓:字正言(?—778?),唐河内(今河南沁阳)人。唐玄宗天宝二载(743)进士,官至礼部侍郎。他有《官舍早梅》诗:"阶下双梅树,春来画不成。晚时花未落,阴处叶难生。摘子防人到,攀枝畏鸟惊。风光先占得,桃李莫相轻。"

〔8〕实之始:指梅子刚刚结成果实。

〔9〕廷尉董崇相:即董应举,字崇相,闽县(今福建闽侯)人。万历二十六年(1598)进士,历官南京吏部主事、南京大理寺丞、太仆卿兼河南道御史、工部右侍郎、户部侍郎。好学善文,慷慨任事,《明史》有传。廷尉,这里用秦汉时官名指代其南京大理寺丞一职。

〔10〕南都:明人称南京为南都。

〔11〕在告:告假归乡。

〔12〕同志:志趣相同的人。和(hè贺):唱和。

〔13〕名实:这里指名誉与事功。权:衡量,比较。

〔14〕苟:如果。热之所在:指"时维朱夏"的炎热季节。

〔15〕与地之极冷:指夏梅所处人们冷遇的境地。

〔16〕辩:争辩,辩论。

冯梦龙

冯梦龙(1574—1646),字犹龙,又字子犹,号龙子犹、墨憨斋主人、顾曲散人、词奴等,长洲(今江苏苏州)人。科举不利,久困诸生,崇祯三年(1630),始以贡生授丹徒训导,擢福建寿宁知县,任满归隐乡里,晚年曾有抗清举动,忧愤死。作为通俗文学家与戏曲家,冯梦龙贡献巨大,编纂《喻世明言》、《警世通言》、《醒世恒言》,即"三言";编印民间歌曲集《挂枝儿》与《山歌》;创作传奇《双雄记》、《万事足》,另有《墨憨斋定本传奇》,为所编订;《智囊》、《古今谭概》、《情史》、《笑府》等,也是冯梦龙所编纂。其诗文多失传,今人辑有《冯梦龙诗文》,海峡文艺出版社1985年出版。

《笑府》序[1]

古今来莫非话也,话莫非笑也。两仪之混沌开辟[2],列圣之揖让征诛[3],见者其谁耶?夫亦话之而已耳。后之话今,亦犹今之话昔[4]。话之而疑之,可笑也;诂之而信之,尤可笑也。经书子史[5],鬼话也,而争传焉;诗赋文章[6],淡话也,而争工焉;褒讥伸抑[7],乱话也,而争趋避焉。或笑人,或笑于人,笑人者亦复笑于人,笑于人者亦复笑人,人之相笑宁有已时?《笑府》,集笑话也,十三篇犹云薄乎云尔[8]。或阅之而喜,请勿喜;或阅之而嗔,请勿嗔。古今世界一大笑府,我与若皆在其中供话柄。不话不成人,不笑不成话,不笑不话不成世界。布袋和尚[9],吾师乎!吾师乎!墨憨斋主人题[10]。

《笑府》卷首

〔1〕徐渭有《跋头陀趺坐诗》一篇小品,谈笑中趣味,大有见地:"'人世难逢开口笑',此不懂得笑中趣味耳。天下事那一件不可笑者。譬如到极没摆布处,只以一笑付之,就是天地也奈何我不得了。"晚明时代更是一个其笑多方的时代,冯梦龙所编《笑府》十三卷,即是应运而生的产物。此序带有一些玩世不恭的色彩,与那一时代文人心态有关,书中所选的一些格调不高的笑话,也代表了荒唐世道下某些文人的低级趣味。然而用调侃之笔抖落出末世文人的心中积郁,不正是此序有极高认识价值的所在吗?

〔2〕两仪:即天地。《易·系辞上》:"是故易有太极,是生两仪。"混沌:古代传说中指世界开辟之前元气未分、模糊一团的状态。

〔3〕列圣:指历代帝王。揖让:禅让。《韩非子·八说》:"古者人寡而相亲,物多而轻利易让,故有揖让而传天下者。"征诛:讨伐。《荀子·乐论》:"故乐者,出所以征诛也,入所以揖让也。"

〔4〕"后之"二句:语本晋王羲之《兰亭集序》:"后之视今,亦犹今之视昔。"

〔5〕经书:即传统图书四部分类中的经部图书,包括诸经及小学等书。子:即传统图书四部分类中的子部图书,包括诸子百家与释道宗教等著作。史:即传统图书四部分类中的史部书,包括有关历史记载的书等。

〔6〕诗赋文章:即传统图书四部分类中的集部书,包括历代总集与别集。

〔7〕褒讥:赞扬或批评。伸仰:伸展或抑制。

〔8〕十三篇:《笑府》十三卷,以类相从,分为"古艳部"、"腐流部"、"世讳部"、"方术部"、"广萃部"、"殊禀部"、"细娱部"、"刺俗部"、"闺风部"、"形体部"、"谬误部"、"日用部"、"闰语部"。

〔9〕布袋和尚:五代时僧人,世传为弥勒菩萨的应化身。宋庄季裕《鸡肋编》卷中:"昔四明有异僧,身矮而皤腹,负一布囊,中置百物,于稠人中时倾写于地曰:'看,看!'人皆目为布袋和尚,然莫能测。临终作偈曰:'弥勒真弥勒,分身百千亿。时时识世人,时人总不识。'于是隐囊而化。今世遂塑画其像为弥勒菩萨以事之。"明田汝成《西湖游览志馀·方外玄踪》:"布袋和尚者,在奉化县岳林寺,尝皤腹,以杖荷一布袋,凡供身之具尽贮袋中,随处偃卧……梁贞明三年,于寺中东廊石上端坐而逝。今杭州诸寺皆塑其像,抚膝袒怀,开口而笑,荷布袋于傍,盖僧家借此以示云游之状,为募化之资耳。"旧时传有题弥勒佛一联云:"大肚能容,容天下难容之事;开口便笑,笑世间可笑之人。"

〔10〕墨憨斋主人:即冯梦龙,有号为墨憨斋主人。

王思任

王思任(1575—1646),字季重,号遂东,又号谑庵,山阴(今浙江绍兴)人。万历二十三年(1595)进士,历知兴平、富平、当涂、青浦数县,改松江教授,升国子助教,转南京工部主事、江州备兵使者,罢归,著书自娱。南明鲁王监国绍兴,起为礼部侍郎。清顺治三年(1646)六月,绍兴陷于清兵,王思任避入城南凤林山中,誓不降清,绝食而死。王思任散文小品于晚明文坛独树一帜,自谓"与公安、竟陵不同衣饭,而各自饱暖"(《心月轩稿序》)。他的游记散文小品最为有名,《明文归》称其"诸游记,体格变幻,备极奇妍"。其诗文集有《历游记》、《游唤》、《谑庵文饭小品》多种,《明史·艺文志》著录《王思任文集》三十卷,未见。今人有《王季重十种》整理本,浙江古籍出版社1987年出版。

小洋[1]

由恶溪登括苍[2],舟行一尺[3],水皆污也[4]。天为山欺[5],水求石放[6],至小洋而眼门一辟[7]。

吴闳仲送我[8],挈睿孺出船口[9],席坐引白[10],黄头郎以棹歌赠之[11]。低头呼卢[12],俄而惊视,各大叫,始知颜色不在人间也。又不知天上某某名何色,姑以人间所有者仿佛图之[13]。

　　落日含半规[14],如胭脂初从火出。溪西一带山,俱似鹦鹉绿,鸦背青。上有猩红云五千尺,开一大洞,逗出缥天[15],映水如绣铺赤玛瑙[16]。日益昃[17],沙滩色如柔蓝懈白[18],对岸沙则芦花月影,忽忽不可辨识。山俱老瓜皮色[19]。又有七八片碎剪鹅毛霞[20],俱黄金锦荔[21],堆出两朵云,居然晶透葡萄紫也[22]。又有夜岚数层斗起[23],如鱼肚白,穿入出炉银红中[24],金光煜煜不定[25]。盖是际天地山川[26],云霞日采,烘蒸郁衬[27],不知开此大染局作何制[28]。意者[29],妒海蜃[30],凌阿闪[31],一漏卿丽之华耶[32]?将亦谓舟中之子[33],既有荡胸决眦之解[34],尝试假尔以文章[35],使观其时变乎[36]!何所遘之奇也[37]!

　　夫人间之色仅得其五,五色互相用[38],衍至数十而止[39],焉有不可思议如此其错综幻变者!曩吾称名取类[40],亦自人间之物而色之耳[41],心未曾通,目未曾睹,不得不以所睹所通者,达之于口而告之于人;然所谓仿佛图之,又安能仿佛以图其万一也?嗟呼!不观大地之富,岂知人间之贫哉[42]!

《谑庵文饭小品》卷三

〔1〕小洋是滩名,在今浙江青田。作者与友人舟行至小洋滩头,时值夕阳西下的傍晚时分,山水云天,幻出一片五彩斑斓的绚丽色彩,作者在感叹大自然造物主奇妙手段的同时,若有所悟,似乎"人巧"难夺"天工";然而他落笔有致,于浓彩重墨之下,终于渲染出那晚霞映衬下的天

地奇观,诚如明人陆云龙之评语:"开染局,与蜃斗丽;逞枯管,与天写色。人巧也,足配天工。"(《翠娱阁评选十六家小品》)这是晚明文人善于抒发个性的体现,因而不能以纯粹的写景文章视之。

〔2〕恶溪:又名好溪,源出浙江缙阳东北,西南流经丽水,东注大溪。《新唐书·地理志五》丽水县下注:"东十里有恶溪,多水怪,宣宗时刺史段成式有善政,水怪潜去,民谓之好溪。有括苍山。"括苍:即括苍山,在浙江东南部,东北至西南走向,西接仙霞岭,主峰在临海西南。

〔3〕一尺:形容溪水极窄。

〔4〕污:通"洿"(wū 巫),停积不流的小水。

〔5〕天为山欺:形容山高,令天显得低窄。

〔6〕水求石放:形容水窄,必须穿绕石间。

〔7〕眼门:眼界。辟:打开。

〔8〕吴阆仲:作者友人,生平不详。

〔9〕挈(qiè 妾):领着。睿孺:人名,生平不详。

〔10〕引白:举杯饮酒。

〔11〕黄头郎:本是汉代掌管船舶行驶的吏员,后世泛指船夫。棹歌:行船时所唱之歌。

〔12〕呼卢:指赌博为戏。

〔13〕仿佛:大略。图:指用语言描绘。

〔14〕半规:半圆,形容夕阳含山。

〔15〕逗:显露。缥(piǎo 瞟)天:淡青色的天。

〔16〕玛瑙:矿物名,玉髓的一种,品类多。赤玛瑙为棕红色,异常光美。这里形容晚霞映水之色。

〔17〕智(hū 忽):同"吻"。昏暗。

〔18〕柔蓝:柔和的蓝色。这里形容水滩的颜色。宋王安石《渔家傲》词:"平岸小桥千嶂抱,柔蓝一水紫花草。"懈白:发暗的白色。

〔19〕老瓜皮色:深青色。

〔20〕碎剪鹅毛霞:形容晚霞在高空气流作用下形成的碎羽毛的形状。

〔21〕锦荔:即锦荔枝,苦瓜的别名。苦瓜两头尖,为长圆形或卵圆形,表面有瘤状突起,成熟者为橘黄色。清刘献廷《广阳杂记》卷三:"衡州苦瓜,即北方之癞葡萄,江南之锦荔枝也。"

〔22〕葡萄紫:深紫中带灰的颜色。

〔23〕夜岚:晚间的雾气。斗:通"陡"。突然。

〔24〕出炉银:颜色名。清平步青《霞外攟屑》卷十"出炉银"云:"退红即今之粉红色,所谓久出炉银也。按李斗《扬州画舫录》卷十,则以肉红为退红,与粉红不同。又云,浅红白色曰出炉银。"

〔25〕煜(yù玉)煜:明亮的样子。

〔26〕是际:这一时刻。

〔27〕郁:通"燠"。温暖。

〔28〕染局:即染坊,给布、帛、衣物染色的作坊。作何制:制作什么。

〔29〕意者:表示测度。大概,或许。

〔30〕海屋:即海市蜃楼,是光线经过密度不同的空气层发生折射而形成的奇异景象,可将远处景物显现于空中或地面。也用来比喻虚无缥缈的事物。

〔31〕凌:超越。阿闪:疑为"阿閦(chù触)"之讹。阿閦佛是佛经中维摩居士所住之妙喜世界的佛名,也作"不动如来"。一说"阿闪"即闪电。

〔32〕卿丽之华:卿云美丽的光采。卿云,即庆云,古人视为祥瑞的一种彩云。《史记·天官书》:"若烟非烟,若云非云,郁郁纷纷,萧索轮囷,是谓卿云。卿云见,喜气也。"

〔33〕将·或·舟中之子:包括作者在内的乘舟之人。

〔34〕荡胸决眦(zì自):语本唐杜甫《望岳》诗:"荡胸生层云,决眦入归鸟。"决眦,裂开眼眶,表示极目远视。解:原指乐曲或诗文的章节,这里指《望岳》五古诗中的两句。

〔35〕假尔以文章:语本唐李白《春夜宴桃李园序》:"大块假我以文章。"全句省略了主语"大块",即指天地。文章,这里指小洋色彩交织辉映如锦绣一般的晚霞景色。

〔36〕时变:四时季节的变化。《易·贲》:"观乎天文,以察时变。"

〔37〕遘(gòu够):遇,遭遇。

〔38〕五色:古人以青、赤、白、黑、黄五种颜色为正色。

〔39〕衍:繁衍,变化。

〔40〕曩(nǎng攮):从前。称名取类:语本《易·系辞下》:"其称名也小,其取类也大。"称名,列举物名;取类,指取用类似事物以说明本体,犹比喻。

〔41〕物而色之:即"物色"。辨认,判别。

〔42〕"不观"二句:指人的认知赶不上自然界的丰富多彩与变化无穷。

游敬亭山记[1]

"天际识归舟,云中辨江树[2]",不道宣城[3],不知言者之赏心也。姑孰据江之上游[4],山魁而水怒[5],从青山讨宛[6],则曲曲镜湾[7],吐云蒸媚[8],山水秀而清矣。曾过响潭[9],鸟语入流[10],两壁互答。望敬亭绛雾浮嵃[11],令我杳然生翼[12],而吏卒守之,不得动。

既束带竣谒事^[13],乃以青鞋走眺之^[14]。一径千绕,绿霞翳染^[15],不知几千万竹树,党结寒阴^[16],使人骨面之血,皆为茜碧^[17],而向之所谓鸟啼莺啭者,但有茫然,竟不知声在何处?厨人尾我^[18],以一觞劳之留云阁上,至此而又知"众鸟高飞尽,孤云独往还"造句之精也^[19]。眺乎,白乎^[20]!归来乎!吾与尔凌丹梯以接天语也^[21]。

日暮景收^[22],峰涛沸乱^[23],饥猿出啼,予栗然不能止^[24]。归卧舟中,梦登一大亭,有古柏一本,可五六人围,高百馀丈,世眼未睹,世想不及,峭崿斗突^[25],逼嵌其中,榜曰:"敬亭",又与予所游者异。嗟乎,昼夜相半,牛山短而蕉鹿长^[26],回视霭空间^[27],梦何在乎?游亦何在乎?又焉知予向者游之非梦,而梦之非游也^[28]?止可以壬寅四月记之尔^[29]。

《谑庵文饭小品》卷三

〔1〕敬亭山在今安徽宣城以北五公里,古名昭亭山,又名查山,虽高不足千尺,却丨岩万壑,胜迹众多,文人墨客,多有题诗。南齐谢朓《游敬亭山诗》:"兹山亘百里,合沓与云齐。"唐李白《独坐敬亭山》:"相看两不厌,只有敬亭山。"于是敬亭山因谢、李二人的诗句而名重天下。这篇游记小品落笔轻灵,从谢朓之诗句引起宣城,再过渡到敬亭山。远望之不足,继之以游踪,亲历美景仍意犹未尽,冉继之以梦境。思接千载,出神入化,如情似梦,馀韵悠长,读后令人神往。

〔2〕"天际"二句:南齐谢朓《之宣城出新林浦向板桥》诗中句。

〔3〕道:取道,经过。宣城:在今安徽东南部,北邻江苏,地处水阳江

中游。

〔4〕姑孰:即今安徽当涂。

〔5〕魁:壮伟。

〔6〕青山:在今安徽当涂东南十五公里,又名青林山。南齐谢朓曾于山南筑室与池。讨:寻访。宛:即宛溪,源出安徽宣城东南峄山,绕宣城东为宛溪,与句溪合,又北流入长江。

〔7〕镜湾:形容水流曲折回绕、平静明净。

〔8〕吐云蒸媚:如云的水汽上升徐缓。

〔9〕响潭:在今安徽宣城以南响山下。

〔10〕入流:这里形容鸟鸣动人,可列入流品。

〔11〕绛雰:同"绛氛"。赤色雾气。崄(yǐn 隐):形容山势高耸突兀。

〔12〕杳(yǎo 咬)然:形容心情悠然。《旧唐书·元德秀传》:"秩满,南游陆浑,见佳山水,杳然有长往之志。"

〔13〕束带:官服。这里引申为公务。竣:结束。谒事:拜见上司一类的官场应酬。

〔14〕青鞋:草鞋。

〔15〕绿霞翳(yì 义)染:指竹木茂盛,如同笼罩于绿色的云霞雾气之中。

〔16〕党结:密集。

〔17〕莤(yóu 油)碧:形容在浓绿映衬下,人的面色如某种水草一样泛绿。莤,《尔雅·释草》:"莤,蔓于。"注:"草生水中,一名轩于,江东呼莤。"

〔18〕尾:尾随。

〔19〕"众鸟"二句:唐李白《独坐敬亭山》五绝诗之首二句。参见本文注〔1〕。

〔20〕朓：即谢朓(464—499)，字玄晖，南朝齐著名诗人。曾任宣城太守，当涂之青山是其常游之地，故又名谢公山。白：即李白（701—762），字太白，唐朝著名诗人。他卒于当涂，先葬于与青山隔河相望之龙山，其生前好友之子范传正知李白慕谢朓，志在青山，故迁其墓于青山西麓。

〔21〕凌丹梯：语本谢朓《游敬亭山诗》："要欲追奇趣，即此陵丹梯。"丹梯，这里指高入云霄的山峰。接天语："语本李白《飞龙引二首》之二："造天关，闻天语，屯云河车载玉女。"

〔22〕景：通"影"。即日光。

〔23〕峰涛：峰岚间的林涛。

〔24〕栗然：恐惧的样子。栗，通"慄"。

〔25〕峭崿(è饿)：高崖。斗突：陡峭突兀。斗，通"陡"。

〔26〕牛山短而蕉鹿长：意谓人生短暂而如同一场大梦。牛山，语本《晏子春秋·谏上十七》："(齐)景公游于牛山(在今山东淄博)，北临其国城而流涕曰：'若何滂滂去此而死乎？'"后世即以"牛山叹"、"牛山泪"或"牛山下涕"比喻人生苦短的悲叹。蕉(qiáo桥)鹿：语本《列子·周穆王》："郑人有薪于野者，遇骇鹿，御而击之，毙之。恐人见之也，遽而藏诸隍中，覆之以蕉，不胜其喜。俄而遗其所藏之处，遂以为梦焉。"后人即以"蕉鹿"指梦幻。蕉，通"樵"。

〔27〕霄空：云霄。

〔28〕"又焉知"二句：意本《庄子·齐物论》："昔者庄周梦为蝴蝶，栩栩然蝴蝶也；自喻适志与，不知周也；俄然觉，则蘧蘧然周也。"庄子的梦蝶表现了道家人生若梦，原属虚幻的思想。

〔29〕壬寅：即明神宗万历三十年(1602)。

思任又上士英书[1]

阁下文采风流[2],才情义侠,职素钦慕[3]。即当国破众疑之际[4],爰立今上[5],以定时局,以为古之郭汾阳、今之于少保也[6]。然而一立之后,阁下气骄腹满,政本自由,兵权独握,从不讲战守之事,只知贪黩之谋[7]。酒色逢君[8],门墙固党[9],以致人心解体,士气不扬。叛兵至则束手无策[10],强敌来而先期以走[11]。致令乘舆播迁[12],社稷丘墟[13]。阁下谋国至此,即喙长三尺[14],亦何以自解?

以职上计[15]:莫若明水一盂[16],自刎以谢天下[17],则忠愤节义之士,尚尔相谅无他。若但求全首领[18],亦当立解枢权[19],授之才能清正大臣,以召英雄豪杰,呼号惕厉[20],犹可倖望中兴[21]。如或逍遥湖上,潦倒烟霞[22],仍效贾似道之故辙[23],千古笑齿,已经冷绝。再不然如伯嚭渡江[24],吾越乃报仇雪耻之国[25],非藏垢纳污之区也。职请先赴胥涛[26],乞素车白马[27],以拒阁下。

上干洪怒,死不赎辜[28]。阁下以国法处之,则当束身以候缇骑[29];私法处之,则当引领以待钼鑺[30]。

计六奇《明季南略》卷五

〔1〕士英即马士英(1591?—1646),字瑶草,明贵州贵阳人,万历四十七年(1619)进士,明末官至凤阳总督。崇祯十七年(1644),李自成

农民军攻入北京,崇祯帝朱由检自缢,马士英等拥兵立福王朱由崧于南京,是为南明弘光政权。马士英以东阁大学士兼兵部尚书,勾结奸佞阮大铖,排斥异己,令朝政大坏。清兵攻陷南京,马士英拥皇太后逃至浙,为唐王政权所不容,后入四明山为僧,被清兵所俘,不降就义(见顾城《南明史》第九章)。当时文人士大夫痛恨马阮误国,黄宗羲《汰存录》称"为相者,奸至马士英而极";但也有稍持恕词者,如夏完淳《续幸存录》即云"马是小人中之君子"。从马士英结局而言,他毕竟不同于降清的阮大铖。本文题目,文集作《让马瑶草》,内容或经删削,不如此选完整,且异文颇多。"让"是责问的意思,文中痛斥马士英以"吾越乃报仇雪耻之国,非藏垢纳污之区"二句最为脍炙人口,代表了当时文人的愤怒心情。

〔2〕阁下:古代对尊显者的敬称。

〔3〕职:旧时下属对上司的自称。王思任曾在明任官,职位没有马士英高,故称。钦慕:敬慕。

〔4〕国破众疑:明思宗崇祯十七年(1644),即清世祖顺治元年,农历三月十九日,李自成农民军攻破京师,崇祯帝煤山(即今景山)自缢,明朝覆亡。消息传到南京,已是四月间,其间人情汹汹,异常混乱。

〔5〕爰:于是。今上:指福王朱由崧(1607—1646),明神宗万历的孙子,崇祯帝朱由检的堂兄。甲申(1644)农历五月初四日为马士英等拥立为监国,五月十五日即帝位于南京,诏以明年为弘光元年。事见清计六奇《明季南略》卷一。

〔6〕郭汾阳:即郭子仪(697—781),唐华州(今陕西华县)人。以武举异等累迁朔方节度使,平定安史之乱功最高,唐肃宗誉以"国家再造",封汾阳王。卒谥忠武,世称郭汾阳。新、旧《唐书》有传。于少保:即于谦(1398—1457),字廷益,号节庵,明钱塘(今浙江杭州)人。永乐十九年(1421)进士,历官兵部侍郎。正统十四年(1449),土木之变中明

英宗为瓦剌也先所俘,于谦力排南迁之议,拥立明景帝,进兵部尚书,加少保,保卫北京,忧国忘身。英宗复辟,于谦被杀。万历间追谥忠肃。《明史》有传。

〔7〕贪黩(dú 毒):贪污。

〔8〕酒色逢君:用酒色逢迎弘光帝。清计六奇《明季南略》卷三:"马士英听阮大铖日将童男女诱上。"

〔9〕门墙固党:用师生关系结成死党。《明季南略》卷一:"大铖本士英之房师,既被废,寄居金陵,与孔昭、士英及太监李永芳交密。"弘光朝立,马士英不顾众人反对,力荐阮大铖,终于授与其兵部尚书的要职。

〔10〕叛兵:指弘光元年(1645)三月,镇守武昌的宁南侯左良玉以"清君侧"为名,引兵东下声讨马、阮,至九江,左良玉病死,事解。

〔11〕强敌:指弘光元年(1645)五月,清兵渡江,南都陷落。弘光帝与马、阮等皆先期逃亡。

〔12〕乘(shèng 剩)舆播迁:旧时指天子流亡在外。乘舆,天子或诸侯所乘的车子。这里代指弘光帝。弘光元年五月,清兵渡江,弘光帝闻讯偷逃出南京,至芜湖黄得功营中。刘良佐降清,俘获弘光,挟入南京。弘光帝于次年被杀。

〔13〕社稷:土神与谷神的合称,为古代帝王、诸侯所祭,故常用为国家的代称。丘墟:废墟,荒地。喻国家覆亡。

〔14〕喙(huì 会)长三尺:语本《庄子·徐无鬼》:"丘愿有喙三尺。"后人用来讥讽强言善辩者。喙,口。

〔15〕上计:上策。

〔16〕明水:古代祭祀所用的净水。盂:盛汤或饭的圆口器皿。

〔17〕谢:道歉,认罪。

〔18〕首领:头和脖子。代指生命。

〔19〕枢权:中枢的权力,指军政大权。

〔20〕惕厉:警惕激励。语本《易·乾》:"君子终日乾乾,夕惕若厉,无咎。"

〔21〕中兴:这里是偏安江南的意思。

〔22〕烟霞:泛指山水、山林。

〔23〕贾似道:字师宪(1213—1275),宋台州天台(今属浙江)人。以姐为宋理宗宠妃,官至右丞相。宋度宗时封太师,专权朝中,谎报军情,日事游玩,时谚有"朝中无宰相,湖上有平章"之刺。后因兵败,贬放循州,至漳州木绵庵为监送者郑虎臣所杀。《宋史》有传。

〔24〕伯嚭(pǐ痞):字子馀,春秋时楚人,奔吴,事吴王夫差为太宰。夫差打败越王勾践,勾践通过伯嚭说服夫差求得宽恕。以后越灭吴,勾践认为伯嚭"不忠无信,亡国灭君",将他杀死。事见汉赵晔《吴越春秋》卷五。

〔25〕越:山阴一带古属越国,故称。报仇雪耻之国:用越王勾践被吴王夫差打败后,卧薪尝胆终灭吴国的史实。

〔26〕胥涛:春秋时,伍子胥为吴王夫差所杀,尸投浙江,成为涛神。后世即称浙江潮为胥涛。其事本东汉赵晔《吴越春秋·夫差内传第五》:"吴王乃取子胥尸,盛以鸱夷之器,投之于江中……子胥因随流扬波,依潮往来,荡激崩岸。"

〔27〕素车白马:喻指伍子胥神灵所化的钱塘江潮。《太平广记》卷二九一"伍子胥":"自是自海门山,潮头汹高数百尺……时有见子胥乘素车白马在潮头之中。"

〔28〕辜:罪过。这里指作者上书的"罪过"。

〔29〕缇骑(tí jì 提记):明代锦衣卫校尉,除掌禁卫、仪仗、卤簿外,专可侦察、缉捕官民。

〔30〕鉏麑(xú ní 徐泥):春秋时晋国的力士。据《左传·宣公二年》,晋灵公派鉏麑去刺杀赵盾,鉏麑见赵盾是一位忠臣,不忍下手,触槐而死。这里即代指刺客。

张　鼐

张鼐(？—1629),字世调,号侗初,松江华亭(今上海松江)人。万历三十二年(1604)进士,历官少詹事、南京礼部右侍郎。明陆云龙《叙张侗初先生小品》有云:"谈文说隐,写素抒怀,又何各各如其面也者。心有规矩,物得而方圆成;笔有斧斤,物迎而形象改。仅英英丽色,入眼呈妍;馥馥奇芬,逆鼻馨起哉。是虽小品,已得大凡,文人胸有化工,于斯益信。"著有《宝日堂初集》三十二卷。

程原迩稿序[1]

南高峰下[2],松梢乱云,竹影蔽日。刳竹引泉[3],其声潺潺,出于涧底。啼鸟上下,与行人唱和。境过清,非韵士不能耦而居[4],非胸中夙有烟霞者不能畅其文章之灵气[5]。

吾友程原迩从新安来[6],同王象斗读书于此[7]。余偶过其室,瀹茗焚香[8],出文章数篇读之,旷远卓绝,涧水松风,宛在笔底。吾尝叹人生于世,凡浓艳之物,可争掬取者[9],以吾澹然当之[10],其味立尽。惟天下名山水,高人韵士与奇文章相逼而来,领此趣者觉神魂飞动,手足鼓舞。盖游不奇不旷[11],交不奇不王也[12]。

文章之借灵于湖山,如草色之借润于酥雨[13]。其于朋友之助,如鸟溯风而鱼沫水也[14]。挟册子呫哔[15],仰面看屋梁索解句者[16],恶足以语此[17]?原迩之文,饶于韵而远于趣,入于正而出于奇。倘非湖山之助,安能笔笔生动?今而往原迩益勉之矣。

吾归山中,晨起见远烟一抹,起玳瑁湖上[18],九峰隐隐在西楼可数者[19],不觉旷然远览,有南峰之怀焉[20]。原迩其时寄我新篇,令我数浮大白[21],为原迩展山水之清音也。

陆云龙等《翠娱阁评选皇明小品十六家·张侗初小品》

〔1〕为友人文稿作序,本属应酬之常,但晚明小品作家往往将写序当作抒发性灵的机会,活泼的文字辅以恬淡的思致,令文章透出一股清新之气。南朝梁刘勰《文心雕龙·物色》有云:"然屈平所以能洞监风骚之情者,抑亦江山之助乎!"本文所谓"文章之借灵于湖山"说本此。作者另有《淡泊宁静说》一文,内云:"要知功盖天下,名喧宇宙,总是赤子身上浮云过影。"也许正是这一"胸中夙有烟霞"的韵致奠定了这篇序跋小品世外之想的潇洒风度。程原迩,作者文友,生平不详。

〔2〕南高峰:在浙江杭州烟霞岭西北,与北高峰遥遥相对峙,山麓有烟霞洞、水乐洞诸景。

〔3〕刳(kū 枯):剖开。

〔4〕韵士:风雅之士。耦(ǒu 藕)而居:原指两人同处,这里指人与南高峰之"清境"同处。

〔5〕烟霞:即"烟霞志"。指隐居山林之心。

〔6〕新安:即今安徽休宁、歙县一带,隋唐时设新安郡,故称。

〔7〕王象斗:生平不详。

〔8〕瀹(yuè 月)茗:煮茶。

〔9〕掬(jū 居):两手相合捧物。

〔10〕当:承受。

〔11〕旷:这里指胸襟开阔。

〔12〕王(wàng 望):通"旺"。旺盛。这里指精神旺盛。

〔13〕"如草色"句:语本唐韩愈《早春呈水部张十八员外》:"天街小雨润如酥,草色遥看近却无。"酥雨,指濛濛细雨。

〔14〕鸟溯风:指飞鸟借助风力飞翔。语本汉张衡《西京赋》:"凤骞翥于甍标,咸溯风而欲翔。"溯风,对着风。鱼沫水:即"相濡以沫",用口沫相互湿润,比喻朋友在困难中以微小力量相互帮助。语本《庄子·大宗师》:"泉涸,鱼相互处于陆,相响以湿,相濡以沫,不如相忘于江湖。"

〔15〕挟册子:携带书籍,指读书勤奋。咿唔:形容吟诵之声。这里有嘲讽意。

〔16〕"仰面"句:形容苦思冥想的样子。语本《梁书·南平王伟传》:"恭平从容谓人曰:'下官历观世人,多有不好欢乐,乃仰眠床上,看屋梁而著书,千秋万岁,谁传此者?'"

〔17〕恶(wū 巫):怎么。

〔18〕玳瑁湖:作者家乡松江一带湖名。

〔19〕九峰:即松郡九峰,在今上海松江西北,为一群小山丘,名厍公山、凤凰山、薛山、佘山、辰山、天马山、机山、横云山、小昆山。

〔20〕南峰之怀:想念程原迓。以南高峰借代程原迓。

〔21〕浮大白:这里指满饮或畅饮酒。大白,大酒杯。

陈仁锡

陈仁锡(1579—1636),字明卿,号芝台,长洲(今江苏苏州)人。天启二年(1622)第三名进士,授翰林编修,以抵制权宦魏忠贤落职归。崇祯改元,复故官,历右中允、国子司业、右谕德、南京国子祭酒,以疾卒。南明福王时谥文庄。《明史》有传,称:"仁锡讲求经济,有志天下事,性好学,喜著书,一时馆阁中博洽者鲜其俦云。"著有《无梦园集》三十四卷,评选《古文奇赏》二十二卷、《续奇赏》三十四卷、《三续奇赏》二十六卷、《明文奇赏》四十卷。

冒宗起诗草序[1]

己未[2],识冒宗起于灯市[3],气不可一世[4],而恂恂下人[5],文特秀挺[6]。兹集又一变矣[7],盖游蜀作也。险阻增壮采。尝论文字如美人,浮香掠影[8],皆其侧相,亦须正侧俱佳。今文字日媚日薄,可斜视不可正观;如美人可临水,不可临镜。宗起,镜中人也。所著《山水影》,镜中影也。宗起自此远矣[9]。

《陈太史无梦园初集·马集》卷三

[1] 冒宗起即冒起宗(1590—1654),字宗起,一字嵩少,如皋(今属

江苏)人。崇祯元年(1628)进士,授行人,迁南京吏部主事,历郎中,出为兖西佥事,官至湖南宝庆副使,乞休归。著有《得全堂集》、《七游草》、《守筌》等。他是明末四公子之一冒襄(辟疆)的父亲。陈仁锡长于冒宗起十一岁,这篇序跋小品有提携后进之意,所以文字灵动,凸显晚明小品天趣横生之态,更有杜甫"不觉前贤畏后生"之意。

〔2〕己未:即明万历四十七年(1619)。

〔3〕灯市:旧时正月十五元宵节前后张设与悬售花灯的地方。

〔4〕气:这里指人的器宇风度。

〔5〕恂(xún 寻)恂:温顺恭谨的样子。语本《论语·乡党》:"孔子于乡党,恂恂如也,似不能言者。"下人:对人谦让,甘居于人之后。

〔6〕秀挺:优异特出。

〔7〕兹集:即指冒宗起游蜀诗草《山水影》。

〔8〕浮香掠影:飘溢的香气与一掠而过的身影。这里比喻诗文的表面印象。

〔9〕自此远矣:形容其诗文内质充盈,馀味无穷。语本《庄子·山木》:"送君者皆自崖而反,君自此远矣!"宋人宋祁《笔记》谓读《庄子》这一句"令人萧寥有遗世之意"。

艾南英

艾南英(1583—1646),字千子,号天佣子,东乡(今属江西)人。天启四年(1624)举人,以对策中有讥讽当时权阉魏忠贤语,罚停会试三科。崇祯帝即位,诏许会试,久之不第,而文名日盛。清兵渡江南下,艾南英入闽,曾上南明唐王隆武政权"十可忧疏",授兵部主事,寻改御史,翌年八月卒于延平。艾南英为晚明八股文大家,与同郡章世纯、罗万藻、陈际泰有改革时文之举。《明史》有传,称其"好学无所不窥","负气陵物,人多惮其口"。他与钱谦益排诋王世贞、李攀龙等后七子的文学复古主义不遗馀力,致力于古文风气的转变,并曾组织文学社团豫章社。著有《天佣子集》二卷(后有重刻十卷本)、《艾千子先生全稿》一卷等。

自叙[1]

予年十有七以童子试受知于平湖李养白先生[2],其明年春为万历庚子[3],始籍东乡县学[4],迄万历己未[5],为诸生者二十年[6],试于乡闱者七年[7],饩于二十人中者十有四年[8]。所受知邑令长凡二人[9],所受知郡太守凡三人[10],所受知督学使者凡六人[11]。于是先后应试之文积若干卷[12],既删其不足存者,而其可存者,不独虑其亡佚散乱,无以自考;又重其皆出于勤苦忧患、惊怖束缚之中,而且以存知己之感也。乃取而寿之梓[13],而序其所以梓之之意。

曰:嗟乎! 备尝诸生之苦,未有如予者也。旧制,诸生于郡县有司按季课程,名季考[14];及所部御史入境取其士什之一而校之,名观风[15]。二者既非诸生黜陟进取之所系[16],而予又以懒慢成癖,辄不及与试。独督学使者于诸生为职掌其岁考[17],则诸生之黜陟系焉,非患病及内外艰[18],无不与试者。其科考则三岁大比[19],县升其秀以达于郡,郡升其秀以达于督学,督学又升其秀以试于乡闱。不及是者,又有遗才、大收以尽其长[20],非是途也,虽孔孟无由而进[21]。故予先后试卷,尽出是二者。

试之日,衙鼓三号[22],虽冰霜冻结,诸生露立门外,督学衣绯坐堂上[23],灯烛辉煌,围炉轻暖自如。诸生解衣露足,左手执笔砚,右手持布袜,听郡县有司唱名[24],以次立甬道[25],至督学前。每诸生一名,搜检军士二名,上穷发际,下至膝踵,倮腹赤踝[26],为漏数箭而后毕[27]。虽壮者,无不齿震冻慄,腰以下,大都寒冱僵裂[28],不知为体肤所在。遇天暑酷烈,督学轻绮荫凉[29],饮茗挥箑自如[30]。诸生什佰为群,拥立尘垒中[31],法既不敢执扇,又衣大布厚衣,比至就席[32],数百人夹坐,烝熏腥杂[33],汗淫浃背[34],勺浆不入口[35],虽设有供茶吏,然率不敢饮,饮必朱钤其牍[36],疑以为弊,文虽工,降一等。盖受困于寒暑者如此。既就席,命题[37]。题一以教官宣读[38],便短视者[39];一书牌上,吏执而下巡,便重听者[40]。近废宣读,独以牌书某学某题,一日数学,则数吏执牌而下[41]。而予以短视,不能见咫尺,必屏气嗫嚅询傍舍生[42],问所目[43]。而督学又望视台上[44],东西立瞭高军四名[45],诸生无敢仰视四顾、丽立伸欠、倚语侧席者[46]。有则又朱钤其牍,以越规论[47],文虽工,降一等。用是腰脊拘困,虽溲溺不得自由[48]。盖所以縶其手足便利者又如此[49]。所置坐席,取给工吏,吏人半侵渔所费[50],仓卒取办,临时规制,狭迫不能舒左右肱[51],又薄脆疏缝,据坐稍重,即恐折仆[52]。而同号诸生常十馀人,虑有更号[53],率十馀坐以竹联之。手足稍动,则诸坐皆动,竟日无宁时,字为跛踦[54]。而自闽中一二督学重怀挟之禁[55],诸生并不得执砚。砚又取给工吏,率皆青刓顽石[56],滑不受墨,虽一事足以困其手力。不幸坐漏痕承檐所在[57],霖雨倾注[58],以衣覆卷,疾书而毕事。盖受困于胥史之不谨者又如此[59]。比阅卷,大率督学以一人阅数千人之文。文有平奇虚实、烦简浓淡之异,而主司之好尚亦如之[60],取必于一流之材[61],则虽宿学不能无恐[62],而予常有天幸然。高下既定,督学复衣绯坐堂上,郡县有司候视门外,教官立阶下,诸生俯行以次至几案前[63],跽而受教[64],噤不敢发声。视所试优劣,分从甬道西角门以出。当是时,其面目不可以语妻孥[65]。盖所为拘牵文法以困折其气者又如此[66]。嗟乎!备尝诸生之苦,未有如予

529

者也。

至入乡闱,所为搜检防禁、囚首垢面、夜露昼暴、暑暍风沙之苦[67],无异于小试[68]。独起居饮食稍稍自便,而房司非一手,又皆簿书狱讼之馀[69],非若督学之静专屏营,以文为职。而予七试七挫,改弦易辙,智尽能索[70]。始则为秦汉子史之文,而闱中目之为野;改而从震泽、毗陵成、弘先正之体,而闱中又目之为老;近则虽以《公》、《穀》、《孝经》、韩、欧、苏、曾大家之句,而房司亦不知其为何语[71]。每一试已,则登贤书者虽空疏庸腐、稚拙鄙陋[72],犹得与郡县有司分庭抗礼。而予以积学二十馀年,制艺自鹤滩、守溪下至弘、正、嘉、隆大家[73],无所不究;书自六籍子史[74],濂、洛、关、闽[75],百家众说,阴阳、兵、律[76],山经、地志[77],浮屠、老子之文章[78],无所不习[79],而顾不得与空疏庸腐、稚拙鄙陋者为伍。每一念至,欲弃举业不事,杜门著书,考古今治乱兴衰之故,以自见于世[80],而又念不能为逸民以终老[81]。嗟乎!备尝诸生之苦,未有如予者也。

古之君子有所成就,则必追原其敫历勤苦之状以自警[82]。上至古昔圣人,昌言交拜[83],必述其艰难创造之由。故曰:"逸能思初,安能惟始。"[84]故予虽事无所就,试卷亦鄙劣琐陋,不足以存,然皆出于勤苦忧患、惊怖束缚之中。而况数先生者,又皆今世名人钜公[85],而予以一日之艺,附弟子之列,语有之:知己重于感恩[86]。今有人于此,衣我以文绣[87],食我以稻粱[88],乐我以台池鼓钟[89],然使其读予文而不知其原本圣贤,备见古今与道德性命之所在[90],予终不以彼易此。且予淹困诸生[91],既无以报知己,而一二君子,溘先逝者[92],又无以对先师于地下。以其出于勤苦忧患、惊怖束缚之中,而又以存知己之感,此试卷之所为刻也。若数科闱中所试[93],则世皆以成败论人,不欲尘世人之耳目[94],又类好自表见,形主司短长[95],故藏而匿之,然终不能忘其姓名。骎儿五岁能读书[96],将封识而使掌之[97],曰:此某司理、某令尹为房考时所摈也[98]。既以阴志其姓名[99],而且使骎儿读而鉴,鉴而为诡遇以逢时[100],无如父之拙也。

《天佣子集》卷二

〔1〕"自叙"即"自序",是作者为自选其参加岁考、科考的八股文试卷成集而写的序言,文笔工致,井井有条,文学价值而外,还具有一定的史料价值。据文中所述,这篇《自叙》当写于万历四十七年(1619),这一年作者三十七岁,已做了二十年的秀才,参加过七次乡试,尚未中举。作者以亲身经历,用饱蘸血泪的笔墨讲述了明代诸生参加岁考以及乡试的窘迫狼狈之状。对于乡试取士的科场腐败与黑白颠倒,尤为痛心疾首,愤愤不平之意溢于言表。清初蒲松龄在其名著《聊斋志异》中有《王子安》一篇,篇末"异史氏曰"有所谓"秀才入闱,有七似焉"之讽,分别以"似丐"、"似囚"以及"似秋末之冷蜂"等形容比喻,曲尽当事者在场屋中无可奈何的沮丧心态。若将两者对照参看,正可谓异代共悲,端在同病。封建专制下的科举取士弊端,可见一斑。

〔2〕童子试:即童生试,简称童试,也称小考、小试,是明清两代获取生员(即诸生,又俗称秀才)资格的入学考试,包括县试、府试(或直隶

州、厅试)以及院试三个阶段。三年内举行两次,应考者无论年龄大小皆称童生,或称儒童、文童,录取者即进学,称生员。平湖:今属浙江,邻接上海。李养白先生:生平不详,当是作者家乡东乡县县令。明清两代县试多由知县主持。

〔3〕万历庚子:即明神宗万历二十八年(1600)。

〔4〕始籍东乡县学:即开始进入东乡县学生员的行列。籍,这里指入学籍。童生县试通过后还要历经府(或直隶州、厅)试、院试,合格以后才能成为生员,所以有一定时间间隔。东乡,今属江西,在该省东北部。

〔5〕万历己未:即明神宗万历四十七年(1619)。

〔6〕诸生:即生员。明清时代凡经本省各级考试取入县学、府学或州学者,通名生员,习惯呼为秀才,文章中则常称为诸生。

〔7〕乡闱(wéi围):即乡试。明清两代每三年一次在各省省城(包括京城)举行的考试。凡本省生员与监生、荫生、官生、贡生,经科考、录科或录遗考试合格者,皆可参加。逢子、午、卯、酉年为正科,遇庆典加试一科称恩科。考期在农历八月,分为三场,中式者即称为举人。闱,指科举考试。七年:这里是七个乡试年的意思,即考过七次乡试,须经二十年左右。

〔8〕"饩(xì戏)于"句:指从补为廪膳生员至今已经十四年。明初,县、州、府学生员每月皆给廪米,补助其生活。各学均有名额限制,明王圻《续文献通考》卷六十《学校考》:"在京府学生员六十人,在外府学四十人,州学三十人,县学二十人,日给廪膳,听于民间选补,仍免其家差徭二丁。"后为收揽人材,下令增广生员,无廪膳。廪膳生员有缺,例从增广生员选补;嘉靖以后,廪膳生员的增补则要根据岁、科两试的成绩来决定。艾南英之补廪当属后者。饩,廪给,俸禄。

〔9〕邑令长:指县令,为主持童生县试者。

〔10〕郡太守:指知府,为主持童生府试者。

〔11〕督学使者:即提学官,又称提学道、提督学政或提督学校官。明中期始置,南、北两京与十三布政使司各置一人。两京以御史,十三布政使司以按察司副史、佥事充任。任期三年,巡回主持童生的院试以及各府、州、县生员的岁试、科试。

〔12〕应试之文:明代进学或科举考试的功令文字,即八股文,又称制义、制艺等。这里指作者进学以及参加岁考、科考的八股文。

〔13〕寿之梓:指雕印成书以使流传久远。梓,印书的雕版,古代雕版以梓木为上,故称。

〔14〕"旧制"三句:明代由地方守令和教官主持的对在校生员每三月一次的日常考试。生员的文具、伙食例由府、县官府提供,试后按生员的文艺德行优劣定出名次,分等奖励。明中叶以后,对生员的月课季考制度已日渐松懈,此文所述即为一证。有司,官吏。古代设官分职,各有专司,故称。

〔15〕"及所部御史"二句:明代宣德以后都察院属官按省分为十三道监察御史,正七品。《明史·职官二》:"十三道监察御史,主察纠内外百司之官邪,或露章面劾,或封章奏劾。在内两京刷卷,巡视京营,监临乡、会试及武举……在外巡按,清军,提督学校……按临所至……勉励学校,表扬善类,剪除豪蠹,以正风俗,振纲纪。"又明陈柏《嵩渚李先生墓碑》:"后摄学政,三晋人士,骎骎向风,一时中丞及御史观风者,交章荐之。"校,考核。观风,这里指观看生员德行学业。

〔16〕黜陟(chù zhì 触至):这里指人才的进退。语本《尚书·舜典》:"三载考绩,三考黜陟幽明。"孔安国传:"黜退其幽者,升进其明者。"系:关联,牵涉。

〔17〕岁考:又称岁试,是由提学官主持的对在校生员的考试。《明史·选举一》:"提学官在任三岁,两试诸生。先以六等试诸生优劣,谓

533

之岁考。一等前列者,视廪膳生有缺,依次充补,其次补增广生。一二等皆给赏,三等如常,四等挞责,五等则廪、增递降一等,附生降为青衣、六等黜革。"在明代,随时代与地区的不同,岁考时间间隔并不一致。

〔18〕内外艰:父母之丧。旧时称母丧为内艰,父丧为外艰。

〔19〕科考:也称科试,提学官选拔优等生员参加乡试的考试。《明史·选举一》:"继取一二等为科举生员,俾应乡试,谓之科考。其充补廪、增给赏,悉如岁试。其等第仍分为六,而大抵多置三等。三等不得应乡试,挞责者仅百一,亦可绝无也。"三岁大比:隋唐以后称科举考试为大比,语本《周礼·地官·乡大夫》:"三年则大比,考其德行、道艺,而兴贤者、能者。"明代乡试,一般三年举行一次,科考作为乡试的准备,也三年一行。

〔20〕遗才:生员因故未参加科考或错过机会者,可以参加一次补考,称遗才试,或称录遗。大收:科考、遗才全错过机会者,还有最后一次"散遗才"的补考机会,称为大收。遗才、大收合格者均可参加乡试。

〔21〕"非是途也"二句:明清文人科举心态的真实反映。清吴敬梓《儒林外史》第十三回借马二先生之口云:"到本朝用文章取士,这是极好的法则。就是夫子在而今,也要念文章,做举业,断不讲那'言寡尤,行寡悔'的话。何也?就日日讲究'言寡尤,行寡悔',那个给你官做?孔子的道也就不行了。"孔孟,即被封建文人奉为圣贤的孔子与孟子。

〔22〕衙鼓:旧时官府衙门所设用以集散曹吏的鼓。号(hào 浩):号令。

〔23〕衣绯(fēi 非):身穿红色的官服。

〔24〕唱名:高声呼名,点名。《北史·元文遥传》:"令赵郡王叡宣旨唱名,厚加慰谕。"

〔25〕甬道:过道。

〔26〕倮(luǒ 裸):同"裸"。踝(huái 淮):脚跟。

〔27〕为漏数箭:指经过很长一段时间。我国古代以漏壶计时,漏壶又称漏刻,是利用滴水多寡来计量时间的一种仪器。漏壶中插一标竿,称为箭,箭下有箭舟为托,浮于水面。水流入或流出壶中,箭上升或下沉,即可借相关刻度以计时。前者为浮箭漏,后者称沉箭漏。中国古代流传较广者为浮箭漏。

〔28〕寒冱(hù 互):极寒冷。

〔29〕轻绮(qǐ 启)荫凉:穿着细薄的绸衣,坐于荫凉中。绮,有花纹的丝织品。

〔30〕饮茗:饮茶。箑(shà 歃):扇子。

〔31〕尘坌(bèn 笨):尘土。

〔32〕比至:及至。

〔33〕烝熏:也作"熏烝"。气、味升腾或散发。《墨子·节用中》:"逮夏,下润湿,上熏烝,恐伤民之气,于是作为宫室而利。"烝,同"蒸"。

〔34〕汗淫浃背:汗流浃背。淫,浸淫,浸渍。

〔35〕勺浆:微量的水。

〔36〕朱钤(qián 前)其牍:用红色的印记盖在考卷上。钤,盖印。牍,这里指试卷。

〔37〕命题:出考题。

〔38〕教官:即学官,古代主管学务的官员与官学教师。《明史·选举一》:"于是大建学校,府设教授,州设学正,县设教谕,各一。俱设训导,府四,州三,县二。"

〔39〕短视:近视。

〔40〕重(zhòng 众)听:听觉迟钝,耳聋。

〔41〕"独以"三句:明代岁考,提学官所辖府学与各县学生员皆在同一考场应试,而各府、县学所出试题不同,在学生员应试,须认准自己所属学校的试题,方可下笔。某学某题,即指某府学或某县学所出的八

股文题目。

〔42〕嗫嚅(niè rú 聂如):窃窃私语的样子。汉东方朔《七谏·怨世》:"改前圣之法度兮,喜嗫嚅而妄作。"王逸注:"嗫嚅,小语谋私貌也。"傍舍生:邻近的应试生员。

〔43〕问所目:询问所出题目。

〔44〕望视台上:在台上张望。

〔45〕瞭(liào 料)高军:高处瞭望的兵卒。明吴炳《绿牡丹·帘试》:"兀那生员不归号房,出外闲走,不怕瞭高的拿犯规么?"

〔46〕丽立伸欠:并立伸懒腰,打哈欠。丽,偶,成对。倚语侧席:为贴近说话而歪坐着。倚,贴近。侧席,不正坐。

〔47〕越规:违犯规则。

〔48〕溲溺(sōu niào 搜尿):解小便。

〔49〕絷(zhí 执):拘束。便利:排泄屎尿。《汉书·韦玄成传》:"玄成深知其非贤雅意,即阳为病狂,卧便利,妄笑语昏乱。"

〔50〕侵渔所费:侵吞置办坐席的费用。

〔51〕舒:伸展。肱(gōng 工):手臂。

〔52〕折仆:坐席断折令人向前跌倒。

〔53〕更号:调换坐位。

〔54〕跛踦(bǒ qī 搏上声欺):行步不稳的样子。这里形容字体偏斜不端正。

〔55〕闽中:指今福建一带。这里表明提学官的籍贯。重怀挟之禁:严防考试作弊。怀挟,指考生应试中的挟带行为或挟带的文字等。五代王定保《唐摭言·主司失意》:"密旨令内人于门搜索怀挟,至于巾屦,靡有不至。"

〔56〕青刓(wán 玩)顽石:指用青色坚石雕凿成的砚。刓,凿刻。

〔57〕漏痕承檐:漏雨处或屋檐下。

〔58〕霖(lín 林)雨:连绵大雨。

〔59〕胥(xū 须)吏:官府中的小吏。不谨:不恭敬。

〔60〕主司:科举的主试官。

〔61〕取必:要求接受并坚决做到。

〔62〕宿学:学识渊博、修养有素的学者。《史记·老子韩非列传》:"然善属书离辞,指事类情,用剽剥儒墨,虽当世宿学不能自解免也。"

〔63〕俯行:低头而行。

〔64〕跽(jì 寄):两膝着地,上身挺直。

〔65〕妻孥(nú 奴):妻子和儿女。

〔66〕拘牵:拘泥。文法:法规,条例。

〔67〕囚首垢面:形容人因久不梳洗而致头发蓬乱,脸上肮脏,如同囚犯一样。语本《汉书·王莽传上》"乱首垢面"与宋苏洵《辨奸论》"囚首丧面"。暑喝(yē 椰):暑天的炎热。

〔68〕小试:这里指岁试、科试。

〔69〕"而房司"二句:明代乡试、会试皆按考生所习经,由主考官之下的同考官分房阅卷,各房同考官择优荐于主考官,再决定去取。房司,即同考官,又称房官。明末朱之瑜《朱舜水集》卷十《问答二·答安东守约问八条》:"同考试官,即分考,即房考,即经房,此五经房也。推官、知县、教谕、教授为之。"又同书卷十一《问答四·答小宅生顺问六十一条》言明末乡试同考官人数云:"《诗经》六房,《易经》六房,《书经》四房,《春秋》一房,《礼记》一房。"由于同考官之选用,多取于知县、教官、推官等,所以文中称"皆簿书狱讼之馀",而不如提学官专"以文为职"。

〔70〕智尽能索:智慧、能耐都已用尽。语本《史记·货殖列传》:"此有知尽能索耳,终不馀力而让财矣。"索,尽,空。

〔71〕"始则"六句:《明史·选举一》:"万历十五年,礼部言:'唐文初尚靡丽而上趋浮薄,宋文初尚钩棘而人习险谲。国初举业有用六经语

者,其后引《左传》、《国语》矣,又引《史记》、《汉书》矣。《史记》穷而用六子,六子穷而用百家,甚至佛经、道藏摘而用之,流弊安穷。弘治、正德、嘉靖初年,中式文字纯正典雅。宜选其尤者,刊布学宫,俾知趋向。'因取中式文字一百十馀篇,奏请刊布,以为准则。时方崇尚新奇,厌薄先民矩镬,以士子所好为趋,不遵上指也。启、祯之间,文体益变,以出入经史百氏为高,而恣轶者亦多矣。虽数申诡异险僻之禁,势重难返,卒不能从。论者以明举业文字比唐人之诗,国初比初唐,成、弘、正、嘉比盛唐,隆、万比中唐,启、祯比晚唐云。"秦汉子史之文,即指诸子与《国语》、《史记》、《汉书》的文字。震泽,即王鏊(1450—1524),字济之,号守溪,又号震泽先生,吴县(今江苏苏州)人。成化十年(1474)乡试、第二年会试皆第一,廷试第三,授编修。历官户部尚书兼文渊阁大学士,卒谥文恪。著有《姑苏志》、《震泽集》、《震泽长语》等。《明史》有传,称其"博学有识鉴,文章尔雅,议论明畅",又云:"少善制举义,后数典乡试,程文魁一代。取士尚经术,险诡者一切屏去。弘、正间,文体为一变。"毗陵,即唐顺之(1507—1560),详本书作者小传。他是武进(今江苏常州)人,西汉属毗陵县,故称。成,成化(1465—1487),明宪宗朱见深(1447—1487)年号。弘,弘治(1488—1505),明孝宗朱祐樘(1470—1505)年号。先正,前代的贤臣。语本《尚书·说命下》:"昔先正保衡,作我先王。"公,即《公羊传》,相传为战国齐人公羊高所撰,阐释《春秋》。榖,即《榖梁传》,相传为战国间榖梁赤撰,释《春秋》义例。《公羊传》、《榖梁传》与《左传》合称《春秋》三传。孝经,儒家经典之一,以宣扬孝道与孝治思想为主,有今文、古文两本。韩,即韩愈(768—824),唐代文学家。欧,即欧阳修(1007—1072),宋代文学家。苏,即苏洵(1009—1066)、苏轼(1036—1101)、苏辙(1039—1112)父子,号三苏,宋代文学家。曾,即曾巩(1019—1083),宋代文学家。

〔72〕登贤书:指乡试中式。语本《周礼·地官·乡大夫》:"乡老及

乡大夫群吏献贤能之书于王。"贤能之书,即举荐贤能的名录,后世常以"贤书"指乡试中式的名榜。

〔73〕制艺:即八股文,又称八比文、制义、时文、四书文等,为明清科举考试的主要文体。鹤滩:即钱福(1461—1504),字与谦,号鹤滩,松江华亭(今属上海)人。弘治三年(1490)以会试、廷试第一授翰林院修撰。诗文藻丽敏妙,有《鹤滩集》。守溪:即王鏊,详注〔71〕。弘,弘治,详注〔71〕。正,正德(1506—1521),明武宗朱厚照(1491—1521)年号。嘉,嘉靖(1522—1566),明世宗朱厚熜(1507—1566)年号。隆,隆庆(1567—1572),明穆宗朱载垕(1537—1572)年号。人家,指归有光、胡友信等人。《明史·归有光传》:"有光制举义,湛深经术,卓然成大家。后德清胡友信与齐名,世并称归胡。"

〔74〕六籍:即六经。指《诗》、《易》、《书》、《礼》、《春秋》与《乐》六部儒家经典,《乐》早佚。子史:中国古代图书经、史、子、集四部分类法的第二、三两类。子部又称丙部,收诸子百家及释道宗教等著作。《隋书·经籍志》分为儒、道、法、名、墨、纵横、杂、农、小说、兵、天文、历数、五行、医方十四类。史部又称乙部,包括历代正史、杂史、野史等等。

〔75〕濂洛关闽:指宋代理学家周敦颐、程颢、程颐、张载、朱熹的学说。周敦颐(1017—1073),字茂叔,号濂溪,道州营道(今湖南道县)人。历官南安军司理参军、郴州知州,卒于知南康军任。精于《易》学,著有《太极图说》、《通书》等。程颢、程颐曾从之受业,为宋代理学之宗。程颢(1032—1085),字伯淳,世称明道先生,洛阳(今属河南)人。宋嘉祐间进士,历官太子中允、签书镇宁军判官。程颐(1033—1107),字正叔,世称伊川先生,程颢之弟。历官崇政殿说书、管勾西京国子监。二程同学于周敦颐,以"天理"为哲学最高范畴,世称兄弟二人之学术为"洛学"。后人编有《二程全书》。张载(1020—1078),字子厚,世称横渠先生,凤翔郿县(今陕西眉县)横渠镇人。宋嘉祐间进士,历官崇文院校

书、同知太常礼院。为学以《易》为宗,以《中庸》为体,以孔、孟为法,主张"理在气中"。以讲学关中,故其学派称"关学"。著有《正蒙》、《张子语录》等,后人编有《张子全书》。朱熹(1130—1200),字元晦,一字仲晦,号晦庵,别称紫阳,宋徽州婺源(今属江西)人,生于南剑州尤溪(今属福建),后徙居建阳(今属福建)考亭。宋绍兴间进士,历官秘阁修撰、焕章阁待制,致仕归。他受业于李侗,得二程之传,是宋代理学之集大成者,对后世影响巨大,后世称其学派为"闽学"。著有《四书章句集注》、《诗集传》、《楚辞集注》、《资治通鉴纲目》等,后人又编有《朱子语类》、《朱文公文集》等。

〔76〕阴阳:这里指阴阳家学说。阴阳家是战国时期提倡阴阳五行说的一个学派,代表人物为邹衍等,以所谓"五德终始"说论证王朝更替与历史变革。兵:兵家之书。《汉书·艺文志》:"兵家者,盖出古司马之职,王官之武备也。"律:这里指律历方面的书,即乐律与历法之类的典籍。

〔77〕山经:泛指记录山脉的舆地之书。地志:专记地理情况的书。

〔78〕浮屠:或作"浮图",为梵语音译,即佛陀、佛。《后汉书·西域传·天竺》:"其人弱于月氏,修浮图道,不杀伐,遂以成俗。"李贤注:"浮图,即佛也。"这里指佛学典籍。老子:即老聃,春秋战国时楚苦县人,曾为周藏书室史官。相传《道德经》五千言,又名《老子》,为其所著。这里指道家典籍。

〔79〕无所不习:语本唐韩愈《毛颖传》:"阴阳、卜筮、占相、医方、族氏、山经、地志、字书、图画、九流百家、天人之书,及至浮图、老子、外国之说,皆所详悉。"

〔80〕自见(xiàn 现):自我表白,显露自己才能。汉司马迁《报任少卿书》:"垂空文以自见。"

〔81〕逸民:指遁世隐居的人。语本《论语·微子》:"逸民:伯夷、叔

齐、虞仲、夷逸、朱张、柳下惠、少连。"何晏集解:"逸民者,节行超逸也。"

〔82〕敭(yáng扬)历:指仕宦所经历。敭,"扬"的古字。《三国志·魏志·管宁传》:"优贤扬历,垂声千载。"裴松之注:"《今文尚书》曰'优贤扬历',谓扬其所历试。"

〔83〕昌言交拜:语本《尚书·虞夏书·大禹谟》:"禹拜昌言曰'俞'。"孔安国传:"昌,当也,以益言为当,故拜受而然之。"这里是讲上古圣人相对而拜受对方的善言。昌言,善言,正当的言论。交拜,相对而拜,古人见面的礼节。

〔84〕"故曰"二句:语本汉司马迁《史记·乐书第二》:"君子不为约则修德,满则弃礼,佚能思初,安能惟始,沐浴膏泽而歌咏勤苦,非大德谁能如斯!"意即安闲后不忘先前的困苦。

〔85〕钜(jù巨)公:大师,巨匠。唐李贺《高轩过》:"云是东京才子,文章钜公。"

〔86〕知己重于感恩:语本唐韩愈《上张仆射书》:"虽日受千金之赐,一岁九迁其官,感恩则有之矣,将以称于天下曰知己,则未也。"明何景明《祭李默先生文》:"感恩易耳,知己难也。"又明王世贞《寄少司马丁公》:"古称知己重于感恩,何者?明其难全也。"

〔87〕文绣:刺绣华美的丝织品或衣服。

〔88〕稻粱:稻与粱,谷物的总称。《史记·礼书》:"稻粱五味,所以养口也。"

〔89〕台池:楼台池苑,指园林游赏之地。鼓钟:鼓与钟,指悦耳的音乐。

〔90〕性命:万物的天赋和禀受。《易·乾》:"乾道变化,各正性命。"

〔91〕淹困:久困。

〔92〕溘(kè克)先逝者:忽然先死的人。溘,忽然。

541

〔93〕数科闱中:指作者参加的几次乡试。

〔94〕尘:污染。有自谦意。

〔95〕刑主司短长:暴露主考与房考的短处、缺陷。

〔96〕骟(táo 陶)儿:艾斯骟(1615—?),艾南英的长子。

〔97〕封识(zhì 志):封缄并加标记。

〔98〕司理:又作"司李",推官的别称。推官是明代知府的佐贰官,掌理刑名,赞计典,正七品,顺天府、应天府为从六品。乡试时可充任同考官(房考)。令尹:明代对知县的尊称。知县掌一县之政令,正七品。乡试时可充任同考官(房考)。摈(bìn 鬓):排斥,摈弃。

〔99〕阴:暗暗地,偷偷地。

〔100〕诡遇:语本《孟子·滕文公下》:"吾为之范我驰驱,终日不获一;为之诡遇,一朝而获十。"原意指违背规矩,打猎时驱车横射禽兽。后用来比喻用不正当的手段去追求、获取某种东西。唐白居易《适意》诗之二:"直道速我尤,诡遇非吾志。"逢时:指遇上好时运。

谭元春

谭元春(1586—1637),字友夏,湖广竟陵(今湖北天门)人。天启七年(1627)楚闱乡试第一,后应礼部试,不第。他与同里钟惺共选《诗归》,反对拟古,提倡性灵,一时声名大震。《明史》有传,称:"钟、谭之名满天下,谓之'竟陵体'。然两人学不甚富,其识解多僻,大为通人所讥。"竟陵派散文,前人虽有"幽深孤峭"之评,但其散文小品也多有韵味,不乏清新之作。传世有《谭友夏合集》二十三卷。今人有整理本《谭元春集》三十四卷,上海古籍出版社1998年出版。

三游乌龙潭记[1]

予初游潭上,自旱西门左行城阴下[2],卢苇成洲,隙中露潭影。七夕再来[3],又见城端柳穷为竹,竹穷皆芦,芦青青达于园林[4]。后五日,献孺召焉[5]。止生坐森阁未归[6],潘子景升、钟子伯敬由芦洲来[7],予与林氏兄弟由华林园、谢公墩取微径南来[8],皆会于潭上。潭上者,有灵应[9],观之。

冈合陂陀[10],木杪之水坠于潭[11]。清凉一带[12],丛灌其后[13],与潭边人家檐溜沟勺入浚潭中[14],冬夏一深。阁去澶虽三丈馀[15],若在潭中立;筏行潭无所不之,反若住水轩[16]。潭以北,莲叶未败,方作秋香气,令筏先就之。又爱隔岸林木,有朱垣点深翠中[17],令筏泊之。初上蒙翳[18],忽复得路,登登至冈[19]。冈外野畴方塘,远湖近圃。宋子指谓予曰:"此中深可住。若冈下结庐,辟一上山径,俯空杳之潭[20],收前后之绿,天下升平,老此无憾矣!"已而茅子至,又以告茅子。

是时残阳接月,晚霞四起,朱光下射,水地霞天。始犹红洲边,已而潭左方红,已而红在莲叶下起,已而尽潭皆赪[21]。明霞作底,五色忽复杂之。下冈寻筏,月已待我半潭。乃回篙泊新亭柳下[22],看月浮波际,金光数十道,如七夕电影[23],柳丝垂垂拜月。无论明宵,诸君试思前番风雨乎[24]?相与上阁,周望不去。适有灯起荟蔚中[25],殊可爱。或曰:"此渔灯也。"

《谭元春集》卷二十

[1] 明万历四十七年(1619),旅居南京的谭友夏曾三游乌龙潭,写下"初游"、"再游"、"三游"三篇游记。初游言大略,并记造筏代舟;再游记雨;三游则记晴与入夜。三次游乌龙潭各有特色,描写也绘声绘色,令读者有身临其境之感。乌龙潭在南京城西清凉山下,相传晋代时此处常有乌龙出现,故名。今建有乌龙潭公园,辟为风景区。作为一篇游记小品,这篇散文用笔简练,结构谨严,读者可从中体会到竟陵派文章的一些特点。

[2] 旱西门:即石城门,在南京城西,又名汉西门,为进出南京西部的要道。

〔3〕七夕:农历七月初七之夕,俗传牛郎织女于此夜在天河相会。又名乞巧节。

〔4〕青(jīng 晶)青:草木茂盛的样子。《诗·卫风·淇奥》:"瞻彼淇奥,绿竹青青。"毛传:"青,茂盛貌。"

〔5〕献孺:即宋献孺,作者友人。见《初游乌龙潭记》。

〔6〕止生:即茅元仪(1594—1640),字止生,号石民,归安(今浙江湖州)人,茅坤之孙。少知兵,天启元年(1621)授副将,后待诏翰林。崇祯初以军功授副总兵,署大将军印,以兵哗变下狱,遣戍漳浦,赍志而殁。撰有《武备志》、《略书》、《石民四十集》、《石民诗集》等三千九百馀卷。森阁:茅元仪建于乌龙潭的轩阁,见《初游乌龙潭记》。

〔7〕潘子景升:即潘之恒(1556—1622),字景升。详见本书作者小传。钟子伯敬:即钟惺(1574—1625),字伯敬。详见本书作者小传。芦洲:在湖北鄂城以西。

〔8〕林氏兄弟:指林君迁、林古度兄弟二人。弟林古度(1580—1666),字茂之,号那子,福清(今属福建)人,流寓南京,与钟惺、谭元春交好,万历间已是著名诗人。著《林茂之诗选》。华林园:古宫苑名,故址在今南京市鸡鸣山南古台城内,南宋时仅存残迹。谢公墩:在南京朝天宫冶山之巅西北角,相传晋王羲之、谢安曾在此登临,故称。

〔9〕灵应(yìng 硬):灵验,古人一种迷信观点。乾隆《江南通志》卷四十三:"灵应观在府乌龙潭侧,与石城门近。宋名恩隆祠,明正统间以祷雨有验,赐今额。"下文"观之"的"观(guàn)",当用如动词。

〔10〕陂(pō 坡)陀:倾斜不平的样子。

〔11〕木杪(miǎo 渺):树梢。

〔12〕清凉:即清凉山,在南京城西部,为南京名胜之一。

〔13〕丛灌:丛生的灌木。

〔14〕檐溜:指屋檐流下的雨水等。沟勺:沟渠水与其他少量的积

545

水。浚(jùn俊):深。

〔15〕阁:这里指茅元仪所建森阁。

〔16〕水轩:水上房室。

〔17〕朱垣(yuán元):红色围墙。

〔18〕蒙翳(yì义):指草木覆盖遮蔽。

〔19〕登登:众多的样子。

〔20〕空杳:空旷深远。

〔21〕赪(chēng撑):红。

〔22〕新亭:指茅元仪在潭上所筑亭。

〔23〕七夕电影:指作者七夕二游乌龙潭遇雷雨时所见闪电。《再游乌龙潭记》:"电与雷相后先,电尤奇幻,光煜煜入水中,深入丈尺,而吸其波光以上于雨,作金银珠贝影,良久乃已。"

〔24〕前番风雨:也指二游乌龙潭时遇雷电风雨交加事。

〔25〕荟蔚:这里指潭上弥漫的云雾。晋木华《海赋》:"荟蔚云雾。"

《期山草》小引[1]

己未秋阑[2],逢王微于西湖[3],以为湖上人也。久之复欲还苕[4],以为苕中人也。香粉不御[5],云鬟尚存[6],以为女士也。日与吾辈往来于秋水黄叶之中,若无事者,以为闲人也。语多至理可听,以为冥悟人也[7]。人皆言其诛茅结庵[8],有物外想[9],以为学道人也。尝出一诗草,属予删定[10],以为诗人也。诗有巷中语,阁中语[11],道中语,缥缈远近,绝似其人。

荀奉倩谓[12]:"妇人才智不足论,当以色为主。"此语浅甚。如此人此诗,尚当言色乎哉?而世犹不知,以为妇人也。

《谭元春集》卷二十四

〔1〕《期山草》是明末女诗人王微的诗集。"小引"即小序。王微(?—1647),字修微,小字王冠,自号草衣道人。广陵(今江苏扬州)人,七岁丧父,流落风尘,但才情出众,所交皆胜流名士。喜游名山大川,扁舟载书,往来其间。先依茅元仪(见《三游乌龙潭记》注〔6〕),后归许誉卿。许为谏官,当政乱国危之际,多所建白,被罢官,王微也多内助。《期山草》外,尚有《远游篇》、《宛在篇》、《间草》、《未焚稿》、《名山记》、《樾馆诗》等多种著述。《樾馆诗自叙》有"生非丈夫,不能扫除天下,犹事一室"之语,可见她不仅是一位才女,而且不让须眉,有女中丈夫之气。这篇序跋小品用笔无多,却将一位才高志远的奇女子写活,很有感染力。

〔2〕己未:即万历四十七年(1619)。秋阑:深秋。阑,晚。

〔3〕西湖:在今浙江杭州,为古今著名游览胜地。

〔4〕苕(tiáo条):苕溪,代指浙江湖州,以此水过其境,故称。

〔5〕御:使用。

〔6〕云鬟:高耸的环形发髻。这里指乌黑秀美的长发。

〔7〕冥悟:从蒙昧中省悟,这里指深明事理。

〔8〕诛茅:芟除茅草。结庵:搭盖草庵。

〔9〕物外:世外,指超脱于尘世之外。《松江诗抄》:"初修微往来西湖,游三楚二岳,急人之难,挥洒千金。继则归心禅悦,参憨山大师于五乳,归造生圹,有终焉之志。"

〔10〕属(zhǔ拄):委托,嘱咐。

〔11〕阁中语:闺阁中的话,即姑娘家的话。

〔12〕荀奉倩:即荀粲,字奉倩,三国时魏人。好道。娶曹洪女,有美

色,欢宴历年。妇病亡,荀粲痛悼不已,岁馀亦亡,年二十九岁,获讥于世。南朝宋刘义庆《世说新语·惑溺》引《粲别传》云:"粲常以妇人才智不足论,自宜以色为主。"

谭叟诗引[1]

隔寒河四五村[2],有谭叟者,教童子村中。或邀其童子去[3],不得馆[4],即行吟沟坞间[5],称诗里中,里中人辄笑骂之曰:"牛亦自称作诗耶?"叟闻之大笑。

常袖其诗过予,予多外出,叟即袖其诗去。后数月复来,又不值,又去。如是者三年,无倦容怒色,园丁问翁何事,亦不告以袖中物。

一日逢舍弟,搜袖中良久,出一帙投之,曰:"尔兄归,为我示之。"舍弟手其本,荒荒然无全纸[6],笑而应之曰"诺"。予客归,舍弟出其帙如叟旨。予性不敢妄测人高下,虽褐夫星卜[7],必凝思穷幅,度其所以笔起墨止[8]。故得叟诗,即屏人深读,其蛮蛙之音[9],唾败之习[10],已了半帙,予犹望其能佳,而最后乃得《老夫病起》三诗,如闻其呻吟,如见其枯槁,如扶筇待老友至[11],如白发妻在旁喃喃不已[12]。人固贵自量,予虽年如叟,病如叟,不能为此奥语也[13]。自是始与叟往来如三觉[14]。久之阅一诗复佳,久之又阅一诗复佳,积之,得二十三首,刻焉。

叟僵羸如柴[15],举止语气,如初不识字人[16],听予去取其诗,皆茫然,觉非其初意。叟名学,未有字,或呼为讷庵。谭居士曰[17]:"安知古工诗者,不尽如此叟欤?"

《谭元春集》卷二十四

〔1〕谭叟,据文中可知,即谭学,与作者年相若,则所谓"叟"之称,也不过是四五十岁间人而已。谭叟是一位连三家村塾师都当不成的读书人,却偏偏喜吟诵之事,又偏偏遇上论诗崇尚性情的竟陵派中人谭元春,于是就为文学史留下了一段佳话。康熙《安陆府志》卷二十记谭元春"喜扬人善"云:"尝过武昌寒溪寺,读旧令陈镜清壁间诗,叹其古奥,亟刻而传之;隔寒河有谭叟讷庵,袖诗请见,即为选其佳者,亦序而传之。"袁宏道致其兄宗道书有云:"世人以诗为诗,未免为诗苦,弟以《打草竿》、《劈破玉》为诗,故足乐也。"善于向民间学习,向往混沌未凿的真性情,公安派与竟陵派的主张近似。这篇小序正是谭元春文论的一次实践,不能纯以"平生不解藏人善"加以理解。引,即序。

〔2〕寒河:在作者家乡的一条河,《天门县志》卷三:"寒河,在县西南,汉北小河也。其北有寒土岭,邑解元谭元春结庐在其南焉。"作者有集即名《寒河》。

〔3〕邀:阻拦。

〔4〕馆:教私塾。

〔5〕沟坞:田间与村落。

〔6〕荒(huǎng恍)荒然:黯淡迷茫的样子。

〔7〕褐大星卜:穿粗布衣服的贫贱者与打卦算命等社会地位不高的人。

〔8〕度(duó夺):推测。

〔9〕蛩(qióng穷)蛙之音:蟋蟀与蛙的鸣叫声,比喻拙劣诗句。

〔10〕唾败之习:指模仿他人的只言片语。

〔11〕筇(qióng 穷)：用筇竹所制的手杖。

〔12〕喃喃：低语声。

〔13〕奥语：微妙的文字。

〔14〕三党：指父族、母族、妻族。这里比喻往来如亲戚一样。

〔15〕僵羸(léi 雷)：表情呆滞，身体瘦弱。

〔16〕初：全。

〔17〕谭居士：作者自称。

自题《秋冬之际草》〔1〕

昔人言："秋冬之际，尤难为怀〔2〕。"以之命篇，非是之谓也。何尝快，独无忧，予之为怀良易矣。

然则曷取焉？夫已冬而秋，不犹之方春而夏乎哉？莺花藻野〔3〕，则春全在夏矣；红黄振谷〔4〕，则秋不遽冬矣〔5〕。故君子际之以答岁也〔6〕。况独往苦少，同志苦多；泛则方舟〔7〕，登或共屐〔8〕；非甚暗滞〔9〕，其何默焉。然当斯际也，以游则山澹澹而不至于癯〔10〕，水宕宕而不至于嬉〔11〕，故渊明所谓"良辰入奇怀〔12〕"，灵运所谓"幽人尝坦步"〔13〕，每临境下笔，皆抱此想矣。

《谭元春集》卷三十

〔1〕《秋冬之际草》是谭元春的集名，如同其《简远堂》、《虎井》、《秋寻》、《西陵》、《退寻》、《客心》、《游首》、《寒河》诸集一样，是作者一个时期作品的结集，但《秋冬之际草》未见著录。中国文人一向有悲秋

情结。战国楚宋玉《九辩》已有"悲哉,秋之为气也"的嗟叹。然而谭元春却不以秋冬之际堪悲,他将这一节候与春夏间万紫千红相比较,而独赏其"澹澹"与"宕宕"的寥廓况味,无非是向往"遗世独立"的孤寂境界,因为只有寂寞才是"思接千载,心游万仞"的文学创作时机。如果理解了作者的这一心态,就不难体会竟陵派的"幽情单绪"为何物了。

〔2〕"昔人言"二句:语本南朝宋刘义庆《世说新语·言语》:"王子敬云:从山阴道上行,山川自相映发,使人应接不暇。若秋冬之际,尤难为怀。"

〔3〕莺花藻野:莺啼花开,装点了原野,形容春日景色。藻,修饰。

〔4〕红黄振谷:指秋天黄栌、枫、槭树的变红的叶子与其他树木变黄的叶子交相辉映,妆扮了林间山谷。

〔5〕遽:突然而至。

〔6〕际:适逢其遇。

〔7〕方舟:两船相并。

〔8〕共展(jī机):同行。

〔9〕喑(yīn音)滞:沉寂迟缓。

〔10〕澹澹:广漠的样子。癯(qú渠):消瘦。

〔11〕宕(dàng荡)宕:无定止的样子。嬉(xī西):游玩。这里有轻佻的含意。

〔12〕渊明:即陶渊明(365—427),一名潜,字元亮,晋寻阳柴桑(今江西九江西南)人。诗人、辞赋散文家,今人有校注本《陶渊明集》。良辰入奇怀:陶渊明《和刘柴桑》诗:"良辰入奇怀,挈杖还西庐。"

〔13〕灵运:即谢灵运(385—433),小名客儿,袭封康乐公,后世或称之为谢客、谢康乐。晋陈郡阳夏(今河南太康)人,生于会稽始宁(今浙江上虞)。晋宋间著名诗人,后人辑有《谢康乐集》。幽人尝坦步:谢灵运《登永嘉绿嶂山诗》:"幽人常坦步,高尚邈难匹。"

551

徐弘祖

徐弘祖(1586—1641),字振之,号霞客,南直隶江阴(今属江苏)人。自幼喜读奇书,博览古今史籍地志与山海图经,从二十二岁起开始出游,足迹遍及当时十四省,历时三十馀年。所到处以日记形式记录当地物产民俗、地质风貌与山川形胜,为后世留下六十馀万言的宝贵资料,由友人整理成《徐霞客游记》传世。清钱谦益《徐霞客传》称此书"当为古今游记之最"。徐弘祖是地理学家、旅行家,也是散文家,其游记用笔简练,文字优美,记述真实,魅力无穷。今人有整理本《徐霞客游记》十卷,卷分上、下,上海古籍出版社1982年出版。

游黄山日记(后)[1]

戊午[2],九月初三日,出白岳榔梅庵[3],至桃源桥。从小桥右下,陡甚,即旧向黄山路也[4]。七十里,宿江村。

初四日,十五里至汤口[5]。五里至汤寺[6]。浴于汤池[7]。扶杖望朱砂庵而登[8],十里上黄泥冈,向时云里诸峰渐渐透出,亦渐渐落吾杖底。转入石门[9],越天都之胁而下[10],则天都、莲花二顶俱秀出天半[11]。路旁一歧东上[12],乃昔所未至者。遂前趋直上,几达天都侧。复北上,行石罅中[13],石峰片片夹起。路宛转石间,塞者凿之,陡者级之[14],断者架木通之,悬者植梯接之[15],下瞰峭壑阴森,枫松相间,五色纷披[16],灿若图绣。因念黄山当生平奇览,而有奇若此,前未一探,兹游快且愧矣。时夫仆俱阻险行后[17],余亦停弗上。乃一路奇景,不觉引余独往。即登峰头,一庵翼然[18],为文殊院[19],亦余昔年欲登未登者。左天都,右莲花,背倚玉屏风[20]。两峰秀色,俱可手揽。四顾奇峰错列,众壑纵横,真黄山绝胜处。非再至,焉知其奇若此?遇游僧澄源至[21],兴甚勇[22]。时已过午,奴辈适至,立庵前指点两峰。庵僧谓天都虽近而无路,莲花可登而路遥,只宜近盼天都,明日登莲顶。余不从,决意游天都。挟澄源、奴子,仍下峡路,至天都侧,从流石蛇行而上[23],攀草牵棘,石块丛起,则历块[24];石崖侧峭,则援崖[25]。每至手足无可着处,澄源必先登垂接。每念上既如此,下何以堪?终亦不顾。历险数次,遂达峰顶。惟一石顶,壁起犹数十丈。澄源寻视其侧,得级,挟予以登。万峰无不下伏,独莲花与抗耳[26]。时浓雾半作半止,每一阵至,则对面不见,眺莲花诸峰,多在雾中。独上天都,予至其前,则雾徙于后;予越其右,则雾出于左。其松犹有曲挺纵横者,柏虽大干如臂,无不平贴石上,如苔藓然。山高风巨,雾气去来无定;下盼诸峰,时出为碧峤[27],时没为银海[28];再眺山下,则日光晶晶[29],别一区宇也。日渐暮,遂前其足[30],手向后据地,坐而下脱。至险绝处,澄源并肩手相接。度险下至山坳,暝色已合[31],复从峡度栈以上[32],止文殊院。

初五日，平明[33]，从天都峰坳中北下二里，石壁岈然[34]，其下莲花洞[35]，正与前坑石笋对峙[36]，一坞幽然[37]。别澄源下山，至前歧路侧，向莲花峰而趋。一路沿危壁西行，凡再降升。将下百步云梯[38]，有路可直跻莲花峰[39]。即陡而磴绝[40]，疑而复下。隔峰一僧高呼曰："此正莲花道也！"乃从石坡侧度石隙，径小而峻。峰顶皆巨石鼎峙，中空如室。从其中叠级直上，级穷洞转，屈曲奇诡，如下上楼阁中，忘其峻出天表也[41]！一里，得茅庐，倚石罅中。方徘徊欲升，则前呼道之僧至矣。僧号凌虚，结茅于此者。遂与把臂陟顶。顶上一石，悬隔二丈，僧取梯以度。其巅廓然[42]，四望空碧，即天都亦俯首矣。盖是峰居黄山之中，独出诸峰上。四面岩壁环耸，遇朝阳霁色，鲜映层发，令人狂叫欲舞。久之，返茅庵，凌虚出粥相饷[43]，啜一盂[44]，乃下至歧路侧，过大悲顶[45]，上天门[46]，三里，至炼丹台[47]，循台嘴而下。观玉屏风、三海门诸峰[48]，悉从深坞中壁立起。其丹台，一冈中垂，颇无奇峻。惟瞰翠微之背[49]，坞中峰峦错耸，上下周映，非此不尽瞻眺之奇耳。还过平天矼[50]，下后海[51]，入智空庵，别焉。三里，下狮子林[52]，趋石笋矼[53]，至向年所登尖峰上[54]。倚松而坐，瞰坞中峰石回攒[55]，藻绘满眼[56]，始觉匡庐石门[57]，或具一体[58]，或缺一面，不若此之闳博富丽也[59]。久之，上接引崖[60]，下眺坞中，阴阴觉有异[61]。复至冈上尖峰侧，践流石，援棘草，随坑而下。愈下愈深，诸峰自相掩蔽，不能一目尽也。日暮,返狮子林。

初六日,别霞光[62],从山坑向丞相原[63]。下七里,至白沙岭[64],霞光复至。因余欲观牌楼石[65],恐白沙庵无指者,追来为导。遂同上岭,指岭石隔坡,有石丛立,下分上并,即牌楼石也。余欲逾坑溯涧,直造其下[66]。僧谓:"棘迷路绝,必不能行;若从坑直下丞相原,不必复上此岭;若欲从仙灯而往[67],不若即由此岭东向。"余从之,循岭脊行。岭横亘天都、莲花之北,狭甚,旁不容足,南北皆崇峰夹映。岭尽北下,仰瞻石峰罗汉石,圆头秃顶,俨然二僧也。下至坑中,逾涧以上,共四里,登仙灯洞。洞南向,正对天都之阴[68],僧架阁连板于外[69],而内犹穹然[70],天趣未尽刊也[71]。复南下三里,过丞相原,山间一夹地耳。其庵颇整,四顾无奇,竟不入。复南向循山腰行,五里,渐下,涧中泉声沸然[72]。从石间九级下泻,每级一下,有潭渊碧[73],所谓九龙潭也[74]。黄山无悬流飞瀑,惟此耳。又下五里,过苦竹滩[75],转循入平县路[76],向东北行。

《徐霞客游记》卷一上

[1] 黄山古称黟山,据称黄帝曾在这里修身炼丹,唐天宝六载(747)改称黄山。黄山在今安徽省南部,跨歙、黟、太平、休宁四县,辖于黄山市,以奇松、怪石、云海、温泉驰名古今。莲花峰、光明顶、天都峰为黄山三大主峰,风景秀丽。徐弘祖曾两次游历黄山,第一次在万历四十四年(1616)的二月初,写有《游黄山日记》。作者初上黄山,曾登光明顶,后因雨大不止,未能攀天都、莲花二峰。两年以后的秋日,作者重游

555

黄山,写下了这篇游记。文中描写攀登天都、莲花二峰的历险经历以及所见所感,真切动人,将黄山千岩竞秀的美景和盘托出,令读者如同身临其境,无限风光奔竞于目前。

〔2〕戊午:即万历四十六年(1618)。

〔3〕白岳:山名,又名白岳岭,为齐云山组成部分,在黄山西南。作者于万历四十六年八月间曾游江西庐山,写有《游庐山日记》,后路经白岳,开始再游黄山的历程。

〔4〕旧向黄山路:指作者于万历四十四年(1616)初游黄山时所经之路。

〔5〕汤口:黄山脚下镇名,为登山必经之路。

〔6〕汤寺:即祥符寺,以靠近汤泉,故称。

〔7〕汤池:即汤泉,泉水味甘有丹砂气味,又称朱砂泉。

〔8〕朱砂庵:又名慈光寺,在朱砂峰下。

〔9〕石门:峰名,以两壁夹峙似门,故称。

〔10〕天都:即天都峰,在黄山东南部,西对莲花峰,海拔1810米。胁:指山峰两侧。

〔11〕莲花:即莲花峰,在黄山中部,主峰突出,小峰拥簇,宛若莲花初放,故名。主峰海拔1873米,为黄山之最高峰。天半:半空。

〔12〕歧:岔路。

〔13〕罅(xià下):裂缝。

〔14〕级:用如动词,即开凿石阶。

〔15〕植梯:建置阶梯。

〔16〕纷披:散乱的样子。

〔17〕夫仆:指随行的脚夫、僮仆等,与下文"奴辈"、"奴子"同。

〔18〕翼然:形容寺庵飞檐似飞鸟展翅一样。

〔19〕文殊院:寺名,明代普门法师所建,今已不存。

〔20〕玉屏风:峰名。以其如屏风一样耸立于文殊院后,故称。

〔21〕游僧:游方和尚。澄源:和尚法号。

〔22〕兴甚勇:兴致甚高。

〔23〕流石:易于滑动的石块。蛇行:形容弓腰伏地、艰难行进。

〔24〕历:翻越。

〔25〕援:攀援。

〔26〕抗:匹敌。

〔27〕碧峤(qiáo 桥):翠绿色的尖削山峰。

〔28〕银海:白色云雾翻腾如海涛,故称。

〔29〕晶晶:明亮的样子。

〔30〕前其足:足向前伸。

〔31〕暝色已合:日暮天色。

〔32〕栈:即栈道,在险绝处傍山架木而成的道路。

〔33〕平明:天刚亮的时候。

〔34〕岈(xiā 虾)然:山谷深空的样子。

〔35〕莲花洞:在莲花峰下。

〔36〕石笋:山峰石。

〔37〕坞:四面高中间低的地方。幽然:深暗的样子。

〔38〕百步云梯:石阶路,有七百馀级。

〔39〕跻(jī击):登。

〔40〕陟(zhì至):登。磴绝:石阶中断。

〔41〕天表:天外。

〔42〕廓然:空旷的样子。

〔43〕饷(xiǎng响):馈食于人。

〔44〕啜(chuò辍):吃。

〔45〕大悲顶:山峰名。

〔46〕天门:在天都峰山麓,双石洞开如门。《游黄山日记》:"两壁夹立,中阔摩肩,高数十丈。"

〔47〕炼丹台:或称丹台,在炼丹峰上,方广可容数百人。据说黄帝曾在此晒药,故又称轩后晒药台。

〔48〕三海门:峰名,在石门峰与炼丹台之间。

〔49〕翠微:峰名。黄山三十六峰之一。

〔50〕平天矼(gāng 纲):在黄山的前海峰与后海峰之间,上通光明顶。矼,石岗。

〔51〕后海:黄山山峰名,在平天矼的北面。

〔52〕狮子林:寺院名,在黄山狮子峰上。

〔53〕石笋矼:在始信峰上,形如石笋,故称。

〔54〕向年:即指万历四十四年(1616)。

〔55〕回攒(cuán 窜阳平):回环攒聚。

〔56〕藻绘:错杂缤纷的色彩。

〔57〕匡庐:即庐山,在今江西九江市南,最高汉阳峰海拔 1474 米。以瀑布名闻天下。石门:在庐山,作者《游庐山日记》:"余稔知石门之奇,路险莫能上……仰见浓雾中双石屼立,即石门也。"徐弘祖此次游黄山前半月曾登庐山。

〔58〕一体:这里指山峰的某一种形态。

〔59〕闳(hóng 红)博:宏伟博大。

〔60〕接引崖:山崖名,因跨越两座山头需借助中间之松树而得名。

〔61〕阴阴:幽暗的样子。

〔62〕霞光:狮子林中僧名。

〔63〕丞相原:在钵盂峰下,据说南宋理宗时的右丞相程元凤曾在这里读书,故称。

〔64〕白沙岭:在皮篷岭与丞相原之间,以其地积沙色白,故名。下

文"白沙庵"即在其下。

〔65〕牌楼石:白沙岭上一处丛石景观,形如牌楼,故称。有关选本多注为"即天牌,又名仙人榜、天榜"云云,误。按,作者此前二年曾游天牌,《游黄山日记》有云:"仰视峰顶,黄痕一方,中间绿字宛然可辨,是谓天牌,亦谓仙人榜。"与此处"有石丛立,下分下并"者显然不同。

〔66〕造:到。

〔67〕仙灯:钵盂峰下山洞名,即下文所云仙灯洞。又名仙僧洞。据说其洞口于阴暗之夜常有明亮如星之"仙灯"闪烁,或称圣灯,故名。

〔68〕阴:山的北面。

〔69〕架阁连板:即修栈道。

〔70〕穹然:高大深邃的样子。

〔71〕天趣未尽刊:不失天然的意趣。

〔72〕沸然:形容涌泉如水开了的声音。

〔73〕渊碧:水深呈碧绿色。

〔74〕九龙潭:在黄山罗汉峰与香炉峰之间,出于丞相原,又名九龙瀑。飞流悬于青壁,九折而下,一折一潭,景象壮观。

〔75〕苦竹滩:即苦竹溪,在九龙潭之下,汤口镇的东北五里许。

〔76〕太平县:在黄山北麓,今安徽省南部。

刘　侗

刘侗(1593—1636),字同人,号格庵,湖广麻城(今属湖北)人。崇祯七年(1634)进士,后选吴县知县,赴任途中卒于扬州。刘侗与竟陵派谭元春交好,文风深受影响,也属竟陵派中人。《帝京景物略》八卷,系由刘侗执笔,于奕正搜集材料、参订体例,周损采选有关诗歌,属合作成果。于奕正(1597—1636),原名继鲁,字司直,宛平(今北京市)人,诸生。周损,字远害,号迁叟,与刘侗同乡,崇祯十二年(1643)举人,历官饶州府推官。《帝京景物略》记述北京名胜古迹与景物风土,材料丰富,文字简练清新。今人有整理本,北京出版社1963年出版;又有校注本,上海古籍出版社2001年出版。

三圣庵[1]

德胜门东[2],水田数百亩,沟洫浍川上[3],堤柳行植[4],与畦中秧稻分露同烟[5]。春绿到夏,夏黄到秋。都人望有时[6],望绿浅深,为春事浅深[7];望黄浅深,又为秋事浅深。望际[8],闻歌有时:春插秧歌,声疾以欲[9];夏桔槔水歌[10],声哀以啴[11];秋合醵赛社之乐歌[12],声哗以嘻[13]。然不有秋也[14],岁不辄闻也[15]。有台而亭之[16],以极望,以迟所闻者[17]。

三圣庵,背水田庵焉[18]。门前古木四,为近水也,柯如青铜亭亭[19]。台,庵之西。台下亩,方广如庵[20]。豆有棚,瓜有架,绿且黄也,外与稻杨同候[21]。台上亭,曰"观稻",观不直稻也[22],畦陇之方方,林木之行行,梵宇之厂厂[23],雉堞之凸凸[24],皆观之。

《帝京景物略》卷一

〔1〕据刊于明万历二十一年(1593)沈榜《宛署杂记》卷十九记述,当时北京城内有三处三圣庵:"在北城日中坊者二:一嘉靖元年建,一万历十九年建。在朝天日中坊一,嘉靖四十一年建。"朝天日中坊在今北京西城区,与本文无涉。北城日中坊二庵,一建于1522年,一建于1591年,未知孰是本文所云者。此文记述重点不在三圣庵,而是以庵外景物与农事为主,兼及观览,言简意赅,富于意境。

〔2〕德胜门:北京城北偏西的一个城门,今仅存箭楼。明蒋一葵《长安客话》卷一:"都城九门,正南曰正阳,南之左曰崇文,右曰宣武;北之东曰安定,西曰德胜;东之北曰东直,南曰朝阳;西之北曰西直,南曰阜成。"

〔3〕沟洫(xù 续):田间水道。浍(kuài 快):原意为田间排水道,这里用如动词,即排通之意。川:河流。

〔4〕行植:排列成行种植。

〔5〕畦(qí 旗):即畦田,指周筑埂可以灌溉蓄水的稻田。分露同烟:同受露水沾湿与烟雾的笼罩。这里指同处一样的自然环境中。

〔6〕都人:居于京城中的人。望:这里有郊游远望的意思。

〔7〕春事:这里指春色或春意。与下文"秋事"都有测度一年节候之意。

561

〔8〕际:时候。

〔9〕疾以婉:节奏快而婉顺。

〔10〕桔槔(jié gāo 节高):古代利用杠杆原理所制井上汲水工具,这里当指水车一类汲水器具。水歌:当指脚踏水车者所唱之歌。

〔11〕啭:宛转。

〔12〕合酺(pú 仆):相聚饮酒。赛社:古代一年农事完毕后,陈酒食以祭田神,相与饮酒作乐。

〔13〕哗以嘻:喧闹而欢快。

〔14〕不有秋:收成不好。

〔15〕辄(zhé 哲):总是。

〔16〕亭:建亭,用如动词。

〔17〕迟:等待。

〔18〕庵:建庵,用如动词。

〔19〕柯:树木枝条。青铜:青铜色。亭亭:高耸的样子。

〔20〕方广:面积。

〔21〕同候:指豆、瓜与稻、杨一样随节候而变化。

〔22〕直:同"值",遇到。

〔23〕梵宇:佛寺。厂(hǎn 喊)厂:殿宇重叠覆压的样子。厂,《说文·厂部》:"山石之厓岩,人可居。"

〔24〕雉堞(dié 碟):城墙上呈锯齿状的矮墙,或称女墙。凸凸:高出的样子。

万松老人塔[1]

万松老人[2],金、元间僧也。兼备儒、释,机辩无际[3],

自称万松野老,人称之曰万松老人。居燕京从容庵[4]。漆水移刺楚材[5],一见老人,遂绝迹屏家,废餐寝,参学三年[6],老人以湛然目之[7]。后以所评唱"天童颂古"三卷[8],寄楚材于西域阿里马城,曰《从容录》[9]。自言"着语出眼,临机不让"也[10]。楚材序而传至今。老人寂后[11],无知塔处者。

今乾石桥之北[12],有砖甓七级[13],高丈五尺,不尖而平,年年草荣其顶,群号之曰砖塔,无问塔中僧者。不知何年,人倚塔造屋,外望如塔穿屋出,居者犹闷塔占其堂奥地也[14]。又不知何年,居者为酒食店,豕肩挂塔檐,酒瓮环塔砌,刀砧钝,就塔砖砺,醉人倚而拍拍[15],歌呼漫骂,二百年不见香灯矣[16]。万历三十四年[17],僧乐庵讶塔处店中,入而周视,有石额五字焉,曰"万松老人塔",僧礼拜号恸,募赀赎而居守之[18]。虽塔穿屋如故,然豗肩、酒瓮、刀砧远矣。

《帝京景物略》卷四

〔1〕塔今存,位于北京西城区西四砖塔胡同东口,为八角七级密檐式,高约5.6米,建于十三世纪中,为金、元间禅僧万松老人瘗骨之处。据文中称,此塔于万历二十四年(1606)重修;另据《日下旧闻考》卷九十记述,清乾隆十八年(1753)又"奉敕"修葺一次;迨至1927年,都人集资修缮。这座砖塔能保存至今,作为北京城历史演变的见证,绝非偶然。这篇小品诚如于奕正在《帝京景物略·略例》中所言:"景一未详,裹粮宿舂;事一未详,发箧细括;语一未详,逢襟提问;字一未详,动色执争。"记塔而兼及相关掌故,流露出世事沧桑的无限感慨,馀味无尽。

〔2〕万松老人:即行秀(1166—1246),金河中府解川解县(今山西运城西南)人,俗姓蔡。十五岁出家,后师事大明寺雪岩满禅师。在邢州(今河北邢台)建万松轩,因称"万松野老"。金章宗明昌四年(1193)曾入宫说法,承安二年(1197),迁居燕京(今北京)报恩寺。入元后,于元太宗二年(1230)奉诏住持万寿寺,后退居报恩寺内从容庵。行秀为曹洞宗传人,耶律楚材仕金为左右司员外郎时,曾从之问道。著有《万松老人评唱天童觉和尚颂古从容庵录》、《祖灯录》、《四会语录》等。

〔3〕"兼备儒释"二句:语本耶律楚材《万松老人评唱天童觉和尚颂古从容庵录序》:"有万松老人者,儒、释兼备,宗说精通,辨才无碍。"机辩,即机敏善辩,这里特指禅锋敏锐。

〔4〕燕(yān烟)京:即今北京。以春秋战国时为燕国国都而得名。金建都于此,称中都,蒙古攻占,改称燕京;元世祖至元九年(1272)定都于此,改称大都,又称汗八里。

〔5〕漆水移剌楚材:即耶律楚材(1190—1244),金元之际契丹人,字晋卿,号湛然居士,蒙古名为吾图撒合里(意即长髯人)。辽东丹王突欲八世孙,金尚书右丞相耶律履之子,其母杨氏封"漆水国夫人",故耶律楚材撰文自署"漆水移剌楚材","移剌"为"耶律"汉语的异译。他博览群书,旁通天文、地理、律历、术数与释、老、医、卜之说,仕金为燕京尚书省左右司员外郎。蒙古攻陷燕京,仕元,曾随元太祖西征。元太宗立,他辅佐治国,倡用儒术,主管汉人文书,多所建树,汉人尊称之为中书令、中书相公,拟于丞相之位。元太宗死后,乃马真后称制,始被疏远,郁郁以终,卒年五十五岁。赐谥文正,《元史》有传。葬于玉泉东瓮山之阳(今北京颐和园昆明湖畔),墓今存。多著述,今人有整理本《湛然居士文集》。

〔6〕"一见老人"四句:语本耶律楚材《万松老人评唱天童觉和尚颂古从容庵录序》:"予既谒万松,杜绝人迹,屏斥家务,虽祁寒大暑,无日

不参。焚膏继晷,废寝忘餐者几三年。"另据王国维《耶律文正公年谱》,耶律楚材拜谒万松时二十五岁,为公元1214年,是年,蒙古兵围中都。参学,佛教指参访大德,云游修学。

〔7〕老人以湛然目之:据行秀《湛然居士文集序》有云:"万松面授衣颂,目之为湛然居士从源。自古宗师,印证公侯,明白四知,无若此者。湛然从是自称嗣法弟子从源。"

〔8〕天童颂古:即下义所云《从容录》,全称《万松老人评唱天童觉和尚颂古从容庵录》,禅学著作,是行秀在天童正觉对一百则公案作"颂古"的基础上加以"评唱"而成,六卷(文中言"三卷",有误)。

〔9〕"寄楚材"二句:据耶律楚材《万松老人评唱天童觉和尚颂古从容庵录序》云:"吾宗有天童者,《颂古》百篇,号为绝唱,予坚请万松评唱是颂,开发后学。前后九书,间关七年,方蒙见寄。予西域伶仃数载,忽受是书,如醉而醒……"是年为1224年。西域阿里马城,或作"阿力麻里"、"阿力马里",在今新疆霍城县西北克干山南麓、霍城镇东北。

〔10〕"着语出眼"二句:《从容录重刻四家语录序》录万松老人《寄湛然居士书》云:"至于著语出眼,笔削之际,亦临机不让。壬午岁杪,湛然居士书至,坚要拈出,不免家丑外扬,累吾累汝也。癸未年上巳日,万松野老网风附寄。不宣。"着语出眼,即发表议论、提出见解的意思。临机不让,面临变化的机会与情势不让于人。

〔11〕寂:即"圆寂",僧人死曰圆寂。

〔12〕乾石桥:即今甘石桥,在今北京西四以南里许。

〔13〕甃(zhòu 宙):用砖砌。

〔14〕堂奥:厅堂与内室。

〔15〕拍拍:象声词,打拍击节的声音。

〔16〕香灯:旧时供奉于佛前或死者灵前的长明灯,多以玻璃缸盛香油燃点。

〔17〕万历三十四年:即公元1606年。
〔18〕赍(zī姿):通"资"。钱财、货物。

魏学洢

魏学洢(1596—1625),字子敬,嘉善(今属浙江)人,明末诸生。父魏大中以劾魏忠贤被诬陷入狱,魏学洢抵京百计营救不果,父终冤死狱中。扶梓归里,晨夕号泣,亦病逝。《明史》有传,称其"好学工文,有至性",又云:"崇祯初,有司以状闻,诏旌为孝子。"著有《茅檐集》八卷、《魏子敬遗集》。

核舟记[1]

明有奇巧人曰王叔远[2],能以径寸之木[3],为宫室、器皿、人物,以至鸟兽、木石,罔不因势象形[4],各具情态。尝贻余核舟一[5],盖大苏泛赤壁云[6]。

舟首尾长约八分有奇[7],高可二黍许[8]。中轩敞者为舱[9],箬篷覆之[10]。旁开小窗,左右各四,共八扇。启窗而观,雕栏相望焉。闭之,则右刻"山高月小,水落石出"[11],左刻"清风徐来,水波不兴"[12],石青糁之[13]。

船头坐三人,中峨冠而多髯者为东坡,佛印居右[14],鲁直居左[15]。苏、黄共阅一手卷[16]。东坡右手执卷端[17],左手抚鲁直背。鲁直左手执卷末,右手指卷,如有所语。东坡现右足[18],鲁直现左足,各微侧,其两膝相比者[19],各隐卷底衣褶中[20]。佛印绝类弥勒[21],袒胸露乳,矫首昂视[22],神情与苏黄不属[23]。卧右膝,诎右臂支船[24],而竖其左膝,左臂挂念珠倚之[25],珠可历历数也。

舟尾横卧一楫。楫左右舟子各一人。居右者椎髻仰面[26],左手倚一衡木[27],右手攀右趾,若啸呼状。居左者右手执蒲葵扇,左手抚炉,炉上有壶,其人视端容寂[28],若听茶声然。

其船背稍夷[29],则题名其上,文曰:"天启壬戌秋日[30],虞山王毅叔远甫刻[31]"。细若蚊足,钩画了了[32],其色墨。又用篆章一,文曰"初平山人",其色丹。

通计一舟,为人五;为窗八;为箬篷,为楫,为炉,为壶,为手卷,为念珠,各一;对联、题名并篆文,为字共三十有四。而计其长,曾不盈寸[33]。盖简桃核修狭者为之[34]。

魏子详瞩既毕[35],诧曰:嘻,技亦灵怪矣哉[36]!《庄》、《列》所载[37],称"惊犹鬼神"者良多[38],然谁有游削于不寸之质[39],而须麋了然者[40]?假有人焉,举我言以复于我[41],亦必疑其诳[42]。今乃亲睹之。繇斯以观[43],棘刺之端,未必不可为母猴也[44]。嘻,技亦灵怪矣哉!

《虞初新志》卷十

[1] 微雕技术是我国传统的工艺美术园地中的一朵奇葩,至今仍能绽放出耀眼的异彩。核舟就是在一个桃核之上雕刻一条有篷有舱并有人物的船,其难度可想而知。雕刻者王叔远,据文中可知即王毅,字叔

远,号初平山人,常熟(今属江苏)人。雕刻年代为明熹宗天启二年(1622)。作为一篇说明文字,作者记述这件精美绝伦的工艺品详略有序,娓娓道来;文字刻画细致入微,生动传神。雕刻者巧夺天工的技艺经作者有条不紊的写真,栩栩如生地展现于读者面前。诚如清陆次云所云:"刻核舟者神于技,记核舟者神于文。摩拟人物于纤微之中,意态神情毕出,何异道子写生!"(《古今文绘》)

〔2〕奇巧人:有绝技的机巧艺人。

〔3〕径寸之木:直径一寸之木。

〔4〕罔不因势象形:无不依材料的原有形状雕成类似物品。

〔5〕贻(yí夷):赠。

〔6〕盖:这里用作副词,大概是,大概。大苏:即苏轼(1037—1101),字子瞻,号东坡,宋眉州眉山(今属四川)人。与弟苏辙皆为著名文学家,时人目之为"大苏"、"小苏"。苏轼因"乌台诗案"于元丰二年(1079)贬官黄州团练副使,曾两游赤壁,写有《赤壁赋》与《后赤壁赋》。赤壁:这里指苏轼所游的黄州赤壁,在今湖北黄冈西门外赤鼻矶,并非三国时赤壁之战的战场,故称"东坡赤壁"。

〔7〕有奇(jī击):有零。

〔8〕二黍许:二分上下。黍,古代度量衡定制的基本依据。计长度,即以黍的中等子粒的纵向为一分,百黍即为一尺。

〔9〕轩敞:宽敞明亮。这里是就"核舟"整体比例而言。

〔10〕箬(ruò若)篷:箬竹叶般的船篷。

〔11〕"山高"二句:语本苏轼《后赤壁赋》:"江流有声,断岸千尺,山高月小,水落石出。"

〔12〕"清风"二句:语本苏轼《赤壁赋》:"清风徐来,水波不兴。举酒属客,诵'明月'之诗,歌'窈窕'之章。"

〔13〕石青:蓝色的矿物质(蓝铜矿)颜料。糁(sǎn散):洒,填涂。

〔14〕佛印:即了元(1032—1098),宋代禅僧,俗姓林,字觉老,号佛印,浮梁(今江西景德镇)人。十九岁入庐山开先寺,成为云门宗传人,元丰间为镇江(今属江苏)金山寺住持。能诗文,长于书法,宋神宗赠以"佛印禅师"之号,为苏轼的朋友。有语录传世。

〔15〕鲁直:即黄庭坚(1045—1105),字鲁直,号山谷道人,晚号涪翁,宋洪州分宁(今江西修水)人。宋英宗治平四年(1067)进士,历官中书舍人等,仕途屡受打击。他以文章诗词受知于苏轼,为"苏门四学士"之一,开创江西诗派,工书法。著有《山谷集》。《宋史》有传。按,佛印与黄庭坚没有与苏轼同游赤壁的记载,所以上文出以"盖大苏泛赤壁云"的疑似之词。

〔16〕手卷:横幅的书画卷子。

〔17〕卷端:手卷的右端。

〔18〕现:露出。

〔19〕两膝相比:指苏轼的左膝与黄庭坚的右膝相互靠近。

〔20〕衣褶(zhě者):衣服折叠之纹。

〔21〕弥勒:佛教中的未来佛,我国庙宇中的弥勒佛塑像多胸腹袒露,面有笑容。传说他是五代时布袋和尚的化身。

〔22〕矫首:举头。

〔23〕不属:不相关联。

〔24〕诎(qū屈):弯曲。

〔25〕念珠:即"念佛珠"。念佛号或经咒时用以计数的串珠。用材不一,粒数有十八、二十七、五十四、一百零八之不同。

〔26〕椎(chuí锤)髻:一撮之髻,其形如椎。

〔27〕衡木:即横木,指船栏。

〔28〕视端容寂:目光正视(茶炉),神色平静。

〔29〕夷:平。

〔30〕天启壬戌：即明熹宗朱由校天启二年(1622)。

〔31〕虞山：又称乌目山，在今江苏常熟城西北。这里即代指常熟。王毅叔远甫：即姓王名毅字叔远。甫，通"父"，古代为男子美称，多用于人的表字之后。

〔32〕了了：清楚。

〔33〕曾：竟。不盈寸：不满一寸长。

〔34〕简：挑选。修狭：长而窄。

〔35〕魏子：作者自称。详瞩：仔细观看。

〔36〕灵怪：灵巧奇异。

〔37〕《庄》、《列》所载：《庄子》与《列子》中所记的有关精工巧匠的故事。这里暗指如《庄子·养生主》中"庖丁解牛"、《庄子·达生》中"梓庆削木为鐻"，《列子·汤问》中"偃师造倡"等故事。

〔38〕惊犹鬼神：惊叹为鬼斧神工。语本《庄子·达生》："梓庆削木为鐻，鐻成，见者惊犹鬼神。"

〔39〕游削：游刃有馀地运刀雕刻。不寸之质：不及一寸的材料。

〔40〕须麋：同"须眉"。胡子与眉毛，比喻事物的细微之处。了然：清晰分明。

〔41〕复：告诉。

〔42〕诳：欺骗。

〔43〕繇：通"由"。明代天启以后，明熹宗朱由校、崇祯帝朱由检，"由"须避讳，故以"繇"代之。

〔44〕"棘刺之端"二句：语本《韩非子·外储说左上》："宋人有请为燕王以棘刺之端为母猴者，必三月斋，然后能观之。"棘，酸枣木。母猴，又称沐猴，即猕猴。

张 岱

张岱(1597—1680),一名维城,字宗子,又字石公,号陶庵,又号蝶庵,山阴(今浙江绍兴)人。出身于仕宦之家,早年生活富贵平和,艺术兴趣广泛,广交社会各阶层人士。将近五十岁时,明朝覆亡,曾避兵嵊县山中,后徙居卧龙山下的快园,贫困不堪,发愤著书,以明遗民身份走完了生命的最后旅程。张岱是晚明小品作家中的佼佼者,承公安、竟陵两派之文学主张,发抒性灵,创作题材广泛,语言清新;入清以后,笔下常有故国之思,内蕴深厚。著述宏富,约有三十馀种,内容涉及文学、史学、经学、医学、饮膳、地理等等。文学方面有《琅嬛文集》、《陶庵梦忆》、《西湖梦寻》等。今人有整理本《张岱诗文集》,上海古籍出版社 1991 年出版;校注本《陶庵梦忆·西湖梦寻》,上海古籍出版社 2001 年出版。

《夜航船》序[1]

天下学问,唯夜航船中最难对付。盖村夫俗子,其学问皆预先备办,如瀛洲十八学士[2]、云台二十八将之类[3],稍差其姓名,辄掩口笑之。彼盖不知十八学士、二十八将,虽失记其姓名,实无害于学问文理,而反谓错落一人,则可耻孰甚[4]。故道听途说,只办口头数十个名氏,便为博学才子矣。余因想吾八越[5]，唯馀姚风俗[6]，后生小子无不读书，及至二十无成，然后习为手艺。故凡百工贱业，其《性理》[7]、《纲鉴》[8]，皆全部烂熟。偶问及一事，则人名、官爵、年号、地方，枚举之未尝少错。学问之富，真是两脚书厨[9]，而其无益于文理考校，与彼目不识丁之人无以异也。或曰："信如此言，则古人姓名总不必记忆矣。"余曰："不然。姓名有不关于文理，不记不妨，如八元[10]、八恺[11]、厨[12]、俊[13]、顾[14]、及之类是也[15]；有关于文理者，不可不记，如四岳[16]、三老[17]、臧穀[18]、徐夫人之类是也[19]。"

　　昔有一僧人，与一士子同宿夜航船。士子高谈阔论，僧畏慑，卷足而寝。僧听其语有破绽，乃曰："请问相公，澹台灭明是一个人[20]，是两个人？"士子曰："是两个人。"僧曰："这等，尧舜是一个人[21]，两个人？"士子曰："自然是一个人。"僧人乃笑曰："这等说起来，且待小僧伸伸脚。"余所记载，皆眼前极肤浅之事，吾辈聊且记取，但勿使僧人伸脚则可已矣。故即命其名曰《夜航船》。古剑陶庵老人张岱书[22]。

《夜航船》卷首

[1] 夜航船即旧时江南一带城镇装载客货而于夜间航行的船只。元代陶宗仪《南村辍耕录》卷十一"夜航船"一则云："凡篙师于城埠市镇人烟凑集去处，招聚客旅装载夜行者，谓之夜航船。太平之时，在处有之。"张岱编有一部分门别类共四千馀条目的小型百科全书，取名"夜航船"，并写了这篇序。序中反对那种不切实际的无用之学，但又提倡对

"有关文理"的知识的认真记取,辩证地阐明了自己编书的目的,言简意赅,要言不烦。而用僧人与士人的笑话为证,幽默谐谑,趣味横生,又不乏冷隽的精警,读后可令人于会心的微笑中得到教益。

〔2〕瀛洲十八学士:据《新唐书·褚亮传》载,唐高祖武德四年(621),秦王李世民在宫城西设立文学馆,任命杜如晦、房玄龄、于志宁等十八位文官为学士,轮流宿于馆中,以备顾问;又命阎立本画像,褚亮作赞,题名字爵里,号"十八学士"。选中者为天下人所慕,有"登瀛洲"之誉。瀛洲,传说中的仙山。

〔3〕云台二十八将:据《后汉书·马武传》载,汉明帝永平三年(60)以追念前世功臣,图画邓禹、马武、吴汉等二十八将于南宫云台。以后又补王常等四人,合为三十二人。

〔4〕可耻孰甚:没有比这更可耻的了。

〔5〕八越:今浙江绍兴的古称。绍兴古属越地,领山阴、会稽、萧山、诸暨、馀姚、上虞、嵊县、新昌八县,故称八越。

〔6〕馀姚:在今浙江东部,姚江流域。绍兴的属县。

〔7〕性理:即《性理大全》,明胡广等人编撰,为宋人理学著作汇编,一百二十卷。

〔8〕纲鉴:这里指明王世贞所编《纲鉴》一书,系仿宋朱熹《通鉴纲目》体例所编历代编年史书。

〔9〕两脚书厨:即"两脚书橱"。语本《南史·陆澄传》:"澄当世称为硕学,读《易》三年不解文义,欲撰《宋书》竟不成。王俭戏之曰:'陆公,书厨也。'"后世即以"两脚书橱"比喻读书记诵甚多但不善于应用的人。

〔10〕八元:古代传说中的八位才子。《左传·文公十八年》记述高辛氏有伯奋、仲堪等才子八人,谓之"八元"。

〔11〕八恺:也是古代传说中的八位才子。《左传·文公十八年》记

述高阳氏有苍舒、叔达等才子八人,谓之"八恺"。

〔12〕厨:即"八厨"。据《后汉书·党锢传序》,当时以度尚、张邈等八人为"八厨"。厨,指能散财救人危急。

〔13〕俊:即"八俊"。据《后汉书·党锢传序》,当时以李膺、荀昱等八位敢于反对宦官专权又有才能名望者为"八俊"。另据《后汉书·周举传》,以周举、杜乔等八人为"八俊"。

〔14〕顾:即"八顾"。据《后汉书·党锢传序》,当时以郭林宗、宗慈等八人为"八顾"。顾,指能以自己的德行影响他人。

〔15〕及:即"八及"。据《后汉书·党锢传序》,当时以张俭、岑晊等八人为"八及"。及,指能引导人,受敬仰。

〔16〕四岳:相传为共工的后裔,因佐禹治水有功,赐姓姜,封于吕,使为诸侯之长。一说四岳为尧臣羲、和四子,分掌四方之诸侯。

〔17〕三老:古代掌教化之官,乡、县、郡皆曾先后设置。

〔18〕臧穀:奴隶与小孩。语本《庄子·骈拇》,据说臧、穀两人牧羊,臧挟册读书,穀博塞以游,两人皆亡其羊。后世用为典故,比喻事有不同而结果相同。

〔19〕徐大人:战国时赵人,姓徐,名夫人。据《史记·刺客列传》,荆轲刺秦王即使用他所藏的锋利匕首。

〔20〕澹(tán 谈)台灭明:复姓澹台,名灭明,字子羽,春秋鲁武城(今山东费县)人,孔子弟子。事见《论语·雍也》、《史记·仲尼弟子列传》。

〔21〕尧舜:尧为传说中古帝陶唐氏之号。舜为传说中古帝有虞氏之号,继尧为天子。见《史记·五帝本纪》。

〔22〕古剑:张岱祖籍剑州(今四川剑阁一带),故常自称"蜀人"或"古剑"。

湖心亭看雪[1]

崇祯五年十二月[2],余住西湖[3]。大雪三日,湖中人鸟声俱绝。

是日,更定矣[4],余拏一小舟[5],拥毳衣炉火[6],独往湖心亭看雪。雾凇沆砀[7],天与云、与山、与水,上下一白。湖上影子,惟长堤一痕[8]、湖心亭一点、与余舟一芥[9]、舟中人两三粒而已。

到亭上,有两人铺毡对坐,一童子烧酒炉正沸。见余大喜,曰:"湖中焉得更有此人?"拉余同饮。余强饮三大白而别[10]。问其姓氏,是金陵人[11],客此。

及下船,舟子喃喃曰[12]:"莫说相公痴[13],更有痴似相公者。"

《陶庵梦忆》卷三

[1] 湖心亭故址在今浙江杭州西湖中,始建于明嘉靖三十一年(1552),初名振鹭亭。万历间重建,又称清喜阁,规模壮丽。今亭建于1953年,为一层二檐、四面厅之建筑。崇祯五年(1632)的冬天,张岱旅居杭州,正值此地三日大雪,于是他就在万籁俱寂的夜色中乘船至湖心亭观赏雪景。这一行动本身就表明了文人士大夫的某种情趣,即以自然为尚,只可意会,难以言传。而得趣与识趣,也是一种文化素养的自然流露。趣多生于空灵,因空灵是神韵产生的基础,而神韵又是趣所附丽者。

作者有意将视角游离于身外,反观自我的情境,有遗世而独立的向往,具有晚明的时代特色。

〔2〕崇祯五年:即公元1632年。崇祯为明思宗朱由检的年号(1628—1644)。

〔3〕西湖:在今浙江杭州,又称武林水、西子湖、钱塘湖、明圣湖。湖周约十五公里,孤山峙立湖中,小瀛洲(三潭印月)、湖心亭、阮公墩三小岛鼎立湖中,苏堤、白堤将湖面分为外湖、里湖、岳湖、西里湖与小南湖五部分,风景优美。

〔4〕更定:古代计时五更中的初更时分,相当于现代计时晚八时左右。每更约为现代计时的两小时。

〔5〕拏(ná 拿):牵引。这里指驾船。

〔6〕毳(cuì 翠)衣:毛皮所制衣。

〔7〕雾凇(sōng 松):雾滴因天寒在树枝等物上所凝成的白色松散的冰晶,俗称树挂。沆砀(hàngdàng 杭去声荡):白气弥漫的样子。

〔8〕长堤:指西湖苏堤,为宋代文学家苏轼任杭州知州时于元祐四年(1089)所筑,横贯西湖南北。

〔9〕一芥:比喻小舟。语本《庄子·逍遥游》:"覆杯水于坳堂之上,则芥为之舟。"

〔10〕大白:大酒杯。

〔11〕金陵:今江苏南京市。

〔12〕喃喃:形容低语的象声词。

〔13〕相公:旧时对读书人的敬称。

柳敬亭说书[1]

南京柳麻子,黧黑[2],满面疤癗[3],悠悠忽忽,土木形

577

骸[4]。善说书,一日说书一回,定价一两。十日前先送书帕下定[5],常不得空。南京一时有两行情人[6],王月生、柳麻子是也[7]。

余听其说《景阳冈武松打虎》白文[8],与本传大异[9]。其描写刻画,微入毫发,然又找截干净[10],并不唠叨。哱夬声如巨钟[11],说至筋节处[12],叱咤叫喊,汹汹崩屋[13]。武松到店沽酒,店内无人,暑地一吼[14],店中空缸空甏皆瓮瓮有声[15]。闲中著色[16],细微至此。

主人必屏息静坐,倾耳听之,彼方掉舌[17],稍见下人咕哗耳语[18],听者欠伸有倦色[19],辄不言,故不得强。每至丙夜[20],拭桌剪灯,素瓷静递[21],款款言之[22]。其疾徐轻重,吞吐抑扬,入情入理,入筋入骨。摘世上说书之耳,而使之谛听,不怕其不齰舌死也[23]。

柳麻子貌奇丑,然其口角波俏[24],眼目流利,衣服恬静[25],直与王月生同其婉娈[26],故其行情正等。

《陶庵梦忆》卷五

[1] 柳敬亭(1587—1676?)是明末清初的说书家,原名曹遇春,泰州(今属江苏)人。幼时因犯法逃亡,变易姓名。善说书,曾得到文人莫后光指点,与正直文人多有交往。后入左良玉幕。明亡,仍以说书为业,潦倒以终。他是唐宋以后说书技艺的一位集大成者,当时著名文人如钱谦益、吴伟业、黄宗羲、周容等,皆为他写过传记。如黄宗羲《柳敬亭传》形容其说书艺术有云:"每发一声,使人闻之,或如刀剑铁骑,飒然浮空;或如风号雨泣,鸟悲兽骇。亡国之恨顿生,檀板之声无色。"如此出神入

578

化的说书艺术,清代孔尚任的传奇《桃花扇》也有淋漓尽致的刻画。晚明小品精神具有士林与市井两重文化品格,张岱小品的市井文化品格更为明显,因而以之刻画市井中人,更有得心应手、驾轻就熟的便捷。

〔2〕 黧(lí 黎)黑:色黑而黄。

〔3〕 疤癗(bā lěi 巴蠃上声):疙瘩。疤,同"疤"。

〔4〕 "悠悠忽忽"二句:悠闲懒散,马马虎虎,不加修饰,形体像土木一样自然。语本南朝宋刘义庆《世说新语·容止》:"刘伶身长六尺,貌甚丑顇,而悠悠忽忽,土木形骸。"

〔5〕 书帕:明代官场送礼,具一书一帕,称书帕。书帕中多藏金银用来行贿。这里即指说书的定金。

〔6〕 行(háng 杭)情人:这里指当时走红的艺人。

〔7〕 王月生:又名王月,明末南京名妓。张岱《陶庵梦忆》卷八有《王月生》一文记其事。

〔8〕 白文:指不带弹唱,只有说白的说"大书"的底本。"小书"则唱白并重,与"大书"不同。

〔9〕 本传:指《水浒传》,施耐庵撰。"景阳冈武松打虎"见该小说第二十三回。

〔10〕 找截:说书术语。找,追述或补述。截,中间转述或段落的收束。

〔11〕 哱夬(bó guài 勃怪):形容出语紧凑而果断。

〔12〕 筋节:指言语上的分寸或关键。

〔13〕 汹汹崩屋:声势盛大,震动屋宇。

〔14〕 暑(pó 婆):痛极而大叫。这里即指大叫。

〔15〕 甓(pì 僻):泛指陶器。

〔16〕 闲中著色:在一般人不经意的地方加以渲染。

〔17〕 掉舌:指谈说。

579

〔18〕呫哔(chān bì 搀必):原指诵读,这里指轻声小语。

〔19〕欠伸:打呵欠,伸懒腰。

〔20〕丙夜:即三更,相当于现代计时的夜间十一时至次日凌晨一时。

〔21〕素瓷:代指茶杯。

〔22〕款款:慢慢地。

〔23〕齰(zé 泽)舌:咬舌。形容羞愧已极。语本《史记·魏其武安侯列传》:"魏其必内愧,杜门齰舌自杀。"齰,咬。

〔24〕波俏:即俊俏。这里形容口齿伶俐。

〔25〕恬静:这里形容穿着淡雅。

〔26〕婉娈(luán 孪):美好。语本《诗·齐风·甫田》:"婉兮娈兮,总角丱兮。"

虎丘中秋夜〔1〕

虎丘八月半,土著流寓〔2〕,士夫眷属〔3〕,女乐声伎,曲中名妓戏婆〔4〕,民间少妇好女〔5〕,崽子娈童及游冶恶少〔6〕、清客帮闲〔7〕、傒僮走空之辈〔8〕,无不鳞集〔9〕。自生公台〔10〕、千人石〔11〕、鹤涧〔12〕、剑池〔13〕、申文定祠〔14〕,下至试剑石〔15〕、一二山门〔16〕,皆铺毡席地坐。登高望之,如雁落平沙,霞铺江上。天暝月上,鼓吹百十处〔17〕,大吹大擂,十番铙钹〔18〕,渔阳掺挝〔19〕,动地翻天,雷轰鼎沸,呼叫不闻。更定〔20〕,鼓铙渐歇,丝管繁兴,杂以歌唱,皆"锦帆开"、"澄湖万顷"同场大曲〔21〕,蹲踏和锣丝竹肉声〔22〕,不辨拍煞[23]。更深,人渐散去,士夫眷属皆下船水嬉,席席征歌,人人献技,南北杂之,管弦迭奏,听者方辨字句,藻鉴随之[24]。二鼓人静[25],悉屏管弦,洞箫一缕,哀涩清绵;与肉相引,尚存三四,迭更为之。三鼓[26],月孤气肃,人皆寂阒[27],不杂蚊虻。一夫登场,高坐石上,不箫不拍,声出如丝,裂石穿云,串度抑扬[28],一字一刻。听者寻入针芥[29],心血为枯,不敢击节,惟有点头。然此时雁比而坐者[30],犹存百十人焉。使非苏州,焉讨识者[31]!

《陶庵梦忆》卷五

〔1〕虎丘为山名,在今江苏苏州市阊门外。据传春秋时吴王阖闾葬此后三日,有白虎踞其上,故名。这是一篇追忆昔日繁华景象之作。明代中后期城市商品经济的发展,极大地刺激了社会奢侈享乐之风,这篇小品所记虎丘八月中秋夜的热闹繁华景象,就是这种社会风尚的反映。袁宏道《虎丘》一文(本书已选,可参看),有写鼓乐歌唱一段,两相对照即可发现张岱对之有借鉴之处。与袁宏道略有不同的是,张岱对昔日繁华旧梦的追忆,无非是希图保有梦境的瑰丽以冲淡现实的苦痛,小品之趣也由此生发而出。

〔2〕流寓:指客居苏州的人。

〔3〕士夫:即士大夫,古人指官吏或有声望的读书人。

〔4〕曲:妓院。戏婆:指戏曲女演员。

〔5〕好女:美女。

〔6〕崽子娈(luán 孪)童:旧时指被人玩弄的美童。游冶:风流少年。恶少:品行恶劣的年轻男子。

〔7〕清客帮闲:旧时在官僚富贵人家帮闲凑趣的文人。

〔8〕傒僮:年幼的奴仆。走空:拆白,行骗。这里指骗子一类人。

〔9〕鳞集:群集。

〔10〕生公台:南朝梁高僧道生(335—434)在虎丘说法的讲坛。据传他聚石为徒,宣讲佛理,石皆点头。

〔11〕千人石:虎丘中心有一由南向北倾斜的大盘石,可容千人列坐。又名千人坐。

〔12〕鹤涧:即养鹤涧,为虎丘山中一处古迹。

〔13〕剑池:在千人石北,传说春秋时吴王夫差葬其父阖闾于此,曾以三千宝剑殉葬。

〔14〕申文定:即申时行(1535—1614),字汝默,号瑶泉,又号休休居士,明苏州人。嘉靖四十一年(1562)进士,万历中累官至吏部尚书,入内阁为首辅,卒谥文定。

〔15〕试剑石:虎丘山上一椭圆形磐石,正中裂开,相传为吴王阖闾试剑所开;一说为秦始皇试剑之所。

〔16〕二山门:又称断梁殿,始建于唐,重建于元至元四年(1338),后几度修缮,为单檐歇山建筑,是虎丘云岩寺的大门。

〔17〕鼓吹:指演奏乐曲。

〔18〕十番铙钹(náo bó 挠勃):又称十番鼓,一种器乐合奏名,用鼓、笛、木鱼等轮番演奏,故名。兴起于明万历间,流行于苏、浙、闽一带。

〔19〕渔阳掺挝(càn zhuā 灿抓):即渔阳参挝,鼓曲名,据说东汉祢衡善于演奏,声节悲壮。

〔20〕更定:初更时分,相当于现代计时晚八时左右。

〔21〕锦帆开:传奇《浣纱记》第十四出《打围》中的曲句。澄湖万顷:传奇《浣纱记》第三十出《采莲》中曲句。同场大曲:多人齐唱。

〔22〕蹲踏:又作"蹲沓",议论纷杂。锣丝竹肉:指器乐声与人的歌唱声。

〔23〕拍煞:乐曲中段与尾声部分。
〔24〕藻鉴:品评鉴赏。
〔25〕二鼓:即二更,相当于现代计时晚十时左右。
〔26〕三鼓:即三更,相当于现代计时晚十二时左右。
〔27〕寂阒(qù 去):寂静。
〔28〕串度:表演行腔。
〔29〕针芥:指音乐的微妙之处。
〔30〕雁比:如人雁飞行时排列有序。
〔31〕识者:知音。

西湖七月半[1]

西湖七月半,一无可看,只可看看七月半之人。看七月半之人,以五类看之:

其一,楼船箫鼓,峨冠盛筵[2],灯火优傒[3],声光相乱,名为看月而实不见月者,看之。

其一,亦船亦楼,名娃闺秀[4],携及童娈[5],笑啼杂之,环坐露台[6],左右盼望,身在月下而实不看月者,看之。

其一,亦船亦声歌,名妓闲僧,浅斟低唱[7],弱管轻丝[8],竹肉相发[9],亦在月下,亦看月而欲人看其看月者,看之。

其一,不舟不车,不衫不帻[10],酒醉饭饱,呼群三五,跻入人丛[11],昭庆、断桥[12],嚣呼嘈杂[13],装假醉,唱无腔曲,月亦看,看月者亦看,不看月者亦看,而实无一看者,看之。

其一,小船轻幌[14],净几暖炉,茶铛旋煮[15],素瓷静递[16],好友佳人,邀月同坐,或匿影树下,或逃嚣里湖[17],看月而人不见其看月之态,亦不作意看月者[18],看之。

杭人游湖,巳出酉归[19],避月如仇。是夕好名,逐队争出,多犒门军酒钱[20],轿夫擎燎[21],列俟岸上。一入舟,速舟子急放断桥[22],赶入胜会。以故二鼓以前[23],人声鼓吹[24],如沸如撼,如魇如呓[25],如聋如哑,大船小船一齐凑岸,一无所见,止见篙击篙,舟触舟,肩摩肩,面看面而已。少刻兴尽,官府席散,皂隶喝道去[26]。轿夫叫船上人,怖以关门[27],灯笼火把如列星,一一簇拥而去。岸上人亦逐队赶门,渐稀渐薄,顷刻散尽矣。

吾辈始舣舟近岸[28]。断桥石磴始凉[29],席其上,呼客纵饮。此时月如镜新磨,山复整妆,湖复颒面[30],向之浅斟低唱者出,匿影树下者亦出,吾辈往通声气[31],拉与同坐。韵友来[32],名妓至,杯箸安,竹肉发。月色苍凉,东方将白,客方散去。吾辈纵舟酣睡于十里荷花之中,香气拍人,清梦甚惬[33]。

《陶庵梦忆》卷七

[1] 杭州西湖风景如画,历来受到文人墨客的青睐,也是民俗荟萃的场所。农历七月十五日为旧时中元节,又称盂兰盆节或鬼节,民间为超度亡灵请僧众念经,西湖寺院众多,"七月半"的热闹景象也就可想而知了。张岱的散文小品本原于士林文化,又受到市井文化及老庄、佛禅

的影响,两种文化在一位作家身上冲撞交融,必然会令其心态躁动。这篇小品有意摒弃世俗趣味,透露出的是一种清悠淡远、高标脱俗与别有会心的审美情趣,那自然属于士林文化的极致。然而作者并不掩饰他与韵友、名妓互通声气,聚在一起"浅斟低唱",充分享受人生,这显然又染有个性解放的市井文化色彩。如此逸趣,我们在其后世桐城派古文家笔下是很难发现的,这正是晚明小品精神的光辉所在。

〔2〕峨冠:高帽。这属于士大夫之装束,即用以借代官绅。

〔3〕优傒:歌舞艺人与奴仆。

〔4〕名娃闺秀:有名的美女与名门之女。

〔5〕童娈(luán 孪):即娈童,古代指被人玩弄的美童。

〔6〕露台:这里指楼船上的露天平台。

〔7〕浅斟低唱:斟着茶酒,低声歌唱。形容悠然自得、遣兴消闲的样子。

〔8〕弱管轻丝:形容乐声轻柔。

〔9〕竹:指箫、笛一类乐器。肉:指歌喉。

〔10〕帻(zé 责):古人包头巾。

〔11〕跻(jī 击):这里是挨挤的意思。

〔12〕昭庆:即昭庆寺,在西湖畔。断桥:又名宝祐桥,在西湖白堤东端。

〔13〕噪(jiào 叫):同"叫"。

〔14〕轻幌:船中所挂细薄的帷幔。

〔15〕茶铛(chēng 撑):古代煮茶器皿。旋(xuàn 绚):屡,频。

〔16〕素瓷:代指茶杯。

〔17〕里湖:西湖有白、苏二堤,将湖面分成外湖、里湖、岳湖、西里湖、小南湖五部分。

〔18〕作意:故意做作。

〔19〕巳:相当于现代计时的上午九时至十一时。酉:相当于现代计时的下午五时至七时。

〔20〕门军:把守城门的兵卒。

〔21〕擎燎:举起火把。

〔22〕速:催促。放:行船。

〔23〕二鼓:即二更。相当于现代计时晚十时左右。

〔24〕鼓吹:奏乐声。

〔25〕魇(yǎn 演):梦中惊骇。呓:说梦话。

〔26〕皂隶:官府中的差役。

〔27〕怖:恐吓。

〔28〕舣(yǐ 已):将船靠岸。

〔29〕石磴(dèng 凳):石头台阶。

〔30〕頮(huì 绘)面:洗脸。

〔31〕通声气:打招呼。

〔32〕韵友:风雅之友。

〔33〕惬(qiè 妾):满足,畅快。

《陶庵梦忆》序[1]

陶庵国破家亡,无所归止,披发入山[2],骇骇为野人[3]。故旧见之,如毒药猛兽,愕窒不敢与接[4]。作自挽诗[5],每欲引决[6],因《石匮书》未成[7],尚视息人世[8]。然瓶粟屡罄[9],不能举火[10],始知首阳二老[11],直头饿死[12],不食周粟,还是后人妆点语也[13]。

饥饿之馀,好弄笔墨。因思昔人生长王、谢[14],颇事豪华,今日罹此果报[15]:以笠报颅,以蒉报踵,仇簪履也[16];以衲报裘[17],以苎报絺[18],仇轻暖也[19];以藿报肉[20],以粝报粻[21],仇甘旨也[22];以荐报床[23],以石报枕,仇温柔也;以绳报枢[24],以瓮报牖[25],仇爽垲也[26];以烟报目,以粪报鼻,仇香艳也;以途报足[27],以囊报肩[28],仇舆从也[29]。种种罪案,从种种果报中见之。

鸡鸣枕上[30],夜气方回[31],因想余生平,繁华靡丽,过眼皆空,五十年来,总成一梦。今当黍熟黄粱[32],车旋蚁穴[33],当作如何消受[34]。遥思往事,忆即书之,持向佛前,一一忏悔。不次岁月[35],异年谱也;不分门类,别《志林》也[36]。偶拈一则,如游旧径,如见故人,城郭人民,翻用自喜[37],真所谓痴人前不得说梦矣[38]。

昔有西陵脚夫为人担酒[39],失足破其瓮,念无以偿,痴坐伫想,曰:"得是梦便好!"一寒士乡试中式[40],方赴鹿鸣宴[41],恍然犹意非真,自啮其臂曰[42]:"莫是梦否?"一梦耳,惟恐其非梦,又惟恐其是梦,其为痴人则一也。

余今大梦将寤[43],犹事雕虫[44],又是一番梦呓[45]。因叹慧业文人[46],名心难化[47],政如邯郸梦断[48],漏尽钟鸣[49],卢生遗表[50],犹思摹拓二王[51],以流传后世,则其名根一点[52],坚固如佛家舍利[53],劫火猛烈[54],犹烧之不失也。

《陶庵梦忆》卷首

〔1〕生长锦衣玉食之家,忽遭国变,一切豪华皆成梦幻,黄粱梦醒,过眼皆空。《陶庵梦忆》八卷与其说是作者的一番梦呓,莫如说是作者痛定思痛后的反思,追忆中处处流露出清醒的思致。五百多年以前,南宋孟元老写有《东京梦华录序》,内云:"古人有梦游华胥之国,其乐无涯者,仆今追念,回首怅然,岂非华胥之梦觉哉。"《陶庵梦忆》与《东京梦华录》可谓是异代同悲,国破家亡的痛切造成了两者不堪回首的基调。这篇序跋小品虽多用典故,但情感真挚,沧桑之感与身世之感交织在一起,具有极强的感人魅力。

〔2〕披发入山:清顺治三年(1646),作者为避战乱,逃入嵊县以西七十里的西白山。《陶庵梦忆》卷七《鹿苑寺方柿》:"丙戌,余避兵西白山。"

〔3〕骇(hài 害)骇:同"骇骇"。惊恐的意思。

〔4〕愕窒:惊惶得不敢出气。

〔5〕自挽诗:晋代陶渊明曾写有《拟挽歌辞三首》,张岱曾仿而和之。挽歌,即挽柩者所唱哀悼死者的歌,后泛指对死者悼念的诗歌。

〔6〕引决:自杀。

〔7〕石匮(guì 贵)书:张岱所撰明代纪传体史书,二百二十卷,据说"五易其稿,九正其讹",成书于清顺治十年(1653)。

〔8〕视息:仅存视觉与呼吸等,指苟全活命。汉蔡琰《悲愤诗》:"为复强视息,虽生何聊赖。"

〔9〕瓶粟屡罄:语本晋陶渊明《归去来兮辞》:"幼稚盈室,瓶无储粟。"瓶,古代储粟的器皿。罄,空。

〔10〕举火:生火做饭。

〔11〕首阳二老:即伯夷、叔齐,他们原是商孤竹君的两个儿子,为逃避王位继承,先后逃至周国。周武王伐商纣王,两人曾叩马谏阻,武王灭商后,两人耻食周粟,逃到首阳山,采薇而食,饿死在山里。事见《史记·

伯夷列传》。首阳,山名,又名雷首山,首山,在今山西永济南。

〔12〕直头:径直。

〔13〕妆点语:渲染、夸饰的文字。

〔14〕王谢:王、谢两姓为六朝望族,后世即以"王谢"为高门氏族的代称。张岱高祖张天复、曾祖张元忭、祖父张汝霖全为进士,三代荣显,世代书香,在当地也属望族。

〔15〕罹(lí 离):遭受。果报:佛家语,即因果报应,所谓夙世种善因,今生得善果;为恶则得恶报。

〔16〕"以笠"三句:大意是:今天头戴笠帽,足踏草鞋,是报应过去插簪穿履的富贵生活。下面几句,句意相同。笠,即笠帽,用竹篾、箬叶或棕皮等编成。蒉(kuì 溃),草鞋。两者为贫者装束。踵,代指脚。仇,报应。簪履,簪缨(古代官吏的冠饰)与珠履(珠饰之履)的省称,代表富贵。

〔17〕衲(nà 纳):缝补。这里指打补丁的衣服。裘:皮衣。

〔18〕苎(zhù 住):苎麻。这里指粗麻所制衣。绨(chī 吃):细葛布。这里指细葛布所制衣,较苎衣为优。

〔19〕轻暖:指轻且温暖的鲜厚衣物。

〔20〕藿:豆叶。代指粗食。

〔21〕粝(lì 立):糙米。粻(zhāng 张):米粮。这里指细粮。

〔22〕甘旨:美味的食物。

〔23〕荐:草席。

〔24〕以绳报枢:用绳子系门枢。形容贫家房舍之陋。枢,门户的转轴。

〔25〕以瓮报牖(yǒu 有):用破瓮当窗户。形容贫家房舍简陋。牖,窗户。

〔26〕爽垲(kǎi 凯):高爽干燥。语本《左传·昭公三年》:"子之宅

近市,湫隘嚣尘,不可以居,请更诸爽垲者。"杜预注:"爽,明;垲,燥。"

〔27〕途:走路。

〔28〕囊:行囊包裹。

〔29〕舆从:车轿与随从。

〔30〕鸡鸣枕上:天刚亮,鸡鸣声惊醒睡梦。

〔31〕夜气:儒家指晚上静思所产生的良知善念。《孟子·告子上》:"夜气不足以存,则其违禽兽不远矣。"回:回归。

〔32〕黍熟黄粱:事本唐沈既济《枕中记》传奇:卢生过邯郸旅店,遇道士吕翁,卢生在吕翁所授枕上酣然入睡,梦中历尽荣华富贵。及醒,店主人的黄粱尚未煮熟。这就是有名的黄粱梦的故事。

〔33〕车旋蚁穴:事本唐李公佐《南柯太守传》传奇:淳于棼醉酒后梦紫衣使者趋青油小车来迎,入"大槐安国",招为驸马,任南柯太守,享尽荣华。后遇国将有难,被遣乘车归里,原是一梦,寻古槐下蚁穴,即梦中所历。这就是有名的南柯一梦的故事。

〔34〕消受:享用。

〔35〕不次岁月:不依年月排列。

〔36〕志林:宋苏轼撰杂俎类笔记,又称《东坡志林》,通行本五卷,分为记游、怀古、修养、疾病、梦寐等二十九个门类。

〔37〕"城郭人民"二句:事本旧题陶潜撰《搜神后记》卷一,辽东人丁令威学道灵虚山,后化鹤归辽,集于城门华表柱,有少年举弓欲射,鹤飞于空中而言:"有鸟有鸟丁令威,去家千年今始归。城郭如故人民非,何不学仙冢垒垒。"张岱用此典,意在表明撰写《陶庵梦忆》如同重见昔日光景,自己反而生欣喜之心。

〔38〕痴人前不得说梦:语本宋普济《五灯会元》卷二十"乌巨道行禅师":"祖师西来,直指人心,见性成佛。痴人面前,不得说梦。"张岱此处承"翻用自喜"一句而来,有自嘲意。

〔39〕西陵:今浙江萧山西兴镇的古称。脚夫:旧时称搬运货物行李的伕役。

〔40〕乡试:明代每三年一次在各省省城(包括京城)举行的考试,考中者称为举人。中式:即中举。

〔41〕鹿鸣宴:乡试揭榜以后,州县长官宴请中式举人,或放榜次日宴请主考、执事人员及新举人,歌《诗经·小雅·鹿鸣》之章,作魁星舞,故名。

〔42〕啮(niè聂):咬。中国民间信俗,梦中啮臂不痛。

〔43〕大梦将寤:指人生将走到尽头。寤,醒。人生如梦,道家、佛家皆有这种观点。

〔44〕雕虫:这里指写作诗文辞赋的生涯。语本汉扬雄《法言·吾子》:"或问:'吾子少而好赋?'曰:'然。童子雕虫篆刻。'俄而曰:'壮夫不为也。'""虫"指虫书,"刻"指刻符,各为一种字体。后世即以"雕虫"比喻词章小技。

〔45〕梦呓:梦中之语。比喻胡言乱语。

〔46〕慧业文人:指有文学才能并与文字结缘者。语本《宋书·谢灵运传》:"太守孟顗事佛精恳,而为灵运所轻。尝谓顗曰:'得道应须慧业文人,生天当在灵运前,成佛必在灵运后。'顗深恨此言。"

〔47〕名心:求功名之心。

〔48〕政:通"正"。邯郸梦断:即黄粱梦事,详注〔32〕。

〔49〕漏尽钟鸣:比喻人的生命已到尽头。

〔50〕卢生遗表:明汤显祖根据唐沈既济《枕中记》作《邯郸梦》传奇,增卢生临终上疏一事,有云:"俺的字是钟繇法帖,皇上最所钟爱,俺写下一通,也留与大唐家作镇世之宝。"钟繇是三国时著名书法家。

〔51〕二王:指晋代著名书法家王羲之、王献之父子。这里言"摹拓二王"似误记,当作"摹拓钟繇"。

〔52〕名根:指文人好名的根性。

〔53〕舍利:梵语的音译,意译为"身骨"。佛祖释迦牟尼遗体火化后所结成的坚硬光莹五色的珠状物,又名舍利子。后世有道高僧火化也有留下坚硬舍利者。

〔54〕劫火:佛教语,指坏劫之末所起的大火。

又与毅孺八弟[1]

前见吾弟选《明诗存》,有一字不似钟、谭者[2],必弃置不取。今几社诸君子盛称王、李[3],痛骂钟、谭,而吾弟选法又与前一变,有一字似钟、谭者,必弃置不取。钟、谭之诗集,仍此诗集;吾弟手眼[4],仍此手眼。而乃转若飞蓬[5],捷如影响[6],何胸无定识,目无定见,口无定评,乃至斯极耶!

盖吾弟喜钟、谭时,有钟、谭之好处,尽有钟、谭之不好处,彼盖玉常带璞[7],原不该尽视为连城[8];吾弟恨钟、谭时,有钟、谭之不好处,仍有钟、谭之好处,彼盖瑕不掩瑜[9],更不可尽弃为瓦砾。吾弟勿以几社君子之言横据胸中,虚心平气,细细论之,则其妍丑自见,奈何以他人好尚为好尚哉!况苏人极有乡情[10],阿其先辈[11],见世人趋奉钟、谭,冷淡王、李,故作妒妇之言[12],以混人耳目。吾辈自出手眼之人,奈何亦受其溷乱耶[13]?且吾浙人,极无主见,苏人所尚,极力摹仿。如一巾帻[14],忽高忽低;如一袍袖,忽大忽小。苏人巾高袖大,浙人效之,俗尚未遍,而苏人巾又变低、袖又变小矣。故苏人常笑吾浙人为"赶不着"。诚哉,其赶不着也。

不肖生平崛强[15],巾不高低,袖不大小,野服竹冠[16],人且望而知为陶庵,何必攀附苏人,始称名士哉?故愿吾弟自出手眼,撇却钟、谭,推开王、李,毅孺、陶庵还其为毅孺、陶庵,则天下能事毕矣[17]。学步邯郸[18],幸勿为苏人所笑。

《琅嬛文集》卷三

[1] 张弘,字毅孺,为张岱族弟。八弟是就族中同辈大排行而言。这篇尺牍小品就张弘《明诗存》之去取原则提出"自出手眼"的必要性,反映出晚明个性解放思潮影响的深入。《四库全书总目》著录张岱《西湖梦寻》云:"其诗文亦全沿公安、竟陵之派。"不免有讥讽之意。但若就精神而论,张岱的确继承了两派性灵说的实质。公安派的主将袁宏道在致张幼于的信函中曾说:"庄生讥毁孔子,然至今其书不废;荀卿言性恶,亦得与孟子同传。何者?见从己出,不曾依傍半个古人,所以他顶天立地。"用来比较张岱"撇却钟、谭,推开王、李"之论,可见二者有一脉相承的痕迹。正是文人独立意识的觉醒,才令晚明小品焕发出耀目的光彩。

[2] 钟:即钟惺(1574—1625),字伯敬,号退谷,竟陵(今湖北天门)人。详见本书作者小传。谭:即谭元春(1586—1637),字友夏,竟陵人。详见本书作者小传。他与钟惺继公安三袁之后倡导性灵,创立竟陵派。

[3] 几社:明末文社,崇祯初年创立于江苏松江,倡导者为夏允彝、陈子龙等人,会友多达百人。几社诸人文学观点受明前、后七子影响较大,崇尚《文选》。王:即王世贞(1526—1590),字元美,号凤洲,又号弇州山人,太仓(今属江苏)人。详见本书作者小传。李:即李攀龙

(1514—1570),字于鳞,号沧溟,历城(今山东济南)人。详见本书作者小传。王、李二人为明"后七子"的领袖,文学主张继承"前七子",以复古为帜志,主张文必秦汉,诗必盛唐。

〔4〕手眼:眼界,眼光。

〔5〕转若飞蓬:如蓬草一样随风飘转。比喻毫无主见。

〔6〕捷如影响:如影随形、如响应声一般迅速。比喻不遗馀力地追求时尚。

〔7〕璞:含有玉的石头或未雕琢的玉。

〔8〕连城:即和氏璧,常比喻贵重之物。语本《史记·廉颇蔺相如列传》中秦王愿以十五座城池换赵国的和氏璧一事。

〔9〕瑕不掩瑜:指缺点不能掩盖住优点。瑕,玉的斑点。瑜,玉的光彩。

〔10〕苏人:这里指上文所言的"几社诸君子",他们都是苏州附近的人,故称。

〔11〕阿:阿谀。先辈:这里指同是"苏人"的王世贞等人。

〔12〕妒妇:性好嫉妒的妇人。

〔13〕溷(hùn 诨)乱:混乱。

〔14〕巾帻(zé 责):古人用于包头的头巾。

〔15〕不肖:用于自称的谦词。崛强(jiàng 匠):同"倔强",即性情刚强不屈。

〔16〕野服:村野平民装束。竹冠:即竹皮冠,也为村野之人所戴。

〔17〕能事:所能之事。语本《易·系辞上》:"引而伸之,触类而长之,天下之能事毕矣。"

〔18〕学步邯郸:比喻模仿别人不成,反而丧失了自己原有的技能。语本《庄子·秋水》中寿陵馀子学行于邯郸未成,匍匐而归的寓言。

张　溥

张溥(1602—1641),字天如,号西铭,太仓(今属江苏)人。崇祯四年(1631)进士,改庶吉士,以葬亲乞假归,终生未出仕。他与同里张采共学齐名,一同创立复社,结交四方人士,以兴复古学为帜志,并成为继东林党之后在野的著名政治社团,与阉党馀孽斗争不懈。《明史》有传,称:"溥诗文敏捷,四方征索者,不起草,对客挥毫,俄顷立就,以故名高一时。卒时,年仅四十。"编纂《汉魏六朝百三名家集》,著有《七录斋诗文合集》十六卷。

五人墓碑记[1]

　　五人者,盖当蓼洲周公之被逮[2],激于义而死焉者也。至于今,郡之贤士大夫请于当道[3],即除魏阉废祠之址以葬之[4];且立石于其墓之门,以旌其所为[5]。呜呼,亦盛矣哉!

　　夫五人之死,去今之墓而葬焉[6],其为时止十有一月耳。夫十有一月之中,凡富贵之子,慷慨得志之徒,其疾病而死,死而湮没不足道者[7],亦已众矣,况草野之无闻者欤!独五人之皦皦[8],何也?

　　予犹记周公之被逮,在丁卯三月之望[9]。吾社之行为士先者[10],为之声义[11],敛赀财以送其行[12],哭声震动天地。缇骑按剑而前[13],问"谁为哀者?"众不能堪,抶而仆之[14]。是时以大中丞抚吴者[15],为魏之私人[16],周公之逮所由使也[17];吴之民方痛心焉,于是乘其厉声以呵[18],则噪而相逐[19],中丞匿于溷藩以免[20]。既而以吴民之乱请于朝,按诛五人[21],曰颜佩韦、杨念如、马杰、沈扬、周文元[22],即今之傫然在墓者也[23]。

然五人之当刑也,意气扬扬,呼中丞之名而詈之[24],谈笑以死。断头置城上,颜色不少变。有贤士大夫发五十金,买五人之脰而函之[25],卒与尸合。故今之墓中,全乎为五人也。

嗟夫!大阉之乱[26],缙绅而能不易其志者[27],四海之大,有几人欤?而五人生于编伍之间[28],素不闻诗书之训,激昂大义,蹈死不顾[29],亦曷故哉[30]?且矫诏纷出[31],钩党之捕[32],遍于天下,卒以吾郡之发愤一击,不敢复有株治[33];大阉亦逡巡畏义[34],非常之谋[35],难于猝发[36]。待圣人之出而投缳道路[37],不可谓非五人之力也。

由是观之,则今之高爵显位[38],一旦抵罪[39],或脱身以逃,不能容于远近[40],而又有剪发杜门[41],佯狂不知所之者[42],其辱人贱行[43],视五人之死,轻重固何如哉?是以蓼洲周公,忠义暴于朝廷[44],赠谥美显[45],荣于身后;而五人亦得以加其土封[46],列其姓名于大堤之上[47],凡四方之士,无有不过而拜且泣者,斯固百世之遇也[48]。不然,令五人者保其首领,以老于户牖之下[49],则尽其天年,人皆得以隶使之[50],安能屈豪杰之流,扼腕墓道[51],发其志士之悲哉!故予与同社诸君子,哀斯墓之徒有其石也,而为之记,亦以明死生之大[52],匹夫之有重于社稷也[53]。

贤士大夫者,冏卿因之吴公[54],太史文起文公[55]、孟长姚公也[56]。

《七录斋诗文合集·古文存稿》卷三

[1] 明熹宗天启年间,权阉魏忠贤擅权,逢迎者大有人在,朝中有所谓"五虎"、"五彪"、"十狗"、"十孩儿"、"四十孙"诸多名号,其死党更是遍及海内,形成一个利益集团,倒行逆施,作恶多端。周顺昌是一位刚正敢言的吏部属官,敢于公开反抗阉党,因而被魏忠贤一伙视为眼中钉、肉中刺,必欲除之而后快。天启六年(1626),魏忠贤派缇骑到苏州逮捕周顺昌,激起民愤,苏州市民及周围村镇百姓数万人不期而集,殴毙旗尉一人。官府严加镇压,市民领袖五人挺身投案,英勇就义。这篇散文生动地记述了这场斗争的简略经过,夹叙夹议,为名不见经传的小人物立传,具有极强的感染力。明末城市经济的发展促进了市民阶层的壮大,苏州民变反映了作为封建专制主义否定力量的市民阶层的成长,这也是本文的认识价值所在。

[2] 蓼洲周公:即周顺昌(1584—1626),字景文,号蓼洲,吴县(今江苏苏州)人。万历四十一年(1613)进士,历官福州推官、吏部员外郎。《明史》有传,内云:"顺昌为人刚方贞介,疾恶如仇。巡抚周起元忤魏忠贤削籍,顺昌为文送之,指斥无所讳。魏大中被逮,道吴门。顺昌出钱,与同卧起者三日,许以女聘大中孙。旗尉屡趣行,顺昌瞋目曰:'若不知世间有不畏死男子耶?归语忠贤,我故吏部郎周顺昌也。'因戟手呼忠贤

名,骂不绝口。"魏忠贤恨之入骨,将他诬陷入狱,迫害致死。崇祯初谥忠介,有《烬馀集》。

〔3〕郡:这里指苏州府,治所即今江苏苏州市。贤士大夫:指有声望的读书人或家居官员等。当道:当政者。

〔4〕魏阉:即魏忠贤(1568—1624),肃宁(今属河北)人,少无赖,万历中以自阉入宫,与皇长孙(即以后的明熹宗)的乳母客氏交好,二人狼狈为奸。熹宗即位后,魏忠贤渐升至司礼秉笔太监,掌东厂事,结党营私,气焰嚣张,无恶不作,人称"九千岁"。崇祯帝即位,发其奸,自缢死,诏磔其尸。《明史》有传。废祠:据《明史》本传,天启七年春,魏忠贤气焰嚣张,海内望风谄媚,纷纷为魏忠贤建立生祠,"穷极工巧,攘夺民田庐"。崇祯即位后,各地生祠陆续被废。吴郡魏忠贤生祠为应天巡抚毛一鹭所建。《明史·周顺昌传》:"吴人感其义,合葬之虎丘傍,题曰'五人之墓'。其地即一鹭所建忠贤普惠祠址也。"

〔5〕旌(jīng 经):表彰。

〔6〕去:距离。墓:修墓。用如动词。

〔7〕湮(yān 烟)没:埋没。

〔8〕皦(jiǎo 佼)皦:犹言"佼佼",形容超越一般。

〔9〕丁卯三月之望:即天启七年(1627)农历三月十五日。按《明史·周顺昌传》,周之被捕与被害皆在天启六年(1626)。此系作者误书。望,月相名,农历每月十五日(有时为十六日或十七日),地球所见月相最圆满,即称"望"。

〔10〕吾社:这里当指应社,或称江南应社,为天启四年(1624)张溥、张采、周钟等人在苏州所创,开始仅十一人,分主五经文字之选,又称五经分会,本属文学团体。崇祯二年(1629)以后并入复社,始成为文学、政治团体。行为士先:德行可以作为读书人的表率。

〔11〕声义:诉冤,伸张正义。

〔12〕敛赀(zī资)财:筹集钱财。

〔13〕缇骑(tí jì 提记):明代锦衣卫校尉,名沿古制。执掌禁卫、仪仗、卤簿,专司侦察、缉捕官民。晚明时数量发展至数万人,肆虐朝野。

〔14〕抶(chì 赤)而仆之:打倒在地。

〔15〕以大中丞抚吴者:指毛一鹭,字孺初,遂安(今浙江淳安)人。万历三十二年(1604)进士,授松江司理,天启末官应天巡抚,属魏忠贤一党。明代巡抚多加副都御史或佥都御史衔。中丞,明代都察院左、右副都御史的别称,一般多称巡抚为中丞,本此。

〔16〕魏之私人:魏忠贤的家臣。私人,语本《诗·大雅·嵩高》:"王命传御,迁其私人。"毛传:"私人,家臣也。"这里是讽刺的说法。

〔17〕所由使:是由他主使的。

〔18〕其:指毛一鹭。呵:呵叱。

〔19〕噪:吵嚷(指苏州众多市民)。逐:追赶。

〔20〕匿(nì 腻):躲藏。溷(hùn 诨)藩:指厕所。

〔21〕按诛:查办,判处死刑。

〔22〕颜佩韦:商人子。杨念如:估衣铺商人。马杰:市民。沈扬:牙侩,即经纪人。周文元:周顺昌的轿夫。

〔23〕傫(léi 雷)然:形容重叠堆积。

〔24〕詈(lì 立):骂。

〔25〕脰(dòu 豆):颈项。这里代指头。函:用木匣装起来。用如动词。

〔26〕大阉之乱:指天启间大太监魏忠贤的乱政。

〔27〕缙绅:指士大夫。旧时官宦插笏于绅带间,故称。缙,插。不易其志:不变志节,即不向魏阉屈服。

〔28〕编伍:即编在户籍的平民。古代户籍编制,五家为伍,故称。

〔29〕蹈死:身履死地,即冒着生命危险。

599

〔30〕曷:同"何"。

〔31〕矫诏:假托皇帝的命令。

〔32〕钩党之捕:相牵引为同党加以逮捕。

〔33〕株治:株连治罪。

〔34〕逡(qūn 群阴平)巡畏义:徘徊不定,畏惧正义。

〔35〕非常之谋:指魏忠贤篡位夺取政权的阴谋。

〔36〕猝(cù 促)发:突然发动。

〔37〕圣人之出:指崇祯帝朱由检即位。投缳道路:指魏忠贤行至阜城途中自缢身亡。《明史·魏忠贤传》:"(天启七年十一月)遂安置忠贤于凤阳,寻命逮治。忠贤行至阜城,闻之,与李朝钦偕缢死。"

〔38〕高爵显位:指依附魏党的官高位显者。

〔39〕抵罪:因犯罪而受到相应的处罚。

〔40〕不能容于远近:到处难以容身。

〔41〕剪发杜门:削发为僧或闭门不出。

〔42〕佯狂:装疯。

〔43〕辱人贱行:可耻的人,卑劣的行为。

〔44〕暴(pù 曝):显露。

〔45〕赠谥美显:崇祯元年(1628),给事中瞿式耜讼诸臣冤,赐周顺昌"忠介"的谥号。

〔46〕加其土封:指重修坟墓。

〔47〕大堤之上:五人墓碑在山塘(由苏州通往虎丘的小河)北岸,故称。

〔48〕百世之遇:百年难逢的际遇。

〔49〕老:指寿终而死。户牖(yǒu 有):门窗,指自家屋舍。

〔50〕隶使:当奴仆使唤。

〔51〕扼腕:用一只手握住另一只手腕,表示惋惜、愤慨或振奋等情

绪。墓道:墓前或墓室前的甬道。

〔52〕死生之大:语本《庄子·德充符》:"仲尼曰:死生亦大矣,而不得与之变。"

〔53〕"匹夫"句:平常百姓对国家安危也能起到重要作用。社,土神;稷,谷神。古人常用社稷代表国家。

〔54〕冏(jiǒng迥)卿:语本《尚书·冏命序》:"穆王命伯冏为周太仆正。"后世即称太仆寺卿为"冏卿"。因之吴公:即吴默(1554—1640),字因之,吴江(今属江苏)人。万历二十年(1592)进士,历官礼部主事、太仆寺卿。

〔55〕太史:在翰林院任职者的通称。文起文公:即文震孟(1574—1636),初名从鼎,字文起,号湛持,长洲(今江苏苏州)人,天启二年(1622)进士第一,授翰林院修撰,官至礼部左侍郎兼东阁大学士。《明史》有传。

〔56〕孟长姚公:即姚希孟(1579—1636),字孟长,号观闻,吴县(今江苏苏州)人。万历四十七年(1619)进士,授翰林院检讨,崇祯中以庶子充讲官,出为南京少詹事。卒谥文毅。有《循沧》、《公槐》、《响玉》、《伽陵》诸集。《明史》有传。

祁彪佳

祁彪佳(1602—1645),字虎子,又字幼文、弘吉,号世培,又号远山主人,山阴(今浙江绍兴)人。天启二年(1622)进士,授兴化府推官,崇祯四年(1631)起御史,出按苏、松诸府,以侍养归,家居九年。南明福王立,迁大理寺丞,擢右佥都御史,巡抚江南。南都失守,绝食,端坐池中而死。唐王时谥忠敏。《明史》有传,称其"生而英特,丰姿绝人"。嗜藏书,擅长造园,喜戏曲,著《远山堂曲品》与《远山堂剧曲》。诗文著述,今人有断句本《祁彪佳集》十卷,中华书局上海编辑所1960年出版。

《寓山注》序[1]

予家梅子真高士里[2],固山阴道上也[3]。方干一岛[4],贺监半曲[5],惟予所恣取[6]。顾独予家旁小山,若有夙缘者[7],其名曰"寓"。往予童稚时,季超、止祥两兄以斗粟易之[8]。剔石栽松,躬荷畚锸[9],手足为之胼胝[10]。予时亦同挈小艇[11],或捧土作婴儿戏。迨后余二十年[12],松渐高,石亦渐古,季超兄辄弃去,事宗乘[13];止祥兄且构柯园为菟裘矣[14]。舍山之阳建麦浪大师塔[15],余则委置于丛篁灌莽中[16]。予自引疾南归[17],偶一过之,于二十年前情事,若有感触焉者。于是卜筑之兴[18],遂勃不可遏[19],此开园之始末也。

卜筑之初,仅欲三五楹而止[20]。客有指点之者,某可亭,某可榭,予听之漠然,以为意不及此。及于徘徊数回,不觉问客之言,耿耿胸次[21]。某亭、某榭,果有不可无者。前役未罢,辄于胸怀所及,不觉领异拔新[22],迫之而出。每至路穷径险,则极虑穷思[23],形诸梦寐,便有别辟之境地,若为天开[24]。以故兴愈敬,趣亦愈浓。朝而出,暮而归,偶有家冗[25],皆于烛下了之。枕上望晨光乍吐,即呼奚奴驾舟[26],三里之遥,恨不促之于跬步[27]。祁寒盛暑[28],体粟汗浃[29],不以为苦。虽遇大风雨,舟未尝一日不出。摸索床头金尽[30],略有懊丧意。及于抵山盘旋,则购石庀材[31],犹怪其少。以故两年以来,囊中如洗[32]。予亦病而愈,愈而复病,此开园之痴癖也。

园尽有山之三面,其下平田十馀亩,水石半之,室庐与花木半之。为堂者二,为亭者三,为廊者四,为台与阁者二,为堤者三。其他轩与斋类[33],而幽敞各极其致。居与庵类,而纡广不一其形[34]。室与山房类,而高下分标其胜。与夫为桥、为榭、为径、为峰,参差点缀,委折波澜[35]。人抵虚者实之,实者虚之,聚者散之,散者聚之,险者夷之[36],夷者险之。如良医之治病,攻补互投[37];如良将之治兵,奇正并用[38];如名手作画,不使一笔不灵;如名流作文,不使一语不韵。此开园之营构也。

园开于乙亥之仲冬[39],至丙子孟春[40],草堂告成,斋与轩亦已就绪。迨于中夏[41],经营复始。榭先之,阁继之,迄山房而役以竣[42],自此则山之顶趾镂刻殆遍[43],惟是泊舟登岸,一径未通,意犹不慊也[44]。于是疏凿之工复始。于十一月自冬历丁丑之春[45],凡一百馀日,曲池穿牖[46],飞沼拂几[47],绿映朱栏,丹流翠壑,乃可以称园矣。而予农圃之兴尚殷[48],于是终之以丰庄与豳圃[49],盖已在孟夏之十有三日矣[50]。若八求楼、溪山草阁、抱瓮小憩[51],则以其暇偶一为之,不可以时日计。此开园之岁月也。

至于园以外山川之丽,古称万壑千岩[52],园以内花木之繁,不止七松五柳[53]。四时之景,都堪泛月迎风;三径之中[54],自可呼云醉雪。此在韵人纵目[55],云客宅心[56],予亦不暇缕述之矣。

《祁彪佳集》卷七

[1] 对于明王朝而言,祁彪佳是忠臣,也是烈士,以身殉明,年仅四十四岁。然而这样一位风云之士却又是艺术家,他不但精通戏曲理论,对于园林艺术也是行家里手。他的家乡有一座名叫寓山的山丘,在那里,祁彪佳营构了一个精巧的园林别墅,并写下了一组文章加以记述,名曰《寓山注》,本篇即这组文章的序言部分。提纲挈领而外,这篇序文还讲出了园林营造的辩证法,所谓"虚者实之,实者虚之,聚者散之,散者聚之,险者夷之,夷者险之"数语,深得个中三昧。其艺术理论的成熟与文笔的潇洒结合在一起,相得益彰,魅力无穷。

[2] 梅子真:即梅福,字子真,西汉九江寿春(今安徽寿县)人,少学

长安,为郡文学,补南昌尉,因屡上书言事,终不见纳。王莽专权后,离家出走,传以为仙。但有人见梅福于会稽,变姓名,成为吴市门卒。《汉书》有传。高士里:传说梅福隐居会稽(今绍兴)时所居之处。

〔3〕山阴道上:即今浙江绍兴城西南郊外一带,景色迷人。南朝宋刘义庆《世说新语·言语》:"王子敬云:'从山阴道上行,山川自相映发,使人应接不暇。'"

〔4〕方干:字雄飞(?—885?),唐睦州清溪(今浙江淳安)人。屡应举不第,隐居鉴湖,终生未仕。卒后,门人私谥玄英先生,《全唐诗》存诗六卷。其《越中言事诗》有云:"沙边贾客喧鱼市,岛上潜夫醉箬庄。"方干一岛即谓此。

〔5〕贺监:即贺知章(659—744),字季真,唐越州永兴(今浙江萧山)人。武后证圣元年(695)进士,官至太子宾客、秘书监。为人旷达,晚年尤甚,自号四明狂客、秘书外监,世称贺监。唐玄宗天宝三载(744)上疏请为道士,归隐鉴湖,不久病逝。有《贺秘监集》,新、旧《唐书》有传。半曲:指鉴湖(又称镜湖)弯曲处。

〔6〕恣取:任意观赏、游览。

〔7〕夙(sù 素)缘:前生的因缘。

〔8〕李越:即祁骏佳,字孚超,祁彪佳之兄,贡生,工词曲,著《禅悦合集》,有杂剧《鸳鸯锦》,不传。止祥:即祁豸佳,字止祥,祁彪佳堂兄。天启举人,以教谕迁吏部司务,明亡隐于家。精音律,通诗文书画。有《玉麈记》传奇,不传。张岱《陶庵梦忆》卷四有《祁止祥癖》,可参见。

〔9〕畚锸(běn chā 本插):挖运泥土的工具。畚,盛土器;锸,起土器。

〔10〕胼胝(pián zhī 偏枝):手足因摩擦所起的厚茧。

〔11〕拏(ná 拿):撑(船)。

〔12〕迨(dài 代):及。

〔13〕宗乘:指佛教。佛教有大、小乘,又有若干宗派,故称。

〔14〕菟(tú 图)裘:地名,在今山东泗水。《左传·隐公十一年》:"羽父请杀桓公,以求大宰。公曰:'为其少故也,吾将授之矣。使营菟裘,吾将老焉。'"后世即以为告老退隐的居处。

〔15〕山之阳:寓山的南面。麦浪大师:即明怀(1586—1630),字修湛,号麦浪、墨浪,俗姓黄,明代禅僧。著有《寐言》。《祁彪佳集》卷四有《会稽云门麦浪怀禅师塔铭》一文,可参看。

〔16〕丛篁灌莽:乱竹、灌木与草丛。这里是荒废的意思。

〔17〕引疾:托病辞官。此次作者南归,当在崇祯七年(1634)左右,家居九年。

〔18〕卜筑:择地建筑住宅,以为定居之所。

〔19〕勃:兴起。遏:止。

〔20〕楹:柱。后称一间房为一楹。

〔21〕耿耿胸次:指治园心事牵萦回绕,难以释怀。

〔22〕领异拔新:与众不同,独创一格。

〔23〕极虑穷思:用尽心思。

〔24〕天开:指天给予启示。《史记·魏世家》:"以是始赏,天开之矣。"

〔25〕家冗:家务琐事。

〔26〕奚奴:奴仆。

〔27〕促之于跬(kuǐ 傀)步:缩短至半步。跬,半步。

〔28〕祁寒:严寒。祁,大。

〔29〕体粟:身体皮肤因寒冷而起的颗粒状突起。汗浃:汗流浃背。浃,沾湿。

〔30〕床头金尽:钱财耗尽,陷于贫困境地。语本唐张籍《行路难》诗:"君不见床头黄金尽,壮士无颜色。"

〔31〕庀(pǐ痞)材:备齐建筑材料。庀,备办。

〔32〕橐(tuó陀)中如洗:钱财用尽。橐,这里指钱袋子。

〔33〕类:相似。

〔34〕纡广不一其形:建筑形状曲折、广狭各有不同。纡,曲折。

〔35〕委折波澜:曲折起伏。

〔36〕夷:平。这里是形容词的使动用法。

〔37〕攻补互投:治疗与滋补的药兼用。这里以中医治病的理论比喻治园原则。

〔38〕奇正:古代兵法术语。古人作战以对阵交锋为正,以设伏掩袭为奇。《孙子·势》:"战势不过奇正,奇正之变,不可胜穷也。"这里用兵法比喻园林的营构。

〔39〕乙亥:即明崇祯八年(1635)。仲冬:冬季的第二个月,即农历十一月。

〔40〕丙子:即明崇祯九年(1636)。孟春:春季的第一个月,即农历正月。

〔41〕中夏:即仲夏。夏季的第二个月,即农历五月。

〔42〕役以竣:工程完毕。

〔43〕顶趾:山顶到山脚。镂(lòu漏)剞:雕刻。这里是修建的意思。

〔44〕慊(qiè妾):满意。

〔45〕丁丑:即明崇祯十年(1637)。

〔46〕曲池穿牖(yǒu有):弯曲的池水流经窗下。

〔47〕飞沼拂几:池塘水珠飞溅,飘拂至几案。

〔48〕殷:深切。

〔49〕丰庄:寓山园中的一处农庄。《寓山注·丰庄》:"庄与园,似丽之而非也。既园矣,何以庄为?予筑之为治生处也……学稼学圃,予

607

将以是老矣。"豳圃:寓山园中种植桑树、果木与菜蔬的园圃。《寓山注·豳圃》:"让鸥池之南有馀地焉,衡可二百赤,纵不及衡者半,以五之三种桑,其二种梨、橘、桃、李、杏、栗之属……常咏陶靖节诗'欢然酌春酒,摘我园中蔬',有似乎'烹葵'、'剥枣'之风焉,故以名吾圃。"圃名取自《诗·豳风·七月》。

〔50〕孟夏:夏季的第一个月,即农历四月。

〔51〕八求楼:寓山园中藏书楼,在丰庄之后。《寓山注·八求楼》:"昔郑渔仲论求书之道有八:一即类以求,二旁类以求,三因地以求,四因家以求,五曰求之公,六曰求之私,七因人以求,八因代以求……自吴中乞身归,计得书三万一千五百卷,庋置丰庄之后楼,镇曰摩挲。"溪山草阁:寓山园中一处景观,在让鸥池之西偏,其名据《寓山注·溪山草阁》,系作者梦中吟杜甫诗句"沙上草阁柳新暗,城边野池莲欲红"(《暮春》)而得。抱瓮小憩:寓山园中庄农休憩的茅屋。《寓山注·抱瓮小憩》:"豳圃初开,督庄奴灌溉,怜其暴炎日中,为盖一茅以憩。"

〔52〕万壑千岩:语本南朝宋刘义庆《世说新语·言语》:"顾长康从会稽还,人问山川之美,顾云:千岩竞秀,万壑争流。"

〔53〕七松:事本《新唐书·郑薰传》:"(薰)既老,号所居为隐岩,莳松于廷,号七松处士云。"五柳:事本晋陶渊明《五柳先生传》:"宅边有五柳树,因以为号焉。"这里以"七松五柳"比喻寓山园为隐者所居。

〔54〕三径:语本晋赵岐《三辅决录·逃名》:"蒋诩归乡里,荆棘塞门,舍中有三径,不出,惟求仲、羊仲从之游。"后人即以"三径"比喻归隐者的家园。

〔55〕韵人:雅人。纵目:远眺。

〔56〕云客:云游四方的人。这里指隐者。宅心:归心。北魏郦道元《水经注》卷三十二《沮水》:"是以林徒栖托,云客宅心,泉侧多结道士精庐焉。"

远 阁[1]

阁以"远"名,非第因目力之所极也[2]。盖吾阁可以尽越中诸山水[3],而合诸山水不足以尽吾阁,则吾之阁始尊,而踞于园之上[4]。

阁宜雪,宜月,宜雨。银海澜回,玉峰高并[5];澄晖弄景,俄看瀅魄冰壶[6];微雨欲来,共诧空濛山色[7]。此吾阁之胜概也。

然而态以远生,意以远韵。飞流夹巚[8],远则媚景争奇;霞蔚云蒸[9],远则孤标秀出[10]。万家灯火,以远故尽入楼台;千叠溪山,以远故都归帘幕。

若夫村烟乍起,渔火遥明;蓼汀唱欸乃之歌[11],柳浪听睍睆之语[12]。此远中之所孕含也。纵观瀛峤[13],碧落苍茫[14];极目胥江[15],洪潮激射[16]。乾坤直同一指[17],日月有似双丸[18]。此远中之所变幻也。览古迹依然,禹碑鹄峙[19];叹霸图已矣,越殿乌啼[20]。飞盖西园[21],空怆斜阳衰草;回舫兰渚,尚存修竹茂林[22]。此又远中之所吞吐,向一以魂消,一以壮怀者也。

盖至此而江山风物,始备大观[23],觉一壑一丘,皆成小致矣[24]。

《祁彪佳集》卷七

〔1〕《远阁》是作者《寓山注》一组散文中的一篇。作为一篇小品文字,将人的视觉感受与由之而生的意境结合起来写,以"远"为自己审美理想的中心加以渲染,蕴含无穷,有令人神往的无穷魅力。"远"作为空间距离,并不能凭空给人以美的享受,但如果在"远"的视野中点缀些错落有致的人造景观,并与自然景观巧妙地融合于天地间,这一距离就成为容纳审美感受与历史沧桑的空间,而具有了特殊的意义。所谓"态以远生,意以远韵",正是主、客观相互作用的结果,作者的园林营构理想也就和盘托出了。

〔2〕极:达到。

〔3〕越中:即今浙江绍兴一带。古代越王的封地,故称。

〔4〕园:即指寓山园。

〔5〕"银海"二句:写阁上所见雪景。"银海澜回"形容积雪覆盖下略有起伏的辽阔平原地带。"玉峰高并"则描写积雪的山峰并峙。

〔6〕"澄晖"二句:写阁上所见雨景。澄晖,月的清光,语本南朝宋谢庄《月赋》:"升清质之悠悠,降澄晖之蔼蔼。"景,通"影"。濯魄,月初出时如同水洗过一样。冰壶:指月亮。唐元稹《献荥阳公》:"冰壶通皓雪,绮树眇晴烟。"

〔7〕"微雨"二句:写阁上所见雨景。空濛山色,语本宋苏轼《饮湖上初晴后雨》:"水光潋滟晴方好,山色空濛雨亦奇。"空濛,雾气迷茫的样子。

〔8〕崦(yǎn 眼):上大下小的山。

〔9〕霞蔚云蒸:比喻景物绚烂缛丽。语本南朝宋刘义庆《世说新语·言语》:"顾长康从会稽还,人问山川之美,顾云:'千岩竞秀,万壑争流,草木蒙笼其上,若云兴霞蔚。'"

〔10〕孤标:指山、树等特出的顶端。北魏郦道元《水经注·涑水》:"奇峰霞举,孤标秀出,罩络群山之表。"

〔11〕蓼(liǎo 辽上声)汀:长满水草的水中小洲。欸(ǎi 矮)乃:这里指划船时的歌唱之声,即棹歌。

〔12〕睍睆(xiànhuǎn 现缓):形容鸟色美好或鸟声清和圆转的样子。《诗·邶风·凯风》:"睍睆黄鸟,载好其音。"

〔13〕瀛峤:即瀛洲与员峤,传说中的海上仙山。《列子·汤问》:"渤海之东,不知几亿万里……其中有五山焉,一曰岱舆,二曰员峤,三曰方壶,四曰瀛洲,五曰蓬莱……所居之人,皆仙圣之种。"

〔14〕碧落:道教语,指天空。

〔15〕胥江:即钱塘江,旧称浙江,为今浙江省最大的河流。传说春秋时伍子胥为吴王所杀,尸投浙江,成为涛神,后人即称钱塘江潮为胥涛,称钱塘江为胥江。

〔16〕洪潮:指钱塘江潮。激射:冲击。以上四句,为作者远望中想象之景。

〔17〕乾坤:天地。一指:语本《庄子·齐物论》:"天地一指也,万物一马也。"这反映了庄子哲学思想中无是无非的相对论观点。这里说"乾坤同一指"有万物同一的意思,是望远中所想所思者,属于对空间的思索。

〔18〕双丸:比喻日月的运行。语本唐韩愈《秋怀诗》之九:"忧愁费晷景,日月如跳丸。"又元朱德润《题陈直卿一碧万顷》诗:"日月双丸吐,江山万古愁。"这里说"日月有似双丸"有感叹岁月的意思,属于对时间的思索。

〔19〕禹碑:指岣嵝碑,原碑在湖南衡山祝融峰(或云为云密峰),相传为夏禹时所建,文存七十馀字,书法非篆非科斗文。绍兴东南十二里会稽山麓有禹庙,明人即将岣嵝碑文翻刻于禹庙午门前,并盖亭覆之。鹄(hú 湖)峙:直立的样子。或作"鹄跱"。

〔20〕"叹霸图"二句:据《史记·越王勾践世家》:"越王勾践,其先

禹之苗裔,而夏后帝少康之庶子也。封于会稽,以奉守禹之祀。"后勾践被吴王夫差打败,几乎亡国,于是卧薪尝胆,十年生聚,十年教训,终于灭掉吴国:"当是时,越兵横行于江、淮东,诸侯毕贺,号称霸王。"越殿,指越王勾践的宫殿遗址。乌啼,形容衰败凄凉的景象。二句化用唐李白《越中怀古》诗意:"越王勾践破吴归,战士还家尽锦衣。宫女如花满春殿,只今惟有鹧鸪飞。"

〔21〕飞盖西园:语本三国魏曹植《公宴》诗:"清夜游西园,飞盖相追随。"飞盖,驱车。西园,绍兴原有西园,故址在城西府山(卧龙山)西麓。全句写绍兴昔日的繁华景象。

〔22〕"回觞"二句:事本晋王羲之《兰亭集序》,晋永和九年(353)的三月初三日,王羲之与谢安、孙绰等四十一人,在会稽山阴的兰亭集会并临流赋诗。回觞,即曲水流觞,古人的一种游宴方式,即以酒杯盛酒放置弯曲的水流中漂下,酒杯停于水滨旁列坐者谁的面前,谁就取杯饮酒。《兰亭集序》:"又有清流激湍,映带左右,引以为流觞曲水。"兰渚,在绍兴市西南,据传越王勾践种兰于此,故称。兰亭即在兰渚山下。修竹茂林:语本《兰亭集序》:"此地有崇山峻岭,茂林修竹。"

〔23〕大观:盛大壮观的景象。

〔24〕小致:小的情趣。

黄淳耀

黄淳耀(1605—1645),初名金耀,字蕴生,一字松厓,号陶庵,又号水镜居士,嘉定(今属上海)人。崇祯十六年(1643)进士,未受官职即归里,研读经籍。京师陷,南都亡,嘉定亦破,黄淳耀与弟渊耀同入僧舍相对自缢殉国。《明史》有传,称其临终前索笔书云:"弘光元年七月二十四日,进士黄淳耀自裁于城西僧舍。呜呼!进不能宣力王朝,退不能洁身自隐,读书寡益,学道无成,耿耿不寐,此心而巳。"又云:"晚而充养和粹,造诣益深。所作诗古文,悉轨先正,卓然名家。"著有《陶庵全集》二十二卷。

李龙眠画罗汉记[1]

李龙眠画罗汉渡江,凡十有八人。一角漫灭[2],存十五人有半,及童子三人。

凡未渡者五人:一人值坏纸[3],仅见腰足。一人戴笠携杖,衣袂翩然[4],若将渡而无意者。一人凝立远望,开口自语。一人踞左足[5],蹲右足,以手捧膝作缠结状,双屦脱置足旁[6],回顾微哂[7]。一人坐岸上,以手踞地[8],伸足入水,如测浅深者。

为渡者九人:一人以手揭衣,一人左手策杖[9],目皆下视,口呿不合[10]。一人脱衣,双手捧之而承以首[11]。一人前其杖,回首视捧衣者。两童子首发鬖鬘[12],共舁一人以渡[13]。所舁者长眉覆颊,面怪伟如秋潭老蛟[14]。一人仰面视长眉者。一人貌亦老苍,伛偻策杖[15],去岸无几,若幸其将至者。一人附童子背,童子瞪目闭口,以手反负之,若重不能胜者[16]。一人貌老过于伛偻者,右足登岸,左足在水,若起未能。而已渡者一人,捉其右臂,作势起之;老者努其喙[17],缬纹皆见[18]。又一人已渡者,双足尚跣[19],出其履将纳之,而仰视石壁,以一指探鼻孔,轩渠自得[20]。

按罗汉于佛氏为得道之称,后世所传高僧,犹云锡飞杯渡[21]。而为渡江,艰辛乃尔[22],殊可怪也。推画者之意,岂以佛氏之作止语默皆与人同[23],而世之学佛者徒求卓诡变幻、可喜可愕之迹[24],故为此图以警发之欤[25]?昔人谓太清楼所藏吕真人画像俨若孔、老[26],与他画师作轻扬状者不同[27],当即此意。

《陶庵全集》卷七

[1] 李龙眠即李公麟(1049—1106),字伯时,号龙眠山人,宋舒州舒城(今属安徽)人。进士,官至朝奉郎。长于诗,好古博学,多识奇字,擅画人物与佛道像,与苏轼、黄庭坚等人有交,是北宋著名艺术家。《宋史》有传。罗汉是"阿罗汉"梵语音译的省称,指已断烦恼,超出三界轮回,当受人天供养的尊者,为小乘的最高果位。我国寺庙供奉者有十六尊、十八尊、五百尊、八百尊的分别。这篇散文所记述者为李公麟所画十八罗汉渡江图,按未渡者、方渡者与已渡者分别加以刻画,文笔错落有

致,有条不紊。画之题材虽属佛教传说人物,却有意剥去其身上灵怪的外衣,还人物以市井众生相,作者推测画家之用意,为文章增添了饶有趣味的一笔。

〔2〕漫灭:模糊难辨。

〔3〕值:遇到。

〔4〕袂(mèi 媚):衣袖。翩然:轻轻飘动的样子。

〔5〕跽(jì 记):即两腿跪着、上身挺直的长跪。这里指单腿跪地。

〔6〕屦(jù 剧):鞋。

〔7〕哂(shěn 审):微笑。

〔8〕踞:撑,凭依。

〔9〕策杖:拄杖。

〔10〕呿(qù 去):张口的样子。

〔11〕承以首:顶在头上。

〔12〕髼鬙(péng sēng 朋僧):头发散乱的样子。

〔13〕舁(yú 鱼):抬。

〔14〕老蛟:这里指罗汉的"蛟眉",即连在一起的双眉。据说"蛟眉连生"。

〔15〕伛偻(yǔ lǚ 羽吕):脊梁弯曲,即驼背。

〔16〕胜(shēng 升):承受。

〔17〕喙(huì 绘):这里指嘴。

〔18〕缬(xié 斜)纹:酒后脸上呈现的红晕。宋苏轼《有美堂和周邠见寄》之二:"歌喉不共听珠贯,醉面何因作缬纹。"

〔19〕跣(xiǎn 显):光脚。

〔20〕轩渠:欢悦的样子。

〔21〕锡飞:即"飞锡",指僧人执锡杖飞空。《释氏要览》卷下:"今僧游行,嘉称飞锡。此因高僧隐峰游五台,出淮西,掷锡飞空而往也。若

西天得道僧,往来多是飞锡。"锡,即锡杖,为僧人所持的禅杖。杖头有一铁卷,中段用木,下安铁纂,振时作声。梵语名隙弃罗,取锡锡作声为义。又名智杖、德杖。杯渡:据南朝梁慧皎《高僧传·神异下·杯渡》,晋宋间有僧人不知姓名,传说他常常乘木杯渡水,故以杯渡为名。后人常以"锡飞杯渡"用作僧人出行的典故。

〔22〕乃尔:竟然如此。

〔23〕作止语默:行动、静止、说话、沉默。这里泛指人的行为言谈。

〔24〕卓诡:高超奇异。

〔25〕警发:警醒启发。

〔26〕太清楼:北宋宫内楼名,为皇帝宴近臣宗室之所,也藏书画。吕真人:即吕洞宾,传说中的八仙之一,其传说最早见于《杨文公谈苑》。有关其身世,异说颇多。通行说法是,吕岩,字洞宾,号纯阳子,自称回道人。唐咸通中举进不第,入华山得道成仙。后为道教全真教尊奉为北五祖之一,元代封其为纯阳孚佑帝君,通称吕祖、吕仙翁或吕真人。孔:指孔子(前551—前479),名丘,字仲尼,儒家创始人。老:指老子(生卒年不详),一说即老聃,姓李,名耳,字伯阳,道家创始人。

〔27〕轻扬:轻举飞扬,仙风道骨。

张煌言

张煌言(1620—1664),字玄著,号苍水,鄞县(今属浙江宁波)人。崇祯十五年(1642)举人。北京陷,南都破,张煌言与同郡钱肃乐起兵抗清,拥立鲁王朱以海监国,辗转浙东沿海作战达十九年之久,曾联合郑成功攻南京,功败垂成。鲁王卒后,散兵隐居,为清兵所获,解往杭州,不屈死。清人全祖望序其集云:"尚书诗古文词,皆自丁亥以后,才笔横溢,藻采缤纷,大略出华亭一派。"著有《冰槎集》、《奇零草》、《采薇吟》、《北征录》等,今人有断句本《张苍水集》,上海古籍出版社1985年新一版。

《奇零草》自序[1]

余自舞象[2],辄好为诗歌。先大夫虑废经史[3],屡以为戒,遂辍笔不谈,然犹时时窃为之。及登第后[4],与四方贤豪交益广,往来赠答,岁久盈箧[5]。会国难频仍,余倡大义于江东[6],敹甲敿干[7],凡从前雕虫之技[8],散亡几尽矣。于是出筹军旅[9],入典制诰[10],尚得于馀闲吟咏性情[11]。及胡马渡江[12],而长篇短什,与疏草代言[13],一切皆付之兵燹中[14],是诚笔墨之不幸也。

余于丙戌始浮海[15],经今十有七年矣。其间忧国思家,悲穷悯乱,无时无事,不足以响动心脾。或提师北伐[16],慷慨长歌;或避虏南征[17],寂寥短唱。即当风雨飘摇,波涛震荡,愈能令孤臣恋主[18],游子怀亲。岂曰亡国之音,庶几哀世之意。

乃丁亥春[19],余舟覆于江[20],而丙戌所作亡矣。戊子秋[21],节移于山[22],而丁亥所作亡矣。庚寅夏[23],余率旅复入于海,而戊子、己丑所作又亡矣[24]。然残编断简,什存三四。迨辛卯昌国陷[25],而笥中草竟靡有孑遗[26]。何笔墨之不幸,一至于此哉!

嗣是缀辑新旧篇章,稍稍成帙。丙申[27],昌国再陷[28],而亡什之三。戊戌[29],覆舟于羊山[30],而亡什之七。己亥[31],长江之役,同仇兵燹,予以间行得归[32],凡留供覆瓿者[33],尽同石头书邮[34],始知文字亦有阳九之厄也[35]。

年来叹天步之未夷[36],虑河清之难俟[37],思借声诗以代年谱[38]。遂索友朋所录,宾从所抄,次第之[39]。而余性颇强记,又忆其可忆者,载诸楮端[40],共得若干首。不过如全鼎一脔耳[41]。独从前乐府歌行,不可复考,故所订几若《广陵散》[42]。

嗟乎!国破家亡,余谬膺节钺[43],既不能讨贼复仇,岂欲以有韵之词,求知于后世哉!但少陵当天宝之乱[44],流离蜀道[45],不废风骚[46],后世至今名为诗史[47]。陶靖节躬丁晋乱[48],解组归来[49],著书必题义熙[50]。宋室既亡[51],郑所南尚以铁匣投史眢井[52],至三百年而后出[53]。夫亦其志可哀,其情诚可念也已。然则何以名《奇零草》?是帙零落凋亡[54],已非全豹[55],譬犹兵家握奇之馀[56],亦云余行间之作也[57]。时在永历十六年[58],岁在壬寅端阳后五日[59],张煌言自识[60]。

《张苍水集》第二编

〔1〕《奇(jī击)零草》是张煌言从南明鲁监国元年(即清顺治三年,1646)开始总共十七年诗作残篇的结集。所谓"奇零",即零星的、不满整数的数,这里就是残篇断简的意思。常年转战浙东沿海,为复明的一线希望而进行艰苦卓绝的不懈努力,作者于这般险恶的环境中仍然不忘吟咏,写下了许多惊天地、动鬼神的不朽诗篇。所谓"华表亦含千载恨,空传鹤梦到江东"(《杂感》),这种于无可奈何中仍威武不屈的执著精神,至今令人肃然起敬。这篇自序写于张煌言被执前二年(1662),大书"永历十六年",不忘故明,诚如南宋文天祥就义前在衣带上所书:"孔曰成仁,孟曰取义。惟其义尽,所以仁至。读圣贤书,所学何事?而今而后,庶几无愧。"

〔2〕舞象:古人指十五岁成童之年。语本《礼记·内则》:"十有三年,学乐,诵诗,舞勺;成童,舞象,学射御。"舞象即学习一种武舞。

〔3〕先大夫:古人称自己已故的父亲。

〔4〕登第:这里指乡试中举。清全祖望《年谱》:"崇祯十五年壬午(1642),公二十三岁。公举于乡。"

〔5〕箧(qiè妾):藏物小箱。

〔6〕倡大义于江东:南明弘光元年(即清顺治二年,1645),清兵南下,弘光政权覆亡。闰六月,钱肃乐、张煌言等奉鲁王朱以海监国于绍

兴,以明年为鲁监国元年。江东,指长江下游以东地区,或称"江左"。

〔7〕敹(liáo 聊)甲:整修军事装备。《尚书·费誓》:"善敹乃甲胄。"敹,缝缀。敿(jiǎo 佼)干:系结好盾牌。《尚书·费誓》:"敿乃干。"敿,系结。干,盾牌。全句谓做好应战的准备。

〔8〕雕虫之技:指文人的诗文写作。语本汉扬雄《法言·吾子》:"或问:'吾子少而好赋?'曰:'然。童子雕虫篆刻。'"

〔9〕筹:筹措。军旅:指作战打仗。

〔10〕入典制诰:在朝中掌管起草诏令。清全祖望《年谱》:"监国授公行人,至会稽,赐进士,加翰林院编修,兼官如故,入典制诰,出筹军旅。"

〔11〕吟咏性情:指作诗。语本《诗·周南·关雎序》:"吟咏情性,以风其上。"

〔12〕胡马渡江:指清兵南下。明弘光元年(1645)三月,清廷命多铎由河南督师南下,五月陷南京。

〔13〕疏(shù 述)草:奏章的草稿。代言:代天子草拟诏命。语本《尚书·说命上》:"恭默思道,梦帝赉予良弼,其代予言。"

〔14〕兵燹(xiǎn 显):因战乱所造成的焚烧破坏等灾难。

〔15〕丙戌:鲁监国元年(即清顺治三年,1646)。浮海:这一年的六月,博格率清兵攻陷绍兴,张煌言等护卫鲁王朱以海逃亡入海至舟山。

〔16〕提师:领兵。

〔17〕避虏:指躲避清兵的围剿。

〔18〕孤臣:这里指孤立无助的臣子,喻自身。

〔19〕丁亥:南明永历元年、鲁监国二年(即清顺治四年,1647)。

〔20〕余舟覆于江:这一年张煌言以右佥都御史监定西侯张名振军,舟至崇明,飓风大作,舟覆。见全祖望《年谱》。

〔21〕戊子:南明永历二年、鲁监国三年(即清顺治五年,1648)。

〔22〕节移于山:这一年秋天张煌言奉命到平冈结寨招募天台、上虞一带山师义军,屯兵山寨至第二年。节,符节,古代使臣所持以作为凭证。

〔23〕庚寅:南明永历四年、鲁监国五年(即清顺治七年,1650)。

〔24〕己丑:南明永历三年、鲁监国四年(即清顺治六年,1649)。

〔25〕迨(dài代):等到。辛卯:南明永历五年、鲁监国六年(即清顺治八年,1651)。昌国:即舟山。舟山属浙江定海,定海于明洪武初称昌国县。

〔26〕笥(sì寺):盛物之方形竹器。靡有孑遗:一个也没有剩下。语本《诗·大雅·云汉》:"周馀黎民,靡有孑遗。"

〔27〕丙申:南明永历十年(即清顺治十三年,1656)。此前三年即南明永历七年、鲁监国八年,鲁王朱以海已去"监国"之号。

〔28〕昌国再陷:丙申之前一年乙未(1655),郑成功部曾收复舟山,这一年又被清兵攻占。

〔29〕戊戌:南明永历十二年(即清顺治十五年,1658)。

〔30〕覆舟于羊山:这一年张煌言与郑成功部驻军于羊山(在舟山以北的海中小岛),遇大风,海舟碎者百馀。

〔31〕己亥:南明永历十三年(即清顺治十六年,1659)。

〔32〕"长江之役"三句:这一年的五月,郑成功部沿长江大举西进,七月攻至南京城下,可惜没有把握好战机,功亏一篑,败还厦门。张煌言先由芜湖兵取徽、宁一带,至是也败出钱塘入海。同仇,即共同赴敌者,这里指郑成功。语本《诗·秦风·无衣》:"修我戈矛,与子同仇。"郑成功先奉南明隆武正朔,后又接受南明永历帝延平公的封号,奉永历正朔,对鲁王政权不尊奉也不排斥。张煌言则始终为鲁王政权奔走。所以张煌言与郑成功抗清复明属于友军协同作战的关系,故称"同仇"。燖(jiān兼),原义火熄灭,引申为战败。语本《左传·昭公二十三年》:"楚

师燫。"晋杜预注:"吴楚之间谓火灭为燫。"间行,从小路走。

〔33〕覆瓿(bù 部):比喻著述毫无价值,只堪用来盖酱坛子。这里是自谦之意。语本《汉书·扬雄传下》:"(刘歆)谓雄曰:'空自苦!今学者有禄利,然尚不能明《易》,又如《玄》何?吾恐后人用覆酱瓿也。'"瓿,古代容器名,陶或青铜制,圆口、深腹、圈足,用以盛物。

〔34〕石头书邮:事本南朝宋刘义庆《世说新语·任诞》,晋人殷羡,字洪乔,为豫章太守,临行,都人托他捎信函百馀封,殷羡行至石头渚岸边,将百馀信函全部投入水中,并说:"沉者自沉,浮者自浮,殷洪乔不能作致书邮。"这里比喻自己的诗文稿全部沉于水中。

〔35〕阳九之厄:指厄运,古代术数家的学说。古人多指灾荒年景,这里用来形容文字的厄运。

〔36〕天步:指时运、国运。语本《诗·小雅·白华》:"天步艰难,之子不犹。"夷:这里是太平的意思。

〔37〕河清之难俟:语本《左传·襄公八年》:"俟河之清,人寿几何。"古人认为等待黄河水变清澈是不可能的事。这里比喻抗清复明的希望渺茫。

〔38〕声诗:乐歌。古代诗可入乐,故称。

〔39〕次第:编排次序。

〔40〕楮(chǔ 楚):纸。楮皮可制纸,故称。

〔41〕全鼎一脔:语本《吕氏春秋·察今》:"尝一脔肉而知一镬之味、一鼎之调。"意即尝锅中一块肉的味道,可知整锅肉的味道。比喻根据部分即可推知全体。这里是说所录诗只是全部作品中的一小部分,但也可为代表。

〔42〕广陵散:琴曲名。三国魏嵇康善弹此曲,秘不授人。后遭人陷害,临刑弹此曲说:"《广陵散》于今绝矣!"事见《晋书·嵇康传》。这里比喻自己仅存的作品也几乎如《广陵散》一样绝世。

〔43〕谬膺节钺:即指自己受任为军事统帅。谬,自谦的说法。膺,担当。节钺,符节和斧钺,古代授与将帅,作为加重权力的标志。张煌言曾为鲁王政权的兵部左侍郎,后又遥领永历政权的兵部尚书。

〔44〕少陵:即杜甫(712—770),字子美,因曾居长安城南少陵附近,自称"少陵野老",世称"杜少陵"。唐代巩县(今属河南)人,著名诗人。天宝之乱:即安史之乱。唐玄宗天宝十四载(755),平卢、范阳、河东三镇节度史安禄山以诛杨国忠为名,起兵叛乱,攻占长安,迫使唐玄宗逃往四川。安史之乱前后历时七年多,至唐代宗广德元年(763)始平定。

〔45〕流离蜀道:受安史之乱影响,杜甫颠沛流离,于唐肃宗乾元二年(759)年底到达四川成都,在四川生活近八年。在蜀时期,杜甫写下不少优美诗篇。

〔46〕风骚:这里指诗歌创作。

〔47〕诗史:语本唐孟棨《本事诗·高逸》:"杜逢禄山之难,流离陇蜀,毕陈于诗,推见至隐,殆无遗事,故当时号为诗史。"诗史即用诗歌反映时事。

〔48〕陶靖节:即陶渊明(365—427),一名潜,字元亮,私谥靖节,寻阳柴桑(今江西九江西南)人。晋宋间著名诗人。躬丁:亲身经历。晋乱:指晋元帝元兴、义熙间的政治混乱。

〔49〕解组:解下印绶,即辞官。晋安帝义熙元年(405)八月,陶渊明任彭泽令,在官仅八十馀日,十一月即辞官归里,结束了出仕生涯。

〔50〕义熙:晋安帝年号(405—418)。刘裕代晋,建立刘宋政权,陶渊明不肯臣服,据《宋史》本传:"(陶渊明)所著文章,皆题其年月,义熙以前,则书晋氏年号,自永初以来唯云甲子而已。"

〔51〕宋室:指赵宋王朝(960—1278)。

〔52〕郑所南:即郑思肖(1241—1318),字所南,号忆翁,一号三外

野人,宋连江(今属福建)人。少为太学上舍生,宋亡,客吴下,寄食城南报国寺。著有诗集《心史》,以铁函封缄,放置于枯井之中,以传后世。智(yuān 渊)井,即枯井。

〔53〕至三百年而后出:《心史》庚辰(1640)刊本陆嘉颖跋云:"《心史》藏承天寺井中,至我大明崇祯戊寅(1638)十一月初八日,因旱浚井,破铁函而出,缄封书'大宋孤臣郑思肖百拜封'十字。古香扑鼻,楮墨如新,计三百五十六春秋矣。"

〔54〕帙:古代竹帛书籍的套子,多以布帛制成。这里即指《奇零草》。

〔55〕全豹:指事物的全貌。

〔56〕握奇(jī 机):军阵名。古人谓阵数有九,四正四奇为八阵,馀奇为握奇,乃中心奇零者,大将握之,以应赴八阵之急处。这里讲明了《奇零草》命名的另一重涵义。

〔57〕行(háng 杭)间:行伍之间,指军中。

〔58〕永历十六年:南明永历十五年(1661)十二月,缅甸人献永历帝于清吴三桂,永历政权覆亡,历史上并无永历十六年。这里仍用永历年号,表示作者忠于明朝。这一年相当于清康熙元年(1662)。

〔59〕壬寅:即清康熙元年(1662)。端阳后五日:即农历五月初十日。

〔60〕识(zhì 志):记述。

夏完淳

  夏完淳(1631—1647),原名复,乳名端哥,号存古,别号小隐,又号灵首(一作灵胥),华亭(今属上海)人。父亲夏允彝好古博学,为江南名士,与陈子龙等创立几社,与复社桴鼓相应。清兵南下,夏完淳随父夏允彝、师陈子龙起兵抗清,松江陷落,其父投水殉难。夏完淳遥领鲁王所封中书舍人,南明鲁监国二年(即清顺治四年,1647),夏完淳在家乡被捕,解往南京,拒绝降清,英勇就义,年仅十七岁。著有《玉樊堂集》、《内史集》、《南冠草》等,今人有断句本《夏完淳集》,中华书局上海编辑所1959年出版,另有笺校本《夏完淳集笺校》,上海古籍出版社1991年出版。

狱中上母书[1]

不孝完淳今日死矣!以身殉父,不得以身报母矣!

  痛自严君见背[2],两易春秋[3]。冤酷日深[4],艰辛历尽。本图复见天日[5],以报大仇,恤死荣生[6],告成黄土[7]。奈天不佑我,钟虐先朝[8]。一旅才兴[9],便成齑粉[10],去年之举[11],淳已自分必死[12],谁知不死,死于今日也!斤斤延此二年之命[13],菽水之养无一日焉[14]。致慈君托迹于空门[15],生母寄生于别姓[16],一门漂泊,生不得相依，死不得相问。淳今日又溘然先从九京[17]，不孝之罪，上通于天。呜呼！双慈在堂[18]，下有妹女，门祚衰薄[19]，终鲜兄弟[20]。淳一死不足惜，哀哀八口[21]，何以为生？虽然，已矣。淳之身，父之所遗；淳之身，君之所用。为父为君，死亦何负于双慈？但慈君推干就湿[22]，教礼习诗，十五年如一日；嫡母慈惠[23]，千古所难。大恩未酬，令人痛绝。

慈君托之义融女兄[24]，生母托之昭南女弟[25]。淳死之后，新妇遗腹得雄[26]，便以为家门之幸；如其不然，万勿置后[27]。会稽大望[28]，至今而零极矣[29]。节义文章，如我父子者几人哉？立一不肖后如西铭先生[30]，为人所诟笑[31]，何如不立之为愈耶？呜呼！大造茫茫[32]，总归无后，有一日中兴再造[33]，则庙食千秋[34]，岂止麦饭豚蹄[35]，不为馁鬼而已哉[36]？若有妄言立后者，淳且与先文忠在冥冥诛殛顽嚚[37]，决不肯舍！兵戈天地，淳死后，乱且未有定期。双慈善保玉体，无以淳为念。二十年后，淳且与先文忠为北塞之举矣[38]。勿悲勿悲！相托之言，慎勿相负。武功甥将来大器[39]，家事尽以委之。寒食盂兰[40]，一杯清酒，一盏寒灯，不至作若敖之鬼[41]，则吾愿毕矣。新妇结褵二年[42]，贤孝素著，武功甥好为我善待之。亦武功渭阳情也[43]。

语无伦次，将死言善[44]。痛哉痛哉！人生孰无死，贵得死所耳。父得为忠臣，子得为孝子，含笑归太虚[45]，了我

626

分内事。大道本无生[46],视身若敝屣[47]。但为气所激[48],缘悟天人理[49]。恶梦十七年[50],报仇在来世。神游天地间,可以无愧矣!

《夏完淳集》卷八

〔1〕南明鲁监国二年,即清顺治四年(1647),夏完淳起兵抗清失败,又因与鲁王联系事泄,被清兵逮捕,押入南京狱中。在狱中,夏完淳坚贞不屈,视死如归,用饱蘸血泪之笔给自己的嫡母与生母写下了这封诀别的书信。信中没有慷慨激昂的呼天吁地之词,只是国事、家事道来,有条不紊,方寸不乱,读来令人回肠荡气、摇人心旌。作者自幼有"神童"之目,若按实岁计算,作者写这封信时,年纪还不足十七岁,面对死亡,却能如此镇定自若,写出如此悲壮感人的性情文字,的确非同寻常。

〔2〕严君:语本《易·家人》:"家人有严君焉,父母之谓也。"这里指父亲夏允彝。见背:古人谓父母或长辈去世。《明史·夏允彝传》:"未几,南都失,徬徨山泽间,欲有所为。闻友人侯峒曾、黄淳耀、徐汧等皆死,乃以八月中赋绝命词,自投深渊以死。"其殉国在南明弘光元年(即清顺治二年,1645)。

〔3〕两易春秋:即经过两年。时当南明鲁监国二年(即清顺治四年,1647)。易,更换。

〔4〕冤酷:这里指冤仇与惨痛。

〔5〕复见天日:指恢复明朝。

〔6〕恤死荣生:使已死者(指其父)得到抚恤,使生者(指其母)得到封赠。

〔7〕告成黄土:将复明成功的事向老人的坟墓祭告。告成,语本

《诗·大雅·江汉》:"经营四方,告成于王。"黄土,地下。

〔8〕钟:聚集。虐:灾难。先朝:指明朝。

〔9〕一旅:这里指吴易的抗清义军,夏完淳曾任其参谋。

〔10〕齑(jī击)粉:碎末,比喻粉碎的东西。这里讲吴易军队的溃败。

〔11〕去年之举:即指1646年,夏完淳参加吴易在太湖一带的抗清义军,溃败后逃于民间。

〔12〕自分(fèn愤):自己料想。

〔13〕斤斤:谨慎。

〔14〕菽水:豆与水。意谓所食惟豆与水,形容生活清苦。语本《礼记·檀弓下》:"子路曰:'伤哉!贫也!生无以为养,死无以为礼也。'孔子曰:'啜菽饮水尽其欢,斯之谓孝。'"后世常以"菽水"或"菽水之养"指晚辈对长辈的供养。

〔15〕慈君:母亲。这里指作者的嫡母盛氏,即夏允彝的正室。托迹:寄身。空门:佛门。夏允彝死后,盛氏即出家为尼。

〔16〕生母:这里指作者的生身之母陆氏,为夏允彝的侧室,夏允彝死后,陆氏寄居于亲戚家中。

〔17〕溘(kè克)然:忽然。从:追随。九京:即九原,春秋时晋大夫的墓地,后泛指墓地。全句意谓先到地下与父亲聚合。

〔18〕双慈:这里指嫡母与生母。

〔19〕门祚(zuò作)衰薄:家门的福分衰败。祚,福运。语本晋李密《陈情表》:"门衰祚薄。"

〔20〕终鲜(xiǎn显)兄弟:语本《诗·郑风·扬之水》:"终鲜兄弟,维予与女。"又晋李密《陈情表》:"既无叔伯,终鲜兄弟。"鲜,少,缺乏。

〔21〕哀哀:悲伤不已的样子。《诗·小雅·蓼莪》:"哀哀父母,生我劬劳。"八口:指一家人。《孟子·梁惠王上》:"百亩之田,勿夺其时,

八口之家可以无饥矣。"

〔22〕推干就湿:把干燥处让给婴儿,自己睡在幼儿便溺后的湿处。意谓育儿的辛劳。又作"推燥居湿"。《后汉书·李善传》:"亲自哺养,乳为生湩,推燥居湿,备尝艰勤。"

〔23〕嫡母:旧时妾生的子女称父之正妻。

〔24〕义融女兄:夏完淳有姐夏淑吉,字美南,号义融,能诗,嫁嘉定侯岐曾仲子洵,年二十一即寡居。生子檠(即下文所言武功),逢国变,侯岐曾、峒曾与子演、洁以守城殉难。夏淑吉后改名荆隐,结庐于曹溪、龙江间,赖以存。

〔25〕昭南女弟:夏完淳有妹夏惠吉,字昭南,号兰隐,也能诗。

〔26〕新妇:指作者的妻子钱秦篆,嘉善钱旃之女。当时夏、钱二人结婚已二年,称"新妇"是古人在长辈前谦称自己的妻子。遗腹:妇女有孕而丈夫死,所生子女即称"遗腹"。雄:男孩。作者《寄内》诗:"九原应待汝,珍重腹中儿。"

〔27〕置后:抱养他人孩子为后嗣。

〔28〕会(guì贵)稽大望:会稽郡有声望的大族,这里指夏姓大族。据传,会稽是夏姓家族的郡望。会稽,治所在今浙江绍兴。

〔29〕零极:零落衰败到了极点。

〔30〕不肖(xiào笑):子不似父。西铭先生:即张溥(1602—1641),字天如,号西铭。详本书作者小传。张溥死后无子,第二年,生前诸挚友为之择同族近支子弟立后,钱谦益《牧斋初学集》卷八十四有《题张天如立嗣议》云:"嗣子生十龄,未有名字,诸公以狗马之齿属余。余为命其名曰永锡,而字之曰式似。"据此,张溥嗣子张永锡至夏完淳入狱时,已十五岁左右,"不肖"云云,乡里间当已有定论。

〔31〕诟(gòu够)笑:耻笑。

〔32〕大造:指天地、大自然。茫茫:广大而辽阔。

629

〔33〕中兴再造:指明王朝复兴。

〔34〕庙食:指死后立庙,受人奉祀,享受祭飨。这是古代名臣、烈士才能享受的死后盛典。

〔35〕麦饭豚(tún 屯)蹄:这里指一般人家祭祀祖先的简单供品。豚蹄,猪蹄。

〔36〕馁(něi 内上声)鬼:旧时指不能享受祭祀之鬼。语本《左传·宣公四年》:"鬼犹求食,若敖氏之鬼不其馁而!"

〔37〕先文忠:作者父亲夏允彝死后,南明鲁监国赐谥文忠。冥冥:指阴间。诛殛:诛杀。顽嚚(yín 银):愚妄奸诈。

〔38〕"二十年后"二句:佛教轮回之说,认为众生各依善恶业因,在天道、人道、阿修罗道、地狱道、饿鬼道、畜生道等六道中生死交替,循环不已。民间有所谓"二十年后又是一条好汉"之语,本此。这里即讲父子二人来世再度为人,还要在北方抗清,完成复明大业。

〔39〕武功甥:即作者外甥侯檠(1637—1653),字武功,为作者姐姐夏淑吉之子。大器:比喻有大才、能担当大事者。作者《寄荆隐女兄兼武功侯甥》诗:"大仇俱未报,仗尔后生贤。"可惜侯檠十七岁时也夭折,距夏完淳不屈就义才六年。

〔40〕寒食:汉族传统节日,在冬至后一百五日,清明前一日或二日。在唐以前,寒食节有祭祖扫墓的习俗,唐以后渐与清明节合于一起。这里即指清明节。盂兰:即盂兰盆节,原为佛教节日,每年农历七月十五日佛教徒为追荐祖先而举行,以后广泛影响中国民间。"盂兰"为梵文的音译,意译"倒悬"。在盂兰盆节追荐亡亲用盆装食物供佛、供僧。

〔41〕若敖之鬼:据《左传·宣公四年》,若敖氏之后代楚国令尹子文,担心其侄儿越椒将使若敖氏灭宗,此后越椒叛楚,终于使若敖氏灭绝。后世即以"若敖之鬼"比喻绝嗣者。参见注〔36〕。

〔42〕结褵(lí 离):即指成婚。古代女子临嫁,母为之系结佩巾,以

表示至男家后奉事舅姑,操持家务。

〔43〕渭阳情:指甥舅之间的情谊。语本《诗·秦风·渭阳》:"我送舅氏,曰至渭阳。"相传此诗为秦穆公世子(晋公子重耳的外甥)所作。重耳在秦国避难,后秦穆公帮助重耳回国为君(即以后的晋文公),世子送他到渭水北岸,并作诗赠别。

〔44〕将死言善:语本《论语·泰伯》:"曾子言曰:鸟之将死,其鸣也哀;人之将死,其言也善。"

〔45〕太虚:指天。

〔46〕大道本无生:佛教认为世界无生无灭。道家认为"方生方死,方死方生"(《庄子·齐物论》)。作者所言"大道",在这里是一种笼统的观念,并非哲学意义上的概念。

〔47〕敝屣(xǐ洗):破烂的鞋子。《孟子·尽心上》:"舜视弃天下犹弃敝屣也。"

〔48〕但:只。气:这里指忠义之气。激:激发。

〔49〕缘:因为。天人理:天道与人事相互间关系的道理。

〔50〕恶梦十七年:作者将自己十七年的生命视为一场恶梦。

后　记

　　经国大业,不朽盛事,文章草草,亦期千古。牛山之泣,岘山之叹,悲从中来,其致一也,爽鸠氏之乐可以休矣!前人每欲以"立言"名世,得失寸心,因寄所托;情动辞发,彬彬君子。纵难学究天人,成一家之言,亦足睥睨百代,逾年寿而无穷。盖白驹过隙,羊胛早熟,华表千年,空传鹤梦。笔补造化,其功或与日月争光;自出机杼,其声或同金石掷地。腹笥便便,故尔厚积薄发,陈言务去;神思邈邈,因之以少总多,词必己出。刻意效颦,拘于绳尺,或令生意尽失;师心自任,机锋侧出,亦觉矫枉过正。

　　有明文章,汗牛充栋,林林总总,文随世变。食古不化者有之,芽甲一新者有之,淹有众长者有之,别出心裁者有之。昌歜羊枣,性有偏嗜,或神游于晔华温莹之中,或思驰于江湖魏阙之外。五音繁会,流派纷呈,此消彼长,几近三百年。其间固有不变者存焉,无论尊程朱、尚陆王,儒学之教谆谆,沾溉文士,融道德文章于方寸,潜移默化,厥功伟矣。故虽末世浇漓,金令司天,钱神卓地,泰山妇人之哭日盈于耳,而水西桥畔,犹能抛洒西北神州之泪,哀郢之思,亦时寄之于篇什也。亭林《日知录》有"亡国"与"亡天下"之辨,情见乎辞。明社既屋,而天下实未亡者,徒以有此千古士气也。

　　承人民文学出版社古编室主任周绚隆兄及诸君子垂青,命余作《明文选》,战战兢兢,夙夜匪解,无奈绠短汲深,犹多瑕疵。又幸遇责编葛云波兄学富心细,丹黄烂然,郢斧生风,补苴罅漏,匡正颇多,庶免乎大雅之讥焉。蒇事之际,思绪万千,卷末爰书数语,聊以寄慨云。

　　是为记。

乙酉季夏赵伯陶记于京北天通楼